Kate Eberlen

Miss you

Zum Buch

Eine Sekunde lang treffen sich ihre Blicke, doch bevor sie sich anlächeln oder ein paar Worte wechseln können, ist der Moment schon wieder vorbei. Von da an beginnt für Tess und Gus eine Reise, die sich Leben nennt. Große und kleine Augenblicke warten auf sie, Kummer und Freude. Doch sie ahnen beide, dass sie Wege gehen, die sie nicht glücklich machen werden. Weil ihnen das Entscheidende fehlt. Was sie nicht wissen, ist: Sie sind perfekt füreinander, und obwohl sie sich längst begegnet sind, haben sie es nicht gemerkt. Wann ist der richtige Zeitpunkt füreinander endlich da?

»Eine Girl-meets-Boy-Story der überraschenden Art.«
Wienerin

»Großes Gefühlskino. (...) Für alle, die David Nicholls' *Zwei an einem Tag* geliebt haben.« *Annabelle*

Über die Autorin

Kate Eberlen wuchs in der Nähe von London auf. Nach ihrem Studium der klassischen Philologie hatte sie mehrere Jobs in der Verlags- und Medienbranche. Heute lehrt sie Englisch als Fremdsprache und verbringt zusammen mit ihrer Familie so viel Zeit wie möglich in ihrem Sehnsuchtsland Italien. Gerade schreibt sie an ihrem zweiten Roman.

Kate Eberlen

Miss You

Roman

Aus dem Englischen von
Stefanie Fahrner und Babette Schröder

DIANA

Zitatnachweis:
Das Zitat auf Seite 59 stammt aus dem Gedicht *Die Seeinsel von Innisfree,*
neu übersetzt von Christa Schünke, aus:
William Butler Yeats, *Die Gedichte,* Hrsg. Norbert Hummelt.

FSC
www.fsc.org
MIX
Papier aus verantwortungsvollen Quellen
FSC® C014496

Verlagsgruppe Random House FSC® N001967

Taschenbucherstausgabe 06/2018

Die Originalausgabe erschien 2016 unter dem Titel *Miss You* bei Mantle
an imprint of Pan Macmillan, London

Redaktion: Dr. Katja Bendels
Umschlaggestaltung: t.mutzenbach design, München,
nach der Originalcovergestaltung von © Joanna Thomson,
Pan Macmillan Art Department
Satz: Leingärtner, Nabburg
Druck und Bindung: GGP Media GmbH, Pößneck
Printed in Germany

ISBN 978-3-453-35935-2

www.diana-verlag.de
Besuchen Sie uns auch auf www.herzenszeilen.de
Dieses Buch ist auch als E-Book lieferbar

*Zur Erinnerung an meine geliebte Großmutter,
die es verstand, den einfachsten Dingen
einen Zauber zu verleihen.*

TEIL 1

1 TESS

August 1997

Zu Hause in der Küche hatten wir einen Teller, den Mum im Urlaub auf Teneriffa gekauft hatte. Darauf stand von Hand geschrieben: »Heute ist der erste Tag vom Rest deines Lebens.«

Ich hatte diesem Teller nie besondere Aufmerksamkeit geschenkt – jedenfalls kaum mehr als Dads Pokal vom Singen oder der New-York-Schneekugel, die mein Bruder Kevin irgendwann mal zu Weihnachten geschickt hatte –, aber an diesem letzten Urlaubstag ging er mir nicht mehr aus dem Kopf.

Als ich aufwachte, leuchtete das Innere des Zelts so orange wie eine Kürbislaterne. Vorsichtig, um Doll nicht aufzuwecken, zog ich die Reißverschlusstür auf und streckte das Gesicht hinaus in den strahlenden Sonnenschein. Die Luft war noch kühl, und in der Ferne läuteten Glocken. Ihr Klang erinnerte mich an ein Wort, das in meiner englischen Literaturprüfung vorgekommen war: *plangent*. Ich schrieb es in mein Tagebuch und versah es mit einem Sternchen, um es im Wörterbuch nachzuschlagen, wenn ich wieder zu Hause war.

Die Aussicht auf Florenz vom Campingplatz aus – Terrakottakuppeln und weiße Marmortürme vor einem mattblauen Himmel – war genau so, wie sie sein sollte. Ich fühlte mich seltsam traurig, ganz so, als würde ich sie schon jetzt vermissen.

Vieles andere allerdings würde ich nicht vermissen, zum Beispiel auf dem Boden zu schlafen – nach ein paar Stunden glaubte man, die Steine auf der Erde würden einem in den Rücken hineinwachsen – oder sich in einem Zelt anziehen zu müssen, das nicht mal einen Meter hoch war, dann den ganzen Weg bis zum Sanitärhäuschen zu laufen, nur um dort festzustellen, dass man das Klopapier vergessen hatte. Es ist schon seltsam. Wenn das Ende des Urlaubs näher rückt, wünscht man sich einerseits, dass er nie aufhört, und andererseits, dass man bald wieder den Luxus von zu Hause genießen darf.

Seit einem Monat waren wir mittlerweile per Interrail unterwegs, erst in Frankreich, dann in Italien. Wir schliefen auf Bahnhöfen, tranken mit holländischen Jungs Bier auf Campingplätzen und zuckelten sonnenverbrannt in stickigen, schmuddeligen Bummelzügen durch die Gegend. Doll stand auf Beach und Bellinis, ich war eher der Typ für Straßenkarten und Sehenswürdigkeiten. Trotzdem waren wir schon immer gut miteinander ausgekommen. Wir hatten uns damals, mit vier Jahren, auf der St. Cuthbert's kennengelernt, und Maria Dolores O'Neill – ich war es, die daraus »Doll« machte – fragte mich, ob ich ihre beste Freundin sein wollte.

Wir waren sehr unterschiedlich, ergänzten uns aber gut. Immer, wenn ich zu ihr sagte, dass wir komplementär zueinander waren, machte Doll eine Bemerkung wie: »Du hast tolle Haut!« oder: »Ich mag deine Schuhe.« Wenn ich ihr dann erklärte, dass das nicht unbedingt etwas mit Komplimenten zu tun habe, lachte sie und sagte, das wisse sie, aber bei ihr war ich mir nie so sicher. Jedenfalls entwickelt man eine besondere Sprache mit Leuten, die einem nahestehen.

Die anderen Orte, die wir in diesem Urlaub besuchten, habe ich wie Postkarten in meinem Kopf abgespeichert: das angestrahlte Amphitheater von Verona unter einem tintenschwarzen Himmel, der tiefblaue Golf von Neapel, die überraschend leuchtenden Farben an der Decke der Sixtinischen Kapelle. Diesen letzten, sorglosen Urlaubstag in Florenz aber, den Tag, bevor mein Leben sich dramatisch verändern sollte, kann ich Stunde für Stunde, ja fast schon Schritt für Schritt im Geist nachzeichnen.

Doll brauchte morgens immer länger als ich, weil sie schon damals nie ohne komplettes Make-up vor die Tür ging. Ich genoss es, ein bisschen Zeit für mich zu haben, besonders an jenem Morgen, als ich mich seelisch auf meine Prüfungsergebnisse einstellen musste. Waren meine Noten wohl gut genug, um auf die Uni zu gehen?

Am Vorabend war mir auf dem Weg zum Campingplatz die angestrahlte Fassade einer Kirche aufgefallen – schön und irgendwie unerwartet, wie eine Schatzkiste im Dschungel. Bei Tag war die Basilika viel größer, als ich geglaubt hatte, und als ich die riesige Treppe zum Portal hinaufstieg, kam mir der seltsame Gedanke, dass es der ideale Ort zum Heiraten wäre, obwohl ich damals noch nicht einmal einen richtigen Freund gehabt hatte, und von einer Hochzeit im weißen Kleid träumte ich auch nicht.

Die Aussicht von dem Vorplatz der Basilika war überwältigend. Ich musste mich beherrschen, nicht in Tränen auszubrechen, und schwor mir – so wie man es mit achtzehn eben tut –, eines Tages zurückzukehren.

Außer mir war niemand da. Die schwere Holztür aber öffnete sich, als ich dagegendrückte. Im Innern war es so dunkel, dass es eine Weile dauerte, bis ich wieder klar sehen konnte.

Es war ein paar Grad kühler als draußen, und es roch, wie Kirchen eben riechen: nach Staub und Weihrauch. Außer mir schien niemand da zu sein, und das Floppen meiner Sandalen auf dem Steinboden klang irgendwie respektlos, als ich die Treppe zum Altarraum hinaufstieg. Ich schaute in das riesige, unbewegte Gesicht Jesu Christi und betete, dass meine Noten einigermaßen okay ausfallen würden – und mit einem Mal war die Apsis wie von Zauberhand mit goldenem Licht erfüllt.

Ich fuhr herum. Ein schlaksiger Typ, ungefähr in meinem Alter, stand neben dem Kasten, in den man eine Münze werfen konnte, damit das Licht anging. Er hatte nach hinten gekämmte braune Haare und war noch unpassender angezogen als ich: Laufshorts, ärmelloses Hemd und Turnschuhe. Einen kurzen Moment lang trafen sich unsere Blicke, und wir hätten uns anlächeln oder vielleicht sogar etwas zueinander sagen können, aber wir verpassten die Gelegenheit und wandten uns verlegen der riesigen Kuppel mit den goldenen Mosaiken zu, und schon ging das Licht mit einem dumpfen Klacken wieder aus, so bestimmt und unerwartet, wie es zuvor auch angegangen war.

Im Halbdunkel blickte ich auf meine Armbanduhr, als wollte ich damit ausdrücken, dass ich die Kunstwerke noch gebührend würdigen, vielleicht sogar selbst zwei Minuten Licht beisteuern würde, wäre ich nicht ohnehin schon zu spät dran. Als ich an der Tür war, hörte ich wieder das dumpfe Klacken und sah in das ernste, erleuchtete Antlitz Jesu Christi. Ich fühlte mich, als hätte ich Ihn enttäuscht.

Doll war fertig bemalt und frisiert, als ich wieder am Campingplatz ankam.

»Wie war's?«, wollte sie wissen.

»Byzantinisch, glaube ich.«

»Ist das gut?«

»Wunderschön.«

Nach unseren Cappuccinos mit Vanillecremeteilchen (in Italien ist selbst das Essen in einer Campingplatzbar köstlich) machten wir uns auf den Weg in die Stadt, Richtung Hauptpostamt, damit ich ein Auslandsgespräch führen konnte. Ich wollte meine Abschlussnoten erfragen, damit das Thema nicht den ganzen Tag lang über uns schwebte. Selbst wenn es schlechte Nachrichten wären, wollte ich sie hören, denn nichts war schlimmer, als nicht zu wissen, was die Zukunft brachte.

Wir gingen zum *centro storico,* und ich plapperte den ganzen Weg über munter drauflos, wobei ich die eine Sache, die mich wirklich beschäftigte, geflissentlich vermied.

Meine Angst hatte sich so fest in meinem Kopf eingenistet, dass ich beim Wählen schon befürchtete, ich könnte nicht mehr sprechen.

Nach nur einem Klingeln nahm Mum ab.

»Hope liest dir deine Ergebnisse vor«, sagte sie.

»Mum!«, rief ich, aber es war zu spät.

Meine kleine Schwester war schon am Apparat.

»Ich les dir deine Ergebnisse vor«, sagte sie.

»Dann los.«

»A, B, C …«, murmelte sie langsam, fast so, als trainierte sie das Alphabet.

»Ist das nicht toll?«, fragte Mum.

»Was denn?«

»Du hast ein A in Englisch, ein B in Kunstgeschichte und ein C in Religion und Philosophie.«

»Machst du Witze?« Das waren bessere Noten, als ich

brauchte. Für den Studienplatz am University College in London hätten mir schon zwei Bs und ein C gereicht.

Ich streckte den Kopf aus dem Plexiglaskasten des öffentlichen Telefons und gab Doll das »Daumen hoch«-Zeichen.

Am anderen Ende jubelte erst Mum und dann auch Hope. Ich malte mir aus, wie die beiden in der Küche standen, neben dem Nippesregal und dem Teller, auf dem stand: *Heute ist der erste Tag vom Rest deines Lebens.*

Doll schlug vor, mit einer Flasche *spumante* in einem Straßencafé auf der Piazza della Signoria zu feiern, auch wenn dafür unser gesamtes restliches Geld draufgehen würde. Sie hatte mehr zur Verfügung als ich, weil sie neben der Schule in einem Schönheitssalon arbeitete. Seit Venedig, wo wir versehentlich einmal unser ganzes Tagesbudget für einen Cappuccino auf dem Markusplatz ausgegeben hatten, war sie ganz scharf darauf, noch einmal an einem Außentisch zu sitzen. Doll war zwar erst achtzehn, aber sie hatte schon immer einen Sinn für Glamour gehabt. Allerdings war es erst zehn Uhr vormittags, und selbst wenn wir uns alle Zeit der Welt nähmen, wären es immer noch viele Stunden, bis unser Nachtzug nach Calais abfuhr. Bis dahin würden wir einen gehörigen Brummschädel haben. Tja, ich bin eben ein pragmatischer Mensch.

»Deine Entscheidung«, sagte Doll enttäuscht. »Es ist deine Feier.«

Es gab noch so viele Sehenswürdigkeiten, die ich abklappern wollte: die Uffizien, den Bargello, den Dom, das Baptisterium, Santa Maria Novella …

»Du meinst Kirchen, oder?« Doll ließ sich von den italienischen Namen nicht täuschen.

Wir waren beide katholisch erzogen worden, aber damals war Kirche für Doll etwas, das sie sonntags am Ausschlafen hinderte, und ich fand es cool, mich als Agnostikerin zu bezeichnen, obwohl ich noch immer relativ oft für irgendetwas betete. So betrachtete ich die italienischen Kirchen auch weniger als Gotteshäuser denn als Orte der Kultur. Ehrlich gesagt benahm ich mich ziemlich angeberisch, aber das durfte ich, weil ich bald eine Studentin sein würde.

Nachdem wir unsere Rucksäcke im Bahnhof eingeschlossen hatten, machten wir einen schnellen Rundgang durch den Dom, fotografierten uns gegenseitig vor den goldenen Türen des Baptisteriums und bummelten dann durch kleinere Nebenstraßen Richtung Santa Croce. Bei einer winzigen *gelateria,* die gerade erst öffnete, legten wir eine Pause ein. Ein Eis um zehn Uhr vormittags, das war ganz nach Dolls dekadentem Geschmack. Wir wählten je drei Sorten aus den zylindrischen Bottichen, die wie eine große Farbpalette hinter der Glastheke angeordnet waren.

Ich nahm erfrischende Mandarine, Zitrone und rosa Grapefruit.

»Zu frühstücksmäßig«, kritisierte Doll und gönnte sich Marsala, Kirsche und Schokoladencreme, die sie als »orgasmisch« bezeichnete. Wenigstens hielt das Eis sie während der nächsten Stunde voller Giotto-Wandmalereien bei Laune.

Es macht Spaß, sich mit Doll Gemälde anzuschauen. Sie sagt nämlich Sachen wie: »Also, Füße konnte er jetzt nicht so gut, oder?« Aber als wir aus der Kirche kamen, merkte ich, dass es ihr jetzt reichte mit der Kultur. Und da es mittlerweile drückend heiß geworden war, schlug ich vor, mit dem Bus ins etwas höher gelegene Städtchen Fiesole zu fahren. Davon hatte ich im Reiseführer gelesen. Es war dann auch wirklich angenehm, am offenen Busfenster zu stehen und ein bisschen Fahrtwind ins Gesicht zu bekommen.

Der Dorfplatz von Fiesole war herrlich ruhig im Gegensatz zu den quirligen Straßen von Florenz.

»Komm, wir gönnen uns ein *menu turistico* zur Feier des Tages«, sagte ich, auch wenn unser Notgroschen dabei draufgehen würde.

Wir saßen auf der Terrasse des Restaurants und blickten auf Florenz, das vor uns in der Ferne lag, wie der Hintergrund eines Gemäldes von Leonardo.

»Und, hast du für heute Nachmittag noch mehr Bildungskram geplant?«, fragte Doll und wischte sich den Mund ab. Sie hatte sich für *spaghetti al pomodoro* entschieden.

»Hier gibt es ein römisches Theater«, gab ich zu. »Aber das kann ich mir auch alleine angucken, wirklich.«

»Diese verdammten Römer waren echt überall, oder?«

Wir waren die einzigen Touristen. Doll sonnte sich auf einer steinernen Sitzbank, während ich herumging und mich ein wenig umsah. Als ich die Bühne betrat, klatschte sie, und ich verbeugte mich.

»Sag irgendwas!«, rief Doll.

»Morgen, und morgen, und dann wieder morgen!«, zitierte ich brüllend den Macbeth.

»Weiter!« Doll holte ihren Fotoapparat heraus.

»Ich weiß nicht mehr, wie es weitergeht!«

Ich sprang von der Bühne und stieg die steilen Stufen hinauf.

»Soll ich ein Foto von dir machen?«

»Wir machen eins von uns beiden.«

Wir platzierten die Kamera drei Stufen höher. Doll sagte, so kämen die toskanischen Hügel im Hintergrund mit aufs Bild.

»Was heißt *cheese* auf Italienisch?«, fragte sie und stellte den Selbstauslöser ein. Dann huschte sie zu mir zurück, und der Fotoapparat klickte.

In meinem Fotoalbum sieht es aus, als würden wir Küsse in Richtung Kamera schicken. Die selbstklebende Beschichtung der Seiten ist inzwischen vergilbt, und der Plastikumschlag löst sich auf, aber die Farben – weißer Stein, blauer Himmel, schwarzgrüne Zypressen – sind noch genauso strahlend, wie ich sie in Erinnerung habe.

Umgeben von unsichtbaren Zikaden, die in den Bäumen zirpten, warteten wir ungewohnt wortkarg auf den Bus zurück nach Florenz.

Endlich fragte Doll: »Glaubst du, wir sind dann immer noch Freundinnen?«

»Wovon redest du?« Ich tat, als wüsste ich nicht, worauf sie hinauswollte.

»Wenn du an der Uni bist, zusammen mit Leuten, die Bescheid wissen über Bücher und Geschichte und so was …«

»Red doch nicht so einen Quatsch«, erwiderte ich bestimmt, aber dieser fiese kleine Gedanke hatte sich auch schon in mir eingenistet. Vielleicht würde ich nächsten Sommer mit Leuten wegfahren, die sich freiwillig die kleine Sammlung griechischer Vasen im örtlichen Museum ansahen oder Spaß daran hatten, die Arbeiten von Michelangelo und Donatello (und dem Rest der Ninja Turtles, wie Doll sie nannte) zu vergleichen.

Heute ist der erste Tag vom Rest deines Lebens.

Jedes Mal, wenn ich über die Zukunft nachdachte, spürte ich ein aufgeregtes Ziehen im Bauch.

Zurück in Florenz, machten wir einen kleinen Umweg, um uns noch ein Eis zu gönnen. Doll konnte der Schokolade auch dieses Mal nicht widerstehen und nahm noch Melone dazu. Ich entschied mich für Birne – worin die Essenz von hundert vollreifen Williamsbirnen eingefangen schien – und Himbeere, so süß und kraftvoll wie eine Kindheitserinnerung an den Sommer.

Am Ponte Vecchio war es etwas ruhiger als am Vormittag, und wir betrachteten die Auslagen der kleinen Juweliergeschäfte. Doll entdeckte ein Bettelarmband, das viel billiger war als der übrige Schmuck, und wir duckten uns durch den Türrahmen und quetschten uns in den winzigen Laden.

Der Inhaber zeigte uns die edle Kette mit den Anhängern, die den Dom, den Ponte Vecchio, eine Chiantiflasche und Michelangelos *David* darstellten.

»Ist für Kind«, sagte er.

»Soll ich es für Hope kaufen?«, fragte Doll auf der Suche nach einem Grund, ihr letztes Geld auszugeben.

Während der Mann das Armband in Papier einwickelte und in eine Pappschachtel mit aufgedruckten goldenen Lilien legte, malten wir uns wahrscheinlich aus, dass meine Schwester es zukünftig an einem besonderen Platz aufbewahren und von Zeit zu Zeit auspacken würde, damit wir alle es bewundern konnten wie ein kostbares Erbstück.

Draußen hatte sich die Sonne aus den Gassen mit den alten Gebäuden zurückgezogen, und der Lärm der Stadt hatte nachgelassen. Der sanfte Klarinettenjazz eines Straßenmusikers wehte durch die laue Luft. In der Mitte der Brücke angekommen, lauerten wir auf eine Lücke in der Menschenmenge, um uns gegenseitig vor dem goldenen Abendhimmel zu fotografieren. Es war ein seltsamer Gedanke, dass wir wohl bald im Hintergrund von Dutzenden von Fotos auf Kaminsimsen von Tokio bis Tennessee zu sehen sein würden.

»Ich habe noch zwei Bilder auf dem Film«, verkündete Doll.

Ich sah mich um, und mein Blick blieb bei einem seltsam vertrauten Gesicht hängen, das sich jedoch in verwirrte Falten legte, als ich es freundlich anlächelte. Es war der Junge, den ich heute Vormittag in San Miniato al Monte gesehen hatte. Er trug jetzt ein kakifarbenes Polohemd und Chinos, und sein Haar leuchtete leicht rötlich in der Abendsonne. Neben ihm stand ein Paar mittleren Alters, vermutlich seine Eltern.

Ich hielt ihm die Kamera hin. »Könntest du vielleicht ein Foto von uns machen?«

Als er verwirrt dreinschaute, kamen mir Zweifel, ob er überhaupt Engländer war. Aber dann wurde sein blasser, sommersprossiger Teint rot vor Verlegenheit, und er erwiderte: »Ja, gern.« Mum hätte seinen Ton »wohlerzogen« genannt.

»*Cheese!*«

»*Formaggio!*«, riefen Doll und ich im Chor.

Auf dem Foto haben wir die Augen geschlossen und lachen beide über unseren Witz.

Im Schlafwagen hatten wir ein Viererabteil für uns alleine. Während der Zug durch die Nacht rollte, lagen wir auf den beiden unteren Betten, tranken abwechselnd aus einer Flasche Rotwein und ließen den Urlaub noch einmal Revue passieren. Für mich waren die visuellen Eindrücke und die Sehenswürdigkeiten das Schönste gewesen.

»Weißt du noch, die Blumen auf der Spanischen Treppe?«

»Welche Blumen?«

»Warst du überhaupt mit mir im selben Urlaub?«

Für Doll waren es die Männer gewesen.

»Erinnerst du dich an das Gesicht des Kellners an der Piazza Navona, als ich sagte, dass ich gern Fisch esse?«

Inzwischen hatten wir gelernt, dass dieser Satz auf Italienisch noch eine andere Bedeutung hatte.

»Was war für dich das beste Essen?«, wollte Doll von mir wissen.

»*Prosciutto* mit Pfirsichen vom Markt in Bologna. Und für dich?«

»Diese Zwiebelpizza mit Anchovis in Nizza war ...«

»Pissaladière«, sagte ich.

»Benutz nicht solche Ausdrücke!«

»Was war für dich der beste Tag?«

»Capri«, sagte Doll. »Und für dich?«

»Ich glaube, heute.«

»Und der beste ...«

Doll war mitten im Satz eingenickt, aber ich konnte nicht schlafen. Immer wenn ich die Augen schloss, sah ich mich in meinem kleinen Zimmer im Studentenheim. Bislang hatte ich mir diese Fantasie nicht erlaubt, aber jetzt räumte ich aufgeregt meine Sachen in die Regale ein, legte meine Tagesdecke aufs Bett und hängte das Botticelli-Poster an die Wand, das im Gepäckfach über mir gerade sanft von Seite zu Seite rollte. In welchem Stockwerk würde ich wohnen? Würde ich vom Fenster aus den Telecom Tower sehen können, so wie in dem Zimmer, das sie uns am Tag der offenen Tür gezeigt hatten? Oder hätte ich eins zur Straße hin und würde von meinem Fenster aus die roten Doppeldeckerbusse vorbeifahren sehen und die Polizeisirenen heulen hören – wie im Film!

In unserem Abteil wurde es allmählich kühl, während der Zug sich langsam in die Alpen hinaufarbeitete. Ich deckte Doll mit ihrem Fleece zu. Sie bedankte sich murmelnd, wachte aber nicht auf, und ich war froh darüber, denn ich genoss die Zeit, in der ich meine privaten Pläne schmieden und mit ihnen zusammen von einer Phase meines Lebens zur nächsten reisen konnte.

Irgendwann am frühen Morgen muss ich dann doch eingeschlafen sein, denn ich wachte auf, als der Frühstückskarren den Gang herunterratterte. Doll starrte traurig auf die zähflüssigen Regentropfen, die sich gegenseitig über die Fensterscheibe jagten, während der Zug über die platten Felder von Nordfrankreich raste.

»Das mit dem Wetter hatte ich ganz vergessen«, seufzte sie und reichte mir einen Plastikbecher mit saurem Kaffee und ein folienverpacktes Croissant.

Es war nicht so, dass ich eine geschmückte Straße oder eine Nachbarschaftsparade als Willkommensgruß erwartet hätte, aber als ich die Conifer Road entlangging, nachdem ich Doll bei ihr zu Hause am Laburnum Drive abgeliefert hatte, stieg eine gewisse Enttäuschung in mir auf. Alles war genau wie immer. Unsere Siedlung stammt aus den späten Sechzigerjahren. Damals war sie wahrscheinlich supermodern mit ihren gleichmäßigen rechteckigen Häusern, halb aus hellem Backstein, halb weiß verputzt, ohne Vorgärten, dafür mit einer gemeinschaftlichen Rasenfläche. Man hatte die Straßen nach Bäumen benannt, abgesehen von ein paar spillerigen Zierkirschen aber leider keine gepflanzt. Einige Bewohner, die es sich hatten leisten können, ihre Häuser der Stadt abzukaufen, hatten die Veranda verglasen oder einen Wintergarten anbauen lassen; trotzdem sahen die Häuser alle aus wie die kleinen Schachteln in dem Song von Pete Seeger. Nach einem

Monat Abwesenheit spürte ich, dass mir die Siedlung zu klein geworden war.

Ich hatte Mum nicht genau gesagt, wann ich zurück sein würde, war aber trotzdem verwundert, dass sie und Hope nicht am Fenster standen oder zumindest auf dem Rasen vor dem Haus saßen, um mich zu empfangen. Es war ein wunderschöner Abend. Vielleicht hatte Mum ja das Planschbecken hinten im Garten aufgestellt? Vielleicht planschten sie ja zu laut und hatten deswegen die Klingel nicht gehört?

Endlich tauchte eine vertraute Figur auf der anderen Seite des Milchglases auf.

»Wer ist da?«, fragte Hope.

»Ich bin's!«

»Ich bin's!«, rief sie.

Man wusste nie, ob Hope gerade Spielchen spielte oder bloß pedantisch war.

»Hier ist Tree!«, sagte ich. »Hope, mach bitte die Tür auf!«

»Hier ist Tree!«

Ich hörte, dass Mum von irgendwoher im Haus antwortete, bekam aber nicht mit, was sie rief.

Hope kniete sich auf die Fußmatte, um mir durch den Briefschlitz hindurch etwas zu sagen. »Ich hol einen Stuhl aus der Küche!«

»Nimm den, der im Flur steht«, wies ich sie an.

»Mum sagt Küche!«

»Okay, okay.«

Warum kam Mum denn nicht selbst? Mit einem Mal fühlte ich mich müde und genervt.

Endlich brachte Hope es fertig, die Tür zu öffnen.

»Wo ist Mum?«, wollte ich wissen. Im Haus war es kühl, und es roch nicht nach Abendessen.

»Steht grad auf.«

»Geht es ihr nicht gut?«

»Nur müde.«

»Und wo ist Dad?«

»Pub, denk ich.«

Ich nahm den schweren Rucksack ab. Mum stand oben an der Treppe. Sie rannte nicht auf mich zu, sondern tastete sich vorsichtig nach unten. Ich führte das auf die Schläppchen zurück, die sie zusammen mit dem ausgeblichenen rosafarbenen Jogginganzug trug. So ging sie normalerweise zum Aerobic. Mum kam mir irgendwie distanziert vor, fast schon ein bisschen wütend. Sie sah mir nicht in die Augen, während sie den Wasserkocher auffüllte.

Hätte ich sie schon vom Fährhafen aus anrufen sollen? Das konnte aber kaum der Grund dafür sein, dass sie nicht mit mir redete.

Ich sah auf die Uhr. Es war schon nach acht. Ich war nicht mehr daran gewöhnt, dass es in England um diese Zeit noch so hell war. Ich spürte den Wein vom Vorabend und den Schlafmangel. Mums Haare am Hinterkopf waren nicht gekämmt. Sie hatte im Bett gelegen, als ich ankam. Nur müde, hatte Hope gesagt. Vier Wochen lang hatte sie alleine zurechtkommen müssen.

»Das kann ich doch machen«, sagte ich und nahm ihr den Wasserkocher ab.

Als ich die schmutzigen Tassen im Waschbecken sah, spürte ich eine leise Unruhe in mir aufsteigen. Mum musste wirklich sehr müde sein, denn gewöhnlich hielt sie die Küche makellos sauber.

»Wo ist Dad?«, fragte ich.

»Im Pub wahrscheinlich«, erwiderte Mum.

»Geh doch wieder rauf, ich bringe dir eine Tasse.«

Zu meiner Überraschung erwiderte sie: »Ja, gut.« Dann schien sie sich plötzlich daran zu erinnern, dass ich ja weg gewesen war. »Wie war dein Urlaub?«

»Toll! Es war toll!«

Ich lächelte so angestrengt, dass mir das Gesicht wehtat, bekam aber kein Lächeln zurück.

»Und die Reise?«

»Gut!«

Sie war schon wieder auf dem Weg zurück nach oben.

Die Schlafzimmertür meiner Eltern stand offen. Bevor ich eintrat, fiel mir das Spiegelbild meiner Mutter von der Frisierkommode aus ins Auge. Irgendwie sehen die Menschen oft anders aus, wenn sie nicht merken, dass man sie beobachtet. Mit geschlossenen Augen lag Mum auf dem Bett und wirkte, als wäre alles Leben aus ihr gewichen, als wäre sie nur noch ein Schatten ihrer selbst. Ein paar Sekunden lang betrachtete ich sie so, dann regte sie sich und bemerkte mich.

Mit schreckgeweiteten Augen sah sie mich an. *Ist Hope da?*, schien ihr Blick zu sagen. *Dann frag bitte nicht*. Als sie begriff, dass ich allein gekommen war, schloss sie die Augen wieder.

»Komm, setz dich auf«, sagte ich.

Sie lehnte sich gegen mich, während ich ihr ein paar Kissen in den Rücken schob. Ihr Körper fühlte sich leicht und zerbrechlich an. Nur eine halbe Stunde zuvor war ich die Häuserreihe entlanggegangen und hatte das Alte, Vertraute verflucht. Jetzt fiel alles wie ein Kartenhaus in sich zusammen, und ich wünschte mir diese Normalität verzweifelt zurück.

»Es geht mir nicht gut, Tess«, sagte sie als Antwort auf die Frage, die ich nicht zu stellen wagte.

Ich wartete darauf, dass sie noch hinzufügte, aber es sei alles nicht so schlimm, aber das sagte sie nicht.

»Wie meinst du das, nicht gut?«, fragte ich, innerlich taumelnd vor Angst.

Mum hatte die Diagnose Brustkrebs bekommen, als sie mit Hope schwanger gewesen war. Die Chemo hatte sie erst nach der Geburt gemacht, sich aber wieder erholt. Danach musste sie regelmäßig zur Nachkontrolle, und die letzte Untersuchung vor ein paar Monaten war in Ordnung gewesen.

»Ich habe Eierstockkrebs, und er hat sich schon auf die Leber ausgebreitet«, sagte sie. »Ich hätte früher zum Arzt gehen sollen, aber ich dachte, ich hätte bloß Magenbeschwerden.«

Unten trällerte Hope gerade ein bekanntes Kinderlied, aber ich erkannte nicht, was es war.

Ich versuchte, mir Mum vorzustellen, wie sie vor meiner Abreise gewesen war. Menschen, die man jeden Tag sieht, betrachtet man einfach nicht so genau. Sie war erschöpft gewesen. Und beunruhigt. Aber ich dachte, sie hätte sich Sorgen wegen meiner Abschlussnoten gemacht. Sie war immer für mich da gewesen. Morgens in der Küche hatte sie Hope abgelenkt, während ich noch schnell durch meine Hefte geblättert hatte. Und wenn ich nach Hause gekommen war, hatte sie mit Tee und einem offenen Ohr für mich bereitgestanden, falls ich reden wollte. Und falls nicht, dann war sie einfach nur bei mir geblieben, hatte schweigend den Abwasch erledigt oder das Gemüse geputzt, ohne mich zu bedrängen.

Wie egoistisch war ich bloß gewesen, dass mir nichts aufgefallen war? Wie hatte ich nur auf diese Reise gehen können?

»Du hättest nichts tun können«, sagte Mum, als habe sie meine Gedanken gelesen.

»Aber bei der letzten Untersuchung war doch noch alles in Ordnung!«

»Ja, in meiner Brust.«

»Den Rest untersuchen sie nicht?«

Mum legte einen Finger auf die Lippen.

Hope war auf dem Weg nach oben. Sie sang »Alle meine Entchen«, wenn auch leicht verfremdet.

»Alle meine Entchen schwimmen im Püree ...«

Wir rangen uns ein Lächeln ab, als sie ins Zimmer kam.

»Ich hab Hunger«, sagte sie.

»Okay.« Ich sprang vom Bett. »Ich mache dir Abendessen.«

Hätte es noch weiterer Beweise bedurft, wie ernst die Lage war, so hätte ich nur einen Blick in den Kühlschrank zu werfen brauchen. Er war leer. Wir hatten nie viel Geld gehabt, aber immer genug zu essen. Plötzlich spürte ich eine Wut auf meinen Vater. In unserem Haus war die Arbeit traditionell verteilt: Dad verdiente das Geld, Mum kümmerte sich um den Haushalt. Aber unter diesen Umständen hätte er doch wohl mal einen Finger rühren können. Sicher saß er jetzt im Pub und ließ sich von seinen Kumpels bemitleiden. Dad fand immer einen Grund, über sein Schicksal zu klagen.

Im Schrank fand ich eine Dose mit fertigen Spaghetti und eine Packung Toast.

Hope sah mich an, aber ich war so damit beschäftigt, die Situation zu verarbeiten, dass ich nicht wusste, was ich zu ihr sagen sollte.

Die Spaghetti auf dem Herd begannen zu blubbern.

Ich schaufelte sie auf eine Scheibe Toast und dachte an die Pasta, die ich erst am Vortag in Fiesole gegessen hatte: al dente, mit einer Soße, die vor lauter sonnengereiften Tomaten förmlich zu explodieren schien. Und im Hintergrund hatte Florenz gelegen, wie die Kulisse eines Gemäldes von Leonardo. Das alles fühlte sich jetzt an wie ein anderes Leben.

Im Wörterbuch las ich, dass *plangent* »durchdringend« und »klagend« bedeutete. Es kam vom lateinischen *plangere:* sich in tiefer Trauer gegen die Brust schlagen.

2 GUS

August 1997

Ich fing mit dem Laufen an, nachdem mein Bruder gestorben war, weil ich dabei allein sein konnte, ohne mir dafür einen Grund ausdenken zu müssen. Das Schlimmste von allem war nämlich die Besorgnis meiner Mitmenschen. Wenn ich sagte, mir gehe es gut, sahen sie mich an, als würde ich mir etwas vormachen. Und wenn ich zugab, dass das alles ganz schön schwierig für mich war, fühlten sie sich hilflos. Aber wenn ich einfach behauptete, für einen Benefiz-Halbmarathon zu trainieren, um Spendengelder für Leute mit Sportverletzungen zu sammeln, nickten sie zufrieden. Da Ross bei einem Skiunfall ums Leben gekommen war, klang das nachvollziehbar.

Wenn ich die richtige Geschwindigkeit erreichte, versetzte mich das rhythmische Geräusch meiner Schuhsohlen in einen Zustand des Vergessens, der mir mittlerweile zur Sucht geworden war. Er trieb mich jeden Morgen aus dem Bett, sogar im Urlaub. In Florenz allerdings, wo die Straßen aus Kopfsteinpflaster bestanden und es an jeder Ecke großartige Kunstschätze zu bestaunen gab, konnte ich meinen üblichen Rhythmus nicht immer einhalten und dadurch auch nicht den Zustand erreichen, in dem ich vergaß, wo und wer ich war.

Am letzten Tag unseres Urlaubs lief ich bei Sonnenaufgang am Arno entlang. Ich überquerte jede der Brücken und erlief mir den Fluss quasi im Zickzack, kehrte dann um und absolvierte den Parcours noch einmal andersherum. In der einen Richtung hatte ich die Sonne im Gesicht, in der anderen wärmte sie mir den Rücken. Außer mir waren nur ein paar Straßenfeger unterwegs, und ich fühlte mich, als gehörte mir die Stadt ganz allein. Vielleicht gehörte ich aber auch ihr. Als ich das Stadium erreicht hatte, in dem mein Kopf klar wurde und meine Gedanken frei waren, dachte ich plötzlich, dass ich eines Tages nach Florenz zurückkommen, vielleicht sogar dort leben könnte. In dieser historischen Stadt konnte ich ein Mensch ohne Geschichte sein – der Mensch, der ich sein wollte, wer immer das auch war. Mit achtzehn schien mir das wie eine Offenbarung.

Als ich zum dritten Mal den Ponte Vecchio überquerte, reduzierte ich das Tempo, um langsam auszulaufen. Ich war ganz allein. Die glitzernden Waren der Juweliere lagen hinter dicken Rollläden aus Holz verborgen. War ich vielleicht fünfhundert Jahre in der Zeit zurückgereist? Es fühlte sich jedenfalls weniger real an als am Abend zuvor, als die Brücke voller Touristen gewesen war. Ein bisschen wie ein verlassenes Filmset.

Ich war hierher zurückgekommen, weil ich hoffte, dieses Mädchen wiederzusehen. Nicht dass ich einen Plan hatte, was ich ihr hätte sagen wollen. Ich hatte ja schon die ersten beiden Chancen vertan. Als ich ihr die Kamera zurückgegeben hatte, hatte ich es noch nicht einmal geschafft, ihr in die Augen zu sehen. Und als ich dann noch eine dritte Chance bekam, vermasselte ich die ebenfalls.

In der Schlange vor der Eisdiele hatte mir plötzlich jemand

auf die Schulter getippt. Da war sie wieder, und sie hatte gelächelt, als würden wir uns schon unser ganzes Leben lang kennen und uns gleich gemeinsam in ein berauschendes Abenteuer stürzen.

»An der Via dei Neri gibt es eine fantastische Eisdiele, wo man bestimmt sechs Kugeln für den Preis von einer hier bekommt!«

»Ich glaube, sechs schaffe ich nicht.«

Mein Versuch, halbwegs witzig zu sein, hatte aufgeblasen und abweisend geklungen. Ich war nicht sehr geübt im Umgang mit Mädchen.

»Ich schwöre dir, in dieser Eisdiele schon!«

Warum zeigst du sie mir nicht? Cool, lass uns hingehen! Keine dieser Antworten, die ich ihr so gern gegeben hätte, war mir, mit meinen Eltern direkt vor mir in der Schlange, über die Lippen gekommen. Stattdessen hatte ich sie angestarrt wie ein Trottel, während ich verzweifelt nach einer Antwort gesucht hatte, bis ihr strahlendes Lächeln schließlich leichter Verwirrung gewichen und sie hinter ihrer Freundin hergeeilt war.

Am Nordufer ratterten die Gitter der Schaufenster nach oben, und Florenz erwachte. Als ich den Domplatz betrat, schien die Sonne auf den Campanile, der mit seinen Streifen aussah wie eine Cassata, und plötzlich war die Luft vom Klang der Glocken erfüllt. Florenz war wie der Himmel auf Erden. Hier zu leben und dabei unglücklich zu sein wäre unmöglich.

In der Hotellobby traf ich auf meine Eltern, die auf dem Weg zum Frühstück waren.

»Die Einsamkeit des Langstreckenläufers!«, bemerkte mein Vater.

Das sagte er jedes Mal, wenn ich vom Laufen zurückkam, als hätte es irgendeine Bedeutung, dabei war es bloß der Titel eines Films, den er mal als junger Mann gesehen hatte.

In Begleitung meiner Eltern war ich immer leicht gereizt; es war beinahe wie ein Pawlow'scher Reflex auf ihre Anwesenheit.

Von meinen Mitschülern wusste ich, dass ein Urlaub in der Toskana nur dann ernst zu nehmen war, wenn man sich eine Villa mit Swimmingpool, Olivenhain und Blick auf die Hügel mietete – sofern einem nicht schon eine gehörte. Mein Vater hatte uns stattdessen in einem teuren Hotel mitten in Florenz eingebucht. Ich wusste nicht, wie es zu bestimmten Konventionen kam, aber mir war schon von klein auf klar gewesen, dass es gewisse gesellschaftliche Konventionen gab – und dass mein Vater nicht selten knapp danebenlag. Er selbst hatte nicht auf eine Privatschule gehen können, war inzwischen aber solvent genug, um seine Söhne auf eine zu schicken. Zu unseren Sporttagen erschien er in Anzug und Krawatte, während die coolen Dads, die zum Filmfestival nach Cannes fuhren oder Konten auf den Caymans hatten, Jeans, Polohemden und Slipper ohne Socken trugen. Vielleicht wollten sie den Preis für das legerste Outfit gewinnen. Als liberal denkender Oberstufenschüler war ich der Meinung, dass sich jeder so anziehen durfte, wie es ihm gefiel. Als Sohn meines Vaters war mir seine Art, sich zu kleiden, extrem peinlich.

»Wer will um diese Uhrzeit denn Käse essen?« Mein Vater inspizierte das Buffet. Er machte gern laute Bemerkungen, als erwartete er, dass die anderen Leute im Raum ihm zustimmten.

»Ich glaube, die Deutschen essen das gern«, sagte meine Mutter leise, damit niemand etwas von ihrer Unterhaltung mitbekam.

»Wie ist wohl die Darmkrebsrate in Deutschland?«, sinnierte er. »Und dazu noch diese ganze geräucherte Wurst ...«

»Und, was habt ihr heute vor?«, fragte ich, als wir mit voll beladenen Tellern zum Tisch zurückkehrten.

Bei unserer Pauschalreise mit dem Motto »Traumhafte Toskana« waren Tagesfahrten in andere Städte der Region inbegriffen. Nachdem der Bus allerdings schon auf der ersten Fahrt nach Assisi zweimal hatte anhalten müssen, weil mir übel geworden war, hatte ich mir die Zeit lieber allein in Florenz vertrieben. Ich besuchte Museen und Kirchen ganz nach meinem eigenen Zeitplan und genoss das wunderbare Gefühl der Schwerelosigkeit, das sich in Abwesenheit meiner Eltern einstellte.

»Pisa«, antwortete mein Vater.

Als jemand, der nicht wirklich an Reisekrankheit glaubte, konnte er seinen Unmut darüber nicht verhehlen, dass ich die Leistungen des Pauschalangebots nicht vollständig nutzte – ebenso wie über die Tatsache, dass die Reiseleitung sich weigerte, uns einen Teil des Reisepreises zu erstatten.

Das Stadtzentrum war voller Touristengruppen, die brav hinter den erhobenen Schirmen ihrer Reiseleiter hertappten, aber es war nicht sonderlich schwierig, ihnen in einer der schattigen Seitenstraßen zu entkommen. In der vergangenen Woche war ich so viel herumgelaufen, dass ich den Stadtplan von Florenz mittlerweile im Kopf abgespeichert hatte. Der überdachte Markt von San Lorenzo, wo der Duft der angebotenen Spezialitäten in der kühlen Luft hing, war täglich meine erste Pilgerstätte. Einige der Standinhaber kannten mein Gesicht bereits. Am Obststand kaufte ich einen Pfirsich; der alte Mann ließ seine knorrigen, geschulten Finger über eine

Pyramide aus Früchten wandern, bis er ein perfektes, vollreifes Exemplar für mich ausgewählt hatte. Bei der *salumeria* gab sich die freundliche Mamma viel Mühe, einen Belag für mein Brötchen auszusuchen. Sie hielt mir kleine Scheiben verschiedener Salamis hin, die ich kosten oder beschnuppern konnte wie einen edlen Wein. Da es mein letzter Tag war, leistete ich mir *un etto* – 100 Gramm – teuren San-Daniele-Schinken, und die Frau drapierte die hauchdünnen Scheiben vorsichtig auf dem glänzenden Papier.

»*Ultimo giorno*«, sagte ich zu ihr, um meine paar Worte Italienisch auszuprobieren.

Es ist mein letzter Tag.

»*Ma ritorno* – aber ich komme wieder«, setzte ich noch hinzu, als könnte ich die Wahrscheinlichkeit erhöhen, indem ich es laut aussprach.

Ich hatte mir ein Skizzenbuch mit einem Umschlag aus handgedrucktem Florentiner Papier gekauft, das ich mit in die Museen nahm. Indem ich die Bilder abzeichnete, schaute ich sie mir automatisch genauer an und konnte zudem meine Scheu vor ihnen ablegen. Kunst war immer mein bestes Fach in der Schule gewesen – wenn man es überhaupt als richtiges Fach betrachtete, was mein Vater nicht tat. Je intensiver ich mich mit der Kunst in Florenz beschäftigte, desto mehr wünschte ich mir, ich hätte den Mut aufgebracht, mich an der Uni für Kunstgeschichte zu bewerben. Dabei ging es mir weniger um den gekonnten Auftrag der Farbe auf eine Leinwand oder auf Putz; was mich faszinierte, war die Denkweise der Künstler. Hatten sie tatsächlich an die religiösen Geschichten geglaubt, die sie so menschlich darstellten, indem sie Heilige und Apostel wie Florentiner Bürger kleideten, oder hatten sie damit bloß ihren Lebensunterhalt verdient?

Man hatte mich immer in Richtung Medizin gelenkt, weil es »in der Familie lag«, wie mein Oberstufentutor einmal gesagt hatte. Als wäre es irgendeine genetische Disposition. Bilder konnte ich mir doch in meiner Freizeit ansehen, sagten alle. Doch jetzt, in dieser Stadt, in der Kunst und Wissenschaft Seite an Seite zur Blüte gelangt waren, fragte ich mich, ob man beides nicht sogar miteinander verbinden konnte. Vielleicht würde ich ja eines Tages als Gastprofessor für Anatomie in die Uffizien zurückkehren? Als Arzt würde ich zumindest das Geld haben, um wieder hierherzureisen. Kunst war brotlos, sagte mein Vater immer. »Sogar van Gogh konnte nicht davon leben!«

Ich aß mein *panino* auf den Stufen des Palazzo Vecchio. Hin und wieder wippte ich mit dem Fuß zur Musik eines Gitarrenspielers, damit es so aussah, als hätte ich etwas zu tun. Wenn ich alleine war, schien die Zeit sehr langsam zu verstreichen, und ich war viel zu schüchtern, um fremde Menschen in ein Gespräch zu verwickeln. Ob mir das wohl eher gelungen wäre, wenn mein Freund Marcus dabei gewesen wäre? Eigentlich hatten wir geplant, gemeinsam auf Interrailtour zu gehen, aber er hatte sich auf dem Schulball in ein Mädchen aus unserer Schwesterschule verliebt und wollte natürlich lieber Sex auf Ibiza, statt mit mir durch Europa zu reisen. Wir waren beide davon ausgegangen, dass wir erst auf der Uni Sex haben würden, insofern freute ich mich für Marcus (wenn auch zähneknirschend). Jedenfalls hatte ich mich entscheiden müssen, ob ich die Reise absagen oder sie alleine antreten wollte.

Etwa zur gleichen Zeit hatte sich ein Patient meines Vaters

die Krone an einem Stück Panforte zerbrochen und sein Erstaunen darüber geäußert, dass mein Vater noch nie in der Toskana gewesen war. Was diesen entsprechend gewurmt hatte.

»Was meinst du?«, hatte er mich eines Morgens gefragt und mir einen Prospekt hingeschoben, während ich eilig meine Frühstücksflocken hinuntergeschlungen hatte, um nicht zu spät zu meinem Sommerjob im neuen Pub zu kommen.

»Super Idee!« Ich war froh gewesen, zu sehen, dass er wieder Pläne machte.

»Willst du mitfahren?«

»Jetzt echt?« Mit dem Mund voller Weetabix hatte mein Entsetzen offenbar wie freudige Überraschung geklungen.

Als Zahnarzt erwartete Dad kaum mehr als ein leichtes Nicken als Antwort auf seine Fragen, und als ich von der Arbeit kam, war die Reise bereits gebucht und bezahlt.

Ich redete mir ein, dass es nicht nett wäre, die Großzügigkeit meiner Eltern auszuschlagen, aber in Wahrheit war ich einfach ein Weichei.

Während ich die Touristenmassen beim Fotografieren der *David*-Nachbildung beobachtete, fragte ich mich zum ersten Mal, ob ich das Mädchen überhaupt wiedererkennen würde, wenn ich es sah. Sie war groß und ihr Haar lang und braun, meinte ich mich zu erinnern. An ihren Gesichtszügen war nichts Besonderes, außer dieser plötzlichen Verschmitztheit – fast schon Vertrautheit – in ihrem Ausdruck, wenn sie lächelte. Als hätte sie ein aufregendes Geheimnis, das nur sie kannte und das sie gleich mit niemandem anderem als mit mir teilen würde.

Die Via dei Neri war eine enge Gasse in der Nähe des Flusses, und beim ersten Mal lief ich prompt an der *gelateria* vorbei, die aus kaum mehr bestand als einer schmalen Tür und einem dunklen Innenraum. Auf das erste Hörnchen nahm ich *nocciola* und *limone,* weil das der Italiener vor mir bestellt hatte. Die wunderbar cremige Konsistenz des Nusseises bildete eine perfekte Ergänzung zur erfrischenden Säure der Zitrone. Mit meinem Eis in der Hand schlenderte ich Richtung Piazza Santa Croce, und als ich es aufgegessen hatte, ging ich noch einmal zurück und wählte dieses Mal Pistazie und Melone. Jetzt allerdings lungerte ich im kühlen Schatten neben der Eisdiele herum und musterte jede neue Kundin in der Hoffnung, das Mädchen wiederzusehen. Aber sie kam nicht.

In der Hitze des Nachmittags kämpfte ich mich durch die Menschenmassen auf dem Ponte Vecchio zum Boboli-Garten. Je höher ich hinaufstieg, desto weniger Touristen waren unterwegs, und auf der höchstgelegenen Terrasse war ich dann ganz allein an dem hübsch angelegten See. Die Sonne brannte immer noch herunter, versteckte sich jetzt jedoch hinter einem Schleier aus Feuchtigkeit, der die Stadt bedeckte wie der Firnis auf dem Gemälde eines alten Meisters. In der Ferne war Donnergrollen zu hören, und die Luft schien praktisch schon von Wassertropfen durchsetzt zu sein. Ich schlug mein Skizzenbuch auf und zeichnete die verschwommenen Umrisse des Doms.

Plötzlich brach ein greller Lichtstrahl in das unnatürliche Halbdunkel und ließ die sauber getrimmten Buchsbaumhecken und das grünblaue Wasser des Sees unwirklich aufleuchten. Ich griff nach meinem Fotoapparat, drückte ab und erschrak, als sich daraufhin plötzlich ein weißer Reiher in den Himmel erhob, den ich für einen Teil des Marmorbrunnens im See gehalten hatte. Das Flattern seiner Flügel war das einzige Geräusch, das in der unbewegten Luft hing.

Mir fiel auf, dass ich seit dem Frühstück nicht ein einziges Mal an Ross gedacht hatte.

Einen Moment lang sah ich das Gesicht meines Bruders, das mich durch dichtes Schneetreiben hindurch anschaute. Seine Zähne waren weiß, und die Schneeflocken fielen auf sein dunkles, zurückgekämmtes Haar. Seine Augen wurden von einer verspiegelten Skibrille verdeckt.

Ein dicker Regentropfen fiel auf meine Zeichnung. Ich schloss das Skizzenbuch, richtete das Gesicht gen Himmel und genoss einen Augenblick lang einfach nur den warmen Regenguss. Bis mich ein Blitz daran erinnerte, dass ich eins der höchsten Objekte im Umkreis war und sofort Schutz suchen sollte. Als ich die jetzt glitschige Marmortreppe hinunterhastete, rannten gleichzeitig mit mir ganze Horden von Touristen aus dem Garten und hielten sich schützend ihre glänzenden Reiseführer über die Köpfe.

Zusammengedrängt und mit einem seltsamen Gefühl der Gemeinschaftlichkeit, fanden wir Schutz an den Mauern des Palazzo Pitti, wobei immer wieder einer von uns den Arm hinausstreckte, um zu prüfen, ob es noch regnete oder ob man sich wieder hinauswagen konnte.

Neben mir steckten drei junge, schwer bepackte Amerikanerinnen die Nasen in ihren Reiseführer, um herauszufinden, wie sie zurück zum Campingplatz kamen. Ich kannte den Weg, weil ich ihn am Tag zuvor auf meinem Morgenlauf zum Piazzale Michelangelo erkundet hatte. Wäre es höflich oder vielmehr aufdringlich, die Mädchen anzusprechen? Eine von ihnen sah sehr gut aus, und ich spürte, wie mir das Blut in die Wangen schoss, noch bevor ich einen Ton gesagt hatte.

»Zufällig habe ich euer Gespräch mit angehört. Kann ich euch helfen?«

Meine Stimme hatte einen fremden Klang, als käme sie von

einer anderen Person. Zuerst krächzend, dann viel zu laut und zu sehr nach elitärer Privatschule.

»Du bist Engländer, stimmt's?«, sagte die Hübsche. »Dein Akzent ist TOTAL süß!«

»Wohnst du auch auf dem Campingplatz?«

»Nein, im Hotel«, gestand ich, weil mir so schnell keine witzige Entgegnung einfiel.

»Warum trinken wir nicht alle zusammen einen *aperitivo?*«, schlug die Lauteste der drei vor.

»Eigentlich bin ich mit meinen Eltern zum Abendessen verabredet.«

Als der Regen nachließ, eilte ich davon. Ich war mir sicher, dass die drei über mich lachten. Ross hätte genau gewusst, wie man sich in einer solchen Situation verhielt. Kam man eigentlich schon mit Charme auf die Welt, oder konnte man ihn erlernen?

Der Regen hatte die meisten Menschen vom Ponte Vecchio vertrieben. Ich blieb noch einmal stehen, um einen letzten Blick auf die Landschaft hinter den Stadtmauern zu werfen. Die grün-weiß gestreifte Fassade von San Miniato al Monte, die abends hell angestrahlt wurde und die ich vom Pool auf der Dachterrasse des Hotels aus bewundern konnte, war in den tief hängenden Wolken verschwunden.

Vorne in dem kostenlosen Hochglanz-Reiseführer, der zusammen mit den Tickets in einem weißen rückenverstärkten Briefumschlag bei uns im Briefkasten gelandet war, befand sich eine Liste der Sehenswürdigkeiten, die jeder Toskanatourist gesehen haben sollte. Jeden Abend beim Essen fasste mein Vater die Aktivitäten des Tages zusammen und hakte die absolvierten Ziele ab wie ein Pfadfinder, der seine Abzeichen zählt.

- Die kopfsteingepflasterten Straßen von San Gimignano?
  Durchwandert.
- Der höchste Turm der Toskana?
  Bezwungen.
- Giottos berühmter Freskenzyklus mit dem Leben des heiligen Franziskus?
  Gesehen. (Und das waren genug religiöse Gemälde für ein ganzes Leben!)
- Das aufregende Spektakel der donnernden Pferdehufe im Palio von Siena?
  Findet leider nur an zwei Tagen im Jahr statt.
- Ein entspannender Aperitif auf der berühmten fächerförmigen Piazza?
  Genossen, trotz des halsabschneiderischen Preises, den man für einen Gin Tonic bezahlen musste.

»Wie war Pisa?«, fragte ich am Abend, während wir auf die Speisekarte warteten. Wir saßen in einem teuren Restaurant mit Deckengebälk und blankem Mauerwerk, das den Eindruck vermittelte, als säße man in einem mittelalterlichen Bankettsaal.

»Größer, als man denkt.« Mein Vater setzte seine Lesebrille auf, obwohl er schon genau wusste, was er bestellen würde.

»Der Schiefe Turm war kleiner, als ich dachte«, sagte meine Mutter.

»Die sollten mal ihr Warteschlangensystem überdenken«, bemerkte mein Vater, woraus ich ableitete, dass sie den Turm nicht hatten besteigen können und die Mission demzufolge nicht als erfüllt galt.

- Der Schiefe Turm von Pisa?
  Fotografiert, aber nicht bestiegen.

Das war nicht unbedingt ein befriedigender Abschluss des Urlaubs.

»Da gibt es aber noch ganz viele andere Gebäude«, berichtete meine Mutter. »Die Kathedrale und so. Natürlich voll mit Touristen.«

Nichts an ihrer Beschreibung gab mir Anlass zu der Bemerkung, eines Tages auch einmal dort hinfahren zu wollen, und hätte ich diesen Wunsch geäußert, hätte mein Vater mich bloß an den verschwendeten Sitzplatz im Reisebus erinnert. Also sagte ich nichts.

»Ja, auch Ihnen einen *buona sera*«, begrüßte mein Vater den Kellner, der kam, um unsere Bestellung aufzunehmen. »Wir nehmen das Beefsteak nach Florentiner Art.«

Seit dem Beginn des Urlaubs hatten meine Eltern es sich zur Aufgabe gemacht, das beste Restaurant herauszufinden, das dieses »berühmteste regionale Gericht« anbot. Schon am ersten Abend hatte Dad den Taxifahrer, der uns vom Flughafen abgeholt hatte, dazu befragt und danach alle Mitarbeiter an der Hotelrezeption. Jetzt saßen wir in dem Restaurant, das die Abstimmung mit fünf zu eins Stimmen gewonnen hatte.

Bistecca alla fiorentina, zum Kilopreis angeboten, war nicht bloß ein Gericht, sondern ein Spektakel, das auf einer erhöhten Bühne mitten im Restaurant aufgeführt wurde. Zuerst hielt ein Koch in weißer Mütze die Rinderhochrippe empor, wetzte mit dramatischer Geste ein langes Messer und schnitt dann riesige Scheiben von dem großen Stück ab. Diese wurden abgewogen, auf den Servierwagen geladen und den Gästen gezeigt. Mit stolz geschwellter Brust nahm mein Vater zur Kenntnis, dass die Gäste an den anderen Tischen bei jedem Schritt des Rituals gehorsam »Aaah!« und »Oooh!«

machten. Ich gönnte ihm diese kleine Freude, auch wenn mir die ganze Sache entsetzlich peinlich war.

»Was hast du denn so gemacht?«, fragte mein Vater, als das Fleisch in die Küche gefahren wurde und wir wieder miteinander reden mussten.

»Ich bin herumgelaufen ... War im Boboli-Garten.«

Schweigen.

»Ich habe einen Reiher gesehen.«

»Reiher? Bist du sicher, dass es kein Storch war?«

»Es war ganz eigenartig, weil ich ihn zuerst für einen Teil der Statue gehalten habe. Aber dann ist er weggeflogen, fast so, als wäre der Stein lebendig geworden.«

Meine Eltern tauschten einen Blick. Meine Mutter nannte mich manchmal ein wenig »abgehoben«. Mein Vater bevorzugte eher Begriffe wie »versponnen« oder »verkünstlert«. In der Kurzbeschreibung von Eltern für ihre Kinder war ich jedenfalls derjenige, der die »Traumtänzer«-Nische besetzte. Und dann machte ich den Fehler, einfach weiterzureden.

»Es war beinahe wie eine Vision, wisst ihr? Ich meine, vielleicht sind die ganzen Visionen des heiligen Franziskus ja neurologisch zu erklären? Vielleicht funktionierte sein Hirn ja irgendwie anders?«

Zu spät wurde mir bewusst, dass »Hirn« zu den Wörtern gehörte, die wir nicht mehr benutzten. Bestimmte Wörter lösten unweigerlich Assoziationen aus, weswegen das Vokabular unserer Familie innerhalb der letzten Monate massiv geschrumpft war.

Jetzt starrten meine Eltern beide ausdruckslos ins Leere.

Meine Gedankenlosigkeit hatte sie an Ross' Kopf erinnert. Daran, dass der Verband nicht dick genug gewesen war, um zu verbergen, dass ein Stück fehlte.

Ich fragte mich, ob ein Teil seines Gehirns vielleicht in den Schnee gelaufen war. Hatte die Rettungsmannschaft es mit noch mehr Schnee bedeckt? Und wenn der Schnee im Frühjahr schmolz, würde man dann noch immer Fragmente von ihm auf dem Berg finden?

Wenn dieser Urlaub ein Versuch gewesen war, ein wenig Abstand von all dem zu gewinnen, so konnte man ihn nicht gerade als Erfolg bezeichnen. In unserem letzten Urlaub war Ross noch bei uns gewesen. Es war zwar ein Winterurlaub gewesen und somit ganz anders als diese stickige Hitze von Florenz, aber trotz allem ein Familienurlaub. Wenn man sich an solche Familienurlaube erinnert, denkt man immer zuerst an die Sehenswürdigkeiten und das Wetter; irgendwie vergisst man, wie es sich anfühlt, so eng aufeinanderzuhocken – Essen für Essen, Tag für Tag. Bei uns hatte Ross immer das große Wort geführt. Er plänkelte mit Dad herum und machte Scherze auf meine Kosten, während Mum ihn voller Liebe ansah. Jetzt schien er durch seine Abwesenheit sogar noch präsenter zu sein als vorher.

Alle denken an dich, Ross, aber keiner wagt es, auch nur deinen Namen auszusprechen.

Manchmal ertappte ich mich dabei, wie ich mich im Stillen mit meinem Bruder unterhielt, obwohl wir nie ein besonders enges Verhältnis zueinander gehabt hatten. Rückblickend bin ich noch immer überrascht darüber, wie viel wir nur dadurch gemeinsam hatten, dass wir zur selben Familie gehörten. Ross war der einzige Mensch, der begriffen hätte, wie bedauernswert meine Eltern in ihrem Kummer waren – und wie es ihnen trotzdem gelang, einem auf die Nerven zu gehen.

»Man muss sich mit der Realität auseinandersetzen«, sagte mein Vater schließlich, und ich wusste nicht, ob diese Anweisung mir galt oder ihm selbst. »Man muss mit dem fertigwerden, was vor einem liegt.«

Im Moment lag ein verkohltes Riesensteak vor ihm und blutete auf das darunterliegende Holzbrett.

Mein Vater sah den Kellner fragend an.

»Es wäre schön, wenn der Koch es für uns durchbraten würde, wenn es nicht zu viel Mühe macht!«, bellte er.

Ich stellte mir den Gesichtsausdruck des Kochs vor, als ihm der Ober das Fleisch wieder in die Küche zurückbrachte. Bei meinem Aushilfsjob im Orchard Gastropub hatte ich gelernt, dass die Kunden, die ihre Steaks zum Durchbraten zurückgehen ließen, noch weniger Respekt genossen als die Tellerwäscher.

Als wir das Steak wiederbekamen, war es überall hellbraun. Es sah aus, als hätten sie es einfach zehn Minuten in die Mikrowelle gelegt.

Mein Vater teilte die zähen Scheiben aus.

»Wie viele möchtest du, Angus?«

»Nur eine.«

»Eine?«

»Angus war noch nie ein guter Esser«, bemerkte meine Mutter.

Nein, Ross war der gute Esser gewesen. War es hypersensibel von mir, hier gerade einen unausgesprochenen Vergleich zu hören?

Ich war ganz anders als Ross. Mein Bruder war dunkelhaarig, attraktiv und kräftig gewesen, ich hatte die schmale, hochgewachsene Statur meiner Mutter geerbt. Mein Haar war zwar nicht so orange wie das meines Vaters, aber ich hatte genügend Sommersprossen, um in der Schule als »Rotfuchs« verspottet zu werden.

Ross war Kapitän der Rugby- und der Rudermannschaft gewesen, und Schülersprecher. Ich spielte lieber Fußball und kam nicht mal als Klassensprecher in Betracht. Ross konnte damit angeben, als Rettungsschwimmer im Freibad gejobbt zu haben, während ich bloß Küchenhelfer gewesen war. Zwar hatte er nie irgendjemandem das Leben gerettet, aber es war oft genug vorgekommen, dass ein Mädchen einen Krampf oder Ähnliches im Wasser vorgetäuscht hatte, nur um von ihm an den Beckenrand gezogen zu werden. Zu Hause in Guildford war Ross so was wie ein Baywatch-Star gewesen.

Waren meine Eltern einfach nur schlecht darin, ihre offensichtliche Präferenz für Ross zu verbergen, oder war ich im Vergleich zu ihm wirklich bloß ein mittelmäßiger Sohn? Aber so etwas konnte man nicht ansprechen, ohne sich wie eine Mimose anzuhören, also hielt ich den Mund. Nur mit Marcus sprach ich manchmal über solche Dinge, weil er wusste, wie mein Bruder wirklich gewesen war. Wir fragten uns, ob Ross' sportliches Talent die Lehrer an unserer Schule bereitwillig über andere Dinge hatte hinwegsehen lassen. Oder hatten sie einfach Angst vor ihm gehabt? Vielleicht hatten Ross und seine Anhänger Buch über alle Lehrer und alle Schüler der unteren Klassen geführt und jede strafbare Beleidigung und Handlung notiert? Ich würde es nie erfahren, denn seit er tot war, sprachen alle nur noch in den höchsten Tönen von ihm.

Schweigend kauten wir unser Steak.

»Du kannst es wahrscheinlich kaum erwarten, auf die Uni zu gehen«, begann meine Mutter.

Merkte man mir mein Unbehagen so deutlich an?

Ich gebe zu, ich zählte die Stunden, bis dieser bedrückende Urlaub endlich vorbei war, aber ich machte mir auch Gedanken über meine Zukunft. Vielleicht war Medizin ja doch nicht so schlecht für mich. Schließlich war ich gut in Bio und interessierte mich dafür, wie die Menschen funktionierten.

»Du klingst wie eine Kummerkastentante«, hatte Ross mich aufgezogen. Das war im letzten November gewesen, aber jetzt fühlte es sich an, als wäre es ein ganzes Leben her – was ja irgendwie auch stimmte.

Obwohl Ross so sehr über mich gespottet hatte (oder vielleicht gerade deswegen), machte ich im Aufnahmegespräch eine gute Figur und bekam einen Studienplatz angeboten, unter der Bedingung, dass ich in der Abschlussprüfung drei As bekam. Trotz allem aber fühlte ich mich nicht wohl dabei, in Ross' Fußstapfen zu treten. In den darauffolgenden Weihnachtsferien beschloss ich deshalb, meine Eltern um Erlaubnis zu bitten, erst ein Jahr später mit dem Studium zu beginnen, um mir darüber klar zu werden, ob Medizin wirklich das Richtige für mich war.

Dann geschah der Unfall.

Als die Schule wieder anfing, war die Bewerbungsfrist schon fast abgelaufen. Mein Vater war so stolz darauf gewesen, dass seine beiden Söhne Ärzte werden würden. Indem ich jetzt Medizin studierte, oder es zumindest nicht *nicht* studierte, konnte ich ihn zumindest ein bisschen trösten. Noch bis zu dem Tag, als ich in der Schule anrief, um meine Ergebnisse zu erfahren, hatte ein kleiner Teil in mir auf ein wenig Aufschub gehofft. Aber meine Noten waren gut genug.

Mir fiel auf, dass ich meiner Mutter noch gar nicht geantwortet hatte.

»Ja, ich freue mich darauf«, versicherte ich ihr.

Wenigstens würde ich Sex haben. Wenn man Ross' Erzählungen Glauben schenken durfte, trieben es die Mediziner die ganze Zeit über wie die Tiere.

3 TESS

September 1997

An ihrem ersten Schultag ließ Hope sich erstaunlich brav in den grauen Rock, das weiße Polohemd und das blaue Sweatshirt stecken. Dann rannte sie in Mums Zimmer, um sich einen Abschiedskuss zu holen.

»Mach ein Foto, Tess«, bat Mum.

Wir beschlossen, dass Mum in ihrem Zustand nicht mit uns kommen sollte, damit Hope sich erst gar nicht daran gewöhnte. Hope schien zu akzeptieren, dass ich sie begleitete. Vielleicht fand sie das ganz normal, denn es war ja noch nicht lange her, dass ich selbst jeden Morgen zur Schule aufgebrochen war. Ich hatte mich schon auf einen Schrei- und Heulanfall eingestellt, aber als wir das Haus verließen und Mum von oben »Tschüs!« rief, war sie diejenige, deren Stimme sich fast überschlug.

Mum und Hope waren unzertrennlich. Mum war dreiundvierzig gewesen, als Hope auf die Welt gekommen war. Einen »Nachkömmling« hatte sie sie genannt, weil sie ihre Tochter niemals als »Unfall« bezeichnet hätte. Und sie gab ihr den Namen Hope – Hoffnung. Da wir anderen so gut wie erwachsen waren, hatte Mum genügend Zeit gehabt, mit Hope in aller Ruhe Bilderbücher anzuschauen und Törtchen zu backen. Die meisten Leute hielten meine kleine Schwester für verzogen. Sie war ein hübsches Baby gewesen, mit einem Schopf blonder Locken, und hatte von uns fünf Erwachsenen – sechs, wenn man Brendans Freundin Tracy mitzählte – jede Menge Aufmerksamkeit bekommen. Wir hatten riesigen Spaß daran gehabt, sie auf dem Arm zu halten und zum Lachen zu bringen. Die Leute waren der Ansicht, diese Rundumversorgung sei der Grund dafür gewesen, dass sie ein bisschen spät dran war, was das Laufen und andere Dinge anging. Mum hatte versucht, Hope in den Kindergarten zu schicken, doch die Kleine wollte sich nicht von ihr trennen. Zugleich aber konnte sie schon mit vier bis tausend zählen und alle Kinderlieder auswendig singen, was vermutlich eine ziemliche Leistung war.

Hope ging also brav mit mir auf den Schulhof, wo die anderen Vorschulkinder sich in einer Reihe aufstellten. Ich wartete am Tor und hoffte inständig, dass alles gut gehen würde und die Schule meine kleine Schwester vor dem beschützen konnte, was uns bevorstand.

Nachdem die Pfeife ertönt war, herrschte einige Sekunden lang absolute Stille, und es erschien mir wie ein Geschenk, wie das wundersame Geschenk eines Gottes, den ich nicht so leichtfertig hätte aufgeben sollen. Dann zerriss ein vertrautes Schreien die Stille.

Mum sagte immer, Hopes Geschrei hätte meine Brüder aus dem Haus getrieben. Ich war mir nie sicher, ob sie das wirklich ernst meinte, denn meistens fügte sie noch hinzu, dass es schließlich auch an der Zeit für sie gewesen sei, selbstständig zu werden. Mum hatte einen ganz besonderen Humor. Sie war intelligent, aber nicht besonders selbstbewusst, und immer wenn sie eine gewagte Aussage machte und die falsche

Reaktion darauf bekam, tat sie, als sei es bloß ein Witz gewesen.

Kevin war der Erste, der ging; erst nach London, als er das Stipendium bekam, und dann nach Amerika. Er und Dad waren nie besonders gut miteinander ausgekommen, schon gar nicht, nachdem Kevin sich geweigert hatte, in Dads Fußstapfen zu treten und auf dem Bau zu arbeiten. Sein Auszug sorgte also erst einmal für etwas Ruhe. Dann wurde Tracy schwanger, und Brendan ließ die Bombe platzen: Sie würden zusammen nach Australien gehen. Er hatte immer das Gefühl gehabt, in Kevins Schatten zu stehen, und jetzt hatte er ihn übertrumpft. Hope jedenfalls bekam dadurch ihr eigenes Zimmer und musste nicht länger in meinem schlafen, aber laut war es bei uns noch immer. Darum verbrachte ich viel Zeit in der Schulbibliothek, und Dad zog es vor, im Pub zu sitzen. Die Leute sagten immer, Mum habe die Geduld einer Heiligen.

Mrs. Corcoran, die Rektorin der St. Cuthbert's, erklärte mir, es sei ganz normal, wenn ein Kind aus angespannten familiären Verhältnissen in der Schule unruhig sei. Sie war der Meinung, ich solle Hope für den Anfang auch während der Schulstunden begleiten. Ich könne ja bei den Kleinen ein wenig aushelfen. Die Lehrassistentin der Vorschulklasse war gerade im Mutterschaftsurlaub, insofern passte es gut.

Mir war die Ablenkung recht. Wenn man dreißig kleine Kinder vor sich hat, kann man kaum an etwas anderes denken als daran, alle rechtzeitig in ihre Jacken, Mützen, Handschuhe, Malschürzen und Turnklamotten zu stopfen und wieder herauszuholen. Ich musste mich um verlorene Schuhe kümmern, Toilettenbesuche begleiten, das Händewaschen danach überwachen und in den Pausen Apfelschnitze austeilen.

Mum schlief sehr viel, weil sie Morphin bekam. Man sollte glauben, dass man alles Ungesagte zur Sprache bringt, wenn man weiß, dass jemand bald stirbt, aber so lief es nicht. Es war beinahe so, als hätten wir Angst davor, das Ende herbeizureden oder zu früh mit allem fertig zu sein.

Ich sagte Mum, dass ich sie liebte. Ich sagte es ihr an jedem einzelnen Tag, und bald sagte ich es ihr auch, bevor sie einschlief oder wenn ich das Zimmer verließ, um Hope das Abendessen zu machen. Irgendwann klang es dann seltsam. Es ist kaum zu glauben, dass sich der Satz »Ich liebe dich« irgendwann abnutzt, aber leider ist es so.

Ich sagte natürlich auch andere Dinge, zum Beispiel: »Mach dir keine Sorgen um uns, wir kommen schon zurecht.«

Und Mum antwortete: »Ich weiß.«

Wir sprachen nie darüber, wie dieses »Zurechtkommen« eigentlich aussehen würde, denn ich wollte nicht den Anschein erwecken, als sei ich diejenige mit dem Problem.

Einmal nahm Mum meine Hand, sah mir fest in die Augen und sagte: »Du musst auf die Uni gehen.«

»Das werde ich, mach dir keine Sorgen.« Diese vage Formulierung erlaubte es uns beiden, die Frage nach dem Wie zu vermeiden.

Ich half Mum, eine Erinnerungsschachtel für Hope zusammenzustellen. Es war ein Schuhkarton, den wir mit Stoffresten der rosa karierten Vorhänge aus Hopes Zimmer beklebten. Mit gelbem Seidengarn stickte Mum »Hope« auf das Stück, das auf den Deckel kam. Die Schachtel sah richtig schön aus. Nun blieb nur noch die Frage, was wir hineintun sollten. Es gab nicht viele Erinnerungsstücke an die Zeit, die Mum und Hope gemeinsam verbracht hatten. Von ihren Erstgeborenen machen Eltern jede Menge Fotos, doch mit jedem weiteren Kind scheint dieser Eifer nachzulassen. Aber wir fanden dann doch noch ein hübsches Foto, auf dem Mum und Hope (als lächelndes Baby) zu sehen waren. Mum diktierte mir außerdem das Rezept für Hopes Lieblingstrifle, und mit Hopes Fisher-Price-Kassettenrekorder nahmen wir noch eine persönliche Botschaft auf. Schließlich nahm Mum die Kette mit dem goldenen Kreuzanhänger ab und reichte sie mir.

»Ich glaube nicht, dass du sie haben möchtest, oder, Tess?«

Ich wusste nicht, womit ich sie glücklicher machen konnte. Sollte ich »doch« antworten oder ihr den Trost schenken, dass die Kette an Hope gehen würde? Sie wanderte in die Schachtel. Aber dann bemerkte Hope, dass Mum sie nicht mehr trug. Mum konnte ihr natürlich nicht sagen, warum, und so wurde die Kette flugs wieder herausgeholt und die Schachtel unter dem Bett versteckt. Ab und zu fragte Mum: »Fällt dir nicht noch irgendwas für die Schachtel ein? Vielleicht eine CD? Die *Greatest Hits* von ABBA? Sie ist ganz vernarrt in dieses Lied mit den singenden Kindern ...«

Irgendwie wünschte ich, wir hätten nie mit diesem Karton angefangen – oder einen kleineren genommen, denn die paar Sachen, die darin herumrutschten, waren so ungenügend, um Mums Liebe auszudrücken.

Wenn Mum und ich – wie viktorianische Ladys, sagte Mum dann immer – mit Basteln und Nähen beschäftigt waren, fiel es mir ein wenig leichter, gewisse Dinge anzusprechen, vielleicht weil wir gleichzeitig ja noch etwas anderes zu tun hatten. Einmal bat ich Mum, mir ein Zeichen zu geben, falls es ein Leben nach dem Tod geben sollte.

Das brachte sie zum Lachen.

»Ich kann dir keinen Glauben vermitteln«, sagte sie. »Diesen Schritt musst du schon selbst machen, und dann kommt alles andere von allein.«

»Könntest du es nicht wenigstens versuchen? Nur ein kleines Zeichen?«

»Wenn du nur all die Energie, die du aufs Zweifeln verwendest, in den Glauben stecken würdest ...« Das war typisch für sie: Kritik klang bei ihr oft wie ein Kompliment.

Brendan und Kevin kamen, beide im Anzug, aus verschiedenen Teilen der Welt angereist. Brendan, dem der Stolz auf seinen Erfolg anzumerken war, schwankte zwischen protziger Angeberei und Verzweiflung im Angesicht des bevorstehenden Unheils. Kevin, durchtrainiert und elegant, stolzierte in seinen engen Hosen herum und wollte über ein paar Dinge reden – Dinge, die ihn betrafen, nicht Mum.

Nachdem wir Mum im Hospiz besucht hatten, nahm Dad die Jungs mit ins Pub, und als sie spätabends wieder nach Hause kamen, boten sie einen seltsam fröhlichen Anblick.

»Genau wie früher«, sagte Dad, einen Arm um jeden seiner Söhne gelegt, als spielte er auf eine alte Familientradition an, die es so nie gegeben hatte.

Als das Ende kam, saß ich alleine an Mums Bett. Ich weiß nicht, ob sie das so gewollt hatte oder ob ihr einfach keine Zeit mehr blieb, sich von jedem einzeln zu verabschieden. Es kam mir vor, als hätte sie gewartet, bis alle versammelt waren, wäre dann aber in Eile gewesen, von uns zu gehen. Vielleicht dachte sie daran, dass die Jungs beruflich sehr eingespannt waren. Sie dachte immer zuerst an das Wohl der anderen.

Die Vorhänge um ihr Bett herum vermittelten ein falsches Gefühl von Intimität, denn wir konnten jedes Wort hören, das auf der anderen Seite gesprochen wurde.

Zum Beispiel Brendans Frage: »Hab ich noch Zeit für einen Kaffee?«

Ich sollte ihm wohl dankbar dafür sein, denn Mum schenkte mir ein letztes, verschwörerisches Lächeln, fast so, als wollte sie mir damit sagen: Hör dir den an!

Gerade war sie noch da gewesen, und in der nächsten Sekunde wich alles Licht aus ihren Augen.

Ich hatte geglaubt, auf diesen Moment vorbereitet zu sein, aber als mir klar wurde, dass sie tot war, war ich so geschockt, als wäre sie ganz ohne Vorwarnung gestorben. Ich saß da und hielt ihre Hand, bis ich ein schlechtes Gewissen bekam, weil ich den anderen nicht Bescheid sagte.

Die Männer brachen sofort in Tränen aus. Ich nicht. Ihr verkatertes Schluchzen war für mich wie ein Schlag gegen den Panzer meiner Benommenheit.

Hope gefiel es auch nicht. Sie schrie sie an aufzuhören.

»Schhh!«, machte sie, den Finger auf die Lippen gelegt. »Mum versucht zu schlafen!«

Ich sagte ihr, sie solle Mum einen Kuss geben, und ging mit ihr ins Hospizcafé, um ihr eine Wurst mit Pommes frites zu kaufen und (zu ihrer großen Überraschung) eine ganze Tüte Gummibärchen.

Als ich Hope an jenem Abend ins Bett brachte, fragte sie, um wie viel Uhr wir Mum am nächsten Tag besuchen gehen würden (in der Schule nahmen wir gerade die Uhrzeit durch), und ich erklärte ihr, dass Mum im Himmel war.

»Warum?«

»Um die Engel zu sehen«, improvisierte ich.

»Und Jesus«, fügte Hope hinzu.

»Ja.«

»Und Nana und Grandpa und Lady Di und Mutter Teresa ...« Hope zählte alle Menschen auf, für die sie in letzter Zeit zusammen gebetet hatten.

Ich hatte dem Konzept des Himmels nie wirklich etwas abgewinnen können, bis jetzt. War das ein Zeichen?

Ich wartete auf die Stille, die mir anzeigte, dass Hope eingeschlafen war, und schlich langsam zur Tür.

»Tree?«

»Ja?«

»Wann kommt Mum wieder zurück?«

Was sollte ich darauf entgegnen?

»Sie kommt nicht mehr zurück, Hope. Aber sie liebt uns immer noch.«

»Sie wird uns immer lieben«, sagte Hope.

Obwohl es dunkel war im Zimmer, wusste ich, dass sie nicht weinte. Für Hope war das ganz einfach eine Tatsache, weil Mum es ihr gesagt hatte und weil sie es ihr auf der Kassette wieder und wieder sagen würde.

Zur Beerdigung kamen viele Verwandte aus Irland, die zu Mums Lebzeiten die Reise nie auf sich genommen hatten. Als sie in den Siebzigerjahren mit Dad nach England gegangen war, hatten ihre Geschwister ihr das übel genommen, weil sie sich als älteste Schwester nach dem frühen Tod ihrer Mutter eigentlich um den Vater hätte kümmern sollen. Ich kannte meine Onkel, Tanten und Cousins nur aus vagen Erinnerungen an unsere Irlandreisen. Wir hatten in kalten Wohnstuben vor dem guten Teeservice gesessen und uns schrecklich gelangweilt. Meine Eltern hatten das immer als »Anstandsbesuche« bezeichnet. Keiner unserer irischen Verwandten kannte Hope, aber das hielt sie nicht davon ab, ihr tränenerfüllt über den Kopf zu streichen oder sie überschwänglich zu umarmen, was ihr überhaupt nicht gefiel.

»Ich mag nicht geküsst werden!«, rief sie und machte sich ganz schwer.

»Na, das ist aber ein aufgewecktes Kind!«, bemerkte Catriona, die Schwester meiner Mutter. Mit übertrieben lauter Flüsterstimme unkte sie: »Du musst jetzt auf sie aufpassen, Teresa, und auch auf dich selbst. Es heißt ja, so etwas liegt in den Genen. Wie schrecklich, dass wir alle damit leben müssen.«

Sogar jetzt, wo Mum tot war, klang sie, als würde sie ihr Vorwürfe machen.

Ich war der Ansicht, dass Hope lieber nicht mit zur Beerdigung gehen sollte, aber Dad und Brendan wollten sie dabeihaben, und Kev sagte, auf ihn höre ja sowieso niemand – was eine gute Ausrede war, sich vor jeglicher Meinungsäußerung zu drücken. Ich wurde also überstimmt. Obwohl ich mir sicher war, dass Mum es auch nicht gewollt hätte.

»Hat sie dir das so gesagt?«, wollte mein Vater von mir wissen.

»Nein.«

Es war eins von vielen Dingen, über das ich mit ihr hätte reden sollen. Es war so dumm. Wir hatten doch wirklich genug Zeit gehabt, und ich hatte mich nicht getraut, sie zu fragen, was sie sich für ihre Beerdigung wünschte.

»Na dann«, sagte Dad.

Hope schien dann auch ganz gut klarzukommen. Als wir in die Kirche kamen, spielte der Organist *»I Have a Dream«* von ABBA, in einer langsamen, fast schon zögerlichen Version.

Hope stand zwischen Dad und mir, als wir »*How Great Thou Art*« sangen – das war Mums Lieblingskirchenlied gewesen. Als wir das Vaterunser aufsagten und Hope brav mitsprach, warf Dad mir einen Blick zu, der heißen sollte: Hab ich's doch gesagt.

Ich glaube, Hope bemerkte den Sarg erst, als Brendan aufstand, um sein Gedicht vorzulesen.

Rückblickend hätten Kev oder ich ihn aufhalten sollen. Aber wir waren beide so geschockt gewesen, dass ausgerechnet Brendan ein Gedicht geschrieben hatte, dass keiner von uns daran gedacht hatte, es vorher zu lesen. Wahrscheinlich schämten wir uns insgeheim, weil wir nicht selbst auf die Idee gekommen waren, etwas zu verfassen.

Bei den Todesanzeigen in der Zeitung finden sich oft Gedichte. Aber nur, weil sich etwas reimt, ist es noch lange nicht besonders tiefsinnig. Brendan deklamierte: »Die beste Mum von allen biste, jetzt liegst du in der großen Kiste.«

Hope horchte auf. »In der großen Kiste?«, wiederholte sie.

»Schhh!«, machte Dad.

»Tree, ist Mum in der Kiste da?«

»Hope, du musst jetzt leise sein, wir sind in der Kirche.«

Wenn Mum das sagte, funktionierte es immer, aber in meiner Stimme lag wohl nicht genügend Überzeugungskraft.

»Mum ist bei Jesus im Himmel!«, rief Hope.

Father Michael trat zu uns.

»Der Körper deiner Mutter ist in der Kiste, Hope, aber ihre Seele ist im Himmel«, flüsterte er und atmete seinen Mundgeruch in unsere Richtung.

Hope schrie wie am Spieß und schlug wild um sich, als ich sie aus der Kirche trug. Wie sollte ein so kleines Kind auch die Trennung von Körper und Seele begreifen? Ich hätte auf mein Gefühl vertrauen sollen. Ein Kind gehörte nicht auf eine Beerdigung. Am schlimmsten aber war, dass ich Mum enttäuscht hatte.

Es war einer dieser windigen Tage Ende September. Ein paar vereinzelte Wolken jagten über den blauen Himmel, und die Bäume begannen, sich rot zu färben. Der Tag war viel zu schön für etwas so Trauriges. Sobald wir draußen waren, hörte Hope auf zu schreien und wand sich aus meinem Griff. Auf der Straße lagen alte, festgetretene Konfettireste. Rosafarbene Hufeisen, weiße Schmetterlinge, zitronengelbe Herzen. Hope hüpfte davon und versuchte, einzelne fallende Blätter zu erhaschen, und ich beobachtete sie dabei. Wenn sie eins fing, war das höchstwahrscheinlich ein Zeichen. Aber natürlich fing sie keins. Fallende Blätter haben nämlich die Angewohnheit, sich im letzten Moment davonzustehlen, bevor man sie greifen kann, und außerdem hatte Hope schon immer Koordinationsprobleme gehabt. Um zu verhindern, dass sie aus lauter Frust einen Wutanfall bekam, ging ich mit ihr zu *McDonald's* und kaufte ihr einen McFlurry.

So verpassten wir also Father Michaels Textbausteine über Mum als pflichtbewusste Ehefrau und Mutter, Charlotte Churchs *»Pie Jesu«* (wenn auch nur auf CD) und das Hinunterlassen des Sargs in die Erde, dem man wohl beiwohnen sollte, um innerlich abschließen zu können. Vielleicht erscheint mir Mum deswegen manchmal im Traum. Ich wache dann jedes Mal mit diesem wunderbaren Gefühl der Erleichterung auf – ich wusste doch, dass es nicht wahr sein kann! –, bevor mein Hirn wieder in die Realität zurückkehrt.

Mum war beliebt gewesen in der Kirchengemeinde, und für ihre Freundinnen war es selbstverständlich gewesen, den Leichenschmaus im Pfarrsaal der Kirche zu organisieren.

Einige Frauen in Schürzen hatten die kleine Küche neben der Bühne in ein Kommandozentrum verwandelt. Sie arrangierten Platten mit Sandwiches, Mini-Quiches, Scones und Kuchen, füllten Schüsseln mit Chips und Tabletts mit warmen Schinkenhörnchen. Andere kümmerten sich um die großen Teekannen, die sonst immer beim Weihnachtsmarkt zum Einsatz kamen, und schenkten für die Frauen Sherry und für die Männer Whiskey aus.

Es dauerte nicht lange, bis die Stimmung lockerer wurde und die Leute begannen, sich gegenseitig Anekdoten zu erzählen. Mums Schwester Catriona schilderte, was ihr widerfahren war, nachdem sie von Mums Tod erfahren hatte. Sie war in Mums altes Zimmer gegangen und hatte plötzlich einen starken Duft wahrgenommen. Hieß es nicht, dass die Menschen manchmal ihren Duft mitbrachten, wenn sie heimkamen? Einen Moment lang war Catriona sicher gewesen, dass es Mary gewesen war – bis ihr einfiel, dass sie kürzlich einen Duftspender mit »Herbstfrische« in den Raum gestellt hatte, da es dort immer ein bisschen muffig gerochen hatte.

Dad beglückte alle, die ihm zuhörten, mit der Geschichte, wie er und Mum sich kennengelernt hatten. Er war nach Hause gefahren, um die Beerdigung seiner Großmutter zu besuchen, und als er meine Mutter zum ersten Mal gesehen hatte, vom anderen Ende des überfüllten Raums aus, hatte das Licht der Liebe in ihren Augen geleuchtet.

Als er »das Licht der Liebe« sagte, musste ich an Mums Augen kurz vor dem Ende denken. Es war eine treffende Beschreibung. Manchmal konnte Dad einen wirklich überraschen. Oft fragte man sich, was eine so liebevolle und intelligente Frau wie Mum nur an ihm gefunden hatte; und in solchen Momenten ahnte man die Antwort.

»Wir haben uns bei einem Leichenschmaus kennengelernt, und jetzt verabschieden wir uns bei einem voneinander.«

Den letzten Satz wiederholte er noch öfter an jenem Abend, und die Leute nahmen seinen Arm und sagten Dinge wie: »So ist das Leben, Jim«, oder: »Du kannst dich mit deinen schönen Erinnerungen trösten.«

»Sie war eine wunderbare Frau«, entgegnete er dann, und das stimmte. Er hatte es bloß nie zu ihr gesagt, als sie noch lebte.

Ich war der Ansicht, dass er nicht gerade ein wunderbarer Ehemann gewesen war, aber Mum hatte sich nie über ihn beschwert.

»Dein Vater muss sich um so vieles kümmern« oder »Dein Vater muss sehr hart arbeiten«, lauteten die üblichen Entschuldigungen dafür, warum er öfter im Wettbüro oder im Pub herumhing als bei uns zu Hause. Andererseits waren wir ganz froh über seine Abwesenheit gewesen, weil er immer etwas Bedrohliches an sich hatte.

»Er ist doch nur so, wenn er getrunken hat«, verteidigte Mum ihn immer. Sogar an jenem Abend, als herausgekommen war, dass sie Kevins Ballettstunden mit dem Haushaltsgeld bezahlt hatte, und Brendan sich auf Dad stürzte, um ihn zurückzuhalten, und ich die Straße hinunterlief, um die Polizei anzurufen, weil ich dachte, er würde sie alle umbringen.

Als es dunkel wurde, herrschte im Pfarrsaal eine gewisse Partystimmung. Ein Mief aus Alkohol und übertriebenen Emotionen lag in der Luft, wie so oft, wenn Familienmitglieder zusammenkommen, die sich lange nicht gesehen haben.

Kev schob das Klavier auf die Bühne und spielte sein Partystück *»Danny Boy«,* das er in New York sicher schon oft am

St Patrick's Day dargeboten hatte, weil der dort noch größer gefeiert wird als in Irland. Kev war ein besserer Tänzer als Sänger, konnte aber immerhin eine Melodie halten, und bald schwiegen alle ehrfürchtig. Doch dann fingen die Leute an, mitzuklatschen und ihm zu versichern, seine Mutter wäre stolz auf ihn gewesen.

»Jim, singst du uns was vor?«, bat jemand.

Mein Vater protestierte nur kurz. Dann murmelte er »Na schön« und ging auf die Bühne, wo er sich ans Klavier lehnte und, begleitet von Kevin, *»I Will Love You«* von den Fureys sang.

Das ließ niemanden kalt. Für mich war es weniger der Text als der Anblick von Kev und Dad, wieder vereint. Das hätte Mum so glücklich gemacht. Als das Lied zu Ende war, entstand nachdenkliche Stille – die kurz darauf von einem kleinen, aber erstaunlich klaren Stimmchen neben mir durchbrochen wurde.

»Funkel, funkel, kleiner Stern, ach, wie bist du mir so fern. Wunderschön und unbekannt, wie ein strahlend Diamant, funkel, funkel, kleiner Stern, ach, wie bist du mir so fern.«

Ich hätte gelacht, wäre ich nicht so traurig gewesen. Da stand die kleine, stämmige Hope mit ernster Miene und vollführte die passenden Bewegungen zu ihrem Lied, so wie sie sie in der Schule gelernt hatte.

Als sie fertig war, klatschten alle, aber sie genoss den Applaus nicht so wie zuvor Kevin und Dad. Sie schien ihn nicht einmal zu bemerken.

»Was ist mit dir, Teresa?«, rief meine Tante Catriona. »Von dir haben wir noch nichts gehört.«

Sie meinte es wahrscheinlich nur gut, aber es klang, als wollte ich nichts zum Abend beitragen.

»Ich kann nicht singen«, protestierte ich.

»Ist doch okay, Tree«, warf Hope ein. »Jeder hat Sachen, die er besser oder schlechter kann.«

Das klang so sehr nach Mum, dass alle lachten. Außer Hope.

»Okay. Ich sage euch Mums Lieblingsgedicht auf«, verkündete ich. Warum hatte ich es eigentlich nicht bei der Trauerfeier vorgetragen?

»Die Seeinsel von Innisfree.
Ich stehe jetzt auf und gehe nach Innisfree sofort,
Auf Lehm und Reisig bau ich mir eine Hütte dort,
Und hab neun Reihen Bohnen, ein Bienenvolk,
das brummt,
Und leb allein im Wald, von Bienen umsummt.
Dort find ich etwas Frieden, dort tröpfelt Frieden
stille …«

Während ich langsam und um eine feste Stimme bemüht das Gedicht rezitierte, fragte ich mich, ob Mum sich tatsächlich nach Ruhe und Frieden fernab unserer lauten und chaotischen Familie gesehnt hatte. Ich blickte in die Gesichter ihrer Freunde und Verwandten, und wahrscheinlich dachten auch sie, das Gedicht beschreibe eine Art Himmel für Mum, was es uns allen ein wenig leichter machte, mit der Ungerechtigkeit ihres Todes umzugehen. Man spricht ja nicht umsonst davon, dass Gedichte ein Trost sein können.

Als ich geendet hatte, war es mucksmäuschenstill im Saal.

»Zeit fürs Bett«, sagte ich zu Hope. So konnte ich mich elegant davonmachen, bevor die Singerei wieder anfing und die Stimmung möglicherweise in betrunkene Aggression umschlug.

Es war Hope, die den Schmetterling in der Ecke des Badezimmerfensters entdeckte, als ich sie gerade badete. Er war weiß und hatte einen winzigen schwarzen Fleck auf jedem Flügel. Ein Kohlweißling. »Er will raus«, sagte Hope.

Ohne nachzudenken, öffnete ich das Fenster, und der Schmetterling flog hinaus ins verlöschende Licht.

Erst als ich mich hinkniete und Hopes Haar einschäumte, kam mir der Gedanke, wie der Schmetterling wohl in unser Badezimmer gekommen war. Wir hatten einen Fliederbusch im Garten, der im Sommer Schmetterlinge anzog, aber die waren für gewöhnlich orangefarben, und im Haus hatte ich noch nie einen gesehen. War es außerdem nicht schon zu spät für Schmetterlinge? Und für Kohlweißlinge? Vielleicht hatte er ja die Wärme gesucht?

Oder war der Schmetterling gar das Zeichen, um das ich Mum gebeten hatte? War ich am Ende zu dumm gewesen, um es zu erkennen, und hatte den armen Kohlweißling einfach in die Kälte fliegen lassen?

Am nächsten Morgen, als Dad oben noch schnarchte und Hope die Teletubbies im Fernsehen sah, kam Brendan vom Hotel rübergelaufen und berichtete, dass Kevin schon zum Flughafen gefahren war.

Anscheinend hatte es im Pfarrsaal noch einen heftigen Eklat gegeben, nachdem Hope und ich gegangen waren. Irgendwann hatte Kevin allen Mut zusammengenommen, war aufgestanden und hatte verkündet, dass Shaun, der Mann, der mit ihm im Hotel wohnte, kein Arbeitskollege auf dem Weg zu einer Tagung sei, sondern sein Lebenspartner – und das schon seit zwei Jahren, wie er unter Tränen brüllte, und er könne ihn seiner eigenen Familie nicht einmal auf der Beerdigung seiner eigenen Mutter vorstellen!

Die Tatsache, dass Kevin schwul war, überraschte weder mich noch Brendan (und vermutlich ebenso wenig meinen Vater, der die Tanzerei schon immer suspekt gefunden hatte). Aber musste er das denn gerade bei Mums Beerdigung öffentlich machen? Brendan war davon jedenfalls überhaupt nicht angetan.

Dad, der sich jetzt als doppeltes Opfer sah, hatte Father Michael geklagt: »Ich habe meine Frau und meinen Sohn am selben Tag verloren!«

Was wiederum Kevin die Gelegenheit gab, seinen Vater mit all dem Frust zu konfrontieren, der sich seit Jahren in ihm angesammelt hatte. Lustigerweise war es ausgerechnet Shaun gewesen, der die Situation gerettet hatte, indem er mit dem Taxi vorgefahren war und Kevin eingesammelt hatte.

Er schien ein ganz netter Kerl zu sein, meinte Brendan.

Hinterher kam mir der Gedanke, dass Kevin sich mit seinem dramatischen Abgang möglicherweise – bewusst oder unbewusst – aus jeder familiären Pflicht hatte davonstehlen wollen. Vielleicht dachte er aber auch gar nicht daran – ebenso wenig wie offenbar Brendan –, dass wir drei eine fast fünfjährige Schwester und einen nichtsnutzigen Trinker zum Vater hatten.

»Ich hatte eigentlich mit euch noch darüber sprechen wollen, was mit Hope werden soll«, sagte ich, um das Thema zur Sprache zu bringen.

»Sie wird damit klarkommen, und zwar schneller, als du denkst«, sagte Brendan. »Das ist so bei Kindern.«

Er hatte selbst zwei kleine Kinder, kannte sich also mit solchen Sachen aus. Aber er lebte auf der anderen Seite der Erdkugel. Was erwartete ich denn von ihm? Es wäre einfach nett gewesen, wenn sich jemand mal danach erkundigt hätte, ob ich klarkomme.

Ich ließ mir bis zum letzten Moment Zeit, meinen Studienplatz abzulehnen. Nicht etwa, weil ich es vergessen hatte, sondern weil ich wohl noch immer auf eine Art Wunder hoffte.

Ich wartete, bis Dad und Hope Brendan zum Flughafen brachten und ich allein zu Hause war.

Die Frau im Studentensekretariat war nicht sehr begeistert. »Das kommt aber ganz schön spät.«

»Meine Mutter ist gestorben«, erklärte ich. »Ich musste die Beerdigung organisieren.«

»Oh. Tut mir leid.«

Ich hatte mir noch keine Antwort auf Beileidsbekundungen zurechtgelegt. »Schon gut«, klang irgendwie nicht richtig. »Mir auch« war zu frech.

»Es ist nicht Ihre Schuld«, sagte ich. Das war auch nicht das Richtige.

Peinliche Stille.

»Ich fürchte, wir können Ihnen die Kaution nicht zurückerstatten, bis wir jemanden gefunden haben, der Ihr Zimmer übernimmt«, sagte sie schließlich. »Und das ist leider ziemlich unwahrscheinlich. Aber ich informiere Sie natürlich, sobald sich etwas tut.«

»Danke.«

Ich legte auf. Dann weinte ich. Heftig und hemmungslos. Klingt ziemlich selbstbezogen, oder? Aber es war ja nicht nur das Ende meines eigenen Traums. Es war auch Mums Traum gewesen, dass ich auf die Uni gehen sollte.

Ich weiß nicht, wie lange ich so dasaß und weinte. Die Küche fühlte sich so leer an ohne sie. Aber irgendwann hörte ich auf, und schließlich fiel mein Blick auf den Teller, auf dem stand: *Heute ist der erste Tag vom Rest deines Lebens.*

In allen Büchern über Trauerbewältigung heißt es, wenn ein kleines Kind seine Mutter oder seinen Vater verliert, soll man bloß nichts verändern. Man könnte denken, ein neuer Anfang oder ein Tapetenwechsel seien eine gute Idee, aber so ist es nicht. Das Kind muss schon genug Veränderung verkraften. Es braucht Stabilität. Ich vermute, so war es auch mit dem Teller.

Ich räumte ihn in den Schrank, aber Hope bemerkte es sofort und bestand darauf, dass ich ihn wieder zurück an seinen angestammten Platz stellte. Und so blieb er eben auf dem Nippesregal in der Küche. Manchmal fühlte ich mich schuldig, wenn ich ihn sah, manchmal deprimiert. Manchmal war ich aber auch so wütend, dass ich ihn am liebsten in tausend Stücke zertrümmert hätte. Damit hatte ich – glaubte man den Büchern – alle Stadien der Trauer abgearbeitet.

4 GUS

September 1997

Es ist nicht leicht, cool auszusehen, wenn einem die eigene Mutter hinterherläuft, die Arme voller Zeug, das sie einem fürs Studentenleben gekauft hat: Zierkissen, Verbandskasten, Schreibtischset, Klobürste mit Keramikständer.

Als meine Besitztümer endlich auf einem Haufen in der Mitte des Raums lagen, standen wir drei einen Moment lang einfach nur da, ohne etwas zu sagen. Ich hatte ein einfaches Zimmer mit Einzelbett, Einbauschrank und Schreibtisch, das vorletzte in einem langen Flur voller ähnlich aussehender Zimmer, die alle auf ihre neuen Bewohner warteten. Es lag im zweiten von vier Stockwerken, hatte also nicht die überwältigende Aussicht wie das Beispielzimmer, das man uns gezeigt hatte, aber es ging nach hinten raus, nicht zur Straße. Mein Vater und ich standen am Fenster und betrachteten die Äste zweier großer Bäume, deren Blätter sich bereits braun färbten.

»Wenigstens ist es nicht im Erdgeschoss«, stellte meine Mutter fest. »Na, dann wollen wir mal die Sachen einräumen, oder?«

Mein Vater und ich tauschten einen der seltenen Blicke, die gegenseitiges Verständnis ausdrückten.

»Ich glaube, Angus möchte sich hier lieber alleine einrichten«, sagte er und fasste meine Mutter freundlich, aber bestimmt am Arm.

»Ach!« Als sie begriff, dass es Zeit war, sich zu verabschieden – viel früher, als sie geglaubt hatte –, stiegen ihr Tränen in die Augen. »Findest du nicht, dass wir ihn wenigstens noch zum Mittagessen einladen sollten?«

Die Ziellinie rückte wieder in die Ferne. Ich schämte mich schon allein bei der Vorstellung, mit meinen Eltern durch die Straßen zu laufen, wobei mein Vater die Brille herausnehmen und sämtliche Menüaushänge laut vorlesen würde. Aber ich sagte nichts. Lieber brachte ich noch ein oder zwei peinliche Stunden hinter mich, als mich von Schuldgefühlen quälen zu lassen.

Mein Vater sah auf die Uhr. »Wir haben nur noch zwanzig Minuten kostenlose Parkzeit.« Das Auto stand in der Tiefgarage von Sainsbury's, immerhin achthundert Meter die Straße runter.

»Na gut.« Meine Mutter stellte sich auf die Zehenspitzen, um mir einen Kuss auf die Wange zu geben, und musterte mich dann eingehend. Und wie immer fühlte ich mich ein bisschen unzulänglich.

Über ihre Schulter hinweg bemerkte ich ein Mädchen mit pinkfarbenen Haaren und Rucksack. Sie blieb vor meiner Tür stehen, blickte kurz zu mir rüber, dann auf meine Zimmernummer, anschließend auf den Zettel in ihrer Hand, und ging weiter.

Ich rechnete schon damit, dass mein Vater mir gleich die Hand schütteln würde, so wie er es immer mit seinen Golfkameraden machte, als er wie aus dem Nichts eine orangefarbene Plastiktüte hervorzog und sie mir gab. »Man muss für fünf Pfund einkaufen, um kostenlos parken zu dürfen.«

Ich sah in die Tüte und nahm eine Flasche Champagner heraus.

»Aber das ist ja ...« – viel teurer als fünf Pfund, hätte ich fast gesagt – » ... sehr großzügig!«

»Trink nicht alles auf einmal!«

Wie er da so vor mir stand und über das ganze Gesicht strahlte, weil ihm die Überraschung gelungen war, fiel mir wieder ein, dass er einmal ein Mensch gewesen war, der durchaus Spaß haben konnte.

Gemeinsam gingen wir hinunter.

»Hast du deinen Schlüssel?«

»Ja!«

»Für dich beginnt jetzt eine neue Zukunft«, sagte meine Mutter. Doch dann schweifte sie mit den Gedanken ab, und ich wusste, dass sie in Wirklichkeit an Ross' Zukunft dachte, die es nun nicht mehr gab.

»Sei schön fleißig«, sagte mein Vater.

»Ich glaube, mir bleibt gar keine andere Wahl«, entgegnete ich, was ihm zu gefallen schien.

Ich starrte meinen Eltern hinterher, während sie davongingen. Ihr Kamelhaarmantel und sein Sakko, Zeichen von Wohlstand und Gediegenheit, wirkten irgendwie unpassend in diesem schmuddeligen, mit Graffiti bekritzelten Flur. Dann ging ich zurück auf mein Zimmer. Ich fühlte mich seltsam leer. Ich war dem erstickenden Kummer meines Zuhauses entkommen, in dem Glauben, mir hier eine neue Identität schaffen zu können, aber in diesem Moment fühlte ich mich innerlich einfach nur hohl.

Das Mädchen mit den pinkfarbenen Haaren klebte mit Tesafilm einen Zettel an ihre Zimmertür, auf dem mit großen, dicken Buchstaben stand: »Hier wohnt Nash«.

»Alles ein bisschen krankenhausmäßig hier, oder?«, sagte sie und stieß ihre Tür auf, um mir einen Blick in ihr Zimmer zu gewähren. Weil es ein Eckzimmer war, hatte es ein Fenster mehr als meins. An der Decke hing eine Art Mobile mit kleinen, schwebenden Spiegeln, die die schwache Herbstsonne einfingen und als flackerndes Muster auf den schmuddeligen beigefarbigen Teppich zurückwarfen.

»Ich hab echt Glück gehabt«, bemerkte sie. »Bis gestern hatte ich noch gar kein Zimmer, aber irgendjemand ist in der letzten Minute abgesprungen. Ich bin übrigens Nash. Kurzform von Natasha.«

Ich deutete mit dem Kopf auf den Zettel an ihrer Tür.

»Tja!« Sie warf ihr pinkfarbenes Haar auf derart übertriebene Weise zurück, dass ich mich fragte, ob sie wohl von mir erwartete, dass ich das kommentierte.

»Ich heiße Angus«, erwiderte ich.

»Ist das dein Ernst?«

War das so ein lustiger Name?

»Klingt schottisch.« Wahrscheinlich spielte sie darauf an, dass ich nicht den leisesten schottischen Akzent hatte.

»Mein Vater kommt ursprünglich aus Schottland.«

»Und wie soll ich dich jetzt nennen?«

Angus war offensichtlich keine Option. In der Schule hatten wir uns nur mit unseren Nachnamen angeredet. Ich hieß Macdonald, also war ich Mac – oder Farmer, nach dem Kinderlied. Aber das würde ich ihr sicher nicht verraten.

»Wie wär's mit Gus?«, fragte sie. Noch nie hatte mich jemand Gus genannt, und das gefiel mir irgendwie. Meine neue Identität hatte einen Namen.

»Gus, na klar«, sagte ich schnell und reichte ihr meine Hand, um den Deal zu besiegeln.

»Wie groß bist du?«

Die Leute meinen immer, es sei in Ordnung, danach zu fragen, dabei würde es ihnen nicht mal im Traum einfallen, einen dicken Menschen nach seinem Gewicht oder einen kleinen Menschen nach seiner Größe zu fragen.

»Eins fünfundneunzig.« Mir fiel nichts ein, was ich sie im Gegenzug hätte fragen können.

»Ich würde dir ja einen Kaffee anbieten«, bemerkte sie. »Wenn ich welchen hätte.«

»Magst du Champagner?«, hörte ich mich fragen.

»Blöde Frage!«

Mein Vater hätte einen Anfall bekommen, wenn er gesehen hätte, dass ich die Flasche noch vor sechs Uhr öffnete – und deren Inhalt ungekühlt aus einem der Porzellanbecher trank, die meine Mutter mir gekauft hatte. Aber dadurch schmeckte er nur noch besser.

»Ist das nicht herrlich dekadent, Darling?«, sagte Nash.

Und tatsächlich erinnerte sie mich ein bisschen an Sally Bowles aus *Cabaret*. Dabei sah sie Liza Minnelli nicht unbedingt ähnlich – sie trug einen weiten schwarzen Overall und Turnschuhe ohne Schnürsenkel –, strahlte aber dieselbe selbstbewusste Exzentrik aus. Mir kam der Gedanke, dass sie mich möglicherweise für so einen naiven, möglicherweise schwulen Typen wie Michael York hielt, der gerade erst in der großen Stadt angekommen war.

»Was studierst du?«, fragte ich und ärgerte mich im selben Moment über die nüchterne Frage.

»Rate mal!«, rief sie und legte sich auf das Bett, das sie bereits mit schwarzer Bettwäsche bezogen und mit einer roten Tagesdecke versehen hatte. An der Wand hing ein Poster von Che Guevara.

»Politik?«

Das brachte mir einen überraschten Blick ein.

»Englisch und Theaterwissenschaften.« Sie musterte mich. »Und du? Psychologie?«

Ich fühlte mich geschmeichelt, dass sie mich für jemanden hielt, der sich für Psychologie interessierte. »Medizin.«

»Oh. Dann musst du ganz schön schlau sein.«

»Nicht besonders.«

»Ich werde Schauspielerin«, verkündete sie.

Vielleicht wollte ich ein wenig rätselhaft wirken. Jedenfalls entgegnete ich: »Ich weiß noch nicht, was ich werden will.«

Sie lachte.

»Was ist denn?«

»Na, du wirst natürlich Arzt.«

Das von jemandem zu hören, den ich erst seit wenigen Minuten kannte, diese offensichtliche Unausweichlichkeit, die am Beginn meiner neuen Identität stand, deprimierte mich.

Ich goss mir den Rest des Champagners in den Becher und stürzte ihn hinunter wie Limonade.

»Meinst du nicht, wir sollten etwas dazu essen?« Plötzlich war Nash die Nüchterne und Vernünftige von uns beiden.

Das nächstgelegene Restaurant war ein Grieche. Warmes Essen gab es erst ab sechs, aber der Kellner bot uns an, wir könnten uns gern hinsetzen und vorab etwas trinken. Nash, die schon mal in Griechenland gewesen war, plädierte für einen Retsina. Er schmeckte so, wie es in der Schuldusche roch, wenn die Putzkolonne da gewesen war.

Nash war sehr direkt. »Wen hast du gewählt?«

Wir waren beide Jahrgang 1979, Generation Thatcher, und hatten nichts anderes gekannt als eine konservative Regierung, aber im Mai war der Wandel über das Land hinweggefegt.

»Ich interessiere mich nicht so für Politik«, versuchte ich mich um die Antwort zu drücken, weil ich nämlich gar nicht gewählt hatte.

»Du bist also ein Tory«, stellte Nash fest. »Wenn du nicht bereit bist, die Verhältnisse zu verändern.«

So hatte ich es noch nie betrachtet. Man hatte mir beigebracht, dass es unhöflich war, andere nach ihren politischen Ansichten zu befragen.

»Fußball oder Rugby?«, wollte sie wissen.

»Fußball und Laufen.«

»Dann bist du also auf eine mittelprächtige Privatschule gegangen, hast dort aber nie richtig reingepasst«, schlussfolgerte sie. Mit ihrer Serviette winkte sie dem Kellner, der gerade einen großen Tisch eindeckte.

Ihre Treffsicherheit beunruhigte mich.

»Ich wette, dein Vater ist Arzt.«

»Zahnarzt.«

»Noch schlimmer, ein gescheiterter Arzt!«

Ich war nie auf den Gedanken gekommen, Dads Wunsch, seine beiden Söhne mögen Ärzte werden, könnte vielleicht Rückschlüsse auf seine eigenen Ambitionen zulassen. Hatte er es damals tatsächlich nicht geschafft? Und war Nash wirklich so scharfsinnig oder nur sehr unhöflich?

»Was nehmen wir?«, fragte sie, während sie die Speisekarte überflog. »Ich bin übrigens Vegetarierin.« Ihre Bemerkung klang irgendwie herausfordernd, als erwartete sie, dass ich mit ihr eine Diskussion darüber anfangen wollte.

Außer Moussaka, das sich praktisch nicht von dem anderen Fraß unterschied, den sie uns in der Schule serviert hatten, hatte ich noch nie griechisch gegessen, darum überließ ich ihr die Wahl. Die Kellner brachten uns kleine Schälchen mit öligen Dips, frittierten, etwas gummiartigen Käsescheiben und warmem Pitabrot, das den unangenehmen Retsina-Rest in meinem Magen aufsaugte. Vielleicht ließ ich mich deshalb dazu hinreißen, mir eine Karaffe Hauswein mit Nash zu teilen.

An den weiteren Abend erinnere ich mich nur noch bruchstückhaft. Wir stritten uns, lachten und weinten sogar. Nashs Eltern waren geschieden. Ihr Vater hatte bereits zum zweiten Mal wieder geheiratet, und ihre Mutter lebte jetzt mit einer Frau zusammen. Nash schien Halbgeschwister in allen möglichen Ländern zu haben. Sie bezeichnete ihren Vater als Mistkerl, sehnte sich ganz offensichtlich aber auch nach seiner Liebe. Ich war richtiggehend erleichtert, als mir klar wurde, dass diese Frau, die einen so weltgewandten Eindruck machte, in Wirklichkeit ziemlich verletzlich war.

»Und was ist mit deiner Familie?«, fragte sie dann.

»Eigentlich nichts.«

»Klingt ja sehr geheimnisvoll.«

»Vielleicht auch nur sehr gewöhnlich.«

»Hast du Geschwister?«

Schweigen.

Einen Moment lang sah ich Ross' Gesicht, das mich durch das dichte Schneetreiben hindurch anschaute, seine weißen Zähne, seine Augen, die hinter der Skibrille verborgen lagen.

»Nein«, gab ich zurück.

Das ist nicht gelogen, Ross.

»Hör mal«, setzte ich hinzu. »Ich will nicht danach beurteilt werden, woher ich komme oder wer meine Eltern sind. Ich habe mich immer wie ein Außenseiter gefühlt, sowohl in meiner Familie als auch in der Schule. Jetzt habe ich die Freiheit, derjenige zu sein, der ich wirklich bin.«

»Und wer bist du wirklich?«

»Keine Ahnung.«

Nash hielt meine Antwort fälschlicherweise für einen Witz.

Am nächsten Morgen wachte ich voll bekleidet auf. Ich fühlte mich richtig gut, fast schon übertrieben munter – bis ich mich aufsetzte. Mein Schädel war durch einen Stahlkasten ersetzt worden, gegen den mein Hirn bei jeder kleinen Bewegung schmerzhaft anprallte. Sollte ich wieder unter die Decke kriechen oder den Restalkohol wegjoggen?

Zwischen den unausgepackten Sachen auf dem Boden entdeckte ich meine Sporttasche und zog mir meine Shorts und Laufschuhe an. Ich suchte panisch nach meinem Zimmerschlüssel, nur um irgendwann festzustellen, dass er im Schloss steckte. Sehr vernünftig von mir, obwohl ich mich nicht daran erinnern konnte, ihn dort hineingesteckt zu haben. Genauso wenig konnte ich mich daran erinnern, in mein Zimmer zurückgekommen zu sein. Als ich dann aber hinaus in den Regen trat und in langsames Laufen verfiel, begann in meinem Kopf ein Video des Vorabends abzulaufen. Besonders peinliche Szenen verharrten sekundenlang wie Standbilder vor meinem inneren Auge. Hatten sich meine Haare wirklich in der Plastikgirlande an der Decke des griechischen Restaurants verfangen, als ich aufstand, um auf die Toilette zu gehen? Hatten wir tatsächlich Teller zerschlagen und wie die Verrückten mit einer Hochzeitsgesellschaft im Kreis getanzt?

Der Asphalt war mit einer glitschigen schwarzen Schmutzschicht bedeckt, die gegen meine Beine spritzte und den Netzstoff meiner weißen Laufschuhe verdreckte, aber der kühle Regen hatte etwas Reinigendes. Er plättete meine Haare und lief mir das Gesicht hinunter, als ich den Kopf nach hinten legte.

Abgesehen von ein paar gelegentlich vorbeituckernden Bussen waren die Straßen leer. Ich hatte keine Ahnung, wo ich mich befand, entschied mich aber spontan dafür, an einer großen Kreuzung links abzubiegen. Bald kam ich in eine bessere Gegend; ich sah Immobilienmakler, ein Pub mit Tischen vor der Tür und roten Geranien, die im feuchten Wind schwangen, sowie einen Kiosk, der gerade öffnete. Dort blätterte ich durch ein Straßenverzeichnis und sah, dass ich in einem großen Kreis gelaufen war und bis hierher etwa drei Viertel der Strecke zurückgelegt hatte. Das Wohnheim lag noch knapp einen Kilometer entfernt. Ich kaufte eine kleine Tüte Milch. Als ich mich wieder auf den Weg machte, ließ der Regen nach, und ich spürte, dass mein Kater komplett verschwunden war.

Im Männerduschraum trocknete sich gerade ein durchtrainierter Typ genauso demonstrativ ab wie die Rugbyspieler in der Schule, die damit sichergehen wollten, dass man ihre Muskeln und die Größe ihres Schwanzes bemerkte.

Er starrte auf meine schlammbespritzten Beine.

»Hab gestern ziemlich gesoffen und bin gelaufen, um den Kater loszuwerden«, sagte ich und sah, dass ich damit in seiner Achtung gestiegen war.

Zurück in meinem Zimmer fand ich in einer Kiste, auf der »Küche« stand, einen brandneuen Wasserkocher, außerdem ein großes Glas Instantkaffee, eine Dose Kaffeeweißer und ein paar Dosen Baked Beans. Meine Mutter hatte an alles gedacht, und jetzt bereute ich es, die Sachen nicht mit ihr gemeinsam ausgepackt zu haben, wie sie es sich gewünscht hätte.

Mit zwei Bechern Kaffee in der Hand stand ich wenig später vor Nashs Tür und wollte gerade mit dem Fuß dagegentreten, um mich bemerkbar zu machen, als ich ein weiteres Flashback hatte.

Hatten wir uns geküsst? Hatten wir. Direkt hier vor ihrer Tür. Erst vorsichtig auf die Wange, dann mit Zunge, und schließlich hatte sie mich mit Schlafzimmerblick angesehen und gefragt, ob ich noch mit reinkommen wollte. Es war klar, dass wir hätten Sex haben können, aber ich hatte gemurmelt, dass das wohl keine so gute Idee sei.

Nash war nicht wirklich mein Typ. Dabei hatte ich bislang gar nicht gewusst, dass ich einen »Typ« hatte.

Ich trank beide Becher Kaffee allein und ging dann zur Einführungsveranstaltung der Mediziner.

Die Aufregung schien fast greifbar in der Luft zu hängen, während wir, ein zusammengewürfelter Haufen Fremder, gemeinsam vor dem Hörsaal warteten. Dann brandete Gelächter auf, als ein Student die Türklinke herunterdrückte und entdeckte, dass die große Holztür die ganze Zeit über gar nicht verschlossen gewesen war.

»Ihr erster Schritt auf Ihrem Weg zum mündigen Studenten«, bemerkte der Professor sarkastisch. Wir nahmen unsere Plätze ein, nicht ohne uns gegenseitig verstohlen zu mustern. Zogen die anderen die Jacke aus? Holte jemand ein Notizbuch hervor?

Ich erkannte ein paar Gesichter wieder, die ich am Tag der Bewerbungsgespräche gesehen hatte. Ein Junge mit Brille erwiderte ernst mein Nicken. Ein Mädchen mit Kopftuch wich schüchtern meinem Blick aus.

»Wer kippt als Erstes um, wenn wir vor einer Leiche stehen,

was meinst du? Angeblich gibt es in jedem Jahrgang einen …«, flüsterte mir mein Nachbar zu.

Ich deutete auf ein blondes Mädchen mit Bobfrisur, das direkt vor uns saß. Als hätte sie meine Bewegung gespürt, drehte sie sich um. Sie war auf die klassisch englische Art ziemlich hübsch. Einen Moment lang sah sie mich an, und ich spürte, wie mir das Blut in die Wangen schoss.

Sie hieß Lucy, wie mein Sitznachbar während der Kaffeepause erfuhr, als wir zufällig an ihrem Tisch landeten. Er hieß Toby.

Wäre ich auch nur ein wenig später gekommen an jenem Tag oder hätte mich noch mit in eine Sitzreihe gequetscht, anstatt mich in eine neue, noch leere zu setzen, hätte ich den Beginn meines Studiums wohl mit anderen Leuten verbracht. Oder ist das eine falsche Schlussfolgerung? Waren Lucy und ich von Anfang an dazu bestimmt gewesen, uns zu begegnen und zusammen Kaffee zu trinken? Wenn ich neben Jonathan gesessen hätte, dem Typen mit der Brille – hätte ich dann meine Studienjahre wie er damit verbracht, in meiner Freizeit Schach zu spielen? Wäre dann auch ein renommierter Onkologe aus mir geworden? Wir glauben, wir würden uns unsere Freunde aussuchen, aber vielleicht ist es einfach nur Zufall.

Gleich in der ersten Woche mussten wir in den Präpariersaal. Wahrscheinlich wollten sie uns so früh wie möglich damit konfrontieren. Draußen vor der Tür redeten wir noch laut durcheinander, aber als wir in den Saal traten, wurden wir alle still. Es roch stark nach Chemikalien.

Ich hatte versucht, mich geistig auf den Moment vorzubereiten, wenn der Leichensack geöffnet wurde, indem ich mir alle möglichen Gesichter von unterschiedlichen Menschen vorgestellt hatte, aber alle waren sie alt gewesen. Dies hier jedoch war ein junger Mann, dessen eine Gesichtshälfte vollkommen entstellt war. Er war mit dem Fahrrad unterwegs gewesen, als ein Lkw ihn erfasst und mit dem Kopf voraus auf den Asphalt geschleudert hatte.

Toby neben mir wurde ohnmächtig. Ich half, ihn hinauszutragen und auf den Boden zu legen, die Füße erhöht auf einen Stuhl, und blieb neben ihm sitzen, bis er sich in der Lage fühlte, wieder hineinzugehen, wobei ich so tat, als hätte mich der Anblick des Toten nicht im Geringsten berührt. Inzwischen war den anderen Studenten an unserem Tisch erlaubt worden, die Leiche anzufassen, und man hatte ihnen gezeigt, wie man bei einer Operation die inneren Organe freilegte. Unser Tutor versicherte uns, der Präparierkurs würde erst im zweiten Semester so richtig beginnen, und bis dahin hätten wir uns an die Situation gewöhnt.

»Alles okay bei dir?«, fragte mich Lucy, als wir in der Mensaschlange standen.

Der besorgte Ausdruck in ihrem Gesicht machte mich nervös. Hatte sie meinen eigenen inneren Kampf im Präpariersaal bemerkt? Sie sah so süß aus und so hübsch, dass ich in einem zynischen Versuch, mich in Konkurrenz zu Toby ein wenig hervorzuheben, kurz davor war, ihr von Ross zu erzählen. Doch ich bremste mich im letzten Moment, weil ich die Vorstellung nicht ertrug, dass meine neuen Freunde mich voller Mitleid betrachten oder anfangen könnten, bestimmte Wörter in meiner Gegenwart zu meiden.

Ich habe mein ganzes Leben in deinem Schatten verbracht, Ross. Jetzt ist es damit vorbei.

5 TESS

Dezember 1997

In ihrem ersten Krippenspiel war Hope der kleine Esel. Nach dem ganzen Theater, das sie veranstaltet hatte, weil sie kein Engel sein durfte, hatte niemand mehr daran geglaubt, dass sie überhaupt noch mitspielen würde. Ehrlich gesagt war mir nicht ganz klar, warum sie kein Engel sein durfte, denn es gab ja eine ganze Menge davon, aber Mrs. Madden, die Lehrerin der Vorschulklasse, erklärte, wir täten Hope keinen Gefallen damit, wenn wir uns immer nach ihrem Willen richteten. Mrs. Madden hatte ihr die Rolle bestimmt nicht verwehrt, weil sie nicht aussah wie ein Engel oder sich nicht wie einer benahm. Wahrscheinlich war sie einfach Hopes ewige Fragerei leid.

Die Weihnachtszeit war schrecklich verwirrend für die arme Hope.

»Warum sieht die Jungfrau Maria genauso aus wie Unsere Liebe Frau?«

»Weil es dieselbe ist, Hope.«

»Und warum heißt sie dann Jungfrau?«

»Das ist bloß ein anderer Name.«

Ich bastelte ihr eine Eselsmaske aus Pappe für den Fall, dass sie doch noch mitspielen wollte. Bei der Generalprobe startete Mrs. Madden dann einen letzten Versuch und erklärte, der kleine Esel sei die einzige Figur (abgesehen vom Jesuskind), über die ein eigenes Lied gesungen würde. Da beschloss Hope, doch auf die Bühne zu gehen, und zwar auf allen vieren. Sie nahm ihre Rolle sehr ernst und wurde wütend, als die anderen Kinder es wagten, in *ihr* Lied einzustimmen. Am Ende lief es auf einen Kompromiss hinaus: Hope sang die erste Strophe alleine, und der Rest der Klasse kam zum Refrain dazu.

Hope hatte so viele Proben miterlebt, dass sie genau wusste, wer wo zu stehen hatte. Zwischen den einzelnen Strophen von »Im Stall, in der Krippe« konnte man hören, wie sie dem Kamel sagte, dass es an der falschen Stelle stehe. Nach dem Krippenspiel kamen die Mütter der anderen Kinder auf mich zu und teilten mir mit eingefrorenem Lächeln mit, dass Mum stolz auf Hope gewesen wäre, womit sie eigentlich meinten, dass sie Hopes Betragen dieses eine Mal noch hatten durchgehen lassen.

Hope war nicht sehr beliebt, auch nicht bei den anderen Kindern. Man könnte denken, Vier- und Fünfjährige seien noch zu jung für so was, aber das ist nicht wahr. Wenn ich Aufsicht auf dem Spielplatz hatte, sah ich Hope wie eine Wilde allein im Kreis über den Hof rennen und hoffte inständig, irgendein Kind würde zu ihr gehen. Hope schien nichts davon zu merken, aber mir brach es das Herz, sie so zu sehen.

Als ich Dad von Hopes Einsamkeit erzählte, fing er nur wieder davon an, dass sie verwöhnt und verzogen sei. Wenn die anderen sie links liegen ließen, würde sie schon zur Vernunft kommen, sagte er. Er war keine große Hilfe.

Alle vierzehn Tage rief Brendan aus Australien an.

»Du wärst auch einsam, wenn du fünf Jahre alt wärst und

deine Mum verloren hättest«, sagte er. »Du machst dir zu viele Sorgen.«

Du würdest dir auch Sorgen machen, wenn du achtzehn wärst und deine kleine Schwester am Hals hättest, hätte ich gern entgegnet. Aber das wäre kindisch gewesen.

Am letzten Schultag bestellte Mrs. Corcoran mich während des Mittagessens in ihr Büro. Während ich auf einem harten Stuhl im Flur wartete, war ich mir sicher, dass sie mir wegen Hopes Benehmen Vorwürfe machen würde. Doch nachdem sie mich hereingerufen hatte, verkündete sie mir, die Schule würde eine Stelle als Lehrassistentin ausschreiben, aber wenn ich den Job haben wolle, gehöre er mir.

»Eine Vereinbarung, von der beide Seiten profitieren würden«, bemerkte sie.

»Du kannst dich genauso gut bezahlen lassen für deine Arbeit«, sagte Doll, während wir uns zusammen *Schlaflos in Seattle* ansahen. Jeden Freitagabend, wenn Dad im Pub war, kam sie mit einer Pizza und einem Film bei mir vorbei. Meistens hatte sie irgendwas Romantisches dabei, damit wir ein bisschen in unserer Sehnsucht schwelgen konnten. »Nur, bis Hope aus dem Gröbsten raus ist«, fügte sie schnell hinzu.

Diesen Ausdruck benutzten wir alle ziemlich oft. Wenn Hope aus dem Gröbsten raus ist. Als wäre es nur eine Frage der Zeit. Ich lieh mir Bücher aus der Bücherei aus, damit ich nicht völlig den Anschluss verlor, nur für den Fall, dass ein Wunder geschah und ich doch noch auf die Uni gehen konnte.

Ich hatte erwartet, dass Doll mir abraten würde, den Job anzunehmen, denn sie hatte mit Schule nichts am Hut. Aber wir wussten beide, dass ich eigentlich keine andere Wahl hatte. Ich konnte Hope nicht bei Dad lassen, denn er arbeitete ja, und außerdem hatte er weder die Zeit noch ein Händchen für ein kleines Kind. Es gab einfach keine andere Möglichkeit.

»Ich weiß, wie gern du auf die Uni gegangen wärst, darum ist es schade für dich. Aber für mich ist es schön«, sagte Doll und nahm sich ein Stück Pizza. »Macht mich das jetzt zu einer guten Freundin oder einem schrecklich selbstsüchtigen Menschen?«

»Zu einem schrecklich selbstsüchtigen Menschen, das ist doch klar«, sagte ich mit einem hohl klingenden Lachen.

Wir starrten auf den Bildschirm.

»Glaubst du, es gibt so was wie ›den Richtigen‹?«, fragte Doll.

»Hängt davon ab, wie du ›den Richtigen‹ definierst«, gab ich zurück, während ich darum kämpfte, die Tränen zurückzuhalten, nicht wegen des Films, sondern weil ich plötzlich das Gefühl hatte, bis auf Weiteres hier festzusitzen.

»Ich meine den einen Menschen da draußen, der für dich bestimmt ist.«

»Klingt unwahrscheinlich.«

»Warum?«, wollte Doll wissen, die sich gerade mit einem langen Mozzarellafaden abmühte.

»Das würde ja bedeuten, es gäbe nur einen einzigen passenden Menschen auf dem ganzen Erdball. Aber was, wenn dein Mensch im Amazonasregenwald lebt oder nur Arabisch spricht? Wie würdest du das überhaupt erfahren? Und was ist, wenn du den Falschen für den Richtigen hältst, und es stellt sich raus, dass er es gar nicht ist? Dann hast du unter Umständen die Gelegenheit verpasst, dem Richtigen zu begegnen …«

»Und was ist mit Mr. Darcy?«

Wie alle anderen Mädchen waren auch wir in Colin Firth verknallt gewesen, den Star der Fernsehserie *Stolz und Vorurteil*.

»Das war im neunzehnten Jahrhundert«, wandte ich ein. »Damals konnte man noch nicht so viele Leute kennenlernen.«

»Du bist so unromantisch!«

Im Geist ging ich die berühmtesten Paare in der Literatur durch. Hatten sie wirklich zueinandergefunden, weil sie füreinander bestimmt gewesen waren, oder einfach nur, weil sie zufällig am gleichen Ort wohnten? Cathy und Heathcliff lebten im selben Haus, Romeo und Julia wenigstens in derselben Stadt. Beruhte dieses ganze Getue um »den Richtigen« nicht eher auf dem, was man Liebe nannte – einer Emotion, die so stark war, dass sie einen glauben machte, ein bestimmter Mensch sei der einzig richtige auf der ganzen Welt? War es nicht eher eine Definitionssache denn eine Schicksalsfrage? (Aber ich konnte ohnehin nicht mitreden, da ich die Liebe noch nicht erfahren hatte.)

Im Film trafen sich Meg Ryan und Tom Hanks endlich auf dem Aussichtsdeck des Empire State Building.

»Sie hätte eine bessere Partie machen können, findest du nicht auch?«, sagte Doll, als der Abspann lief. »Ich meine, er ist ja ein guter Schauspieler, aber sexy ist er wirklich nicht.«

»Moment mal, wer ist hier jetzt unromantisch?«

»Wenn es wirklich ›den Richtigen‹ irgendwo auf der Welt gäbe, wer wär's dann für dich?« Doll lehnte sich in die Sofakissen und zog die Beine an. Sie hatte offensichtlich Lust auf Mädchengequatsche.

Solche Themen hatten wir oft auf dem Nachhauseweg von der Schule besprochen. Damals war es Robbie Williams gewesen. Wäre er uns tatsächlich über den Weg gelaufen, hätte er sich hundertprozentig für Doll entschieden, das war mir klar. Sie war zierlich und blond, und die Jungs standen auf sie.

»George Clooney?«, sagte ich vorsichtig.

Emergency Room war die Fernsehserie, über die sämtliche Lehrassistentinnen von St. Cuthbert's redeten. Wir alle fanden, dass George Clooney echt heiß war. Eine solche Einigkeit war selten, nicht zuletzt weil ich bedeutend jünger war als die anderen und das Gespräch häufig um Themen wie Krampfadern oder Wechseljahre kreiste, und dazu konnte ich nichts beitragen.

»Ist er nicht ein bisschen zu alt für dich?«

»Ich werde ihn doch sowieso niemals kennenlernen, oder?«

»Du hattest schon immer eine Schwäche für ältere Männer«, bemerkte Doll.

»Wie kommst du denn darauf?«

»Erinnerst du dich an *Little Women?* Da hat es dir nichts ausgemacht, dass Jo den alten Professor abgekriegt hat und nicht Laurie.«

»Wieso weißt du das noch?«

»Weil es das einzige Buch ist, das ich ganz gelesen habe«, gestand Doll. »Und das auch nur, weil du mich dazu gezwungen hast.«

»Also, wer wär's dann für dich?«

»Wenn wir bei Promis bleiben, Tom Cruise.«

»Ja, der ist wirklich heiß.«

»Er ist zu klein für dich«, sagte Doll schnell, fast so, als befürchtete sie, ich könnte ihn ihr wegschnappen.

Sie stand auf und nahm die Videokassette aus dem Rekorder.

»Und von den Typen, die wir kennen?«

Ich wollte gerade sagen, dass Männer während der letzten paar Wochen nicht unbedingt das wichtigste Thema in meinem Leben gewesen waren, als ich Dad an der Eingangstür mit den Schlüsseln klappern hörte. Schnell sprang ich auf, um die Pizzareste wegzuräumen. Man wusste nie, in welcher Laune er war, wenn er aus dem Pub kam.

Eine Currywolke wehte ins Zimmer, als Dad ins Haus trat.

»Ihr Mädels habt euch also eine Pizza geholt«, sagte er. Die Schachtel stand noch auf dem Tisch.

»Ja.«

»Und mir habt ihr nichts übrig gelassen?«, fragte er mehr scherzhaft als böse. Er hob den Deckel der Schachtel an.

»Tut uns leid!«

»Was kostet denn so eine Pizza?«

»Doll hat mich eingeladen«, sagte ich schnell.

»Du hast einen Job, nicht wahr, Doll?«, fragte Dad.

»Ja, Mr. Costello. Ich arbeite jetzt Vollzeit im Salon.«

Während ich die Oberstufe beendet hatte, hatte Doll ihren Abschluss an der Berufsschule gemacht und dabei jedes Wochenende im schicksten Friseursalon der Stadt gearbeitet. Mit dreizehn hatte sie dort angefangen und den Fußboden gefegt, und jetzt hatte sie es bis zur Junior-Stylistin gebracht.

»Da hörst du's«, brummte Dad und sah mich missbilligend an.

»Ich habe auch ein Jobangebot bekommen«, hörte ich mich sagen, und mir wurde ein wenig schwer ums Herz, als ich daran dachte, dass ich Mrs. Corcorans Angebot tatsächlich nicht ablehnen konnte. »Nach Weihnachten werde ich zur echten Lehrassistentin befördert.«

»Dann bezahlst du also ab jetzt die Pizza.«

Er sagte nicht »gut gemacht« oder so. Dad hatte mir noch immer nicht verziehen, dass ich mich für die Uni anstatt für einen »richtigen« Job entschieden hatte, auch wenn letztlich doch nichts daraus geworden war.

Doll und ich tauschten einen Blick.

»Also dann, ich muss los«, sagte sie.

»Ich bringe dich nach Hause«, sagte ich in der Hoffnung, dass Dad eingeschlafen war, bis ich zurückkam. Eigentlich hatte ich geglaubt, nach Mums Tod würden wir besser miteinander auskommen, aber Dad schien nur noch launenhafter geworden zu sein. Vielleicht war das ja seine Art, die Trauer zu verarbeiten.

Die kühle Luft war angenehm, nachdem wir den ganzen Abend im Haus verbracht hatten.

»Ach, das hab ich ganz vergessen! Mum sagt, ihr sollt an Weihnachten zu uns kommen«, verkündete Doll.

»Im Ernst?«

»Ja, ihr alle.«

Ich weinte fast vor Dankbarkeit. Die Weihnachtstage hatten mir schon echte Sorgen gemacht. Ich wusste nicht, ob es in Ordnung war, den künstlichen Baum vom Dachboden zu holen oder das Wohnzimmer mit Papierketten zu schmücken – hätte das am Ende respektlos gewirkt? Immer wenn ich mit Dad darüber reden wollte, sagte er bloß: »Weihnachten kommt auch jedes Jahr früher.«

Er hatte immer eine Ausrede parat, um nicht darüber sprechen zu müssen: das Pub, die Snooker-Partie, das Fußballspiel.

Die Weihnachtskarten stapelten sich auf dem Tisch im Flur, bis auf die eine, die Hope in der Schule gebastelt hatte. Sie zeigte einen Weihnachtsbaum, der aus so vielen Glitzerteilchen bestand, dass der Klebstoff noch immer nicht richtig getrocknet war. Diese Karte wanderte auf das Nippesregal in der Küche, und Hope betrachtete sie jeden Morgen ehrfürchtig beim Frühstück und imitierte Mrs. Corcorans irischen Akzent: »Na, das ist wirklich sehr hübsch, Hope!«

Vor dem Weihnachtsessen hatte ich am meisten Angst gehabt. Kochen konnte ich nämlich überhaupt nicht, daher war es ein Glück, dass es warmes Mittagessen in der Schule gab. Abends dann brachte ich nicht mehr zuwege als Toast mit Baked Beans, Toast mit Dosenspaghetti oder Toast mit Marmite. Manchmal, wenn Dad gerade beim Pferderennen gewonnen hatte, brachte er *fish and chips* für uns alle mit, aber meistens aß er im Pub oder, nachdem es geschlossen hatte, im Taj Mahal.

Einmal versuchte ich, ein richtiges Sonntagsessen zu machen, Hopes Lieblingsgericht: Hühnchen mit Würstchen, aber ich achtete nicht auf die Zeitangaben, und außerdem vergaß ich, das Hühnchen aus der Plastikschale zu nehmen, bevor ich es in den Ofen schob. Die Vanillesoße für das Trifle geriet mir eher zu gezuckertem Rührei, und die Schlagsahne schlug ich ein bisschen zu lange, sodass sie nicht luftig, sondern fest und fettig wurde und sich nicht gut verteilen ließ. Seitdem führte Dad uns sonntags in die Carvery, wo man für 4,99 so viel essen durfte, wie man konnte, und Kinder nichts bezahlen mussten. Hope lief so oft zwischen unserem Tisch und der Eistheke auf dem Nachtischbuffet hin und her, bis Dad erklärte, ein vernünftiges Preis-Leistungs-Verhältnis sei zwar schön und gut, aber genug sei genug. Am Weihnachtstag war die Carvery jedoch ohnehin nicht geöffnet.

Vor Hopes Geburt hatte Mum mich ein paar Mal zum Weihnachtsshopping mit nach London genommen. Wir hatten selten etwas gekauft, aber jedes einzelne Schaufenster betrachtet und uns manchmal sogar in die Kaufhäuser hineingewagt. In der Parfümabteilung hatte Mum zu mir gesagt: »Wenn du einen reichen Mann heiratest, wird er dir *Chanel No. 5* schenken, Tess.« Heimlich gönnten wir uns einen Spritzer aus dem Probeflakon, als die Verkäuferin gerade nicht hinsah.

Ich wusste, dass es riskant war, mit Hope dort hinzufahren, dachte aber, die weihnachtlich geschmückte Stadt würde ihr gefallen. Es war jedenfalls mal etwas anderes.

Vermutlich war es ein Fehler gewesen, vor dem Schaufenster von Hamleys anzuhalten. Als ich weitergehen wollte, blieb Hope wie angewurzelt stehen und machte sich absichtlich schwer. Sie hatte den Berg aus Plüschtieren im Geschäft entdeckt.

»Hope, du darfst sie anfassen, wenn du ganz vorsichtig bist. Vorsichtig, Hope! Nicht so heftig! Leg sie jetzt wieder zurück ... Leg sie zurück!«

Am Ende musste ich die Giraffe (deren Schwanz nur noch an einem Faden hing) kaufen. Als ich den Preis hörte, fiel ich beinahe um. Dad hatte mir zwanzig Pfund gegeben und uns viel Spaß gewünscht, aber nach der Sache mit der Giraffe hatten wir gerade noch genug für ein Happy Meal zum Mittagessen. Vermutlich wäre es vernünftig gewesen, wieder nach Hause zu fahren, aber es war schon der 23. Dezember, und ich hatte weder ein Geschenk für Mrs. O'Neill noch eins für Doll, und ich wollte ihnen gern etwas von Selfridges schenken.

Als Doll und ich fünfzehn geworden waren, hatten unsere Eltern uns erlaubt, in den Weihnachtsferien einen Ausflug nach London zu machen, vorausgesetzt, wir hatten genügend Geld mit unseren Nebenjobs verdient. Es machte riesigen Spaß, durch die Stadt zu flanieren, die verschiedenen Viertel zu erkunden und von dem fernen Tag zu träumen, an dem wir uns eine kleine Wohnung in der Stadt teilen würden. Doll wollte in eine moderne Penthouse-Wohnung mit Blick auf den Hyde Park ziehen; mir gefielen die kleinen, bunten Häuschen oben an der Portobello Road besser. Wir malten uns aus, dass ich als Bibliothekarin oder Buchhändlerin arbeiten würde und Doll eine dieser Frauen in der Parfümabteilung von Selfridges wäre – die in den weißen Arztkitteln, die einem eine kostenlose Hautanalyse anboten. Als ich dann einen Studienplatz für Englisch am University College bekommen hatte, war das der erste Schritt zur Verwirklichung unseres Traums gewesen.

Die Oxford Street war voller Menschen, die ihre Last-Minute-Einkäufe erledigten. Man wurde einfach mitgerissen im Strom der Passanten. Das war schon für jemanden von meiner Größe anstrengend, aber für ein kleines Kind wie Hope kaum auszuhalten. Als sie das Herumgeschubse und den Lärm nicht länger ertrug, blieb sie einfach stehen.

»Komm jetzt, Hope, es ist nicht mehr weit.«

Die riesigen Säulen von Selfridges ragten schon vor uns auf.

»Hope! Du bist ein Verkehrshindernis!«

Hatten die Passanten mir anfänglich noch mitleidige Blicke zugeworfen, so wurden diese immer unfreundlicher, spätestens dann, als Hope auch noch anfing zu schreien.

»Hope! Jetzt komm! Was würde Mum zu deinem Verhalten sagen?«

Ich hatte mir geschworen, ihr nie mit Mum zu drohen, und

ich hätte es am liebsten gleich wieder ungeschehen gemacht. Aber meine Frage brachte sie für eine Sekunde aus dem Konzept, und so konnte ich sie hochnehmen und wegtragen. Sofort schlug sie um sich und trat nach mir.

»Ich will runter!«

»Nur, wenn du mir versprichst, dass du dich jetzt benimmst!«

»Ich will runter!«

Sie schrie immer lauter, und die Tränen liefen ihr über die knallroten Wangen. Doch dann hörte sie plötzlich auf und drehte den Kopf wie ein Rotkehlchen zur Seite. Über den Verkehrslärm hinweg drang ein Weihnachtslied zu uns durch. Irgendwo in der Nähe von Selfridges spielten ein paar Musikanten »O Tannenbaum«.

Eine halbe Stunde lang standen wir nur da und hörten zu. Hopes Augen leuchteten auf, wann immer sie ein Lied erkannte. Sie wusste den Text von »Im Stall, in der Krippe« und »Stille Nacht« auswendig, wobei sie die »heilige Nacht« zu einer »eiligen« machte. Völlig selbstvergessen sang sie mit. Als die Musiker eine Pause einlegten, gab ich ihr fünfzig Pence für die Sammelbüchse.

»Du bist ja ein kleiner Engel«, sagte die Dame von der Heilsarmee.

»Nein, der kleine Esel«, gab Hope zurück.

Bei Selfridges war es furchtbar voll. Die Kosmetiktheken waren etwas zu hoch für Hope, und als ich ihr ein bisschen Parfüm auf den Handrücken sprühte, hustete sie albern und ein wenig übertrieben. Schnell griff ich mir ein Set hübsch verpackter Miniseifen für Mrs. O'Neill und eine Geschenkpackung mit Bodylotion und Eau de Parfum von Rive Gauche für Doll – das war ihr aktueller Lieblingsduft.

»Bitte packen Sie die Sachen in getrennte Tüten«, bat ich die Kassiererin, als ich endlich an die Spitze der Schlange gerückt war.

Die strahlend gelben Selfridges-Tüten waren der ganze Sinn dieses Einkaufs.

»Das macht achtundzwanzig Pfund, Madam.«

Ich wollte meine Geldbörse aus der Tasche ziehen – und griff ins Leere. Hatte mich irgendein cleverer Taschendieb im Gewühl bestohlen? Die Leute, die hinter mir warteten, wurden schon ungeduldig. Endlich schlossen sich meine Finger um die Geldbörse – sie war ganz nach unten gerutscht.

»Hier, bitte!«

Ich streckte der Kassiererin gerade zwei Geldscheine hin, als ich plötzlich merkte, dass Hope mich nicht mehr an der Hand hielt – sie stand nicht einmal mehr neben mir!

»Hope?«

Nichts.

Ich spürte eine Enge in der Brust, als hätte ich vergessen, wie man atmete. Ruhe bewahren, beschwor ich mich selbst. Sie musste in der Nähe sein. Ich ließ meinen Blick über die Menge wandern. Im Kaufhaus waren Hunderte, vielleicht Tausende von Menschen. Wohin war sie nur verschwunden? Auf jeder einzelnen Stufe der Rolltreppe standen Menschen, und die Spiegel an den Wänden vervielfältigten sie nur noch. Aber Hope war nirgends zu sehen.

»Hope?«

Mit den beiden Geldscheinen noch immer in der Hand, bewegte ich mich durch die Menschenmassen und sah nach links und rechts über die glänzenden Kosmetiktheken hinweg. Vielleicht versteckte sie sich ja? Das sah Hope allerdings gar nicht ähnlich. Ich hatte einmal versucht, mit ihr Verstecken zu spielen, aber sie schien das Konzept dieses Spiels gar nicht zu begreifen.

»… neun, zehn, ich komme!«, hatte ich gezählt, und Hope, die hinter dem Vorhang stand, hatte gerufen: »Hier bin ich!«

War sie weggelaufen? Aber sie lief niemals weg. Sie wand sich und trat um sich, aber sie lief nicht weg.

Langsam fühlte es sich an wie ein Albtraum. Aber es war nicht so, dass ich schreien wollte und nicht konnte – ich schrie tatsächlich, aber niemanden interessierte es.

Irgendjemand musste sie mitgenommen haben! O Gott, bitte nicht! Bitte mach, dass sie nicht entführt worden ist!

Durch die Drehtür ergossen sich die Menschenmassen auf die Straße. Stand vielleicht ein Auto mit abgedunkelten Scheiben irgendwo am Straßenrand? Dann musste doch auch irgendjemand gesehen haben, wer sie entführt hatte? Andererseits – als ich Hope vorhin weggetragen hatte, hatte mich auch niemand gefragt, ob das wirklich mein Kind sei. Alle waren mit ihren Weihnachtseinkäufen beschäftigt gewesen.

Bitte, lieber Gott! Ich will an dich glauben, wenn du sie mir zurückbringst!

Als ich begann, das Ave-Maria im Kopf aufzusagen, hatte ich plötzlich eine Eingebung. *Du bist ja ein kleiner Engel.*

Ich hastete zurück zu den Musikanten, drängelte mich durch die Menschenmassen, ohne die Leute anzusehen, mit denen ich zusammenstieß.

Das flackernde Blaulicht eines Krankenwagens zischte vorbei. Bitte, lieber Gott, mach, dass sie nicht unter ein Auto gekommen ist!

Nur die Ruhe. Sie würde sicher neben dem Mülleimer stehen, an den wir uns gelehnt und den Musikanten zugehört haben.

Aber da war sie nicht! Ich hatte sie tatsächlich verloren. Warum hatte ich auch den Laden verlassen? Jetzt würde sie mich nicht finden, wenn sie nach mir suchte!

Die Musiker stimmten ein neues Weihnachtslied an.

»Ein wunderschönes Kind, ein wunderschönes Kind, das liegt dort in der Krippe bei Esel und Rind …«

Da stand Hope, direkt neben dem Dirigenten, und weigerte sich standhaft, die Hand der Frau mit der Sammelbüchse zu nehmen. In meiner Panik hatte ich sie gar nicht gesehen.

»Hör auf mit dem Umarmkram!«, brüllte Hope, als ich sie fest in die Arme schloss. »Hör auf, hab ich gesagt.«

Auf dem Heimweg schlief sie im Zug ein, die Giraffe fest im Arm, den weichen Kopf des Tiers an ihren gelehnt. Als ich in Ruhe noch einmal über alles nachdachte, kam mir der Gedanke, wie erstaunlich es doch war, dass Hope ganz alleine den Weg aus dem Laden und zurück zu den Musikanten gefunden hatte. Bewies das nicht, dass sie genauso intelligent war wie alle anderen Kinder, wenn nicht sogar noch intelligenter? Das musste ich Mrs. Corcoran erzählen.

Oder auch nicht. Weil ich dann hätte zugeben müssen, dass ich sie aus den Augen verloren hatte.

Eine Frau mittleren Alters, die uns mit ihren Einkaufstüten gegenübersaß, nickte und lächelte.

»Was für ein süßes Engelchen.«

»Sie hätten sie vorhin sehen sollen. Da hat sie gebrüllt wie am Spieß.«

»Reden Sie niemals schlecht über Ihr eigenes Kind«, rügte sie mich. »Das werden noch genügend andere Menschen für Sie erledigen.«

Ich wollte ihr gerade erklären, dass ich nicht Hopes Mutter war, ließ es dann aber bleiben. Diese katastrophalen Sekunden – vielleicht auch Minuten, ich weiß nicht mehr genau, wie lange alles gedauert hatte –, in denen ich davon überzeugt gewesen war, sie verloren zu haben, hatten mir gezeigt, dass Hope mir wichtiger war als alles andere in meinem Leben. Plötzlich wurde mir klar: Ich hatte die Wahl. Ich konnte weiter in Selbstmitleid versinken, weil das Leben so unfair war, oder mich einfach weiter um Hope kümmern. Dieser Gedanke erleichterte mich. Und Brendan hatte recht gehabt, als er meinte: Nicht zu studieren bedeutete nicht, keine Bücher zu lesen.

Mum hatte oft gesagt: »Wenn du etwas mit frohem Herzen tust, wird es dir Freude bringen.«

Doll war der einzige Mensch, dem ich jemals von dem Vorfall bei Selfridges erzählte. Sie sagte: »Hope heißt schließlich Hoffnung. Du hast sie verloren, aber dann hast du sie wiedergefunden.«

6 GUS

Dezember 1997

Als die Tage kürzer wurden, fühlte ich mich in London allmählich zu Hause. Der Herbst verstärkte das Lebensgefühl, in einer Stadt zu wohnen. Nachmittags, wenn wir aus den Vorlesungen kamen, glitzerte der Regen im Lichtschein der Straßenlaternen, und köstliche Essensgerüche hingen in der Luft. An den tropfenden Bushaltestellen fanden sich zitternde Menschentrauben munter vereint in ihrem gemeinschaftlichen Leid. Im Sommer kam man sich in London eher vor wie ein Tourist, aber wer zu Beginn des Winters noch hier war, der musste hier sein.

In der Bonfire Night waren Toby, Lucy und ich zum Primrose Hill hinaufgestiegen und hatten auf das erleuchtete London hinuntergeblickt. Während wir mit lauten Ohs und Ahs das Feuerwerk bewunderten, bestand kein Zweifel mehr, dass Toby und ich uns beide für Lucy interessierten. Zwischen uns fand ein stillschweigender Wettkampf statt, und sie gab vor, ihn nicht zu bemerken.

Am ersten Ferientag stopften die meisten Studenten ihre schmutzige Wäsche in Plastiktüten und fuhren nach Hause. Lucy freute sich darauf, ihre Familie wiederzusehen, Toby freute sich, seine Schulfreunde wiederzutreffen, und auch alle anderen sahen freudig dem entgegen, wovor mir graute: Weihnachten zu Hause.

Ständig fand ich neue Gründe, meine Abfahrt noch ein wenig hinauszuzögern. Meine Vormittage verbrachte ich in der Bibliothek, um für die Januarprüfungen zu lernen. An den Nachmittagen arbeitete ich mich in der Nationalgalerie von der Renaissance zum Paris des *Fin de Siècle* vor. Als ich entdeckte, dass das National Theatre für die Abendvorstellung desselben Tages Karten zu Spottpreisen anbot, verlegte ich meinen morgendlichen Lauf vom Norden in den Süden. Zusammen mit den ersten Pendlern überquerte ich die stahlgraue Themse und stellte mich in der Kartenschlange an, wo mir die feuchte Flusskälte in die Knochen kroch.

Am Tag vor Heiligabend fiel mir ein, dass ich noch kein einziges Weihnachtsgeschenk hatte, was mir als Entschuldigung diente, meine Abfahrt um weitere Stunden zu verschieben. Früher hatte meine Mutter alle Geschenke für uns besorgt: Als Geschenk von mir für sich kaufte sie Pfefferminzbonbons, mein Vater bekam von mir mit Likör gefüllte Pralinen. Von Ross erhielten sie eine Sammlung kleiner Seifen und eine Packung Golfbälle. Theoretisch sollten wir ihr von unserem Taschengeld die Kosten erstatten, was wir jedoch nie taten. Allerdings waren wir für das Verpacken zuständig (wobei meine Mutter Papier, Schere und Tesafilm sorgsam neben unseren Betten bereitlegte), und am Weihnachtsmorgen tat sie dann überrascht, wenn die Geschenke ausgepackt wurden. Dieses Jahr hatte ich mir fest vorgenommen, meine Mutter wirklich zu überraschen, auch wenn ich nicht die entfernteste Ahnung hatte, was ich ihr schenken sollte.

Ich ging zu Selfridges, wo wir als Kinder immer hingebracht worden waren, um den Weihnachtsmann zu sehen.

Anschließend hatten mein Vater, Ross und ich im *Brass Rail* riesige Cornedbeef-Sandwiches mit Unmengen von Senf und Gewürzgurken in uns hineingeschaufelt, während sich meine Mutter in der Parfümerieabteilung Gesichtscremes empfehlen ließ und auf ihrem Handrücken Lippenstiftfarben testete. Wenn wir dann die Regent Street hinunterfuhren, reckten Ross und ich auf der Rückbank die Hälse, um die Lichter zu bestaunen.

Der Anblick der altmodischen Drehtüren von Selfridges erinnerte mich daran, wie Ross sie einmal angeschoben hatte, so schnell er konnte, um dadurch überraschte Einkäufer aus dem Gleichgewicht zu bringen. Im Erdgeschoss fand ich in einem eher nüchtern gehaltenen Bereich eine Geschenkauswahl für Männer und kaufte eine Schachtel, die aussah, als wäre sie aus Holz, mit einem Flachmann im Schottenmuster und dazu passendem Punktekartenhalter. Bei den eher weiblichen Dingen entschied ich mich für ein Geschenkset von Yardley mit Körperpuder und Badeöl, das mit einer lavendelfarbenen Schleife dekoriert war, und stellte mich in die Kassenschlange.

Vor mir stand eine große Frau mit einem zappeligen kleinen Mädchen an der einen Hand und einer schwarz-blau-silbernen Schachtel in der anderen. Ihr Geschenkset wirkte deutlich eleganter als meins, was mich etwas beunruhigte. Sie sprach mit dem Kind derart geduldig, dass ich den Mut fasste, sie nach ihrer Meinung zu fragen. Doch in diesem Moment trat sie an die Kasse, und während sie noch in ihrer Umhängetasche wühlte, schoss das kleine Mädchen durch die Beine der Einkäufer davon.

Und schon war ich an der Reihe.

»Was kann ich für Sie tun?«

Ich nahm das Päckchen, das die Frau auf dem Tresen zurückgelassen hatte, und verglich es mit meinem.

»Freundin oder Mutter?«, erkundigte sich die Verkäuferin.

Ich spürte, wie ich errötete. Meine Ohren brannten.

»Mutter«, murmelte ich.

Ein kleines wissendes Lächeln machte meine Demütigung perfekt.

»Dann liegen Sie mit Yardley vermutlich richtig«, erklärte sie und nahm mir das Geschenkset aus der Hand.

Einen Augenblick war ich versucht, aus purem Trotz die schwarz-blau-silberne Schachtel zu kaufen. Vielleicht war meine Mutter ja jünger und moderner, als die Verkäuferin annahm? Vielleicht würde ich es Lucy schenken? Wir hatten ausgemacht, uns zwischen Weihnachten und Silvester mal zu treffen. Aber ich hatte keine Ahnung, ob sie überhaupt Parfüm benutzte, und wenn, welches.

Mein Vater holte mich am Bahnhof ab und beugte sich über den Beifahrersitz, um mir die Tür zu öffnen.

»Es soll Schnee geben.« Er war so eine Art Hobby-Meteorologe – in unserem Flur hing ein Barometer aus Mahagoniholz –, doch seine Bemerkung enthielt noch eine tiefere Bedeutung.

»Hoffentlich nicht«, entgegnete ich.

Schweigend starrten wir vor uns hin, als könnten wir auf der kurzen Fahrt nach Hause die wenigen Schneeflocken, die herunterrieselten, mit unseren Blicken verschwinden lassen.

An der Tür hing das übliche Gesteck aus Stechpalmenzweigen und karierter Schleife, und im Flur stand ein echter Weihnachtsbaum, doch der Adventskranz, den Ross und ich damals gebastelt hatten, als wir mit Masern zu Hause gewesen waren, hatte ausgedient. Meine Mutter trat in ihrer Festtagsschürze aus der Küche. Ihre Hände waren voll Mehl, darum küssten wir uns nur flüchtig auf die Wangen. Dann musterte sie mich von oben bis unten, als erwartete sie, dass ich mich verändert hätte.

Beim Abendessen im selten genutzten Esszimmer löcherte mein Vater mich mit Fragen nach den Funktionen von Organen und Drüsen. Ross gegenüber hatte er sich am Anfang seines Studiums ähnlich verhalten. Vielleicht hatte Nash recht, und er war tatsächlich ein gescheiterter Arzt? Ross war streitlustiger gewesen als ich, er hatte keine Angst gehabt, meinen Vater zu provozieren. Meine Verstocktheit dagegen ließ ihn nur noch beharrlicher nachhaken. Doch als meine Mutter sagte: »Meine Güte, nun lass ihn doch in Ruhe, Gordon!«, wünschte ich mir, er würde weitermachen, denn die plötzliche Stille im Raum fühlte sich an wie ein stummer Schmerzensschrei.

Der Esstisch war auf Hochglanz poliert, Gläser und Besteck funkelten. Meine Mutter legte sehr viel Wert auf Sauberkeit und Ordnung, und so wirkte der Raum so steril wie der Behandlungsraum meines Vaters.

»Noch etwas Wein?«, fragte meine Mutter.

Ich hatte mein Glas kaum angerührt, während sie ihres bereits dreimal geleert und wieder aufgefüllt hatte. Leicht klirrend stieß sie mit dem Flaschenhals gegen den Rand des Glases. Mein Vater beobachtete sie mit starrem Blick. Vorsichtig setzte meine Mutter die Flasche ab und nahm ihr Glas in die Hand.

Es klingelte an der Tür.

»Wer, in Herrgotts Namen …?«, fragte mein Vater.

»Vermutlich Weihnachtssänger.«

Meine Mutter schien äußerst dankbar für die Ablenkung zu sein, sie wirkte geradezu fiebrig. Als sie die Haustür öffnete, drang jedoch kein Gesang aus dem Flur herüber, sondern ein übertriebener Freudenschrei.

»Was für eine schöne Überraschung!« Als sie sich dem Esszimmer näherte, rief sie: »Ratet mal, wer da ist, Gordon? Angus?«

Ross' Verlobte Charlotte folgte ihr ins Zimmer. Sie trug einen langen fliederfarbenen Mantel mit Schalkragen, der an jedem, der nicht ihre elegante schlanke Statur hatte, wie ein Morgenmantel ausgesehen hätte. Sie jedoch wirkte darin wie ein Filmstar. In der Hand hielt sie einen in billiges buntes Papier verpackten Würfel, der nicht zu ihrem Äußeren passte.

»Bitte bleibt sitzen«, sagte sie. »Ich will euch nicht beim Essen stören.«

»Du störst nicht!«, platzte ich heraus, auf lächerliche Weise dankbar dafür, dass sie die Dynamik im Raum verändert hatte.

»Was darf ich dir zu trinken bringen?« Mein Vater schaltete in den freundlichen Gastgebermodus, von dem ich ganz vergessen hatte, dass er zu seinem Repertoire gehörte.

Auf einmal fühlte sich das Esszimmer wieder angenehm an, normal.

»Irgendwas ohne Alkohol.« Charlotte legte das Päckchen ab und streifte ein Paar weiche schwarze Lederhandschuhe von ihren Händen. »Ich bin mit meinem Auto hier.«

»Mit deinem eigenen Auto? Wie aufregend!«, rief meine Mutter.

»Es ist nur ein kleiner Peugeot.«

Mein Vater öffnete eine Flasche Tonic. Schäumend ergoss sich die Flüssigkeit über die knackenden Eiswürfel, und ein leicht bitterer Geruch wehte über den Tisch. »Ein Peugeot, ja?«

Mit einem Schulterzucken ließ Charlotte ihren Mantel über die Stuhllehne fallen, wobei er ein glattes Satinfutter zum Vorschein brachte. Darunter trug sie einen schlichten schwarzen Rollkragenpullover zu einer schwarzen Jeans. Ihr langes schwarzes Haar glänzte bläulich; ihr Teint war makellos. Auf dem Kaminsims im Wohnzimmer stand ein Foto, auf dem sie und Ross sich für eine Halloween-Party als Addams Family verkleidet hatten. Darauf strahlte ihre Schönheit etwas Vampirhaftes aus, doch jetzt, mit ihren von der Kälte blassen Lippen, wirkte sie eher wie ein Model auf einem Foto von David Bailey aus den Sechzigern: wunderschön und ein kleines bisschen verletzlich.

»Du bist jetzt also Assistenzarzt?«, erkundigte sich mein Vater. »Oder vielmehr Assistenzärztin?«

Sie verzog die blassen Lippen zu einem schwachen Lächeln.

»Willst du dich auf etwas spezialisieren? Allgemeinmedizin?«

»Herzchirurgie«, gab sie gelassen zurück.

Aus irgendeinem Grund lachte ich kurz auf.

Als Ross Charlotte am Ende seines ersten Studienjahrs zum ersten Mal mit nach Hause gebracht hatte, hatte ich einen Heidenrespekt vor ihr gehabt. Mein Vater hatte gerade auf der Dachterrasse einen Whirlpool einbauen lassen. Charlotte trug einen winzigen weißen Bikini. Noch nie hatte ich eine so spärlich bekleidete Frau gesehen. Sie schien auf quälende Weise unnahbar. Ich wusste nicht, ob sie mich hinter den Gläsern ihrer Filmstar-Sonnenbrille überhaupt bemerkte.

»Wie gefällt dir das Medizinstudium, Angus?«, fragte sie jetzt.

»Gut. Es ist ziemlich hart – natürlich«, murmelte ich und fühlte mich wieder wie dreizehn.

»Nicht so hart, wie Herzchirurgin zu werden«, stellte meine Mutter fest. »Gott! Ich glaube, das ist das Härteste ...«

»Es ist ein ziemlich umkämpftes Gebiet«, bestätigte Charlotte.

»Ich frage mich ...«, hob meine Mutter an.

Ihre Augen nahmen einen tränennassen, abwesenden Ausdruck an. Offensichtlich dachte sie daran, welchen Weg Ross gewählt hätte.

»Na ja«, sagte Charlotte und trank einen Schluck von ihrem Tonic. »Aber das ist alles noch Zukunftsmusik.«

»Trotzdem, es ist gut, Ziele zu haben«, sagte mein Vater, wobei er allerdings klang, als räumte er ihr keine großen Chancen ein. »Bist du über die Weihnachtstage zu Hause?«

Ihre Mutter wohnte nur wenige Meilen von uns entfernt, doch Charlotte und Ross hatten sich erst auf der Uni kennengelernt.

»Ich habe Frauen von fünf Kontinenten gevögelt«, hatte Ross mal bemerkt, während er sich vor einem Date mit ihr rasiert hatte. »Und dabei wohnt der beste Fick nur fünf Minuten die Straße runter.«

»Nur heute und morgen. Am Weihnachtstag muss ich arbeiten«, gab Charlotte zurück.

»Willkommen in der Realität«, sagte mein Vater.

Ich konnte mich nur an ein einziges Weihnachten erinnern, an dem man ihn angerufen hatte, um ein Rezept für Antibiotika gegen einen Abszess auszustellen.

»Und Silvester?«, fragte meine Mutter leise.

»Ja. Silvester auch.«

»Wahrscheinlich besser so«, bemerkte mein Vater.

»Ja«, bestätigte Charlotte.

Die Stille schien endlos.

»Aber wie nett, dass du uns besuchst! Nicht wahr, Gordon?«

Charlotte schob meiner Mutter das Päckchen zu. »Nur eine Kleinigkeit.«

»Ach, das wäre doch nicht nötig gewesen! Aber wie nett! Ich hole eben deins«, verkündete meine Mutter.

Sie blieb ziemlich lange weg. Hatte sie wirklich ein Geschenk für Charlotte, oder packte sie noch rasch etwas ein, das sie für den Fall erstanden hatte, jemanden trotz ihrer sorgfältig geführten Weihnachtslisten vergessen zu haben?

»Wo wohnst du?«, fragte ich Charlotte, um die Stille zu durchbrechen.

»In Battersea. Kennst du das?«

»Nein.«

»Das liegt ganz günstig.«

»Ich war im National Theatre.«

Meine Gedanken waren von Battersea zu dem einzigen Ort gesprungen, den ich südlich des Flusses kannte, daher meine etwas peinliche, unpassende Bemerkung.

Charlotte musterte mich herablassend.

»Du Glückspilz«, bemerkte sie leicht ironisch.

»Man bekommt am Tag der Vorstellung billige Restkarten«, ergänzte ich für meinen Vater, der etwas verwirrt dreinblickte. »Ich laufe«, fügte ich hinzu.

»Ich auch«, erwiderte Charlotte.

»Vielleicht lauft ihr euch ja mal über den Weg!«, schaltete sich mein Vater ein, doch sein etwas bemühter Scherz ließ das Gespräch ersterben.

Meine Mutter kehrte mit einem weichen Päckchen zurück, das sie Charlotte reichte.

»Soll ich es gleich auspacken?«, fragte Charlotte.

Sie riss das Papier auf und brachte ein Set aus roten gestrickten Handschuhen und einem Schal von Marks und Spencer zum Vorschein.

»Mmm«, machte sie und legte sich den Schal um den Hals. »Schön warm!«

Sie zeigte auf den Würfel auf dem Tisch. Meine Mutter packte ihn aus und fand darin eine Schachtel, auf der eine rosafarbene Amaryllis abgebildet war.

»Wenn du die Zwiebel einpflanzt, kommt eine wunderschöne Blume heraus«, erklärte Charlotte.

»Ich habe mich immer gefragt, ob das funktioniert.« Zweifelnd drehte meine Mutter die Schachtel um und studierte die Gebrauchsanleitung.

»Natürlich funktioniert das!«, entgegnete ich und sah bestürzt, dass Charlotte bereits die schmalen Schultern wieder in die Satinärmel ihres Mantels schob. Der Schal passte genauso wenig zu ihrem Outfit wie vorhin ihr Päckchen. Wie weit sie wohl die Straße hinunterfuhr, bis sie ihn ablegte?

»Ich muss wieder los.«

Charlotte küsste meine Mutter auf die Wangen, dann reichte sie meinem Vater die Hand und ließ sich steif von ihm umarmen.

Da ich auf keinen Fall den Eindruck erwecken wollte, ebenfalls einen Kuss oder eine Umarmung zu erwarten, eilte ich zur Haustür, um sie ihr aufzuhalten.

»Danke, dass du gekommen bist. Damit hast du ihnen echt eine Freude gemacht.«

Charlotte hob den Blick und sah mich an. Ihre Augen leuchteten grünlich, wie bei einer Katze.

»Du bist so groß geworden, Angus«, stellte sie fest. »Gott, ich glaube, du bist jetzt größer als Ross.«

»Das würde ihm aber gar nicht gefallen!«

Es war mir so rausgerutscht, und sofort schämte ich mich, weil ich das einzige Mal, das wir ihn erwähnten, respektlos von ihm sprach.

Charlotte legte die Stirn in Falten, als überlegte sie, ob die Bemerkung zutraf, dann erschien, zu meiner großen Erleichterung, ein aufrichtiges Lächeln auf ihrem Gesicht.

»Da hast du vollkommen recht, würde es nicht!« Sie drückte leicht meinen Arm, dann trat sie hinaus in die Kälte.

Obwohl wir nur zu dritt waren, stand meine Mutter am Weihnachtstag noch vor dem Morgengrauen auf, um einen riesigen Truthahn in den Ofen zu schieben. Ich hatte nicht gut geschlafen und ging nach unten, als ich das Klappern der Backbleche hörte. In der Küche hing bereits ein feuchtwarmer Nebel, denn auf dem Herd simmerten die Innereien für die Bratensoße. Ich trank einen Becher Tee, den sie mir hinstellte, und sagte ihr, dass ich Joggen gehen würde.

»Wenn es dir hilft«, bemerkte sie.

Draußen herrschte dichter, eisiger Nebel, und meine Sohlen hafteten leicht an dem gefrorenen Pflaster. Da ich nichts sah, lief ich automatisch langsam, als hätte ein Urinstinkt meinem Gehirn gemeldet, ich sei blind und müsse mich vor möglichen Hindernissen schützen. Dadurch allerdings erreichte ich nicht den Zustand, in dem sich jeder Gedanke auflöste und nur noch das rhythmische Trommeln meiner Sohlen existierte.

Als ich plötzlich hinter mir fremde Schritte hörte, blieb ich stehen.

Vielleicht lauft ihr euch ja mal über den Weg!

Ein Mann, den ich nicht kannte, joggte an mir vorbei. Er musste am Vorabend Knoblauch gegessen haben. Der beißende Geruch hing noch eine Weile im weißen Nebel, während sein angestrengtes Atmen sich entfernte und ich wieder von Stille umgeben war.

Als ich ins Haus zurückkehrte, roch es verbrannt. Meine Mutter stand über das Spülbecken gebeugt und schrubbte die schwarze Pfanne, in der sie die Innereien angebraten hatte. Ich stand im Türrahmen, doch sie drehte sich nicht um. An ihren Schultern erkannte ich, dass sie weinte.

Ich duschte ausgiebig und ließ genussvoll das heiße Wasser über mein kaltes Gesicht strömen.

Als ich nach unten kam, saß mein Vater in seinem üblichen legeren Weihnachts-Outfit am Küchentisch: Cordhose, dicker Wollpullover und kariertes Hemd.

Die ganze Zeit schon hatte ich bei ihm eine gewisse Unruhe gespürt, wie bei jemandem, der an der Autobahn auf den Abschleppdienst wartet.

Meine Mutter kam herein und schwang einen ihrer Weihnachtsteller. »Räucherlachs und Champagner?«

»Ist es dafür nicht noch etwas früh?«, fragte mein Vater.

»Einige von uns sind schon seit Stunden wach!«

Solange ich denken konnte, hatte ich jeden Weihnachtsmorgen den gleichen Dialog gehört.

»Nun ja, man lebt ja nur einmal!«, lautete darauf die Standardantwort meines Vaters. Doch das würde er dieses Jahr natürlich nicht sagen.

Früher hatte ich immer nur ein halbes Glas Champagner probieren dürfen, doch seitdem ich nun achtzehn war, bekam ich offenbar so viel, wie ich wollte. Er glitt meine Kehle hinunter wie Sahne.

»Es lohnt ja kaum, den Kamin im Wohnzimmer anzuheizen«, sagte meine Mutter.

Das war in den letzten Jahren immer Ross' Aufgabe gewesen. Wollte sie damit andeuten, dass ich es dieses Jahr übernehmen sollte? Oder wäre sie glücklicher, wenn wir nicht ins Wohnzimmer gingen, wo wir von seinen Fotos umgeben waren?

»Warum machen wir die Bescherung nicht in der Küche?«, schlug ich vor.

»Hier ist es gemütlich und warm«, stimmte mir mein Vater sofort zu.

»Warum nicht?« Meine Mutter schien geradezu froh über diesen Bruch mit der Tradition zu sein.

Sie hatte mir einen Pyjama gekauft, einen Gutschein über zehn Fahrstunden sowie einen Schrittmesser als Geschenk von meinem Vater.

»Zeig mal«, forderte er mich auf und machte kein Hehl daraus, dass er ihn zum ersten Mal sah.

»Er zählt, wie viele Schritte du gemacht hast«, erklärte meine Mutter.

Ich würde ihn zwar nie benutzen, erkannte jedoch den Gedanken, der hinter diesem Geschenk steckte. Ich konnte beinahe hören, wie meine Mutter zu ihren Freundinnen im Frauenverein gesagt hatte: »Ich weiß überhaupt nicht, was ich Angus schenken soll. Er macht nichts als Laufen!«

Mein Vater schien zufrieden mit meinem Geschenk für ihn zu sein, doch irgendetwas an der Art, wie meine Mutter »Oh! Lavendel!« rief, als sie ihrs auspackte, sagte mir, dass sie den Duft nicht mochte. Immer wieder drehte sie die hübsche Schachtel in den Händen.

»Ross hat mir immer Seife von Yardley gekauft«, flüsterte sie heiser.

Leichter Unmut bohrte sich durch die dicke watteartige Schicht, die der Champagner um mich gesponnen hatte.

Nein, hat er nicht!, hätte ich am liebsten widersprochen. Das warst du selbst! Warum musst du einen Heiligen aus ihm machen?

Die Uhr an der Wand tickte. Im Ofen spritzte und zischte der Truthahn.

»Guter Gott, ist es schon so spät?«, sagte mein Vater plötzlich. »Ich habe Brian versprochen, mich mit ihm auf ein Bier im Klub zu treffen!«

»Warum nimmst du Angus nicht mit?«, schlug meine Mutter vor.

Ich spürte sein leichtes Zögern.

»Möchtest du mitkommen?«

Mir war klar, dass es ihm lieber gewesen wäre, wenn ich Nein gesagt hätte, meine Mutter hingegen schien geradezu erpicht darauf zu sein, dass ich ihn begleitete.

Ich wartete im Flur auf ihn, und als er schließlich herunterkam und mit den Autoschlüsseln klimperte, umwehte ihn eine Wolke von Rasierwasser, das ich nicht von ihm kannte.

Wir fuhren ein paar Meilen bis zu seinem Golfklub. In der Lounge saßen eine Handvoll eingefleischter Golfer, am Tisch vor dem Kamin eine Frau. Als ich die Tür aufstieß, blickte sie erwartungsvoll auf, doch als sie mich sah, senkte sie den Blick wieder.

»Was nimmst du?« Mein Vater legte mir den Arm um die Schulter und schob mich in Richtung Bar.

Ich wählte ein Bitter, um zu verhindern, dass er jedem, der ihm zuhörte, seine Ansichten über Lagerbier-Trinker mitteilte.

»Zwei Gläser von Ihrem Besten!«, sagte er laut zum Wirt, dann wandte er sich an mich. »Wir zwei haben noch nie einen zusammen getrunken, was?«

»Ich glaube nicht.«

Wir wussten beide, dass wir das noch nie getan hatten. Mein achtzehnter Geburtstag im letzten April war fast unbemerkt vorübergegangen.

»Gibt es in London gute Pubs?«, fragte er.

»Ich bin noch nicht in vielen gewesen.«

»Im Studentenwerk ist es billiger, was?«

Wünschte er sich, dass ich ein standhafter Trinker war, oder stellte er mir eine Falle?

»Vermutlich.«

»Vermutlich!«, rief mein Vater, als wollte er die anderen Gäste einladen, an unserem Männergespräch teilzunehmen.

Ein paar lächelten, doch niemand ging darauf ein.

Mein Vater leerte sein Glas.

»Noch eins?«, fragte ich.

»Lieber nicht«, entgegnete er. »Ich muss ja noch fahren. Trink du in Ruhe aus, ich gehe mal eben auf die Toilette.«

Ich stand an der Bar, schluckte das warme Ale und versuchte, den schalen Geschmack zu ignorieren.

Mein Vater kehrte mit der Frau zurück, die ich beim Hereinkommen bemerkt hatte.

»Angus, stell dir vor, das ist Samantha, meine neue Arzthelferin!«

»So neu nun auch wieder nicht!«, bemerkte sie lächelnd und sah ihn, nicht mich, an, während wir uns die Hand schüttelten.

Wie die meisten Zahnarzthelferinnen, die ich kennengelernt hatte, sah sie auf eine eher nüchterne Art gut aus. Sie hatte kurze Haare, gute Zähne und trug unauffällige kleine Ohrstecker. Ihre enge, clean-washed Jeans war in die Lederstiefel geschoben; dazu hatte sie einen flauschigen hellblauen Pullover gewählt. Um die Schultern lag ein marineblau eingefasster, mit Goldschnallen bedruckter Seidenschal, der nicht ganz zu ihrem übrigen Erscheinungsbild passte. Vermutlich hatte sie den von ihm zu Weihnachten bekommen. Sie war noch nicht in dem Alter für Seidenschals.

»Wie lange denn eigentlich?«, fragte mein Vater sie.

»Seit sieben Monaten.«

»Ach, schon? Sind Sie hier Mitglied?«, erkundigte er sich, als ob irgendjemand glaubte, dass sie die Art von Frau war, die mal eben am Weihnachtsmorgen hinausfuhr, um ihren Abschlag zu trainieren.

»Mein Vater«, entgegnete sie. »Ich bin über Weihnachten bei meinen Eltern.« Zum ersten Mal fing sie meinen Blick auf, und es schien, als wüssten wir beide, was für eine Quälerei das hier war. »Ich sollte mich jetzt wirklich auf den Weg machen.«

Auf der Rückfahrt konnte ich mich nicht entscheiden, was ich fühlte, ob ich überhaupt etwas fühlte. Wenn er bei Samantha etwas Trost gefunden hatte – schön für ihn. Vermutlich war sie nicht die Erste. Wahrscheinlich ahnte meine Mutter etwas, schließlich war sie selbst früher seine Arzthelferin gewesen. Hatte ihr Vorschlag, ihn zu begleiten, vielleicht einen Hintergedanken gehabt? Eines allerdings wusste ich genau: Sie würde nicht wollen, dass ich es ihr erzählte.

»Samantha scheint nett zu sein«, wagte ich einen verschwörerischen Vorstoß.

»Was? O ja, sie ist ganz nett«, erwiderte mein Vater und hielt den Blick auf die Straße gerichtet.

Im verblassenden Licht hing ein gelblicher Schein, der Schnee ankündigte.

Als wir in unsere Einfahrt bogen, fiel meinem Vater plötzlich wieder sein Alibi ein.

»Ich weiß gar nicht, wo Brian geblieben ist!«, rief er aus.

»Wir waren ziemlich spät dran«, sagte ich.

Mein Vater drehte sich zu mir um und schenkte mir ein kumpelhaftes Lächeln, das bislang nur Ross vorbehalten gewesen war.

»Das wird es sein!«

»Ein Mädchen hat für dich angerufen«, verkündete meine Mutter, als wir in den Flur traten.

»Ach ja?«, sagte mein Vater.

»Nicht für dich, Gordon. Für Angus! Ein Mädchen.«

»Ein Mädchen, ja?« Erneut lächelte mein Vater mir zu.

»Hast du ihren Namen verstanden?«, fragte ich.

»Hast du ihren Namen verstanden!«, echote er fröhlich. Mit einem Satz war ich vom Sohn, mit dem er nicht viel anfangen konnte, zum Casanova avanciert.

»Die Verbindung war schlecht. Sie sagte, sie würde später wieder anrufen. Hoffentlich nicht, wenn wir essen.«

Das Telefon klingelte, als meine Mutter mir gerade Vanillesoße, Sahne oder beides zusammen zum Christmas Pudding anbot.

»Es ist für dich!« Augenzwinkernd reichte mein Vater mir das Telefon.

Mit klopfendem Herzen nahm ich das Telefon mit in den Flur und räusperte mich, bevor ich mich meldete. Doch es war nicht Lucy, sondern Nash.

»Na, wie läuft's bei dir? Hast du schöne Weihnachten?«

»Ja«, erwiderte ich. »Ziemlich ruhig. Und bei dir?«

»Die totale Katastrophe! Dabei bin ich erst seit zwei Tagen hier. Dads neue Freundin ist eine Vollzicke. Und ich kenne hier keine Menschenseele! Hör zu, Dad hat gesagt, wenn mich jemand über Silvester besuchen will, würde er den Flug bezahlen ...«

»Wo bist du denn genau?«, erkundigte ich mich und wähnte sie in New York, Brüssel oder einer der anderen Städte, in denen Nashs Vater Häuser besaß.

»Im Chalet in Val d'Isère«, antwortete sie. »Du fährst doch Ski, oder?«

»Nein«, log ich. »Darum wäre es wohl nicht so eine gute ...«

»Ach, komm schon, Gus. Denk an Croissants, guten Kaffee und jede Menge Rotwein. Bitte, bitte, bitte?«

»Tut mir leid – ich kann nicht. Danke für das Angebot ...«

Ich legte das Telefon weg und blickte auf die Weihnachtskarten, die im Flur aufgereiht waren. Verschneite Kirchen, verschneite Bäume, verschneite Bruegel-Szenen mit Schlittschuhläufern, ein schneebedeckter Ast, auf dem ein Rotkehlchen hockte, glitzernder Schnee auf dem Dach des Stalls zu Bethlehem – schneite es im Nahen Osten überhaupt? –, ein niedlicher Labradorwelpe mit einer roten Pudelmütze, der durch den Schnee schlitterte. Reihenweise sanfte weiße Bilder verkündeten glitzernde Schneegrüße. Hatte denn niemand daran gedacht?

Einen Moment lang sah ich Ross' Gesicht, wie er mich durch das Schneetreiben ansah, die weißen Zähne, die Augen hinter der verspiegelten Skibrille verborgen. Schneeflocken fielen auf sein dunkles, zurückgekämmtes Haar.

»Na, was hat sie dir angeboten?«, fragte mein Vater, als ich an den Tisch zurückkehrte.

Ich ging das Gespräch mit Nash in Gedanken noch einmal durch, nur für den Fall, dass sie noch etwas gehört hatten, das ich erklären musste.

»Nichts«, antwortete ich.

»Nichts, ja?«

Ich fand die Vorstellung schrecklich, dass wir beide Männergeheimnisse teilten.

»Habt ihr was dagegen, wenn ich mir den Nachtisch für später aufhebe? Ich bin total satt …«

Er warf mir einen verletzten Blick zu. Ich hatte die zarte Blase kumpelhafter Vertrautheit zum Platzen gebracht.

In meinem Zimmer starrte ich auf die Schneeflocken vor dem Fenster und dachte an den Tag genau vor einem Jahr.

In der Dämmerung hatte es angefangen zu schneien. Abseits der Piste zu fahren war an sich schon gefährlich, doch wenn man nicht sah, wohin man fuhr, war es purer Wahnsinn.

»Warum bist du mit raufgekommen, wenn du nicht runterfahren willst?«, fragte Ross.

Zur Schikane meines Bruders gehörte, dass er mir immer das Gefühl gab, ein Dummkopf zu sein.

»Ich dachte, du wolltest auf dem normalen Weg nach unten fahren …«

»Den *normalen Weg* sind wir schon gefahren«, jammerte er spöttisch.

»Nicht unter diesen Bedingungen. Es ist ziemlich gefährlich …«

»Ziemlich gefährlich!« Ein weiteres höhnisches Echo, dann folgte unweigerlich der Spott, der mich jedes Mal dazu anstachelte, Dinge zu tun, die ich eigentlich nicht tun wollte. »Gott, was bist du bloß für eine Memme!«

Ross blickte den Hang hinunter. Ich blickte den Hang hinunter. Dann sah er mich an, und seine Augen funkelten herausfordernd.

»Wer als Letzter unten ist, zahlt die Drinks!«

Er setzte die Skibrille auf, und weg war er, bereits bei »Los!«, während ich noch beim »Auf die Plätze!« hing. So lief es bei jedem unserer Rennen.

Fast wäre ich ihm gefolgt. Aber ich bin ihm nicht gefolgt.

Ich hatte seinen Spott schon zu oft gehört, er verlor allmählich an Kraft. Ich fuhr noch nicht einmal die normale Piste hinunter. Der kurz aufwallende Triumph verebbte, als ich allein im dichten Nebel in der Gondel nach unten schaukelte. Als hätte ich meine Niederlage endlich akzeptiert.

Zurück im Hotel setzte ich mich ans Fenster der Bar und starrte hinaus in eine undurchdringliche Wand aus Schnee.

Nach ein paar Minuten kamen meine Eltern. Meine Mutter war den ganzen Nachmittag über im Spa gewesen und glänzte rosig; mein Vater hatte die Ski abgeschnallt, als es angefangen hatte zu schneien, und war bereits geduscht und fürs Abendessen umgezogen.

»Wo ist Ross?«

»Er wollte mit den Skiern runterfahren. Ich hatte genug.«

Ich erzählte ihnen nicht, dass Ross abseits der Piste fahren wollte. Warum sollte ich sie unnötig beunruhigen?

Nach ungefähr einer Stunde wurde Mum nervös und starrte alle paar Minuten auf ihre Armbanduhr.

»Wahrscheinlich hat er jemanden getroffen und ist was trinken gegangen«, schlug ich vor.

»Wahrscheinlich ist er aufs Zimmer gegangen, um sich trockene Sachen anzuziehen«, überlegte Dad.

»Jetzt scheint es allmählich aufzuklaren«, sagte meine

Mutter. »Vielleicht hat er sich irgendwo untergestellt und gewartet, bis es aufklart.«

Eifrig entwickelten wir mögliche Szenarien, um die ungewöhnliche Verspätung zu erklären.

Ich glaube, im Grunde hatten wir alle ein bisschen Angst vor Ross. Meine Mutter wollte nicht als Bedenkenträgerin dastehen; mein Vater, der so stolz auf den Mut und die Fertigkeiten seines ältesten Sohnes war, wollte nicht dabei erwischt werden, dass er an ihm zweifelte; und bei mir verschlimmerte sich die wachsende Angst noch dadurch, dass ich ihnen nicht die ganze Wahrheit gesagt hatte.

»Meint ihr, wir sollten jemanden alarmieren?«, fragte ich schließlich. »Ich glaube, er wollte abseits der Piste runterfahren …«

»Was? Warum zum Teufel hast du das nicht früher gesagt?«

Mein Vater hatte sich bereits dafür entschieden, mir die Schuld zu geben.

Bis wir herausgefunden hatten, was unter diesen Umständen zu tun war, und die Rettungssanitäter ausrückten, waren drei Stunden vergangen, seit ich meinen Bruder zum letzten Mal gesehen hatte. Man fand ihn um neun Uhr abends. Er lebte, war jedoch unterkühlt, hatte sich einen Arm gebrochen und eine schwere Kopfverletzung zugezogen. Anscheinend war Ross, kurz nachdem wir uns getrennt hatten, gegen einen Baum gerast. Sie konnten die genaue Zeit feststellen, weil die Uhr an seinem gebrochenen Arm beim Sturz stehen geblieben war. Ich stellte mir immer wieder vor, wie er durch den dichten Schneefall rast und über seine Schulter zurückblickt, um zu sehen, ob ich ihm folge, was ihn jenen Bruchteil einer Sekunde kostet, der nötig gewesen wäre, um dem plötzlich auftauchenden Hindernis auszuweichen.

»Warum hast du ihn fahren lassen …?«, schrie meine Mutter mich beim Anblick der Trage an.

»… allein?«, fügte mein Vater hinzu.

Sie wussten, dass ich ihn nicht hätte aufhalten können, aber sie mussten jemandem die Schuld geben, und es konnte nicht Ross sein, denn Ross würde sterben. Und wer jung stirbt, ist immer ein Held oder ein Heiliger.

7 TESS

Dezember 1997

Am Weihnachtsmorgen wachte ich davon auf, dass jemand in der Küche mit den Töpfen klapperte. Ich sprang aus dem Bett und rannte nach unten, barfuß und nur im Nachthemd. Da war Mum. Sie kniete vor dem Backofen und kontrollierte den Truthahn durch die Glastür. Dann drehte sie sich um und lächelte mich an. »Wie war's in der Christmette?«

»Ich wusste doch, dass es nicht wahr ist!«, rief ich und lief mit ausgestreckten Armen auf sie zu. Dann wachte ich auf, und das wunderbare Glücksgefühl verschwand schlagartig. Bittere Enttäuschung stieg in mir auf.

Es war dunkel im Zimmer. Das Federbett und die rosafarbene, schön bestickte Tagesdecke waren schwerer als die Decken bei uns zu Hause. Von unten drangen Kochgeräusche und Bratenduft zu mir herauf. Ach ja, richtig, ich befand mich im Gästezimmer der O'Neills.

Wie lange hatte mein Traum gedauert? Einige Minuten oder nur ein paar Sekunden? Wie erzeugte das menschliche Gehirn solche Illusionen? Wie konstruierte das schlafende Bewusstsein eine Geschichte, zu der die Gerüche und Geräusche der echten Welt passten? Und wieso musste ich so bald schon wieder aufwachen? Ich schloss fest die Augen und versuchte, Mums Bild wieder heraufzubeschwören. Aber sie war fort.

War das etwa das Zeichen?

Mum hätte ja alles Mögliche sagen können in meinem Traum, aber sie hatte die Christmette erwähnt.

Hope schlief neben mir im Doppelbett, nur ein paar Zentimeter von mir entfernt.

»Frohe Weihnachten, Tree«, sagte sie fröhlich, als sie die Augen öffnete.

Ich glaube, ich habe Hope noch nie traurig erlebt. Starrsinnig, ja, jähzornig, das schon, aber so war sie schon immer gewesen. Manchmal betrachtete ich meine Schwester und fragte mich, ob sie Mum überhaupt vermisste. Ich fragte sie nicht danach, weil ich keine Probleme heraufbeschwören wollte, wo keine waren. Wenn ein fünfjähriges Kind damit fertigwurde, warum gelang es mir dann nicht?

»Wie war die Christmette?«, fragte Mrs. O'Neill, als wir uns im Wohnzimmer versammelten, um die Geschenke zu öffnen.

»Wie immer«, sagte Doll rundheraus.

Sie war schon immer eine bessere Lügnerin gewesen als ich. Wenn sie log, strickte sie keine komplizierten Storys zusammen, sondern hielt sich an einfache Geschichten, womit sie meistens auch durchkam. Es würde schon niemand von der Gemeinde nachfragen, warum wir nicht da gewesen waren.

Wir waren lieber ins Pub gegangen als in die Christmette. Waren es vielleicht meine unterbewussten Schuldgefühle, die Mum die Worte in den Mund gelegt hatten? Ich spürte ihre Gegenwart noch immer, und das verwirrte mich.

»Welche Geschenke sind meine?«, wollte Hope wissen.

Mit dem Geld, das Dad mir gegeben hatte, hatte ich einen CD-Player für Hope besorgt – das war sein Geschenk für sie. Von mir bekam sie eine CD mit Weihnachtsliedern. Außerdem hatte der Weihnachtsmann ihren Strumpf noch mit verschiedenen Süßigkeiten gefüllt, auch wenn er genau genommen weder in unserem Haus noch in dem der O'Neills gewesen sein konnte, da es keine Schornsteine gab. Hope war bei solchen Sachen immer sehr pingelig, und die Vorstellung, ein dicker, bärtiger Mann könnte nachts in unserem Haus herumschleichen, machte ihr Angst.

Für Dad hatte ich Homer-Simpson-Socken gekauft, die Hope ihm schenkte, und eine Flasche Jameson, weil das die Whiskeymarke war, die Mum ihm immer besorgt hatte. Dad schien freudig überrascht, fast so, als hätte er nicht mit Geschenken gerechnet.

Dann war ich an der Reihe, das Päckchen mit den Ohrhängern zu öffnen, die ich gekauft hatte, damit Hope sie mir schenken konnte.

»Wo ist dein Geschenk für Tree?«, wollte Hope von Dad wissen.

Ich hätte wohl daran denken sollen, mir etwas zu kaufen, das offiziell von ihm war. Plötzlich fühlte ich mich wie ein Idiot, weil ich Jahr für Jahr auf Mums überraschte Seufzer reingefallen war, wenn sie das Päckchen mit dem billigen Parfüm ausgepackt hatte.

»Also, Tess«, sagte mein Vater peinlich berührt. »Ich wusste nicht so richtig, was ich für dich kaufen sollte, darum kaufst du dir lieber selbst irgendwas Schönes.«

Er stand auf, nahm die Geldscheinklammer aus der Gesäßtasche und gab mir fünf Zehn-Pfund-Scheine. Als ihm bewusst wurde, dass Mrs. O'Neill zusah, zählte er noch weitere fünf Zehner ab. Das war großzügig von ihm, aber ich hätte mich noch mehr gefreut, wenn er daran gedacht hätte, mir ein Geschenk zu besorgen.

Mum hatte mir immer einen Taschenkalender geschenkt, ein gewöhnliches DIN-A5-Heft vom Zeitschriftenladen, für das sie einen Stoffumschlag gebastelt und diesen dann mit meinem Namen und der Jahreszahl bestickt hatte. Es war das erste Mal seit zehn Jahren, dass ich an Weihnachten keinen Taschenkalender geschenkt bekam.

Beim Mittagessen stand eine Schachtel Knallbonbons auf dem Tisch. Zu Hause hatten wir nie welche gehabt, weil die so teuer waren. Nachdem Hope den ersten Schreck über den Knall verdaut hatte, ging sie begeistert vom einen zum anderen, um alle Knallbonbons auseinanderzuziehen. Mit der rosafarbenen Handtasche, die Doll ihr geschenkt hatte, sammelte sie sämtliche Überraschungen ein, aber nach einem kleinen Disput erlaubte sie uns wenigstens, unsere Papierkronen zu behalten.

»Die Kinder sind doch das Wichtigste an Weihnachten, nicht wahr?«, bemerkte Mrs. O'Neill einige Male, wie um sich selbst daran zu erinnern.

Mrs. O'Neill hatte einen Truthahn mit allen Schikanen auf den Tisch gebracht – samt kleiner Würstchen für Hope. Zum Nachtisch bekam sie außerdem ein Eis mit Smarties, Geleebohnen und Schokostückchen; Mrs. O'Neill hatte genug Erfahrung mit Kindern, um zu wissen, dass nicht alle gern Christmas Pudding aßen.

Am Nachmittag ging Dad mit Mr. O'Neill ins Pub, und Hope sah sich mit Mrs. O'Neill einen Disney-Film im Fernsehen an. Doll und ich erledigten den Abwasch und machten dann einen Spaziergang.

Die schwache Wintersonne hatte einen silbernen Pfad auf das Wasser gezaubert, und die Farben wirkten seltsam gedämpft. Ich konnte mir gut vorstellen, was damals die vielen Maler, sogar den großen Turner, hierher gezogen hatte. Inzwischen waren die meisten der viktorianischen Villen, in denen die reichen Londoner früher einmal ihre Ferien verbracht hatten, zu Altenheimen oder Heimen für Suchtkranke und andere psychisch Kranke umgewandelt worden. In den Fenstern hingen lieblos drapierte Lamettastreifen.

Außer uns waren noch andere Leute unterwegs und trainierten sich das Mittagessen wieder ab. Ohne die akustische Untermalung der Geldspielautomaten, die an den anderen Tagen des Jahres aus den Spielhallen drang, konnte ich ein wenig von den Unterhaltungen der Spaziergänger mit anhören.

»Wie traurig für die Jungs ...«, klagte eine ältere Frau im Rollstuhl, die von einer jüngeren Frau geschoben wurde.

»Ja, eine echte Tragödie ...«

Redeten sie über ihren eigenen Trauerfall oder über die Ereignisse im Königshaus?

Die beiden Männer um die dreißig, die gerade auf uns zukamen, waren sicher Brüder, die Weihnachten zu Hause verbrachten. Oder vielleicht auch ein schwules Pärchen? Im Vorbeigehen taxierte einer von ihnen Doll. Also nicht schwul. Der andere redete.

»Es geht doch darum, seinen Traum zu leben.« Seinem Aufzug nach – billige Jeans und eine kackbraune Lederjacke – schloss ich, dass die Dinge nicht so gelaufen waren, wie er es sich gewünscht hatte.

»Was meinst du, wovon hat er geträumt?«, fragte ich Doll.

»Geträumt?«

»Vergiss es.«

Ich belausche gerne andere Menschen in ihren Unterhaltungen. Dann erfinde ich die Rahmengeschichten dazu. Mum war genauso. Manchmal setzten wir uns für eine Tasse Tee ins Strandcafé, und wenn das Paar am Nachbartisch gegangen war, unterhielten wir uns darüber, was wir von ihnen erlauscht hatten. »Er hat Schuldgefühle wegen irgendwas ... Ich habe ihm nicht geglaubt, als er gesagt hat, dass es ihm leidtut, du etwa? Glaubst du, sie war seine Affäre?«

Doll interessierte sich nicht für so was, weil sie selbst viel zu sagen hatte.

Wir gingen hinunter zum Strand. Es war Ebbe, und das Meer war sehr ruhig. Nur winzige Wellen züngelten über den matten, nassen Sandboden.

»Denn ich hör Tag und Nacht den See ans Ufer plätschern, die Wellen kräuseln sacht ...«

»Was?«, fragte Doll.

»Das ist aus Mums Gedicht.«

»Oh.«

Gab es so was wie ein Zeitlimit für Kummer? Drei Monate? Sechs? Sogar Dolls Geduld würde irgendwann erschöpft sein. War es nicht an der Zeit, dass ich »damit fertigwurde«, dass ich »darüber hinwegkam«? Oder waren das bloß Phrasen, erfunden von Leuten, die noch nie einen Verlust erlitten hatten?

»In Italien besucht man am Weihnachtstag seine toten Verwandten«, sagte Doll. »Vor den Friedhöfen gibt es dann Blumenstände. Irgendwie eine nette Idee, findest du nicht auch?«

Ich dachte an Mums Grab, am Ende einer langen Reihe. Man musste abwarten, bis die Erde sich gesetzt hatte, bevor man einen Grabstein aufstellen ließ, darum hatten wir noch keinen bestellt. Ich fand die Vorstellung schrecklich, dass sie inmitten von Leuten liegen musste, die sie gar nicht kannte, umgeben von einem Haufen verwelkter Blumen und durchnässter Teddybären. Auf dem Nachbargrab stand ein kleiner schwarzer, herzförmiger Stein mit den Worten: »Nur die besten sterben jung.« Das hätte sie sehr geärgert, denn Rechtschreibfehler konnte sie nicht ausstehen. Ich hätte heute auf den Friedhof gehen sollen, dachte ich. Das war mir überhaupt nicht eingefallen, denn für mich war sie einfach nicht dort.

»... Fred meint, das ist, als würde man sie einladen, mit Weihnachten zu feiern«, sagte Doll gerade.

»Fred?« Ich klinkte mich wieder in die Unterhaltung ein.

»Fred Marinello. Sein Vater ist Italiener.«

»Ach ja?«

Eigentlich lautete meine Frage ja: Wie kommt es, dass du plötzlich so viel über Fred weißt? Er war der Kapitän der Fußballmannschaft gewesen und der coolste Typ auf der Schule. Mit sechzehn hatte er einen Vertrag bei einem örtlichen Fußballklub bekommen, als jüngster Neuzugang aller Zeiten, und man erzählte sich, dass sogar Arsenal an ihm interessiert sei. Das hatte in der Zeitung gestanden, unter der Überschrift: »Schafft Fred es in die erste Liga?« Fred war der prominenteste Einwohner der Stadt, und jedes Mädchen in unserer Stufe war in ihn verknallt gewesen.

Jetzt fiel mir wieder ein, dass ich ihn am Vorabend im Crown gesehen hatte, zusammen mit ein paar anderen Jungs, und dass Doll auf dem Weg zur Toilette ein paar Worte mit ihm gewechselt hatte. Sie hatte auf mich gezeigt, wie um zu sagen: Wir sitzen dahinten.

»Er kommt regelmäßig zur Beinenthaarung in den Salon«,

erzählte Doll fröhlich. »Das machen alle Fußballprofis. Wegen der Aerodynamik!«

»So ein Quatsch!« Ich lachte.

Doll lachte nicht mit. Sie nahm ihren Job sehr ernst. Schon als Kind hatte sie gewusst, was sie einmal machen wollte, spätestens als sie zu Weihnachten eine Puppe bekommen hatte, deren Haare wuchsen, wenn man sie schnitt. Als Nesthäkchen und einziges Mädchen in ihrer Familie hatte sie die Lippenstift- und Lidschattenreste ihrer Mutter zum Spielen bekommen. Als wir etwa sieben waren, hatte Doll mich einmal als Modell benutzt, was zu einem Riesenkrach zwischen unseren Müttern und zu getrennten Plätzen in der Kirche geführt hatte, jedenfalls einige Wochen lang.

»Er hat uns zu seiner Silvesterparty eingeladen.«

»Fred? Hat uns eingeladen?«

»Na ja, eigentlich mich, aber du darfst auch kommen.«

»Danke, aber nein, danke.«

»Ach komm schon. Wenn du dabei bist, dürfen wir so lange bleiben, wie wir wollen. Du kennst doch meine Mum.«

Meine Mum war immer ein bisschen skeptisch gewesen, was Dolls Einfluss auf mich anging, während Dolls Mum unsere Freundschaft positiv sah, denn ich las Bücher und wusste immer, was wir an Hausaufgaben machen mussten und was wir zum Hauswirtschaftsunterricht mitbringen sollten.

Ich suchte nach einer Ausrede. »Und was ist mit Hope? Dad will garantiert wieder ins Pub.«

»Sie kann doch bei meiner Mum bleiben.«

»Aber ich habe nichts anzuziehen.«

»Jetzt hörst du dich an wie Aschenputtel.«

»Es ist also alles schon entschieden«, bemerkte ich.

»Du wirst auf den Ball gehen«, erklärte Doll.

Erst als Fred Marinello uns die Tür öffnete, machte es bei mir endlich *klick*. Freds Lächeln war so warm wie eine Höhensonne. Früher hatte er schiefe Zähne gehabt, aber seit er kürzlich im Strafraum gefoult worden war, hatte er eine ganze Reihe gleichmäßig weißer Kronen.

Sein Blick wanderte an Dolls Körper auf und ab.

Dann tat er, als hätte er mich gerade erst entdeckt.

»Tess!«

Ich war genauso groß wie Fred, und das, obwohl ich flache Absätze trug. Männer wie er konnten damit nicht umgehen.

»Tut mir leid, das mit deiner Mutter«, sagte er. »Sie war eine nette Frau. Die Frisur steht dir übrigens gut.«

Normalerweise band ich mir meine langen Locken hoch, damit sie nicht im Weg waren, aber heute hatte Doll darauf bestanden, jede einzelne meiner Strähnen zu glätten und mir einen Seitenscheitel zu verpassen. Jetzt fiel mir die Hälfte meiner Haare ins Gesicht, und wenn ich den Kopf drehte, stieg mir ein versengter Geruch in die Nase.

»Doll hat mich frisiert«, sagte ich.

»Nicht nur schön, sondern auch begabt.« Er küsste Doll auf den Mund.

Ich kam mir ziemlich blöd vor. Ich war gut darin, mir Geschichten über Wildfremde auszudenken, doch die erste große Romanze meiner besten Freundin war mir völlig entgangen. Ich dachte an unsere Unterhaltung über »den Richtigen« und über die Gepflogenheiten in italienischen Familien, und mir wurde klar, dass es die ganze Zeit in der Luft gelegen hatte.

»Seit wann geht das schon so?«, fragte ich Doll, als wir im Schlafzimmer seiner Eltern standen, wo wir unsere Jacken zu den anderen auf das Bett legten und unsere Zähne auf Lippenstiftflecken überprüften.

»Ich war mir nicht ganz sicher, ob es was Ernstes ist«, erwiderte sie – eine tolle Ausrede dafür, dass sie mir nichts erzählt hatte!

»Und? Ist es ernst?«

»Er nennt mich Maria D!«

»Und das gefällt dir?«

So war sie jeden Morgen genannt worden, wenn die Lehrer die Anwesenheitsliste durchgingen. Außer ihr gab es nämlich noch eine Maria L – Maria Lourdes.

»Ich finde, es klingt irgendwie erwachsen«, sagte Doll und strich sich das schwarze Spitzenkleid glatt.

Ich betrachtete mein Spiegelbild. Neben Doll fiel meine Körpergröße noch stärker auf, denn sie war klein und perfekt. Auf Partys fühlte ich mich immer wie ihre Gouvernante und nicht wie ihre beste Freundin. Ich trug schwarze Jeans und ein rotes Samttop mit einem weiten Kragen, der ein wenig nach Fünfzigerjahre aussah, und dazu den passenden Lippenstift aus dem Kosmetikset, das Doll zu Weihnachten bekommen hatte. Manchmal hatte ich das Gefühl, in die falsche Mode-Ära hineingeboren worden zu sein. Ich hatte lange Beine und schmale Hüften, sodass ich in Hosen wirklich gut aussah. Aber mein Oberkörper war mindestens zwei Kleidergrößen breiter. Eine Schwimmerfigur, hatte Mum immer gesagt. Wahrscheinlich dachte sie dabei an diese Schwimmerin, die nach den Olympischen Spielen in Barcelona so was wie ein Pin-up-Girl geworden war und einen Vertrag als Haarspraymodel bekommen hatte.

Ich war mir nicht ganz sicher, ob das komische Gefühl, das in mir aufstieg, vielleicht eine Art Eifersucht war. Nicht dass ich scharf auf Fred gewesen wäre – und selbst wenn, wäre er völlig unerreichbar für mich gewesen. Oder war ich bloß sauer auf Doll, weil sie mich nicht eingeweiht hatte? Benahm ich mich so peinlich, dass meine beste Freundin sich nicht traute, mir zu sagen, dass sie mit dem Jungen ausging, von dem sie immer geträumt hatte?

Die Gäste auf der Party waren hauptsächlich Leute aus unserer Stufe. Aber es waren auch ein paar Jungs da, die aussahen wie Fußballer. Ich teilte sie in drei Gruppen ein. Zum einen diejenigen, die über Mum Bescheid wussten. Sie lächelten mir zu und fragten mich, wie es mir so gehe, und ich konnte darauf nur antworten: »Gut.« Dann waren da noch diejenigen, die nicht Bescheid wussten und mich fragten, wie es mir auf der Uni gefiel. Dann musste ich es ihnen sagen, obwohl ich das Thema eigentlich vermeiden wollte. Ich entschied mich für ein »Danke« als Antwort, wenn die Leute sagten, dass es ihnen leidtat. Aber das klang genau wie die Reaktion auf ein Kompliment: »Ich mag dein Top.« – »Danke.« Schließlich gab es noch die Leute, die ich nicht kannte, aber ich traute mich nicht, mit ihnen ins Gespräch zu kommen, weil mir nichts einfiel, das ich zu ihnen hätte sagen können.

Die meisten meiner Freunde hatten mittlerweile richtige Jobs und spielten mit dem Gedanken, eine Hypothek aufzunehmen und sich eine Esszimmergarnitur zu kaufen, während ich einen Rückschritt gemacht hatte und meine Tage in unserer früheren Grundschule verbrachte.

»Oje, Mrs. Corcoran! Vor der hatte ich immer furchtbare Angst!«, sagte Cerise McQuarry.

»Glaub mir, ich habe immer noch Angst vor ihr!«

Wir standen in der Küche und tranken Cava Rosé. Damals tranken alle Cava. Von Prosecco hatte noch niemand gehört.

»Fred und Doll also, hm?«, bemerkte Cerise. »Doll hat aber auch immer so ein verdammtes Glück. Wir haben ja schon immer gesagt, dass sie diejenige von uns ist, die am ehesten einen Millionär heiraten wird.«

»Dazu müsste Fred erst mal Millionär werden und sie heiraten.«

Cerise warf mir einen Blick zu, wie ich ihn in der Schule oft bekommen hatte. Sie war diejenige von uns, die wir damals am ehesten für modeltauglich gehalten hatten. Im Moment allerdings arbeitete sie in der Kosmetikabteilung der Drogerie.

Mich hatten alle für die geborene Lehrerin gehalten, vielleicht weil ich schon immer ein bisschen streberhaft und pedantisch gewesen war. Mum hatte sich immer gewünscht, ich würde Lehrerin werden, aber ich selbst war mir nie ganz sicher gewesen, was das anging. Im Lehrerzimmer der St. Cuthbert's herrschte eine strikte Rangordnung. Wir Lehrassistentinnen hockten zusammen am einen Ende des Tisches und aßen unsere Sandwiches, während die Lehrerinnen am anderen Ende zusammensaßen und sich über den landesweiten Lehrplan und ihre Korrekturarbeit beschwerten. Das klang nicht gerade wie ein erstrebenswertes Berufsleben.

Ich war nie eine große Partygängerin gewesen. Groß und schüchtern zu sein ist schlimmer als klein und schüchtern, denn wenn man groß ist, halten alle einen für selbstsicher, und von da ist es nur noch ein kleiner Schritt, als arrogant angesehen zu werden, vor allem, wenn man nicht viel redet. Das andere Problem war, dass es so viele kleine Männer gab. Die sagten dann Sachen wie: »Na, du bist aber ein großes Mädchen«, und das drängte mich in die Defensive.

Ein Typ auf der Party allerdings war so groß, dass er sich

im Türrahmen ducken musste, wenn er hindurchging. Unsere Finger berührten sich, als wir gleichzeitig nach dem letzten Schinkenhörnchen greifen wollten und dann beide höflich dem jeweils anderen den Vortritt ließen. Ich war noch nicht mal besonders hungrig und nur zum Buffet gegangen, damit ich etwas zu tun hatte und nicht bloß herumstehen musste.

»Fred sagt, du bist Marias Freundin?«

Ich brauchte einen Moment, um zu kapieren, was er sagte.

»Ich nenne sie Doll«, sagte ich. »Aber eigentlich heißt sie Dolores. Maria Dolores bedeutet wörtlich ›Maria der Schmerzen‹ …«, plapperte ich weiter.

»Jetzt wirkt sie nicht gerade, als hätte sie Schmerzen«, sagte er mit einem Blick ins Wohnzimmer. »Ich bin übrigens Warren.«

»Und woher kennst du Fred?«

»Was? Ach so, ich bin der Torwart.«

Wir tanzten, und irgendwie war es ganz schön, eine starke Hand um meine Taille zu spüren und einen richtigen Kuss zu bekommen, als um Mitternacht die Glocken schlugen. Warren war so groß und durchtrainiert, dass ich mir fast schon winzig und zierlich vorkam.

»Geh und hol deinen Mantel«, murmelte er an meinem Hals.

»O nein, kommt gar nicht infrage!« Ich löste mich aus seiner Umarmung, prüde wie eine Nonne.

»Hat er wirklich geglaubt, ich würde mit ihm ins Bett gehen, nach nur einem Kuss?«, fragte ich Doll auf dem Nachhauseweg.

Ihr Schweigen sprach Bände.

»O Gott, du und Fred, ihr …?« Plötzlich war ich stocknüchtern. Der Grund dafür, dass ich mich auf der Party so isoliert gefühlt hatte, hatte nichts mit Mums Tod zu tun gehabt. Sie hatten alle Sex. Und ich war immer noch Jungfrau.

»Tut mir leid, Tess«, sagte Doll.

Womit sie sich darauf bezog, mich nicht eingeweiht zu haben. Ich musste daran denken, wie wir damals, als wir gerade anfingen, uns für Jungs zu interessieren, abwechselnd unsere Kusstechnik vor dem Spiegel in Dolls Zimmer geübt hatten. Eine komische Vorstellung, denn der Spiegel war ja kalt und flach, ganz anders als menschliche Lippen. Außerdem ließen wir die Augen offen, um unsere Technik zu kontrollieren, aber das machen die meisten Leute, die sich küssen, ja nun eher nicht.

Seitdem waren Doll und ich immer wieder mit Jungs »ausgegangen«, aber höchstens auf einen Milchshake am Strand oder ins Kino. Doll und ich erzählten uns alles. Wir verglichen unsere Knutschflecke und ordneten auf einer Skala von eins bis zehn ein, wie weit wir gegangen waren, was nicht immer leicht war, da keine von uns bislang das volle Programm durchgezogen hatte. Was uns anfangs wie eine Fünf vorkam, war im Jahr darauf vielleicht nur noch eine Zwei.

Jetzt war Doll bei der Zehn angelangt, und ich hatte es wahrscheinlich noch nicht einmal bis zur Sechs gebracht, weil ich nicht darauf stand, dass die Jungs mich an den Brüsten anfassten, ganz zu schweigen von »weiter unten«.

»Ist es schön?«, fragte ich.

»Es ist superschön. Viel besser, als ich dachte.«

»Liebst du Fred?« Ich fühlte mich wieder wie zwölf.

»Ich glaube schon«, erwiderte Doll. »Manchmal kann ich es gar nicht glauben. Fred Marinello!«

Die Nacht war kalt. Unser Atem bildete kleine Wölkchen, und unsere Schritte knirschten auf dem Boden. Ich sah hinauf zu den Sternen.

»Findest du es nicht komisch, dass sich Tausende von Paaren heute Abend zum ersten Mal begegnen?«, fragte ich. »Einige von denen werden es zwei Wochen miteinander aushalten, und andere werden noch in zwanzig Jahren zusammen sein, nur weiß das in diesem Moment noch keiner …«

Doll sah mich an, als hätte ich nicht mehr alle Tassen im Schrank. »Warren ist schon in Ordnung. Er arbeitet im Telemarketing.«

Ich hatte nicht von Warren geredet. Nicht mal von mir selbst. Manchmal, wenn ich in den Sternenhimmel blicke, kommt mir das Universum so riesig und beliebig vor. Wir auf der Erde können da doch unmöglich so wichtig sein?

»Er hat einen Firmenwagen«, sagte Doll, als würde das den Unterschied machen.

»Hör mal, ich weiß, dass du mich für wählerisch hältst. Aber als Warren meinte: ›Fred findet auch, dass du dringend mal gebumst werden müsstest‹, fand ich das nicht gerade romantisch«, bemerkte ich.

»Ups«, sagte Doll. »Tut mir leid.«

»Aber ich freue mich für dich und Fred«, sagte ich, weil ich davon ausging, dass sie es von mir hören wollte. »Ich bin bloß ein bisschen traurig, weil wir uns jetzt sicher nicht mehr so oft sehen werden. Das macht mich dann wohl zu einem schrecklich selbstsüchtigen Menschen!«

»Dann sind wir ja schon zu zweit!«

Wir lachten, und einen Moment lang war alles wie immer. Dann verstummten wir, weil uns beiden klar war, dass wir doch nicht mehr so viel gemeinsam hatten.

Ich konnte Hope schon unten an der Straße hören. Dad und Mr. O'Neill waren ins Pub gegangen, und Mrs. O'Neill hatte die CD nicht weiterhören wollen, da sie lieber auf den Glockenschlag von Big Ben warten wollte.

»Sie mag diese Weihnachtslieder wirklich gern, nicht wahr?«

Mrs. O'Neill hatte neben Doll noch vier Söhne großgezogen, aber so erschöpft wie nach diesem Abend mit Hope hatte ich sie noch nie gesehen.

»Soll ich sie einfach mit nach Hause nehmen?«, schlug ich vor.

»Um diese Zeit? Ich habe doch das Gästezimmer für euch vorbereitet.«

Ich sagte Hope, sie dürfe im Schlafzimmer noch ein bisschen Musik hören, wenn sie jetzt mit dem Theater aufhörte, in den Schlafanzug schlüpfte und sich die Zähne putzte. Um sicherzugehen, dass sie wirklich tat, was ich ihr sagte, legte ich mich ins Nachbarbett, anstatt mit Doll und ihrer Mutter noch einen Snowball zu trinken.

Die CD war schon bei »Mitten im kalten Winter« angelangt, als Hope endlich einschlief.

Ich lag im Bett und dachte über meine Neujahrsvorsätze nach.

Als ich klein gewesen war, hatte ich sie in Schönschrift auf mehrere Zettel geschrieben, die ich dann zusammengerollt und mit einem farbigen Band aus Mums Nähkästchen an die Schubladengriffe meiner Kommode gebunden hatte.

Ich werde immer den Abwasch machen.

Ich werde Mum mehr helfen.

Ich werde mein Taschengeld sparen.

Obwohl ich schon lange damit aufgehört hatte, meine Vorsätze auf Zettel zu schreiben, formulierte ich sie weiterhin im

Kopf. Das macht eigentlich jeder, oder? In diesem Moment fielen mir aber keine ein.

Noch vor einem Jahr hatte ich den Silvesterabend mit Mum verbracht. Wir hatten uns ein Glas Baileys gegönnt und uns Jools' Musikshow im Fernsehen angesehen, während das Lametta am Baum fröhlich vor sich hin glitzerte. Ich hatte alle meine Vorsätze eingehalten. Sie waren ziemlich klar umrissen gewesen: diszipliniert für den Schulabschluss lernen, damit ich an der Uni angenommen würde; genügend Geld verdienen, um im Sommer auf Reisen gehen zu können.

»Was hast du dir vorgenommen?«, hatte ich sie gefragt.

»Ich habe immer denselben Vorsatz, Tess«, hatte sie geantwortet. »Glücklich zu sein mit dem, was ich habe.«

Um ehrlich zu sein, war ich ziemlich wütend auf sie gewesen. Hätte Mum sich nicht benommen wie eine Heilige, hätte sie viel mehr aus sich machen können. Sie war eine intelligente Frau und konnte so schnell lesen, dass sie jede Woche zwei bis drei Bücher aus der Bibliothek verschlang. Sie konnte alle Fragen bei »Wer wird Millionär?« beantworten. Sie hätte etwas Besseres aus ihrem Leben machen können.

Jetzt kam mir der Gedanke, dass ich damals vielleicht nicht begriffen hatte, was sie damit eigentlich hatte sagen wollen.

Mum hatte sich *vorgenommen,* glücklich zu sein – hieß das etwa, sie war unglücklich?

War sie unzufrieden mit ihrem Leben gewesen?

Warum hatten wir nie darüber gesprochen?

Warum hatte sie mir nicht gesagt, was sie dachte, statt mir dieses Lächeln zu schenken, das besagte: Du wirst es bald herausfinden?

Warum hatte sie mich ausgerechnet gefragt, ob ich in der Christmette gewesen war?

Und was sollte ich nur von diesem verdammten Schmetterling halten?

Ich drehte mein Gesicht zur Wand und schluchzte lautlos. Meine Schultern bebten, und über meine Wangen liefen heiße Tränen. Ich rollte mich zusammen wie ein Baby und zog die Knie zur Brust. Fast war mir, als würde Mum sich besorgt über mich beugen, so wie früher, wenn ich krank gewesen war.

Einmal hatte Doll an einem Freitagabend den Film *Wie verrückt und aus tiefstem Herzen* mitgebracht, da sie ihn für eine ganz normale romantische Komödie gehalten hatte. Juliet Stevenson hatte darin so herzzerreißend geweint, dass Alan Rickman von den Toten wiederauferstanden und zu ihr zurückgekehrt war.

Aber auf meiner Stirn lag kein kühles, feuchtes Tuch, und niemand sagte: »Ist schon gut, bald geht es dir besser.«

In dem kühlen Zimmer, in dem für gewöhnlich niemand schlief, vermisste ich Mum so sehr, dass mir das Herz brannte.

»Es ist nicht so, dass ich es nicht aushalten würde«, sagte ich leise. »Aber ich vermisse es einfach so, dass du da bist, wenn ich aus der Schule nach Hause komme. Das Haus ist so leer. Ich vermisse es, in der Küche mit dir zu reden. Oder im Café die anderen Leute zu belauschen. Ich vermisse dich so wahnsinnig, Mum! Es ist einfach nicht dasselbe ohne dich …«

Plötzlich dachte ich daran, wie traurig sie sein würde, wenn sie mich so sähe, während ich mir die Augen ausheulte und Mrs. O'Neills Kissen ganz nass machte.

»Es tut mir leid, Mum«, sagte ich.

Und ich konnte ihre Antwort förmlich hören: »Mir auch, Tess. So habe ich es mir auch nicht vorgestellt, weißt du?«

8 GUS

Dezember 1997

Ross starb an Silvester um zwölf Uhr mittags.

Obwohl meine Eltern mich nicht über ihre Entscheidung informierten, konnte ich sie in ihren Gesichtern lesen. Hätten sie mir erlaubt, mit im Zimmer zu sein, wenn ich sie darum gebeten hätte? Ich tat es nicht, weil ich das Gefühl hatte, als wäre das etwas Privates zwischen Ross und ihnen. Sie hatten ihn auf die Welt gebracht und fünf Jahre allein mit ihm gelebt, bevor ich dazugekommen war. Ich würde nur stören. Und weil sich niemand damit auseinandersetzen wollte, was geschah, wenn sie die Geräte abstellten, erhielt ich nicht die Chance, mich vorher von ihm zu verabschieden. »Sanft entschlafen« ist so viel leichter zu ertragen als »abgeschaltet«. Er war hirntot, darum wäre es ohnehin ein leerer Abschied gewesen. Der einzige Unterschied, der mir auffiel, als man mich schließlich hineinrief, war die Tatsache, dass die Maschinen nicht mehr surrten und piepten. Im Zimmer herrschte vollkommene Stille. Ich war froh, dass Ross am Tag gestorben war, als es noch hell war, und nicht kurz vor Mitternacht, als das Feuerwerk losging und die Autos hupend durch die Straßen fuhren.

Ein paar Tage später flogen wir nach Hause. Überall saßen

verkaterte Wintersportler. Nur nicht auf dem leeren Sitz neben mir. Nachdem sie seine Organe gespendet hatten, entschieden sich meine Eltern, den Rest seines Leichnams zu verbrennen und die Asche über dem Meer zu verstreuen. Ross hatte das Meer geliebt und immer davon geredet, dass er über den Atlantik rudern und einen neuen Rekord aufstellen würde.

Ein Jahr später fuhren meine Eltern und ich an Silvester nach Lymington, von wo wir die Fähre zur Isle of Wight nahmen. Wir schwiegen, während die Reifen durch die Pfützen auf der M3 platschten und das Hin und Her der Scheibenwischer das Verstreichen der Zeit anzeigte. Neben mir auf dem Rücksitz lag ein großer Strauß weißer Lilien.

Dad hatte sich vorgestellt, dass wir in dem kleinen Ruderboot des Häuschens, das wir jedes Jahr für den Sommer gemietet hatten, hinaus in die Bucht fahren und die Blumen an derselben Stelle ins Wasser werfen würden, an der wir im Frühjahr die Asche verstreut hatten. Doch als wir vor dem Cottage hielten, regnete und stürmte es derart heftig, dass das Auto in den Windböen schaukelte. Es fühlte sich an, als schleuderte jemand das Wasser gleich eimerweise gegen die Karosserie. Durch die beschlagenen Scheiben war unmöglich zu erkennen, wo die Wiesen endeten und das Meer begann.

Während wir alle hofften, dass sich das Wetter auf wundersame Weise beruhigen würde, wurde es zwölf. Die Zeit verstrich. Niemand sagte einen Ton. Nachdem wir eine gute Stunde gewartet hatten, ohne dass Regen und Sturm nachließen, startete mein Vater den Motor und fuhr zurück nach Yarmouth. Seine Wut über die fehlgeschlagene Mission war in dem engen Innenraum des BMW genauso übermächtig wie der Duft der Lilien.

»Wie wäre es, wenn wir sie von der Fähre werfen?«, schlug er schließlich vor, als wir uns der Stadt näherten.

»Warum gehen wir nicht auf den kleinen Steg neben dem Pub?«, sagte meine Mutter und drehte sich Hilfe suchend zu mir um. »Dort, wo ihr früher Krabben gefangen habt?«

Unter einen einzigen, viel zu kleinen Regenschirm gezwängt, bewegte sich unsere traurige Prozession über die glitschigen Planken. Warum hatte Ross nicht ein normales Grab an einem Ort, der an sich schon traurig war? Warum musste sich die ganze Insel mitsamt der fröhlichen Kindheitserinnerungen an Sandburgen und Eiscreme in einen regnerischen Ort verwandeln, an dem wir nie wieder würden glücklich sein können?

Am Ende des Stegs kämpfte Mum mit dem knisternden Zellophan, riss es schließlich ab und reichte es mir, damit ich es hielt, während sie und mein Vater die Blumen ins Wasser warfen.

»Eins, zwei, drei!«

Sie hielten die Augen geschlossen, als würden sie sich etwas wünschen. Der Strauß platschte ins Wasser. Wir sahen zu, wie er auf den Wellen schaukelte, während der Regen auf ihn niederprasselte. Plötzlich wünschte ich mir, er würde nicht untergehen. Es fühlte sich irgendwie falsch an. Zugleich wollte ich aber auch nicht, dass die Wellen ihn zurück an die Küste spülten, sodass wir das Ritual wiederholen müssten. Nach ein paar Minuten dachte ich, dass es vielleicht besser wäre, der Strauß würde versinken, weil wir niemals gehen würden, wenn nichts passierte.

Schließlich seufzte meine Mutter und sagte mit einem Lächeln in der Stimme: »Ich wette, er ist schon zweimal um die Welt gereist.«

»Ganz bestimmt!«, bestätigte mein Vater voller Überzeugung.

Sogar Ross' Asche war heldenhaft und abenteuerlustig.

Als sie sich schließlich umdrehten, starrten sie mich an, als hätten sie ganz vergessen, dass ich auch noch da war.

Ihnen wäre lieber gewesen, wenn es mich erwischt hätte, Ross.

Ganz bestimmt.

Schweigend fuhren wir nach Hause.

Meine Mutter ging gleich nach oben. Mein Vater schenkte sich einen großen Scotch ein und schaltete das Silvesterprogramm an.

Ich lag in meinem Zimmer, starrte auf das schwarze Fenster und erinnerte mich, wie ich früher dem Murmeln der Erwachsenen gelauscht hatte, wenn meine Eltern zu Käse und Wein geladen hatten. Oder auf das gelegentliche Auflachen meines Vaters, der sich über Ross' Geschichten amüsierte, wenn sie ein oder zwei Whiskeys miteinander getrunken hatten. Jetzt durchbrachen nur die Lachkonserven aus dem Fernseher das erstickte Schluchzen meiner Mutter in Ross' Zimmer nebenan.

Ich öffnete das Fenster, hielt das Gesicht in die kühle Luft und wunderte mich, wie dunkel und still es war, nachdem der Regen aufgehört hatte. In London wurde es nie richtig dunkel, immer lag ein feiner orangefarbener Schleier über dem Nachthimmel. Ich dachte an die Bonfire Night und an Lucys golden glänzendes Gesicht, als sie mit großen Kinderaugen zu den irisierenden Palmen am Himmel hinaufgeblickt hatte. Immer war das Poltern der U-Bahn oder das nervenaufreibende Heulen eines Autoalarms zu hören.

Als ich mich an die Stille gewöhnt hatte, bemerkte ich das leichte Vibrieren von Partymusik aus einem der Häuser in der Umgebung. Sie verstummte, damit der Countdown bis Mitternacht heruntergezählt werden konnte, und eine Gruppe Fremder schrie: »Fünf, vier, drei, zwei, eins!«, begleitet vom Johlen der Partygäste. Voller Überzeugung sang jemand die erste Zeile von *»Auld Lang Syne«* zu dem wummernden Bass eines Tanzlieds.

Der Himmel war klar. Vermutlich blickten Millionen von Menschen auf der ganzen Welt in das funkelnde Universum und fassten ihre Vorsätze für das neue Jahr.

Ich schloss das Fenster und durchwühlte meine Tasche, bis ich den Zettel fand, auf dem Lucy ihre Nummer notiert hatte. Ehe ich es mir wieder anders überlegen konnte, lief ich nach unten und wählte.

»Wer ist da?«, fragte eine Frau.

Im Hintergrund hörte ich das Stimmengewirr feiernder Menschen.

»Gus«, erwiderte ich und bemühte mich, so leise wie möglich zu sprechen, damit meine Eltern mich nicht belauschten.

Ich meinte, sie sagen zu hören: »Er ist dran!« Dann war Lucy am Apparat.

»Frohes neues Jahr!«, sagte ich.

»Frohes neues Jahr!«

Es folgte eine kleine Pause, dann redeten wir beide gleichzeitig.

»Wir hatten ja gesagt, dass wir uns treffen ...«

»Hättest du vielleicht Lust, dich mit mir zu treffen ...?«

Nervöses Lachen.

»Ist es okay, wenn ich morgen vorbeikomme?«

Die vertraute Form von Lucys Dufflecoat und ihr strahlendes Lächeln, als sie mich auf dem Bahnsteig entdeckte, weckten neue Lebenskraft in mir. Meinen Eltern hatte ich erzählt, ich würde früher nach London zurückfahren, um noch ein wenig zu lernen, und es fühlte sich herrlich rebellisch an, als würde ich von zu Hause weglaufen.

Lucy fuhr mit mir an den Strand. Wir hatten uns nur zwei Wochen lang nicht gesehen, doch sie sprudelte über vor Neuigkeiten und berichtete von fröhlichen, glücklichen, normalen Erlebnissen – von einem Schultreffen, bei dem alle ihre Abiturzeugnisse erhalten hatten, vom Shoppen in Bluewater mit ihrer Schwester und von einem Weihnachtsspiel in Margate, das sie mit ihrer kleinen Nichte Chloe besucht hatte, die sich jedoch derart vor der Figur der Maria gefürchtet hatte, dass sie in der Pause hatten gehen müssen.

Ich erzählte ihr von meinen Ausflügen ins National Theatre, was mir ewig her zu sein schien.

»Allein? War das nicht ein bisschen seltsam?«

»Schon«, gab ich zu. »Vielleicht können wir ja mal zusammen hingehen.«

»Auf jeden Fall«, erwiderte sie.

Wir parkten an der Promenade. Sie lenkte den Wagen mit beneidenswerter Sicherheit, setzte rückwärts in eine enge Parklücke und hielt direkt neben dem Bordstein.

»Und, wie war dein Weihnachten?«, fragte sie, als wir über den Strand liefen.

Ich hatte keine lustigen Geschichten zu erzählen wie die von ihrer Granny Cynthia, die anscheinend an einer leichten Form von Alzheimer litt und einen Krug mit Wasser über den flambierten Christmas Pudding geschüttet hatte, um die Flammen zu löschen.

»Ruhig«, erwiderte ich.

Der Strand war anders als an der Küste, die ich kannte. Auf der Isle of Wight wirkte der Sand fein und hell wie Streuzucker, hier grob und dunkel wie Bausand, und der Strand fiel so steil zum Wasser hin ab, dass wir immer wieder abrutschten. Um nicht zu fallen, gruben wir die Kanten unserer Turnschuhe wie Skier in den Hang. Das erste Mal, als Lucy ins Rutschen geriet, fasste ich ihre behandschuhte Hand und zog sie zurück nach oben, ließ sie jedoch sofort los, nachdem sie ihr Gleichgewicht wiedergefunden hatte. Beim zweiten Mal behielt ich ihre Hand in meiner, als wir zurück auf die Promenade oberhalb des Strands sprangen.

»Lass uns einen Kaffee trinken«, schlug ich vor, als wir an einem altmodischen italienischen Café vorbeikamen.

Die feuchte Wärme im Inneren löste die Spannung.

»Der Laden ist bekannt für sein Eis«, erklärte Lucy, bestellte für sich jedoch eine heiße Schokolade.

»Ich nehme einen Knickerbocker Glory«, sagte ich zum Kellner. Lucy lachte.

»Was denn? Ich liebe Eiscreme!«

»Du bist so …« Sie suchte nach dem passenden Wort.

»Albern?«

»Originell.« Lucy wählte das Wort mit Bedacht.

»Und ist das gut?«, fragte ich.

»Es ist großartig!«, versicherte sie und errötete, als hätte sie zu viel gesagt.

»*Du* bist großartig«, hörte ich mich sagen.

Über die rosa Resopaltischplatte fasste ich nach ihrer Hand. Sie hatte die Handschuhe ausgezogen, und ihre Finger fühlten sich kalt an. Ich massierte sie sanft mit meinen, ließ sie jedoch sofort los, als der Kellner mit unserer Bestellung zurückkehrte.

Lucy nippte an ihrem großen Glasbecher und stellte ihn sofort zurück auf den Tisch.

»Was ist los?«

»Die Sahne obendrauf ist lecker, aber die Flüssigkeit darunter ist kochend heiß …«

»Hast du dir den Mund verbrannt?«

»Ein bisschen.«

»Iss etwas von meinem Eis.«

Ich nahm einen Nocken Vanilleeis und reichte ihn ihr mit dem langen Löffel. Sie zögerte, bevor sie die Lippen öffnete. Als sie den ganzen Löffel in den Mund nahm und sich mit einer Papierserviette aus dem Spender die Mundwinkel abtupfte, spürte ich ein leichtes Ziehen in der Lendengegend.

»Besser?«, fragte ich.

»Ja, danke, Herr Doktor!«

Das anschließende Schweigen war von unausgesprochenen Gedanken erfüllt. Still löffelte ich mein Eis, während sie in ihrer Schokolade rührte und hin und wieder mit dem Löffel klirrend gegen das Glas stieß.

»Wenn du Lust hast, können wir zu mir fahren«, schlug sie vor.

»Okay«, erwiderte ich zögernd. Waren Jeans und ein kariertes Flanellhemd die angemessene Kleidung, um ihre Familie kennenzulernen?

»Meine Eltern bringen Granny Cee zurück nach Rye.«

»Rye?«, wiederholte ich.

»Sie lebt dort in der Nähe in einem Heim.«

»Das ist ziemlich weit, oder?« Ich sprach nicht wirklich von der Entfernung.

»Ungefähr eineinhalb Stunden. Sie bleiben zum Tee.« Sie ebenso wenig.

Lucy rührte weiter in ihrer heißen Schokolade.

»Soll ich noch ein bisschen Eis reintun? Zum Abkühlen?«

Sie kicherte. »Du bist lustig ...«

Eigentlich war ich nicht sehr lustig, aber in ihrer Gesellschaft hatte ich das Gefühl, in Ordnung zu sein, als würden meine eingefrorenen Gefühle allmählich auftauen.

Das Haus ihrer Familie befand sich in einer grünen Wohngegend am Stadtrand. Es war ein großes, frei stehendes Gebäude im Neu-Tudorstil mit Fachwerkgiebeln und einem gläsernen Wappen in der Eingangstür. Vermutlich stammte es aus den Dreißigerjahren, als es Land im Überfluss gab, und Leute, die sich solche Bauten leisten konnten, einen anständigen Garten vor und hinter dem Haus erwarteten. Als wir vorfuhren, parkte in der halbrunden Auffahrt ein Volvo, und ich fürchtete schon, dass irgendetwas Lucys Eltern von ihrer Fahrt nach Rye abgehalten hatte. Lucy las meine Gedanken. Das Auto gehörte ihrer Mutter. Sie waren mit dem Audi ihres Vaters gefahren. Den Renault Clio, in dem wir saßen, teilte sie sich mit ihrer mittleren Schwester.

»Wie viele Schwestern hast du denn?«, fragte ich und fand es zunehmend schwierig, angesichts dessen, was vermutlich gleich passieren würde, Small Talk zu betreiben.

»Zwei. Die älteste, Helen, ist verheiratet. Sie hat eine Tochter, Chloe, und erwartet ihr zweites Baby. Die mittlere, Pippa, ist im Moment in Kanada.«

»Steht ihr euch nahe?«

»Wir sind alle ziemlich verschieden, aber wir kommen gut miteinander aus. Ich kann mir gar nicht vorstellen, wie es ist, allein zu sein ...« Lucy sah mich derart forschend an, dass ich mich fragte, ob sie etwas ahnte.

Ich hatte sie wegen Ross nie direkt angelogen, aber ich wusste, dass dies die letzte Gelegenheit war, das Missverständnis aufzuklären, möglicherweise die letzte Chance, ungestraft davonzukommen.

Ich sagte nichts.

Ironischerweise hatte Ross immer behauptet, ich sei ein miserabler Lügner, weil mir nie schnell genug eine Ausrede einfiele. Damals hatte mich mein Schweigen verraten. Jetzt schien es mich geheimnisvoll und undurchschaubar zu machen.

»Kein Wunder, dass du so …« Lucy suchte nach dem richtigen Wort.

Hoffentlich nicht »verwöhnt«. Das sagte man doch von Einzelkindern, oder? Nur dass ich kein Einzelkind war.

»Verschlossen bist.«

In der geräumigen Eingangshalle lag überall buntes Kinderspielzeug herum. Ein gelbes Pferd mit blauer Mähne ragte wie ein Riese aus deutlich kleineren Zoo- und Bauernhoftieren hervor.

»Mum kümmert sich zwei Tage in der Woche um Chloe«, erklärte Lucy. »So kann Helen in Teilzeit arbeiten.«

»Was macht sie denn?«

»Sie ist Allgemeinmedizinerin.«

Lucys Vater war Allgemeinmediziner, ihre Mutter Krankenschwester, eine Schwester Allgemeinmedizinerin, die andere befand sich in der Ausbildung zur Physiotherapeutin. Ich stellte mir vor, wie gern mein Vater in diesem Umfeld Eindruck schinden würde.

»Kaffee?«, fragte Lucy.

Ich folgte ihr in eine riesige Wohnküche, in der sich, anders als bei uns zu Hause, diverser Krimskrams befand, den eine

Familie so ansammelt – Kühlschrankmagnete mit Listen, Visitenkarten von Taxiunternehmen und Kinderzeichnungen, offene Müslischachteln auf dem Tisch und auf dem Boden je eine Schale mit Katzenfutter und mit Wasser.

»Bitte entschuldige die Unordnung«, sagte Lucy. »Ich wusste nicht, dass du mit herkommen würdest.«

»Es gefällt mir.«

Sie sah mich an, als würde ich scherzen. Als sie Wasser in den Wasserkocher füllte, erschien mir das Rauschen übertrieben laut.

Plötzlich strich etwas Pelziges um meine Beine, ich erschrak und blickte nach unten auf eine große rothaarige Katze.

»Das ist Orange. Eigentlich mag er keine Fremden. Hast du irgendwelche Haustiere?«

»Als ich klein war, hatte ich ein Meerschweinchen, aber es wurde von einem Fuchs gefressen.«

»Oh.« Lucys heitere Miene erstarb, und ich ärgerte mich, weil ich die Stimmung verdorben hatte.

Wir schienen zurück auf Start gegangen zu sein. Oder vielleicht sogar noch weiter zurück, als hätten wir uns gerade erst kennengelernt und wüssten nicht, was wir reden sollten.

»Kaffee oder Tee?«

»Kaffee, bitte.«

In dem Glas mit dem Instantkaffee auf der Arbeitsplatte war nur noch eine Portion. Lucy streckte sich, um ein neues aus dem Schrank darüber zu holen.

»Warte, lass mich …«

Gerade stand ich noch hinter ihr und griff nach dem Glas, im nächsten Moment hatte sie sich umgedreht, und wir küssten uns. Ich schloss fest die Augen und hörte nichts als das

Blubbern des Wasserkochers, der den Siedepunkt erreichte und sich ausschaltete.

Lucy schmeckte nach Schokolade. Ich wollte nie wieder aufhören, sie zu küssen, und dabei ihren Kopf in meinen Händen halten und den Zitronenduft ihres glänzenden Haars einatmen. Anfangs ließ sie die Arme passiv an ihrem Körper herabhängen, doch als ich etwas von ihr abrückte, um sie anzusehen, legte sie die Hände sanft auf meinen unteren Rücken. Und zwar genau auf die Stelle, die mich derart erregte, dass ich mich vor Lust wand und hart wurde.

Sie nahm meine Hand und führte mich aus der Küche.

Am liebsten hätte ich das Spielzeug zur Seite gekickt und es auf dem Parkettboden in der Halle getrieben, auf den teppichbezogenen Treppenstufen, während deren Kanten sich in unsere Rücken bohrten, auf dem obersten Treppenabsatz, wo wir uns in einem großen Wandspiegel sahen.

»Ich habe keine …«, stotterte ich, während sie eine Tür öffnete, an der auf einem kleinen, bemalten Porzellanschild »Lucys Zimmer« stand.

»Schon okay. Ich nehme die Pille«, flüsterte sie.

Die Bemerkung kam so sachlich und unerwartet, dass meine Ungezwungenheit mitsamt meiner Erektion verschwand.

Während ich beobachtete, wie Lucy sich auszog, wobei sie sorgsam jedes Stück zusammenfaltete und ordentlich auf dem Stuhl ihres Frisiertischs stapelte, rasten mir alle möglichen Fragen durch den Kopf. Ich hatte angenommen, dass sie, wie ich selbst, noch Jungfrau war und mich mit niemandem vergleichen konnte. Hatte sie das hier geplant? Und wenn ja, wie lange schon? Und warum hatte ich nichts davon gewusst? Oder hatte sie etwa schon mit anderen Jungs geschlafen? Doch wohl nicht etwa mit Toby?

Als sie sich bis auf BH und Slip entkleidet hatte, hob sie die Ecke ihrer Bettdecke und schlüpfte darunter. Ich wünschte, ich hätte mich gleichzeitig mit ihr ausgezogen, denn jetzt sah sie mir dabei zu. Ich wandte mich ab, zog Hemd, Jeans und Socken aus und stieg mit meinen Boxershorts ins Bett. Es war ein schmales Bett. Unmöglich, sich hier drin nicht zu berühren, doch keiner von uns wagte es, sich zu bewegen.

Meine Füße hingen über die Matratze. Lucy blieb vollkommen reglos. Wie merkwürdig wir aussähen, wenn jetzt jemand hereinkäme! Hatte sie ihre Meinung geändert? Oder wartete sie darauf, dass ich den Anfang machte? In der Küche war meine Lust so drängend gewesen, dass ich mich kaum hatte beherrschen können. Jetzt wusste ich nicht, wie ich anfangen sollte.

»Nervös?«

»Ja.«

Warum flüsterten wir? Wir waren allein im Haus.

»Hast du es schon mal gemacht?«, fragte sie.

»Nicht wirklich …«

»Was heißt das?«

»Nein«, gab ich zu.

Ihr Lachen löste meine Angst ein wenig.

»Ich auch nicht.«

»Wir studieren Medizin«, sagte ich. »Wir sollten uns mit Anatomie und so Zeug auskennen. Weißt du was …« Ich stützte mich auf den Ellbogen hoch. »… soll ich dich untersuchen?«

»Okay …«, stimmte sie unsicher zu.

»Entspann dich einfach und sag mir, ob das hier wehtut?« Ich küsste ihr Ohr.

»Nein!« Sie lachte erneut.

»Und wie ist es damit?« Ich küsste ihre Schulter.

»Nein!«

»Und hier?«

Ich küsste ihren Brustansatz.

»Das ist schön«, seufzte sie.

»Das will ich mir mal genauer anschauen.«

Ich zog die Decke ein winziges Stück nach unten, entblößte den Spitzenrand ihres BHs und küsste sie dort. Lächelnd schloss sie die Augen.

Ich schlüpfte unter die Decke und strich mit der Zunge über ihren Bauch bis hinunter zu dem elastischen Bund ihres Slips, dann küsste ich sie dort, genau über dem Ansatz ihrer Scham.

Plötzlich schlang sie Arme und Beine um mich und presste ihre Lippen auf meine, während wir uns hastig die Unterwäsche auszogen. Als ich die Augen schloss und spürte, wie sie sich für mich öffnete, erinnerte ich mich an ihr staunendes Gesicht im goldenen Schein der Bonfire Night, und in meinem Kopf explodierte ein Feuerwerk.

Anschließend lagen wir Arm in Arm, Haut an Haut, und atmeten den Atem des anderen ein. Ich musterte ihr ordentliches mädchenhaftes Zimmer: die Vorhänge mit dem altmodischen Rosenmuster, den zu den weißen Einbauschränken passenden Frisiertisch; den rosa Teppich, auf dem übergroße Hausschuhe in Form von zwei flauschigen grauen Hasen standen.

Lucy folgte meinem Blick. »Ein Weihnachtsgeschenk. Die sind schön warm!«

»Hoffentlich vermehren sie sich nicht …«

Sie kicherte.

»Wie lange nimmst du schon die Pille?«, fragte ich, ohne nachzudenken.

»Seit zwei Monaten.«

Seit zwei Monaten! Ich überlegte. November. Bonfire Night.

»Helen meinte, wenn ich es wollte, sollte ich vorbereitet sein.«

Sie hatte mit ihrer älteren Schwester darüber gesprochen!

»Mit mir?« Kaum hatte ich die Frage ausgesprochen, war mir klar, dass sie natürlich nicht sagen würde: Nein, mit jemand anderem.

»Klar mit dir, du Dummkopf!«

»Hätte ich das gewusst!«

»Wolltest du es denn auch?«

Ich lächelte und drückte sie.

»Na klar.«

»Seit wann?«

»Vom ersten Augenblick an, als ich dich gesehen habe«, erwiderte ich. So etwas hätte Ross gesagt.

Stimmte das? Wir küssten uns erneut. Oder hatte ich das nur gesagt, um sie glücklich zu machen?

Unser zweites Mal war forschender und ausdauernder und ließ uns in einem traumähnlichen Zustand der Befriedigung zurück, in dem wir nicht merkten, wie die Zeit verging.

Als uns plötzlich auffiel, dass es draußen dunkel geworden war und ihre Eltern bald zurückkehren würden, zogen wir uns hastig an und verließen überstürzt das Haus.

Lucy fuhr mich zum Bahnhof, und ich musste rennen, um den Zug nach London noch zu erwischen.

Morgen, beschlossen wir atemlos zwischen unseren Küssen, würde sie ebenfalls nach London zurückkommen. Wir würden gemeinsam für die Januarprüfungen lernen.

Als der Zug abfuhr, lief sie auf dem Bahnsteig nebenher

und hielt meine Hand, solange sie konnte, dann ließ sie los und winkte.

»Ich kann es kaum erwarten, noch mehr zu *lernen!*«, rief ich.

Von da an war dies unser spezielles Codewort.

Ich saß im Zug und starrte hinaus in die Dunkelheit, während die Heizung vergeblich um meine Füße blies. Lucys Geruch haftete an meiner Haut, ich spürte sie noch an meinen Lenden, und als ich die Augen schloss, hörte ich ihre angestrengten kleinen Atemzüge. Und mit einem Mal, in diesem ratternden, zugigen Abteil, fühlte sich das Leben erträglich an. Das Spiegelbild in der Fensterscheibe lächelte mir entgegen, und im ersten Moment erkannte ich mich selbst nicht wieder.

TEIL 2

9 Gus

Sommer 1998

»Da hast du ja ein richtiges Goldstück erwischt!«

Mein Freund Marcus und ich saßen an einem Tisch im Biergarten des Gloucester Arms und beobachteten Lucy, die in Jeansminirock und kariertem Hemd im Pub verschwand, um eine weitere Runde zu holen.

Aus irgendeinem unerfindlichen Grund – Marcus sagte es nicht so, aber ich wusste, dass er das dachte – hatte sich dieses beinahe perfekte Exemplar des weiblichen Geschlechts in mich verliebt. Marcus' unverhohlene Bewunderung steigerte meinen Stolz auf Lucy noch – nicht nur wegen ihres hübschen Gesichtes und ihrer schlanken Gestalt, sondern wegen der einfühlsamen Art, mit der sie Marcus aus der Reserve gelockt und ihn nach seinem Studium und seinem Leben an der Uni gefragt hatte. Marcus studierte Jura in Bristol. Sein Unileben schien zum Großteil aus Debattierklubs und Saufen zu bestehen. Er, der sonst die Zähne nicht auseinanderbekam, war beinahe gesprächig geworden, als er auf ihre Fragen geantwortet hatte.

Nachdem sie uns zwei weitere Gläser Bier gebracht hatte, verließ Lucy uns, damit wir den Abend für uns hatten. Sie wollte mit ein paar Freundinnen ins Kino gehen.

»Ihr habt euch sicher eine Menge zu erzählen«, sagte sie.

Als sie davonging, folgten wir ihr beide mit den Blicken. In der frühen Abendsonne leuchtete ihr Haar golden.

Im Inneren des Pubs lief auf einer großen Leinwand das WM-Halbfinale. Plötzlich brach großer Jubel los. Wir reckten die Hälse, um zu sehen, wer gerade ein Tor geschossen hatte. Es stand eins zu eins.

»Meinst du, es kommt zum Elfmeterschießen?«, fragte Marcus.

»Möglich.«

»Brasilien gewinnt.«

»Wahrscheinlich.«

Unsere Freundschaft bestand eher aus geteiltem Schweigen denn aus Gesprächen. Da wir beide von Natur aus eher passive Beobachter als aktive Teilnehmer waren, hatten wir uns an unserem ersten Tag im Internat am Ende der Essensschlange kennengelernt. Wir hatten einander von Kopf bis Fuß gemustert und festgestellt, dass wir beide Arsenal-Fans waren – wobei wir schnell lernten, diese Vorliebe lieber für uns zu behalten. An unserer Schule war Fußball etwas für Proleten und Weicheier gewesen; echte Männer spielten Rugby. Auf dem Spielfeld konnten wir dank meiner Geschwindigkeit und Marcus' Geschicklichkeit schlimmere Verletzungen verhindern. Im Schlafsaal und unter der Dusche passten wir aufeinander auf und traten gegenseitig füreinander ein. Dass mein großer Bruder in jenem Jahr Schulsprecher war, bot mir keinen Schutz vor willkürlichen Angriffen. Ironischerweise war Ross immer ein überzeugter Anhänger der Philosophie »Was einen nicht umbringt, macht einen stark« gewesen.

Wie in fast allen Männerfreundschaften bestand auch zwischen Marcus und mir eine freundschaftliche Rivalität. Als ich ihn jetzt, mit dem Abstand von einem Jahr, betrachtete, fand ich, dass ich erwachsener geworden war als er. Damals, in der Schule, hatten wir von wilden Studentenpartys geträumt, nach denen die Frauen mit uns ins Bett steigen und im Morgengrauen wieder fliehen würden, wenn sie ihren Fehler bemerkten. Jetzt begann ich Sätze mit »wir« und wusste, was klitorale Stimulation war, und zwar nicht nur aus meinen Lehrbüchern. Marcus' Ibiza-Beziehung war offensichtlich kein Erfolg gewesen, und obwohl er seither mit ein paar anderen Frauen geschlafen hatte, war er noch auf der Suche nach einer richtigen Freundin und sprach noch immer vom »Bumsen«.

Medizinstudenten sind dafür bekannt, ebenso heftig zu feiern, wie sie arbeiten, doch Lucy und ich verhielten uns wie ein gesetztes Paar. Samstagmorgens weckte sie mich mit einem Becher Kaffee, quetschte sich dann neben mich in das schmale Bett und gab mir einen Zahnpastakuss. Lucy ging an Sex heran wie an die meisten Dinge – mit sorgfältiger Recherche. Alle Zeitschriftenartikel, die sie zu dem Thema las, rieten dazu, offen über seine Bedürfnisse zu sprechen. So wussten wir inzwischen ziemlich genau, wie wir einander Lust bereiten konnten. Hin und wieder fragte sie mich, ob ich irgendwelche Fantasien hätte, und jedes Mal antwortete ich, dass ich glücklich sei, so wie es war, weil ich das für die korrekte Antwort hielt.

Natürlich erzählte ich Marcus nichts von alledem.

Im zweiten Studienjahr wollte er mit ein paar Leuten aus seinem Wohnheim zusammen ein Haus mieten; Lucy und ich würden uns eine Wohnung teilen.

»Dann ist es also Liebe?«, fragte Marcus etwas gelangweilt.

Lucy und ich nannten Sex »Liebe machen«. Wir durften Dinge sagen wie »Ich liebe dieses Gefühl« oder auch »Ich liebe es, wenn du lustig/albern/ernst« bist. Doch die Worte »Ich liebe dich« blieben unausgesprochen, als würden wir sonst unwiderruflich mit einem Bann belegt werden. Einmal glaubte ich, sie diese Worte während eines besonders intensiven Orgasmus hauchen gehört zu haben, aber ich war mir nicht sicher und konnte sie natürlich auch nicht danach fragen.

»Was auch immer ›Liebe‹ heißt!«, erwiderte ich bemüht locker.

In Wahrheit wusste ich nicht, ob ich Lucy liebte. Ich mochte sie sehr. Es war leicht, mit ihr zusammen zu sein, und sie interessierte sich mehr für mich, als irgendjemand sonst es je in meinem Leben getan hatte. Sie hörte mir zu und merkte sich auch unwichtige Kleinigkeiten wie beispielsweise, dass ich Erdnussbutter lieber mit Stückchen als cremig mochte. Vielleicht war das typisch Frau? Das konnte ich nicht beurteilen, schließlich war sie meine erste Freundin. Ich war fortwährend überrascht und glücklich, dass sie sich für mich interessierte. War das Liebe?

Marcus und ich tranken schweigend einen großen Schluck von unserem Bier.

»Ich habe Lucy nicht von Ross erzählt«, gestand ich ihm unvermittelt.

Ich verstand es selbst nicht. Wollte ich wirklich nur vermeiden, dass sie Mitleid mit mir hatte und mit mir darüber reden wollte? Oder hegte ich eine irrationale Angst, dass Ross noch immer die Macht besaß, Dinge zu zerstören, die mir etwas bedeuteten? Wie meine Bewerbung zum Torhüter in der Unterstufe, die ich zurückziehen musste, weil er mir die Schulter ausgekugelt hatte. Oder Toffee, mein Meerschweinchen, dessen Stall er »versehentlich« offen gelassen hatte.

Marcus dachte derart lange über meine Bemerkung nach, dass ich schon vermutete, er hätte sie vielleicht gar nicht gehört. Dann sagte er schließlich: »Wozu auch.«

Meine Erleichterung war enorm.

»Du hast ein neues Kapitel aufgeschlagen.«

»Ja.«

»Ross war ein Psycho«, fügte Marcus hinzu. »Er ruhe in Frieden.«

Das Spiel ging ins Elfmeterschießen.

Wir unterbrachen unser Gespräch und sahen zu, wie Brasilien ins Finale einzog.

»Spielst du noch Squash?«, erkundigte ich mich.

»Ja. Läufst du noch?«

»Jeden Morgen.«

Meine übliche Route – und es war wichtig, dass es die übliche Route war, damit keine Gedanken die meditative Leere störten, die beim Laufen entstand – führte mich durch die schmutzigen Straßen von Camden, den Parkway hinauf und durch das Tor in den paradiesisch ruhigen Regent's Park. Im Winter war das Gras mit Raureif überzogen, der frühmorgendliche Himmel zeigte eine rosa Färbung, die zarten Äste der Bäume verschwammen hinter meinem nebligen Atem und verliehen der Landschaft den Anstrich eines impressionistischen Gemäldes. Im Frühling entdeckte ich die Schönheit eher in einzelnen Details, in den Steingefäßen, aus denen Tulpen hervorquollen, den streng angelegten italienischen Gärten an der Euston Road und den wachsgleichen Blättern der Magnolienblüten. Der Sommer ließ Rosengirlanden an den Laubengängen des Inner Circle blühen, den ich auf meiner

Route umkreiste, dann absolvierte ich einen Sprint über die Wiesen, joggte am Giraffengehege des Zoos vorbei, über den Kanal und zurück über den kleinen Hang des Primrose Hill.

An sonnigen Tagen stellten die Kaffeebesitzer Tische und Stühle an der breiten, geschwungenen Straße auf, die mich zurück zur Eisenbahnbrücke führte. Es war eines dieser schicken Londoner Viertel, in denen die alteingesessenen Geschäfte die Nachfrage nach Kaffee und frischem, gutem Essen nicht länger bedienen konnten. Im Laufe des Jahres hatte ich beobachtet, wie ein Waschsalon entkernt und renoviert worden war und als italienisches Restaurant wiedereröffnet hatte.

Eines Tages sah ich den Besitzer, der die meiste Arbeit selbst erledigt hatte, schwankend auf einer Leiter stehen, als ich gerade vorbeikam. Ich stoppte und bot an, ihm beim Anbringen des Schildes mit der Aufschrift PIATTINI zu helfen. Seitdem tauschten wir ein freundliches *Buongiorno!,* wenn ich vorbeilief, während er mit Kreide die Tagesangebote auf einer Klapptafel festhielt. Die Beschreibungen waren schnörkellos – *polenta e funghi trifolati, salsicce con finocchio, granita di mandorle* –, die Gerüche, die aus der Küche drangen, köstlich.

An dem Tag, an dem ich die Worte »KELLNER GESUCHT« über der Tafel bemerkte, lief ich erst wie üblich vorbei, blieb dann stehen und machte kehrt. Salvatore ließ mich einen Abend zur Probe arbeiten, an dessen Ende er mich für die geleisteten Stunden entlohnte und fragte, ob ich den Job haben wolle. Ich glaube, sein Angebot erfüllte mich mit mehr Stolz als meine bestandenen Prüfungen am Ende des ersten Studienjahrs.

»Du bleibst also den Sommer über in London?«, fragte Marcus.

»So ist der Plan.«

Die Wohnung, die Lucy für uns gefunden hatte, wurde zum Ende des Semesters frei, und jetzt, mit meinem Job, hatte ich eine Ausrede, nicht mehr nach Hause zu fahren.

»Wie geht es deinen Eltern?«

»Ganz gut, glaube ich.«

Ich rief sie etwa alle vierzehn Tage an. Seit meinem letzten Besuch hatte mein Vater die untere Toilette neu gefliest und ums Haus herum Bewegungsmelder installiert – beides Projekte, die ihn vermutlich davon ablenken sollten, über schwerwiegendere Probleme nachzudenken. Meine Mutter hatte wieder angefangen, Quilts zu nähen. Wenn sie mich fragten, ob alles in Ordnung sei, sagte ich Ja. Das Einzige, womit ich mir vorstellen konnte, ihnen eine kleine Freude zu bereiten, war ein bestandenes Examen. Ein Foto von mir mit Doktorhut auf dem Kaminsims wäre etwas, das sie ihren Freunden zeigen konnten. Doch ohne Lucys Unterstützung wäre ich vermutlich an dem Druck des Studiums gescheitert. Sie sorgte dafür, dass wir beide dabeiblieben, trieb mich an, meine Unterlagen in Ordnung zu halten, und half mir bei der Nachbereitung der praktischen Übungen.

»Das ist kein philosophischer Aufsatz«, erklärte sie, wenn ich zu viel Wirbel um eine Aufgabe machte. »Die wollen nur wissen, was du hättest besser machen können. Du lernst, kranke Menschen zu heilen, nicht ihr Leben zu verändern.«

»Und du?«, fragte ich Marcus. »Was sind deine Pläne für den Sommer?«

»Ich habe an Interrail gedacht«, antwortete Marcus mit einem Schulterzucken, und ich begriff, dass er deshalb vorbeigekommen war. Einen Augenblick lang reizte mich die Vorstellung, nach Italien zurückzukehren und die Ferien nachzuholen, die wir im vorigen Jahr verpasst hatten. Doch das Bedürfnis, mein eigenes Geld zu verdienen, überwog. Obwohl meine Eltern die Kosten für mein Studium nie erwähnten, war ich entschlossen, so unabhängig wie möglich zu sein.

Wir brachten Marcus zum Bahnhof Paddington, und Lucy umarmte Marcus zum Abschied. Als er sich zu mir umwandte und mir förmlich die Hand schüttelte, wünschte ich mir irgendwie, dass Männer sich auch umarmen dürften. Ich hatte zwar auch ein paar Freunde am College, so wie Toby, doch seit Lucy und ich zusammen waren, sahen wir uns deutlich seltener. Mit dem ernsthaften Jonathan, den ich beim Bewerbungsgespräch kennengelernt hatte, ging ich manchmal etwas trinken, wenn er nicht gerade Schach spielte. Doch niemand kannte mich so gut wie Marcus. Nash war noch am ehesten meine Vertraute, doch Lucy sah meine Freundschaft zu ihr nicht gern. Ihre kritischste Äußerung über Nash lautete, dass sie »ein wenig anstrengend« sei; Nash war da weitaus deutlicher, vor allem wenn sie betrunken war. Dann warf sie mir vor, ich hätte mich für die einfache Lösung entschieden, für jemanden, der mich nicht herausforderte. Woraufhin ich antwortete: »Und was genau stört dich daran?«

Was sie nur noch mehr aufbrachte, wobei wir am Ende irgendwie immer lachten.

Die Wohnung befand sich im siebten Stock eines großen Komplexes mit Sozialwohnungen zwischen Camden und Euston Road. Praktischerweise lag sie nur zehn Minuten zu

Fuß vom Krankenhaus entfernt. Nördlich und östlich blickten wir über die Bahnlinie von Euston und dahinter bis nach Camden, Gospel Oak und Hampstead Heath. Zuerst fanden wir die trostlose, mit Graffiti besprühte Betonwüste etwas abschreckend, doch als uns die Wege vertrauter wurden, fühlte sich auch die Gegend weniger feindselig an.

Lucy und ich bewohnten ein Zimmer, ihre Freundinnen Harriet und Emma die anderen beiden. Bis zur Uni hatte ich nie viel Zeit mit Frauen zusammen verbracht, fand es jedoch insgesamt angenehmer als die rein männliche Gesellschaft an der Schule. Dort hatte man mich aufgrund meiner Weigerung, mich an Initiationsriten wie dem »Teebeuteln« zu beteiligen, bei dem man den Hodensack eines anderen Jungen in den Mund nahm, als Weichei abgestempelt. In der Wohnung musste ich lediglich samstagnachmittags Fußball gucken, um als hoffnungslos männlich zu gelten.

Die Aufgaben im Haushalt teilten wir uns. Ich erklärte mich freiwillig bereit, den Müll runterzubringen (bevor ich wusste, wie oft der Fahrstuhl außer Betrieb war), und erledigte einmal pro Woche den allgemeinen Einkauf. Ich nahm meine Aufgabe sehr ernst, suchte nach den billigsten Läden für die Grundausstattung wie Milch und Toilettenpapier und ging samstagnachmittags, wenn die Händler bereits zusammenpackten, auf dem Wochenmarkt in Inverness auf Schnäppchenjagd.

Unter Anleitung von Stefania, Salvatores Frau und Köchin im *Piattini,* wo ich nach wie vor an den Wochenenden arbeitete, entwickelte ich ein Interesse am Kochen.

»Wie viele Tomaten können vier Leute wohl essen?«, fragte Lucy, als ich mit einer ganzen Kiste zurückkam, die mich ein Pfund gekostet hatte.

Doch sie musste zugeben, dass Tomaten, in Olivenöl angebraten, eine köstliche Spaghettisoße ergaben, vor allem, wenn man noch etwas Parmesankäse darüberrieb.

Mit der Zeit freute ich mich auf das sorgfältige Waschen und Schneiden des Gemüses, das Umrühren, das Probieren und darauf, aus ein paar rohen Zutaten etwas Schmackhaftes wie *ribollita* zu kreieren. Es war eine gute Möglichkeit, sich am Ende eines Krankenhaustages zu entspannen, und noch dazu billiger und gesünder als Fertiggerichte oder das Essen aus dem Imbiss. Zudem konnte ich auf diese Weise meine Mitbewohnerinnen dafür entschädigen, dass sie die anderen Haushaltspflichten wie Staubsaugen und Badputzen perfekt erledigten, bevor ich überhaupt merkte, dass sie nötig waren.

Im Oktober kündigten meine Eltern, die sich meine neue »Wohnsituation« einmal ansehen wollten, ihren Besuch an. Sie baten mich, für Sonntagmittag einen Tisch in einem Restaurant zu reservieren – »etwas Anständiges, das du dir selbst nicht leisten kannst« –, doch ich überraschte sie, indem ich ihnen mit Fenchel, Chili und Knoblauch gefüllte *porchetta* mit Rosmarinkartoffeln und einem frischen Salat servierte.

»Das schmeckt wirklich sehr gut, Lucy!«

Mein Vater brachte diese peinliche Väternummer und versuchte, mit ihr zu flirten.

»Gus hat gekocht«, erklärte sie. »Ich bin in der Küche vollkommen unbrauchbar!«

»Gus?«, fragte meine Mutter. »Na, das ist ja eine Überraschung. Eine schöne Überraschung!«

Es war nicht klar, ob sie meinen Namen meinte, den Beweis meiner Heterosexualität oder meine Kochkünste. Mein aufwallender kindlicher Stolz darüber, ein Talent zu besitzen, das Ross nicht zu eigen gewesen war, wich augenblicklich der Angst, dass meine Mutter den Vergleich, den sie zweifellos in ihrem Kopf angestellt hatte, laut aussprechen würde. Doch das tat sie nicht. Der Tag war ein voller Erfolg. Wenn auch keiner, den ich wiederholen wollte.

»Deine Eltern sind nett«, stellte Lucy anschließend fest.

Deine Eltern. Ich hatte sie als »meine Mutter« und »mein Vater« vorgestellt, nicht als Caroline und Gordon. Ich war mir noch nicht einmal sicher, ob die beiden es überhaupt akzeptiert hätten, wenn ich sie mit Vornamen vorgestellt hätte.

»Meinst du, sie mögen mich?«, fragte Lucy.

Ich wusste noch nicht einmal, ob sie *mich* mochten. »Bestimmt. Sie zeigen ihre Zuneigung nur nicht so deutlich.«

Ich hatte noch nie wirklich darüber nachgedacht, warum das so war. Da sie selbst als Einzelkinder aufgewachsen waren, hatten sie das vielleicht nicht nötig gehabt; vielleicht waren sie auch nur unsicher, wie sie sich verhalten sollten, da sie aus eher einfachen Verhältnissen stammten und in die Mittelschicht aufgestiegen waren.

»Du bist ganz anders als sie«, bemerkte Lucy.

»Da bin ich aber froh«, erwiderte ich erleichtert, weil ihre Neugierde befriedigt war, ohne dass ich sie mit in unser kühles, lebloses Zuhause würde nehmen müssen.

Lucys Eltern waren es gewohnt, dass ihre Töchter Freunde hatten, und behandelten mich mit genau der richtigen Mischung aus Herzlichkeit und Distanz. Lucys Mutter, die mich sofort aufgefordert hatte, sie Nicky zu nennen, war warm und offen. Beim Kochen legte sie Wert auf meine Meinung und fragte mich, wie scharf sie ein Curry würzen oder wie lange sie ein Stück Fleisch garen sollte. Als ich aufsprang, um beim Abräumen des Tisches zu helfen, lobte sie, wie nett es sei, einem Mann zu begegnen, der nicht dächte, Abwaschen bestünde darin, die Töpfe ins Spülbecken zu stellen und sie dort einzuweichen. Lucys Vater hingegen bot mir nicht an, ihn Bill zu nennen, und ich verpasste den Zeitpunkt, ihn meinerseits darum zu bitten. Seine stets besonnene Miene bewirkte, dass ich mich in seiner Gegenwart immer etwas ungeschickt verhielt, meinen Ärmel in die Müslischüssel tauchte oder über eine Harke stolperte, als ich ihm half, den Rasen von Laub zu befreien.

In ihrem Haus ging es lockerer zu, als ich es gewohnt war. Sonntags durfte man ausschlafen und sich jederzeit einen Toast machen. Als Nicky mich fragte, ob ich Weihnachten gern zu ihnen kommen würde, nahm ich die Einladung sofort und mit fast unziemlicher Begeisterung an. Meinen Eltern erzählte ich, ich würde Heiligabend bis spät im Restaurant arbeiten, sodass es unpraktisch wäre, zu kommen. Das stimmte zwar, doch ich hätte mir wahrscheinlich freinehmen können.

Die Lesters gehörten zu jenen Familien, die vor dem Mittagessen ein Spaßwichteln veranstalteten. Ich erhielt ein Paar von diesen schrecklichen Plüschtierhausschuhen in Gestalt von Gromit. Nach reiflicher Überlegung hatte ich für Lucys ältere Schwester Helen eine Seifenblasenmaschine gekauft, über die sich ihre kleine Tochter Chloe freute. Ich mochte Helen nicht besonders. Sie taxierte einen immer auf diese kühle, distanzierte Art einer praktischen Ärztin, als hätte sie Symptome entdeckt, die ihr gar nicht gefielen. Einmal sagte ich halb im Scherz, dass ich kein Hausarzt werden wolle, weil ich mir nicht vorstellen könne, mich je sicher genug zu fühlen, um allein in einer Praxis zu sitzen und auch nur einen simplen Schnupfen zu diagnostizieren – woraufhin sie mich ohne einen Funken Humor darüber informierte, dass die meisten Erkältungen durch einen Virus ausgelöst würden und man den Patienten ohnehin nur raten könne, viel zu trinken, bis ihr Immunsystem seine Aufgabe erledigt habe.

»Aber was ist mit dem einen unter tausend Fällen, der sich als Meningitis herausstellt?«

»Davor haben wir alle Angst.«

»Das Problem ist«, erklärte ich, »dass ich mich nicht in der Lage sehe, eine Entscheidung in den neunhundertneunundneunzig anderen Fällen zu treffen …«

»Das wirst du schon, wenn dreißig Leute in deinem Wartezimmer sitzen und in zerlesenen *Hello!*-Ausgaben blättern«, gab sie brüsk zurück. »Es ist nicht gut, zu lange über diese Dinge nachzudenken.«

Mit der mittleren Schwester, Pippa, konnte man deutlich mehr Spaß haben. Sie war etwas überdreht und schnell eingeschnappt, aber herzlich und offen. Verglichen mit den anderen beiden, war sie der Rebell in der Familie. Nachdem sie in ihrer Jugend unter Bulimie gelitten hatte – in einer Familie von Ärzten sprach man über diese Dinge offen beim Essen –, hielt sie sich nun streichholzdünn, indem sie heimlich im Garten rauchte. Wenn man sich an die Label hielt, die Familien ihren Kindern gern anhängen, war sie die »Bedürftige«.

»Welcher Typ ist dann Lucy?«, hatte ich Nicky gefragt, als unsere Beziehung so weit gediehen war, dass sie eine solche Unterhaltung zuließ.

»Lucy ist die ›Unkomplizierte‹«, erwiderte sie.

»Wahrscheinlich, weil sich immer alle um mich gekümmert haben«, sagte Lucy.

»Verstehst du, was ich meine?«, fragte Nicky.

In Wahrheit konnte Lucy auch ein bisschen bedürftig sein. Wenn ich zum Beispiel Anekdoten über die Gäste im *Piattini* erzählte, sagte sie stets mit einem kleinen Schmollen: »Ich glaube, es macht dir viel mehr Spaß, dort zu arbeiten, als Medizin zu studieren.«

Dann musste ich ihr versichern, dass ich gern Medizin studierte (was übersetzt hieß: Ich bin gern mit dir zusammen). Ich erklärte ihr, es sei nur eben so, dass man in einem Restaurant einen Einblick in das Leben von ganz unterschiedlichen Menschen mit allen möglichen Geschichten bekäme.

»Im Krankenhaus auch«, beharrte sie.

»Ja, aber die sind alle krank!«

Lucy dachte oft, ich würde scherzen, wenn das eigentlich nicht in meiner Absicht gelegen hatte.

Mit Papierkronen auf den Köpfen aßen wir mittags unser Weihnachtsessen, reichten Bratensoße und Schüsseln mit Gemüse den Tisch hinauf und hinunter und nahmen uns Cranberrysoße direkt aus dem Glas. Ich stellte mir vor, wie meine Eltern in dem stillen Esszimmer pflichtbewusst mit dem korrekten Besteck Räucherlachs als Vorspeise aßen, und hatte plötzlich ein furchtbar schlechtes Gewissen.

Nach dem Essen saßen die Erwachsenen im Wohnzimmer um das knisternde Feuer herum und packten ihre Weihnachtsgeschenke aus. Nach langer Suche hatte ich das vermeintlich perfekte Geschenk für Lucy gefunden. Auf der Weihnachtskostümparty vom Studentenwerk waren wir als Sandy und Danny aus *Grease* gegangen. Lucy hatte sich die Haare zu einem Pferdeschwanz zurückgebunden und ein Kleid im Stil der Fünfzigerjahre samt weißem Plastikgürtel getragen, das sie im Geschäft einer Wohltätigkeitsorganisation gefunden hatte. Sie sah toll aus. Das fanden alle. Als ich dann eine echte Handtasche aus den Fünfzigerjahren am Arm einer Schaufensterpuppe in einem Geschäft für amerikanische Vintagekleidung in der Neal Street entdeckte, gab ich darum mehr Geld aus, als eigentlich geplant.

Ohne das Kleid sah die weiße Handtasche allerdings mehr nach Ramsch aus als nach Vintage; der Verschluss war leicht angerostet, das plastikähnliche Material brüchig und an den Ecken eingerissen. Als ich mich bemühte zu erklären, was ich mir dabei gedacht hatte, konnte Pippa sich ein Lachen nicht verkneifen, und Helen sah mich an, als würde etwas Widerliches an meinem Schuh kleben.

»Ich finde sie toll!«, sagte Lucy loyal, legte sie zurück in die Verpackung und reichte mir ein überraschend schweres Paket mit meinem Namen auf dem Geschenkanhänger.

Darin befanden sich ein Zeichenblock, einige Zeichenstifte und eine Holzkiste mit Aquarellfarben.

Das Geschenk spiegelte exakt ihren großzügigen und praktischen Charakter wider. Lucy interessierte sich selbst nicht für Kunst – in den wenigen Ausstellungen, die wir gemeinsam besucht hatten, hatte sie bereits nach kurzer Zeit auf ihre Armbanduhr geblickt –, aber sie wusste, dass ich mich dafür interessierte, und wollte mich unbedingt motivieren.

»Als Gus klein war, wollte er Künstler werden«, verkündete sie ihrer Familie.

»Ich kann mir Gus gar nicht als kleinen Jungen vorstellen«, bemerkte Helen.

»Ich schon, er hat ein sehr jungenhaftes Gesicht«, sagte Pippa.

»Wer ist Gus?«, fragte Granny Cee.

»Dann zeichne mal was!«, forderte Pippa mich heraus.

So fertigte ich unter den Augen der gesamten Familie, die mich allerdings eher freundlich als kritisch beobachtete, eine Zeichnung von Orange an, der vor dem Feuer schlief.

»Das sieht ja richtig gut aus!«, rief Lucy, als ich den Zeichenblock umdrehte.

Sollte ich von ihrer Überraschung geschmeichelt oder etwas beleidigt sein?

Ich riss die Seite heraus und gab sie ihr.

»Das werde ich rahmen!«

»Kannst du auch Menschen zeichnen?«, fragte Pippa.

»Das habe ich noch nie richtig ausprobiert.«

»Dann probiere es jetzt!«, sagte sie. »Na los!«

Ich stellte den Zeichenblock fast senkrecht auf meinen Oberschenkel, damit niemand meine Versuche mitverfolgen konnte, und gab mir große Mühe, Lucys Gesicht festzuhalten. Beim Zeichnen fiel mir auf, dass in ihrem Ausdruck eine Ruhe lag, die sich nie wirklich veränderte, egal ob sie müde, gelangweilt oder glücklich war. Es war mir nie aufgefallen, doch nachdem ich es einmal entdeckt hatte, bestätigten es auch die Fotos auf dem Kaminsims ihrer Familie. Lucy sah immer fast gleich aus. Die entsprechenden Bilder auf dem Kaminsims meiner Eltern zeigten mich mit allen möglichen Gesichtsausdrücken – von gereizt bis dämlich.

Als die Familie die Zeichnung schließlich sehen durfte, schien sie ihnen zu gefallen. Ich war stolz darauf, dass es mir gelungen war, Lucys zufriedene Ausstrahlung einzufangen.

»Du siehst aus wie eine von diesen Puppen, die die Augen schließen, wenn man sie nach hinten kippt«, stellte Pippa fest, die ihrer Schwester über die Schulter linste. »Und das stimmt, so siehst du tatsächlich aus! Vielleicht solltest du Künstler werden, Gus!«

»Damit kann man kein Geld verdienen, oder?«, fragte ich mit der meiner Meinung nach angemessenen Bescheidenheit.

»Selbst van Gogh hat kein einziges Bild verkauft, solange er lebte«, sagte Lucy.

Das war eine typische Bemerkung von Leuten, die eigentlich nichts von Kunst verstanden. Die andere war, dass zeitgenössische Kunst, die für sehr viel Geld verkauft wurde, eigentlich keine echte Kunst sei. Aber ich wollte die gute Stimmung nicht verderben, indem ich über Schafskadaver oder ungemachte Betten debattierte.

»Tut mir leid wegen Pippa«, sagte Lucy, als wir an jenem Abend aneinandergeschmiegt in ihrem schmalen Bett lagen.

»Nein, ich mag sie. Ich finde sie spannend.«

Ich bedauerte den Ausdruck sofort, denn darauf gab Lucy zurück: »Und ich bin wohl nicht so spannend.«

»Nein, du bist *total* spannend«, versicherte ich ihr und hoffte, sie würde mich nicht bitten, das auf einer Skala von eins bis zehn zu beziffern, wie sie es bei Adjektiven gern tat.

»Nächste Woche ist es ein Jahr her«, stellte Lucy fest.

Ich brauchte einen Moment, um zu verstehen, dass sie von uns sprach. Musste ich ihr eine Karte kaufen? Oder Blumen? Oder beides?

»Ja«, bestätigte ich.

»Kommt es dir kürzer vor oder länger?«

Vermutlich gab es eine richtige Antwort auf diese Frage, aber ich wusste nicht, welche das war. Wenn man sich amüsierte, verging die Zeit schneller. Von daher sollte ich wahrscheinlich »kürzer« sagen, aber ich war mir absolut nicht sicher. So hatte ich noch nie darüber nachgedacht.

»Es kommt mir vor wie ein Jahr«, antwortete ich schließlich unsicher und kam mir verlogen vor, weil sie lachte, als hätte ich versucht, einen Scherz zu machen.

10 TESS

Sommer 1999

Das rosafarbene Kleid, das ich Hope zu ihrem siebten Geburtstag gekauft hatte, war laut Größenschild eine »7–8«, saß aber schon ziemlich eng, und der dehnbare, mit Pailletten besetzte Stoff betonte genau die falschen Stellen. Hope war nicht direkt dick, hatte aber eine stämmige Figur und leichte X-Beine. Da in ihrer Klasse die Kopfläuse umgingen, hatte ich ihr das dunkle, dicke Haar relativ kurz schneiden lassen, und jetzt, nachdem sie sich das Kleid übergestreift hatte, standen sie elektrisch aufgeladen von ihrem Kopf ab. Hope betrachtete sich im Spiegel.

»Du bist ja bildhübsch«, sagte sie. Das waren genau die Worte, die Mrs. Corcoran an Hope gerichtet hatte, als sie das Kleid am letzten, uniformfreien Tag in der Schule angezogen hatte. Hope hatte aufgehört, Mums tröstliche Sätze zum Besten zu geben. Jetzt zitierte sie nur noch Mrs. Corcoran; es war fast so, als hätte Mum ihre Tochter losgelassen.

»Hast du ein Pfund für Brustkrebs?«, fragte Hope, als wir in die Schule aufbrachen.

»Ja«, sagte ich und klopfte auf meine Handtasche. »Aber es soll eigentlich nicht *für,* sondern *gegen* Brustkrebs sein, Hope.«

Als in der Schule verkündet worden war, dass man am uniformfreien Tag eine Aktion zugunsten der Brustkrebsforschung abhalten würde, hatten alle kleinen Mädchen »Juhu!« gebrüllt. War ich die Einzige, der das seltsam vorgekommen war? Es hatte eine Weile gedauert, bis mir klar geworden war, dass sie sich freuten, weil sie Rosa tragen durften – die Farbe der Organisation, die sich für mehr Forschung in diesem Bereich einsetzte. Aber die Wahl der Schule bezog sich nicht nur auf Hope und mich. Wenn man jemanden an eine Krankheit verloren hat, entdeckt man nämlich bald, dass fast jeder einen betroffenen Freund oder Angehörigen hat. Das heißt aber nicht, dass der eigene Kummer dadurch weniger wird.

Hope plapperte nicht vor sich hin wie die meisten Kinder in ihrem Alter, darum machten wir Zählspiele auf dem Weg zur Schule. Wir bestimmten eine Kategorie, wie etwa Blumen oder Tiere, und verbrachten den Weg mit Suchen und Zählen. Hopes Liste war für gewöhnlich viel länger als meine, weil sie sämtliche lilafarbenen Blümchen an der Mauer entdeckte und außerdem alle Löwenzähne und Gänseblümchen auf der Wiese.

Hopes Lieblingsspiel aber war »Horchen«: Zuerst waren wir eine Weile ganz still. Dann erzählten wir uns gegenseitig, welche Geräusche wir gehört hatten. Hope gewann immer, weil sie bei einem anfahrenden Auto nicht nur die Tür ins Schloss fallen und die Räder auf dem Kiesweg knirschen hörte, sondern durch das offene Fenster zusätzlich noch die tickende Uhr im Innenraum und Songfetzen aus dem Radio erlauschte.

»Wer hat ein Pfund für Brustkrebs dabei?«, fragte Hopes Klassenlehrerin, als alle Kinder auf dem Teppich saßen.

»Es ist nicht für Brustkrebs, sondern dagegen!«

»Danke für die Berichtigung, Hope. Möchtest du vielleicht das Geld einsammeln und es mir nach vorne bringen?«

»Nein.«

Gelächter in der Klasse.

Jetzt, wo Hope etwas älter war, sah man noch deutlicher, dass sie anders war als die anderen Kinder. Mit fünf waren viele von ihnen noch ein bisschen eigenartig gewesen. Aber selbst die beliebtesten Mädchen (in jeder Klasse gibt es ein bis zwei von ihnen; meist sind es die größten und schlauesten und solche mit netten Mums, die ihnen erklärt haben, dass sie zu allen Kindern nett sein sollen) hatten es aufgegeben, Hope beim »Vater, Mutter, Kind«- oder Krankenhaus-Spielen mitmachen zu lassen, weil sie sich strikt weigerte, die ihr zugedachte Rolle zu spielen.

Während der ersten beiden Schuljahre war Hope noch zu den Geburtstagspartys der anderen Kinder eingeladen worden, aber jetzt hatten sich kleinere Gruppen gebildet, die zusammen ins Kino oder ins Schwimmbad gingen. Wer immer Hope einlud, musste auch mich einladen, und das war oft ein bisschen seltsam, weil ich ja kein Kind mehr war, aber auch keine Mum. Außerdem nannten die Kinder mich Miss Costello.

Das hatte aber auch Vorteile. Wir brauchten kein Geld für Geschenke auszugeben, und ich konnte meinen professionellen Abstand zu den anderen Kindern einhalten. Als Lehrassistentin ist man in einer privilegierten Position. Ich erfuhr ziemlich viel darüber, wie es bei den Kindern zu Hause so zuging, zum Beispiel, dass Chantelles sechzehnjährige Schwester sich hatte schwängern lassen, um eine eigene Wohnung zu bekommen. Oder dass Kaylies Mum zu einem in der Familie immer sagte, er oder sie stehe nur dumm herum und verbrauche Platz, denn das rief Kaylie jedes Mal, wenn sie beim »Vater, Mutter, Kind«-Spielen die Mutter sein durfte.

Hope schien gar nicht zu bemerken, dass sie ausgeschlossen wurde, aber mir tat es jedes Mal weh, wenn sie wieder einmal nicht eingeladen war.

Genauso war es auch bei der Schuldisco. Hope war ganz verrückt nach Musik, tanzte aber die ganze Zeit über alleine – als hätte sie einen unsichtbaren Zaun um sich herum, der die anderen Kinder auf Abstand hielt.

Normalerweise machte Bryan Leary, der auch die Tanzpartys in der Kirche veranstaltete, für uns den DJ und spielte dann Songs wie *»Magic Moments«*, aber dieses Mal musste Mrs. Corcorans Sekretärin einen Ersatz finden, weil Bryan eine Blasenentzündung hatte.

Der neue DJ war deutlich jünger. Er begann mit *»I am a Music Man«* und zauberte dabei verschiedene Musikinstrumente hervor, ein bisschen wie Mary Poppins, bevor er nahtlos zu *»Hit Me Baby One More Time«* überging. Das war zwar ein Nummer-Eins-Hit, sorgte aber für ein gewisses Stirnrunzeln im Kollegium.

Der Music Man drehte die Lautstärke ein wenig herunter und sprach ins Mikrofon: »Wer von euch weiß, wie man Stopptanz spielt?«

Alle Hände gingen nach oben. Die Musik wurde wieder lauter.

»Oh baby baby …!«

Hope liebte diesen Song, aber die Spielregeln hatte sie nicht ganz verstanden. Als der DJ die Musik anhielt, schaute sie nur böse drein, anstatt stocksteif stehen zu bleiben.

Ich betete, dass der Music Man sie nicht als Erste rausschmeißen würde.

»Also, Kinder«, sagte er. »Das war einmal zum Warmwerden. Wenn die Musik jetzt aufhört, bleibt ihr alle stehen, klar?«

Die Anweisung war deutlich formuliert worden, aber Hope war völlig entrückt in ihrer Britney-Welt. Wahrscheinlich hatte der DJ die Panik in meinen Augen gesehen und bemerkt, wie ich mich an der Wand entlangdrückte, um in Hopes Nähe zu sein, wenn sie rausflog.

»Okay, Kinder, spitzt die Ohren, und passt gut auf!«

Die Musik hörte auf, vier Kinder tanzten zunächst weiter. Emma und Kaylie räumten freiwillig das Feld, Patrick brauchte einen Stups an die Schulter.

»Hope, du musst runter von der Tanzfläche«, flüsterte ich.

Alle riefen im Chor: »Hope schummelt!«

Ich warf dem DJ einen verzweifelten Blick zu. Der drehte die Musik auf und sofort wieder ab, sodass die ganze Klasse auf einmal ausschied.

»Wer will noch ein anderes Spiel spielen?«, fragte er. »Wie bitte? Ich hör ja gar nichts! Macht mal ein bisschen Lärm!«

Diese Aufforderung war so ungewöhnlich, dass einige der schlaueren Kinder zunächst unsicher zu Mrs. Corcoran schielten, bevor sie sich trauten, »Iiiiich!« zu brüllen.

»Wir machen einen Tanzwettbewerb. Wer kennt dieses Lied?«

Er spielte die ersten Takte von *»Tragedy«* von den Steps.

Hopes Hand schoss nach oben. Fast alle Mädchen kannten den Song.

»Wer tanzt zu diesem Lied?«

Hopes Hand blieb standhaft oben.

»Also los. Fangt an zu tanzen! Ich sehe euch ganz genau zu.«

Hope begann eine schwierige Schrittfolge, und ein paar der anderen Mädchen versuchten, es ihr nachzumachen, aber keine traf den Rhythmus so sicher wie Hope. Die Lehrerinnen stupsten sich gegenseitig an und deuteten mit dem Finger auf sie. Hope jedoch, in das leuchtend rosafarbene Kleid gezwängt wie eine Wurst in die Pelle, merkte nicht, dass alle sie ansahen.

»Ich bin eine fantastische Tänzerin!«, verkündete Hope am selben Abend.

»Wirklich?«, fragte Dad.

»Der Music Man hat's gesagt.«

»Der Music Man, ja?«

»Sie ist wirklich eine fantastische Tänzerin«, bestätigte ich. »Im Tanzwettbewerb hat sie einen Lolli gewonnen, stimmt's, Hope?«

»Wo hast du gelernt, so gut zu tanzen?«, wollte Dad wissen.

»Bei *Top of the Pops* im Fernsehen«, erklärte Hope.

»So, so, *Top of the Pops,* ja?«

Dad hörte nie richtig zu. Seine Gesprächstechnik bestand darin, den letzten Teil unserer Sätze zu wiederholen.

»Wie ein verdammter Wellensittich«, hatte Mum immer geklagt.

Wir aßen *fish and chips,* was bedeutete, dass er wohl beim Pferderennen gewonnen hatte.

»Vielleicht könnte Hope ja Tanzunterricht nehmen?«, schlug ich zaghaft vor. »Einige der anderen Mädchen sind beim Ballett.«

»Ballett?«, sagte mein Vater. »Tess, hast du sie dir mal angesehen?«

Ich hätte mich ohrfeigen können, dass ich dieses Wort benutzt hatte. In seinen Augen war Ballett Kevins Untergang gewesen.

»In dem Alter geht es mehr darum, sich zur Musik zu bewegen«, erklärte ich. »Wirklich, Dad, du hättest sie beim Tanzen sehen sollen.«

»Ballett! Glaubst du, ich bin ein Goldesel?«, fragte er in einem Tonfall, der mir Angst machte. Er hatte uns nicht mehr geschlagen, seit Kevin ausgezogen war. Aber das musste er auch nicht, weil wir uns sowieso nicht trauten, ihm Widerworte zu geben.

Als Hope eingeschlafen war, ging ich ins Bad, um Ordnung zu machen. Ich hob das rosafarbene Kleid vom Boden auf, wo sie es hatte liegen lassen.

Rosa war eine fröhliche, optimistische Farbe und passte irgendwie nicht zu Brustkrebs. Hätte man mich gefragt, hätte ich wohl Schwarz oder Dunkelgrau damit verbunden.

Ich vermute, mit Rosa will man den Leuten Kraft geben. Wenn man über Krebs redet, benutzt man immer eine sehr kämpferische Sprache, fast so, als ginge es um eine Bedrohung, die man abwehren müsse. Aber wenn man einfach nur die richtige Einstellung bräuchte, würden die meisten Patienten überleben, oder etwa nicht?

Ich stellte mir den Krebs eher wie eine versteckte Schläferzelle vor, die ich überlisten musste. Ich hatte genügend Frauenzeitschriften gelesen, um zu wissen, dass ich mir selbst regelmäßig die Brüste untersuchen musste. In den Monaten nach Mums Tod redete ich mir ein, eine ganze Reihe von Knoten und verdächtigen Stellen gefunden zu haben. Wenn ich dann aber endlich einen Termin ergattert hatte und in der

Praxis war, kam ich mir vor wie jemand, der nur die Zeit des Arztes verschwendete.

Beim dritten Besuch geriet ich an eine neue Ärztin in der Praxis.

»Die weibliche Brust reagiert stark auf Hormonschwankungen«, erklärte sie mir. »Darum sollte man sich am besten einen festen Termin im Zyklus aussuchen. Am besten ein paar Tage nach der Periode. Können Sie mir zeigen, wie Sie Ihre Brüste untersuchen?«

»Im Bett«, sagte ich und legte mich flach auf die Liege. Meine Hände schwebten unentschlossen über meinen Brüsten, weil ich mich schämte, sie vor ihr anzufassen.

Mit der katholischen Erziehung, die ich genossen hatte, war die Mischung aus Angst und Scham schon zu Hause unter der Bettdecke schlimm genug. Ständig musste ich an Father Michaels düstere Warnungen vor den »Versuchungen des Fleisches« denken.

»Es ist einfacher, wenn Sie sich dabei hinstellen«, sagte die Ärztin ganz sachlich. »Ich selbst stelle mich vor den Badezimmerspiegel, so sehe ich Auffälligkeiten auf den ersten Blick, und dann untersuche ich jede Brust sehr gründlich.«

Es war beruhigend für mich zu hören, dass sie es auch tat. Das machte die ganze Sache irgendwie medizinischer.

»Aber Sie wissen, wonach Sie suchen müssen«, wandte ich ein.

Sie lächelte.

»Teresa, Sie sind mir gegenüber im Vorteil, denn Sie kennen Ihre eigenen Brüste. Das sollten Sie zumindest. Mit zunehmender Übung werden Sie dann immer sicherer werden. Meinen Sie, Sie könnten es mal versuchen?«

Mit dem Rat der Ärztin im Hinterkopf schaffte ich es,

meine doch ziemlich zwanghaften Selbstuntersuchungen auf ein Mal im Monat zu reduzieren. Aber da heute nun einmal Brustkrebs-Aufklärungstag war, schloss ich die Badezimmertür hinter mir ab und zog mich obenherum aus.

Ich hatte mich schon immer ein bisschen unwohl gefühlt, weil sich meine Brüste so schnell entwickelt hatten. Mit zwölf war ich in weniger als sechs Monaten von Null zu Körbchengröße E gesprungen. Ich holte tief Luft und spürte, wie sich mein Puls vor Angst beschleunigte. Dann tastete ich mich jeweils spiralförmig um die Brust herum, bis ich die Brustwarze erreichte. Ich hob die Arme und kontrollierte noch die Achselhöhlen. Nichts. Erleichtert atmete ich auf. Ein weiterer Monat war vorbei, und Hope wuchs und wuchs. Wenn ich es bloß noch einhundertfünfunddreißig Monate schaffte, ohne an Krebs zu sterben, dann wäre sie achtzehn.

Machte sich jeder Mensch, der für ein kleines Kind verantwortlich war, so viele Sorgen? Oder war ich damit allein? Sorgen sind etwas, das man anderen Leuten gegenüber nur schwer thematisieren kann. Man will ja nicht, dass sich die anderen darüber Sorgen machen, dass man sich Sorgen macht. Also behält man sie für sich, und dadurch werden sie wahrscheinlich nur noch schlimmer.

Am letzten Nachmittag vor den Sommerferien waren alle anderen Kinder schon gegangen, als Hope und ich das Schulgebäude verließen, weil wir noch nach einem verschwundenen Turnschuh gesucht hatten. Wir gingen über den verlassenen Schulhof und hörten unsere eigenen Fußstapfen in der unerwarteten Stille, die entsteht, wenn vierhundert Kinder in die Sommerferien entlassen wurden. Ich war froh darüber, dass ein weiteres Jahr vorbei war. Wir hatten es ohne größere Probleme überstanden, und die Disco hatte Wunder bewirkt, was Hopes Selbstbewusstsein betraf. Es war ein heißer Tag, und ich fühlte mich optimistisch.

»Der Music Man!« Hope entdeckte ihn zuerst.

»Hallo, Hope!«, sagte er und ging in die Hocke, um sich mit ihr abzuklatschen, aber er traf in die Luft. Hope machte keine High fives.

»Tree, das ist der Music Man!«

»Tree?«

»Eine Abkürzung für Teresa. Ich bin ihre Schwester«, fügte ich hinzu, um zu erklären, wieso Hope mich nicht mit »Miss Costello« anreden musste.

»Ich hatte gar nicht angenommen, dass du eine von denen bist«, sagte er.

Sein Lächeln brachte mich zum Lächeln.

»Ich bin zwar eine von denen, aber trotzdem danke.«

»Ich hatte gehofft, dich hier zu treffen«, sagte er.

»Wieso denn das?«

»Ich glaube, ich habe in der Halle was vergessen.«

»Ach so. Was denn?«, fragte ich.

Er wirkte peinlich berührt.

»Vergiss, was ich gerade gesagt habe.«

»Dann hast du also gar nichts vergessen?« Ich hörte mich an wie eine Lehrerin.

»Ich hatte gehofft, dich zu sehen.«

Plötzlich wurde mir klar, dass er mich anbaggerte.

Doll hätte gewusst, wie man sich in einer solchen Situation verhielt. Sie hätte mit den Wimpern geklimpert und ihn vielleicht flüchtig am Arm berührt.

»Wieso denn das?« Ich klang so frigide wie eine Nonne.

»Ich hab mich gefragt, ob du vielleicht mal Lust auf einen Kaffee hast?«

»Da müsste ich Hope mitbringen«, platzte ich hervor.

»Klar, kein Problem, Tree«, sagte er.

»Tess«, verbesserte ich. »Die Leute nennen mich Tess.«

»Wer war denn der süße Typ gerade?«, fragte Doll.

Sie wartete vor dem Schultor in ihrem rosafarbenen VW-Beetle auf uns. Das Verdeck war geöffnet, und Doll hatte ein Eis für Hope dabei.

War er süß? Der Music Man (ich war so überrascht gewesen, dass ich ihn nicht einmal nach seinem Namen gefragt hatte) war ungefähr so groß wie ich, hatte kurzes braunes Haar und war glatt rasiert, so wie jemand, der vielleicht einen verantwortungsvollen Beruf in Uniform ausübte, so etwas wie Feuerwehrmann oder Sanitäter. Nach einem DJ sah er eigentlich nicht aus.

»Das ist der Music Man«, sagte Hope.

»Aha!«, erwiderte Doll. Das »ha« dehnte sie so lang, dass ihre Antwort nach drei Silben klang. Dabei warf sie mir einen wissenden Blick zu, während ich Hope auf dem Rücksitz anschnallte. Unterstellte sie mir etwa, ihn ihr verschwiegen zu haben?

»Ich hab mich gefragt, ob du vielleicht mal Lust auf einen Kaffee hast?« Hope wiederholte exakt seine Worte und imitierte auch seine Intonation genau.

»Aha«, sagte Doll noch einmal und drehte den Zündschlüssel.

Es ist nicht so, wie es aussieht, hätte ich am liebsten gesagt, aber ich sagte es nicht, weil es wirklich ein tolles Gefühl war, jemanden kennengelernt zu haben, der ein bisschen älter war als ich. Einen Mann, keinen Jungen, der einen wenigstens halbwegs glamourösen Job hatte. Wenn Doll ihn nicht gesehen hätte, hätte ich ihn wohl noch eine Weile geheim gehalten, nur so lange, bis das Ganze ein bisschen in Schwung gekommen war. Aber ich wollte den Dingen auch nicht vorgreifen.

Dolls rosafarbener Beetle war ein Geschenk von Fred zu ihrem ersten Jahrestag gewesen. Fred spielte jetzt in der Premier League, und die beiden standen kurz davor, in ein neues Haus zu ziehen, das sie vom Reißbrett weg gekauft hatten.

Das Tor piepste, als Doll den Schlüssel hochhielt, und öffnete sich sehr langsam.

»Der Garten muss noch gestaltet werden«, sagte Doll. »Wie findest du es?«

Zwei schlanke weiße Säulen stützten das Verandadach wie das Portal eines Tempels.

»Unglaublich!«

Mrs. O'Neill sagte oft, dass es ein Wunder sei, wozu Fred es gebracht habe, vor allem wenn man ihn noch aus der Grundschule kannte.

»Ich dachte mir schon, dass dir der römische Stil gefällt«, sagte Doll. »Im Fitnessraum gibt es einen Whirlpool und ein Tauchbecken.«

»Ihr habt einen Fitnessraum?«

»Na ja, im Moment ist es noch ein Raum mit Spiegeln an der Wand. Die Geräte werden erst noch installiert. Es gibt noch so viel zu tun!«

Die Eingangshalle erstreckte sich über zwei Etagen und hatte eine riesige Hollywoodtreppe, die zu einer Galerie hinaufführte.

»Hope, geh doch mal rauf und schau dich ein bisschen um«, schlug Doll vor.

Hope ignorierte sie.

»Kann Fred sich das wirklich leisten?«, fragte ich.

Ich wusste, dass Freds Gehalt einen großen Sprung gemacht hatte, nachdem er im Jahr zuvor als Kandidat für den WM-Kader gehandelt worden war. Es war ein guter Zeitpunkt, ein junger, gut aussehender englischer Stürmer zu sein. Trotzdem musste das Haus ein Vermögen gekostet haben.

»Verdammt, das hoffe ich«, entgegnete Doll. »Sein Berater kümmert sich um die Finanzen. Das Haus ist jedenfalls billiger als eins in London, und sein Berater meint, es ist gut für Freds Image, weil er dadurch heimatverbunden wirkt. Und dann ist er ja auch mit seinem Schulschwarm zusammen ... In zwei Wochen kommt die *Hello!* und macht eine Homestory über uns. Ich habe noch so unglaublich viel zu tun, bis alles fertig ist!«

»Und was ist mit deinem eigentlichen Job?« Seit sie mit Fred zusammen war, sprachen Doll und ich fast nur noch am Telefon miteinander. Wann hatte sie eigentlich zum letzten Mal den Salon erwähnt?

»Tess, dafür habe ich einfach keine Zeit mehr. Ich muss auf so viele Premieren und Benefizveranstaltungen. Hast du schon den rosafarbenen Diamanten gesehen, den Fred mir für den Brustkrebs gekauft hat?«

Sie zog die feine Goldkette heraus, um mir den glitzernden Stein zu zeigen.

»*Gegen* den Brustkrebs«, verbesserte Hope.

Doll warf ihr einen strengen Blick zu.

»Ich muss bei jeder Veranstaltung ein anderes Kleid tragen und mir ständig die Beine enthaaren, also verbringe ich immer noch die Hälfte der Zeit im Salon«, klagte sie. »Findest du, ich sollte mir ein paar Hunde anschaffen? In der *Hello!*

sieht man doch immer diese kleinen weißen Hunde. Oder vielleicht ein Baby. Aber nicht so eins, das mir dann auf den Boden kackt. Marmor nimmt Flecken an, wusstest du das? Der Innenarchitekt hat mir das erst gesagt, als der Boden schon gelegt war, ansonsten hätte ich mich für gelaugte Eiche entschieden. Kein Rotwein. Jedenfalls nicht im Erdgeschoss.«

»Ein Baby kannst du wohl kaum innerhalb von vierzehn Tagen organisieren ...«, wandte ich ein. Hatte sie das in die Unterhaltung eingestreut, um meine Reaktion darauf zu testen?

»Ach, lassen wir das Thema. Das würde meine Mutter fertigmachen. Schlimm genug, dass ich mit Fred zusammenlebe. Als sie die Broschüre sah, meinte sie nur: ›Immerhin habt ihr fünf Schlafzimmer.‹ Sie denkt vermutlich, wir warten damit, bis wir verheiratet sind.«

»Ihr wollt heiraten?«

»Freds Berater sagt, wir sollen warten, bis er für die Nationalmannschaft nominiert wird. Auf die Art müssen wir die Hochzeit nicht bezahlen.«

»Freds Berater entscheidet, wann ihr heiratet?«

»Mach dir keine Sorgen, Tess, er hat mich sehr gern. Er will nicht, dass Fred sich mit aufdringlichen Frauen in irgendwelchen Klubs rumtreibt.«

Ich deutete mit dem Kopf auf Hope. Man wusste nie, was sie sich merken und hinterher ausplaudern würde.

»O nein, Hope!«, rief Doll.

Hopes Eis lief ihr an den Händen hinab.

»Hör auf, meinen Marmorboden vollzutropfen!«, schrie Doll.

Normalerweise hätten wir uns über diesen lustigen Satz amüsiert, aber wir spürten, dass Hope im Begriff war, in eine ihrer typischen Launen zu gleiten. Es war buchstäblich wie ein Schatten, der sich über ihr Gesicht legte. Sie stand einfach nur da und funkelte uns böse an. Mir wäre es lieber gewesen, wenn sie Dolls Geschrei erwidert hätte.

»Vielleicht stimmt ja irgendwas nicht mit ihr«, flüsterte Doll.

Es gefiel mir nicht, dass sie in der dritten Person über meine Schwester sprach.

»Du hast ihr doch das blöde Eis gekauft!«

»Ich sage doch nur, was Fred denkt.«

»Und Fred ist ja Pädiater, oder?«

Aus Dolls entsetzter Miene las ich, dass sie »Pädiater« für etwas ganz anderes hielt.

»Das heißt Kinderarzt.«

»Du und deine tollen Wörter!«

Ich konnte es nicht leiden, wenn Doll sich als Dummchen inszenierte, weil sie keines war. Es war bloß ihre Strategie, mir ein schlechtes Gewissen zu machen.

»Sie muss es lernen«, sagte Doll.

»Was lernen? Dass Marmor Flecken annimmt? Das steht nicht im nationalen Lehrplan. Nicht mal du wusstest es, bis es dir der Innenarchitekt gesagt hat!«

»Ich meinte es nicht so ...«

»Es ist nur Vanille«, sagte ich und zog ein Taschentuch hervor. »Schau mal, man sieht schon gar nichts mehr.«

Ich kniete mich auf den Boden und wischte an dem Fleck herum, den Tränen nahe.

Doll merkte, dass die Situation außer Kontrolle geraten war. »Tut mir leid, Tess ...«

Was war bloß mit Doll passiert? Vielleicht hatte sie die wirklich wichtigen Dinge aus den Augen verloren, weil sie so sehr mit all den schönen neuen Sachen beschäftigt war. Sie lebte in einer Welt aus poliertem Granit und Fußbodenheizung. Vielleicht entfernte sie sich tatsächlich von uns.

»Ich mag Doll nicht«, verkündete Hope auf dem Nachhauseweg.

Vielleicht stimmt ja irgendwas nicht mit ihr. Dolls Worte gingen mir im Kopf herum. Ich wusste, dass manche Menschen so über Hope dachten. Ab und zu dachte ich es sogar selbst. Andererseits war sie in manchen Dingen so schlau, dass mir das absurd vorkam. Sie kannte die Texte zu all unseren CDs auswendig. Dank ihr konnten wir sie alle auswendig, inklusive der Änderungen, die Hope vornahm, wenn sie mal ein Wort nicht kannte. Einmal erwischte ich Dad sogar dabei, wie er beim Rasieren »*Chicken Tikka*« statt »*Chiquitita*« vor sich hin sang. Als er merkte, dass ich ihn beobachtete, wurde er ganz rot unter seinem weißen Schaumbart.

Mum hatte immer gesagt: »Hope ist einfach sie selbst.«

Und: »Wäre die Welt nicht langweilig, wenn wir alle gleich wären?«

Manchmal hätte ich sie gern gefragt, ob sie sich wirklich keine Sorgen machte.

Am selben Abend rief der Music Man an. Es gefiel mir, dass er von Anfang an mit offenen Karten spielte. Das war viel erwachsener als dieses Spielchen, erst ein paar Tage zu warten, damit es nicht so wirkte, als sei er zu sehr an mir interessiert. Er hieß Dave Newbury und war Klempner, wie ich dann erfuhr. Zumindest würde es also keine Probleme mit Dad geben. Aber da griff ich den Dingen schon wieder vor.

Als wir uns am folgenden Nachmittag am Uhrenturm trafen, wurde mir bewusst, dass ich noch nie zuvor ein Date gehabt hatte. Jedenfalls nicht mit jemandem, den ich nicht schon seit der Grundschule kannte. Ich war sehr aufgeregt und wusste nicht, worüber ich reden sollte. Was dachten wohl die anderen Leute über uns? Wirkten wir wie ein Paar, oder war es offensichtlich, dass wir uns kaum kannten?

»Das Kleid steht dir gut«, sagte Dave.

Es war ein heißer Tag, darum hatte ich ein ärmelloses, bunt bedrucktes Kleid angezogen, das ich im Ausverkauf erstanden hatte, aber seine Bemerkung machte mich so nervös, dass ich mir wünschte, ich wäre bei meinen Jeans geblieben. Oder wollte er mir damit sagen, dass ich in den Hosen, die ich zur Arbeit trug, nicht gut aussah? Was sollte ich erwidern? Das Hemd steht dir? Das klang, als wollte ich ihn verarschen. Es stand ihm aber wirklich gut. Es hatte kurze Ärmel und blaue und weiße Blockstreifen, die seine Augen noch blauer wirken ließen als ohnehin schon, und es war frisch gebügelt. Wohnte er noch zu Hause und ließ seine Sachen von seiner Mutter waschen? Oder hatte er eine eigene Wohnung?

»Hope fand den Tanzwettbewerb großartig, stimmt's?«, sagte ich, während wir ein bisschen herumflanierten. Hope ging zwischen uns, in einer Hand einen Riesenlutscher, den Dave ihr gekauft hatte, in der anderen die Schnur eines delfinförmigen Heliumballons.

»Du bist ein großer Fan von S Club 7, nicht wahr?«, fragte Dave, stimmte den Hit *»Bring it All Back«* an und tanzte die bekannte Choreografie zusammen mit Hope.

In dem Sekundenbruchteil, bevor Hopes Arme sich dem Himmel entgegenstreckten, wurde mir klar, was gleich passieren würde, aber ich war nicht schnell genug, um es zu verhindern. Der Ballon, den Hope losgelassen hatte, sauste nach oben. Gemeinsam sahen wir zu, wie er emporstieg. Als Hope merkte, dass er nicht umkehren und zu ihr zurückkommen würde, sprang sie wütend auf und ab, die Arme in die Luft gestreckt, und weinte, weil sie so machtlos war.

»Ist nicht schlimm«, sagte Dave. »Wir holen dir einen neuen.«

»Nein, das ist nicht nötig«, sagte ich.

Es war sowieso schon sehr großzügig von ihm gewesen, ihr gleich zwei Sachen zu kaufen. Ich wollte nicht, dass er noch mehr Geld ausgab, aber Hope hatte sein Angebot bereits gehört und tat jetzt, als wäre sie am Boden festgeklebt. Dieses Spielchen war schon unangenehm genug, wenn wir alleine waren, aber jetzt war noch jemand dabei, den wir gerade erst kennengelernt hatten. Die anderen Leute starrten uns an, denn Hope war eigentlich zu alt für ein derartiges Verhalten. Zu allem Unglück hatte der Ballonverkäufer keinen Delfin mehr, und Hope ließ sich nicht mit einem Fisch oder einem Piratenschiff, ja, nicht einmal mit einem Pony abspeisen.

»Hope, lass das! Bitte lass das!« Ich hatte genug von ihren Launen und schämte mich vor Dave, der ihr ein Windrädchen, eine Zuckerstange und sogar einen Beachball im Netz angeboten hatte und jetzt ein Stück von uns entfernt stand. Er wirkte ratlos.

Die einzige Strategie, die bei Hope Erfolg hatte, war Ablenkung. Ich kniete mich neben sie hin.

»Ich glaube, ich weiß, wohin der Delfin unterwegs ist ...«

Hope war sofort still und sah mich erwartungsvoll an.

»Ich glaube, er will in den Zoo. Er war bestimmt einsam unter den ganzen Ponys, und jetzt will er wieder nach Hause.«

»Delfine leben nicht im Zoo«, wandte Hope ein.

Ich sah zu Dave, der nur mit den Schultern zuckte, als wollte er sagen: Da hat sie dich erwischt!

»Weißt du was, Hope, ich glaube, du hast recht.« Fieberhaft kramte ich in meinem Gedächtnis nach Delfinwissen. »Delfine leben nicht im Zoo. Wo dann?«

»Im Meer?«, schlug sie vor.

»Das stimmt. Habe ich dir schon mal davon erzählt, wie ich einen Delfin kennengelernt habe? Das war in einem Dorf namens Dingle, in Irland. Da lebt ein Delfin in der Bucht. Er heißt Fungi und schwimmt gern mit Menschen. Damals war ich noch zu klein, um mit ihm zu schwimmen, aber ich habe ihn vom Boot aus gesehen. Vielleicht ist dein Delfin ja auf dem Weg zu Fungi?«

Hope traute der Sache noch immer nicht.

»Ist mein Delfin denn überhaupt echt oder nur ein Ballon?«

»Also, er ist ein Ballondelfin. Das ist eine seltene Art, weil die meisten Delfine ja lieber schwimmen als fliegen. Wie heißt er eigentlich?«

»Ballondelfin«, sagte Hope.

Sie hatte es nicht so mit Namen. Die Giraffe, die wir bei Hamleys gekauft hatten, hieß Raffe.

»Was meinst du denn, wo Ballondelfin hin möchte?«, fragte ich.

Wir sahen zum Himmel. Ich konnte noch immer den Glanz der Sonne auf der Folie des Ballons ausmachen. Würde er immer höher und höher steigen, bis in den Weltraum, so wie diese Wetterballons, die manchmal ausgesandt wurden?

»In den Himmel?«, sagte Hope.

Ich stellte mir das lächelnde Gesicht von Ballondelfin vor, an der Seite der Dreifaltigkeit aus Prinzessin Diana, Mutter Teresa und Mum, zu denen Hope jeden Abend betete.

»Er ist Richtung Herne Bay geflogen«, bemerkte Dave.

In Wirklichkeit war er in die entgegengesetzte Richtung unterwegs, aber ich sagte nichts.

»Was ist Herne Bay?«, wollte Hope wissen. Mittlerweile hatte sie sich wieder so weit beruhigt, dass sie nicht merkte, wie wir sie auf die Füße zogen.

»Das liegt an der Küste. Wenn du magst, können wir Delfinballon in meinem Van nachfahren«, schlug Dave vor.

»Ballondelfin«, korrigierte ich.

Hope saß auf dem Beifahrersitz und ich hinten auf dem Boden, was wahrscheinlich nicht erlaubt war. Aber Dave fuhr vorsichtig. Wir hatten die Fenster heruntergekurbelt und hörten laut *»Now That's What I Call Music«*, und Hope schien ihren Kummer über Ballondelfin vergessen zu haben.

Ich betrachtete Daves Gesicht im Rückspiegel. Er konzentrierte sich aufs Fahren und stimmte nur manchmal in Hopes Gesang mit ein. Hatte er gewusst, dass Musik das Problem lösen würde, oder hatte er ganz instinktiv vorgeschlagen, irgendwo hinzufahren? Egal, es hatte jedenfalls funktioniert. Plötzlich sah ich, dass er mir im Spiegel zulächelte, und wurde ganz rot. Hatte er gemerkt, dass ich ihn heimlich beobachtete?

Herne Bay ist einer dieser englischen Badeorte, die vom Aufkommen der Billigflieger schwer getroffen worden waren. Wer will sich schon an die Kieselstrände der kalten, schmutzigen Themsemündung legen, wenn er für wenig Geld in den Süden fliegen kann? Allerdings hatten sich ein paar dieser Orte, zum Beispiel Whitstable, mittlerweile als trendige Wochenendziele für Londoner etabliert.

»Viele Leute meinen, Herne könnte sich auch dahin entwickeln«, sagte Dave, als wir an der Küste entlanggingen.

»Keine Spur von Ballondelfin«, sagte Hope niedergeschlagen.

»Vielleicht hat sich Ballondelfin ja dafür entschieden, nach Frankreich zu fliegen«, improvisierte ich.

»Wo ist Frankreich?«

»Hinter dem Meer.« Ich deutete grob in die Richtung. »Dort gibt es eine wunderschöne Stadt namens Paris. Vielleicht will Ballondelfin ja den Eiffelturm sehen oder über das Dach von Notre-Dame fliegen.«

»Oder nach *Eurodisney*«, warf Dave ein.

»Kann ich nach Frankreich fahren?«, fragte Hope.

»Wenn du alt genug bist«, sagte ich, weil es nicht klug war, ihr mit Nein zu antworten.

In mir kam der Gedanke auf, dass Ballondelfins Verschwinden vielleicht gar kein Rückschlag, sondern eher eine Chance war. Jetzt konnten wir Gutenachtgeschichten über ihn erfinden, und Hope lernte auf diese Art etwas über Geografie. Ballondelfin konnte doch die Pyramiden besuchen, wenn Hope in der Schule Ägypten durchnahm. Er konnte auch nach Rom oder Florenz fliegen. Die Abenteuer von Ballondelfin würden Hope vielleicht auch von *James und der Riesenpfirsich* entwöhnen; dieses Buch lasen wir mittlerweile zum fünften Mal, weil Hope so fasziniert davon war, dass Kev in New York lebte. Sie träumte schon davon, dass wir eines Tages zu ihm fliegen würden, nicht in einem Pfirsich, sondern in einem richtigen Flugzeug.

In der Nähe des Piers gab es ein paar Kinderkarussells.

»Hope, möchtest du in einem Feuerwehrauto fahren?«, fragte Dave. »Ich bin gleich wieder da.«

Ich nahm an, er wollte nur schnell aufs Klo.

Das Karussell war für kleinere Kinder als Hope gedacht,

darum saß sie ziemlich gequetscht in ihrem Auto. Still und ein bisschen misstrauisch wartete sie darauf, dass sich das Karussell in Bewegung setzte, und dann funkelte sie mich böse an, als ich sie dazu aufforderte, die Glocke zu betätigen, wenn sie an uns vorbeifuhr.

»Der Music Man hat Ballondelfin gefunden!«, schrie sie plötzlich, als sie Dave auf uns zukommen sah.

Dieses Mal wickelte er die Schnur zweimal um Hopes Handgelenk, bevor er sie festknotete.

Langsam ging die Sonne unter, und der Himmel bekam Streifen in Korallenrot, Türkis und Grau. Hope trabte glücklich vor uns her, während der neue Ballondelfin über ihr schwebte.

»Wo könnte es an einem solchen Abend schöner sein?«, sagte Dave.

Dieser Ausspruch irritierte mich ein bisschen, weil Dad ihn immer brachte, wenn es darum ging, sich um einen richtigen Familienurlaub zu drücken. Jedes Mal, wenn ich eine Pauschalreise vorschlug, etwa nach Teneriffa, wo wir im ersten Sommer nach dem Auszug der Jungs hingeflogen waren, erwiderte er: »Wieso sollen wir irgendwo hinfahren, wenn wir bloß eine Meile vom Strand entfernt wohnen?«

Zuerst dachte ich, es läge am Geld. Nachdem ich mir aber ins Gedächtnis gerufen hatte, dass er zwei Jahre lang an einem Einkaufszentrum in einer anderen Stadt mitgebaut hatte, wurde mir klar, dass er bloß keine Lust hatte, zwei Wochen mit uns wegzufahren.

»Wo hast du Ballondelfin denn gefunden?«, fragte ich Dave flüsternd.

Einen Moment lang sah er mich irritiert an, ganz so, als glaubte ich daran, dass er den ursprünglichen Ballondelfin gefunden hatte, dann kapierte er, dass ich das Spielchen Hope zuliebe spielte.

»Letzte Woche habe ich einen Rohrbruch in einem Laden für Partyzubehör repariert. Mir ist eingefallen, dass sie dort auch Ballons verkauft haben. Und dann hatte ich den Gedanken, dass diese Ballons sicher alle vom gleichen Händler kommen.«

Glück gehabt, dachte ich. Aber war das nicht genau das, was wir brauchten – ein bisschen Glück?

»Wer hat Lust auf *fish and chips?*«, fragte er und setzte damit Hopes perfektem Nachmittag die Krone auf.

Wir saßen auf einer Bank an der Strandpromenade, über uns eine Schnur mit bunten Partylichtern, und aßen direkt aus dem Papier. Es fühlte sich richtiggehend wie Urlaub an.

Auf dem Weg nach Hause schlief Hope im Auto ein. Es war dunkel, und der CD-Player war leise gestellt, sodass eine fast schon intime Atmosphäre entstand.

»Du hast ein tolles Lächeln«, sagte Dave leise und sah mich im Rückspiegel an.

»Das sagt man normalerweise zu jemandem, der dick ist oder langweilig«, erwiderte ich.

Er lachte. »Du bist doch nicht dick. Und du siehst super aus, aber ich sage es trotzdem …«

»Oh …«

»Du solltest öfter lächeln.«

Dann konnte ich natürlich nicht mehr aufhören zu lächeln.

Wir erzählten uns ein wenig voneinander.

»Du machst das ganz toll mit ihr«, versicherte er mir, nachdem ich ihm berichtet hatte, wie ich zu der Rolle als Hopes Ersatzmutter gekommen war.

Er war vier Jahre älter als ich und kam von der Isle of Sheppey direkt vor der Küste. Seine Eltern lebten beide noch, und er wohnte bei ihnen. Er sparte allerdings auf die Kaution für eine eigene Wohnung. Auf die Idee, DJ zu werden, war er nach einem Urlaub in einem Feriencamp gekommen, und er hoffte darauf, die Musik zu seinem Hauptberuf machen zu können, wenn er sich einen größeren Kundenstamm aufgebaut hatte. Er hatte zwei ältere Schwestern, die beide Kinder hatten.

»Wahrscheinlich kannst du deswegen so gut mit Kindern umgehen«, sagte ich und gab so sein Kompliment zurück.

In seiner Freizeit ging Dave ins Fitnessstudio und spielte Golf, zweimal die Woche.

»So komme ich an die frische Luft«, sagte er. »Und was machst du so?«

»Ich lese. Das bringt mich an die frische Luft, aber auf andere Art«, erwiderte ich.

»Ach so, liest du Reisebücher?«

»Nein, eher Romane.«

Jeden Tag freute ich mich auf den Abend, wenn ich Hope endlich im Bett hatte, das Haus ganz still war und ich meine Schlafzimmertür hinter mir schließen konnte. Dann reiste ich ins London der viktorianischen Zeit oder ins Wessex von Thomas Hardy oder ins Irland der Sechzigerjahre. Edna O'Brien war Mums Lieblingsautorin gewesen, und wenn ich die Country-Girls-Trilogie las, fragte ich mich, wie Mum wohl zu Themen wie Freundschaften und Männer gestanden hatte, als sie in meinem Alter gewesen war.

Dave hatte ebenfalls ein nettes Lächeln, und damit meine ich nicht nur seinen Mund. Bei Fred zum Beispiel sah man hauptsächlich seine ultraweißen Zähne, wenn er lächelte, aber bei Dave achtete man eher auf die Augen. Er hatte freundliche Augen.

»Vergesst die Großen, Dunklen, Gutaussehenden«, hatte Mum Doll und mir immer geraten, wenn wir mal wieder für Robbie Williams schwärmten. »Ihr müsst euch jemanden suchen, der euch versteht. Einen gütigen Mann. Einen Gentleman.«

Und dann seufzte sie immer. Wir alle wussten, dass mein Vater *kein* Gentleman war. Er war ein gut aussehender Mann – oder wenigstens mal einer gewesen. Und er war charmant und witzig, wenn er in Stimmung war – *craic* nannte er das. Aber ich glaube, ich habe nie erlebt, dass er anderen gegenüber freundlich oder liebenswürdig gewesen wäre. Es ging ihm immer nur um sich selbst. Als Kevin bei seiner New Yorker Tanzcompany angenommen worden war, hatte Dad nur an seinen eigenen Kummer gedacht und nicht an Kevins Erfolg. Als ich einen Studienplatz an der Uni bekommen hatte, hatte er nur gejammert, wie viel Geld ich ihn noch kosten würde. Mum hatte uns oft erklärt, das sei einfach seine Art, uns zu zeigen, dass er stolz auf uns sei, aber wir wussten, dass sie ihn bloß vor uns in Schutz nahm.

Als der Arzt verkündet hatte, dass ihr Krebs im Endstadium sei, war Dads Reaktion gewesen: »Lieber Gott, was habe ich getan, um das zu verdienen?«

Dave hielt vor unserem Haus und ließ den Motor laufen. Ich weiß nicht, ob er in Eile war, wegzukommen, oder ob er darauf wartete, dass ich ihn hineinbat. Das Haus war dunkel, also war Dad wahrscheinlich ausgegangen, aber ich wollte nicht riskieren, dass Dave ihn in dem Zustand sah, in dem er üblicherweise nach Hause kam, oder dass Dad irgendwelche

Schlüsse zog. Oder dass er charmant war. Bei Dad wusste man nie. Die Vorstellung, dass er Dave wie einen Kumpel behandeln könnte, war schlimmer als die, dass er ihn hinauswarf.

»Das war der schönste Tag, den wir seit Langem hatten«, sagte ich in die nervöse Stille hinein, in der nur das Brummen des Motors zu hören war. Und sofort fürchtete ich, zu weit gegangen zu sein.

Dave hatte wahrscheinlich genug von uns. Im Geiste richtete ich mich schon mal auf eine Abfuhr ein, und als er dann endlich sprach, brauchte ich ein paar Sekunden, um zu verarbeiten, was er gesagt hatte.

»Du hättest nicht zufällig Lust, mir am Samstag zur Hand zu gehen, oder? Ich bin für eine Hochzeit gebucht und soll im Festzelt auflegen. Es wäre toll, dich dabeizuhaben. Du könntest mir vielleicht helfen, alles aufzubauen.«

»Ich könnte Hope nicht zu so einer Veranstaltung mitnehmen.«

»Nein.«

Da merkte ich, dass ich mich angehört hatte, als hätte ich keine Lust.

»Aber ich könnte meine Freundin fragen, ob sie auf Hope aufpasst«, fügte ich schnell hinzu.

»Super!«, sagte Dave. »Ich rufe dich im Laufe der Woche an.«

Hätte ich vorne gesessen, hätte er sich wohl zu mir herübergebeugt und mich geküsst, aber da ich hinten saß, ging das schlecht. Dave schaltete den Motor ab, stieg aus und öffnete die Tür für mich und Ballondelfin.

»Na los, Hope, Zeit fürs Bett …« Ich tätschelte ihr die Schulter, um sie aufzuwecken.

»Ich bin nicht müde!«, verkündete sie, als sie die Augen öffnete.

»Ich bin mir sicher, Ballondelfin will ins Bett«, lockte ich.

»Ballons gehen nicht ins Bett, Tree!«, sagte sie verärgert.

»Eine Hochzeit, ja?«, sagte Doll.

»Es ist nicht so, wie du denkst«, erwiderte ich.

Nach einigem Hin und Her beschlossen wir, dass ich eine schwarze Jeans und eine weiße Bluse anziehen sollte. Doll lieh mir ein Paar Ohrringe, »um das Outfit ein bisschen aufzupeppen«, und am Ende sah ich ziemlich schick aus. Doll schenkte mir außerdem ein Set Spitzenunterwäsche, die man natürlich nicht sah, die mir aber das Gefühl gab, zumindest ein winziges bisschen sexy zu sein.

Am Samstagmorgen kam sie früh zu mir, um mir die Haare zu machen. Sie glättete sie, kämmte sie zurück und band mir einen langen, eleganten Pferdeschwanz, der mich ein wenig streng aussehen ließ. Dann trug sie mir einen blassrosafarbenen Lippenstift auf, der den Look wieder etwas auflockerte.

Doll trat einen Schritt zurück und ließ den Blick über ihr Werk schweifen. »Geschäftsmäßig, aber verführerisch.«

Die Frau im Spiegel hatte keinerlei Ähnlichkeit mit mir.

»Findest du nicht, dass es ein bisschen übertrieben ist für diese Uhrzeit?«, fragte ich.

»Wow«, sagte Dave, als ich in den Van stieg.

Ich kam mir ein bisschen seltsam vor neben ihm auf dem Vordersitz. Hin und wieder warf ich einen Blick zur Seite und betrachtete ihn, während er sich aufs Fahren konzentrierte. Wir schwiegen, es sei denn, ich las ihm die Wegbeschreibung vor. Vielleicht brauchten wir ja Hope, um immer ein Gesprächsthema zu haben?

Endlich fiel mir eine Frage ein. »Wie hast du diesen Job denn ergattert?«

»Einer meiner Kumpel hat sich die Achillessehne verletzt«, erklärte er. »Seine Physiotherapeutin hat ihm während der Behandlung dann erzählt, dass sie ihre Hochzeit schon fix und fertig geplant hat, bis auf den DJ, weil der sie hat hängen lassen. Da hat er mich ins Spiel gebracht. Es ist meine erste Hochzeit.«

Er ist also auch nervös, dachte ich. Darum hat er mich vermutlich überredet mitzukommen.

»Das machst du sicher gut. Viel besser als Bryan Leary.«

»Du hast ja eine hohe Meinung von mir!«

Wir lachten beide, und die Atmosphäre im Auto entspannte sich.

Die schmale Küstenstraße, über die wir fuhren, lag nur ein paar Kilometer von meinem Zuhause entfernt, aber ich kannte sie nicht, weil sie nicht auf der Busroute lag.

»Ich glaube, hier ist es«, sagte ich, als ich die Zufahrt zu einem größeren Anwesen entdeckte.

Ganze Trauben von herzförmigen Folienballons waren an das Tor eines frei stehenden Hauses geknotet worden. Vor der Tür parkten ein paar Lieferwagen, und die Leute vom Partyservice luden gerade riesige Mengen von weißem Geschirr aus.

»So leben also die oberen Zehntausend«, bemerkte Dave.

11 Gus

1999

»Kann mal jemand aufmachen?«, rief Nicky von oben.

Ich wartete in der Halle, während die Frauen sich fertig machten, war mir jedoch nicht sicher, ob »jemand« auch mich einschloss. Den ganzen Vormittag über waren Lieferungen eingetroffen: zehn große runde Tische und achtzig Stühle; ein Bündel weißer Tischtücher; die Torte, deren einzelne Etagen in separaten Kartons geliefert worden waren und jetzt im Zelt zu einem Turm zusammengebaut wurden. Und Blumen, jede Menge weißer Blumen und hängendes Efeu, Gestelle mit Lilien, endlose nach Jasmin duftende Girlanden und flache Kisten mit Kissen aus weißen Rosen für die Tischdekoration. Ich kannte den Ablauf, aber ich war hier nicht zu Hause, und während ich noch zögerte, kam Helen im Morgenrock und mit großen Lockenwicklern im Haar die Treppe heruntergeeilt.

»Durch den Seiteneingang und dann ganz nach hinten«, instruierte sie die Leute vor der Tür. »Dort erwartet Sie unsere Hochzeitsplanerin.«

Sie schloss die Tür und rief: »Der DJ ist da, Pip!«

»Was? Oh, Gott sei Dank!«, tönte es gedämpft von oben.

»Ist der nicht etwas zu früh dran?«, fragte ich Helen.

»Besser zu früh als zu spät«, gab sie knapp zurück und lief über die Treppe zurück nach oben.

Ich verstand die Bemerkung als Anspielung darauf, dass ich erst am Morgen angekommen war, anstatt bereits am Vorabend dem Essen im Kreis der Familie beizuwohnen. Freitagabends herrschte im Restaurant Hochbetrieb, und ich hatte lange arbeiten müssen, um den Samstag freizubekommen. Um zwei Uhr morgens waren wir dann endlich mit Aufräumen und Putzen fertig gewesen, doch anschließend hatte ich Nash noch meine Schulter zum Ausweinen geliehen, weil sie gerade von einem Schauspieler sitzen gelassen worden war, den sie auf dem Edinburgh Fringe kennengelernt hatte. Ich hatte fast die ganze Nacht gebraucht, um sie wieder zum Lächeln zu bringen, und nur ein paar Stunden auf ihrem Sofa geschlafen. Heute Morgen hatte ich mich dann ziemlich beeilen müssen, um bei Moss Bros noch meinen Anzug abzuholen, bevor ich in den Zug gesprungen war.

Trotzdem war ich jetzt als Einziger geduscht, rasiert und fertig angezogen, während von den anderen noch niemand zu sehen war. In vierzig Minuten sollte die Trauung beginnen, und oben waren zwar viele Schritte zu hören, doch von der Braut oder den Brautjungfern war noch nichts zu sehen. Ich kam mir etwas idiotisch vor, untätig in der Halle herumzustehen, aber ich wollte mich auch nicht ins Wohnzimmer setzen und Zeitung lesen, weil ich noch nie einen Cut getragen hatte und nicht wusste, wie mit den Schwänzen zu verfahren war.

»Hallo, alles klar, Kumpel?«

Ein untersetzter Typ in einem weißen T-Shirt mit der Aufschrift *The Music Man* stand mit einer Kabelrolle über dem Arm im Durchgang zur Küche.

»Wo kann ich die hier wohl anschließen?«, fragte er.

»Ich glaube, die Hochzeitsplanerin ist im Zelt«, sagte ich, besorgt, gegen das Protokoll zu verstoßen.

»Da sind nur Floristen.«

»Warten Sie …« Ich rief Helen.

»Ach, Herrgott!«, rief sie und kam in farblich zu ihrem hellblauen Kleid passenden Seidenschuhen die Treppe heruntergepoltert. Sie eilte mit dem Mann durch die Küche davon und kehrte wenige Minuten später zurück.

»Ich weiß nicht, warum wir überhaupt eine Planerin haben, wenn ich mich trotzdem um alles kümmern muss!«

»Du machst das hervorragend«, lobte ich. »Das ist das Problem.«

Bei Lucy hätte diese Bemerkung funktioniert, doch Helen gegenüber klang sie anbiedernd und selbstgefällig zugleich.

Helen blickte durch das kleine Fenster in der Eingangstür.

»Die verdammten Floristen müssen ihre Lieferwagen wegfahren, bevor die Oldtimer eintreffen«, sagte sie.

»Soll ich ihnen Bescheid sagen?«

Sie starrte mich mit ihrem Hausarztblick an.

»Bist du nicht einer der Trauzeugen?«

»Ich glaube schon.«

»Müsstest du dann nicht in der Kirche sein?«

»Ich dachte, ich fahre mit Lucy.«

»Bei den Brautjungfern im Auto ist kein Platz für dich. Und zu Pippa in den Wagen kannst du nicht. Du hättest bestimmt mit Dad und Granny Cee fahren sollen«, stellte sie fest.

»Soll ich schnell zu Fuß gehen?«

»Das ist ziemlich weit.«

»Ich schaff das schon«, versicherte ich ihr, weil ich ihr nicht noch mehr Ärger bereiten wollte, und machte mich auf den Weg. Als jedoch Pippas altmodischer Rolls an mir vorbeiglitt, merkte ich, dass ich die Entfernung vollkommen unterschätzt hatte.

Es ist schwierig, nicht aufzufallen, wenn man knapp zwei Meter groß ist und im Cut mit einem Zylinder in der Hand einen Sprint hinlegt. Als ich die Kirche schließlich erreichte, starrten Lucy und Helen mich wütend an, doch Pippa lachte: »Danke, Gus, dass du für ein bisschen Wirbel sorgst, um mich abzulenken! Sehr umsichtig von dir.«

»Tut mir leid«, stammelte ich. »Du siehst übrigens wunderschön aus.«

Normalerweise hätte ich zu Pippa nicht wunderschön gesagt, weil es ein bisschen zu intim für die Schwester meiner Freundin klang, aber ich war so außer Atem, dass ich nicht richtig darüber nachgedacht hatte. Und es stimmte.

In der kühlen, dunklen Kirche spürte ich deutlich Schweißperlen an meinen Schläfen hinunterrinnen, und unter dem Jackett klebte das weiße Hemd an meinem Rücken. In dem Moment, als ich erkannte, dass Nicky mich aufgeregt zum Altar zu lotsen versuchte, setzte die Orgel mit dem »Einzug der Königin von Saba« ein. Ich drehte mich um und sah, dass Pippa mit ihrem Vater hinter mir wartete und ich ihnen den Weg versperrte. Da alle mich anstarrten, tauchte ich rasch in eine der hinteren Bänke ab.

Als der Hochzeitszug an mir vorbeischritt, wirkte Pippa, die fest den Arm ihres Vaters umklammerte, sehr zerbrechlich. Lucy schien eher entsetzt als amüsiert über mein Verhalten zu sein, und Helen würdigte mich keines Blickes. Wie die beiden Schwestern da so in ihren hochtaillierten eisblauen Kleidern hinter ihrem Vater herschritten, erinnerten sie mich an eine Familie aus einer historischen Fernsehserie. Am Altar wartete Greg mit seinem Zwillingsbruder Jeff, der extra hergeflogen war, um Gregs erster Trauzeuge zu sein. Die zwei waren genauso breit wie lang. Kurz fragte ich mich, wo Pippa dort wohl noch Platz finden würde, doch da trat Jeff zur Seite.

In der Familie herrschte die allgemeine Ansicht, dass Greg gut für Pippa war. Sie hatte ihn während ihres Praxissemesters in Banff kennengelernt. Mit seinem roten Gesicht und seiner kräftigen Statur konnte man sich glatt vorstellen, dass er es auch mit einem Bären aufnehmen könnte. Das hatte ich nach dem Verlobungsessen vor ein paar Monaten zu Lucy gesagt. Es war offensichtlich, dass Greg in Pippa vernarrt war wie ein junger Hund, was sie zu bezaubern schien, obwohl sie eine so offensichtliche Bewunderung bei einem Engländer vermutlich etwas albern gefunden hätte. Vermutlich war er eine Granate im Bett.

»Magst du ihn nicht?«, hatte Lucy mich daraufhin gefragt.

»Er ist nicht ganz mein Typ«, erwiderte ich mit gekünstelt hoher Stimme, woraufhin sie kicherte.

Offenbar waren Pippas vorherige Freunde allesamt Mistkerle gewesen und einer von ihnen sogar drogensüchtig. Darum herrschte nun große Erleichterung darüber, dass sie bei jemand Zuverlässigem gelandet war, der auf sie aufpasste. Als ich jedoch hörte, wie sie mit einem leisen Glucksen in der Stimme ihren Eheschwur sprach, als erschiene ihr die Ungeheuerlichkeit dieser vertrauten Worte irgendwie lächerlich, stellte ich mir unwillkürlich vor, wie sie am nächsten Morgen neben diesem Schrank aufwachte und sich fragte, was um alles in der Welt sie da nur getan hatte.

Während sich Braut, Bräutigam, Trauzeuge und beide Elternpaare in das Buch eintrugen, gelang es mir, den Gang zu Lucy hinunterzuhechten.

»War das nicht wunderschön?«, flüsterte Lucy verträumt, ehe sie plötzlich alarmiert feststellte: »Du hast ja gar keine Ansteckblume!«

Die Glocken läuteten, die Orgel spielte Mendelssohns Hochzeitsmarsch, und auf einmal war alles vorbei, was man monatelang vorbereitet und einstudiert hatte. Allerdings noch nicht ganz, denn nun mussten erst noch die Fotos gemacht werden – das ganze Programm der obligatorischen Posen.

Zunächst die Familie der Braut, was für mich etwas peinlich war, weil weder Lucy noch ich wussten, ob ich dazugehörte. Helens Ehemann James und die Töchter waren natürlich dabei. Nach ein paar Aufnahmen ohne mich rief Nicky mich dazu.

»Komm her, Gus! Kann ihm bitte mal jemand eine Ansteckblume leihen?«

Dann die Familie des Bräutigams, die zu viert so viel Platz auf den Kirchenstufen einnahm wie wir zu neunt; anschließend die Brautjungfern; die Braut mit den Brautjungfern; die Braut mit den erwachsenen Brautjungfern, wobei die Braut ihr Kleid hob, um zu zeigen, dass sie etwas Blaues in Form eines Strumpfbands trug; und schließlich die Trauzeugen in Cuts, die scheinbar spontan ihre Zylinder in die Luft warfen, was jedoch minutiös einstudiert worden war.

»Warum?«, fragte ich James, der mich im Wagen mit zum Haus zurücknahm.

»Wahrscheinlich ist das die Funktion des Zylinders«, antwortete er.

Im Vorgarten wurde Champagner gereicht, während die Braut und der Bräutigam mit der Hochzeitstorte fotografiert wurden.

Mir entging nicht, dass ich ganz offensichtlich eine Attraktion für Lucys gesamte Verwandtschaft war, denn sie erschienen in regelmäßigen Abständen, um mich zu begutachten.

»Das ist also Gus! Meine Güte, sind Sie groß!«

»Mit Zylinder gut zwei Meter zehn.«

»Und Sie studieren auch Medizin?«

»Ja, genau.«

»Wie aufregend!«

Niemand fragte, ob wir die Nächsten wären, aber ich spürte, dass sie hinter ihrem freundlichen Lächeln Mutmaßungen darüber anstellten.

Wir saßen am Tisch des Brautpaars. Man hatte bereits Weißwein in die Gläser gefüllt, und ich leerte erst meins, dann Lucys, ehe ich ihr zum Buffet folgte. Ich hatte diesen katermäßigen Appetit, der aus einer Mischung von Alkohol und zu wenig Schlaf entsteht, und stillte meinen Durst weiterhin mit Wein, obwohl es wahrscheinlich vernünftiger gewesen wäre, zu Wasser zu wechseln. Als die Reden begannen, war ich auf dem besten Wege, mich zu betrinken.

Lucys Vater bezeichnete Pippa als die unberechenbarste von seinen Töchtern. Wenn das als Warnung an Greg gemeint war, schien es dafür ein wenig spät. Gregs Rede handelte von Kanada und wie sehr er sich darauf freute, Pippa alles zu zeigen, was sein Land zu bieten hatte. Sowohl er als auch sein Bruder trugen kleine Anstecker in Form eines Ahornblatts am Revers, ganz so wie die amerikanischen Präsidenten das Sternenbanner.

»Warum machen die das?«, flüsterte ich Lucy zu. »Die werden ja wohl wissen, wo sie herkommen.«

»Schhh«, erwiderte sie.

»Wo ich herkomme«, sagte Greg gerade, »kann man morgens im Meer schwimmen und am Nachmittag in den Bergen Ski fahren.«

»Das ist so ziemlich der letzte Ort, an dem ich leben möchte«, murmelte ich.

»Ich finde, das hört sich gut an«, gab Lucy gereizt zurück.

Dann erhob sich Jeff, der sich von seinem Bruder lediglich durch einen Schnurrbart im breiten Gesicht unterschied, was somit recht hilfreich war.

»Gibt es zwei von denen?«, erkundigte sich Granny Cynthia.

»Meinst du, Jeff hat sich den Schnauzer extra für die Feier wachsen lassen?«, fragte ich Lucy.

»Hör auf ...«

Jeff gab eine weitschweifige Angel-Anekdote aus ihrer Kindheit zum Besten. Offenbar hatte Greg jeden erdenklichen Trick angewandt, um einen Fisch zu fangen, war jedoch leer ausgegangen. Doch sähe es jetzt ja wohl so aus, als hätte er den dicksten Fisch der Saison gefangen!

»Arme Pippa«, flüsterte ich Lucy unter dem begeisterten Applaus zu, nachdem der Toast auf Braut und Bräutigam ausgesprochen worden war.

»Warum sagst du das?«

»Nicht nur, dass sie dick ist, sie ist auch noch ein Fisch. Ein dicker Fisch!«

»Er meinte doch nur, dass sie ein guter Fang ist«, entgegnete Lucy. »Du wirst etwas laut. Wenn du nicht aufpasst, versteht man dich auf dem Video.«

Ein Kameramann schlich durch den Raum. Er war mir bereits aufgefallen, als er das filigrane Mayonnaise-Muster auf dem pochierten Lachs gefilmt hatte. Vielleicht wollte er es in die Angel-Anekdote montieren?

Gregs Mutter, die ein paar Plätze von Lucy entfernt saß, schlug klirrend mit der Gabel gegen ihr Glas, doch als alle brav in ihre Richtung blickten, wurde sie nervös.

»Keine Sorge, ich halte keine Rede!«, sagte sie.

»Das ist gut!«, murmelte ich.

»Könntest du bitte einfach den Mund halten?«, zischte Lucy.

»In Nordamerika müssen sich Braut und Bräutigam jedes Mal, wenn jemand gegen sein Glas schlägt, küssen – egal, wo die beiden gerade sind!«, informierte uns Gregs Mutter.

Greg und Pippa, die zu diesem Zeitpunkt noch ruhig nebeneinandersaßen, gehorchten.

Alle applaudierten.

Es war an der Zeit, die Hochzeitstorte anzuschneiden, und Greg und Pippa brachten sich mit einem großen Silbermesser in Position, woraufhin noch ein paar Fotos gemacht wurden. Gregs Vater schlug mit der Gabel gegen sein Glas, also mussten die beiden sich küssen. Dann wurde die unterste Schicht der jungfräulichen Torte feierlich angeschnitten, bevor das Personal sie mitnahm, um sie in winzige Würfel zu zerlegen.

Als die Gäste zum Buffet zurückkehrten und sich vom Dessert bedienten, streiften Greg und Pippa durch das Zelt, um Freunde und Verwandte persönlich zu begrüßen. Das mit dem Gläserklirren machte ziemlich viel Spaß, vor allem, wenn man wartete, bis sie sich an entgegengesetzten Seiten des Zelts befanden. Doch beim dritten Mal zerschlug ich mein Glas, sodass es zerbrach. Zum Glück bemerkte das nur ein großes Mädchen mit einem Pferdeschwanz in weißer Bluse und schwarzer Hose. Sie verzog das Gesicht zu einem wundervollen, schelmischen, fast konspirativen Lächeln.

»Könnten Sie mir wohl ein neues Glas bringen?«, fragte ich.

»Ich bin keine Kellnerin«, erwiderte sie.

»Ich bin Kellner«, sagte ich völlig sinnfrei.

»Dann wissen Sie ja sicher, wo Sie eins finden«, antwortete sie mit neuerlichem Lächeln.

Einen Moment trafen sich unsere Blicke, und wir sahen uns irritiert an. Kannte ich sie von irgendwoher?

»Wer sind Sie?«, hörte ich mich fragen.

Dann stand Lucy mit einem Kehrblech neben mir.

Man hatte es wohl doch bemerkt.

»Ich glaube, ich brauche etwas frische Luft«, sagte ich.

»Gute Idee«, bemerkte Lucy scharf.

Draußen war es bereits dunkel, und die kühle Abendluft roch intensiv nach dem Duft der Tabakpflanzen. Als »La Vida Loca« durch den verlassenen dunklen Garten dröhnte, nahm ich entfernt wahr, dass mein Raum- und Zeitgefühl etwas durcheinandergeraten war. Ich saß auf der Hollywoodschaukel und schwang knarrend vor und zurück. Das leuchtende Zelt und der wummernde Bass jenseits des Rasens schienen weit, weit weg.

Als ich erwachte, pochte mein Kopf, und mein Gesicht fühlte sich kalt an auf dem gestreiften Polster. Die Musik ließ erahnen, dass Stunden vergangen waren. Robbie Williams sang *»Angels«,* und hinter den Zeltwänden erkannte ich die Umrisse langsam tanzender Paare.

Eine Zelttür wurde geöffnet, und ein Dreieck aus Licht fiel auf den Rasen. Ich erkannte die Silhouette der Kellnerin, die keine war. Das Dreieck schloss sich hinter ihr. In der dunklen Stille konnte ich gerade noch ihre Umrisse erkennen und spürte irgendwie, dass sie an etwas Trauriges dachte.

Als der DJ aus dem Zelt trat, fiel erneut ein Lichtstreifen auf den Rasen.

»Alles okay bei dir?«, fragte er.

»Ja«, erwiderte sie.

»Ohne dich hätte ich das nicht geschafft«, sagte er.

»Ich habe doch gar nichts gemacht«, erwiderte sie.

Er trat einen Schritt näher auf sie zu.

»Du bist nicht wie andere Frauen«, hörte ich ihn sagen.

»Wie hast du das denn herausgefunden?«

»Du hast dieses strahlende Lächeln, aber da sind all diese Gedanken in deinem Kopf.«

»Na, das klingt, als wäre ich ein bisschen verrückt!«

»Verrückt genug, meine Freundin zu sein?«

Langes Schweigen.

»Ziemlich viele Sterne, nicht?« Vorsichtig legte er eine Hand auf ihre Schulter.

Sie wandte sich zu ihm um, und er küsste sie. Ich rührte mich nicht und betete, dass niemand im Haus das Licht einschaltete und mich dabei erwischte, wie ich ihren intimen Moment belauschte.

»Wo zum Teufel hast du gesteckt?«, fragte Lucy, als ich durch die Terrassentür ins Wohnzimmer schlüpfte.

»Ich bin im Garten eingeschlafen.«

»Das kann nicht dein Ernst sein!«

»Habe ich viel verpasst?«

»Du hast verpasst, wie Jeff mir Salsa beigebracht hat. Pip fährt gleich ab. Jeff und ich haben die ganzen Silberballons ans Auto gebunden.«

»Du und Jeff, ja?«

»Du weißt ja, was man über den Ersten Trauzeugen und die Erste Brautjungfer sagt?«

»War Helen nicht die Erste Brautjungfer?«

»Wir beide!«

»Jeff ist ein Glückspilz.«

Lucy gab mir einen scherzhaften Klaps auf den Arm.

»Muss ich mir Sorgen machen?« Ich strich mit der Nase flüchtig über ihren Nacken.

»Ich weiß nicht.« Sie schüttelte mich mit einem Schulterzucken ab. »Musst du?«

»Bei dem Schnauzbart wahrscheinlich nicht«, sagte ich.

Noch ein scherzhafter Klaps auf den Arm, dann erschien Pippa in einem dünnen Sommerkleid und Jeansjacke auf dem obersten Treppenabsatz. Greg folgte dicht hinter ihr in gebügelten Chinos und einem Poloshirt. Sein Haar war nass vom Duschen. Sie sahen aus, als hätten sie gerade wilden Sex gehabt.

In der Auffahrt wartete ein weißer Jaguar darauf, sie zum Flughafenhotel zu bringen. Als Pippa in den Wagen steigen wollte, eilte Helen mit dem kleinen Strauß weißer Rosen, den Pippa in der Kirche getragen hatte, zu ihr. Ich sah, wie Pippa zu Lucy blickte, die kaum merklich den Kopf schüttelte, sodass Pippa sich umdrehte und den Strauß rücklinks in Richtung ihrer besten Schulfreundin warf, die ihn kreischend auffing.

»Was sollte das denn?«, fragte ich Lucy, als sie hinter dem abfahrenden Wagen herwinkte.

»Wer den Brautstrauß fängt, wird als Nächste heiraten«, erklärte sie.

Das wusste ich, so ungebildet war ich schließlich nicht. Ich hatte den stillen Blickwechsel zwischen den Schwestern gemeint, von dem Lucy offenbar dachte, er wäre mir entgangen. Hatte ich sie so sehr verärgert, dass sie nichts mehr von mir wissen wollte? Ich hatte nie ganz verstanden, was sie überhaupt in mir sah.

»Wir haben noch gar nicht getanzt«, sagte ich und führte sie zurück ins Zelt.

Dort lief Westlifes »*Flying Without Wings*«. Zunächst wirkte Lucy noch etwas steif in meinen Armen, doch als ich sie näher an mich zog, entspannte sie sich an meiner Brust und schien mir vergeben zu haben.

»Ich liebe dich«, hörte ich mich an ihrem Haar flüstern.

Sie trat einen Schritt zurück und sah mir in die Augen.

»Wirklich?«

Und dabei wirkte sie so glücklich, dass ich überlegte, ob es vielleicht tatsächlich stimmte.

12 TESS

2001

»Asperger-Syndrom?«, wiederholte Dad, als hätte er tatsächlich eine Ahnung, was das bedeutete.

Zum ersten Mal in meinem Leben tat er mir ein bisschen leid. Er war so felsenfest davon überzeugt gewesen, dass mit Hope alles in Ordnung war; jetzt musste er das Gegenteil hören. Das war sicher demütigend für ihn, besonders in meiner Gegenwart. Ich vermied es, ihn anzusehen, spürte aber, wie die Autorität von ihm wich und er immer kleiner zu werden schien.

»Es ist also nicht Autismus?«, fragte Dad. Er hatte anscheinend schlimmere Befürchtungen gehegt, als ich geglaubt hatte.

Der Arzt betrachtete uns über seine Lesebrille hinweg. Er hatte etwas Kühles, Leidenschaftsloses an sich. Irgendwie hätte ich ihn mir eher als Bankangestellten vorstellen können denn als Spezialisten für Kinderkrankheiten. Sein Sprechzimmer wirkte klinisch und unpersönlich, bis auf einen silbernen Bilderrahmen auf seinem Schreibtisch, der ihm zugewandt war, sodass ich das Foto nicht sehen konnte.

»Das Asperger-Syndrom liegt im autistischen Spektrum. Aber da Hope keine ernsthaften Lernschwierigkeiten aufzuweisen scheint, bewegt sie sich wahrscheinlich am schwächeren Ende.«

»Es ist also kein richtiger Autismus?«, hakte Dad nach.

»Wenn Sie so wollen.«

»Was bedeutet dann Asperger-Syndrom?« Ich war fest entschlossen, nicht ohne weitere Informationen nach Hause zu gehen, nur weil Dad sich mit dem Arzt einen Kleinkrieg wegen der korrekten Bezeichnungen lieferte.

Es hatte Monate gekostet, die Überweisung an die Kinderklinik in London zu bekommen – und einen Vormittag voller Tests. Hope wartete im Flur mit einer Medizinstudentin, die mich für Hopes Mutter gehalten hatte. (Die Frau war etwa in meinem Alter, also musste ich furchtbar ausgesehen haben.) Dad hatte Hope einen Zoobesuch versprochen, wenn sie sich gut benahm, aber wir hatten nicht viel Zeit, dem Arzt die Fragen zu stellen, über die wir nur ohne sie sprechen konnten.

Heute würde man solche Dinge im Internet nachlesen. Aber damals hatte noch nicht jeder einen Laptop. Und »googeln« war noch kein Verb. Ich ging zwar oft in die Bücherei, aber die Auswahl an Sachbüchern war ziemlich begrenzt. Den Eintrag über Autismus im medizinischen Wörterbuch hatte ich bereits studiert, doch das Asperger-Syndrom war nirgends erwähnt.

»Es ist gekennzeichnet durch Probleme in der sozialen Kommunikation, der sozialen Interaktion und der sozialen Vorstellungskraft«, erklärte der Arzt.

Diese Wörter sagten meinem Vater wahrscheinlich noch weniger als mir.

»Hätten Sie vielleicht ein paar Beispiele dafür?«, fragte ich.

»Jeder Mensch ist anders. Manche haben eine gute Sprachkompetenz, verstehen aber nicht, dass andere Menschen manchmal Dinge sagen, die sie nicht so meinen. Oder sie haben Schwierigkeiten, Freundschaften zu schließen. Oder sie reden nur über ein bestimmtes Thema, das sie interessiert.«

»So ist Hope mit ihren CDs, nicht wahr, Tess?«, warf mein Vater ein.

Seine Erkenntnis war ein Riesenschritt nach vorne.

»Sie mögen feste Abläufe oder immer dasselbe Spiel«, fuhr der Arzt fort. »Oft haben sie auch Probleme mit der Koordination, bestimmte Ängste oder Depressionen.«

Daher kamen also ihre Launen.

Hatte der Arzt alle Symptome herausgepickt, die auf Hope zutrafen, um Dad zu überzeugen? Oder war sie wirklich ein Fall wie aus dem Lehrbuch?

Der Arzt hatte einen Ehering am Finger. War seine Frau auf dem Foto in dem silbernen Rahmen? Oder seine Kinder? Wenn mit seinen Kindern etwas nicht stimmte, war er der Erste oder der Letzte, dem es auffiel?

»Warum kriegt ein Kind das Asperger-Syndrom?«, wollte Dad wissen.

»Es wurde erst kürzlich überhaupt zu einer Diagnose, darum wissen wir noch nichts Näheres über die Ursachen.«

»Wir haben viel Kummer in der Familie gehabt. Meine Frau ist gestorben«, sagte Dad. »Tess gibt ihr Bestes, aber sie ist noch jung, wissen Sie, Herr Doktor?«

Ich traute meinen Ohren nicht. Ich hatte alles aufgegeben, um mich um Hope zu kümmern, während Dads Leben sich kaum verändert hatte, und trotzdem gab er mir die Schuld für Hopes Schwierigkeiten! Ich spürte die Wut in mir aufsteigen und musste mich zwingen, ruhig zu bleiben, obwohl ich am liebsten aufgestanden und aus dem Zimmer gerauscht wäre. Aber damit hätte ich Hope keinen Gefallen getan.

»Das hat nichts mit der Erziehung zu tun, Mr. Costello«, sagte der Arzt.

Da hätte ich ihn am liebsten umarmt.

»Hope ist schon damit auf die Welt gekommen. Und sie wird für den Rest ihres Lebens damit fertigwerden müssen.«

Das war nun wieder kein Grund für eine Umarmung.

»Sie kann nicht geheilt werden?«, fragte Dad so verwirrt, dass er mir schon wieder leidtat.

»Wir können Hope und ihren Mitmenschen nur helfen, besser damit umzugehen.«

»Besser damit umzugehen!«, schnaubte mein Vater. »Jetzt sind wir so weit gefahren, und dann hören wir von Ihnen bloß, dass wir besser damit umgehen sollen? Haben Sie eine Ahnung, was wir allein an Parkgebühren bezahlen müssen?«

Auf dem Weg zum Zoo machten wir halt in der Kinderspielecke des Regent's Parks, wo Dad uns am Kiosk ein Eis kaufte. Wir alle waren erschöpft, nachdem wir so viele Stunden in der Klinik gewesen waren und uns von Menschen, die uns nicht kannten, schreckliche Dinge hatten anhören müssen. Dad und ich sagten kein Wort, aber man konnte es in unseren Köpfen förmlich rattern hören.

Ich war erleichtert, endlich eine Diagnose zu haben, weil wir dann bei der Krankenkasse eine Fachkraft beantragen konnten, aber ich fühlte mich auch ein bisschen schuldig, weil ich es gewesen war, die darauf bestanden hatte, Hope untersuchen zu lassen. Vielleicht hatte Dad ja recht: Welchen Sinn hatte es, wenn sich sowieso nichts ändern würde?

Ich verspürte ein seltsames Verlustgefühl, denn jetzt konnte ich mir nie mehr einreden, es sei alles in Ordnung.

Ich beobachtete Hope dabei, wie sie sich zur Spitze der

Kletterpyramide hinaufquälte, und wusste schon, dass sie einen Wutanfall bekommen würde, wenn sie nicht weiter vorankam. War Wut denn nicht auch eine Emotion? Warum konnte sie Wut empfinden, aber keine Zuneigung oder Empathie, jedenfalls nichts, das ihr das Leben leichter machen würde?

»Komm her, Schatz«, sagte Dad, nahm sie hoch und setzte sie oben auf die Rutsche, damit sie hinunterrutschen konnte wie alle anderen Kinder. Die Diagnose schien ihn – wenigstens für den Moment – ein wenig milder gestimmt zu haben. »Wir fahren in den Zoo, Zoo, Zoo …«, sang er.

»Das macht uns alle froh, froh, froh …«, stimmte Hope in sein Lied ein.

Vielleicht wäre es keine schlechte Idee, die beiden mal eine Weile allein zu lassen.

»Würde es dir was ausmachen, wenn ich euch nach dem Zoo wieder treffen würde?«, fragte ich Dad.

»Was hast du vor?«, fragte er sofort misstrauisch.

»Ach, weißt du, ich will nur ein bisschen rumlaufen.«

»Du bist pünktlich um vier am Zooeingang, sonst kommen wir in die Rushhour«, sagte Dad.

»Was ist Rushhour?«, fragte Hope.

»Von fünf bis halb sieben sind die Straßen schrecklich voll, weil alle von der Arbeit nach Hause fahren«, erklärte Dad.

»Von fünf bis halb sieben, das ist aber mehr als eine Stunde, das sind anderthalb Stunden«, sagte Hope.

»Schlaues Mädchen«, lobte Dad sie mit einem Zittern in der Stimme. »Sie ist wirklich schlau, findest du nicht, Tess?«

Dad, Doll und sogar Dave hätten mich für verrückt erklärt, aber ich wollte auf den Campus des University College, nur um dort zu stehen und mir vorzustellen, wie mein Leben vielleicht ausgesehen hätte. Studenten saßen grüppchenweise auf dem Rasen und aßen zu Mittag, manche lagen auf dem Rücken und lasen, die Bücher hoch in die Luft gehoben, um die Septembersonne abzuhalten. Ich fand, dass sie viel jünger aussahen als ich, in ihren abgeschnittenen Shorts und Flipflops, während ich für den Besuch im Krankenhaus eine schicke marineblaue Hose und eine Bluse ausgewählt hatte. Ich spürte, dass sie mich neugierig musterten, was mir das Gefühl gab, dass ich eigentlich gar nicht hier sein sollte. Aber vielleicht fragten sie sich auch nur, warum diese Verrückte da rumstand und die große Säulenhalle anstarrte wie einen Schrein.

Ich liebe dieses komplexe Puzzle aus den verschiedenen Vierteln in London, die alle ihren eigenen Charakter haben. Da sind die eleganten georgianischen Plätze im Universitätsviertel und die massiven ionischen Säulen des British Museum, die schmalen Kopfsteinpflastergassen in Seven Dials mit all den Schaufenstern voller Dinge, von denen man glaubt, sie würden das eigene Leben verändern, wenn man sie sich bloß leisten könnte: hübsche Teedosen, Florentiner Briefpapier, eine alte Motorradjacke über einem Fünfzigerjahre-Kleid mit gelbem Rosenmuster.

Ich ging Richtung Fluss und blieb mitten auf der Waterloo Bridge stehen. Von dort blickte ich auf die Stadt und ließ meine Haare im Wind wehen, während unter mir das milchkaffeebraune Wasser vorüberfloss. Ich hatte ganz vergessen, wie sich dieses reine, unkomplizierte Glücksgefühl anfühlte, das ich immer verspürt hatte, wenn Doll und ich als Teenager nach London gekommen waren, um die Stadt zu erkunden und Zukunftspläne zu schmieden.

Das neue Jahrtausend hatte die Skyline verändert. Am

Südufer der Themse erhob sich das *London Eye* wie ein Raddampfer, der sich festgefahren hatte. Im Osten waren neue Wolkenkratzer entstanden, deren verspiegelte Glasflächen im Sonnenlicht glänzten. Ein Stück den Fluss hinunter hatte man ein altes Elektrizitätswerk in ein Kunstmuseum verwandelt – das Tate Modern.

Ich warf einen Blick auf die Uhr. Heute war keine Zeit mehr für einen Museumsbesuch, aber was hielt mich davon ab, noch einmal herzukommen? Dave behauptete immer, er möge London nicht, aber er war nur ein einziges Mal dort gewesen, bei einem Schulausflug ins Naturhistorische Museum. Wir mussten ja nicht unbedingt ins Museum gehen. Ich konnte ihm auch die hübschen kleinen Straßen zeigen, die ich damals mit Doll entdeckt hatte, oder wir konnten neue erkunden. Kentish Town, Pimlico, Swiss Cottage – schon allein die Namen klangen verlockend. Dave hatte noch nie von der Portobello Road gehört, aber er konnte kaum etwas gegen Pubs und Antiquitätenläden und Marktstände voller exotischer Früchte haben.

Ich stieg in den 168er Bus Richtung Chalk Farm. Früher hatte ich darauf bestanden, dass Doll und ich das U-Bahn-Netz und die wichtigsten Buslinien auswendig lernten, und hatte Doll jedes Mal abgefragt, wenn wir im Zug nach London saßen.

»Ich bin bei Charing Cross. Wie komme ich am schnellsten nach Holland Park?«

»Warum müssen wir das alles lernen?«, hatte Doll dann immer gemault. »In jeder Station hängt doch ein Plan.«

»Aber wir sehen nicht aus wie echte Londoner, wenn wir auf den Plan gucken müssen.«

Der Bus tuckerte durch Bloomsbury und über die Euston

Road zurück nach Camden Town. An der Endhaltestelle stieg ich aus und ging über die Eisenbahnbrücke in Richtung der Straße, die sich um Primrose Hill schlängelte. Die Leute saßen in Straßencafés und tranken Kaffee, während ihre Kinder auf den breiten Gehsteigen spielten – wie in Italien. Der köstliche Duft von Holzkohlegrills und gebratenem Knoblauch wehte über die Straße, und vor den Restaurants standen auf großen Tafeln die Tagesgerichte angeschrieben.

Wie musste es sich anfühlen, an einem Ort zu leben, an dem man griechisch, italienisch oder sogar russisch essen gehen und sich jeden Abend einen anderen Film oder ein anderes Theaterstück ansehen konnte? An einem Ort, an dem niemand einen kannte, sodass man herausfinden konnte, wer man wirklich war?

Die letzten paar Hundert Meter musste ich rennen, um nicht zu spät zum Zoo zu kommen.

Dad blickte schon ungeduldig die Straße rauf und runter, dann wieder auf die Uhr.

»Der Löwe hat geschlafen, Tree«, erzählte Hope, als wir zum Auto gingen.

»Da waren aber noch Hunderte von anderen Tieren, die nicht geschlafen haben«, sagte Dad. Man hörte seiner Stimme an, dass er nicht daran gewöhnt war, drei Stunden am Stück mit Hope zu verbringen.

»Der Löwe hat geschlafen«, wiederholte Hope.

Ich summte den Anfang von *»The Lion Sleeps Tonight«*.

»Jetzt beeilt euch aber!«, rief Dad. Er ging schneller, und wir mussten rennen, um mit ihm Schritt zu halten. »Sonst verpasse ich noch das Karaoke.«

»Karaoke?«, fragte Doll am Sonntag darauf.

Fred und seine Mannschaft waren gerade erst aus dem Trainingslager in den Emiraten zurückgekehrt. Ich saß mit Doll auf der Rückbank von Freds Range Rover, Fred und Dave saßen vorne.

Es hätte eigentlich bloß ein einfaches Mittagessen für uns vier sein sollen, aber da Doll für die Organisation zuständig gewesen war, wurde es sehr viel mehr als das. Als Doll nämlich gelesen hatte, was das Hotel, in dem wir essen wollten, sonst noch so zu bieten hatte, hatte sie für uns Mädels gleich noch eine Schönheitsbehandlung und für die Jungs eine Runde Golf gebucht.

»Dad hat viel gesungen, als er noch nicht verheiratet war«, sagte ich. »Er hat eine ganz ordentliche Stimme. Im Badezimmer übt er immer ›*Islands in the Stream*‹. Vielleicht wegen Hope …«

»Sie spielt im Moment immer Kylie«, sagte Dave zu Fred. »Bindet sich ein Tuch um den Kopf, hüpft rum und singt ›*Can't Get You Outta My Head*‹. Das macht sie echt gut, stimmt's, Tess?«

Es gefiel mir nicht, dass Dave so über Hope sprach, auch wenn ich nicht genau sagen konnte, wieso. Dave und Hope hatten ein sehr gutes Verhältnis zueinander. Er verfügte über ein fast schon enzyklopädisches Wissen über Popsongs und konnte jeden einzelnen Song auf einem beliebigen Album aufzählen und sagen, wie lang er war – auf die Sekunde. Wenn wir zusammen im Auto saßen, zog Hope eine seiner CDs aus dem Handschuhfach und fragte ihn ab. Und wenn er bei uns zu Hause war, testete er Hope mit ihrer CD-Sammlung. Zu ihrem neunten Geburtstag hatte er ihr einen eigenen CD-Player geschenkt, den sie an einem Band um den

Hals trug wie eine riesige Medaille. Am besten aber war, dass der CD-Player Kopfhörer hatte, was unser aller Leben ein wenig erträglicher machte, denn kein Mensch kann ABBAs *Greatest Hits* in einer Endlosschleife hören.

»Und wer ist Dolly Parton?«, wollte Doll von mir wissen.

»Wie meinst du das?«

»Na, ›*Islands in the Stream*‹, Dummchen! Das ist doch ein Duett, oder?«

Jetzt, wo sie es gesagt hatte, fiel es mir wie Schuppen von den Augen. Dad hatte sich in letzter Zeit deutlich mehr um sein Erscheinungsbild gekümmert. Er hatte sich sogar ein paar neue Hemden gekauft. Aber der Gedanke, es könnte eine neue Frau in seinem Leben geben, war mir bislang gar nicht gekommen. War das vielleicht der Grund dafür, wieso er sich erst so gesträubt hatte, heute auf Hope aufzupassen?

Ich stellte mir Dad vor, wie er mit dem Mikrofon in der Hand singend neben einer Frau mit toupierten Haaren vor der Dartscheibe stand. Wie lange war das schon so gegangen? War es was Ernstes? Sollte ich mich darauf einstellen, dass sie bei uns einziehen würde? Wie würde sie wohl mit Hope zurechtkommen? Und Hope mit ihr? Saßen sie in diesem Augenblick gar zu dritt an unserem üblichen Tisch in der Carvery?

Auf den Vordersitzen des Range Rover redeten Fred und Dave gerade darüber, welche Spieler sie in der nächsten Transferperiode kaufen würden, wenn sie Manager wären.

Bevor die beiden sich kennengelernt hatten, hatte ich mich gefragt, ob sie wohl miteinander zurechtkommen würden. Dave war hin und weg gewesen, als ich ihm verraten hatte, mit wem Doll zusammen war, denn er war seit seiner Kindheit ein großer Fan von Freds Klub, und ich hatte damals befürchtet, er würde Fred um ein Autogramm bitten. Zum Glück hatte er das nicht getan. Und Fred schien Dave zu respektieren, weil er etwas älter war als er und Sachen konnte wie ein verstopftes U-Rohr freibekommen oder einen Boiler installieren. Beim Golf hatten sie dasselbe Handicap, und was Fußball anging, hatte Dave genauso viel Ahnung wie Fred als Profi. Als ich ihnen nun dabei zuhörte, wie sie ihre Traummannschaften zusammenstellten, fiel mir auf, dass ihre Unterhaltung kaum anders klang als die Gespräche zwischen Dave und Hope. Der Arzt hatte uns gesagt, dass das Asperger-Syndrom häufiger bei Männern auftrat als bei Frauen. Vielleicht hatten Dave und Fred ja auch einen Hauch von Asperger? Vielleicht hatten wir ja alle ein bisschen was davon?

»Eine richtig schöne Männerfreundschaft, findest du nicht?«, fragte Doll. Sie nahm meinen Arm und führte mich zum Wellnessbereich, wo wir flauschige Bademäntel, Badepantoletten und ein Körbchen mit kostenlosen Aromatherapieprodukten überreicht bekamen.

»Es ist schon komisch«, sagte sie, als wir uns im Umkleideraum auszogen. »Wenn du viel Geld hast, kriegst du jede Menge Sachen geschenkt. Schokolade auf dem Kissen, Produktproben – das gibt's im *Travelodge* nicht, obwohl man da wahrscheinlich viel dankbarer dafür wäre. Ach ja, wo wir gerade davon reden ...« Sie griff in ihre rosafarbene Tasche. »Ich habe dir eine Kleinigkeit aus Dubai mitgebracht.«

In der edlen Papiertüte befand sich ein neongelber Gucci-Bikini.

»›Kleinigkeit‹ ist wohl das richtige Wort dafür«, sagte ich und hielt den winzigen Bikini gegen meinen Bademantel.

»Hab mir auch einen gekauft«, sagte Doll und zog einen

identischen Bikini in Pink aus der Tasche. Das minderte meine Schuldgefühle ein wenig.

Leicht geschockt bemerkte ich, dass Doll kein einziges Haar mehr am Körper hatte, womit sie, so klein und zierlich, wie sie war, fast aussah wie ein Kind. Jetzt stand sie ohne jedes Schamgefühl splitternackt vor dem Spiegel und schob sich die Brüste hoch.

Sie konnte sich bestimmt viel leichter selbst untersuchen, ging es mir durch den Kopf, weil sie kaum Fleisch auf den Rippen hatte. Wo sollte sich ein Knoten bei ihr denn auch verstecken?

»Was meinst du?«, fragte sie. »Fred möchte, dass ich sie machen lasse.«

»Du sollst dir die Brüste operieren lassen?«

»Na, du hast das ja nicht nötig.« Sie nickte in Richtung meiner Brüste. »Aber alle anderen machen es.«

Irritiert zog ich den Gürtel meines Bademantels enger. Ich hatte meine Brüste noch nie als einen Vorteil angesehen. An mir sahen Kleider oder Blusen nie so aus, wie sie sollten. Darum sind Models oben rum wahrscheinlich auch so flach. Bevor ich Dave kennengelernt hatte, hatte ich als braves katholisches Mädchen immer geglaubt, man müsse sich von seinem Freund an der Brust berühren lassen, wenn es einem ernst sei mit der Beziehung, weil Männer nun einmal lustgesteuert seien. Der Gedanke, dass es mir ebenfalls gefallen könnte, war mir nie gekommen.

»Dann müsstest du dir ja komplett neue Klamotten kaufen«, sagte ich.

»Du sollst mich davon abhalten, nicht noch ermutigen!«, lachte Doll, und ich war erleichtert, weil ich einen Moment lang geglaubt hatte, dass sie wirklich über eine solche

Operation nachdachte. Damit hätte ich nicht gut umgehen können. Mum hatte sich eine Brust abnehmen lassen müssen und sehr darunter gelitten. Ich konnte also nicht nachvollziehen, warum sich eine vollkommen gesunde Frau unters Messer legen wollte.

Unsere Massagetische standen direkt nebeneinander. Das Licht war gedämpft, und von irgendwoher hörte man Wasser plätschern – wahrscheinlich eher aus Lautsprechern als von einem echten Wasserfall.

»Steht Dave auf Pornos?«, fragte Doll, als unsere Masseurinnen ihre erstaunlich starken Finger über unsere Rücken gleiten ließen.

Das Plätschern des Wassers war so laut, dass ich mir nicht ganz sicher war, ob sie wirklich »Pornos« gesagt hatte, aber mir fiel kein Wort ein, das so ähnlich klang, und das Wort wiederholen und nachfragen, ob ich richtig gehört hatte, würde ich ganz bestimmt nicht.

»Na ja, wenn man sich gerade erst kennengelernt hat, will man ja alles mal ausprobieren, oder?«, sagte Doll. »Aber Fred braucht ständig was Neues, und in letzter Zeit müssen wir immer alles filmen.«

Nach drei Jahren regelmäßiger Kosmetikbehandlungen, seien es Enthaarungen, Gesichtsbehandlungen oder Augenbrauenkorrekturen (aus irgendeinem Grund war es besser, sie mit dem Faden zu entfernen als einfach zu zupfen), war Doll so daran gewöhnt, andere Menschen für sich arbeiten zu lassen, dass sie sie gar nicht mehr wahrnahm. Und jetzt benahm sie sich genauso wie die Kundinnen, die sie früher immer gehasst hatte.

»Sie reden miteinander, als wärst du gar nicht da!«, hatte sie mir oft geklagt.

Was Sex betraf, war Doll mir schon immer voraus gewesen, aber nachdem ich mit Dave meine Jungfräulichkeit verloren hatte, hatte ich geglaubt, sie eingeholt zu haben. Offensichtlich nicht, denn an Pornos hatte ich noch nie gedacht. Schon gar nicht daran, selbst welche zu drehen.

»Nicht, dass Fred auf SM oder so was stehen würde, aber ich bin ja keine Schlangenfrau, weißt du?«, fuhr Doll fort.

Ein Teil von mir hätte jetzt gern zugegeben, völlig ahnungslos zu sein, damit sie mir mehr erzählte. Eigentlich ist es ja ganz natürlich, wissen zu wollen, was die anderen so treiben. Aber Sex ist anscheinend auch unter besten Freundinnen ein Tabu, und man spricht nie darüber, was »da unten« oder »hinter geschlossenen Türen« (wie Mum immer sagte) so alles passiert.

Redeten Dave und Fred auf dem Golfplatz über ihre nicht jugendfreien Fantasien? Oder schlimmer noch: Verglichen sie unsere Leistungen im Bett? Ich konnte es mir nicht vorstellen. In dieser Hinsicht vertraute ich Dave ganz und gar. Er war immer sehr geduldig und sanft mit mir, und nach Dolls Enthüllungen über Fred war ich erleichtert, einen solchen Mann gefunden zu haben.

»Wie läuft's bei der Arbeit?«, fragte Doll, als wir uns mit Algenmasken im Gesicht und Gurkenscheiben auf den Augen zurücklehnten.

Das neue Schuljahr hatte gerade angefangen. Nachdem Doll so viel über Sex und Shopping geredet hatte, klang mein Bericht vom Victoria Day ziemlich lahm. Hope und ich hatten uns als Schornsteinfeger verkleidet und uns Ruß ins Gesicht geschmiert. Auf dem Weg zur Schule hatten wir »*Chim Chim Cheree*« gesungen, obwohl Mary Poppins strenggenommen nicht viktorianisch war. Aber Hope hatte Angst vor »Oliver!«.

Als wir in der Schule ankamen, spürte ich die erstaunten Blicke der anderen Lehrerinnen. Wie sich herausstellte, hatte ich nämlich etwas falsch verstanden. Die Erwachsenen sollten sich als strenge Lehrerinnen aus der viktorianischen Zeit verkleiden. Mrs. Corcoran, die ein schwarzes Kleid mit weißer Spitzenhaube trug, befahl Hope, sich das Gesicht waschen zu gehen, was für einige Probleme sorgte, da Hope nicht verstand, dass die Lehrerin nur eine Rolle spielte. Und ich verbrachte einen ziemlich peinlichen Tag in einem verschmierten Hemd und einem Paar von Dads alten Hosen, die ich mit einem Stück Schnur am Runterrutschen hindern musste.

Doll lachte so heftig, dass ihre Maske Risse bekam.

»Ich vermisse das alles so sehr«, sagte sie.

»Die Schule?«, fragte ich erstaunt.

»Nein, die Arbeit. Ich vermisse es, zur Arbeit zu gehen. Klingt blöd, oder? Aber mir fehlt der Tratsch. An manchen Tagen, wenn Fred beim Training ist, rede ich mit keiner Menschenseele.«

»Gehst du denn nicht mit den anderen Spielerfrauen aus?«

»Die sind anders als du, Tess. Und auch anders als ich. Ich hätte nie gedacht, dass ich das mal sagen würde, aber man kann nicht unendlich viele Paar Schuhe kaufen.«

Mit frisch gereinigten Poren setzten wir uns an den Rand eines Beckens und ließen die Füße ins Wasser baumeln, während kleine Fische unsere Hornhaut abknabberten. Es kitzelte ein bisschen, war aber nicht direkt unangenehm.

»Was hält dich davon ab, wieder arbeiten zu gehen?«, fragte ich.

»Es wäre was anderes, wenn ich Model wäre oder so, aber Junior-Stylistin klingt nicht gerade toll, oder?«

Fast jedes Mädchen in unserer Klasse hatte davon geträumt, Friseurin zu werden. Damals erschien uns das unglaublich glamourös.

»Fred meint, wenn ich ein Baby hätte, hätte ich was zu tun …«

Ich kannte Doll gut genug, um zu merken, dass dieses Thema sie mehr bewegte, als sie es sich anmerken ließ.

»Und was meinst du dazu?«, fragte ich vorsichtig.

Es ist immer schwierig, den Freund der besten Freundin zu beurteilen, denn man hält ihn nie für gut genug. Aber man darf auch nicht allzu kritisch sein, weil es ja sein kann, dass die beiden zusammenbleiben.

»Ich bin gerade mal einundzwanzig, und Fred ist ja selber noch ein halbes Kind. Findest du es altmodisch, wenn man erst mal heiraten will?«

»Nicht, wenn es dir wichtig ist«, sagte ich und dachte: *Brustvergrößerungen, Pornos, und jetzt auch noch ein Kind, was ist los mit dir?*

»Fred sagt, wir sollten ein Kind kriegen und einfach mal sehen, wie es so läuft.«

»Fred ist aber nicht der Einzige, der das entscheidet, oder?«

Plötzlich lächelte Doll.

»Ich bin so froh, dass du das gesagt hast, Tess. Ich kann ja so tun, als würde ich es versuchen, nicht wahr?«

Das war nun nicht wirklich das, was ich vorschlagen wollte.

Ich konnte nicht verhindern, dass ich Fred nun in einem anderen Licht sah, als wir uns zum Mittagessen wieder trafen. Er sah gut aus, keine Frage. Und er war zwar keine Intelligenzbestie, aber immerhin ein netter Kerl. Vielleicht würde er ja tatsächlich einen guten Vater abgeben – wenn man mal die Pornos außer Acht ließ, was mir aber nicht gelang. Das Haus, die Klamotten, der Schmuck, die Luxusurlaube – machte ihn das alles zu dem Mann, den Doll heiraten sollte? Und wenn er nur ein durchschnittliches Einkommen gehabt hätte – so wie Dave –, wäre sie dann wohl noch mit ihm zusammen gewesen? Und wieso maßte ich, die ich gerade ein schickes Mittagessen und eine Fischpediküre bekommen hatte, mir an, darüber zu urteilen?

»Ich bin mit Mrs. O'Neill in die Kirche gegangen«, verkündete Hope, als ich nach Hause kam. »Wir haben Kirchenlieder gesungen.«

Unwillkürlich fiel der warme Mantel des Wohlbefindens, den die Massage mir geschenkt hatte, von mir ab.

»Father Michael meint, es ist schockierend, wie selten sie in die Kirche geht«, sagte Dad. »Er findet, sie sollte dem Kirchenchor beitreten.«

»Du hättest mich erst fragen sollen«, murmelte ich.

Wenn Hope einmal Gefallen an etwas gefunden hatte, war es schwer, sie wieder davon abzubringen.

Ich hatte aufgehört, mit Hope in die Messe zu gehen, nachdem Mum gestorben war. Ich war der Ansicht, dass ich auch so schon genug tat. Mum hätte das zwar nicht gefallen, aber sie hatte auch immer verkündet, man müsse nicht in den Gottesdienst gehen, um an Gott zu glauben. Ich wusste nicht, ob ich noch an ihn glaubte, auch wenn ich mich oft beim Beten ertappte. Etwa dafür, dass die anderen Kinder im Sportunterricht Hope in ihre Mannschaft wählten. Oder dafür, dass sie kein Theater machte, oder dafür, dass sie doch Theater machte, und zwar im Krankenhaus während der

Untersuchungen, damit niemand dachte, ich hätte alles nur erfunden.

»Sie ist *meine* Tochter, Tess!«, sagte mein Vater.

»Bist du dann mit ihr hingegangen?«, fragte ich, obwohl ich genau wusste, dass er es nicht getan hatte. Er war im Pub gewesen. Das sah ich an seinem Gesicht, und ich roch es an seiner Kleidung.

In die Stille hinein krähte Hope: »Dad hat Anne aufgegabelt.«

»Das ist deine Karaokepartnerin, stimmt's?« Ich sah ihm fest in die Augen.

Er wirkte überrascht. Der Ausdruck in seinem Gesicht schien zu sagen: *Wer zum Teufel hat dir das verraten?*, und es gab mir ein kleines Triumphgefühl.

»Wie ist Anne denn so?«, fragte ich Hope.

»Anne mag Erdbeer-Käsekuchen«, berichtete sie.

Um ehrlich zu sein: Anne war ein Glücksfall. Das erkannte ich, als sie uns am folgenden Wochenende zu sich nach Hause einlud. Sie war Witwe. Ihr Mann hatte einen tödlichen Herzinfarkt erlitten, und zwar auf der Sandown-Park-Rennbahn während eines großen Pferderennens. Sein Pferd hatte gerade als Sieger die Ziellinie passiert, als er seinen letzten Atemzug machte. Anne sagte, er sei glücklich gestorben – »Wir müssen schließlich alle mal gehen, nicht wahr?« –, und erfreute sich nun an seinem Gewinn. Sie hatte ein hübsches Häuschen und ein rotes Mazda-Cabrio, das mein Vater schon bald nachdem ihre Beziehung öffentlich geworden war, ebenfalls fahren durfte. (Wann es angefangen hatte mit den beiden, blieb immer ein bisschen unklar, und ich habe nie versucht, es herauszufinden.) Das Beste von allem war die Jukebox in

Annes Küche, die aussah wie eine echte aus den Fünfzigerjahren, aber CDs abspielen konnte.

»Hope ist hier jederzeit willkommen«, sagte Anne.

Damals wusste sie natürlich noch nicht, dass Hope alles wörtlich nahm; sie wollte einfach, dass Dad sie mochte. Ich verstand nicht ganz, wieso, wo sie doch sicherlich eine weit bessere Partie hätte machen können, aber Dad sah nicht schlecht aus, wenn er sich ein wenig Mühe gab, und er konnte großzügig und charmant sein, wenn es ihm gerade passte.

Annes Lebensmotto lautete: »Genieße jede Minute deines Lebens«, und das war vermutlich genau das, was Dad brauchte. Anne war eine beeindruckende Erscheinung. Sie hatte hochtoupiertes aschblondes Haar und trug jeden Tag ein anderes eng anliegendes Kleid. Sie behauptete, sie sei einundfünfzig, also genauso alt wie Dad, aber ein Blick auf ihren Hals verriet mir, dass sie schon seit einigen Jahren einundfünfzig sein musste, auch wenn Doll einwandte, dass die Sonne für vorzeitige Hautalterung verantwortlich sein konnte. »Prall« war das Wort, das mir jedes Mal in den Kopf kam, wenn ich Annes grellrosa Lippenstift, ihren vollen Busen und das Speckröllchen über ihrem Taillenformer betrachtete. Mit ihrem dröhnenden Lachen und der Wolke aus schwerem Parfüm und Zigarettenrauch, die sie umgab, war sie das komplette Gegenteil meiner Mutter.

Ich sagte mir, dass Anne gut für meinen Vater war, und versuchte, ihre Schmeichelei möglichst zu ignorieren, zum Beispiel wenn sie mir die Hand auf den Arm legte und mir in vertraulichem Tonfall versicherte: »Dein Dad meint, er weiß nicht, was er ohne dich gemacht hätte.« Ich war mir sicher, dass er so was nie gesagt hatte.

Anne war dann auch diejenige, die einen Artikel über das

Asperger-Syndrom in einer Zeitschrift entdeckte, in dem stand, dass auch Albert Einstein wahrscheinlich davon betroffen gewesen war. Das war ein kluger Schachzug, weil es Dad ermöglichte, über das Thema zu sprechen – und sogar ein bisschen damit anzugeben. Dad brauchte immer etwas, womit er andere beeindrucken konnte.

13 GUS

2001

Der Tag begann wie jeder andere, nur dass wir uns vielleicht ein bisschen mehr beeilten, weil es erst die zweite Woche unseres Praktikums in Klinischer Versorgung war. Das Praktikum fand im Krankenhaus statt, und zum ersten Mal verhielten wir uns wie richtige Ärzte. Ich war froh darüber, dass ich in der Notaufnahme ins kalte Wasser springen musste, und betrachtete es sozusagen als eine Prüfung auf Leben und Tod – für mich ebenso wie für die Patienten. Wenn ich mit dem Anblick verstümmelter Menschen nicht klarkam, dann war es besser, es möglichst bald herauszufinden. Nachdem ich die zerquetschte Hand eines Bauarbeiters untersucht hatte sowie die eiternden Läsionen am Hinterteil eines alten Mannes, den man in einem mit einem Strick zusammengehaltenen Bademantel in einer Sozialwohnung voller Zeitungen und Tauben gefunden hatte, wusste ich, dass ich nicht überempfindlich reagierte.

Weder Lucy noch mir war jedoch klar gewesen, unter welchem Druck wir standen, nun da wir dem Blick der Öffentlichkeit ausgeliefert waren und so tun mussten, als wüssten wir, was wir da taten. An jenem ersten Abend waren wir beide erschöpft nach Hause gekommen und hätten uns fast etwas beim Inder bestellt, wenn Lucy nicht gerade noch rechtzeitig eingefallen wäre, dass unsere Patienten bereits genug litten und wir sie nicht noch mit unserem Knoblauchatem quälen sollten. Also machte ich uns Käsetoast.

»Wie war es?«, fragte Lucy, als wir uns nebeneinander aufs Sofa fallen ließen.

»Es ist niemand gestorben«, erwiderte ich. Diese Floskel hat für Medizinstudenten einen bitteren Beigeschmack. Ich war zu müde, um ihr Einzelheiten zu erzählen.

Zu meiner Überraschung hatte Lucy größere Schwierigkeiten als ich, mit der Verantwortung umzugehen, die wir nun trugen. Sie war in der Kinder-Ambulanz und hatte bereits das Gefühl, versagt zu haben.

»Niemand bereitet dich darauf vor, dass du es nicht nur mit kranken Kindern zu tun hast, sondern vor allem mit ihren Eltern«, sagte sie. »Einer der Väter ist bei dem Gespräch mit dem Arzt total ausgerastet. Und ich habe mit dem Kind draußen im Flur gesessen und so getan, als würde ich das Schreien nicht hören … Ich hatte keine Ahnung, wie ich mit der Situation umgehen sollte. Ich war völlig unfähig!«

»Du bist nicht unfähig. Du wirst eine hervorragende Ärztin werden.« Ich versuchte, sie aufzubauen. »Ehrlich, dafür würde ich mein Geld verwetten.«

»Wirklich?«

»Nicht mehr als einen Fünfer natürlich.«

Es war leicht, sie zum Lachen zu bringen, aber zum ersten Mal in unserer medizinischen Laufbahn fühlte ich mich der Situation eher gewachsen als sie.

An der Kreuzung Euston Road küssten wir uns flüchtig, dann trennten sich unsere Wege. Während ich darauf wartete, dass die Ampel umsprang, sah ich Lucy hinterher und rechnete irgendwie damit, dass sie sich noch einmal umdrehen und zum Abschied winken würde, bevor sie aus meinem Blickfeld verschwand. Doch an ihrem steifen Gang erkannte ich, dass sie zu sehr in Gedanken war. Sie drehte sich nicht um, und so ließ ich meinen bereits halb erhobenen Arm schnell wieder sinken.

Es ist seltsam, wie sich ein Bild im Kopf festsetzen kann. Im Nachhinein erscheint mir dieser Moment, wie ich dort im Rauschen des Londoner Berufsverkehrs stand und meiner Freundin hinterhersah, während mir eine frische Septemberbrise durchs Haar strich, wie ein Wendepunkt in meinem Leben.

In der Notaufnahme herrschte pausenlos Betrieb. Eine junge Japanerin war in der U-Bahn ohnmächtig geworden, doch abgesehen davon, dass sie nicht gefrühstückt hatte, war nichts Ernstes festzustellen. Ein kleiner Junge war im Zoo von einer Biene gestochen worden, und sein Ohr war bedrohlich angeschwollen. Er erhielt Antihistamine und blieb zur Beobachtung. Seine Mutter wurde angewiesen, sich von ihrem Hausarzt für künftige Stiche einen EpiPen verschreiben zu lassen. Bei einem Kurierfahrer, der mit dem Rad gestürzt war, wurde eine Gehirnerschütterung diagnostiziert; er wurde geröntgt und aufgenommen.

In meiner Pause trat ich gerade gegen den Verkaufsautomaten, der mir meinen Kaffee schuldig blieb, als ich eine alte Dame bemerkte, die allein im Rollstuhl neben dem Eingang für die Rettungswagen saß.

»Ich warte nur auf die Sanitäter«, erklärte sie mir.

Nachdem ich den Fehler begangen hatte, sie anzusprechen, kam ich so schnell nicht wieder von ihr los. Wie viele alte Menschen war sie ziemlich gesprächig und wollte sich unbedingt dafür entschuldigen, uns Umstände zu machen. Sie berichtete, dass sie ihre Tochter bei der Arbeit angerufen habe, die sie daraufhin angewiesen habe, einen Rettungswagen zu bestellen. Das hätte sie von sich aus nie getan, weil ja wahrscheinlich gar nichts sei, nur ihr Arm fühle sich etwas komisch an.

»Was meinen Sie mit komisch?«, fragte ich. War das eine medizinische Frage?

»Na ja, meine Hand ist ganz kalt. Und draußen ist es ja nicht gerade eisig, nicht wahr?«

In einem Krankenhaus verlor man schnell das Gefühl für Zeit und Wetter, aber ich erinnerte mich, dass die Sonne geschienen hatte, als Lucy und ich zur Arbeit gegangen waren.

»Wann ist Ihnen das zum ersten Mal aufgefallen?«, fragte ich weiter.

»Vor ein paar Stunden? Auf einmal fühlte meine Hand sich komisch an. Und dann ist sie ganz kalt geworden und wurde irgendwie gar nicht mehr warm. Meine Tochter hat gesagt, ich soll den Rettungswagen rufen. Ich kam mir etwas albern vor, als ich denen gesagt habe: ›Mein Arm ist kalt‹.«

»Sie haben das Richtige getan.«

»Sie meinen also, es ist etwas Ernstes?«

Mein naiver Versuch, sie zu beruhigen, hatte sie nur beunruhigt. Zu meiner Erleichterung erschienen in diesem Moment zwei Sanitäter. »Alles okay, Mrs. Collins?«

»Ich habe mich gerade mit dem netten Arzt hier unterhalten. Er meint, es wäre vielleicht etwas Ernstes.«

Die Sanitäter bedachten mich mit dem geringschätzigen Blick, den echte Profis sich für Medizinstudenten vorbehielten. »Wir bringen Sie jetzt zur Erstuntersuchung. Dort wird man alles mit Ihnen durchsprechen.«

Mein Pieper rief mich zu einem Patienten mit Brustschmerzen, der bereits ziemlich alt war und die braunrötlich verfärbte Nase eines Alkoholikers hatte.

»Und wie ist es jetzt mit den Schmerzen?«

»Jetzt habe ich eigentlich keine Schmerzen mehr. Vielleicht waren es nur Blähungen.«

Ich vermerkte in meinen Notizen, dass ich, nur für alle Fälle, ein EKG empfahl.

Mrs. Collins mit ihrem komischen Arm saß jetzt in der Nachbarkabine.

»Hallo!« Sie winkte mir mit dem gesunden Arm zu, als wären wir alte Freunde.

Erneut wurde ich angepiept und musste mir eine Tanzschülerin ansehen, die gestürzt war und sich den Knöchel verstaucht oder gebrochen hatte. Anschließend hatte ich Mittagspause, sodass Mrs. Collins, als ich sie wiedersah, inzwischen über eine Stunde gewartet haben musste.

»Wie geht es dem Arm?«

»Er ist ganz weiß ...«

»Sind Sie von einem Arzt untersucht worden?«

»Ich warte noch. Hier ist ziemlich viel los, nicht?«

Mir fiel keine andere Erklärung für einen kalten weißen Arm ein, als dass dieser nicht durchblutet wurde. Und da sie weder einen engen Ärmel trug noch eine Aderpresse hatte, schienen mir die Symptome auf eine verschlossene Arterie hinzudeuten. Und der einzig denkbare Grund für eine verschlossene Arterie war ein Blutgerinnsel. Und Blutgerinnsel waren nichts Gutes.

Ich durchforstete mein Hirn nach einer anderen Erklärung. Was bildete ich mir ein, es besser zu wissen als jemand in der Erstuntersuchung, der seit Jahren Patienten begutachtete? Doch nachdem der Alarm in meinem Kopf einmal angesprungen war, verstummte er nicht mehr. Ich ging zum Informationstisch und erkundigte mich, was mit Mrs. Collins passieren sollte, wobei ich vorgab, von der alten Dame dazu gedrängt worden zu sein. Die zuständige Schwester blickte auf ihren Bildschirm und erklärte, dass Mrs. Collins auf der Liste der Angiologin stünde.

»Hat man ihr Bescheid gesagt, dass es dringend ist?«

Ihr Blick bedeutete mir, dass ich gerade meine Kompetenzen überschritt, was ich bereits wusste. Aber da ich nun einmal als Unruhestifter abgestempelt war, hatte ich nicht vor, einen Rückzieher zu machen.

In der Schule war ich in dem Spiel »Wer zuerst blinzelt, hat verloren« nicht besonders gut gewesen, und ich hatte niemals gegen Ross gewonnen, doch jetzt war ich fest entschlossen, die Schwester dazu zu bringen, das Telefon in die Hand zu nehmen. Sie gab vier Zahlen ein, dann reichte sie mir den Hörer.

»Wahrscheinlich klären Sie das am besten selbst.« In ihrer Stimme schwang ein leiser Triumph.

Mit der Angiologin sollte man sich eindeutig besser nicht anlegen.

»Ja?«, kam die knappe Antwort am anderen Ende der Leitung.

»Hallo ... äh ... Ich bin Medizinstudent, und vielleicht täusche ich mich, aber ich glaube, hier unten ist jemand, den Sie sich ziemlich dringend ansehen sollten ...«

»Und das sollte ich tun, weil ...?«

Ich war noch dabei, Mrs. Collins' Symptome zu beschreiben, als ich merkte, dass die Leitung tot war. Die Schwester an der Information grinste einfältig.

Ich hatte die Expertin informiert. Mehr konnte ich nicht tun. Falls es ein Gerinnsel sein sollte, war ich ohnehin nicht befugt, ein Blutverdünnungsmittel zu verschreiben. Und wenn ich es dennoch verschrieb und es kein Gerinnsel war, bestand die Gefahr einer Blutung. Ich war auch nicht besonders gut darin, einen Zugang zu legen. Das hatte ich bei diversen Gelegenheiten überzeugend bewiesen, bei denen ich eine Schwester um Hilfe hatte bitten müssen. Am Ende ertappte ich mich dabei, dass ich dachte: *Wenn sie jetzt stirbt, ist es jedenfalls nicht meine Schuld.*

Ich konnte nichts mehr tun.

Ich mag diesen Satz nicht.

Es klingt so würdevoll und ernst, die Kurzform eines Arztes für: Wir haben alles versucht, wir haben getan, was wir konnten, wir haben nur an das Wohl des Patienten gedacht – doch in Wahrheit stimmte das in den wenigsten Fällen. Nicht dass ich behaupte, Ärzte seien faul oder würden absichtlich Fehler machen, aber wenn viel los ist, werden Dinge übersehen oder verschlampt. Ziemlich häufig ist es reine Glückssache, ob jemand überlebt oder nicht.

Ich ging zum Eingang der Notaufnahme, um etwas frische Luft zu schnappen, und da stand ich, von Abgasen umweht, und träumte davon, meinen weißen Kittel auszuziehen und einfach zu gehen – als freier Mann.

Im ersten Jahr des Medizinstudiums war ich entschlossen gewesen, meine Eltern nicht zu enttäuschen. Im zweiten Jahr hatte Lucy mich davon überzeugt, dass alle unter den gleichen Sorgen und Unsicherheiten litten wie ich. Im dritten Jahr, als die Studenten der anderen Fächer ihren Abschluss machten und zu arbeiten begannen, stellte ich fest, dass nur sehr wenige Menschen ihre Arbeit wirklich gern taten. Zumindest hatte man als Arzt die Möglichkeit, gut zu verdienen. Aber es gelang mir nie, die Stimme in meinem Kopf zum Schweigen zu bringen, die jedes Mal, wenn ich unter Druck stand, schrie: »Ich will das nicht!«

Als ich wieder hineinging, stieß ich fast mit einer schlanken Frau in einem weißen Arztkittel zusammen, den sie, anders als die meisten Ärzte, zugeknöpft trug. Faszinierenderweise war, abgesehen von äußerst feinen schwarzen Nylons oder Strumpfhosen, kein weiteres Kleidungsstück zu sehen.

»Angus?«

So hatte mich abgesehen von meinen Eltern seit Jahren niemand mehr genannt.

»Charlotte!«

»Für dich Dr. Grant.«

War das ein Witz oder ein Befehl? Wahrscheinlich ein bisschen von beidem.

»Dr. Grant.«

Ich grinste.

Sie nicht.

»Was machst du hier?«, fragte ich.

Ganz offensichtlich arbeitete sie im Krankenhaus, aber ich hatte sie noch nie zuvor hier gesehen oder ihren Namen auf der Tafel der Notaufnahme bemerkt.

»Ich bin die Angiologin. Ich habe gerade erst meine Schicht angefangen und bin von irgendeinem blöden Medizinstudenten runtergerufen worden. Und du?«

»Ich bin der blöde Student.«

Sie seufzte ungeduldig.

»Also gut. Wo ist sie?«

Ich brachte sie zu Mrs. Collins und trat zurück, als Charlotte den Vorhang um das Bett herum zuzog. Ich habe nie ganz verstanden, warum man das macht. Dadurch vermittelt man dem Patienten doch ein völlig falsches Gefühl von Privatsphäre und regt die Nachbarn nur noch mehr zum Lauschen an. Ich blieb vor dem Vorhang stehen in der Hoffnung, etwas von Charlottes kühler, professioneller Untersuchung zu lernen.

»Gut, Mrs. Collins. Gleich kommt eine Schwester und legt Ihnen einen Zugang in den anderen Arm, um Ihnen ein Medikament zu verabreichen. Dann wollen wir doch mal sehen, ob es Ihrem Arm nicht sehr bald wieder besser geht.«

Schneller, als ich gedacht hatte, zog sie den Vorhang wieder auf, und ich fühlte mich, als hätte sie mich beim Lauschen erwischt.

Charlotte hatte ganz so geklungen, als sei die ganze Sache für sie reine Routine gewesen, doch als sie auf den Infotisch zustürmte und die Schwester in deutlichen Worten anwies, Mrs. Collins so schnell wie möglich an einen Tropf mit Heparin anzuschließen, war ihre Wut unübersehbar.

»Anschließend sorgen Sie dafür, dass sie auf meine Station gebracht wird, verstanden? Wer zum Teufel hat bei dieser Patientin die Erstuntersuchung gemacht?«

Die Schwester hinter dem Tresen duckte sich.

»Sie ist in der Mittagspause.«

»Da hat sie aber Glück!«

Wieder drehte sich Charlotte schneller um, als erwartet, und gab mir das Gefühl, als würde ich sie stalken.

»Gut gemacht, Dr. Macdonald.« Im Vorbeigehen zwinkerte sie mir kaum merklich zu.

Der exotische Duft ihres Parfüms hing noch einen Augenblick in der Luft, während sie über den Korridor verschwand. Er bildete eine angenehme Abwechslung zu dem üblichen scharfen Geruch von Desinfektionsmitteln, der nie ganz den Gestank nach Sepsis und Scheiße überdeckte, von dem eine geschäftige Notaufnahme durchdrungen war.

Nach Schulschluss kamen ein paar Jungs mit diversen Fußballverletzungen, doch die kurze Entspannungsphase, die häufig am frühen Abend eintrat, bevor sich das Wartezimmer mit alkoholbedingten Fällen füllte, trat an diesem Tag nicht ein. Der Grund dafür war eine Massenkarambolage mit siebzehn Verletzten und einem Toten.

Um siebzehn Uhr erklärte man mir, dass ich Überstunden machen müsse, und ich hatte gerade noch Zeit, mit meinem neuen Mobiltelefon Lucy anzurufen. Wir hatten uns welche angeschafft, als wir erfuhren, dass wir an unterschiedlichen Orten arbeiten würden. Es ist schon eine komische Vorstellung, dass es einmal eine Zeit gegeben hat, in der Mobiltelefone nicht mit dem Internet verbunden waren und man sie nur für den Notfall bei sich trug. Weil Handys im Krankenhaus verboten waren, ging ich nach draußen, wo bereits das Heulen der sich nähernden Sirenen zu hören war.

Als ich sagte, ich sei nicht besonders empfindlich, war das, bevor ich Menschen mit verbrannten Gesichtern gesehen habe. Seltsamerweise bewirkte der schreckliche Anblick jedoch nicht, dass ich weglaufen wollte, denn ich wusste, dass ich helfen konnte. Das Adrenalin treibt einen an weiterzumachen. Man tut einfach, was man tun muss. Man lebt ganz in diesem einen Moment. Zwischen dem Eintreffen der einzelnen Rettungswagen blieb mir gerade einmal Zeit zum Luftholen. Ich stand an demselben Fleck, an dem ich am Nachmittag noch davon geträumt hatte wegzulaufen, und dachte: *Ich liebe diesen Job!*

In jener Nacht fing ich mit dem Rauchen an. Man sollte

meinen, dass gerade Ärzten die Gesundheitsgefahr so bewusst ist, dass sie nicht rauchen. Aber so funktioniert das nicht. Wenn man miterlebt, wie verletzlich das Leben ist, macht man sich anscheinend nicht so viele Sorgen um seine künftige Gesundheit. Ich hatte schon in der Schule geraucht, denn schließlich hatte ich nicht als Weichei dastehen wollen, und als mir nun ein Pfleger, der neben mir stand, eine Zigarette anbot, fühlte es sich irgendwie solidarisch an, sie anzunehmen.

Als ich aus der Klinik kam, war es schon nach elf. Ich hatte sechzehn Stunden am Stück gearbeitet, und obwohl ich nicht müde war, wäre ich direkt nach Hause gegangen, wäre mir am Krankenhausausgang nicht Charlotte über den Weg gelaufen.

»Angus«, rief sie. »Schon wieder!«

Ich wusste nicht, ob sie die erneute Begegnung als angenehm oder als störend empfand.

Sie hatte gerade ihre eigene Schicht beendet.

»Wie geht es Mrs. Collins?«

Das alles schien bereits eine Ewigkeit zurückzuliegen.

»Ich glaube, es ist uns gelungen, ihren Arm zu retten«, sagte sie. »Es ist ein kleines Wunder, dass du zum richtigen Zeitpunkt angerufen hast. Man hatte meinen Kollegen nicht auf die Dringlichkeit der Situation hingewiesen.«

Ob sie ihn deckte?

»Und, macht es dir Spaß?«, fragte sie und neigte beim Sprechen leicht den Kopf nach hinten, weil sie ein Stück vor mir lief. Sie trug jetzt eine weiche graue Kaschmirjacke über einem schwarzen Top und einem schwarzen Rock, der knapp über dem Knie ihre eleganten schwarzen Beine umspielte. Ihre Absätze klackerten über das Pflaster.

»Spaß trifft es nicht ganz …«

»Der Unfall?« Es hatte sich offenbar schnell herumgesprochen. »War es schlimm?«

Schlimm schien mir ein fast kindlicher Ausdruck für die Verletzungen zu sein, die ich gesehen hatte.

»Ziemlich schlimm.«

Wir hatten die Kreuzung Tottenham Court Road erreicht. Sie musste Richtung Süden, ich Richtung Norden.

»Wie sieht's aus?«, fragte Charlotte plötzlich. »Du wirkst, als könntest du einen Drink vertragen.«

Es klang mehr nach einer Diagnose als nach einem Angebot. Gab es ein Protokoll, was den privaten Kontakt mit älteren Kollegen anging? Das ist Charlotte, sagte ich mir. Ich kannte sie seit meinem dreizehnten Lebensjahr.

Ich blickte auf meine Armbanduhr. Die Pubs hatten schon lange geschlossen.

»Ich habe keine Ahnung, wo wir hingehen könnten«, sagte ich.

Sie lachte leise auf.

»Na, in meinen Klub«, erwiderte sie und warf den Arm in die Luft, um ein Taxi anzuhalten, das ich noch nicht einmal hatte kommen sehen.

Der Klub war einer dieser schicken Läden in Soho, in denen man Kontaktpflege betrieb – es gab eine videoüberwachte Gegensprechanlage am Eingang und ausgesprochen cool wirkende Angestellte. Der Laden war voll mit blasiert aussehenden Typen zwischen zwanzig und vierzig.

»Die meisten hier sind aus der Medienbranche«, erklärte Charlotte, während wir uns einen Weg durch die Menge bahnten. »Aber ich kenne jemanden im Vorstand.«

War dieser Jemand ein Mann oder eine Frau? Ich hielt den

Blick auf den lockeren Knoten aus rabenschwarzem Haar vor mir gerichtet. Ein Mann, beschloss ich. Charlotte war zu einschüchternd, ich konnte sie mir nicht mit einer Schar schnatternder Freundinnen vorstellen, so wie Lucy. Mein Blick glitt über die Cocktailbar, die zeitgenössische Kunst an den Wänden, den Küchentresen, hinter dem die Köche arbeiteten, und die Tafel mit den Angeboten des Tages – Kürbisravioli mit Salbei, langsam gegarter Schweinebauch, geschmorter Radicchio. Ich versuchte, alle Details aufzunehmen, damit ich diese nächtliche Partywelt, von deren Existenz ich noch nicht einmal etwas geahnt hatte, später genau beschreiben konnte.

»Ist das hier immer so?«, hörte ich mich brüllen, damit sie mich verstand.

»Heute Abend hat es etwas mehr vom *Verfall und Untergang des Römischen Reiches*«, erwiderte Charlotte.

Wir drängten uns durch einen Raum, in dem die Leute auf einem riesigen Plasmabildschirm etwas verfolgten, was ich anfangs für einen Katastrophenfilm hielt.

»Was meinst du?«, fragte Charlotte. »Ist das das Ende der Welt?«

Ich blieb einen Augenblick stehen und realisierte, dass die Bilder von einem amerikanischen Nachrichtensender stammten. Immer wieder wurde gezeigt, wie ein Flugzeug über ein Feuerwehrauto hinweg und direkt in einen der Türme des World Trade Center flog. Dann eine lange Aufnahme von beiden Türmen: aus einem quoll Rauch, auf den anderen flog ein Flugzeug zu, das aussah wie ein winziger schwarzer Vogel, der dann direkt in den Turm hineinraste.

»Herrgott!«, sagte der Reporter, als die Eintrittswunde aufplatzte.

»Was ist da los?«

Charlotte sah mich skeptisch an, als dachte sie, ich würde scherzen. Dann merkte sie, dass meine Verwirrung echt war.

»O mein Gott, bist du der einzige Mensch auf der Erde, der es noch nicht mitbekommen hat? Meinst du, es ist zu kalt, um draußen zu sitzen?«

»Nein, lass uns rausgehen …«

Charlotte führte mich über eine schmale Treppenflucht zu einer Tür, die auf die sanft beleuchtete, mit edlen Gartenmöbeln ausgestattete Dachterrasse führte. Nach der schwülen alkoholschwangeren Luft im Inneren des Klubs war die Nachtluft herrlich erfrischend.

Als wir uns dankbar in die tiefen, leinenbezogenen Polster eines Rattansofas sinken ließen, kam eine Kellnerin zu uns. »Was kann ich Ihnen bringen?«

»Ich nehme einen *Grey Goose* Martini, sehr trocken, mit Zitronenschale.«

»Für mich dasselbe, bitte«, sagte ich, als die Kellnerin sich mir zuwandte.

Wie sich herausstellte, war *Grey Goose* ein Wodka, und ganz sicher kein billiger. Meine Angst, die ich beim Servieren der ersten Runde noch darüber empfand, wer wohl die Rechnung bezahlen würde, ließ durch die Wirkung des zweiten Drinks deutlich nach. Die Martinis waren eiskalt und wirkten sofort entspannend. So ähnlich musste es sein, wenn man sich Morphium spritzte.

Während Charlotte mir berichtete, was sie über die Ereignisse in New York wusste, schnorrte ich meine zweite Zigarette des Tages. Sie rauchte rote Marlboro. Ich weiß noch, dass ich sie unheimlich tough fand. Silk Cut oder Marlboro

Lights waren nicht ihr Ding. Alles an Charlotte war cool. Ich versuchte, nicht auf ihre Lippen zu starren.

»Es wundert mich, dass sie den Luftraum über London nicht gesperrt haben«, sagte sie.

Unser Blick folgte den Lichtern der Flugzeuge, die still am Nachthimmel westwärts auf Heathrow zuschwebten.

»Denkst du, die Welt geht unter?«, fragte sie.

Ich weiß noch, dass ich dachte: *Was für ein Ende, wenn es tatsächlich so wäre!* Bei einem Cocktail mit Charlotte, auf einer verwunschenen Dachterrasse mit Türmchen und barocken Säulengängen, die von der Straße aus nicht zu sehen waren. Ross würde staunen, wenn er mich hier so mit ihr reden sehen könnte. Hin und wieder brachte ich sie sogar zum Lachen. Er wäre stinkwütend ...

Einen Augenblick lang sah ich sein Gesicht, das mich durch das Schneetreiben ansah, die weißen Zähne, die Augen hinter der Skibrille verborgen.

»Wie lange bist du hier schon Mitglied?«, fragte ich.

Sie überlegte. »Ein paar Jahre.«

Also noch nicht mit Ross.

Ich bemerkte, dass sie ihre Zigaretten nur zur Hälfte rauchte und dann die Kippen entschlossen ausdrückte, als wollte sie ihnen – und sich selbst – beweisen, dass sie sie nicht mehr brauchte.

»Und dein Freund? Der aus dem Vorstand?«

Ich war so betrunken, dass es mir vorkam, als würde jemand anders sprechen.

Sie rekelte sich auf den Polstern wie eine Katze.

»Was soll das werden, Dr. Macdonald?«

»Nichts!«

»Gehst du oft ins Theater?«, fragte sie.

Die Frage kam so plötzlich, dass ich mich fragte, ob mir vielleicht ein wichtiger Teil des Gesprächs entgangen war.

»Nie«, antwortete ich.

»Ach. Weil du letztes Mal gesagt hast, du wärst im National Theatre gewesen.«

Letztes Mal? Meinte sie etwa das erste Weihnachten nach Ross? Das war fast vier Jahre her, und es kam mir länger vor. Ich war noch ein Junge gewesen, völlig begeistert von all dem, was London zu bieten hatte. Nicht zu fassen, dass sie sich noch daran erinnerte.

»… darum dachte ich …«

»Ja, na ja, ich mag das Theater immer noch«, sagte ich. »Ich gehe bloß nie hin.«

»Wir sollten uns mal was zusammen ansehen«, schlug sie vor.

Ich blickte auf ihr leeres Martiniglas und dachte, dass ich nicht der Einzige war, der Rätsel aufgab. Flirtete sie etwa mit mir?

»Noch einen?«, fragte sie.

»Warum nicht?«

Ich befand mich in diesem Stadium der Trunkenheit, in dem man im Begriff ist, alles zu vergessen, und zugleich das absurde Gefühl hat, alles unter Kontrolle zu haben.

Ich kann mich nicht mehr erinnern, wie viel wir getrunken haben oder worüber wir sprachen. Irgendwann lief ich mit ihr an dem kleinen Tudorhaus auf dem Soho Square vorbei, über die verlassene Oxford Street und weiter auf einer Parallelstraße der Tottenham Court Road, an der die griechischen Restaurants und Pizzerien alle geschlossen hatten.

»Charlotte Street …«, las ich auf dem Straßenschild und fragte mich nicht zum ersten Mal, ob ich träumte.

»Ja, perfekt, nicht?«, fragte sie mit ihrem heiseren, verächtlichen Lachen. »Da wohne ich.« Sie deutete auf eine Tür neben einem Zeitschriftenladen.

Ich erinnerte mich vage, dass sie mir irgendwann im Laufe des Abends erzählt hatte, sie sei von Battersea in die Nähe des Krankenhauses gezogen, aber mein Hirn brauchte einen Moment, um hinterherzukommen.

»Kommst du noch auf einen Kaffee mit rein?«

Es war ein Ein-Zimmer-Apartment im obersten Stock mit Einbauschränken unter den Dachschrägen und einer doppelflügeligen Tür, die auf eine kleine Dachterrasse hinausführte.

»Setz dich«, wies Charlotte mich an, während sie den Wasserkocher anstellte. Die winzige Küche war zu niedrig, als dass ich darin hätte aufrecht stehen können.

Sitzen konnte man nur an einem kleinen runden Tisch mit zwei Bugholzstühlen oder auf einem breiten Bett, auf dem ein schwerer weißer Baumwollüberwurf mit Spitze lag. Von der Decke hing ein Kronleuchter mit bunten Glasblumen. Der Einrichtungsstil erinnerte an einen dieser exklusiven Antikläden in den Seitenstraßen des Boulevard Saint-Germain, die aussahen, als wären sie nicht für die Öffentlichkeit bestimmt.

Charlotte kehrte mit zwei unterschiedlichen Porzellantassen zurück.

»Eigentlich ist es nur ein kleiner *pied-à-terre*, aber komm und sieh dir die Aussicht an.« Sie schob sich an mir vorbei, um die Terrassentüren zu öffnen.

Auf der einen Seite ragte der Telecom Tower auf, der erstaunlich nah und riesig wirkte; auf der anderen Seite blickte man über die Dächer der Nachbarhäuser. Es war überraschend dunkel, dafür dass wir uns hier so nah am Londoner Zentrum befanden. Anders als auf dem Dach in Soho herrschte hier eine fast vorstädtische Ruhe. In der Ferne ertönte lediglich das gelegentliche Seufzen und Klirren vom Zusammenkoppeln der Züge auf der Bahnlinie aus Euston. Das hörten wir auch in unserer Wohnung, wenn wir im Sommer die Fenster öffneten.

»Ich glaube, ich sollte jetzt gehen«, sagte ich.

»Oh …«

Nicht *okay*. Nur »Oh …«

Die Dachterrasse war so klein, dass ich den Kamillenduft aus ihrer Tasse roch, der sich mit dem intensiven Geruch ihres Parfüms mischte. Hatte sie sich gerade noch einmal frisch parfümiert? Warum tat sie das? Mochte sie mich? Natürlich nicht! Doch nicht so. War das alles ein Scherz? Unten auf der Straße hatte ich noch einen klaren Kopf gehabt. Ich war überzeugt gewesen, mir den Wodkarausch weggelaufen zu haben. Aber jetzt schien der heiße, starke Kaffee die Wirkung des Alkohols reaktiviert zu haben. Ich war nervös, beinahe ängstlich, weil ich spürte, wenn ich mich jetzt zu ihr umdrehte, auch nur ein winziges Stück weit, geriete ich in Gefahr.

Schließlich war sie diejenige, die sich rührte, hineinging, die Schuhe von den Füßen streifte, sich aufs Bett setzte und die Fernbedienung auf den Fernseher richtete.

»O Gott!«, sagte sie.

»Was?« Ich hockte mich neben sie.

Über den Bildschirm liefen Aufnahmen der einstürzenden Türme. Diese riesigen symbolhaften Türme sackten einfach in sich zusammen, und die Menschen flüchteten vor einem Tsunami aus Staub und Trümmern, der sie durch die Straßen trieb. Bilder, die bedeuteten, dass die Dinge nie wieder so sein würden wie zuvor.

Wir starrten schweigend auf den Bildschirm, dann drehte sich Charlotte zu mir um, die Angst machte ihr Gesicht noch schöner, und plötzlich wusste ich, dass ich es tun würde. Wir küssten uns, die Augen fest geschlossen, als wollten wir die Realität aussperren, während wir einander die Kleider vom Leib rissen.

Sie trug Strümpfe mit einem breiten Spitzenrand, die sie an ihren Schenkeln hielten.

Mit Charlotte zu vögeln kam mir derart surreal und aufregend vor, als würde ich es mit einem Filmstar treiben. Ihr geschmeidiger Körper, ihr gieriger Mund, das Gefühl, ganz bewusst der Versuchung nachzugeben, trieb mich zu einem Höhepunkt aus Lust und köstlichem Schmerz, wie ich ihn noch nie erlebt hatte und von dem ich noch nicht einmal gewusst hatte, dass er existierte.

Danach lag ich lang ausgestreckt auf dem Bett, mit der schlanken, unfassbar schönen Freundin meines Bruders quer über der Brust. Ich konnte noch immer nicht ganz glauben, was passiert war. Aus Angst, die Traumwelt könnte plötzlich unangenehmer Verlegenheit weichen, wagte ich nicht, mich zu rühren.

Schließlich hob Charlotte den Kopf von meiner Brust. Ihre Lippen waren dunkel vom Küssen, ihre langen schwarzen Haare fielen ihr wild über die Schultern.

»Du bist eindeutig erwachsen geworden«, stellte sie fest.

Ich traute mich nicht, zu sprechen.

Sie rollte sich von mir runter und legte meinen Arm so, dass sie sich neben mich legen konnte.

»Weißt du was ...« Sie nahm meine Hand und führte sie zwischen ihre Beine. »Ich glaube, da ist sogar noch mehr drin.«

Sündigen ist wie Lügen. Wenn man es erst einmal getan hat, kommt es einem auch nicht sündiger vor, es noch einmal zu tun.

Beim ersten Mal war ich derart darauf konzentriert gewesen, Charlottes Bedürfnisse zu erspüren, dass ich die Augen geschlossen gehalten hatte. Jetzt sah ich den wundervollen Augenblick, als sie sich in ihrem Höhepunkt auflöste, und ich wünschte, er würde nie zu Ende gehen. Meine Finger waren nass von ihr, mein Kopf erfüllt von ihrem Stöhnen.

»Danke«, sagte sie anschließend.

Was sollte ich darauf erwidern? Ich sagte nichts.

»Du bist ziemlich attraktiv geworden, weißt du das? Du hast mit dem Alter gewonnen.«

»Wie Käse?«

»Oder Wein.« Sie lachte.

Ich überlegte, was ich meinerseits sagen könnte, aber jedes Kompliment, das mir in den Sinn kam, schien mir einfältig oder wenig überzeugend. Ich wollte nicht nackt sein und verhöhnt werden.

»Ich muss gehen …« Ich küsste sie auf ihre hübsche Nasenspitze.

»Wirklich?« Sie zog ein Laken über ihre perfekt geformten kleinen runden Brüste.

War sie ein bisschen gereizt? Weil ich ging? Weil *ich* den Satz gesagt hatte und nicht sie?

»Wirklich«, bestätigte ich.

Sie sah mir beim Anziehen zu.

»Wir sehen uns«, sagte ich zum Abschied.

Sie erwiderte nichts.

Ich schlüpfte aus der Tür und rannte die vier schmalen Treppenfluchten hinunter.

Als ich nach Hause lief, graute bereits der Morgen. Ich ging direkt ins Badezimmer und stieg in die Wanne. Als ich in dem reinigenden Wasser lag, konnte ich nicht glauben, was ich gerade getan hatte.

Es war ein Unfall.

Es war der Wodka.

Es war die Katastrophe in New York.

Es würde nie wieder vorkommen.

Wie viel oder wie wenig sollte ich Lucy erzählen? Allmählich dämmerte mir, dass ich in einem berauschten Augenblick mein ganzes Leben aufs Spiel gesetzt hatte. Bis zu diesem Moment hatte ich seltsamerweise kein schlechtes Gewissen gehabt, weil Charlotte so gar nichts mit dem Leben zu tun hatte, das ich mit Lucy führte. Wenn ich jemanden betrogen hatte, dann Ross.

Sollte ich Lucy alles gestehen, es einfach hinter mich bringen? Ich war mir fast sicher, dass sie mir vergeben würde. Oder doch nicht? Wozu sie verletzen? Es würde nie wieder vorkommen. Ich war Charlotte bislang nie begegnet, es war also unwahrscheinlich, dass ich ihr noch einmal über den Weg laufen würde. Wenn wir einander sahen, würde sie tun, als wäre nichts geschehen. Und ich auch. Wahrscheinlich bedauerte sie es bereits. Es war ein nur winziger Punkt auf der Zeitlinie unseres Lebens. Eine Welle aus der Vergangenheit, die in die Gegenwart geschwappt, donnernd gebrochen und dann verebbt war.

Beim Abtrocknen überlegte ich, was ich Lucy sagen würde. Nichts von dem Sex, also auch nichts von der Dachgeschosswohnung, also auch nichts von dem Klub, also auch nichts von Charlotte. Ich hielt meine Hände vor Mund und Nase und versuchte, meinen eigenen Atem zu riechen. Konnte ich mich damit retten, dass ich auch den Alkohol gar nicht erwähnte? Nein. In meiner Version der Ereignisse sollte ich dem Pfleger, der mir die Zigarette angeboten hatte, vielleicht noch eine Flasche Wodka in die Hand geben. Es war ein traumatischer Tag gewesen, nach der Arbeit hatten wir einen Drink gebraucht.

Ich legte mich im Wohnzimmer aufs Sofa. Als Lucy mich wenige Stunden später aus einem tiefen, traumlosen Schlaf weckte, kam mir nichts an dem vorhergegangenen Abend real vor.

»Das war sehr rücksichtsvoll von dir«, sagte sie und reichte mir einen Becher mit heißem Tee. »Aber es hätte mir ehrlich nichts ausgemacht, wenn du mich geweckt hättest.«

Ich musste tatsächlich gar nichts sagen.

Mein Kopf fühlte sich seltsam klar an, aber ich war nervös und hatte einen feuchten Film auf der Haut, als würde ich den Wodka ausschwitzen. Vermutlich überschritt der Alkoholgehalt in meinem Blut noch immer ein vernünftiges Maß, das es mir erlaubt hätte, Patienten zu behandeln. Doch ich durfte mich auf keinen Fall bereits in der zweiten Woche krankmelden, also machte ich mir Toast mit Rühreiern und reichlich Butter, während Lucy ihr Müsli aß.

»War es schlimm?«, fragte sie, während wir die Nachrichten im Radio hörten. »Der Unfall …«

»Unglaublich«, sagte ich.

Den ganzen Tag über litt ich derart unter meinem Kater, dass ich kurz vor einem Herzrasen stand. Sobald meine Schicht zu Ende war, ging ich schnurstracks nach Hause, und als Lucy aus der Klinik kam, schlief ich bereits tief und fest. Am nächsten Morgen wachte ich noch vor dem Morgengrauen auf und beschloss, eine Runde zu laufen – mein erster Lauf in dieser Woche. Anschließend ging ich unter die Dusche und machte Pancakes zum Frühstück, und allmählich hatte ich das Gefühl, dass die Einzelteile, in die ich mich aufgelöst hatte, langsam wieder miteinander verschmolzen.

Wir sprachen darüber, bei schönem Wetter am Wochenende zu Lucys Eltern nach Broadstairs zu fahren, und als wir uns diesmal an der Kreuzung Euston Road trennten, hob Lucy den Arm und winkte. Die Welt war nicht untergegangen. Alles war in Ordnung und normal. Ich schwor mir, nie wieder Martinis zu trinken, egal ob *Grey Goose* oder irgendeine andere Marke.

Am Nachmittag horchte ich gerade einen kleinen Jungen mit dem Stethoskop ab, was mich noch immer in kindliche Aufregung versetzte, als mein Pieper ertönte. Ich ignorierte ihn, während ich mit der Mutter des Jungen sprach. Seine Lunge schien frei zu sein, darum mussten wir ihn auf Asthma untersuchen. Der schockierte Ausdruck auf dem Gesicht der Mutter erinnerte mich daran, was Lucy über den Umgang mit Eltern berichtet hatte. Erwachsene waren bei ihren eigenen Diagnosen im Allgemeinen deutlich gefasster, als wenn es um ihre Kinder ging. Ich bat Mutter und Kind, zurück ins Wartezimmer zu gehen, und machte ein paar Notizen.

Erneut meldete sich mein Pieper. Ein interner Anruf wartete auf mich.

»Haben Sie fünf Minuten, Dr. Macdonald?«

Als ich Charlottes rauen Ton vernahm, dachte ich zuerst, ich hätte etwas falsch gemacht.

»Wir treffen uns im siebten Stock«, sagte sie.

Da die Aufzüge notorisch langsam fuhren, nahm ich die Treppe, was es mir erlaubte, Charlotte in ihrem zugeknöpften weißen Kittel einen Augenblick lang durch die Tür des oberen Treppenabsatzes zu beobachten. Sie wirkte ungeduldig, trat von einem Fuß auf den anderen und sah auf ihre Armbanduhr.

»Dr. Grant?«

»Dr. Macdonald«, erwiderte sie und fuhr überrascht auf ihren Absätzen herum. »Ich würde da gern Ihre Meinung zu etwas hören. Kommen Sie.«

Sie führte mich zurück durch die Tür ins Treppenhaus, doch anstatt hinunter zu den Stationen zu gehen, stiegen wir noch eine Treppe höher, wo sich ein Notausgang zum Dach befand. Charlotte lehnte sich gegen die Tür, nahm meine Hand und führte sie unter ihren weißen Kittel.

Ich hörte die Schritte der Leute, die unter uns die Treppen auf und ab liefen, sowie das Surren des Aufzugs. Als Charlottes Atem sich beschleunigte und sie scharf die Luft ausstieß, legte ich ihr instinktiv die andere Hand auf den Mund, was sie allerdings nur noch wilder machte. Sie riss meinen Reißverschluss herunter, schlang die Beine um mich und hielt mich mit ihren spitzen Absätzen gefangen. Mir blieb keine andere Wahl, als zuzustoßen und mich in ihr zu ergießen, während sie auf den Wellen ihres Höhepunktes ritt.

Ich hatte es noch nie zuvor im Stehen getan. Ich hatte es noch nie angezogen getan. Noch nie im Krankenhaus oder vor einer Tür mit einem laufenden Männchen vor Augen. Es fühlte sich schmutzig und falsch an und einfach fantastisch.

Wir standen eng aneinandergepresst und rangen nach Atem, bis sie mich wegschob. Ich schloss meinen Reißverschluss und beobachtete, wie sie sich mit den Fingern durch die Haare strich, ihren Knoten richtete und ihren weißen Kittel straffte.

»Trägst du nie etwas darunter?«, fragte ich.

»Ich mache das nicht ständig, wenn du das meinst.«

Das hatte ich nicht gemeint. Doch jetzt schien es mir so, und ich wusste nicht, ob es die ganze Angelegenheit besser oder schlechter machte.

»Ich kann das nicht«, erklärte ich. »Ich habe eine Freundin.«

»Und das ist ein Problem, weil ...?«

»Ich liebe sie«, antwortete ich.

Sie hob kaum merklich eine Braue. Gerade genug, dass ich mir scheinheilig vorkam.

»Nun, das ist schade«, sagte Charlotte, hob die Hand und strich über meine Wange, was sich irgendwie intimer anfühlte als alles, was wir zuvor getan hatten. Ich musste sie einfach noch einmal küssen. Sie küsste wundervoll, so langsam, so verführerisch und sinnlich.

»Du bist wundervoll«, raunte ich.

»Du auch«, erwiderte sie. »Du bist der Beste, Angus. Der Beste überhaupt.«

14 TESS

2002

An unserem dritten Jahrestag überraschte Dave mich mit einem Wochenende in London. Er hatte arrangiert, dass Hope bei Anne schlief, wo Dad jetzt mehr oder weniger eingezogen war. Außerdem hatte er Doll nach passenden Übernachtungsmöglichkeiten gefragt, und das alles, ohne dass ich etwas davon mitbekommen hätte. Auf dem Hinweg gerieten wir in einen Zug mit Fußballfans, die schon um neun Uhr morgens die Bierdosen in der Hand hatten. Dave amüsierte sich prächtig und genoss es, mit ihnen über Statistiken zu fachsimpeln und die Spielergebnisse zu tippen. In London angekommen, strömte die rot-weiße Menge zur U-Bahn-Station, und ich sah Dave an, dass er ihnen gern gefolgt wäre.

Doll hatte ihm offenbar angeboten, uns ein Zimmer im *Hilton* zu buchen. Das war großzügig von ihr, aber ich war froh, dass Dave nicht darauf eingegangen war. Leider war das Hotel an der Southampton Road, das er ausgesucht hatte, ein bisschen unpersönlich und heruntergekommen. Unser Zimmer ging auf den schmuddeligen Innenhof hinaus, wo die Abluftrohre aus der Küche das Baconfett ausbliesen.

»Na ja, wir werden hier drin ja ohnehin nicht viel Zeit verbringen, oder?« Ich versuchte, das Beste aus der Situation zu machen. »Das ist so aufregend! Ich habe noch nie in London übernachtet. Und die Blumen sind wunderschön!«

Dave hatte weiße Rosen für unser Zimmer bestellt. Er schenkte mir immer welche zum Jahrestag, weil wir uns zum allerersten Mal in einem Hochzeitsfestzelt neben weißen Rosen geküsst hatten. Ich sagte ihm nicht, dass auch auf Mums Sarg weiße Rosen gelegen hatten.

Zum Mittagessen aßen wir ein Sandwich zu einem Cappuccino bei *Costa Coffee*. Damals bekam man einen Kaffee aus einer echten Espressomaschine mit Milchschaum noch nicht an jeder Ecke, es war also etwas Besonderes. Dave wollte, dass ich das Programm für den Nachmittag bestimmte, weil ich mich in London besser auskannte als er.

»Wie wär's mit dem *Eye?*«, fragte ich, denn ich wusste, dass er gerne dorthin wollte.

»Wäre doch schade, den Nachmittag mit Anstehen zu verbringen ...«, erwiderte er und versicherte mir, er wolle gern die Straßen sehen, die Doll und ich früher immer erkundet hatten. Als wir jedoch an einem Pub vorbeikamen, merkte ich, wie er versuchte, einen Blick auf die Fußballübertragung zu werfen.

»Wir können uns auch gern nachher im Hotel treffen«, schlug ich vor.

»Bist du sicher?«

Ich ging direkt zur Waterloo Bridge und von da aus am Ufer entlang zur Tate Modern.

Eine riesige blutrote Skulptur von Anish Kapoor füllte die gesamte Turbinenhalle aus. Sie wirkte wie ein Jumbojet in einem Flugzeughangar und erinnerte mich an ein menschliches Organ. Das war gar nicht so weit hergeholt, denn ich las in der Beschreibung, dass der Titel des Werks *Marsyas* lautete und sich also auf eine mythologische Figur bezog, die gehäutet worden war.

In den Galerieräumen stand ich lange vor einer Matisse-Collage namens *Die Schnecke,* deren strahlend helle Farben mir ein wahres Glücksgefühl vermittelten. Ich war froh, dass Dave nicht dabei war, weil er dann so etwas gesagt hätte wie: »Als ich vier war, hab ich auch so gemalt.« Das sagte er immer, wenn es um moderne Kunst ging. So wie damals, als der Rekordpreis eines Picasso-Gemäldes in den Nachrichten verkündet worden war. Dabei hatte Picasso selbst einmal gesagt, er habe sein ganzes Leben lang versucht zu lernen, so zu malen wie ein Kind.

In der Lobby vor den Galerieräumen war eine kleine Ausstellung mit Kinderwerken zu sehen. Die Schüler einer Grundschulklasse hatten sich daran versucht, Matisses Schnecke zu kopieren, und zwar mit kleinen bunten Papierschnipseln, die sie auf große weiße Papierbögen geklebt hatten. Es war wirklich erstaunlich, wie unterschiedlich die Bilder waren. Einige waren richtig gut. Andere dagegen irgendwie nicht, obwohl sie aus genau denselben Elementen bestanden. Ich kaufte eine Postkarte von Matisses Werk. Vielleicht konnte Hopes Klasse einmal ein ähnliches Projekt machen.

Auf Plakaten wurden kostenlose Kunstvorträge während der Woche angekündigt. Ich dachte mir, wenn ich in London leben würde, könnte ich dort hingehen und etwas über Kunst lernen. Im Sommer würde ich dann versuchen, Karten für die Proms zu bekommen und mein Wissen über klassische Musik zu erweitern. Es gab so viele Angebote, nicht nur für Studenten.

Als ich auf der Hängebrücke stand, erkannte ich Shakespeares Globe-Theatre und das Haus, in dem Sir Christopher

Wren gelebt hatte, als er die St Paul's Cathedral gebaut hatte. Ich ging zum Nordufer und nahm den Fleet-Street-Bus Richtung Aldwych. Während ich durch Covent Garden schlenderte, machte ich vor dem Royal Opera House halt und bewunderte die prächtige Fassade, den Fries und die cremefarbenen Stucksäulen, die im goldenen Licht der Sonne erstrahlten. Große Plakate kündigten die Vorstellungen der neuen Ballettsaison an.

Einige Wochen zuvor hatte Kevin uns das Programmheft einer Dreifachvorstellung geschickt. Ich wusste nicht, was er uns damit sagen wollte. Er war schon in vielen Inszenierungen aufgetreten und hatte uns nie Programmhefte geschickt. Dann entdeckte ich seinen Namen: Es war sein erster Solopart. In dem Heft lag eine Postkarte vom Empire State Building, und auf der Rückseite hatte er gekritzelt: »Wann kommt ihr uns besuchen?« Ich hatte Hope schon lange versprochen, dass wir nach New York fliegen würden, und auch schon fast genug Geld dafür gespart, doch dann kam 9/11, und niemand wollte sich mehr in ein Flugzeug setzen. Aber ich wünschte mir so sehr, Kevin auf der Bühne zu erleben, und nahm mir fest vor, es zu wagen, solange Hope noch einen Kindertarif bekam.

Die Leute, die ins Opernhaus strömten, konnten es an Pracht durchaus mit dem Foyer aufnehmen. Der Spruch, eine Frau könne niemals zu reich oder zu dünn sein, stammte sicher von einem Operngänger. Einige der Männer trugen Fliegen; die Frauen hielten winzige, mit Edelsteinen bestickte Täschchen in der Hand und hatten Schuhe an den Füßen, die sie wohl kaum bei Clarks gekauft hatten. Ich mischte mich unter sie und gelangte ins mit rotem Teppich ausgelegte Treppenhaus.

Zu meiner Rechten lag der Crush Room, wo die Besucher vor der Vorstellung noch schnell etwas essen konnten. An der

Decke hingen riesige, glitzernde Kristallkronleuchter, die sich in den Spiegeln am Ende des Raums vervielfältigten und die Illusion eines Juwelenpalastes erzeugten. Zu meiner Linken lag ein großer Raum, der an einen Wintergarten erinnerte. Dort tranken die Wohlhabenden Champagner und plauderten.

Ich schlüpfte durch eine Tür und stieg eine Treppe hinauf. Jetzt stand ich in einem gewundenen Gang, von dem aus auf einer Seite viele Holztüren abgingen. Als ich es wagte, eine von ihnen zu öffnen, schaute ich in den dunklen Vorraum einer Loge. Dort gab es Haken, an denen man die Mäntel aufhängen konnte. Von da aus ging es in die Loge hinein. Ich setzte mich auf einen der Plätze und blickte in das riesige, leere Auditorium. Die Ränge waren mit kleinen Lampen und goldenen Schnörkeln geschmückt, und auf dem schweren roten Bühnenvorhang waren die Initialen der Queen aufgestickt. Es musste eine Menge Mut kosten, auf die Bühne zu treten und in Tausende erwartungsvolle Gesichter zu schauen. Kein Wunder, dass Kev immer so nervös war.

Plötzlich öffnete sich die Tür hinter mir, und ich zuckte zusammen.

»Oh, entschuldigen Sie«, sagte ein großer, bärtiger Mann und schickte sich an, wieder zu gehen.

»Nein, ich sehe mich nur um«, murmelte ich und drängte mich an ihm und seiner Begleiterin vorbei. Ich fühlte mich, als hätte ich einen teuren Laden betreten, in dem ich mir sowieso nichts hätte leisten können.

Dave hatte keine große Lust auf eins der Restaurants in Chinatown, in denen es gebratene Ente gab und seltsam aussehende Würste in den Fenstern hingen. Also gingen wir ins Aberdeen

Steak House und bekamen einen Tisch direkt am Fenster. Dort wussten wir, was wir aßen, die Portionen waren groß, und es gab gegrillte Knoblauchpilze und Zwiebelringe.

Es machte mir großen Spaß, die Leute zu beobachten, die draußen vor dem Fenster vorbeigingen: eine Gruppe ausländischer Schüler, die alle den gleichen Rucksack trugen; Familien mit quengelnden Kindern, die den ganzen Tag auf den Beinen gewesen waren; Köche, die eine kurze Zigarettenpause machten; junge Paare beim ersten Date; ältere Paare, die offensichtlich genervt voneinander waren.

»Die beiden haben den Anfang der Vorstellung verpasst, und sie ist sauer, weil sie die Karten schon vor Monaten gebucht hat«, erklärte ich und deutete auf ein Paar, das auf der anderen Seite der Glasscheibe in Streit geraten war.

»Kennst du sie?«, fragte Dave.

»Natürlich nicht.«

»Also, manchmal bist du mir ganz schön unheimlich.«

Der Kellner nahm unsere Bestellung auf und brachte uns weißen Hauswein zum Krabbencocktail.

»So lässt es sich leben«, sagte Dave. »Cheers!«

Wir stießen an.

Er beugte sich über den Tisch zu mir herüber. »Sind es wirklich schon drei Jahre?«

Die Leute sagen immer, dass es die Frauen seien, die nach einer festen Bindung strebten, aber bei uns übernahm Dave diesen Part. Ich wurde immer ein bisschen nervös, wenn er von »uns« sprach. Er war mein erster richtiger Freund und der erste und einzige Mann, mit dem ich geschlafen hatte, aber irgendwie war ich nicht ganz überzeugt, dass er wirklich der Seelenverwandte war, mit dem ich mein Leben teilen wollte. Alles, was ich über die Liebe wusste, hatte ich aus

Romanen gelernt, und meine großen Heldinnen hatten Irrungen und Wirrungen durchgemacht, bevor sie die wahre Liebe fanden: Bathsheba Everdene und Gabriel Oak, Dorothea Brooke und Will Ladislaw, Meggie und Ralph de Bricassart. Keine dieser Beziehungen verlief so reibungslos wie meine. Wobei ich nichts Schlechtes über Dave sagen möchte. Ich mochte ihn wirklich, und wir kamen gut miteinander aus. Er sah gut aus, war großzügig und überraschte mich manchmal mit Dingen wie etwa dem Wochenende in London. Aber ich wusste noch nicht so ganz, ob ich bereit war, den nächsten Schritt zu tun, von dem ich vermutete, dass er ihn gern getan hätte.

Es ist schwierig, von einem Thema abzulenken, wenn man sich an einem kleinen Restauranttisch gegenübersitzt und der andere über drei Gänge hinweg immer wieder damit anfängt. Ich plapperte drauflos, über die Passanten und das Steak – war es die Fleischqualität oder die hochwertigen Messer, die dafür sorgten, dass es sich so gut schneiden ließ? –, und bestellte Rotwein zum Fleisch für uns beide. Da er den ganzen Nachmittag über bereits Bier getrunken hatte, ließ er seine sentimentale Stimmung rasch wieder hinter sich und ärgerte sich über den ungerechtfertigten Elfmeter, den die gegnerische Mannschaft beim Spiel zugesprochen bekommen hatte.

Als wir das Restaurant verließen, strömte das Publikum gerade lachend und singend aus dem Musical *Mamma Mia!* Eine Art Feierstimmung lag in der Luft, vermischt mit dem köstlichen Duft der karamellisierten Nüsse, die man auf der Straße kaufen konnte.

»Hope fände es wunderbar, meinst du nicht?«

Hope schien immer bei uns zu sein, selbst wenn sie nicht anwesend war.

»Wir könnten an Weihnachten mit ihr in ein Musical gehen, wenn du magst«, schlug Dave vor.

Ich war mir nicht sicher, ob das eine gute Idee war. Als wir mit ihr im Weihnachtsspiel in den Winter Gardens gewesen waren, hatte sie so laut mitgesungen, dass der Hauptdarsteller sie auf die Bühne geholt und zum Mitmachen eingeladen hatte. Da sie sich in den Ferien selbst aussuchen durfte, was sie anzog, trug sie an diesem Tag ein gelbes Sommerkleid mit dicken lilafarbenen Strumpfhosen und eine Nikolausmütze mit kleinen Lichtern. Der Schauspieler schien sich nicht entscheiden zu können, ob er mit ihr oder über sie lachen sollte, bekam die Balance dann aber gerade so hin. Schwieriger war es gewesen, Hope wieder von der Bühne herunterzubekommen. Vermutlich war sie jetzt auf den Geschmack gekommen, und ich fürchtete, dass ein solches Verhalten in London nicht toleriert würde.

Zurück im Hotel, schaltete Dave als Erstes die Fußballzusammenfassung ein, während ich duschen ging. Zu Hause hatten wir nur eine Badewanne, darum war eine Dusche für mich etwas Besonderes. Das Wasser rann mir in einem starken Strahl den Rücken hinab, und ich spürte, dass ich noch ziemlich beschwipst war. Plötzlich öffnete sich die Duschtür. Ich erschrak. Es war Dave, der zu mir in die Duschkabine trat.

Ich fühlte mich noch immer unwohl damit, nackt zu sein, während das Licht an war. Dave hatte einen starken, sehnigen Körper. Er sagte immer, er sei 1,78 m groß, und damit war er technisch gesehen größer als ich, aber ich fühlte mich immer so entblößt, wenn ich ohne Kleider neben ihm stand, als wären meine Arme und Beine irgendwie zu lang. Ich wusste nie, ob ich ihn ebenfalls genüsslich von oben bis unten betrachten sollte, so wie er es mit mir machte; irgendwie schien mir das so intim, und außerdem lässt sich an einem Mann ja nichts verstecken, nicht wahr? Dave küsste mich, zuerst relativ zahm. Dann, als die Mmmhs länger und intensiver wurden, drückte er mich gegen die Wand der Duschkabine. Ich spürte sein hartes Glied in meinem Bauchnabel, und seine Augen leuchteten. Aus Zärtlichkeit wurde Lust. Er wollte es tun, mitten in der Duschkabine, während das Wasser auf uns hinunterprasselte. Als ich versuchte, mit dem Rücken an den Fliesen ein bisschen Halt zu gewinnen, stieß ich irgendwie gegen den Temperaturschalter, und das Wasser wurde kochend heiß.

»Verdammter Mist!«, rief Dave. Er drehte den Schalter in die andere Richtung, und das Wasser wurde eiskalt.

Wir drehten das Wasser ab, und der Moment war erst einmal vorbei.

»Das war nicht wie im Film, oder?«, lachte Dave.

Das war einer seiner Standardsätze, und ich wusste, dass er ihn nett und nachsichtig meinte, aber ich kam mir dabei immer vor, als wäre ich nicht besonders gut beim Sex.

Dave wickelte mich in ein großes weißes Handtuch, trug mich ins Schlafzimmer und legte sich neben mich aufs Bett. Ich trocknete mich ab, so gut es ging, und schlang mir das Handtuch um den Kopf, damit das Kissen nicht nass wurde.

Dave kletterte auf mich und küsste mich lange.

Er streichelte mich sanft, aber ich verkrampfte mich noch immer jedes Mal, wenn er mich an den Brüsten berührte. Erwartete ich etwa, dass er dort irgendetwas fand, das mir entgangen war? Ich lag jedenfalls nur da und hielt den Atem an, als wäre er ein Sprengstoffexperte, der den Boden nach Blindgängern absuchte.

Er legte Wert darauf, dass auch ich auf meine Kosten kam, aber manchmal wollte ich ihm sagen: Mach einfach weiter, lass dich nicht aufhalten. Aber das sagte ich natürlich nie. Stattdessen atmete ich heftig und stöhnte ihm etwas ins Ohr, wie sie es in den Filmen machen.

Das Beste an der ganzen Sache war ohnehin, danach in seinen Armen zu liegen, warm und glücklich in dem Wissen, dass ich ihn befriedigt hatte.

»Erinnerst du dich noch an unser erstes Treffen?«, fragte Dave und stützte sich auf einen Ellbogen. »Als ich am letzten Schultag vor der Schule stand?«

»Ja …«

»Ich habe dir erzählt, ich hätte im Gebäude was vergessen …«

Daran erinnerte ich mich noch gut, aber es war seltsam, jetzt, drei Jahre danach, darüber zu reden. Hätte er wirklich etwas vergessen gehabt, wäre es zu den Fundsachen gekommen und inzwischen wohl weggeworfen worden.

»Es war mein Herz«, sagte Dave. »Ich hatte mein Herz im Gebäude vergessen, Tess. Ich habe dich von dem Moment an geliebt, als ich dich zum ersten Mal sah.«

Ich wusste nicht, was ich darauf entgegnen sollte, dabei war ich doch eigentlich diejenige, die gut mit Wörtern umgehen konnte. Die Stille wurde langsam unangenehm. Darum sagte ich:

»Ich liebe dich auch.«

Am folgenden Nachmittag wurde klar, warum Dave sich am Vortag nicht für das *London Eye* hatte anstellen wollen. Er hatte uns bereits im Vorfeld Karten besorgt, mit denen wir die Schlange umgehen konnten.

Wir waren fast ganz oben, und ich erklärte ihm gerade die Londoner Sehenswürdigkeiten – »Schau mal, da ist die Nelsonsäule, und da ist der Telecom Tower« –, als mir auffiel, dass es in unserer Gondel voller Touristen ganz still geworden war. Ich drehte mich um – und da kniete Dave vor mir, mit einem Ring in einer blauen Samtschachtel.

»Wir sind jetzt drei Jahre zusammen, Tess …« Er hatte die Rede offensichtlich vorher geübt. »Und es waren die schönsten drei Jahre meines Lebens, weil du der netteste und witzigste Mensch bist, den ich kenne.«

Seine Stimme zitterte leicht. O Gott, dachte ich, hoffentlich fängt er nicht an zu weinen!

»Ich weiß, dass du dich nicht für schön hältst …«

Warum erzählte er das der ganzen Gondel?

»… für mich aber bist du schön. Ich möchte dir ein wunderbares Leben bereiten, darum weißt du sicher, was jetzt kommt: Tess, willst du mich heiraten?«

Die Leute verstummten vor Ergriffenheit, als hätten sie kollektiv den Atem angehalten. Selbst wenn man kein Englisch verstand, war es unmissverständlich, was sich da gerade abspielte. Sämtliche Kameraobjektive, die zuvor aus dem Fenster gerichtet gewesen waren, zeigten jetzt auf mich.

Seht nach draußen!, wollte ich am liebsten rufen. Wir sind gleich wieder unten, und sie lassen euch kein zweites Mal fahren.

»Es war ein wunderbares Wochenende …«

Dave, der merkte, dass ich nicht einfach Ja sagen würde, unterbrach mich, bevor ich zum »Aber« kam.

»Du musst darüber nachdenken«, sagte er und fügte für das englischsprachige Publikum noch hinzu: »Sie denkt ziemlich viel.«

Das Publikum schwieg gebannt. Es waren Chinesen. Sie waren alle viel kleiner als ich und sahen zu mir auf wie Kinder, die im Museum ein Dinosaurierskelett betrachten.

»Nimm trotzdem den Ring«, bat Dave.

Das tat ich dann auch, damit er ohne Gesichtsverlust wieder aufstehen konnte. Dann küssten wir uns kurz, und die Umstehenden applaudierten.

»Dave hat dir nicht gesagt, dass er mir einen Antrag machen würde, oder?«, fragte ich Doll, als sie am Montagabend vorbeikam, um zu hören, wie das Wochenende gelaufen war.

»Nein, aber ich hab's mir schon gedacht. Er war so versessen darauf, jedes Detail richtig zu machen. Zeig den Ring mal her.«

Ich ging nach oben und holte die blaue Samtschachtel. Darin lag ein Ring mit einer Perle, die von winzigen Diamanten umgeben war. Er wirkte sehr bescheiden, verglichen mit dem Diamantarmband, das an Dolls Handgelenk baumelte, und irgendwie machte gerade das ihn mir sympathisch.

»Weil ich Perlen getragen habe, als wir uns zum ersten Mal geküsst haben«, sagte ich.

»Waren das nicht meine?«

»Ja.«

»Also«, sagte Doll ungeduldig. »Du hast Ja gesagt?«

»Irgendwie schon.«

»Was heißt das, irgendwie?«

»Es ist kompliziert«, sagte ich. »Ich meine, wo sollen wir wohnen? Hier? Seine Wohnung ist nicht groß genug für uns alle. Ich muss auch an Hope denken.«

Wir saßen in der Küche, weil Hope im Wohnzimmer *Pop Idol* schaute.

»Dave kann toll mit Hope umgehen«, bemerkte Doll.

»Ich weiß. Es ist nur ... Ich dachte, wenn ich heirate, ist es anders und nicht immer noch das Gleiche«, gestand ich schließlich.

»Du bist komisch, weißt du das?«

»Das sagt Dave auch immer. Ich habe ja nicht Nein gesagt. Ich muss es mir nur erst überlegen.«

»Tja, wenn er so viel Geduld mit dir hat. Lass ihn nur nicht zu lange warten«, warnte mich Doll. »Dave sieht toll aus, und er ist nett. Er ist ein guter Mann, Tess. Deine Mum wäre so glücklich!«

Wäre sie das wirklich? Das konnte ich nicht einschätzen. Außerdem fand ich, dass es Doll nicht anstand, eine solche Aussage zu machen.

Doll hatte jedenfalls den ersten Teil von Mums Rat unterschlagen: Mum hatte ja gesagt, ein Mann müsse einen verstehen. Ich zweifelte nicht daran, dass Dave mich liebte. Aber er kannte nicht mal entfernt den Teil von mir, der in London leben und etwas lernen wollte, der herausfinden wollte, wozu ich fähig war.

»Wer hätte gedacht, dass du die Erste bist?«, sagte Doll traurig, und nach einem Augenblick der Stille fügte sie hinzu: »Fred und ich haben uns getrennt.«

Plötzlich verstand ich. Wie rücksichtsvoll von ihr, dass sie sich meine guten Nachrichten zuerst angehört hatte.

»Soll ich uns eine Tasse Tee machen?«, fragte ich.

In unserer Freundschaft lief es normalerweise so, dass ich ihr gute Ratschläge gab, nicht andersherum. Vielleicht hatte es damit zu tun, dass ich eine große Schwester war und sie das Nesthäkchen in ihrer Familie.

»Wir haben uns gestritten, weil ich wieder arbeiten gehen

wollte«, erzählte Doll. »Ich habe zu ihm gesagt, dass ich schließlich für mich sorgen muss, wenn er mich nicht heiratet. Und er sagt nicht: ›Dann heiraten wir eben!‹, sondern: ›Mach doch, was du willst!‹ Vier verdammte Jahre, Tess! Und er sagt mir ins Gesicht: ›Mach doch, was du willst!‹ ›Dann mache ich das eben‹, habe ich zu ihm gesagt. Und das war's. Vier Jahre! Kannst du es glauben? Das gebe ich mir nicht länger. Ich habe genug davon, an Freds Arm zu hängen wie so ein …«

»Accessoire?«

»Was auch immer«, sagte Doll. »Worauf kann ich mich denn freuen, wenn ich mit ihm zusammenbleibe? Auf Babys und Botox.«

Sollte ich jetzt ein Gegenargument finden, so wie sie es bei mir gemacht hatte? Mir fiel keins ein, denn auch ich hasste die Art, wie Fred Doll zunehmend herumkommandiert hatte.

»Bist du dir sicher?«, fragte ich.

»Ich habe alle meine Sachen schon nach Hause zurückgebracht.«

Ich wusste, dass es ein egoistischer Gedanke war, aber ich war einfach nur froh, dass sie wieder in meiner Nähe wohnte. »Das heißt, du arbeitest wieder im Salon?«

»Nicht so richtig …« Doll lächelte rätselhaft. »Ich habe die Zukunft gesehen, Tess, und ich sehe: Nägel!«

»Nägel?«

Zuerst dachte ich, sie meinte die Metalldinger, die man in Holzbretter hämmerte, aber dann bemerkte ich, dass Doll mir ihre Hand hinstreckte. Jeder einzelne Fingernagel war blassrosafarben lackiert und mit einem diagonalen Streifen aus Glitzersteinen versehen.

»Jede Frau muss sich die Haare schneiden lassen, oder?«,

erklärte sie. »Und genauso muss sich jede Frau die Nägel machen lassen. Aber ein Nagelstudio ist billiger als ein Friseursalon. Man braucht nicht so viel Platz und Ausrüstung und keine Angestellten, die Haare schneiden können.«

»Hast du denn eine Ahnung davon, wie man einen Laden führt?«

»Tess, durch Fred habe ich jede Menge Geschäftsleute kennengelernt. Man denkt immer, die sind schlau und gut ausgebildet und so weiter, aber das sind sie nicht. Freds Berater sagt, es gibt zwei Arten, Geld zu verdienen: Entweder du hast eine geniale Idee, so wie Bill Gates. Oder du hast eine kleine Idee und ziehst sie ganz groß auf. Und ich werde mich auf Nägel konzentrieren, nichts weiter als Nägel, und ich werde gut sein und es zu einem Preis machen, den die Leute sich leisten können. Damit werde ich die Erste hier in der Gegend sein.«

»Ist dieses Nagelding nicht bloß eine Modesache?«

»Glaub mir, Tess, ich bin ausgebildete Schönheitskraft. Das mit den Nägeln lässt sich nicht mehr aufhalten. Es ist wie Halloween.«

Ich verstand den Vergleich nicht.

»Als wir klein waren, hatten wir keine Karten und Geschenke und Kostüme und sind nicht durch die Straßen gezogen und haben nach Süßigkeiten gefragt. Aber heute kommt man gar nicht mehr darum herum, stimmt's?«

Damit hatte sie recht. In der Schule hatten wir sogar eine Halloween-Themenwoche.

»Wie willst du dein Geschäft denn nennen?«, fragte ich.

»Ich dachte an *Maria O'Nails*. Was meinst du?«

»Hm, wie wär's mit *The Doll's House?*«, schlug ich vor.

»Das ist genial, Tess!«

Sie holte ihr Notizbuch mit dem pinkfarbenen Lederumschlag aus ihrer pinkfarbenen Mulberry-Tasche und schrieb den Namen auf.

»Du hast den Apostroph vergessen«, sagte ich. »Es muss entweder *Doll's House* heißen – das wäre das Haus von Doll – oder *Dolls' House*, das wäre das Puppenhaus.«

»Scheiß auf den Apostroph«, sagte Doll. »Wen kümmert's? Als ob die Leute von *Toys R Us* sich für Grammatik interessieren würden! Moment mal, klingt *The Dolls House* nicht danach, als wäre es nur *ein* Haus?«

»Einen Schritt nach dem anderen«, erwiderte ich.

»*The Body Shop* hat aber jede Menge Filialen, oder?«, sinnierte Doll. »Und Anita Roddick hat auch in einer Küstenstadt angefangen. Es ist wichtig, eine Marke aufzubauen.«

Vielleicht hatte Doll ja tatsächlich das Zeug, um erfolgreich zu sein. Sie hatte schon immer einen Sinn für Geld gehabt. Mit dreizehn hatte sie angefangen, in einem Friseursalon zu fegen, und innerhalb weniger Wochen hatte sie schon Trinkgeld fürs Haarewaschen bekommen. Mit fünfzehn hatte sie dann den Freundinnen ihrer Mutter für jeweils fünf Pfund die Haare für den Kirchgang frisiert, und am Tag unseres Schulballs hatte sie kombinierte Haar- und Make-up-Termine im Badezimmer der O'Neills angeboten. Und während ihrer Zeit als Spielerfrau hatte sie gut aufgepasst und sich Notizen gemacht.

»Man braucht Publicity, aber ich habe ein paar Kontakte zu den Frauenzeitschriften«, fuhr Doll fort. »Allerdings muss ich mich beeilen, weil die Leute meinen Namen bald vergessen haben werden, wenn ich nicht mehr mit Fred zusammen bin.«

»Du hast nur ein Problem«, sagte ich. »Brauchst du kein Startkapital?«

Mir fiel auf, dass sie Fred das Diamantenarmband nicht zurückgegeben hatte. Wie viel es wohl wert war?

»Nun, ich habe mich in *Chanel* geworfen und bin zur Bank gegangen.«

»No. 5?« Im Kopf hörte ich meine Mutter sagen: »Wenn du einen reichen Mann heiratest, wird er dir *Chanel No. 5* schenken, Tess.«

»Nicht das Parfüm, du Dummkopf. Das Kostüm! Du kennst doch die schwarz-weiß karierte Jacke ohne Kragen mit dem passenden Rock, in dem ich so schöne Beine habe? Muss jedenfalls ganz gut ausgesehen haben, weil der Typ bei der Bank meinte, kein Problem.«

Ich fühlte mich ein wenig ausgeschlossen, weil sie schon so weit gekommen war, ohne dass ich davon gewusst hatte.

»Du wirst mir doch helfen, nicht, Tess?«, bat Doll, die mich gut genug kannte, um zu wissen, was in meinem Kopf vorging.

»Klar«, sagte ich. »Wenn ich kann.«

»Du hast auf jeden Fall schon mal den Namen beigesteuert.«

Ich stellte einen Becher Tee vor sie hin.

»Ach, Tess, das ist das wahre Leben!« Doll nahm sich eine Karamellwaffel. »Weißt du, ich war in Dubai und St. Tropez und Florida und habe in Fünf-Sterne-Hotels übernachtet, aber für mich gibt es nichts Schöneres, als in deiner Küche zu sitzen und mit dir Kekse zu essen. Manchmal liegen die besten Dinge direkt vor deiner Nase, weißt du?«

15 GUS

2003

Gegen Ende unseres ersten Jahrs als Assistenzärzte buchte Lucy einen Kurzurlaub für uns.

»Ich habe da so ein Last-Minute-Angebot im Internet entdeckt. Vier-Sterne-Hotel in Brighton. Mit Meerblick und allem«, sagte sie, als ich am Freitagmorgen vom Nachtdienst nach Hause kam.

»Wow!«

»Wir können ein richtig schönes schmutziges Wochenende haben«, schwärmte sie.

»Ist das nicht ein Widerspruch in sich?«

Sie lachte.

»Wann fahren wir?«

»Heute Abend, du Dummerchen. Es ist doch Last-Minute! Zwei Nächte zum Preis von einer. Wir kommen spät an, aber morgen und Sonntag haben wir den ganzen Tag für uns!«

Sie warf mir einen bedeutungsvollen Blick zu. Die Idee eines schmutzigen Wochenendes passte so gar nicht zu Lucy, und mich befiel leichte Panik.

»Was ist?«, fragte sie, als sie den Ausdruck auf meinem Gesicht bemerkte.

»Nichts«, erwiderte ich. »Charlotte hat Theaterkarten, aber sie findet schon jemand anderen.«

»Sicher?«, fragte Lucy. Die Frage war rein rhetorisch.

Ich gab ihr einen flüchtigen Kuss, dann ging sie zur Arbeit.

Charlotte ging nicht ans Telefon, also hinterließ ich ihr eine kurze Nachricht, und als ich auflegte, durchströmte mich geradezu selige Erleichterung. Es war Charlottes Geburtstag. Das würde ihr gar nicht gefallen und somit hoffentlich das Ende bedeuten.

Ein paar Wochen nachdem es mit Charlotte und mir angefangen hatte, hatte ich beschlossen, sie Lucy gegenüber zu erwähnen und als Freundin der Familie zu beschreiben. Um ehrlich zu sein, stellte ich sie als ziemlich einsame Gestalt dar, weshalb es geradezu meine Pflicht sei, sie gelegentlich ins Theater oder in die Oper zu begleiten. Wäre Lucy Charlotte einmal begegnet, wäre sie vermutlich misstrauischer gewesen, doch ironischerweise begrüßte sie die Idee meiner »Opernfreundin« sogar. Ich glaube, sie fürchtete insgeheim, dass ich sonst sie bitten würde, mitzugehen.

Ich redete mir ein, dass ich nicht wirklich log, wenn ich behauptete, Charlotte sei »deutlich älter« als ich oder dass ich sie für einen ziemlich einsamen Menschen hielt. In Wahrheit hatte sie sich, genau wie das Rauchen, zu einer Sucht entwickelt, von der ich mich überraschend schwer befreien konnte.

Als mir die Ausreden ausgegangen waren, warum ich ständig wie ein Pub roch, war Lucy entsetzt gewesen.

»Seit wann?«, hatte sie gefragt, als ich ihr gestand, dass ich rauchte.

»Seit 9/11«, erwiderte ich. Inzwischen war ich ziemlich gut darin geworden, Halbwahrheiten zu erzählen.

Anfangs hatte ich gar nicht glauben können, dass das mit Charlotte und mir tatsächlich passierte, und als es dann weiterging, legte ich mir ungefähr Folgendes zurecht: Charlotte konnte nicht ernsthaft über eine Beziehung mit mir nachdenken. Ich war fünf Jahre jünger als sie und, was noch wichtiger war, der kleine Bruder ihres ehemaligen Freundes. Verglichen mit Ross war ich unreif, unerfahren und ein Weichei, sodass ich in ihrem Leben ganz offensichtlich nur einen Gastauftritt als Liebhaber hatte, bis ein ernst zu nehmender Kandidat auftauchte.

Ich versuche hier nicht, meine Verantwortung zu leugnen, doch für mich, einen unreifen, unerfahrenen, soften Vertreter des männlichen Geschlechts, war es mit Mitte zwanzig einfach unmöglich, das Angebot abzulehnen, mit der unglaublich schönen Freundin meines älteren Bruders ins Bett zu gehen, die in einer ganz anderen Liga spielte und unglaublich scharf war.

Ich versuchte mehrfach, die Sache zu beenden. Einmal hielt ich fast zwei Wochen lang durch, weil ich zweimal am Tag eine schnelle Runde um den Regent's Park joggte. Doch als ich Charlotte, die ebenfalls um sechs Uhr morgens joggte, dabei zufällig über den Weg lief, konnte ich ihr nicht widerstehen. Der Anblick ihres normalerweise glatten Ponys, der schräg über ihrer Stirn klebte, sowie ihrer von Schweiß glänzenden perfekt geformten Schultern war einfach zu viel für mich. Wir taten es gleich dort im Park, hinter dem Kaffeestand in der Nähe der französischen Gärten. Ihr süßer Morgenatem an meinem Ohr, ihre langen, glatten Schenkel um meine geschlungen. Als ich in sie hineinglitt, fühlte ich ihre seidenweiche Nässe und schlug mit der Stirn gegen die zersplitterten, nach Teer riechenden Holzlatten.

Ich war mir absolut sicher, dass sie früher oder später genug von mir haben würde. In der Zwischenzeit, so redete ich mir ein, würde das Ganze meiner Beziehung zu Lucy auch nicht mehr schaden als bisher. Meine Sünde war also eher Opportunismus als heimtückischer Verrat.

Es war schon spät, als Lucy und ich die Südküste erreichten. Am Bahnhof nahmen wir uns ein Taxi. Derlei kleine Extravaganzen waren nach so vielen Jahren des Studentenlebens noch immer ungewohnt für uns, und ich spürte Lucys kribbelnde Aufregung, als wir im Taxi saßen, das nach Duftbäumchen roch.

Das Hotel strahlte verblassten viktorianischen Glanz aus. Als wir uns der Rezeption näherten, sagte ich: »Sollen wir als Mr. und Mrs. Smith einchecken?«

In Lucys Augen blitzte kurz etwas Fragendes auf, dann kicherte sie etwas verlegen. Wir waren seit fast sechs Jahren zusammen und verfügten beide über ein anständiges Gehalt, dennoch machten wir um die Heiratsfrage noch immer einen Bogen.

In unserem Zimmer angekommen, stieß ich die Türen auf und trat auf den Balkon. Der Wind war frisch und salzig, am Pier glitzerten bunte Lichter. Gelegentlich trug der Wind einen Fetzen Popmusik oder einen fernen Schrei von einem der Fahrgeschäfte über das sanfte Meeresrauschen herüber, und ich spürte, wie sich der Druck der Stadt von meinen Schultern löste.

»Musst du unbedingt rauchen?«, fragte Lucy, als ich mir eine Zigarette anzündete.

Ihr Gesicht war finster vor Sorge um meine Gesundheit, und wie so oft am Tag dachte ich, was für ein Glück ich hatte, mit ihr zusammen zu sein, und was für ein Mistkerl ich war. Entschieden drückte ich die Zigarette aus, trat sie in den Betonboden des Balkons und sagte mir, dass es meine letzte sein würde. Ich sprach es jedoch nicht laut aus, das hatte ich schon zu oft getan. Lucy würde mich nur daran erinnern, und dann käme ich mir vor wie ein Versager, und der ganze Teufelskreis der Sucht würde wieder von vorne beginnen.

Wir standen nebeneinander und blickten aufs Meer. Es fühlte sich gut an, ihren Körper neben meinem zu spüren, und ich hatte sie noch genauso gern wie am ersten Tag unserer Beziehung. Und ich war noch genauso nervös bei der Aussicht, mit ihr zu schlafen, weshalb wir schließlich hergekommen waren. Wie hatte ich denken können, dass ihr unser nachlassendes Sexleben nicht auffallen würde, oder mir einreden können, dass es ihr wahrscheinlich sogar lieber so war?

Am Morgen liefen wir Hand in Hand über die Planken am Pier. Lucy erzählte, auf welchen Fahrgeschäften sie auf welchen Jahrmärkten schon gewesen sei, und überlegte, ob ihr wohl übel werden würde, wenn sie so kurz nach dem reichhaltigen Frühstück auf eine Walzerbahn ging. Sie sprach über alles Mögliche, damit bloß keine Stille entstand, in der die Frage, warum ich letzte Nacht keinen hochgekriegt hatte, womöglich eine größere Bedeutung erlangte, als dass ich einfach nur müde gewesen war.

Mein Mobiltelefon vibrierte an meinem Schenkel. Charlotte rief an, um sich zu beschweren. Plötzlich bemerkte ich, dass wir stehen geblieben waren und Lucy mir eine Frage gestellt hatte.

»Wie bitte?«

»Hast du Geld für den Wechselautomaten? Mensch, Gus,

manchmal bist du irgendwie gar nicht da! Meinst du, du bekommst genügend Sauerstoff da oben?«

Ich wechselte zehn Pfund, und wir wanderten zwischen den diversen Fahrgeschäften umher, ehe wir uns für eins entschieden. Der Booster war am gefährlichsten. Mit seinen vier Sitzen, die an jedem Ende eines hohen, rotierenden Arms saßen, ließ er die anderen Fahrgeschäfte wie Kinderkarussells aussehen.

»Na komm!« Ich nahm Lucys Hand und zog sie zur Kasse. »Die Aussicht von da oben ist bestimmt toll.«

Lucys Kreischen, eine archaische Mischung aus Angst und Aufregung, erregte mich ein bisschen, weil ihre Reaktionen normalerweise ziemlich gemäßigt waren. Als die Fahrt immer mehr an Geschwindigkeit gewann, verging die Angst, und der Spaß wuchs, bis wir nur noch aus purer Freude lachten. Mit nachlassender Geschwindigkeit ließ auch unsere Hysterie nach, und ich merkte, dass ich mindestens fünf Minuten lang nicht an Charlotte gedacht hatte.

Ein Air-Hockey-Tisch lockte uns in eine Spielhalle, und Lucy gewann gleich mehrmals inmitten des Ratterns und Klingelns der Glücksspielautomaten. Wir spielten sonst nur Tennis zusammen, wo ich den Vorteil hatte, groß und schnell zu sein, sodass Lucy trotz ihrer deutlich besseren Technik nur gewann, wenn ich sie ließ. Beim Air-Hockey ging sie geschickter vor als ich mit meinen kraftvollen Stößen und gewann vollkommen zu Recht. Als der letzte Puck in meinem Tor landete und sie vor Schadenfreude strahlte, war ich überwältigt von Zuneigung für sie.

Jeder zweite Laden hier war ein antikes Schmuckgeschäft, in dessen Schaufenstern Diamantringe funkelten. Obwohl Lucy nichts sagte und auch nicht sehnsuchtsvoll ins Schaufenster linste, wie ich es bei diversen anderen Paaren beobachtet hatte, wollte ich sie plötzlich für den vorigen Abend entschädigen, indem ich auf ein Knie sank und ihr einen Antrag machte. Es klingt grotesk, aber das Einzige, was mich davon abhielt, war ein Gefühl von Anstand. Ich wusste, dass es nicht fair war, Lucy um ihre Hand zu bitten, ehe ich ganz sicher wusste, dass es mit Charlotte vorbei war.

Ich kaufte Charlotte zum Geburtstag bei *Liberty* einen Seidenschal von Paul Smith, für den sie sich bedankte, ihn jedoch nicht umlegte.

»Ich habe auch ein Geschenk für dich«, sagte sie.

Ich faltete das Seidenpapier in dem Karton von *Agent Provocateur* auseinander und brachte einen rosafarbenen Einteiler sowie hauchdünne elfenbeinfarbene Strümpfe zum Vorschein. »Das ist für dich, stimmt's?«

Sie schüttelte den Kopf. »Für dich. Ich trage es nur. Soll ich die Strümpfe anziehen, oder willst du mich mit ihnen ans Bett fesseln?«

Manchmal beschlich mich der Gedanke, dass Charlotte nebenher als Edel-Callgirl arbeiten sollte (oder es vielleicht sogar schon tat). Wo lernte sie all dieses Zeug?

Wenn der Sex noch großartiger war als sonst, lag das daran, dass ich wusste, es würde das letzte Mal sein. Anschließend stand ich auf, duschte und zog mich an, weil ich mir zu ausgeliefert vorgekommen wäre, wenn ich es ihr nackt gesagt hätte.

»Na dann«, sagte sie, als ich an der Tür stand und leicht von einem Fuß auf den anderen trat.

»Ich weiß, ich habe das schon mal gesagt, aber das muss wirklich das letzte Mal gewesen sein«, verkündete ich.

»Du hast es doch nicht etwa deinem Hausmütterchen erzählt, oder?«

»Nenn sie nicht so.«

»Ist sie etwa schwanger?«

»Nicht dass ich wüsste.« Ich versuchte, mich cool zu geben, klang jedoch wie ein Idiot.

»Das wäre nämlich ein wenig unangenehm …«

»Warum?«, gab ich gereizt zurück. Wenn Lucy schwanger wäre, hätte das nichts mit Charlotte zu tun. Es wäre vielleicht sogar ganz schön, dachte ich, nur dass Lucy viel zu vernünftig war, um einen solchen Fehler zu begehen.

»Weil ich es bin«, sagte Charlotte. »Schwanger.«

Dann, nach einer langen Pause, fügte sie hinzu: »Kannst du nicht ein bisschen glücklicher gucken?«

»Wie?«

»Liebling, das lernt man doch schon in der Grundschule, oder nicht?«

»Ich meine …« Sie verhütete doch wohl?

»Polyzystische Ovarien. Ich hätte nie gedacht, dass ich fruchtbar bin.«

»Aber du hättest …«

»Du hast nie gefragt.«

Wie war das passiert? Herrgott, ich war Arzt. Warum hatte ich alle Prinzipien über Bord geworfen? Weil es sich jedes Mal wie eine einmalige Chance angefühlt hatte, die ich nicht verderben durfte.

»Welcher Monat?« Meine Stimme hallte in meinem Kopf wider, als würde ein anderer die notwendigen Fragen stellen.

»Ich werde dich nicht mit meiner Periode langweilen oder mit ihrem Ausbleiben, aber mangels normaler Indikatoren scheine ich bereits im vierten Monat zu sein, vielleicht sogar Anfang fünfter.«

Ihr Bauch war noch flach. War das ein eigenwilliger Scherz? Ich musste verwirrt ausgesehen haben.

»Und ja, ist es«, sagte sie.

»Was?«

»Deins.«

»Und du willst es …?« An diesem Punkt betrachtete ich es noch als etwas, das allein mit ihr zu tun hatte und mit niemandem sonst.

»Ich habe lange darüber nachgedacht. Natürlich kommt es unerwartet, aber ich bin dreißig, und mit meinen Eierstöcken wird es auf natürliche Weise vielleicht nicht noch einmal dazu kommen. Die Zeit, die mir jetzt verloren geht, ist wahrscheinlich geringer als die, die es mich kostet, wenn ich erst Chirurgin werde und dann eine künstliche Befruchtung durchmachen muss.«

»Und was erwartest du von mir?«, fragte ich.

»Willst du mir nicht anbieten, eine ehrbare Frau aus mir zu machen?«

Das war ein Scherz, oder?

»Du willst mich heiraten?«

»Findest du das so überraschend? Wir haben den besten Sex überhaupt. Du bist intelligent und gebildet. Und wahrscheinlich wärst du auch noch ein ziemlich guter Vater.«

Alles, was sie sagte, klang so seltsam für mich, dass ich das Gefühl hatte zu halluzinieren. Wie eine surrealistische Installation lag sie da in ihrer rosa Seidenunterwäsche, Lippen und Brustwarzen dunkel vom Sex, während in ihrem Bauch ein kleiner Mensch heranwuchs, der halb mir gehörte. Als ich auf ihren Körper starrte, bildete ich mir ein, nun doch die neue Rundung an ihrem Bauch zu erkennen, in der sich ein winziges Kind krümmte.

In einem von Lucys Geburtskundebüchern gab es eine Übersicht, auf der die verschiedenen Entwicklungsstufen eines Babys mit Lebensmitteln verglichen wurden. Mit vier Monaten war das Baby deutlich größer als eine Kidneybohne, wahrscheinlich noch nicht ganz so groß wie eine Grapefruit.

Als ich nichts sagte, bemerkte Charlotte in sehnsuchtsvollem Ton, den ich noch nie bei ihr gehört hatte: »Es könnte doch ganz schön sein ... Meinst du nicht?«

Einen Augenblick lang wirkte sie so verletzlich, dass ich sie in den Arm nehmen und ihr versichern wollte, dass alles gut würde. Und dennoch war ich mir noch immer nicht sicher, ob es sich nicht um ein ausgeklügeltes Spiel handelte. Die einzige Frage, mit der ich das herausfinden konnte, war: »Willst du mich heiraten?«

Hin und wieder, wenn wir mit einem Glas in der Hand in irgendeinem Theaterfoyer gestanden hatten, hatte ich mich der Fantasie hingegeben, die Leute würden uns fälschlicherweise für ein richtiges Paar halten. Allerdings hatte ich nie darüber nachgedacht, wie wir diesen Status erlangen könnten, und wenn, dann hatte ich es mir sicher nicht so vorgestellt.

»Ach, Angus, du bist so süß!«

Sie kniete sich aufs Bett, nahm meine Hand und sagte feierlich: »Ich will«, bevor sie mich mit dem zärtlichsten und sinnlichsten Kuss belohnte, den ich je bekommen hatte.

Wie sagt man seiner Freundin, mit der man seit sechs Jahren zusammen ist, dass man sich spontan mit einer anderen Frau verlobt hat, weil man sie unwissentlich geschwängert hat?

Eine Frau, die zufällig einmal die Freundin des älteren Bruders gewesen war, den man noch nie erwähnt hatte?

Auf dem Weg von der Charlotte Street nach Hause atmete ich mehrmals tief durch und versuchte, im Kopf eine Rede vorzubereiten. Der langsam aufgehäufte Lügenberg, der sich im Einzelnen gar nicht so schlimm angefühlt hatte, schien mir jetzt unüberwindbar. Zum ersten Mal dämmerte mir, dass ich durch das Aufdecken von Lügen, die ich zuvor für mein persönliches Problem gehalten hatte, auch Lucys Leben zerstören würde. Ich war mir nicht sicher, ob ich dazu in der Lage war. Aber ich musste. Es gab ein Baby. Es gab Charlotte ...

Als ich nach Hause kam, war Lucy mit ein paar Freundinnen im Kino und anschließend bei Nando's. Als sie schließlich zurückkehrte, war es zu spät, um mit ihr zu reden, weil ich schon im Bett lag und vorgab, fest zu schlafen.

Ich hätte es ihr am nächsten Tag sagen sollen, aber sie musste einer schwangeren Frau mitteilen, dass das Herz des Kindes nicht länger schlug, und nachdem sie mir das erzählt hatte, konnte ich mich nicht mehr dazu überwinden.

Ich nahm mir fest vor, es ihr am Wochenende zu erklären, doch am Donnerstag rief mein Vater an, um mir mitzuteilen, dass er und meine Mutter mir etwas zu sagen hätten, das sie nur persönlich tun könnten.

»Seid ihr krank?«

»Nein, das nicht.«

Aber es klang ernster als etwa die Entscheidung, in Rente zu gehen oder umzuziehen.

»Ich muss am Wochenende zu meinen Eltern«, erklärte ich Lucy.

»Kann ich nicht mitkommen?«

»Ich glaube, das wäre keine gute Idee.«

Sie war noch nie mit bei meinen Eltern gewesen, aber jetzt schien nicht der beste Zeitpunkt für einen Besuch zu sein.

»Warum?«

Als mir nicht sofort eine Ausrede einfiel, kam mir der Gedanke, ob der Besuch nicht vielleicht eine Gelegenheit sein könnte, in Lucy erste Zweifel an unserer Beziehung zu wecken, sozusagen im Vorfeld, bevor ich ihr meine Neuigkeiten mitteilte.

Mein Vater erwartete uns am Bahnhof. »Ich sage es ganz direkt«, kündigte er an, als er den Wagen startete. »Deine Mutter und ich haben beschlossen, uns zu trennen.«

»Dein Vater hat eine Affäre mit seiner Zahnarzthelferin«, lautete die Version meiner Mutter, kaum dass wir durch die Tür traten.

»Vielleicht wäre es Ihnen lieber, wenn ich …?«, hob Lucy verlegen an, weil sie eindeutig nicht mit einer derart persönlichen Offenbarung gerechnet hatte.

»Nein, Sie können ruhig hören, was auf Sie zukommt, wenn Ihr gutes Aussehen und Ihre Libido allmählich nachlassen«, stieß meine Mutter hervor.

Eine derart unverblümte Aussage entsprach so gar nicht ihrem sonstigen Charakter. Hatte sie getrunken oder zu viel vom Nachmittagsprogramm im Fernsehen verfolgt?

»Deine Mutter und ich sind seit einiger Zeit nicht mehr glücklich …«

»Wie denn auch, nachdem …?«, fragte meine Mutter.

»… und nachdem sich diese Chance bietet, habe ich das Gefühl, ich muss versuchen …«

»Sie ist siebenunddreißig«, bemerkte meine Mutter.

Als mir keine passende Antwort einfiel, beging ich den Fehler, meinen Vater anzusehen.

»Ach, ich verstehe«, ging meine Mutter sofort auf mich los. »Du hast es wohl die ganze Zeit gewusst, was?«

»Absolut nicht!«, protestierte ich.

»Nein, ehrlich nicht«, pflichtete Lucy mir bei.

Meine Mutter starrte mich an. Ich wusste nicht, was ich sagen sollte oder was sie von mir erwartete. Sollte ich meinem Vater Vorhaltungen machen oder versuchen, ihn umzustimmen? Hätte Ross das getan? Ich bemerkte, dass Lucy auf dem Kaminsims die Bilder von meinem Bruder entdeckt hatte. Ross, mit Doktorhut und Abschlusszeugnis in der Hand, stand direkt neben mir in genau derselben Pose.

Die Stille schien endlos.

»Und? Wie geht es jetzt weiter?«, fragte ich schließlich.

»Ich werde dieses Haus nicht verlassen«, erklärte meine Mutter sofort. »Ich habe mein ganzes Leben hier reingesteckt.«

»Ich ziehe aus«, sagte mein Vater.

»Tu nicht so, als wäre das ein Opfer!«, schrie sie ihn an.

»Ich habe auch viel in das Haus investiert«, gab er ziemlich pathetisch zurück.

»Und jetzt hast du alles zerstört!«, stellte meine Mutter fest und rauschte aus dem Zimmer.

Ich hatte sie schon oft weinen hören, aber noch nie so. Sie klang wie ein verletztes Tier.

»Kommt Mum finanziell zurecht?«, fragte ich, weil ich das Gefühl hatte, jemand müsste ihre Interessen vertreten.

»Ja, ja!«, erwiderte er ungeduldig. »Hör zu, ich glaube, es ist besser, wenn ich dich mit ihr allein lasse. Ich melde mich wegen des ganzen organisatorischen Krams.«

»Okay«, erwiderte ich. Und dann, weil mir nichts anderes einfiel, reichte ich ihm die Hand, die er anscheinend überrascht und zugleich dankbar ergriff.

»Sie konnte nicht loslassen«, sagte er mit ungewohnt bewegter, heiserer Stimme. »Sie hat es mir sogar übel genommen, dass ich es wollte.«

Ich hatte sie als Einheit gesehen, in Trauer verbunden, doch tatsächlich waren wir alle ziemlich allein gewesen.

»Hoffentlich wirst du glücklich«, war alles, was mir einfiel.

In seinen Augen las ich, dass er dachte, ich hätte das sarkastisch gemeint, und irgendwie war es zu spät, das richtigzustellen.

»Das ist doch irgendwie nicht gerecht, findest du nicht?«, fragte Lucy, nachdem sich das Sicherheitstor hinter dem Lexus meines Vaters geschlossen hatte. »Man könnte sie sich schließlich nicht mit einem siebenunddreißigjährigen Mann vorstellen, oder?«

Lucy trat vor das Kaminsims, um sich die Fotos genauer anzuschauen: Ross mit Zahnlücken, nachdem ihm die Milchzähne ausgefallen waren; Ross mit Mütze, Blazer und Shorts von der Grundschule; Ross, wie er den Rugby-Pokal entgegennimmt; Ross mit seinem achtköpfigen Ruderteam, wie sie alle zusammen das Boot über den Köpfen halten; Ross mit einer verspiegelten Skibrille vor den verschneiten Bergen.

Ich holte tief Luft.

»Das ist mein Bruder«, sagte ich. »Er ist bei einem Skiunfall ums Leben gekommen, im Winter, bevor ich angefangen habe zu studieren. Ich wollte nicht, dass die Leute in mir nur den Trauernden sehen und nicht wissen, was sie sagen sollen, verstehst du?«

»Oh, Gus, das tut mir leid!«

Lucys Augen füllten sich mit Tränen. Das war in der Szene, wie ich sie mir vorgestellt hatte, nicht vorgesehen gewesen.

»Es muss schrecklich für dich gewesen sein …«

»Ja, schon. Aber jetzt machst du genau das, was ich nicht wollte, weißt du?«

»Tut mir leid.«

Sie sollte sich nicht entschuldigen. Sie sollte sich aufregen, weil ich ihr nicht die Wahrheit gesagt hatte.

»Was ist passiert?«, fragte sie sanft.

Eine Frage, die mir meine Eltern und der Suchtrupp und die Polizei vor all den Jahren gestellt hatten, und seither niemand mehr. Eine Frage, über die ich nur ungern nachdachte.

»Er ist abseits der Piste gefahren und gegen einen Baum geprallt. Sein Hirn war so schwer geschädigt, dass man beschlossen hat, die lebenserhaltenden Maschinen abzuschalten.«

»Warst du dabei?«

»Als sie abgeschaltet wurden? Nein. Meine Eltern waren dabei.«

Lucy sagte nichts, aber ich wusste, dass sie das nicht gemeint hatte.

»Vermutlich kannst du mir nicht verzeihen, dass ich es dir nicht erzählt habe?« Kaum hatte ich die Worte ausgesprochen, war mir klar, dass es der falsche Zeitpunkt war. Ich hätte warten sollen, bis sich die Bedeutung all dessen bei ihr gesetzt hatte.

»Aber da gibt es nichts zu verzeihen!«, rief Lucy. »Es tut mir nur so leid, dass ich nicht für dich da gewesen bin!«

Sie drehte sich um und versuchte, mich zu umarmen, aber ich konnte ihre Umarmung nicht erwidern. Ihre Bemühungen, es mir leichter zu machen, machten es nur noch schwerer.

»Er sah sehr gut aus«, stellte sie fest und nahm das Foto, das ihn mit einem Rucksack auf dem Rücken zeigte. Zwischen Schule und Uni war er ein Jahr durch die Welt gereist.

»Ja. Er sah gut aus, und er war cool und gut in allem, was er getan hat. Alle haben ihn vergöttert.«

»Und ist das seine Freundin?«

Freud lässt grüßen – das Bild von Charlotte und Ross als Addams Family hatte ich übersehen.

»Ja.«

»Sie sieht phänomenal aus.«

»Ja.«

Den Rest des Tages war Lucy ziemlich still. Doch als meine Mutter herunterkam und uns etwas zum Abendessen zubereitete, setzten wir beide eine strahlende Miene auf. Es gab Quiche mit Hähnchen und Lauch. Wenn meine Mutter sie selbst gewesen wäre, hätte sie das Gästezimmer für Lucy vorbereitet, aber in ihrem aktuellen Zustand hatte sie nicht daran gedacht. Also legten wir uns zusammen in das schmale Bett in meinem alten Zimmer. Zuerst fühlte es sich angenehm und beinahe melancholisch an, mich wie früher an ihren Rücken zu schmiegen, wie beim ersten Mal in Lucys Bett in Broadstairs. Allerdings war keinem von uns jetzt nach Sex zumute. Nach einer Weile merkte ich, dass sie genauso wenig einschlafen konnte wie ich.

»Alles okay bei dir?«, fragte sie in die Dunkelheit.

»Ich hatte schon bessere Tage.«

»Tut mir leid. Wie dumm von mir.«

»Nein. Schon okay. Es tut mir leid, dass ich dich da mit reingezogen habe.«

»Muss es nicht. Ich wünschte, du *hättest* mich mit einbezogen. Es kommt mir so komisch vor, dass du mir nichts von

Ross erzählt hast. Er ist so ein wichtiger Teil deines Lebens, und ich wusste nichts von ihm. Dabei dachte ich immer, ich würde dich gut kennen.«

Erneut taten wir beide eine Weile so, als wollten wir schlafen.

»Dein Herz schlägt ganz schön schnell«, bemerkte Lucy. »Bist du sicher, dass es dir gut geht?«

»Nein! Bin ich nicht!«, schrie ich.

Plötzlich konnte ich meine Panik nicht mehr beherrschen.

Ich setzte mich auf. Sie ebenfalls. Sie wollte das Licht anschalten, doch ich wusste nicht, ob ich ihr sagen konnte, was ich sagen musste, wenn sie mich dabei ansah.

»Nicht!«

»Was ist los?«

»Mir geht's gut. Nein, geht es nicht. Ich bin ein mieses Arschloch!«

»Gus, beruhige dich. Es ist okay. Du hast einen Schock. Ehrlich, Gus. Du hast eine Panikattacke. Atme tief durch. Ich hole dir ein Glas Wasser.«

»ICH BRAUCHE KEIN WASSER!«

Ich hatte Lucy noch nie angeschrien. Meinem Ausbruch folgte eine verletzte Stille.

»Lucy. Es tut mir leid, aber wir müssen uns trennen. Ich wollte dir das schon die ganze Woche sagen, bevor das mit meinen Eltern passiert ist.«

»Sei nicht albern!«

»Ich meine es ernst.«

Ich konnte ihr Gesicht nicht richtig sehen, aber ich spürte, dass sie mir noch immer nicht glaubte. Wahrscheinlich dachte sie, ich sei vorübergehend nicht ganz zurechnungsfähig, weil ich einen Schock erlitten hätte.

»Ich habe seit zwei Jahren eine Affäre mit einer anderen Frau, und ich werde sie heiraten.«

Wie feige, das in der Dunkelheit zu sagen!

Jetzt hielt ich sie nicht mehr davon ab, die Nachttischlampe einzuschalten, und als sie es tat, las sie in meinem Gesicht, dass ich es ernst meinte. Anders als erwartet, weinte sie nicht – noch nicht.

»Warum?«, fragte sie ruhig.

Was würde sie für eine gute Ärztin werden.

»Sie ist schwanger«, seufzte ich. »Und sie will das Baby bekommen.«

»Aber liebst du sie?«

Klingt komisch, aber die Frage war mir noch nie in den Sinn gekommen. Ob Charlotte sie sich wohl gestellt hatte? Keiner von uns hatte von Liebe gesprochen. Sie war zu cool, und ich bemühte mich, ebenfalls cool zu sein.

»Ja.«

Da ich nicht in Lucys Nähe sein konnte, während ich das sagte, stieg ich aus dem Bett und nahm einen Arsenal-Bademantel vom Haken an der Tür, um meine Blöße zu bedecken. Ich hatte ihn bekommen, als ich ungefähr zwölf gewesen war, weshalb das mit dem Bedecken der Blöße mehr schlecht als recht funktionierte.

Ich setzte mich auf die Bettkante.

»Nein!«, schrie Lucy, woraufhin ich wieder aufsprang und mir bloßgestellt und dumm vorkam.

»Habt ihr denn nicht verhütet?« Die Hebel in Lucys Gehirn rasteten ein, und meine Taten summierten sich.

»Ich habe gedacht …«

»Du hast mich nicht nur betrogen, sondern mich auch noch gefährdet?«

An Krankheitsübertragung hatte ich überhaupt nicht gedacht.

»Ich bin mir sicher …«

»Genauso wie du dir sicher warst, dass sie die Pille nimmt? Wie heißt sie überhaupt?«

»Charlotte.«

»Doch nicht etwa deine Opernfreundin? O mein Gott! Wie konnte ich nur so dumm sein! Ich habe dir vertraut, Gus! Ich dachte, du wärst eben einfach nett! Es ist mir nie in den Sinn gekommen, dir nicht zu vertrauen!«

»Ich weiß«, sagte ich.

»Weiß Charlotte von mir?«

»Wir reden eigentlich nicht über …«

»Ihr vögelt wohl nur, was? Oder geht ihr wirklich in die Oper? Herrgott, Gus! Bist du verrückt geworden?«

»Vielleicht.«

»Du lebst mit mir! Du weißt doch gar nicht, wie es ist, mit *ihr* zu leben. Das ist irre! Das ist vollkommen irre, Gus!«

Ich fühlte mich wie erstarrt. Es gab keine Entschuldigung. Keine Erklärung.

Plötzlich stürzte Lucy sich auf mich und trommelte mit den Fäusten auf meine Brust.

»Was ist mit dir los?«, schrie sie mich an. »Was ist los mit dir, Gus? Du bist ja wie in Trance!«

Als ich nicht reagierte, sank sie auf die Knie, ihr Mund war schmerzverzerrt, dann folgte heftiges Schluchzen.

Ich fand es furchtbar, sie derart außer Kontrolle und unglücklich zu sehen – meine unschuldige Freundin, meine Gefährtin. Sie hatte mir das Gefühl gegeben, normal zu sein, und ich belohnte sie dafür, indem ich mich derart gemein verhielt. Es gab nichts, womit ich sie hätte trösten können.

Schließlich atmete sie unendlich lange ein und riss sich erneut zusammen. »Es ist wegen Ross, stimmt's?«, sagte sie.

Ich dachte, sie meinte die Tatsache, dass ich mich von Charlotte angezogen fühlte. Wie klug sie war.

In meinem Kopf blitzte ein Bild von Charlotte in ihrem weißen Bikini auf, von dem Tag, als Ross sie mit nach Hause gebracht hatte, um unseren Whirlpool zu testen.

»Hat man jemanden erst einmal belogen, verliert man die Achtung vor ihm«, fuhr Lucy nachdenklich fort. »Erst hast du mir das mit Ross verschwiegen. Wahrscheinlich sind dir all die anderen Lügen dadurch leichter gefallen.«

Auch das war ziemlich scharfsinnig.

»Ich hätte auf Helen hören sollen«, sagte Lucy, und einen Augenblick lang ersetzte ein resigniertes Seufzen ihre Wut. »Sie hat deinen ganzen verträumten Quatsch nie geglaubt.«

Sie sah zu mir hoch. Ich stand völlig unfähig in meinem lächerlichen, viel zu kleinen Bademantel vor ihr. »Lass mich allein, Gus.«

Ich ging in Ross' Zimmer, legte mich auf sein Bett und starrte auf das Regal mit den glänzenden Trophäen, während ich auf das gedämpfte Murmeln meiner Freundin lauschte, die die ganze Nacht über mit ihrem Handy telefonierte.

Gegen sieben Uhr morgens klingelte es. Ich lief nach unten und öffnete Nicky die Tür. Lucy schritt wortlos an mir vorbei und setzte sich ins Auto ihrer Mutter.

»Ich wollte ihr wirklich nicht wehtun«, stammelte ich.

»Ach *wirklich,* Gus?«, gab Nicky zurück und sah mich derart enttäuscht an, dass ich das Gefühl hatte, die ganze Familie betrogen zu haben.

»Was ist los?« Als ich mich umdrehte und die Tür schloss, stand meine Mutter im Morgenmantel auf der Treppe.

»Ich habe mit Lucy Schluss gemacht.«

»Hier? Warum?«

»Ich fürchte, ich habe sie enttäuscht.«

»Doch nicht etwa wie dein Vater?«

Ich wollte protestieren. Nein, so nicht. Doch wo war der Unterschied? Mein Schweigen verriet mich.

»Warum?«, schrie meine Mutter plötzlich zur Decke und warf den Kopf in den Nacken.

»Weißt du was? Ross ist auch kein Engel gewesen.« Ich bedauerte die Worte, kaum dass ich sie ausgesprochen hatte.

Der leere Blick meiner Mutter war beunruhigender als ihre übliche, leicht enttäuschte Miene. Die Gewissheit, dass sie mich, zumindest in diesem Moment, hasste, ließ mich erschaudern.

»Ich weiß nicht, warum du hier bist«, sagte sie mit einer ungeduldigen Handbewegung, dann drehte sie sich um und ging die Treppe hinauf. »Würdest du bitte einfach gehen?«

Im Zug zurück nach London hatte ich das Gefühl, nicht länger zu wissen, wer ich war. Ich starrte auf mein Gesicht, das sich in der Fensterscheibe spiegelte. Die Person, die ich gedacht hatte zu sein, war nur eine Illusion gewesen. Mir war übel vor Scham und Selbstverachtung.

In unserer Wohnung packte ich meine Habseligkeiten in einen Koffer. War es verletzender, Dinge, die ich von Lucy geschenkt bekommen hatte, dazulassen oder mitzunehmen? Schließlich entschied ich mich fürs Dalassen.

Ich ging noch ein letztes Mal in jedes Zimmer und konnte mir nicht vorstellen, dass ich nie wieder in diesem Bett aufwachen, nie wieder auf diesem Herd Frühstück für Lucy zubereiten würde. Nie wieder im Winter neben ihr auf dem Sofa kauern würde, wobei unsere albernen Riesenhausschuhe unter der Decke hervorlugten.

Aus einem Impuls heraus wählte ich ihre Mobilnummer.

»Geht es dir gut?«

»Was denkst du wohl?« Sie seufzte erschöpft.

Schweigen.

»Keine Sorge, Gus. Ich werde keine Dummheiten machen …«

»Das habe ich auch nicht gedacht …«

»Nein.«

Wieder Schweigen.

»Ruf mich nicht mehr an, Gus«, sagte sie und legte auf.

Ich warf meinen Schlüssel in den Briefkasten.

Ausnahmsweise funktionierte der Aufzug.

Während ich meinen Koffer den kurzen Weg zu Charlottes Wohnung rollte, befiel mich eine neue Angst. Vielleicht war das Ganze nur ein Scherz gewesen? Seit dem Wochenende hatten Charlotte und ich nicht mehr miteinander gesprochen. Was, wenn sie mich auslachte? Wohin sollte ich gehen? Nash würde mich wahrscheinlich auf ihrem Sofa schlafen lassen, aber nicht, bevor sie mir eine Predigt über mein Verhalten Frauen gegenüber gehalten hätte, und ich konnte es kaum ertragen, noch jemanden zu enttäuschen.

Es dauerte eine Weile, bis Charlotte die Gegensprechanlage betätigte, und als sie sich schließlich meldete, klang sie kühl. »Ja?«

»Hier ist Angus.«

Sie drückte den Summer. Polternd schleppte ich den Koffer die Stiegen hinauf. Die Tür zu ihrer Wohnung stand offen. Sie lag in ihrer rosa Wäsche auf dem Bett.

»Langsam dachte ich schon, du hättest nicht den Mut.« Sie klopfte auf den Platz neben sich.

Wie unglaublich schnell das Gehirn umschaltet. Gerade noch hatte ich traurig und heimatlos auf der Straße gestanden, und nur einen Augenblick später stieg ich auf meine Geliebte und wurde vom Freudentaumel eines Lottogewinners überwältigt.

Die Menschen beschreiben einen Lottogewinn oft wie ein Märchen und vergessen dabei, dass jedes Märchen auch eine dunkle Seite hat. Für mich war die unheilvolle Vorahnung stets gegenwärtig, wie bei Hänsel, der wusste, dass er die Süßigkeiten eigentlich nicht annehmen sollte.

In den drei Wochen vor unserer Hochzeit entdeckten Charlotte und ich Dinge aneinander, die man nur herausfindet, wenn man zusammenwohnt. Charlotte konnte nicht kochen. Ich bedauerte es, dass ich die flache Kasserolle von Le Creuset zurückgelassen hatte, die Nicky mir letztes Jahr zum Geburtstag geschenkt hatte und die zugleich als Bratpfanne diente. Charlotte war unordentlich. Wie sich herausstellte, lag der tadellose Zustand ihrer Dachgeschosswohnung allein in dem Umstand begründet, dass zweimal in der Woche eine Putzfrau kam. In den Tagen dazwischen hängte Charlotte ihre Kleidung weder auf, noch schmiss sie die schmutzige Wäsche in den Korb. Charlottes Rechtfertigung war ökonomischer Natur. Wenn du einem anderen weniger dafür bezahlst, diese Arbeit zu erledigen, als du selbst in dieser Zeit verdienst, warum solltest du damit deine Zeit vergeuden?

Aufgrund dieser Erklärung, oder weil ich so lange als Kellner gearbeitet hatte, kam ich mir manchmal vor wie ein Butler, wenn ich Charlottes Sachen bügelte oder ihr das Frühstück ans Bett brachte. Nur dass Butler im Allgemeinen nicht in Boxershorts herumlaufen, nicht mit glänzenden, butterigen Lippen geküsst werden, wenn die Dame des Hauses ihr Frühstück beendet hat, und auch nicht mit ausgestreckten Gliedern auf dem Bett liegen, während sich besagte Dame auf ihnen windet und ihre nackte Haut mit Toastkrümeln schmirgelt.

Wir beschlossen, auf dem Standesamt von Marylebone zu heiraten. Wäre die Trauung sofort möglich gewesen, hätten wir wahrscheinlich ein paar Leute auf der Straße gebeten, unseren Bund zu bezeugen. Man musste sein Vorhaben jedoch zunächst öffentlich aushängen, und so erzählten wir es unseren Eltern. Charlottes waren schon lange geschieden. Ihren Vater hatte sie seit Jahren nicht mehr gesehen; er lebte mit seiner neuen Familie in Schottland. Doch er schickte uns eine Karte und einen Scheck über tausend Pfund. Ihre Mutter, die kürzlich mit Robbie, einem Jugendfreund, den sie bei Friends Reunited wieder getroffen hatte, nach Mallorca gezogen war, bestand darauf, für die Trauung herzufliegen.

So, wie meine Eltern jeweils auf die Neuigkeit reagiert hatten, entschied ich mich, keinen von beiden einzuladen.

»Aber Lucy ist doch ein nettes Mädchen ...!« Mein Vater versuchte, den Gang der Ereignisse nachzuvollziehen und fand, dass das etwas zu weit ging, selbst für seine Verhältnisse.

»Du meinst doch nicht etwa die Charlotte von Ross?«, fragte meine Mutter.

Ich rief Marcus an, der inzwischen als Vertragsanwalt für einen großen Finanzkonzern arbeitete, und bat ihn, mein Trauzeuge zu sein.

»Ich fühle mich geehrt«, sagte er. »Lass mich kurz in den Kalender schauen. Reden wir von diesem Jahr?«

»Von nächstem Mittwoch«, erklärte ich. »Ein spontaner Entschluss.«

»Oh. Tja. Herzlichen Glückwunsch! Dann sollte ich wohl mal schnell an meiner Rede arbeiten!«

»Keine Sorge, es ist nur eine ganz einfache Trauung, im Anschluss gibt es ein Mittagessen bei *Piattini*. Wir fliegen noch am selben Abend nach New York.«

»Da hast du Glück«, sagte er. »Ich bin in letzter Zeit bei einem Haufen Hochzeiten gewesen, von denen jede so viel gekostet haben muss wie ein ganzes Haus! Ich nehme an, dass es dann auch keinen Dresscode gibt?«

»Kein Dresscode.«

Ich erstand bei Marks & Spencer einen schwarzen Anzug, den einzigen von der Stange, dessen Hosenbeine lang genug waren. Charlotte kaufte sich eine cremefarbene Jacke im Smoking-Stil und ein schwarzes Kleid von *Liberty*, weil sie am Bauch etwas zugenommen hatte, auch wenn ihre Schwangerschaft noch nicht zu sehen war. Das Outfit hing an der Gardinenstange über der Terrassentür.

»Bringt das denn nicht Unglück, wenn ich dein Kleid vorher sehe?«, fragte ich, als wir am Abend vor der Hochzeit ins Bett gingen.

»Oh, ich hasse dieses ganze Zeug. Erwachsene Frauen werden wie Jungfrauen zurechtgemacht, um sie wegzugeben – im einundzwanzigsten Jahrhundert, Herrgott!«

Ich dachte an die monatelangen Vorbereitungen für Pippas Hochzeit und dass mir dasselbe Theater mit Lucy bevorgestanden hätte. So schien es mir viel erwachsener.

Am nächsten Morgen lag ich auf dem Bett und sah zu, wie Charlotte in ihre neue schwarze Unterwäsche und die passenden Strümpfe schlüpfte. Würde ich mich je an den aufregenden Anblick von über Wäsche gleitenden Kleidern gewöhnen? Es war eine Art umgekehrter Striptease, der mich fast noch mehr erregte als andersherum.

Unsere kleinen Handgepäckkoffer nahmen wir mit ins Taxi. Wir hatten uns entschieden, in New York zu flittern, weil wir die Stadt beide nicht kannten und es uns ein angemessen attraktiver Ort für ein langes Wochenende zu sein schien. Mehr Urlaub konnte ich mir, so kurz nachdem ich mein erstes Jahr als Assistenzarzt begonnen hatte, nicht leisten.

Marcus stand bereits auf den Stufen des Standesamts, als unser Taxi vorfuhr. Ich sah sein Gesicht, als Charlotte ausstieg – sie hatte einfach diese Wirkung auf Männer, man konnte sie nicht *nicht* ansehen –, und seine Überraschung, als ich ihr folgte und den Fahrer bezahlte.

»Marcus, das ist Charlotte.« Ich stellte sie einander vor.

»Freut mich.« Er schüttelte ihr die Hand und lächelte charmanter und entspannter, als ich ihn je gesehen hatte. Als er sich zu mir umdrehte, konnte er sich ein jungenhaftes »Wie um alles in der Welt hast du das geschafft?«-Lächeln nicht verkneifen, das mir das Gefühl gab, einen Wettstreit gewonnen zu haben, an dem ich gar nicht teilgenommen hatte.

Charlottes Mutter schenkte ihr einen kleinen Blumenstrauß aus blassrosa Rosen, der sich deutlich von dem grellen Gesteck aus künstlichen Blumen auf dem Tisch des Standesamts abhob. Als wir erneut auf die geschäftige Straße hinaustraten, regnete Reis auf uns nieder, ebenfalls von Charlottes Mutter. Er klebte in unseren Haaren und an unserer Kleidung und flog uns beim Lachen in den Mund. Dann fuhren wir zu viert im Taxi zu *Piattini*.

Ich hatte dort Hunderte von Essen serviert und oft in der Küche gegessen, doch noch nie zuvor hatte ich selbst im

Restaurant gespeist. Als Hochzeitsessen servierte Stefania ein köstlich butteriges *risotto alla milanese* mit Safran, das mit einem Hauch Blattgold dekoriert war. Anschließend folgte ein scharf angebratenes blutiges Steak mit einem Rucolasalat, auf den süßer Balsamico-Essig geträufelt war. Zum Nachtisch gab es ein Schokoladen-Haselnuss-Semifreddo zwischen feinen Karamellblättern, die sich nach dem ersten zarten Biss im Mund auflösten. Als Stefania aus der Küche kam, um uns zur Hochzeit zu gratulieren, applaudierten wir.

Ich bemerkte, wie sie stutzte, als ich ihr Charlotte vorstellte und die beiden sich auf diese seltsame europäische Art auf die Wangen küssten. Stefania und Salvatore waren zwar nicht meine Ersatzeltern, aber sie betrieben ein Familienunternehmen, zu dem ich einige Jahre gehört hatte – wir standen uns näher als Angestellter und Chef. In meinem leichten Chianti-Nebel bemerkte ich Stefanias Überraschung über meine überaus elegante Frau. Bei Marcus hatte mich derselbe Ausdruck stolz gemacht und bestätigt; bei Stefania fand ich ihn hingegen etwas beunruhigend.

Charlotte hatte das Geschenk ihres Vaters in Businessclass-Tickets investiert, sodass ich reichlich Platz für meine Beine fand. Wegen des Babys hatte ich ohnehin schon deutlich mehr getrunken als sie, und jetzt versorgte man mich auch noch ständig mit Sekt.

»Daran könnte ich mich gewöhnen«, sagte ich schläfrig, als die Kabinenbeleuchtung gedimmt wurde und die Stewardess uns Kissen mit sauberen Baumwollbezügen reichte.

»Ich auch«, erwiderte Charlotte. In der Dunkelheit merkte ich, dass ihre Hand die meine suchte.

Ich hatte von dem Luxus gesprochen; sie hatte uns gemeint.

Sich in der Dunkelheit zurückzulehnen und an den Händen zu halten, diese simple Geste, war das Intimste, was wir je getan hatten.

»Komm«, flüsterte sie an meinem Hals.

Ich folgte ihr in die Flugzeugtoilette, wo wir in dreißigtausend Fuß Höhe unsere Hochzeit vollendeten, während noch immer Reiskörner aus unseren Kleidern fielen.

16 TESS

2003

Ich glaube, man nennt es den »Mile-High-Club«. Jedenfalls war es mit Sicherheit das, was gerade in der Flugzeugtoilette vor sich ging. Aber die Leute hatten vermutlich nicht besonders viel Spaß dabei, weil Hope immer wieder heftig gegen die Tür klopfte. Ich hatte geglaubt, die Toilette in der Businessclass sei größer – ich musste ja mit hinein, weil ich nicht riskieren wollte, dass Hope sich einschloss und nicht mehr herauskam –, aber Hope musste so dringend, dass wir kehrtmachten und zurück nach hinten gingen, den ganzen Weg durch die abgedunkelte Economyclass, wo die Leute versuchten zu schlafen. Bis Hope krähte: »Meine Unterhose ist nass!«

»Warum bist du nicht am Flughafen gegangen, wie ich es dir gesagt habe?«

»Weil ich da noch nicht musste!«

Es war so lange her, seit Hope sich das letzte Mal in die Hose gemacht hatte, dass ich keine Ersatzunterwäsche im Handgepäck mitgenommen hatte, und ich schämte mich, die Stewardess um ein Handtuch für die Sitzfläche zu bitten. Als wir endlich auf dem Klo angelangt waren und Hope das Blut sah, wurde es noch schlimmer.

Es gibt kein Buch, in dem erklärt wird, wie man einem leicht autistischen Mädchen auf einer Flugzeugtoilette erklärt, dass es seine erste Periode hat. Hope war erst elf, darum hatte ich noch nicht damit gerechnet, obwohl ich wusste, dass die fülligeren Mädchen meist früher dran waren. Die Sache ist schon unter optimalen Umständen schwer zu erklären, zumal Hope ja immer alles ganz wörtlich nahm. Der einzige Vorteil an der Sache war, dass sie nach der ganzen Schreierei so erschöpft war, dass sie den ganzen restlichen Flug über schlief.

Kevin und Shaun warteten in der Ankunftshalle auf uns. Sie hielten ein Schild mit dem Text »Céad míle fáilte Teresa and Hope Costello«.

Es stimmt also, was man über die Iren sagt: Sie werden sogar noch irischer, wenn sie im Ausland leben.

Es ist immer ein seltsamer Moment, wenn man jemanden nach Jahren wiedersieht. Zuerst beäugt man sich unsicher, weil man sich fragt, ob der andere jetzt auch das Gefühl hat, man sei älter geworden.

Ich habe nie verstanden, warum Männer, die Angst vor einer Glatze haben, sich beim ersten Anzeichen ausgehender Haare komplett den Kopf rasieren. Es ist doch sicher nicht schön, ständig den eigenen blanken Schädel betrachten zu müssen. Vielleicht finden sie, dass ein rasierter Kopf attraktiver ist als ein paar kümmerliche, zur Seite gekämmte Haarreste, und das stimmt vermutlich. Ob Kev eine Perücke trug, wenn er auf der Bühne stand? Ich hatte noch nie einen glatzköpfigen Balletttänzer erlebt, wobei ich zugegebenermaßen noch nicht viele Exemplare gesehen hatte in meinem Leben. Höchstens mal auf BBC2 an Weihnachten oder in dem Film *Billy Elliot,* aber da hatten sie Federn auf dem

Kopf gehabt, sodass man ihre Haare sowieso nicht hatte sehen können.

Ich hatte keine Ahnung, was Kevin über mich dachte – na ja, rückblickend vielleicht doch, weil Shaun mir später vorschlug, ein bisschen mit meinem »Typ« zu experimentieren.

»Hattet ihr einen guten Flug?«, fragte Kevin.

»Aus mir kommt Blut raus, weil ich kein Kind kriege«, sagte Hope.

Da musste wahrscheinlich sogar Kevin zugeben, dass Hope anders war als die meisten Mädchen in ihrem Alter.

»Sie hat ihre erste Periode bekommen. Im Flugzeug. Ich hatte keine Ahnung. Abgesehen davon war der Flug gut, danke.«

»Willkommen im Big Apple«, sagte Shaun.

Er wirkte auf mich wie ein freundlicher, rücksichtsvoller Mann. Wir kannten uns zwar kaum, aber ich fand den Umgang mit ihm manchmal sogar angenehmer als mit Kevin, den ich ja schon mein ganzes Leben lang kannte. Kev fühlte sich mir gegenüber immer in die Defensive getrieben. Ich machte ihm keine Vorwürfe, weil er mich alleingelassen hatte, aber er zählte trotzdem ständig die Gründe dafür auf, warum er uns nicht wenigstens hin und wieder besuchen konnte.

Wir nahmen ein gelbes Taxi nach Manhattan. Zuerst war ich ein bisschen enttäuscht. In den Außenbezirken sah New York aus wie jede andere Stadt: schäbige Häuser, staubige Parkplätze und riesige Plakatwände, aber das hätte ich mir eigentlich denken können, weil es im *Großen Gatsby* ja auch so war. In dem Moment aber, als wir Manhattan zu Gesicht bekamen, änderte sich mein Eindruck. Die Hochhäuser wurden angestrahlt, so wie im Vorspann von *Friends*. Wir fuhren über die Brooklyn Bridge, und alles sah so aus, wie ich es aus Film und Fernsehen kannte. Jetzt erst wurde mir richtig bewusst, dass die Twin Towers nicht mehr da waren. Dieses leere Stück Himmel musste die New Yorker wohl jeden Tag daran erinnern, dass die Welt nie mehr dieselbe sein würde.

Kev und Shaun bewohnten ein Maisonette-Loft in einem Viertel namens Tribeca. Shaun erklärte, das sei eine Abkürzung für »Triangle Below Canal Street«, dabei klingt der Name viel exotischer, fast wie ein altes russisches Viertel. Kev erzählte uns, dass Robert de Niro – er nannte ihn Bob, als würde er ihn persönlich kennen – gleich um die Ecke wohnte. Die Wohnung wirkte ziemlich dunkel, als Shaun die Tür öffnete und uns unser Zimmer zeigte. Hope und ich hatten tatsächlich ein eigenes Zimmer, mit Blick auf die Gegend rund um die Wall Street, einem großen Doppelbett und einem zusammengeklappten Futon auf dem Parkettboden.

Kev und Shaun teilten sich ein riesiges Bett im anderen Zimmer. Ich wusste nicht, was Hope daraus schließen würde. Sie hatte kein Interesse an »Rumgeknutsche« zwischen Männern und Frauen, und ich hatte keine Ahnung, wie sie auf zwei »rumknutschende« Männer reagieren würde. Eigentlich hätte ich sie darauf vorbereiten müssen, aber ich wusste nicht, wie ich das anfangen sollte. Den ganzen Urlaub über hatte ich Angst, dass sie eine peinliche Frage stellen würde und es dann irgendwie meine Schuld wäre.

Das Wohnzimmer lag im vierten Stock, aber die Zimmerdecke darüber war entfernt worden, sodass man über eine Treppe die höher gelegene Küche erreichen und von dort aus auf die Dachterrasse gelangen konnte. Alles war verglast, wodurch die Wohnung riesig und luftig wirkte.

»Warum ist die Küche oben?«, wollte Hope wissen.

»Warum nicht?«, gab Kevin zurück. Wie ich schon sagte, er fühlte sich immer in die Defensive gedrängt.

»Tree! Warum ist die Küche oben?«

»Weil Kev und Shaun das so am schönsten finden. So kannst du gleichzeitig essen und die Aussicht bewundern, siehst du?«

Ich wusste, was sie jetzt dachte: Zu Hause oder in der Schule bewunderten wir nicht die Aussicht, während wir aßen. Wozu also sollte man das tun wollen?

»Ist dein Haus verkehrt rum?«, wollte Hope von Shaun wissen.

»Könnte man so sagen«, kicherte er. »Bitte, fühle dich wie zu Hause!«

Hope war nicht gut, was Redensarten anging.

»Unser Haus ist aber richtig rum.«

Wir spazierten ein bisschen durch die Nachbarschaft, bevor wir ein frühes Abendessen zu uns nahmen. Für uns war es nämlich schon nach Mitternacht. Tribeca war eins dieser Viertel, in denen die Klamottenläden wie Kunstinstallationen aussahen: eine Neonröhre im Schaufenster und vielleicht ein einziges Paar Schuhe oder ein Kleid, aber keine Preisschilder. Shaun hatte einen Tisch in einem sehr schönen Restaurant reserviert, aber es war wie Perlen für die Säue für Leute, die eine Flunder nicht von einem Schnapper unterscheiden konnten (und unter Umständen nicht einmal wussten, dass beides Fische waren) oder die Pasta nur »mit Käse«, »mit Fleischbällchen« oder »aus der Dose« kannten. Die Kellner waren sehr freundlich und hätten uns sicher auch eine Dose Heinz-Spaghetti gebracht, wenn wir sie darum gebeten hätten, aber ich versicherte Shaun, dass *farfalle* mit Kirschtomaten und Ziegenkäse völlig in Ordnung seien für Hope. Wobei wir sie lieber »Schleifchennudeln« nannten statt »Schmetterlingsnudeln«.

Mir fiel auf, dass das Trinkgeld, das Shaun auf dem Tisch liegen ließ, höher ausfiel als jeder Betrag, den ich bis dahin für eine ganze Mahlzeit in einem Restaurant ausgegeben hatte. Auf dem Weg zurück in die Wohnung kamen sich Kevin und Hope zum ersten Mal näher. Shaun und ich ließen uns ein bisschen zurückfallen. Ich sprach Shaun auf das Trinkgeld an und versicherte ihm, wir wären mit *McDonald's* oder *KFC* absolut zufrieden gewesen.

Er lächelte. »Was möchtet ihr denn unternehmen, während ihr hier seid?«

»Wir müssen auf jeden Fall das Empire State Building sehen. Ich meine, auf die Aussichtsplattform fahren.«

Man konnte den Wolkenkratzer von unserer Dachterrasse aus sehen.

»Möchte Hope vielleicht in ein Musical gehen?«, fragte Shaun. »Kevin meint, sie singt gern.«

Ich zögerte. Sie sang wirklich sehr gern.

Es war wohl das Beste, ganz offen darüber zu reden. »Das Problem ist, wenn sie das Lied kennt, singt sie mit. Und sie kennt alle Lieder.«

»Mach dir keine Gedanken, Tess«, sagte Shaun. »Ich bin es gewohnt, mit anstrengenden Menschen umzugehen.«

Er war Regisseur, darum dachte ich zuerst, er meinte die Tänzer und Schauspieler, aber er nickte unmissverständlich in Kevins Richtung, und einen Augenblick lang sahen wir uns mit einem wohltuenden, wissenden Lächeln an.

Am nächsten Abend besorgte Shaun uns Karten für den *König der Löwen*. Wir hatten vier zentrale Sperrsitze, sogenannte House Seats, die die Theaterleitung für Leute wie

George Clooney zurückhielt, für den Fall, dass sie in letzter Minute noch beschlossen, sich das Stück anzusehen. Hope saß zwischen Shaun und mir, und als es dunkel wurde im Saal und die Musik begann, sagte er freundlich, aber bestimmt zu ihr: »Also, Hope, du bist jetzt ein Teil des Publikums, und die Aufgabe des Publikums ist es, stillzusitzen und leise zu sein, ansonsten dürfen wir uns die Vorstellung nicht weiter ansehen.«

Das war riskant, weil ihr auf diese Weise keine Zeit mehr blieb, ihm zu widersprechen, aber zu meiner Überraschung benahm sie sich wirklich gut. Vielleicht half es, dass Shaun ein Mann war, denn wir waren es gewohnt, unserem Dad zu gehorchen. Außerdem nahm die Show Hope ganz und gar gefangen. Die Schauspieler bewegten sich wie afrikanische Tiere, und die Musik war sehr ergreifend. Es war atemberaubend.

Als wir wieder draußen auf der Straße waren, fragte Hope: »Darf ich jetzt singen?«

Shaun entgegnete: »Ja, jetzt darfst du.«

Und so hörten wir uns den ganzen Nachhauseweg lang *»Hakuna Matata«* an, und während Kev sich für Hope schämte, schien es den anderen Passagieren in der Subway durchaus zu gefallen. Hätte Kev seine Mütze abgenommen und herumgehen lassen, hätten wir vermutlich eine Menge Kleingeld eingenommen.

In den folgenden Tagen ging Shaun mit uns in weitere Matinees und Abendvorstellungen. Wir sahen *Wicked, Hairspray, Les Misérables* und *Mamma Mia!* – das Hope am besten gefiel. Kevin musste für eine Premiere proben und konnte nicht mitkommen, und ich spürte, dass er deswegen ein bisschen verstimmt war. Er stand gern im Mittelpunkt, und vielleicht war tatsächlich etwas dran an seiner Eifersucht. Um ehrlich zu sein, hatte ich mich ein bisschen in Shaun verliebt. Nicht auf der körperlichen Ebene, obwohl er wirklich toll aussah und sich schick anzog. Er trug gelbe Kaschmirpullover und edle Jeans und duftete immer ganz wunderbar. Aber das war es nicht. Nein, wahrscheinlich war ich deswegen so vernarrt in ihn, weil er so rücksichtsvoll war und ein Talent dafür hatte, immer die besten Seiten eines Menschen zu sehen. Das betraf nicht nur Hope, sondern auch mich.

Shaun war der erste Mensch, mit dem ich mich vernünftig über Kunst unterhalten konnte. Während Kev Hope in den Zoo führte, gingen wir ins *MoMA*. Dort hängen ein paar wunderschöne Matisses und außerdem jede Menge Warhols. Es war ein Erlebnis, sie in der Stadt zu betrachten, in der sie entstanden waren. Durch Shaun kam ich auch zum ersten Mal mit zeitgenössischer amerikanischer Literatur in Berührung. Er wählte bestimmte Bände aus seinem Regal im Wohnzimmer aus, und ich las sie abends in meinem Zimmer. Am nächsten Morgen unterhielten wir uns darüber. Mein Kopf fühlte sich an wie ein leeres Gefäß, das mit Wissen gefüllt werden wollte. Das sagte ich auch zu Shaun, und er lachte mich nicht aus. Er fand sogar, ich solle auf die Uni gehen.

»Ich hatte schon einen Studienplatz für Englisch«, erzählte ich ihm stolz. »Am University College in London. Aber das hat dann leider nicht geklappt, wegen Mum.«

»Wieder die alte Leier«, seufzte Kevin.

Wir saßen im Central Park. Es war einer dieser sonnigen Tage, an denen man glaubt, es sei warm genug für ein Picknick – und wir hatten sogar eins dabei, in einer Papiertüte von Zabar's, einem berühmten Deli. Doch als Kev das sagte, fühlte sich der Rasen, auf dem wir saßen, plötzlich ein wenig zu kalt an, der Wind zu frisch. Wahrscheinlich hätten wir es besser lassen sollen.

Ich wollte nicht wie eine Märtyrerin klingen oder den anderen das Gefühl geben, sie seien mir zu Dank verpflichtet, aber ich hatte durchaus das Gefühl, eine schwierige Aufgabe bewältigen und Opfer bringen zu müssen. Ich wollte auch kein Mitgefühl, aber ich fand es unfair, dass niemand sich in der Lage sah, mir einfach mal Anerkennung für meine Mühen zu zollen, bloß weil alle sich weigerten zuzugeben, dass es überhaupt ein Problem gab (einfach weil sie keine Verantwortung dafür übernehmen wollten).

So ähnlich formulierte ich es dann auch, und Kevin fühlte sich prompt angegriffen.

»Es ist ja nicht so, dass du irgendwas Sinnvolles studiert hättest«, sagte er.

Jetzt klang er genau wie Dad, wenn Kevin in seine Rolle als der »Künstler« der Familie schlüpfte.

»Als wenn Tanzen was Sinnvolles wäre!«, gab ich zurück.

»Warum ist bloß jeder in meiner Familie dagegen, dass ich tanze?«

»Warum musst du immer alles verdrehen? *Du* hast doch behauptet, dass meine Ziele nicht sinnvoll sind«, entgegnete ich.

Wie schnell Geschwister doch wieder zu Kindern werden. Du hast angefangen! Nein, du! Ziemlich bald ist man dann so wütend aufeinander, dass man tatsächlich nicht mehr weiß, wer angefangen hat.

»Ich meine doch nur, das Schicksal hat dich nicht vom Bücherlesen abgehalten«, sagte Kev. Ich hätte merken sollen, dass er gerade versuchte, wieder zurückzurudern. Aber ich war in Rage.

»Es hat mich aber davon abgehalten, einen Uniabschluss zu machen! Ich war die Beste in meiner Klasse, und jetzt habe ich nicht mal eine Ausbildung!«

»Dafür ist es nicht zu spät, Tess«, warf Shaun ein. »Du solltest es wirklich versuchen. Findest du nicht, Kevin?«

»Findest du nicht, Kevin?«, wiederholte Hope.

An diesem Nachmittag fuhren wir mit der Circle-Line-Fähre einmal um Manhattan.

Wir standen an Deck, und Kevin erklärte: »Das ist die …«

»Freiheitsstatue«, unterbrach ihn Hope.

»Woher weißt du denn das, Hope?« Er sah mich überrascht an.

»Du hast uns mal eine Postkarte geschickt.«

Er wirkte zufrieden und gleichzeitig beeindruckt.

Dann begann er, uns die anderen Sehenswürdigkeiten zu zeigen. Die Staten Island Ferry, den South Street Seaport, die Brooklyn Bridge, die Manhattan Bridge …

»Da drüben ist das Hauptquartier der Vereinten Nationen«, sagte Hope, als wir den East River entlangtuckerten. »In den Nachrichten steht das immer in dem Spruchband unter den Leuten.«

Während die meisten Zuschauer wohl den Worten des Reporters über die letzte Sitzung des Sicherheitsrats gelauscht hatten, hatte Hope die Form des Gebäudes und die eingeblendete Unterzeile studiert. Im Grunde waren das nur zwei verschiedene Ansätze, denselben Sachverhalt zu betrachten, aber ich spürte, wie in Kevin so langsam die Ahnung aufstieg, dass Hope ziemlich schlau war, wenn auch auf ungewöhnliche Art. Es freute mich, weil die Sache mit Hope eben schwierig zu erklären war. Die Leute mussten selbst darauf kommen.

»Und das da, kennst du das auch?«, fragte er.

»Das ist doch das Empire State Building, wo der Pfirsich gelandet ist«, sagte Hope, als wäre Kevin ein Idiot.

»Richtig! Und das da?« Er zeigte auf das Chrysler Building.

»Weiß ich nicht.«

»Dann sage ich es dir.«

Ich weinte fast vor Rührung, als Kevin den Arm um seine kleine Schwester legte und ihr die Stadt zeigte, die er jetzt seine Heimat nannte. Ich glaube, es war das erste Mal, dass Kev Hope nicht mehr als Problem, sondern als Geschenk ansah. Das klingt wohl wie etwas, das ein Priester sagen würde, aber eigentlich ist es eine ganz gute Wortwahl.

Shaun und ich zogen uns ein Stückchen zurück, um die beiden alleine zu lassen.

»Was machst du, wenn sie auf die weiterführende Schule kommt?«, fragte Shaun.

Dort gab es keine Lehrassistentinnen mehr wie in der Grundschule, aber selbst wenn, wäre es nicht gut für Hope, wenn ich sie weiterhin zur Schule begleiten würde. Irgendwann musste sie lernen, alleine zurechtzukommen, und der Zeitpunkt dafür schien günstig. Wenn sie im Aufnahmetest keinen Panikanfall bekam, würde sie die geforderte Note schaffen, um eine normale Klasse zu besuchen. Außerdem hatte die Krankenkasse ihr inzwischen wenigstens stundenweise eine Helferin bewilligt. Das waren ganz gute Aussichten, aber eine Frage blieb: Was würde aus mir werden?

»Hast du mal darüber nachgedacht, Lehrerin zu werden?«, fragte Shaun.

»Das haben mir schon viele Leute geraten.«

Es wäre eine logische Entscheidung gewesen, denn ich musste außerhalb der Schulstunden ja weiterhin auf Hope aufpassen. Dad lebte inzwischen bei Anne, und sie wollte Hope nicht die ganze Zeit um sich herum haben.

»Die Arme ist ja schon schlimm genug dran mit Dad«, hatte Kev am Abend zuvor gesagt, als wir uns in einem Moment geschwisterlicher Harmonie angelächelt hatten. Wenigstens für einen Augenblick waren wir Freunde gewesen, keine Rivalen.

Mich hielten gleich mehrere Dinge davon ab, mich zur Lehrerin ausbilden zu lassen. Zunächst einmal hätte ich ein Studium machen müssen, und das bedeutete konkret: abends studieren, tagsüber weiterhin als Lehrassistentin arbeiten, und das mindestens drei Jahre lang. Danach stand ein Schulpraktikum an, also ein weiteres Jahr ohne Einkommen. Aber der Hauptgrund, der dagegen sprach, war die Tatsache, dass ich gar nicht Lehrerin werden wollte.

»Ich bin zur Schule gegangen, und dann bin ich statt an die Uni wieder zurück an die Schule gegangen. Und jetzt soll ich den Rest meines Lebens in der Schule verbringen«, klagte ich Shaun. »Ich habe doch noch gar nichts gelernt!«

Shaun hob die Hände, wie um jeglichen Widerstand aufzugeben.

»Weißt du denn, was du stattdessen machen willst?«

Ich saß auf einem Touristenboot in einem fremden Land, zusammen mit einem Mann, der mich kaum kannte, aber ich war im Begriff, ihm etwas anzuvertrauen, das ich nie zuvor jemandem verraten hatte. Außer meiner Mum, aber damals war ich erst zehn Jahre alt gewesen, also zählte das wohl nicht. Nicht einmal Dave oder Doll wussten davon. Jetzt hatte ich die Gelegenheit, auszuprobieren, wie die Worte klangen, wenn ich sie laut aussprach. Wenn Shaun mich jetzt auslachte, würde zu Hause nie jemand davon erfahren.

»Ich wäre gern Schriftstellerin.«

Er lachte mich nicht aus. Um ehrlich zu sein, wenn ich auch nur den geringsten Verdacht gehabt hätte, dass er über mich lachen würde, hätte ich nichts gesagt. Im Grunde war ich also nicht besonders mutig gewesen.

»Schreibst du denn?«

»In der Schule habe ich Gedichte geschrieben, und außerdem erfinde ich ständig Geschichten. Hältst du mich für verrückt?«

»Wenn du von mir wissen willst, ob ich dich für eine gute Schriftstellerin halte – das kann ich dir nicht beantworten, solange ich nichts von dir gelesen habe. Aber ich weiß, dass du viel liest, und Schriftsteller sind immer auch Leser. Sicher hast du eine ganz eigene Stimme in dir, Tess. Aber mehr kann ich dazu nicht sagen. Der Rest liegt ganz bei dir. Schreib doch mal was. Mach einen Kurs, in dem du kreatives Schreiben lernst.«

Ich fühlte mich, als hätte ich offiziell die Erlaubnis bekommen, meinem Traum zu folgen. Das war aufregend. Aber die Frage, wie ich meinen Lebensunterhalt verdienen sollte, blieb.

»Ich könnte ja für Doll arbeiten …«

»Doll?«

»Meine beste Freundin.«

Seltsam. Shaun kannte mich mittlerweile recht gut, hatte aber noch nie von Doll gehört. Also lieferte ich ihm eine kurze Zusammenfassung unserer Freundschaft. Doll hatte erstaunlich gute Voraussagen getroffen, was das Nagelgeschäft anging, und sie arbeitete wirklich hart. Sie war wieder zu Hause eingezogen und steckte ihre Zeit und Ersparnisse in *The Dolls House*. Das Geschäft wuchs so schnell, dass sie schon die vierte Filiale eröffnet hatte.

»Das klingt nach einer Frau mit Geschäftssinn.«

Ich spürte einen irrationalen Stich der Eifersucht. Doll hatte schon genug männliche Verehrer. Sie konnte nichts dafür, dass sie hübsch war, nutzte das aber schamlos aus, wenn es um ihren Vorteil ging. Das hatten sowohl ihr Bankberater als auch der Typ, der ihr Logo entworfen hatte, zu spüren bekommen. Sogar Dave. Er hatte viel für sie gearbeitet, ihr so einige Waschbecken eingebaut und dafür nur den Selbstkostenpreis verlangt. Ich wollte Shaun nicht mit ihr teilen, auch wenn er in New York lebte. Allerdings war es auch nicht sehr wahrscheinlich, dass sie sich je über den Weg laufen würden.

»Die Idee mit dem Namen stammt von mir«, sagte ich.

»Aber du willst nicht mit ihr arbeiten?« Ganz offensichtlich hatte er meine Ambivalenz herausgehört.

»Erstens heißt es, man sollte Freundschaft und Geschäftliches nicht mischen. Zweitens interessiere ich mich einfach nicht besonders für Schönheitsbehandlungen und so was.«

»Vielleicht ist es gar nicht notwendig, dass deine Arbeit dich intellektuell und emotional befriedigt. Vielleicht hilft es dir sogar, einen Job zu machen, der dir kreativen Freiraum zum Schreiben lässt …«

Er nahm mich tatsächlich ernst.

»Und was ist drittens?«, fragte er.

»Ich sehe nicht aus wie eine Schriftstellerin, oder?«

Shaun lachte laut auf.

»Na, wenn das dein einziges Problem ist, Süße, dann hör dir mal an, was Kevin und ich für dich geplant haben.«

Die »Typveränderung« – was vermutlich gruseliger klingt, als es tatsächlich war. Ich rede hier nicht von einer plastischen Operation oder von Botox.

»Du bist ein weißes Blatt«, sagte Shaun.

»Na, vielen Dank auch«, entgegnete ich.

»Damit meine ich, du hast eine Menge Potenzial. Darf ich dir dabei helfen, es zu verwirklichen?«

Hope und ich setzten uns beide in einen Friseurstuhl, während Shaun der Stylistin genaue Anweisungen erteilte. Hope sollte einen ordentlichen Bob bekommen, der ihrer Gesichtsform schmeichelte und leicht zu pflegen war. Ich dagegen sollte ein radikales Neustyling über mich ergehen lassen. Ich würde große Teile meines fusseligen Haars auf dem Boden des Salons zurücklassen und mit einem Gesicht aus dem Stuhl aufstehen, das ich selbst kaum wiedererkennen würde.

Seit meiner Kindheit hatte ich meine langen braunen Locken im Mittelscheitel getragen. Für die Schule hatte ich sie hochgebunden oder zu Zöpfen geflochten. Doll hatte mir alle möglichen Glättungsprodukte besorgt, aber keins hielt länger als ein oder zwei Tage. Normalerweise band ich mir einen großen, buschigen Pferdeschwanz, und wenn ich besonders schick aussehen wollte, machte ich mir mit Haarnadeln und viel Spray einen Dutt. Aber dann sagten die Leute immer, ich würde sie an meine Mutter erinnern. Mum war zwar eine attraktive Frau gewesen, aber ich glaube, sie meinten damit, dass ich alt aussähe.

Als ich jetzt in den Spiegel des Salons blickte, sah ich eine junge Frau. Meine stumpfen, fusseligen Haare hatten sich wie durch Zauberhand in glänzende kurze Locken verwandelt. Meine Augen wirkten deutlich größer. Shaun nannte mich »elfenhaft«.

Danach zupfte mir die Make-up-Dame die Augenbrauen in Form und zeigte mir, wie ich meine Wangenknochen am besten betonte, und dann ging Shaun mit mir Klamotten einkaufen. Mit ihm an meiner Seite traute ich mich, Outfits anzuprobieren, die ich mir nicht einmal im Traum selbst ausgesucht hätte. Am Ende fühlte ich mich wie ein neuer Mensch. Vielleicht hatten auch die amerikanischen Kleidergrößen etwas damit zu tun: Ich hatte noch nie zuvor eine Größe 8 getragen.

Bei hohen Schuhen allerdings war für mich Schluss. In Amerika mochte es anders sein, dort waren die Menschen größer. Aber Dave musste sich schon an genügend Neuerungen gewöhnen, etwa an meine kurzen Kleider in A-Linie oder an meine schlanken Caprihosen, da wollte ich ihn nicht noch mit hohen Schuhen überragen.

»Wer ist Dave?«, fragte Shaun.

Es ließ vermutlich tief blicken, dass ich während der ganzen Woche nicht ein einziges Mal meinen Verlobten erwähnt hatte, auch wenn wir noch kein Hochzeitsdatum festgelegt hatten.

»Dave ist der Music Man«, erklärte Hope lapidar.

An diesem Abend saß ich zusammen mit Shaun auf der Dachterrasse. Wir tranken Cosmopolitans, und ich fühlte mich wie in *Sex and the City*. Unter uns glitzerte das Straßennetz von New York. Mein Highball-Glas war voller Eis, der Limetten- und Cranberrysaft schmeckte herrlich erfrischend, und den Alkohol merkte ich gar nicht richtig. Wahrscheinlich trank ich zu schnell zu viel.

»Wirst du ihn heiraten, diesen Dave?«, fragte Shaun.

»Er ist sehr nett. Er hat eine eigene Wohnung in Herne Bay und einen Van. Alle mögen ihn ...«

Ich betrachtete das Wohnhaus nebenan. Hinter all den erleuchteten Fenstern spielten sich gerade kleine Dramen ab. Tausende und Abertausende kleiner Dramen. Großstädte faszinierten mich.

»Aber?«, fragte Shaun und füllte mein Glas wieder auf.

Hatte man mir das Aber so deutlich angehört?

Ich seufzte. »Ich werde den Gedanken nicht los, dass da noch mehr sein muss. Wahrscheinlich ist das echte Leben nicht so aufregend, wie ich es mir vorstelle, aber das möchte ich selbst herausfinden. Doll ist mir da voraus. Sie hat ihren Traum gelebt. Und jetzt hat sie eine Arbeit, die sie erfüllt. Aber ich möchte mich nicht auf ihre Erzählungen verlassen müssen.«

Shaun sagte nichts.

»Gleichzeitig liebe ich Dave. Jeder liebt Dave. Er gehört inzwischen zur Familie. Sogar Dad mag ihn. Anne auch. Und was würde Hope nur ohne ihn machen? Daran darf ich nicht mal denken. Warum kann ich es also nicht einfach durchziehen, damit alle glücklich sind?«

Wenn ich darauf hoffte, dass Shaun mich in meinen Überlegungen bestärkte, hoffte ich vergebens.

»Es ist übrigens nicht Daves Schuld«, sagte ich. »Er liebt mich. Aber er kennt mich einfach nicht gut genug.«

»Was kennt er denn nicht an dir?«, fragte Shaun.

Ich nahm einen großen Schluck von meinem rosafarbenen Cocktail. »Als er mich das erste Mal gesehen hat, waren wir in der Schule, und die Kinder waren dabei, und du weißt ja, wie das ist, sie drängen sich um dich und wollen dir alles Mögliche erzählen, und so musste er einfach den Eindruck haben, ich sei ein mütterlicher, fürsorglicher Mensch. Ob er mich wohl bemerkt hätte, wenn ich allein auf einer Studentenparty herumgestanden hätte?«

Shaun schwieg noch immer. Er gab mir den Raum, meine Gedanken auszubreiten und das auszusprechen, was ich noch niemandem gesagt hatte.

»Dave wünscht sich ein nettes kleines Häuschen und eine Familie. Und ich … Ich will nicht mal Kinder!«

Noch immer keine Reaktion.

»Ich werde niemals Kinder in diese Welt setzen.«

Die Worte schienen in der Luft nachzuhallen, wie der Klang von Kirchenglocken kurz nach dem Läuten.

»Warum?«, fragte Shaun schließlich.

»Weil ich es nicht riskieren kann, dass ich sterbe und sie zurücklassen muss. Das kann man doch keinem antun!«

Plötzlich liefen mir die Tränen über die Wangen. Ich wusste nicht, wo sie auf einmal hergekommen waren.

»Es macht mir Angst, mich um ein Kind kümmern zu müssen, weißt du? Ich lebe die ganze Zeit über in der Furcht, mir könnte etwas zustoßen. Was soll dann aus Hope werden?«

Jetzt schnürten mir die Tränen beinahe die Kehle zu.

»So muss es auch Mum immer gegangen sein. Warum ist sie dann nicht rechtzeitig zu ihren Untersuchungen gegangen? Das war so egoistisch von ihr, und ich kann ihr das nicht verzeihen. Was hat sie sich bloß dabei gedacht? Was sollte denn aus uns werden?«

Dann überließ ich mich komplett meinen Gefühlen. Ich wurde von Weinkrämpfen geschüttelt und heulte so laut, dass ich den Verkehr unten auf der Straße übertönte.

»Es tut mir leid, Mum! So habe ich es nicht gemeint … Es tut mir so leid!«

Shaun stellte sich neben mich und legte mir eine Hand auf den Rücken, was mich nur noch heftiger zum Weinen brachte. Er war so nett, und in zwei Tagen mussten wir wieder nach Hause, und dann konnte ich nicht mehr mit ihm reden, und ich hatte dann auch keinen Urlaub mehr, auf den ich mich freuen konnte.

Und dann, plötzlich, atmete ich tief ein, und die Tränen versiegten.

Als Kinder, während eines Sommers in Irland, hatten wir einmal einen kleinen Staudamm am Strand gebaut, und als wir nach Hause gehen mussten, war unser kleines Rinnsal zu einem großen See geworden. Wir standen alle darum herum, während Dad bis drei zählte. Dann stürzten wir uns mit unseren Schaufeln auf die Staumauer und gaben die Wassermassen frei. Plötzlich war der Sand wieder flach und das Wasser wieder im Meer. Und ich starrte in die untergehende Sonne und verspürte eine Wehmut, fast so, als wäre ein kleiner Teil meines Lebens verloren gegangen.

»Ich hätte das Wutstadium nicht auslassen sollen, oder?«, sagte ich.

»Kummer ist keine Checkliste, die du abarbeiten kannst, Tess«, erwiderte Shaun.

»Ich bin auch nicht wirklich wütend auf Mum«, sagte ich. »Ich habe sie mehr geliebt als jeden anderen Menschen. Aber ich wünschte, sie hätte nicht immer nur an die anderen gedacht. Es hat ja nichts gebracht. Hope hätte sie so dringend gebraucht …«

»Und du hättest sie auch gebraucht.«

»Aber ich hätte sie nicht so sehr gebraucht, wenn sie nicht gestorben wäre!«

»Tess, manchmal hast du eine Logik wie Hope.«

Wenn die Leute über den Einfluss der Gene oder der Erziehung reden, lassen sie oft außer Acht, dass Erziehung in beide Richtungen funktioniert. Klar, Kinder kopieren die Erwachsenen, aber niemand weist einen darauf hin, dass auch die Erwachsenen die Kinder imitieren. Diese lustigen Sprüche, die in den Familienwortschatz eingehen, kommen ja normalerweise von den Kindern. Wenn Hope und ich uns also auf irgendeine Weise ähnelten, war das vielleicht wegen der Gene oder weil sie manche Sachen von mir übernommen hatte. Vielleicht hatte ich aber auch Sachen von ihr übernommen.

»Sollen wir versuchen, dein schweres Päckchen ein bisschen leichter zu machen?«, fragte Shaun.

Ich nickte.

»Mir scheint, dein Hauptproblem ist deine Angst vor dem Tod«, sagte er. »Du glaubst, du stirbst jung, weil deine Mum früh gestorben ist?«

»Ihre Mutter auch.«

»Gibt es da nicht irgendeinen Gentest, den du machen könntest?«

»Doch.« Ich berichtete ihm von einem Artikel, den ich kürzlich gelesen hatte. »Aber nur fünf Prozent der Menschen bekommen Krebs aufgrund ihrer genetischen Veranlagung. Und im Moment besagen die Richtlinien, dass man den Test nur machen darf, wenn man einen nahen Angehörigen mit dieser Genmutation hat.«

Ich war deswegen schon beim Arzt gewesen. Leider war die nette junge Ärztin, zu der ich normalerweise immer ging, im Mutterschaftsurlaub, darum musste ich zu dem älteren Arzt, der mich schon als Kind gekannt hatte und mich noch immer wie eins behandelte.

»Wie alt bist du jetzt, Teresa?«, hatte er gefragt und einen Blick in meine Akte geworfen. »Vierundzwanzig? Das ist viel zu jung! So ein Gentest ist eine ernste Sache.«

Manchmal traut man sich nicht, beängstigende Fragen zu stellen, vor allem, wenn es sich um »ernste Sachen« handelt. Vielleicht glaubt man, dass man sie heraufbeschwört, wenn man sie laut ausspricht. Darum entgegnete ich bloß: »Wie alt muss man denn sein?«

»Wir denken noch einmal darüber nach, wenn du über dreißig bist und eine Familie gegründet hast. Genieß das Leben, Teresa! Mach dir nicht so viele Sorgen.«

»Das ist doch Wahnsinn«, sagte Shaun. »Wenn es so einen Test gibt, solltest du zurück in die Praxis gehen und darauf bestehen. Was meint Dave denn dazu?«

»Er sagt, der Doktor weiß schon, wovon er redet. Wahrscheinlich hat Dave ja recht.«

Der Arzt hatte den Eierstockkrebs meiner Mutter nicht erkannt, aber sie war auch nicht zur Untersuchung gegangen, darum konnte ich ihm nicht die Schuld dafür geben. Die nette Ärztin hatte mir gesagt, dass die Pille mein Risiko verringerte, selbst Eierstockkrebs zu bekommen.

»Hast du Dave gesagt, dass du keine Kinder willst?«

»Nein«, gab ich zu.

»Warum nicht?«

»Weil ich genau weiß, dass er dann so was sagt wie: ›Das sagst du jetzt, aber warte mal ab …‹«

»Und wenn er sagt: ›Tess, ich will auch keine Kinder. Ich will nur mit dir zusammen sein‹?«

»Sagt er aber nicht.«

»Aber wenn?« Shaun sah mir fest in die Augen.

»Ich weiß nicht.«

Doch plötzlich sah ich die Dinge viel klarer vor mir liegen.

An unserem letzten Abend gingen wir in Kevins Premiere: *Romeo und Julia*. Er tanzte nicht den Romeo, sondern den Benvolio, aber der hatte ein großes Solo im zweiten Akt. Kevin tanzte wunderbar, aber noch besser gefiel mir seine selbstverständliche, maskuline Präsenz. Wie er da mit seinen Kumpels Mercutio und Romeo herumalberte ... Es war fast wie früher, als er mit Brendan im Garten Fußball gespielt hatte. Mir stiegen die Tränen in die Augen, denn an diesem Ballett war überhaupt nichts Tuntenhaftes, und wenn Dad dabei gewesen wäre, wäre er stolz auf seinen ältesten Sohn gewesen. Ich wusste genau, dass Kevin sich das am allermeisten wünschte.

Ich versuchte, ihm diesen Gedanken auf der Aftershowparty zu vermitteln, aber es war wohl nicht dasselbe, als wenn Dad es ihm selbst gesagt hätte.

Er trug übrigens wirklich eine Perücke.

Hope berichtete Dad und Anne haarklein von unserer Reise. Ich hatte sie noch nie so begeistert erlebt. Natürlich waren ihr ganz andere Dinge aufgefallen als mir: der Klang der U-Bahnen, wenn sie in die Bahnhöfe einfuhren, die Art, wie die Amerikaner manche Wörter aussprachen. Sie sang ihnen die Lieder aus allen Musicals vor, die wir gesehen hatten, und Dad glaubte ihr nicht, als sie erzählte, dass wir neun Vorstellungen besucht hatten, obwohl er wusste, dass Hope niemals log.

»Wer hat das denn bezahlt?«, fragte er mich.

»Shaun hat uns House Seats besorgt«, erwiderte ich. Um ehrlich zu sein, wusste ich nicht, ob das bedeutete, dass er sie auch bezahlt hatte, aber es brachte Dad wenigstens zum Schweigen.

»Da ist irgendwas Komisches an Shaun und Kevin«, bemerkte Hope plötzlich.

Gerade als ich dachte, wir hätten das Thema umschifft.

Ich spürte, wie die Temperatur im Zimmer sank und Dad misstrauisch auf den Beweis wartete, dass seine jüngste

Tochter Zeugin einer Todsünde geworden war. Er sah mich an, als wollte er mich umbringen.

»Sie haben die Küche oben!«, krähte Hope.

Dave stand vor dem Restaurant und telefonierte, weshalb er mich zuerst gar nicht bemerkte, und einen Moment lang sah ich ihn, wie jemand anders ihn sehen würde. Er trug ein schlichtes dunkelblaues Polohemd und gut sitzende Jeans, in denen er sehr attraktiv wirkte. Alle Gewissheiten, die ich mir in New York erarbeitet hatte, schienen sich für einen Augenblick lang wieder in Nichts aufzulösen. Sollte ich diesen wunderbaren Mann wirklich ziehen lassen, in der vagen Hoffnung, dass da draußen etwas Besseres auf mich wartete? In New York war das Träumen leichter gewesen, aber das hier war mein echtes Leben. Dave liebte mich, und ich war ihm wichtig. Das schien mir in diesem Moment so wertvoll, dass ich es nicht leichtfertig verspielen wollte. Vielleicht brauchte ich nur etwas Abstand.

Als er mich kommen hörte, sah er auf und steckte das Handy in die Tasche.

»Wow!« Er musste zweimal hinsehen. »Du siehst ganz anders aus.«

»Gefalle ich dir?« Ich drehte mich einmal um die eigene Achse.

»Toll«, sagte er.

Um ehrlich zu sein, hätte ich mehr erwartet als nur »toll«.

Wir küssten uns verlegen auf die Wange. Wir hatten uns nur eine Woche nicht gesehen, aber es fühlte sich an, als hätten wir vergessen, was wir tun mussten.

Am Tisch gab ich ihm die Yankees-Mütze, die ich ihm gekauft hatte. Er setzte sie kurz auf und dann wieder ab.

»Na, worauf hast du Lust?« Er nahm die Speisekarte in die Hand.

Plötzlich fand ich es schade, dass wir uns auf eine Pizza getroffen hatten, weil die Pizza in New York viel besser war. Das sagte ich dann leider auch, wahrscheinlich, weil ich noch unter dem Jetlag litt.

»Möchtest du eine Vorspeise?« Er winkte die Kellnerin herbei.

»Nein, danke.«

Ich kam mir beinahe so vor wie bei unserem ersten Date, als ich ihn unbedingt beeindrucken wollte, aber nicht wusste, worüber er gerne redete. Ich hatte mir vorgenommen, meine beruflichen Pläne und die Sache mit dem Schreibkurs erst etwas später anzusprechen, aber dann sprudelte alles aus mir heraus.

»Ein Schreibkurs?«, wiederholte Dave.

»Nur damit ich sehe, ob ich es wirklich kann.«

»Warum denn das?«

»Weil es eine intellektuelle Herausforderung für mich wäre«, sagte ich leicht kratzbürstig – so wie Kevin manchmal.

»Du und deine tollen Wörter!«

Sein letzter Satz hallte nach.

»Hast du Doll in letzter Zeit öfter gesehen?«, fragte ich, womit ich mich darauf bezog, dass er die Sanitärarbeiten für ihre neue Filiale erledigte, aber Dave war noch nie gut darin gewesen, etwas vor mir zu verheimlichen, und ich merkte sofort, dass die Antwort Ja lautete – und dass es um mehr als nur um Sanitärarbeiten gegangen war.

»Du und Doll?« Ich taumelte innerlich.

Ich hatte ihr eine Nachricht auf den Anrufbeantworter

gesprochen, aber sie hatte noch nicht zurückgerufen, um sich alles haarklein berichten zu lassen.

»Es tut mir so leid, Tess ...«

»Hättest du es mir gesagt, wenn ich nicht danach gefragt hätte, oder wäre das hinter meinem Rücken so weitergegangen?«

»Es ist nicht, wie du denkst ...«

»Inwiefern ist es nicht, wie ich denke?«

»Es ist uns beiden ernst«, sagte er.

Er hatte recht gehabt, denn daran hatte ich tatsächlich nicht gedacht. Ich hatte es für einen simplen Seitensprung gehalten. Wäre das besser gewesen? Oder noch schlimmer? Ich wusste es nicht.

Ich fühlte mich wie in einem schlechten Film, in dem meine nächste Textzeile lautete: »Wie lange geht das schon so?«

»Erst seit dieser Woche. Wir haben beide bis spätabends gearbeitet, um den neuen Laden fertig zu bekommen, und ...«

Ich hob die Hand. Ich wollte es gar nicht hören.

»Erst seit dieser Woche, und jetzt ist es euch schon *ernst* miteinander?« Ich äffte seinen Tonfall nach.

»Doll und ich kennen uns jetzt seit Jahren. Ich hätte zwar nie geglaubt, dass es Wirklichkeit werden könnte, aber ...«

Er wollte also sagen, dass jeder vernünftige Mann sich für Doll entscheiden würde, nicht für mich. Wahrscheinlich dachte er gerade an den Sex, darum lächelte er plötzlich.

»Verdammt noch mal!«, schrie ich.

Dann fiel mir nichts mehr ein. Ich stand so heftig auf, dass mein Stuhl nach hinten schrappte, und rauschte aus dem Restaurant. Sollte er doch die Rechnung bezahlen.

Nur eine halbe Stunde zuvor hatte ich mich mit meiner neuen Frisur und dem neuen Styling so erwachsen gefühlt, aber als ich im Bus nach Hause saß, kam ich mir wieder vor wie in der Schuldisco, wo alle Jungs bei Doll Schlange standen und so taten, als existierte ich gar nicht.

Dolls große blaue Augen blickten mich bestürzt an, als sie die Tür öffnete.

Sie hatte Dave erwartet, nicht mich. Hatten sie vereinbart, sich gleich nach unserem Restaurantbesuch zu treffen, damit er ihr berichten konnte? Wollten sie über meine Reaktion reden oder gleich hoch ins Schlafzimmer rennen?

»Es ist einfach so passiert …«, sagte Doll.

»Wie, einfach so?«

»Willst du das wirklich wissen?«

»Nein!«, schrie ich.

Doll wirkte erschüttert über meine heftige Reaktion.

Sie berührte mich am Arm. »Komm rein, dann reden wir.«

Ich schob ihre Hand weg.

»Was gibt es noch zu reden?«, fragte ich verbittert.

»Tess, bitte zwing mich nicht, mich zwischen euch zu entscheiden!«, jammerte sie.

»Versuch bloß nicht, dich als Opfer hinzustellen«, zischte ich.

»Es tut mir leid«, sagte sie. »Ich wusste, dass du sauer sein würdest, aber ich dachte …«

»Was? Dass ich dir meinen Segen geben würde?« Mit einem Mal war ich stinkwütend. »Kein Problem, Doll, nimm du nur meinen Verlobten. Mach, was du willst. Das machst du nämlich sowieso. Du nimmst und nimmst und nimmst. Ach, ich nehme das hier und das auch noch, in beiden Farben, bitte. Die Rechnung zahlt jemand anders …«

»Du blöde Kuh!«, rief Doll. »Was habe ich dir jemals weggenommen?«

»Meine Hausaufgaben, meine Ideen … meinen Verlobten!«, schrie ich.

»Du wolltest ihn doch gar nicht!«

Darauf konnte ich nichts entgegnen, und sie wusste es. Dass sie die Dinge, die ich ihr im Vertrauen erzählt hatte, jetzt gegen mich verwendete, war noch schlimmer als ihr Verrat mit Dave.

»Bitte geh nicht, Tess!« Sie kam mir nachgelaufen. »Du wirst dir deinen Traum erfüllen, das weiß ich …«

»Was?«, blaffte ich sie an. »Damit du ihn mir wieder wegnehmen kannst?«

»Das ist nicht fair!«

Sie blieb stehen.

Ich stapfte weiter und rechnete damit, dass sie mir nachlaufen würde. Aber das tat sie nicht. Sie kam auch nicht später noch einmal bei mir zu Hause vorbei.

Wir hatten uns erst ein einziges Mal zuvor wirklich gestritten. Damals waren wir acht Jahre alt gewesen, und Doll hatte verkündet, von nun an sei Cerise McQuarry ihre beste Freundin.

»Ohne sie bist du besser dran«, hatte Mum zum Trost gesagt.

»Kann ja sein, aber jetzt habe ich niemanden mehr«, hatte ich leise erwidert.

TEIL 3

17 GUS

2005

»Würdest du das Elterndasein empfehlen?«, fragte Marcus.

Gemeinsam beobachteten wir, wie meine Tochter Flora, nur mit einer Windel und winzigen rosafarbenen Gummischuhen bekleidet, das Meer erreichte. Sie ging in die Hocke, um etwas Wasser in ihren gelben Plastikeimer zu schöpfen, und bewies dabei diesen beeindruckenden Gleichgewichtssinn von kleinen Kindern.

Marcus hatte uns zum sonntäglichen Mittagessen an die Küste von North Kent eingeladen, wo er zusätzlich zu seiner Loftwohnung in einer ehemaligen Matratzenfabrik in Clerkenwell erst kürzlich ein ehemaliges Fischerhaus als Wochenenddomizil in Whitstable gekauft hatte. Er hatte gute Aussichten, Partner in der großen Anwaltskanzlei zu werden, für die er tätig war, konnte sehr komfortabel von seinem Gehalt leben und investierte seine gigantischen Boni in coole Immobilien. Er war unbestreitbar erfolgreicher, als ich es war oder vermutlich je sein würde; dafür war ich bereits Vater. Unser stillschweigender Wettkampf hatte nie etwas Feindseliges, war jedoch stets spürbar, als wäre der Vergleich eine Messlatte, an der wir unser jeweiliges Leben überprüften.

»Uneingeschränkt«, erwiderte ich.

»Hindert es dich nicht daran, andere Dinge zu tun?«, fragte er, hob einen Stein auf und ließ ihn übers Wasser springen. Wir verfolgten ihn und zählten beide leise mit. Eins, zwei, dreivierfünfsechssieben.

Ich war versucht zu sagen: Wir haben keinen Sex mehr in der Loge, wenn wir in die Oper gehen.

Doch ich wusste, das würde die Grenze unseres männlichen Wettstreits überschreiten und wäre reine Angeberei.

Ich nahm ebenfalls einen Stein und ließ ihn übers Wasser springen. Sieben Mal.

»Irgendwie denkt man so nicht mehr«, sagte ich. »Deine eigenen Bedürfnisse treten hinter die deines Kindes zurück.«

»In welcher Hinsicht?« Marcus war geübt darin, seine Zeugen ins Kreuzverhör zu nehmen.

Ich hob einen anderen Stein auf, musterte ihn jedoch aus, weil er nicht flach genug war, und suchte nach einem passenden Bild.

»Ich dachte immer, wenn ich endlich richtiges Geld verdiene, würden wir in den Ferien nach Italien fahren, aber an Kirchenbesichtigungen hätte Flora nicht viel Spaß. Um ehrlich zu sein, ist sie hier genauso glücklich wie in irgendeinem Spa auf den Malediven«, fügte ich hinzu, da Charlotte dies zunächst als passendes Urlaubsziel erschienen war, bis sie sich vorgestellt hatte, was es bedeuten würde, fünfzehn Stunden mit Flora im Flugzeug zu sitzen.

»Dann bereust du es nicht?«, fragte Marcus.

»Nein«, bestätigte ich, ein wenig unsicher, wie er wohl reagieren würde, wenn ich ihm gestand, dass ich es lediglich bedauerte, nach der einjährigen Elternzeit die Arbeit wieder aufgenommen zu haben. Ich hatte die Elternzeit eingeschoben, nachdem ich von der Ausbildung im Krankenhaus zur Allgemeinmedizin gewechselt war.

Ein warmes, liebevolles Zuhause zu schaffen war deutlich bereichernder gewesen, als ich zuvor angenommen hatte. Zweimal in der Woche besuchte ich eine Mutter-Kind-Gruppe, in der wir unseren verwirrten Kindern auf unseren Schößen »Die Räder vom Bus« vorsangen und dabei mit ihren Händchen kreisten. An den Nachmittagen genoss ich es, wieder die Zeit zu haben, um Obst und Gemüse einzukaufen, wenn die Marktstände zusammenpackten, und Flora in der Wirklichkeit zu zeigen, was die kleine Raupe Nimmersatt so aß. Ich machte es mir zur Gewohnheit, Charlotte jeden Tag ein gutes Abendessen zu kochen, und als Flora anfing, Brei zu essen, pürierte ich eifrig Bioprodukte. Nachdem ich dann auch noch selbst gebackene Kekse mit zur Mutter-Kind-Gruppe gebracht hatte, war ich, wie Charlotte es ausdrückte, zum »Liebling der Yummy-Mummys« erkoren worden.

»Natürlich vermisst man seine alten Freunde«, gab ich zu. Wollte Marcus darauf hinaus? Das hier war erst unser zweites Treffen seit Floras Geburt.

Nash war die einzige Freundin aus der Zeit vor Floras Geburt, die ich in den ersten paar Monaten recht regelmäßig gesehen hatte, weil sie tagsüber Zeit hatte, mit mir den Kinderwagen durch den Battersea Park zu schieben. Doch jetzt spielte sie eine Rolle in einer amerikanischen Krankenhausserie und lebte in L.A.

»Wie läuft es bei der Arbeit?«, erkundigte sich Marcus.

»Gut«, sagte ich. »Steile Lernkurve natürlich.«

Es war mir schwergefallen, Flora jemand anderem anzuvertrauen, aber es wäre verrückt gewesen, mich nach sechs

Jahren harter Arbeit nicht endlich zu qualifizieren. Wir hatten Kasia, eine polnische Philosophiestudentin, als Kindermädchen angestellt. Sie war zwar keine ausgebildete Kinderpflegerin, aber intelligent, verantwortungsvoll und ganz wild darauf, ihr Englisch zu verbessern, sodass Flora jetzt eine Menge neuer Dinge wie Babygymnastik und Schwimmen kennenlernte. Vermutlich hatte Charlotte recht, wenn sie sagte, dass ich Flora mehr vermisste als Flora mich.

Nun, dort am Strand, allein mit Marcus und dem beruhigenden Plätschern der Wellen, die sich am Kiesstrand brachen, war ich einen Augenblick lang versucht, meinem Freund anzuvertrauen, dass ich die Allgemeinmedizin hasste. Doch ich schwieg, aus Loyalität zu Charlotte. Sie hatte die Idee auf dem Rückflug von New York aufgebracht. Wäre ich als Allgemeinmediziner nicht flexibler? Wer konnte dem neuen Tarif für Hausärzte widerstehen? Dagegen war der durchschnittliche Verdienst eines Krankenhausarztes doch Peanuts? Leider fühlte es sich in der Realität eher an wie ein Albtraum, ständig Entscheidungen über Menschen treffen zu müssen, die man noch nie zuvor gesehen hatte. Ich verbrachte viel zu viel Zeit mit jedem Patienten, was zu einem Stau im Wartezimmer führte sowie zu gereizten Kollegen und längeren Arbeitszeiten, die ich weder brauchte noch wollte.

Marcus ließ einen weiteren Stein springen. Elf, vielleicht zwölf Mal.

Ich bückte mich, um eine Austernmuschel aufzuheben, die von Ebbe und Flut glatt geschmirgelt worden war.

»Komm mal her und sieh dir die Muschel an, Floss.«

»Mussel«, wiederholte Flora.

»Nicht in den Mund nehmen, Floss«, warnte ich. »Die ist scharf.«

»Sarf.«

»Sollen wir die mitnehmen und der Mami zeigen?«

»Eimer.«

»Gute Idee. Wir nehmen einen Eimer voller Muscheln mit nach London in unseren Garten, ja?«

»Mary Mary Quite Contrary …«, sang Flora schief vor sich hin.

»How does your garden grow?«, stimmte ich ein, erfreut, dass Flora spontan einen Bezug zwischen Muscheln und Gärten hergestellt hatte.

Marcus sah mich an, als wäre ich nicht ganz bei Trost.

»Habt ihr in Wandsworth einen Garten?«, fragte er.

»Einen ganz kleinen«, erwiderte ich.

Während das Leben in der winzigen Dachgeschosswohnung in der Charlotte Street uns das Gefühl gegeben hatte zu schweben, hatte uns das Haus in Wandsworth geerdet. Wir hatten uns für diese Gegend entschieden, weil sich junge, aufstrebende Mittelklassepaare wie wir dort ein Haus leisten konnten. Vorn, vor dem kleinen Erkerfenster, floss ein steter Strom junger Eltern mit Babys in dreirädrigen Designer-Buggys wie dem unsrigen vorbei. Doch die Straße war eher düster und das Haus in der Mitte der Häuserzeile von innen dunkel.

»Warum zieht ihr nicht um?«, fragte Marcus.

»Weil wir uns die Gegenden, die uns gefallen, nicht leisten können, bis ich ein volles Gehalt als Allgemeinmediziner nach Hause bringe«, erklärte ich ihm. »Das Problem hast du natürlich nicht«, fügte ich hinzu, weil ich vermutete, dass er mit seinen Fragen darauf hinauswollte.

Er hatte vor Kurzem Keiko geheiratet, eine Finanzökonomin, und ich nahm an, dass sie ihre analytischen Fähigkeiten nutzten, um das Pro und Kontra der Elternschaft gegeneinander abzuwägen.

»Was ist mit Sex?«, fragte Marcus und senkte die Stimme, damit Flora ihn nicht hörte.

Einen Moment lang fühlte es sich an, als wären wir wieder in der Schule und glaubten noch, Sex wäre etwas, das man mit etwas Glück vielleicht von diesem geheimnisvollen anderen Geschlecht bekäme.

Charlotte und ich hatten noch immer tollen Sex. Nur nicht mehr so häufig wie früher und nicht mehr außerhalb unserer vier Wände. Wenn wir es heute zu den Klängen von *La Boheme* trieben, dann befanden wir uns nicht in einer Opernvorstellung, sondern hörten es zu Hause von einer CD. »Es ist komisch, aber Sex ist auch nicht mehr so wichtig«, sagte ich, was ein Fehler war, weil es sich anhörte, als hätten wir gar keinen mehr.

Marcus verzog das Gesicht.

»Aber ihr zwei seid glücklich, du und Charlotte?«, fragte er.

Ich zögerte. Das Wort »glücklich« würde Charlotte nicht benutzen. Es gab keinen Tag, an dem ich nicht staunend erwachte und mich unglaublich privilegiert fühlte, weil sie neben mir lag, aber wenn ich sie gefragt hätte: Bist du glücklich mit mir?, hätte sie vermutlich gelacht, als müsse sie sich um Wichtigeres kümmern als das. Und dennoch bestand kein Zweifel daran, dass uns die Liebe zu Flora auf einzigartige Weise verband.

Ich weiß, dass alle Eltern denken, ihr Kind sei besonders, aber es galt als bewiesen, dass Flora ebenso außergewöhnlich schön wie klug war. In dem kleinen roten Buch, das alle frischgebackenen Eltern vom Staat erhalten, um die Entwicklung ihres Kindes darin zu dokumentieren, und das die meisten Leute vergessen auszufüllen oder nach den ersten paar Monaten verlieren, hatte Flora jede Entwicklungsstufe deutlich früher erreicht als vorgesehen. Kurz vor ihrem ersten Geburtstag hatte sie ihren ersten Schritt getan, und mit achtzehn Monaten konnte sie mit ihrem Wortschatz bereits das meiste ausdrücken, was sie wollte. Von ihrer Mutter hatte sie die Schönheit und die rabenschwarzen Haare geerbt, von mir die blauen Augen – eine faszinierende Mischung, die viele bewundernde Blicke auf sich zog.

»Mami, söne Mussel!«, rief Flora, als Charlotte und Keiko mit Austern, die sie am Hafen erstanden hatten, auf dem Strandweg erschienen.

»Wie hübsch, Süße«, sagte Charlotte und hob Flora hoch. Ich wünschte, ich hätte eine Kamera, um die zwei lachenden, sich so sehr ähnelnden Gesichter nebeneinander einzufangen, deren dunkle Haare im Wind wehten.

Das alte Fischerhaus war renoviert und auf moderne, minimalistische Weise stark vergrößert worden. Es besaß riesige Fenster und eine frei schwebende Treppe, die aussah wie aus einer Zeitschrift, aber gefährliches Gelände für ein Kleinkind darstellte. Bestürzt sah ich, dass Flora mit ihren Gummischuhen kleine Klumpen nassen Sandes auf dem teuren Teppich hinterließ.

»Es ist ein wahrer Genuss, zur Abwechslung mal mit Erwachsenen zusammen zu sein, die nicht übers Windelwechseln reden«, sagte Charlotte, nahm von Marcus ein Glas Taittinger entgegen und lehnte sich auf einem hell türkisfarbenen Samtsofa zurück, dem Flora gerade gefährlich nahe kam. »Wir sind momentan so langweilig, nicht, Angus?«

Ein amüsierter Ausdruck umspielte Marcus' Lippen, und

zum ersten Mal sah ich ihn mit den Augen meiner Frau. Nicht als den pickeligen Jugendlichen, der er gewesen war, sondern als den attraktiven, wohlhabenden Mann, der er geworden war. Charlotte kannte Marcus nur als charmant, erfolgreich und reich. Ich hatte sehr wohl den anerkennenden Glanz in ihren Augen bemerkt, als ich neben seinem Porsche geparkt hatte.

»Mami essen Mussel«, sagte Flora und deutete auf Charlotte, die eine Auster schlürfte.

»Das nennt man Auster, Süße«, erklärte Charlotte.

»Mussel, Mussel!«, rief Flora und entriss mir ihre Hand.

»Hier, probier mal ...« Charlotte nahm eine weitere Auster in die Hand und träufelte etwas Flüssigkeit in Floras Mund.

Flora spuckte sie sofort wieder aus und verpasste dabei nur knapp das türkisfarbene Samtpolster.

»Sarf!«, schrie sie.

Ich fand es wundervoll, wie ihr Gehirn das Wort, das ich ihr beigebracht hatte, um sie vor einer Gefahr zu warnen, auf einen ihr unangenehmen Geschmack anwandte.

Ich stellte ihren Kinderstuhl mit dem dazugehörigen Tischchen auf, damit sie ihr Mittagessen in der Küche einnehmen konnte, während ich Keiko half, das Essen für die Erwachsenen zuzubereiten.

»Ist das ein japanisches Rezept?«, erkundigte ich mich, als sie einen Barsch aus dem Kühlschrank holte und mit einer Holzpresse Zitronen ausdrückte.

Sie lächelte zurückhaltend. »Jamie Oliver.«

Im Wohnzimmer ging die Unterhaltung etwas lauter weiter, vorgeblich, um uns einzubeziehen.

»Venedig! Ihr Glückspilze!«, rief Charlotte.

»Wir sind zur Biennale dort«, berichtete Marcus.

»Da wollte ich immer schon mal hin!«, erwiderte Charlotte. »Angus! Warum fahren wir nicht zur Biennale? Kasia würde das bestimmt hinbekommen …«

Ich konnte mir nicht vorstellen, ins Ausland zu fliegen und Flora zurückzulassen, doch ich schwieg, denn wenn ich Einspruch erhob, würde Charlotte erst recht darauf bestehen.

»Caroline würde sich freuen, Angus!«, rief Charlotte und fuhr an Marcus gewandt fort: »Ich weiß nicht, warum die Leute so einen Horror vor Schwiegermüttern haben. Meine ist ein Geschenk Gottes!«

Mit Floras Geburt hatte sich die feindselige Haltung meiner Mutter gegenüber unserer Ehe in Luft aufgelöst. Flora sähe genauso aus wie Ross als Baby, sagte sie, als sie unangekündigt bei uns aufkreuzte, einen Tag nachdem ich sie aus dem Krankenhaus benachrichtigt hatte, dass sie Großmutter geworden war.

»Das finde ich auch«, hatte Charlotte ihr zugestimmt.

»Zum Glück hat sie keine roten Haare!«, hatte meine Mutter bemerkt.

»O ja!«

»Tut ruhig so, als sei ich nicht da«, warf ich ein.

»Bei einem Mädchen ist das etwas anderes, Angus!«, hatten sie im Chor erwidert.

Es ließ sich nicht leugnen, dass es praktisch war, einen Ersatzbabysitter zu haben, weil Kasia an den Wochenenden nicht arbeitete. Doch so sehr ich mich auch bemühte, Freude darüber zu empfinden, dass meine Mutter in unser Leben zurückgekehrt war, ich wurde das Gefühl nicht los, ihr stets im Weg zu sein. Ganz besonders hasste ich die Art, wie sie mit Flora in der ersten Person Plural sprach, als wüsste sie, was mein Kind dachte, zumal die meisten von Floras angeblichen Gedanken eigentlich die ihren waren.

»Wir mögen Karotten, stimmt's? Wir mögen kein Ratatouille, nein. Wir finden, Daddy tut zu viel Knoblauch ins Essen, nicht?«

»Vielleicht könnten wir Flora mit nach Venedig nehmen?«, rief ich ins Wohnzimmer.

»Verstehst du, was ich meine?«, hörte ich Charlotte sagen. »Er kapiert einfach nicht, worum es geht!«

»Ehrlich gesagt werdet ihr Schwierigkeiten haben, jetzt noch ein anständiges Hotel zu finden«, sagte Marcus und vermied es somit galant, Partei gegen mich zu ergreifen. »Wir haben schon vor Monaten gebucht.«

»Magst du moderne Kunst?«, fragte ich Keiko und versuchte, ein eigenes Gespräch mit ihr in Gang zu bringen.

»Ja.«

Ich wusste nicht, ob sie bloß unsicher war, weil sie noch nicht so gut Englisch sprach, oder ob sie von Natur aus zurückhaltend war. Gab es in jeder Beziehung einen dominanten Teil? Würde Marcus mit jemandem wie Charlotte überhaupt zurechtkommen?

»Könntest du kurz ein Auge auf Flora werfen? Dann hole ich schnell die Wickeltasche aus dem Auto«, fragte ich Keiko.

Als ich zurückkam, hockte sie neben dem Stuhl und spielte Guckguck mit ihren dicken, glänzenden schwarzen Haaren, während eine fröhlich kichernde Flora versuchte, mit ihren Tomatenhänden nach ihrer Mähne zu greifen, und dabei »Kay Ko, Kay Ko!« kreischte.

»Man braucht eine Menge Zeugs, oder?«, stellte Marcus fest, als ich Flora und die Wickeltasche nach oben trug.

»Bei all dem Plastik in unserem Haus haben wir manchmal das Gefühl, ganz allein für den wirtschaftlichen Aufschwung Chinas verantwortlich zu sein«, bemerkte Charlotte.

Marcus stand auf und folgte mir.

»Willst du üben?«, bot ich an und breitete die Wickelunterlage auf dem Badezimmerboden aus.

»Du hast es erraten!«

»Ich bin Arzt, schon vergessen?«

»Nein, ich will nicht üben. Nicht, bevor es unbedingt nötig ist.« Mein Freund lächelte entschuldigend.

»Meinst du, Marcus und Keiko denken über ein Baby nach?«, fragte Charlotte auf dem Heimweg.

»Sie ist schon schwanger«, sagte ich.

»Wirklich?«

Manchmal dachte ich, wie gut, dass Charlotte sich für die Chirurgie entschieden hatte. Sie konnte sich nicht gut in andere Menschen hineinversetzen, es sei denn, der andere war betäubt und sie konnte ihn aufschneiden.

»Findest du, wir sollten noch eins bekommen?«, fragte Charlotte plötzlich.

»Noch ein Baby?«, gab ich erstaunt zurück.

»Nein, eine Flasche Champagner, was denkst du denn?«, entgegnete Charlotte harsch.

»Wow.«

Wir waren uns grundsätzlich darin einig, dass ein Einzelkind zu haben ungerecht und irgendwie egoistisch war. Die erste Frage, wenn ich mit Flora unterwegs war, lautete stets: »Ist das Ihr Erstes?«, was unterschwellig die Vermutung ausdrückte, dass noch weitere folgen würden. Einige der Yummy-Mummys waren schon wieder schwanger, aber mir war nie der Gedanke gekommen, dass das für uns infrage käme. Charlotte gab offen zu, dass sie nicht sehr mütterlich oder »mamihaft« war, wie sie es nannte. Ich hatte nicht damit gerechnet, dass sie noch ein Kind wollte. Vielleicht verfügte ich ja ebenfalls über keine gute Menschenkenntnis.

»Es wäre schön für Flora, einen kleinen Freund zu haben, oder?«, schnurrte sie.

Wollte sie mir eine positive Reaktion entlocken oder sich nur versichern, dass es Flora allein ganz wunderbar ging? Meine eigenen zwiespältigen Gefühle verwirrten mich. Flora war eindeutig das Beste, was mir im Leben passiert war, und dass Charlotte mir ein weiteres Kind vorschlug, bedeutete, dass sie mit unserem Zusammenleben zufrieden war; aber war es eine gute Idee, die Dinge zu ändern, wenn wir uns doch alle so wohlfühlten, wie es war?

Ich blickte in den Rückspiegel. Flora war eingeschlafen. Könnte ich ein zweites Kind genauso sehr lieben?

Als wir einen Parkplatz in unserer Straße gefunden hatten, ging gerade die Sonne unter. Ich brachte die schlafende Flora und all unsere Sachen hinein. Das Haus war warm, Kasia nicht da. Es fühlte sich heimelig an, wir drei allein.

»Hast du Lust auf einen Drink?«, fragte ich Charlotte. »Auf der Terrasse?«

Diesen großen Namen hatte der Makler dem kleinen Platz gegeben, doch an Sommerabenden war es angenehm, dort zu sitzen. Außerdem war es der einzige Ort, an dem wir eine Zigarette rauchen konnten.

»Einen Wodka Tonic, bitte«, sagte Charlotte und zog mit einem verruchten Lächeln eine Zehnerpackung Marlboro aus ihrer Handtasche.

Ich füllte Eis in zwei Gläser.

»Wir haben keinen Wodka mehr«, stellte ich mit einem Blick in den Schrank fest.

»Dann Gin.«

Wir hatten auch nicht mehr viel Gin. Ich gab Charlotte den Rest und öffnete eine frische Flasche Tonic.

Die Mischung knackte und schäumte über dem Eis.

Stumm saßen wir nebeneinander, tranken und rauchten; die Enden unserer Zigaretten glühten in der sich schnell herabsenkenden Dunkelheit.

»Als Einzelkind ist man einsam«, nahm Charlotte das Gespräch von vorher wieder auf.

Wenn man Geschwister hat, kann man auch einsam sein, wollte ich widersprechen.

»Es ist sowieso ziemlich unwahrscheinlich, dass es klappt«, fügte sie hinzu.

»Beim letzten Mal war es nicht sehr kompliziert«, sagte ich.

Meine stillschweigende Zustimmung ließ eine derart starke sexuelle Spannung zwischen uns entstehen, dass sie uns wie ein elektrisches Kraftfeld verband.

Weil ich damals überhaupt nicht an ein Kind gedacht hatte, war mir beim letzten Mal entgangen, wie wundervoll Sex ist, wenn man tatsächlich versucht, ein Baby zu bekommen. Ganz offensichtlich sind wir genetisch darauf programmiert, uns fortzupflanzen, aber wenn der Urinstinkt mit der Absicht übereinstimmt, entsteht eine neue, fast spirituelle Dimension.

Anschließend war ich versucht, Marcus anzurufen und ihm zu sagen, dass Sex immer noch eine genauso große Rolle spielte wie früher.

18 TESS

2005

Ich hatte mich noch nicht daran gewöhnt, ein Handy zu besitzen, und bekam jedes Mal einen Schreck, weil ich dachte, es sei etwas passiert, wenn es in meiner Tasche vibrierte. Ich war gerade in der Pause, und bei uns im Laden galt es als unhöflich, im Pausenraum Handygespräche zu führen, also ging ich auf die Damentoilette.

»Hallo?«

Meine anfängliche Erleichterung, weil es nicht die Sekretärin von Hopes Schule war, verwandelte sich rasch in ein dumpfes Pochen in meinem Kopf, als ich begriff, dass das Krankenhaus anrief. Während der vergangenen vier Wochen hatte ich es einigermaßen geschafft, die Angst zu verdrängen, aber jetzt war sie mit einem Schlag zurück.

»Haben Sie das Ergebnis?«, fragte ich atemlos.

Die kurz angebundene Art der Rezeptionistin ließ keinen Zweifel daran, dass sie mir keine weiteren Auskünfte geben würde. Das musste sie auch nicht, denn als sie mir einen Termin für den nächsten Vormittag um zehn anbot, wusste ich das Ergebnis bereits. Wofür brauchte ich einen Termin, wenn es negativ war?

Noch während ich auflegte, suchte mein Verstand nach

Gründen, warum ich mich mit meiner Annahme irren könnte. Ich hatte über mehrere Beratungsgespräche hinweg ein gutes Verhältnis zu der Ärztin (sie hieß Jane) aufgebaut. Wollte sie mir die gute Nachricht etwa persönlich mitteilen? Oder mit mir darüber reden, dass auch Hope den Test irgendwann einmal machen sollte?

»Alles okay, Melönchen?« Lewis zwinkerte mir zu, als ich durch das Geschäft zurück zu den Kassen ging. Warum hatten sie ihn auch ausgerechnet in die Obstabteilung gesteckt? Dort fand er immer neue Anregungen für seine schlüpfrigen Bemerkungen. Wenn er nicht über Bananen redete, dann über Gurken, und was er einmal mit einer frischen Feige gemacht hatte, verdarb allen Mädchen den Appetit. Lewis meinte es allerdings nicht böse, er war eigentlich ein netter Kerl.

»Alles in Ordnung?«, fragte mich meine Chefin, als ich um Erlaubnis bat, am nächsten Tag wegen eines Arzttermins etwas später zur Arbeit zu kommen.

»Ja, alles bestens, Frauenkram halt …«

Das Betriebsklima war gut. Wir gingen sogar einmal im Monat zusammen zum Bowling. Aber eine Kollegin, der ich mich anvertrauen konnte, hatte ich nicht.

Ich saß bei *Waitrose* an der Kasse, schon seit die neue Filiale aufgemacht hatte. Beim Bewerbungsgespräch fragten sie mich, ob ich einen Posten im Management anstreben würde, weil ich ja die Hochschulreife hatte, aber ich entgegnete, dass ich momentan eher an einen Job als an eine Karriere dachte. Ich wollte mir den kreativen Freiraum schaffen, von dem Shaun gesprochen hatte, und bei *Waitrose* verdiente ich wegen der Boni mehr als bei anderen Supermärkten. Wir waren nicht nur Angestellte, sondern »Miteigentümer«, was deutlich besser klang. Aber letztlich waren mir die Bezeichnungen egal. Wichtiger war mir, dass ich flexible Arbeitszeiten hatte, sodass ich mich weiterhin um Hope kümmern konnte. Einer meiner Kollegen, der die Einkaufswagen auf dem Parkplatz einsammelte, hatte mit Lernschwierigkeiten zu kämpfen, daher hatte die Geschäftsleitung Verständnis für meine Situation.

Hope brauchte mich allerdings nicht mehr so oft wie früher. Wie jeder Teenager strebte sie nach Unabhängigkeit. In ihrem Fall hieß das aber nicht, dass sie mit ihren Freundinnen am Strand abhängen wollte, denn sie hatte gar keine. Es waren eher Dinge wie alleine zur Schule laufen oder frei über ihr Taschengeld verfügen zu dürfen – wahrscheinlich wollte sie sich CDs und Süßigkeiten damit kaufen.

An diesem Tag war Elternabend in der Schule. Als Hope neu auf der Schule gewesen war, hatte es ein paar Probleme mit Mobbing gegeben, aber sie schien sich jetzt besser zu behaupten und mit Unterstützung ihrer Helferin dem Unterricht auch einigermaßen folgen zu können. Bei den Hausaufgaben musste ich ihr helfen.

An diesem Abend war Elternabend in der Schule. Normalerweise freute ich mich auf die Gespräche mit Mrs. Goode, weil Musik Hopes bestes Fach war. An jenem Abend aber war ich so sehr mit mir selbst beschäftigt, dass ich eine Weile brauchte, um zu verstehen, dass Hope nicht mehr im Chor mitsingen durfte. Sie hatte sich anscheinend mehrmals danebenbenommen, und die anderen hatten sich über sie beschwert. Mrs. Goode blickte auf Hope, die neben mir saß und den Fußboden betrachtete, und da dämmerte mir, dass es dieses Mal meine Schwester gewesen war, von der das Mobbing ausgegangen war.

»Vielleicht möchte Hope ja ein Instrument lernen?«, schlug

Mrs. Goode vor. Sie wollte ihr offensichtlich gern eine Alternative anbieten. »Sie findet das Klavier schön, nicht wahr, Hope?«

»Ich glaube kaum, dass wir uns Klavierstunden leisten können«, sagte ich. »Und außerdem haben wir kein Klavier zu Hause.«

»Ich habe mit dem Direktor gesprochen. Wir würden Hope ein Keyboard leihen. Bei ihrem Talent würde sie sicher schnell Fortschritte machen. Sie könnte es mit einem Lehrbuch versuchen, und wenn sie damit klarkommt, könnten wir über einen Zuschuss für den Unterricht nachdenken.«

Sie erwähnte den Namen Martin's Music, wo die Eltern aus der Mittelklasse ihren Kindern die Musikinstrumente kauften. Es war ein kleiner, dunkler Laden in einer Seitenstraße der Fußgängerzone, gegenüber von unserem Schuster. Wir hatten dort schon oft ins Schaufenster geblickt, waren aber nie hineingegangen, weil Dad Hope nicht mit einer Blockflöte oder einer Kindergeige sehen wollte. Dabei hätte sie den Instrumenten wahrscheinlich hübschere Töne entlockt als die meisten anderen Kinder.

»Können wir zu *Martin's Music* gehen?«, fragte Hope auf dem Nachhauseweg.

»Das ist jetzt geschlossen.«

»Können wir hingehen, wenn es wieder aufhat?«

»Ja, aber nur, wenn du mir versprichst, dich in Zukunft zu benehmen.«

Keine Antwort. Konnte sie so etwas wie Reue empfinden? Obwohl ich sie schon ihr ganzes Leben lang kannte, hatte ich meistens keine Ahnung, was ihr gerade durch den Kopf ging.

»Hope, erinnerst du dich daran, wie diese Jungs dich vor

dem Süßigkeitenladen geärgert und dick genannt haben? Hast du dich dabei komisch gefühlt?«

»Das war nicht komisch.«

»Ich meine, schrecklich.«

Ihr Schweigen hieß wohl »Ja«.

»Siehst du, Hope, und wenn du zu Emily sagst, dass sie falsch singt, fühlt sie sich auch so schrecklich. Das ist nicht sehr nett, oder?«

»Aber Emily singt immer falsch.«

Tja, und du bist dick, hätte ich gern gesagt, aber das macht man eben nicht.

An jenem Abend konnte ich nicht einschlafen, und als ich im Morgengrauen endlich doch einnickte, träumte ich, wie ich die Tür zum Sprechzimmer öffnete. Meine Ärztin Jane stand da, mit einer Flasche Sekt in der Hand. Als sie den Korken knallen ließ und er in meine Richtung schoss, wachte ich auf, doch meine Euphorie verwandelte sich sofort wieder in Furcht.

Ich sah auf den Wecker. Noch vier Stunden. Die Stadt schlief noch tief und fest, aber ich stand auf und machte einen Spaziergang zu den Klippen. Ich sah zu, wie die Sonne über dem Meer aufging und der Himmel sich rosa färbte. Ein roter Himmel am Morgen.

Hope hatte keine Ahnung, was los war, daher verstand sie auch nicht, warum ich sie inniger als sonst umarmte, bevor ich sie auf den Schulweg schickte. Sie ging jetzt immer allein, aber ich machte mir weiterhin jeden Morgen bis etwa neun Uhr Sorgen, denn spätestens um diese Uhrzeit hätte mich die Schule angerufen, wenn Hope nicht aufgetaucht wäre.

Der Busfahrer sagte: »Kopf hoch, Mädel. Wird schon gut

gehen« – was ich ein wenig unsensibel fand, schließlich hatte ich bei ihm eine Fahrkarte zum Krankenhaus gelost. In meiner Unsicherheit versuchte ich, mein Lächeln möglichst drohend wirken zu lassen, und setzte mich hin. Wäre es denkbar, dass eine Frau so etwas zu einem Mann sagte? Und was dachten die Männer, wenn sie so etwas zu einer Frau sagten? Meinten sie es tatsächlich nett, oder hieß es vielmehr so was wie »jämmerliche Kuh«?

Als ich nervös ins Sprechzimmer trat, sagte Jane, ohne von ihrem Bildschirm aufzusehen: »Kommen Sie herein, Tess!«

»Setzen Sie sich.« Jetzt lächelte sie mich an, aber ich sah die Angst in ihren Augen.

Einen Sekundenbruchteil lang dachte ich: Das tue ich mir nicht an. Ich sage ihr jetzt, dass ich meine Meinung geändert habe und es nicht wissen will. Ich hatte immer geglaubt, es nicht zu wissen sei am schlimmsten, doch plötzlich erschien es mir wie die beste Option. Aber ich wusste es ja schon.

»Es tut mir leid, das Ergebnis ist positiv.«

Ich dachte, ich hätte im Kopf oft genug durchgespielt, wie es mir mit diesen Worten gehen würde. Insgeheim hatte ich wohl auch gehofft, ich würde sie abwenden können, wenn ich sie mir nur plastisch genug vorstellte. Aber jetzt fühlte es sich ganz anders an. Ich fühlte mich, als würde ich in eine endlose Tiefe fallen. Wahrscheinlich sagen sie einem deswegen auch, dass man sich hinsetzen soll. Früher hatte ich nie recht verstanden, warum schlechte Nachrichten im Sitzen besser zu ertragen sein sollten als im Stehen.

Jane bewegte die Lippen, aber ich hörte nichts von dem, was sie sagte, weil mein Hirn plötzlich nur noch aus einer weichen Masse zu bestehen schien. Ich hatte viel recherchiert. Beim Abflug aus New York hatte Shaun mir einen Laptop zum Schreiben geschenkt, und wenn ich zu Hause damit ins Internet ging, war mir, als hätte ich eine unendlich große Bibliothek zur Verfügung. Ich las viel, nicht nur über Krebs. Ich wusste zum Beispiel, dass man nach einem positiven Test auf eine Mutation des Gens BRCA 1 oder 2 (meins war BRCA 2, wie Jane mir sagte) zwei Möglichkeiten hatte: Zum einen konnte man sich für eine vorbeugende Operation entscheiden. Man ließ sich beide Brüste abnehmen und die Eierstöcke entfernen, woraufhin man unweigerlich in die Menopause kam. Oder man setzte auf engmaschige Beobachtung, also eine jährliche Mammografie und ein MRT, dann konnte man rechtzeitig handeln, wenn man einen Befund bekam.

Aber diese Entscheidung musste ich jetzt gar nicht treffen, wie Jane mir gerade mitteilte. Obwohl der Krebs in jeder Generation ein bisschen früher ausbrach, würden die Ärzte mir nur sehr ungern zu einer Totaloperation raten. Ich war ja erst fünfundzwanzig und hatte noch keine Kinder geboren.

»Aber wenn Sie mir jährliche Mammografien und MRTs anbieten, räumen Sie doch ein, dass ich den Krebs schon jetzt bekommen könnte?«

»Das ist sehr unwahrscheinlich.«

»Aber es war doch auch unwahrscheinlich, dass ich ein positives Testergebnis bekommen würde.«

Jane warf einen Blick in meine Akte.

»Ihre Großmutter starb mit einundfünfzig«, sagte sie. »Ihre Mutter war achtundvierzig. Sie haben noch genügend Zeit.«

»Aber Mum war erst dreiundvierzig, als der Krebs zum ersten Mal kam. Das heißt doch wohl, ich kann mich mit vierzig darauf einstellen …«

»Tess, wir können Ihnen keinen Zeitpunkt nennen. Vielleicht bekommen Sie überhaupt nie Krebs. Vielleicht auch erst mit siebzig.«

»Vielleicht aber schon morgen!«

Jane seufzte. Sie wollte mich nicht anlügen.

»Wenn ich mich für die Operation entscheide, sinkt mein Risiko auf das einer Durchschnittsfrau, nicht wahr?«

»Ja.«

»Aber nicht auf null.«

»Nein, nicht auf null«, sagte sie. »Tess, geben Sie sich genügend Zeit, um alles zu verarbeiten. Sie brauchen nicht sofort eine Entscheidung zu treffen. Aber ich möchte, dass Sie sich eins immer vor Augen halten: Wissen ist Macht.«

Das hatte sie mir schon während der Beratungsgespräche gesagt. Als sie mir dann den Test angeboten hatte, war ich so erleichtert gewesen, dass ich anscheinend geglaubt hatte, die größte Hürde bereits genommen zu haben.

Wissen ist Macht. Auf dem Weg zurück zur Bushaltestelle fühlte ich mich schrecklich ohnmächtig. Die Genetik, die so gerne würfelte, hatte mir ein Todesurteil zugeteilt, und ich konnte absolut nichts dagegen tun.

Es musste sich herumgesprochen haben, dass ich einen Termin im Krankenhaus gehabt hatte, denn meine Kollegen waren deutlich stiller als sonst. Vielleicht stand mir die Angst auch ins Gesicht geschrieben. Ich musste auf Autopilot gehen, um meine Schicht durchstehen zu können, und während der folgenden Stunden gingen mir meine Möglichkeiten immer wieder im Kopf herum. Ich war so abgelenkt, dass ich mehrmals vergaß, nach dem Cashback-Programm zu fragen oder Rabattmarken auszugeben.

»Alles in Ordnung, Tess?«, fragte meine Chefin, als sie kam, um eine stecken gebliebene Papierrolle aus meiner Kasse herauszufummeln.

»Ja, alles bestens«, gab ich zurück.

Das stimmte doch auch, oder nicht? Mir fehlte nichts. Ich war eine absolut gesunde Frau. Und trotzdem fühlte ich mich, als würde ich irgendein Monster in meinem Inneren ausbrüten, wie in dem Film *Alien*. Aber das Komische war, dass dieses Ding nichts Fremdes war. Es lag in meiner eigenen DNA. Wie meine lockigen Haare gehörte es ganz und gar zu mir. Ich bekam es einfach nicht in den Kopf.

»Beobachtung« war ein seltsames Wort in diesem Zusammenhang. Wenn ich einfach abwarten würde – wäre es dann nicht eher so, als würde der Krebs mich beobachten, nicht ich ihn?

Normalerweise brachte ich die Zeit an der Kasse herum, indem ich mir aufgrund der Dinge, die meine Kunden einkauften, Geschichten über sie ausdachte. Man kann viel über einen Menschen sagen, wenn man den Inhalt seines Einkaufswagens sieht, und damit meine ich nicht bloß, ob er eine Party feiern wird oder eine Katze hat.

Jetzt war jeder Artikel, der auf dem Band in meine Richtung rollte, mit Bedeutung aufgeladen.

Galten Granatapfelkerne nicht als sogenanntes »Superfood«, das Krebs verhindern konnte?

»Was machen Sie mit denen?«, fragte ich die junge Karrierefrau im Kostüm. Die Geschäftsleitung hatte es gern, wenn wir einen »persönlichen Kontakt« zu den Kunden herstellten.

»Ach, alles Mögliche«, erwiderte sie. »Ich streue sie in den Salat und so.«

Wieso kaufte sie dann Cola light? In Amerika forderte der

Gesetzgeber auf jeder Flasche ein Hinweisschild, das einen bestimmten Inhaltsstoff als krebserregend für Ratten auswies.

Sind Hitzewallungen wirklich so schlimm, wie immer behauptet wird?, wollte ich eine Frau um die fünfzig fragen, die Menopace-Kapseln, Slipeinlagen für Blasenschwäche und ein Glas Kakaopulver light kaufte.

Und der Typ, der drei Tüten Kartoffelchips zum Preis von zweien, ein Glas Dip und vier Dosen Bier kaufte? Hatte er noch nie davon gehört, wie wichtig gesunde und ausgewogene Ernährung war?

»Machen Sie sich einen gemütlichen Abend zu Hause?«

»Möchten Sie mir dabei Gesellschaft leisten?«

Ich tat so, als hätte ich nichts gehört. Ich wurde ständig von Kunden angebaggert.

Den Kerl mit Parmaschinken, Ciabattabrot und Rucolasalat im Einkaufswagen hätte ich interessanter gefunden. Aber er war mit Sicherheit glücklich vergeben, denn er kaufte außerdem eine Schachtel Tampons, und zwar ohne sie auf dem Band unter etwas anderem zu verstecken.

»Alles okay, Tess?«, fragte mich Lewis, als ich nach meiner Schicht die Obstabteilung durchquerte.

Würde er mich wohl immer noch angraben, wenn ich keine Brüste mehr hätte?

Da ich gerade keinen Freund hatte, war vielleicht der ideale Zeitpunkt für die Operation gekommen. Oder war es im Gegenteil sogar der schlechteste Zeitpunkt? Wenn die Operation mir ermöglichen sollte, danach ein glückliches Leben zu führen – würde ich mir dann nicht alles zerstören, indem ich mich jetzt für sie entschied?

Ich ging zu Fuß nach Hause und hoffte, wenn ich allein

wäre, würde mir das Denken leichter fallen, aber so war es nicht.

Selbst wenn ich mich für die Operation entschied, konnte ich an etwas anderem sterben. Die Mutation des BRCA-Gens bedeutete auch, dass man ein höheres Risiko für Bauchspeicheldrüsenkrebs hatte, und den entdeckte man meist erst, wenn es schon zu spät war.

Wie sollte ich überhaupt die Zeit für eine solche Operation finden?

Und barg eine Operation nicht auch Risiken? Bei meinem Glück starb ich wahrscheinlich auf dem Operationstisch. Und was würde dann aus Hope?

Wenn ich auf der Operation bestand, würde es kein Zurück mehr geben. Wenn ich aber abwartete, würde die Medizin mit der Zeit vielleicht große Fortschritte machen.

»Wenn du nicht weißt, was du tun sollst, tu nichts«, hatte Mum immer gesagt.

Tja, hatte ihr dieser Rat etwa weitergeholfen?

Das ist das Problem mit dem kreativen Freiraum. Man hat zu viel Zeit nachzudenken.

Als ich am Haus der O'Neills vorbeikam, war ich versucht, an der Tür zu klingeln und mich auf eine Tasse Tee einzuladen, so, wie ich es früher nach der Schule oft getan hatte. Aber Mrs. O'Neill würde mir bestimmt nur sagen, dass Gott schon seine Gründe habe. Außerdem wollte ich überhaupt nicht zu ihr, sondern zu Doll. Sie war immer der Mensch gewesen, der das Gegengewicht zu meinen grüblerischen Tendenzen gebildet hatte. Aber sie wohnte nicht mehr zu Hause.

Doll hatte schließlich ihre Hochzeit bekommen und Dave seine Ehefrau. Das klingt jetzt ein bisschen eifersüchtig von mir, aber das war ich nicht, weil ich tief in meinem Inneren wusste, dass sie einfach gut zusammenpassten. In der Lokalzeitung war ein Bild von ihnen abgedruckt gewesen, in einem Landhotel bei den Whirlpools. Lustigerweise erschien in derselben Ausgabe die Schlagzeile »Fred ist raus«, denn er hatte eine Verletzung am Kreuzband erlitten und konnte die Saison nicht zu Ende spielen.

Ich hatte überlegt, Doll und Dave eine Karte zu schicken, aber nicht die richtigen Worte gefunden. Außerdem ging mir das letzte Gespräch mit Doll nicht aus dem Kopf. Ich hatte mich angehört, als würde ich sie hassen, doch das stimmte nicht. Aber sie hatte sich nicht richtig verhalten, und das konnte ich auch nicht einfach unter den Tisch fallen lassen. Wenn ich jedoch glaubte, Doll zu bestrafen, indem ich ihr meine Freundschaft vorenthielt, schoss ich damit ein Eigentor, denn am Ende war ich es, der die Kameradschaft und der Spaß fehlten, den wir immer zusammen gehabt hatten.

Manchmal wünschte ich mir, Doll würde einfach bei mir an der Kasse auftauchen, und wir würden zusammen einen Kaffee trinken gehen. Es musste ja keine große Sache sein. Aber die meisten Menschen sind ihrem eigenen Supermarkt treu, und Dolls Nagelimperium wuchs immer weiter, sodass sie wahrscheinlich gar keine Zeit zum Einkaufen hatte.

Vielleicht hatte ihr auch jemand gesagt, wo ich arbeitete, und sie vermied es ganz bewusst, hier aufzutauchen?

Wenn man jemanden sein ganzes Leben lang kennt, glaubt man einschätzen zu können, wie er in einer bestimmten Situation reagieren würde. Aber Doll hatte schon immer ihre ganz eigene Weltsicht gehabt. Für sie war das Glas halb voll, während es für mich – zumindest seit Mums Tod – halb leer war. Wir hatten so viele wichtige Momente zusammen erlebt.

Den ersten Schultag, die Erstkommunion, die erste Periode, den ersten Kuss, den ersten Todesfall im Familienkreis, den ersten Freund – und jetzt fühlte es sich komisch an, dass ich meine ersten ernsthaften Gesundheitsprobleme nicht mit ihr besprechen konnte.

Wenn ich sie anrief und ihr von meinem positiven Test erzählte, würde sie sicher vorbeikommen und eine Flasche Pinot Grigio mitbringen. Oder auch etwas Teureres wie Sancerre – den kauften die wohlhabenden Kunden zu ihren Seebarschfilets. Aber dann dachte ich wieder daran, dass sie jetzt verheiratet war. Sie würde nach Hause gehen und Dave alles erzählen, und ich ertrug den Gedanken nicht, dass sie nach dem Sex – der garantiert großartig war – nebeneinander in ihrem großen Bett liegen und mich bemitleiden würden.

Als ich nach Hause kam, rief ich Shaun an. Er hatte mir vor dem Test Mut gemacht, darum schockierte mich sein bestürztes Schweigen umso mehr. Mir wurde klar, dass auch er von einem negativen Ergebnis ausgegangen war. Vielleicht fühlte er sich jetzt schuldig.

Ich hatte das Bedürfnis, ihn zu trösten. »Wissen ist Macht, Shaun. Daran müssen wir uns festhalten …«

Doch Shaun war nicht nur um mein Wohlergehen besorgt, sondern auch um Kevins. Er fragte: »Tess, kann es sein, dass auch Kevin dieses Gen geerbt hat?«

»Ich vermute, die Wahrscheinlichkeit steht fünfzig zu fünfzig.« Allmählich wurde ich ein wenig ungehalten. Ich könnte es nicht ertragen, wenn Kevin das Problem jetzt zu seinem eigenen machte.

»Bitte sag Kevin nichts«, bat ich Shaun.

»Ich fürchte, ich muss es ihm sagen«, erwiderte Shaun.

Das fühlte sich an, als würde eine weitere Tür zugeschlagen.

Es ging mir so schlecht, dass ich meinen Schreibkurs ausfallen lassen wollte. Aber dann kam Hope nach Hause, mit dem versprochenen Keyboard auf einem speziellen kleinen Wagen, und begann sofort darauf herumzuhämmern. Wäre ich zu Hause geblieben, hätte ich einen Anfall bekommen.

Der Kurs für kreatives Schreiben fand im Rahmen des Erwachsenenbildungsprogramms statt, und unser Tutor, Leo, war Universitätsprofessor. Er trug sein grau meliertes Haar ein wenig länger und hatte einen modischen Dreitagebart. Wir Schüler waren zu fünft. Liz hatte eine Idee für eine romantische Komödie, die auf einem Kreuzfahrtschiff spielte; Violet war Rentnerin und wollte ihre Kriegserinnerungen für ihre Enkelkinder aufschreiben; Ashley, ein halbwüchsiger Computernerd, arbeitete an einem Fantasyroman mit Protagonisten, die Namen hatten wie Snork und Godroon.

Wir alle waren sehr unterschiedlich, ergänzten uns aber gut. Und dann war da noch ein pensionierter Polizist namens Derek, der sich für etwas Besseres hielt, weil er schon einen Krimi im Selbstverlag herausgebracht hatte. Einmal hatte er versucht, sich nach dem Kurs an mich ranzumachen, und erklärt, wir seien doch »künstlerische Seelenverwandte« und ob ich vielleicht Lust hätte, mit ihm ein Bier trinken zu gehen. Ich entgegnete, das würde die kreative Dynamik zerstören. Ich weiß, dass Polizisten früh in Rente gehen, aber mit fünfzig war er fast doppelt so alt wie ich, und um ehrlich zu sein, machten mir seine blutrünstigen Beschreibungen ermordeter Frauen ziemliche Angst.

Im Kurs ging es nicht nur darum, uns gegenseitig unsere Werke vorzulesen. Leo machte Übungen mit uns, die unser handwerkliches Können fördern sollten. So sollten wir zum Beispiel Biografien für Menschen auf alten Fotos erfinden, die er uns mitbrachte. Das war ein bisschen wie damals, als Mum und ich uns Geschichten über die Leute im Café ausgedacht hatten. Der Fachbegriff dafür ist »Backstory«.

Ein anderes Mal mussten wir drei Anekdoten über unser Leben erzählen, davon zwei wahre und eine erfundene, und die anderen sollten raten, welche nicht stimmte. Auf diese Weise trainierten wir, eine Geschichte glaubhaft zu erzählen.

Ich fand schon bald heraus, dass das Wichtigste dabei war, die Szene gut vorzubereiten. Es hatte keinen Sinn zu behaupten, man hätte George Clooney getroffen, wenn man nicht jedes einzelne Detail beschreiben konnte. Also ungefähr so: Ich ging gerade über den Leicester Square, wo eine Menschenmenge vor dem Kino darauf wartete, dass die Filmstars zur Premiere eintrafen. Plötzlich bemerkte ich, dass ich mich auf der falschen Seite der Absperrung befand! Und dann hielt auch noch eine Limousine neben mir an, und die Fotografen strömten herbei, sodass ich weder vor noch zurück konnte. Ein Mann stieg aus dem Auto. Er strich sich die Fliege glatt, knöpfte sich den Smoking zu und wieder auf, genau wie die Männer in den Talkshows, wenn sie nervös sind – vielleicht wollen sie aber auch einfach nur keine Falten im Smoking haben. Ich stand so nah bei ihm, dass ich sein Aftershave riechen konnte, und er sah mich an. Sein Blick schien zu sagen: *Du weißt nicht, wer ich bin, oder? Doch, jetzt hast du es gemerkt!* Dann schenkte er mir ein kurzes Lächeln, und eine Sekunde später war er auch schon wieder weg.

Alle fielen auf meine Geschichte rein.

Als Hausaufgabe gab Leo uns ein Wort, zum Beispiel *Gier*

oder *Winter*, und wir mussten etwas dazu schreiben: eine Charakterisierung, einen Dialog, ein Gedicht, eine Geschichte – alles war erlaubt. Das Wichtigste war, überhaupt etwas zu schreiben.

»Was machen Schriftsteller?«, fragte er immer, wenn jemand mit einer Ausrede kam.

»Sie schreiben«, sagten wir dann im Chor.

Es machte mir großen Spaß, so viel Neues zu lernen. Vielleicht war das meine Art, der Realität zu entfliehen. Wenn ich am Computer saß, verschwand alles bis auf das Word-Dokument, an dem ich gerade arbeitete. Normalerweise schrieb ich viel zu viel, und bald riet Leo mir, das Wörterbuch wegzuschmeißen und die Dinge simpel zu halten.

Er selbst hatte ein bemerkenswertes Vokabular und benutzte Begriffe wie »kontextualisieren« und »kafkaesk«. Außerdem war er sehr belesen. Jedes Mal, wenn er einen Autor erwähnte, den er bewunderte, schrieb ich mir den Namen auf – Nabokov, Kundera, Grass – und nahm mir vor, die betreffenden Bücher in der Bibliothek auszuleihen. Manchmal kam es mir so vor, als hieße der Kurs »Europäische Literatur« und nicht »Kreatives Schreiben«, und dann dachte ich, ich werde es sowieso nie mit diesen Autoren aufnehmen können. Aber Leo erklärte, unser Ziel sei nicht, ein großartiger Schriftsteller zu werden, sondern ein besserer.

»Schreibt über das, was ihr kennt«, sagte er.

»Wer will schon etwas über einen Supermarkt lesen?«

Irgendwie hatte ich mich zum Klassenclown entwickelt. In der Schule war ich ganz anders gewesen. Aber an einem Ort, an dem niemand einen kennt, kann man eine neue Rolle ausprobieren. Man kann versuchen, mehr man selbst zu sein – oder so, wie man gerne wäre.

»Wer will schon etwas über eine Kleinstadthausfrau lesen?«, konterte Leo dann.

»Ich bin keine Hausfrau.«

»Nein, aber Emma Bovary war eine.«

Manchmal lächelte mich Leo ein wenig amüsiert an, nicht direkt herablassend oder onkelhaft, mir fehlt das richtige Wort, um es zu beschreiben.

»Ich bin aber nicht Flaubert«, sagte ich.

»Nein«, sagte Leo, und ich wünschte mir, ich hätte nicht versucht, mit meinem Wissen zu prahlen.

In seiner Gegenwart fühlte ich mich entweder sehr intelligent oder sehr dumm, und die Spannung zwischen diesen beiden Extremen war gleichzeitig unheimlich und aufregend. Spannung – das war ein Wort, das er gerne benutzte.

Normalerweise gingen wir Schüler nach dem Kurs noch zusammen ins Pub, und manchmal kam auch Leo mit und gab dann ein paar lustige Anekdoten oder berühmte Zitate zum Besten. Ich mochte seine Stimme. Sie war melodisch und hatte einen leicht walisischen Einschlag, sodass ich mich an Anthony Hopkins oder Michael Sheen erinnert fühlte. Außerdem nutzte er die ganze Bandbreite seiner Stimme, vom Flüstern bis zum Brüllen.

Einmal erwähnte er einen Roman, den er selbst geschrieben hatte, und dass der Verlag ein furchtbares Bild auf den Umschlag gedruckt und das Marketing völlig falsch angepackt habe, weshalb man ihn nicht in den Buchläden finden könne.

»Man sagt, diejenigen, die nicht schreiben können, unterrichten«, behauptete Derek, als Leo gerade an der Bar war. Wir übrigen Schüler fanden seine Bemerkung unglaublich arrogant und kleinlich.

Ich lieh mir Leos Roman in der Bücherei aus. Er hieß *Eine*

rein akademische Frage und war eine schwarze Komödie über einen Englischprofessor in den Achtzigern. Ich las ihn mir gleich durch. Der Tonfall erinnerte mich ein bisschen an den amerikanischen Autor John Updike, von dem ich einmal ein Buch gelesen hatte. Als ich Leo das sagte, leuchteten seine Augen, darum erzählte ich ihm nicht, dass ich kein großer Fan dieser Art von Literatur war.

Der Kurs lenkte mich für ein paar Stunden von meinem Testergebnis ab, aber sobald ich allein war, stürzte alles wieder auf mich ein. Als ich an der Bushaltestelle stand, war ich so in Gedanken, dass ich gar nicht merkte, wie ein Auto neben mir anhielt. Leo kurbelte das Fenster herunter und lehnte sich über den Beifahrersitz.

»Spring rein!«, sagte er. »Ich nehme dich mit.«

»Nein, das ist schon in Ordnung. Das ist zu weit!«

»Bitte! Ich würde dich gerne fahren.«

Da schien es mir unhöflich, sein Angebot abzulehnen.

Die ersten paar Minuten lang starrte ich bloß aus dem Fenster. Hin und wieder sah er zu mir herüber, etwa, wenn wir an der Ampel warteten.

»Tess, verrätst du mir, was los ist?«, fragte er. »Du wirkst nicht so lebhaft wie sonst.«

»Das ist eine lange Geschichte«, erwiderte ich.

»Erzähl sie mir.«

Es klang wie eine Aufgabe, die er mir stellte. Zuerst dachte ich: auf keinen Fall! Aber dann kam mir der Gedanke, dass ich doch eigentlich nichts zu verlieren hatte. Die Fahrt dauerte mindestens eine halbe Stunde, und wir konnten uns nicht die ganze Zeit lang anschweigen. Also begann ich, vom Krebstod meiner Mutter zu erzählen – und von der dunklen Wolke, die so drohend über mir schwebte. Davon, dass ich mir den Gentest erkämpft hatte und mir jetzt wünschte, ich hätte es nicht getan.

»Aber du hast keinen Krebs?«, fragte Leo freundlich. Er klang wie Anthony Hopkins – in *Shadowlands,* nicht wie in *Das Schweigen der Lämmer,* natürlich.

»Nein«, antwortete ich. »Aber ich kriege ihn höchstwahrscheinlich irgendwann.«

Irgendwie half es mir, jemandem die ganze Sache zu erzählen. Vor allem jemandem, der intelligent und empathisch war – besonders nachdem Shaun sich als ein Totalausfall entpuppt hatte.

»Ich kann gewisse Dinge machen, um mein Risiko zu senken, aber die sind ziemlich drastisch, und eigentlich begreife ich das alles noch immer nicht richtig …«

»Musst du das denn gleich entscheiden?«

»Wenn ich es nicht tue, geht es mir immer weiter im Kopf herum. Ich kann es nicht wegschieben.«

Die letzten paar Kilometer sagte Leo nichts mehr. Dann hielt er vor unserem Haus an, schaltete den Motor ab und sah mir in die Augen.

»Auf meinem Schreibtisch habe ich drei Ablagen«, sagte er. »Eine für neu eingegangene Post, eine für ausgehende Post. Und eine, auf der ›Noch nicht erledigt‹ steht. Wenn ich mir nicht sicher bin, was ich mit einer Sache machen soll, lege ich sie dort rein. Dann habe ich zumindest schon mal etwas damit gemacht, verstehst du?«

Es war typisch für ihn, viele Dinge aus einer nicht alltäglichen Sichtweise heraus zu betrachten. Oft glaubte man, er würde einem bloß eine Information geben, bis man begriff, dass es eine Metapher war.

»Du willst also sagen, ich könnte die Entscheidung treffen, die Entscheidung noch nicht zu treffen?«, fragte ich.

Er schenkte mir ein amüsiertes Lächeln. Wie schaffte er es bloß, seinen Dreitagebart immer gleich lang zu halten? Es war mehr als nur ein Bartschatten, also rasierte er sich wahrscheinlich alle zwei bis drei Tage. Wenn das aber stimmte, konnte man rechnerisch eigentlich davon ausgehen, dass er an bestimmten Donnerstagen mehr Bartstoppeln hatte als an anderen. Vielleicht rasierte er sich ja auch nur einmal in der Woche, etwa jeden Montagmorgen, und wir sahen ihn immer im selben Stadium. Dann hatte er am Sonntagabend vermutlich einen richtigen Bart, den er sich am nächsten Morgen wieder abrasierte, und der Zyklus begann von vorne.

Da begriff ich, dass ich auf seinen Mund starrte.

»Warum schreibst du es nicht auf?«, fragte er leise.

»Das ist ziemlich persönlich, findest du nicht?«, gab ich zurück, und plötzlich wurde mir klar, dass ich ihm körperlich noch nie näher gewesen war als in diesem Moment.

In der Ferne hörte ich Hope auf ihrem Keyboard spielen. Sie konnte schon *»Is This The Way to Amarillo?«*, weil das Lied ständig im Fernsehen lief.

»Graham Greene hat mal gesagt, im Herzen eines jeden Schriftstellers sitzt ein Splitter aus Eis«, bemerkte Leo. »Was hat er wohl damit gemeint?«

»Dass sie die Dinge aus der Distanz betrachten?«, schlug ich vor.

»Genau! Schriftsteller betrachten alles, was um sie herum passiert, als Material.«

Er versenkte seinen Blick noch einen Moment länger in meinem, und für den Bruchteil einer Sekunde dachte ich, er würde mich küssen. Aber dann beugte er sich über mich, öffnete meine Tür, um mich aussteigen zu lassen, und fuhr ohne ein weiteres Wort davon. Natürlich hatte er nicht vorgehabt, mich zu küssen, sagte ich mir, als ich verwirrt auf dem Bürgersteig stand. Er war verheiratet. Seine Frau arbeitete auch an der Universität. Aber in meinem Inneren zitterte ich noch immer, und seine Stimme hallte in meinem Kopf wider. Den ganzen Abend über musste ich an ihn denken, selbst noch, während ich versuchte, Hope von ihrem Keyboard loszueisen und ins Bett zu bekommen.

Ich setzte mich an meinen Laptop. Das Wort, das Leo uns diese Woche als Grundlage für die Hausaufgabe gegeben hatte, lautete »Urlaub«.

Ich dachte an den schönsten Urlaub zurück, den wir je als Familie gemacht hatten. Es muss im Sommer 1995 gewesen sein – im selben Jahr, in dem übrigens auch das BRCA2-Gen identifiziert wurde. Ich habe diese Zeit als wunderschön in Erinnerung. Hope war damals noch sehr klein, und wir wussten, dass wir bald endlich ein bisschen mehr Platz im Haus haben würden, weil die Jungs im Begriff waren, auszuziehen. Ich hatte den mittleren Schulabschluss gut geschafft, und Mum war mit der Chemo fertig, also spendierte Dad uns eine Pauschalreise nach Teneriffa. Im irischen Pub in Playa de los Cristianos gewann er mit *»The Wonder of You«* einen Pokal für die beste Elvis-Presley-Imitation, und Mum kaufte den bunten Teller, der neben dem Pokal auf unserem Nippesregal stand. Und zur selben Zeit tüftelten ein paar Wissenschaftler im weißen Kittel in ihrem Labor herum, hantierten mit ihren Pipetten und entdeckten etwas, das für uns alle noch zu einer Katastrophe werden würde. Wobei es natürlich nicht die Schuld der Wissenschaftler war.

Für den Kurs schrieb ich eine Geschichte über eine Familie,

die irgendwo auf den Kanarischen Inseln am Swimmingpool liegt. Ich versetzte mich in Mums damalige Lage, und das fühlte sich seltsam tröstlich an. Sie hatte in ihrem Einteiler mit den gepolsterten BH-Körbchen auf dem Liegestuhl gelegen, über ihr der blaue Himmel ohne ein einziges Wölkchen.

Ich wusste nicht, ob es der Anfang einer Geschichte war oder vielleicht sogar ein Gedicht, gab dem Werk aber den Titel »Heute ist der erste Tag vom Rest deines Lebens«.

Beim nächsten Kursabend war ich viel aufgeregter als sonst, wenn ich meine Hausaufgaben vorlesen sollte. Dieses Mal waren sie wichtiger als während der Stunden zuvor.

Als ich fertig war, schlug mir Stille entgegen.

»So klingt es, wenn die Leute noch mehr hören wollen«, sagte Leo schließlich. »Und das klingt sehr viel besser, als wenn die Leute weniger hören wollen«, fügte er noch hinzu. Dann vollbrachte er das Kunststück, mir diskret zuzuzwinkern und gleichzeitig in Dereks Richtung zu nicken.

19 GUS

2007

Wenn die Dinge gut laufen, sollte man das Schicksal vielleicht nicht herausfordern und versuchen, sie noch zu optimieren.

Unsere zweite Tochter hatte einen schwierigeren Start ins Leben als Flora. Während der Schwangerschaft litt Charlotte unter heftiger Übelkeit. Außerdem kam das Baby zu spät, was den Zeitplan durcheinanderbrachte.

Da Charlotte unbedingt so schnell wie möglich wieder arbeiten wollte, beantragte ich einen Monat Vaterschaftsurlaub. Zudem hatten wir beschlossen, dass dies eine gute Gelegenheit für Kasia wäre, ihrer Familie in Polen den jährlichen Besuch abzustatten. Da der Geburtstermin fast genau mit Floras Start in den Kindergarten zusammenfiel, schien das Timing perfekt zu sein. Wir hatten nicht einmal daran gedacht, dass das Baby sich womöglich nicht an unseren sorgfältig ausgeklügelten Zeitplan halten könnte.

Die Geburt war schwierig, weil der Kopf des Babys nicht nach vorn zur Brust, sondern nach hinten geneigt war, als wollte es sehen, wo es landen würde. Wir hatten uns für den Namen Bella entschieden, doch auch die liebevollsten Eltern konnten sie mit ihrem von der Zange verbeulten Gesicht und den abstehenden roten Haaren nicht als hübsch bezeichnen.

Wenn man ein Baby hat, das so gut schläft wie Flora, denkt man als Eltern schnell, man sei ein Naturtalent. Auch mich hatten derlei Gedanken heimlich beschlichen, wenn ich die Yummy-Mummys über Schlafmangel stöhnen hörte. Bella war die Strafe für meine Blasiertheit. Da Charlotte schon nach zwei Wochen wieder arbeiten ging und Flora nicht gerade erfreut über ein kreischendes Baby war, das all die Aufmerksamkeit auf sich zog, die zuvor ihr gegolten hatte, kurvte ich regelmäßig frühmorgens mit dem Auto durch den Londoner Süden, während Bella neben mir in der Babyschale lag und zwischen den Ampeln immer wieder kurz einnickte.

Seit ich mich auf Allgemeinmedizin spezialisiert hatte, war ich nicht mehr an die langen, unregelmäßigen Arbeitszeiten eines Krankenhausarztes gewöhnt, sodass ich mich in einem nicht ganz zurechnungsfähigen zombiähnlichen Zustand befand. Sobald ich mich setzte, flatterten meine Augenlider wie die Flügel eines sterbenden Vogels. Mein Espressokonsum trieb meinen Puls derart in die Höhe, dass ich manchmal das Gefühl hatte, mein Herz sei der einzige Muskel, der sich in meinem Körper noch regte.

Charlotte machte kein Hehl daraus, dass der Babykram nicht ihr Ding war, als ob das jeder frei entscheiden könnte. Wenn ich erschöpft war, dann war das mein Problem. Charlotte kümmerte sich stattdessen darum, dass Flora sich nicht vernachlässigt fühlte, las ihr abends ausgiebig vor und besuchte am Wochenende mit ihr Ballettmatineen und Schmetterlingshäuser. Flora wurde ihrer Mutter mit jedem Tag ähnlicher, angefangen von der Ausdrucksweise – »Also wirklich!« – bis zur Wahl ihrer Kleidung. Charlotte erzählte nur zu gern, wie Flora bei Selfridges ein rosa Ballerinakleid anprobiert und sich bei der Verkäuferin erkundigt hatte: »Gibt es das auch in Schwarz?«

Mit sechs Wochen entwickelte Bella Neurodermitis. In den ersten Tagen redete ich mir ein, dass die rötlichen Flecken auf ihren Wangen ein Zeichen ihrer Gesundheit seien, doch als sie begannen, sich auf ihrem winzigen Körper auszubreiten, konnte ich vor der Diagnose nicht mehr die Augen verschließen.

Neurodermitis ist kein Leiden, das viel Mitgefühl hervorruft. Normalerweise ist es nicht lebensbedrohlich – es sei denn, man entwickelt eine Staphylokokken-Infektion –, aber es juckt, ist unangenehm für das Kind und hässlich anzusehen. Wenn man ein gesundes Baby hat, fällt einem gar nicht auf, wie oft wohlmeinende Fremde in den Kinderwagen linsen, um eine nette Bemerkung zu machen; wenn man ein Baby mit Neurodermitis hat, nimmt man sehr deutlich wahr, wie beim Anblick der nässenden Krusten das Lächeln auf den Gesichtern erstirbt.

Ich bedauerte, dass ich den verzweifelten Müttern, die früher mit ihren unter Neurodermitis leidenden Kindern in die Sprechstunden gekommen waren, fröhlich Cortisonsalbe verschrieben und ihnen versichert hatte, dass die Kinder dem entwachsen würden. Wie wenig hatte ich doch von ihren Sorgen gewusst und davon, wie viel Pflege es erforderte, das Leiden des Kindes zu lindern. Die meisten Kinder überwinden die Krankheit im Alter von zwei Jahren, doch wenn das Baby erst sechs Wochen alt ist, erscheint es einem wie eine lebenslange Strafe. Und wenn die Neurodermitis abgeklungen ist, besteht das Risiko, dass das Kind Asthma entwickelt.

Bei der Arbeit nutzte ich jede freie Minute, um im Internet nach Selbsthilfeorganisationen zu suchen, deren praktische

Tipps sich als deutlich hilfreicher erwiesen als die all meiner Kollegen. So nähte Kasia kleine Baumwollhandschuhe an die Ärmel von Bellas Stramplern, damit sie sich die Haut nicht so schlimm aufkratzte.

Auch wenn man den ganzen Tag arbeitet, bringt man bei seinem eigenen Kind die Energie auf, mitten in der Nacht aufzustehen, es auf den Arm zu nehmen und sanft zu wiegen, wenn es sich nicht anders beruhigen lässt. Wenn man zur Kinderpflege angestellt ist, verfügt man nicht über diese Reserven elterlicher Liebe. Kasia tat ihr Bestes, die Last ein paar Monate lang mitzutragen, doch sie hatte mittlerweile einen Freund, der unbedingt wollte, dass sie nach Polen zurückkehrte und ihm bei seinem Onlinegeschäft half. In England hielt sie nichts mehr.

Als sie uns ihre Kündigung mitteilte, muss ich derart verzweifelt ausgesehen haben, dass sie versprach zu warten, bis wir einen Ersatz gefunden hatten. Doch das gestaltete sich schwierig. Charlotte und ich arbeiteten beide wieder. Die einzige Kandidatin, die für uns überhaupt infrage kam, stellte sich an einem Tag vor, an dem Bellas Haut besonders entzündet war, und schreckte sichtlich zurück, als wir sie ihr vorstellten.

Obwohl kaum Zweifel daran besteht, dass es sich bei Neurodermitis um eine allergische Reaktion handelt, war Charlotte davon überzeugt, dass Bellas Erkrankung und Kasias Abreise sowie alle anderen Probleme, die wir hatten, mit dem Haus in Wandsworth zusammenhingen.

»Das Haus liegt so niedrig, und es ist so dunkel. Bestimmt ist die Luft voller Feinstaub«, seufzte sie so oft, bis ich schließlich kapierte, was sie von mir erwartete, und fragte: »Meinst du, wir sollten umziehen?«

Ich nahm an, dass sie weiter aus London rausziehen wollte,

wo die Luft sauberer war, wie in Surrey, wo wir beide unsere Kindheit verbracht hatten. Das Haus, in das sie sich jedoch verguckt hatte, lag an der Ladbroke Grove mit ihren weißen stuckverzierten Fassaden. Es war groß und elegant und überstieg unser Budget bei Weitem.

»Sag nichts, ehe du es von innen gesehen hast«, flüsterte Charlotte, als wir dem Makler die Stufen zur Haustür hinauf folgten.

Es verfügte über vier Stockwerke, einschließlich Keller. »Und man könnte auch noch das Dach ausbauen«, erläuterte der Makler zuvorkommend.

Er war ungefähr so alt wie ich, strahlte jedoch das Selbstvertrauen eines Mannes aus, der einen roten Sportwagen fuhr und seine kurzen schwarzen Haare mit Gel zu einem Igel frisierte.

In dem Haus hatte eine alte Dame gelebt, und wie es aussah, war es seit den Fünfzigerjahren nicht mehr modernisiert worden. Die Küche mit dem alten Herd und den vergilbten Schränken wirkte wie aus einem Stück von John Osborne. Und im ganzen Haus stank es nach Katzen.

»Es ist viel zu groß für uns«, flüsterte ich Charlotte zu.

»Genau«, bestätigte sie. »Ich habe gedacht, wir könnten zwei Wohnungen einbauen. Eine im Keller und eine im Dachgeschoss, und dazwischen haben wir noch immer ein schönes Haus.«

Ich nahm an, dass wir überhaupt nur deshalb als Käufer infrage kamen, weil das Gebäude ziemlich heruntergekommen oder, mit den Worten eines Fernsehmaklers ausgedrückt, »ein Projekt« war. Einer der Nachteile, wenn man zwei kleine Kinder hat: Man ist so müde, dass man bei der Wahl des Fernsehprogramms nicht sonderlich anspruchsvoll ist.

»Die Leute im Dachgeschoss müssten durch unser Haus laufen, um in ihre Wohnung zu kommen«, bemerkte ich. Warum ging ich überhaupt auf ihren Vorschlag ein? Charlotte war einer der unpraktischsten Menschen, die ich kannte, und ich hatte noch nie auch nur ein Regal angebracht. Wir eigneten uns nicht dazu, ein Haus umzubauen. Der Einzige, der uns bei diesen Dingen helfen konnte, war vermutlich mein Vater. Aber zu ihm und seiner neuen Frau hatten wir irgendwie den Kontakt verloren, da weder sie noch wir uns darum bemühten. Vielleicht war es auch aus Loyalität zu meiner Mutter geschehen, die wir für meinen Geschmack viel zu häufig sahen.

»Kasia kennt jede Menge Bauarbeiter«, wies Charlotte meinen Einwand zurück, bevor ich ihn überhaupt ausgesprochen hatte. »Warte, bis du den Garten gesehen hast ...«

Der Garten an sich war ziemlich klein und verwildert, aber am Ende befand sich ein Tor, das in einen kleinen privaten Park führte, den man sich mit den anderen Anliegern teilte. Selbst an einem grauen Tag Ende November wirkte er wie eine verborgene Oase im Herzen der Stadt. Am unteren Ast eines großen Laubbaums hing eine Schaukel, in einen anderen hatte jemand auf einem kräftigen Ast ein Baumhaus gebaut. Das klagende Gurren einer Ringeltaube machte mir deutlich, wie friedlich es hier war. Man hörte kaum den Verkehr.

»Würde das den Mädchen nicht gefallen?« Charlotte hakte sich bei mir ein.

Wir stellten uns vor, wie wir an Sommerabenden vielleicht mit einem Glas kaltem Sancerre in der Hand in diesem grünen Garten Eden sitzen und unseren Kindern beim Spielen zusehen würden, während uns der Grillgeruch aus den Nachbargärten in die Nase wehte.

»Samstagmorgen Portobello Market.« Charlotte wusste

genau, welche Knöpfe sie drücken musste. »All die Museen nur einen Spaziergang durch den Park entfernt …«

»Einen ziemlich langen Spaziergang«, bemerkte ich.

Sie sah mich finster an, weil ich ihr den Spaß verdarb.

»Was denken Sie?«, fragte der Makler, ohne von seinem Handy aufzublicken.

»Wir müssen noch ein paar Dinge besprechen.«

»Es ist ein Verkauf aus einer Erbengemeinschaft. Darum möchten die Eigentümer schnell verkaufen. Aber ich habe noch eine Menge anderer Anwärter«, sagte er. »Wenn Sie also interessiert sind, *besprechen* Sie sich nicht zu lange.«

Er sprach ausschließlich mit Charlotte, während wir durch den Flur zurückgingen. Dann schüttelte er uns beiden die Hand und richtete seinen Schlüssel auf den roten Sportwagen, der daraufhin gehorsam piepte.

»Warte«, sagte Charlotte, während ich die Autoschlüssel aus der Tasche holte, und klang dabei mit ihrem gezwungenen Lächeln wie eine Bauchrednerin.

»Okay«, sagte sie, als der Makler auf die Ladbroke Grove abgebogen war. »Ich wollte nicht, dass er denkt, wir fahren einen Picasso.«

»Tun wir aber«, gab ich zurück.

»So sehe ich mich aber nicht.«

Charlotte sah sich als jemanden, der ein schickeres Auto fuhr und in einem wunderschönen stuckverzierten Haus in Notting Hill wohnte. Vermutlich hatte sie jedes Recht dazu, weil sie jetzt Fachärztin war, gut verdiente und eigentlich mit jemandem verheiratet sein sollte, der genauso viel verdiente wie sie, wenn nicht mehr.

»Wenn ich Teilhaber werde«, versprach ich, »sehen wir uns in dieser Gegend um.«

»Dann ist es zu spät«, erklärte sie bestimmt, als wir im Stau standen. »Siehst du denn nicht unsere Chance, Angus? In ein paar Monaten kommen wir da nicht mehr ran. Wegen Weihnachten herrscht momentan eine leichte Flaute auf dem Immobilienmarkt. Sobald es Frühling wird, zieht der Markt wieder an. Wir haben nur eine Chance, weil es renoviert werden muss.«

»Wodurch noch mehr Kosten auf uns zukommen, die wir uns nicht leisten können«, entgegnete ich.

»Dadurch steigt aber der Wert. Indem wir eine der beiden Wohnungen verkaufen, bekommen wir alles wieder rein und machen sogar noch Gewinn!«

»Ich verstehe.« Ich versuchte, nicht zu negativ zu klingen. »Was ich nicht verstehe, ist, woher wir das Eigenkapital nehmen sollen.«

»Na ja, es gibt da einen Weg«, sagte Charlotte. »Wenn deine Mutter ihr Haus verkauft und wir unseres in Wandsworth, haben wir genug Eigenkapital. Und mit meinem Gehalt kann ich die restliche Hypothek abzahlen. Das Kellergeschoss verfügt über eine eigene Haustür. Es wäre eine völlig abgetrennte Wohnung.«

Endlich kapierte ich, worauf sie hinauswollte. »Meine Mutter soll bei uns einziehen?«

»Sie fände es wundervoll, Angus.«

»Du hast schon mit ihr darüber gesprochen?«

»Überhaupt nicht«, widersprach Charlotte, dann fügte sie etwas verlegen hinzu: »Sie hat gesagt, wenn Kasia zurück nach Polen geht und wir niemanden finden, hätte sie nichts dagegen, sich ganz um die Mädchen zu kümmern. Ich weiß nicht, wie das gehen soll, wenn sie nicht bei uns wohnt.«

Da sie meinen Blick mied, nahm ich an, dass die Verhandlungen bereits fortgeschritten waren.

Der Verkehr setzte sich erneut in Bewegung. Wir rückten ein Stück vor.

»Es würde alles so viel leichter machen«, gab Charlotte zu bedenken und ließ ein paar diplomatische Minuten verstreichen, damit sich ihr Vorschlag setzen konnte. »Und sie kann so gut mit Bell umgehen. Es wäre absolut vernünftig, Angus!«

Meine Mutter war Zahnarzthelferin gewesen. Wenn sie am Wochenende zum Babysitten kam und Bella badete und eincremte, achtete sie peinlich genau auf Hygiene. Sollte sie wirklich bereit sein, anstelle von Kasia die Versorgung der Kinder zu übernehmen, müsste ich eigentlich vor Dankbarkeit überfließen, und dennoch sträubte sich alles in mir.

Während der restlichen Heimfahrt saß Charlotte gelassen auf dem Beifahrersitz und schwieg, während mein Instinkt mit meinem Verstand rang. Vergeblich suchte ich nach einem überzeugenden Argument, warum es keine gute Idee war, wenn meine Mutter mit uns im selben Haus wohnte.

»Wir würden sie doch kaum sehen«, brach Charlotte das Schweigen in dem Moment, als mir keine weiteren Ausreden mehr einfielen. Sie hätte professionelle Pokerspielerin werden sollen; sie wusste ganz genau, wann sie sich zurückhalten und wann sie den Einsatz erhöhen musste. »Ich bin mir sicher, dass sie ihre Unabhängigkeit genauso schätzt wie wir.«

»Wir würden uns einen Garten teilen …«

»Aber was für einen Garten!«

Manchmal redet man sich ein, wenn man nur eine Sache in seinem Leben ändert, wird sich alles andere fügen. Als ich mir unsere Familie in dieser stillen grünen Oase vorstellte, malte ich mir aus, wie sich unser Leben dort auf magische Weise verändern würde. Wenn ich im Sommer meinen Abschluss als Allgemeinmediziner machte, würde ich mir eine Stelle in einer nahe gelegenen Praxis suchen. Unter keinen Umständen konnte ich von dort weiter nach Croydon pendeln. Vielleicht würde es mir in einer anderen Praxis besser gefallen; es wäre ein neuer Anfang, meine Kollegen würden in mir den erfahrenen Familienvater sehen und nicht den Studenten, der es vermasselt hatte. Ich würde ein gutes Gehalt beziehen, sodass Charlotte nicht mehr so viel arbeiten müsste. Die Mädchen könnten hinten im Park Fahrradfahren lernen; sonntagmorgens würden wir vier zusammen ins Naturhistorische Museum gehen oder auf der Serpentine rudern – wir wären eine glückliche Familie.

Als wir in unsere Straße einbogen, dämmerte es bereits, wodurch die niedrigen Reihenhäuser aus rotem Backstein nach den luftigen weißen Villen in Notting Hill noch bedrückender wirkten.

»Na gut, dann hören wir mal, was sie dazu denkt«, sagte ich, als wir vor dem Haus hielten.

Als meine Mutter uns am nächsten Wochenende besuchte, bestand kein Zweifel mehr, dass der Vorschlag bereits ausgiebig diskutiert worden war.

»Findest du nicht, du solltest es dir erst einmal ansehen?«, fragte ich. »Es ist in einem schrecklichen Zustand.«

»Ach, das meiste ist doch Kosmetik.« Prompt schoss meiner Mutter die Röte ins Gesicht, als sie merkte, dass sie sich verplappert hatte.

Am nächsten Montag machte Charlotte ein Angebot, das sofort akzeptiert wurde, und das Haus meiner Mutter ging in den Verkauf. Eine Woche später, als Kasia abreiste, verabschiedete ich sie mit einer Mischung aus Angst und Freude. Wir hatten uns auf unerforschtes Gebiet begeben; nun gab es kein Zurück mehr.

Sonntags bis donnerstags wohnte meine Mutter in Kasias altem Zimmer, freitagabends kehrte sie dann in ihr Haus zurück, um die Wochenenden mit Aufräumen und Packen zu verbringen. Einige Wochen lang funktionierte dieses Arrangement erstaunlich gut. Ich konnte mit dem Auto zur Arbeit fahren, anstatt den Zug zu nehmen, weil meine Mutter die Kinder mit ihrem eigenen Wagen herumfuhr. Bella begann, fast auf den Tag genau, endlich durchzuschlafen. An den Wochenenden allerdings war sie ein wenig gereizter und bestätigte dadurch Charlottes Ansicht, dass ich Bella zu häufig nachgab.

Meine Mutter und ich gingen behutsam miteinander um. Ich unterdrückte den stummen Schrei in meinem Kopf, wenn sie Dinge sagte, die mich nervten; sie verschwand pflichtschuldig jeden Abend nach dem Essen, um in ihrem eigenen Zimmer fernzusehen. Einmal, als spätabends noch der Fernseher lief und sie offensichtlich eingeschlafen war, wollte ich hineinschleichen, um ihn auszuschalten, fand die Tür jedoch verschlossen.

»Du willst doch, dass sie unabhängig ist«, sagte Charlotte, als ich wieder ins Bett kroch und mich über den Lärm beschwerte.

Seit Flora auf der Welt war, hatte meine Mutter mit uns Weihnachten gefeiert. Ich glaube, es war eine Zeit im Jahr, die wir beide fürchteten. Der Schnee, der auf allen Fernsehkanälen rieselte, die Schneeberichte für Skifahrer nach den Nachrichten und die glücklichen Großfamilien, die sich in jeder

Werbepause zu Festessen zusammenfanden, gaben mir manchmal das Gefühl, als hätte Ross' Geist den Weg in unser Wohnzimmer gefunden.

Egal was für ein geduldiger und fürsorglicher Sohn ich zu sein versuchte, ich war mir sicher, dass meine Gegenwart meine Mutter jedes Mal an den Unfall erinnerte. Dementsprechend versteckte ich mich den Großteil des Tages in der Küche und tat so, als müsse ich den Vogel begießen und die Soßen umrühren. Hin und wieder streckte ich den Kopf ins Wohnzimmer, um zu fragen, ob ich eine Tasse Tee bringen oder die Champagnergläser auffüllen könne, und beobachtete meine Mutter, meine Frau und meine Töchter beim weihnachtlichen Beisammensein, fast so, als wäre es eine fremde Familie.

Merkwürdigerweise wirkte das letzte Weihnachten in Wandsworth durch die Aussicht, im neuen Jahr in ein gemeinsames Haus zu ziehen, nicht ganz so belastet wie sonst, vielleicht, weil wir alle bewusst nach vorn blickten. Meine Mutter brachte bei ihrer Ankunft an Heiligabend einen geräucherten Lachs und einen teuren Weihnachtskuchen von *Waitrose* mit und blieb mit einem Gin Tonic in der Küche stehen, um sich ein wenig mit mir zu unterhalten, anstatt sofort zu Charlotte ins Wohnzimmer zu flüchten. Sie fragte mich, wie es bei der Arbeit lief und ob ich mich für Truthahn oder Gans entschieden hätte.

Im Gegenzug lobte ich die Geschenke, die sie für Flora und Bella ausgesucht hatte. Es war fast, als hätten wir stillschweigend beschlossen, uns das, was wir einander vorwarfen, zu verzeihen. Überrascht stellte ich fest, dass es das zehnte Weihnachten seit Ross' Tod war. Vielleicht war Groll ja zeitlich begrenzt?

Am Weihnachtstag, als ich zusah, wie meine Mutter Flora dabei half, Perlen für eine Kette auf eine Schnur zu ziehen, war ich sogar stolz auf sie, weil sie es geschafft hatte, durch ihre Enkelkinder neue Lebensfreude zu finden.

Flora rutschte von ihrem Schoß und rannte zu mir.

»Daddy, nächstes Jahr haben wir einen ganz großen Weihnachtsbaum!«, rief sie. »So groß, dass wir eine Trittleiter brauchen, um den Stern obendrauf zu setzen!«

»Das stimmt!«, sagte ich und stellte mir das hohe Wohnzimmer in unserem künftigen Haus weiß gestrichen vor.

»Was ist eine Trittleiter, Daddy?«

»Es ist eine Leiter, die von allein steht.«

»Kannst du mir bitte eine in mein Buch malen?«

Flora hegte eine derart starke Faszination für Wörter, dass ich ihr bei Paperchase ein Notizbuch mit einem bunten Plastikumschlag gekauft hatte, in das ich Wörter für sie eintrug, häufig mit einer Zeichnung daneben. Neben das Wort »Trittleiter« zeichnete ich einen Weihnachtsbaum, der in einem Erker stand, wie im Erdgeschoss des Hauses in Notting Hill. Daneben zeichnete ich eine Trittleiter, auf deren oberster Sprosse ein kleines Mädchen stand, das sich mit einem Stern in den Händen nach oben streckte.

Ich reichte Flora das Notizbuch zurück.

»T-r-i-t-t-l-e-i-t-e-r«, buchstabierte sie und folgte den Buchstaben mit dem Finger.

»Mit vier Jahren kann sie schon lesen!«, bemerkte Charlotte stolz.

»Ross konnte auch sehr früh lesen«, bemerkte meine Mutter. »Und Angus war auch nicht viel später dran«, fügte sie rasch hinzu.

»Oma kann unten sogar ihren eigenen Weihnachtsbaum

haben«, sagte Flora und wiederholte damit ganz offensichtlich etwas, das meine Mutter gesagt hatte. »Dann haben wir zwei Bäume!«

»Im Garten haben wir auch eine Menge Bäume«, stimmte ich in ihre Zukunftsträumerei mit ein. »Vielleicht könnten wir die mit bunten Lichtern schmücken!«

Jetzt lächelte Charlotte mich an. Bella saß auf ihrem Schoß und hielt einen weichen kleinen Elefanten in der Hand, dessen eines Ohr knisterte und dessen anderes quietschte und der ein Glöckchen im Bauch hatte, das klingelte, wenn man ihn schüttelte. Bellas Haut hatte einen guten Tag, und mit ihrem Kranz aus orangefarbenen Locken sah sie aus wie ein kleiner Engel.

Im Geiste versuchte ich, mir das hübsche Bild von den drei Generationen von Frauen in meiner Familie einzuprägen. Wenn ich eine Kamera holte, würden ihre Posen künstlich werden und ihre zufriedene Ausstrahlung ginge verloren.

»Warum setzt du dich nicht zu uns?«, fragte Charlotte. »Du hast den ganzen Vormittag so hart gearbeitet …«

»Mach ein Armband mit mir, Daddy«, bat Flora.

Der Truthahn ruhte, die Soße war fertig. Was machte es schon, wenn das Gemüse ein bisschen verkochte?

Noch immer in der blau-weiß gestreiften Schürze, die meine Mutter mir geschenkt hatte, setzte ich mich neben sie aufs Sofa, und sie reichte mir ein Tablett mit diversen Perlen. Flora kletterte auf meinen Schoß.

Im Kamin flackerten die Gasflammen, die wie brennende Kohlen aussahen. Als das Licht draußen vor dem Erkerfenster verblasste, schienen die bunten Lichter an unserem Baum noch heller zu leuchten, und ich ertappte mich bei dem Gedanken, dass wir von außen wie eine ganz und gar glückliche, harmonische Familie aussahen.

20 TESS

2007

Man könnte meinen, die Bevölkerung des Vereinigten Königreiches würde sich über die Feiertage regelmäßig verdoppeln. Wie finden die Leute nur den Platz für die ganzen Keramiktöpfe mit Hähnchenparfait und Cranberry in ihren Kühlschränken? Und wenn Stilton so eine Köstlichkeit ist, wieso essen wir ihn dann nicht das ganze Jahr über? Wie kommt es, dass eine Familie elf Monate lang mit einer kleinen Schachtel Jacob's Cream Crackers auskommt, an Weihnachten aber einen Riesenvorrat in der edlen Blechbüchse braucht? Wer ist so dumm und bezahlt zwölf Pfund für eine Schoko-Biskuitrolle mit einem seltsamen Zuckerguss darauf? Gibt es irgendeinen Menschen in unserem Land, der Christmas Pudding tatsächlich gerne isst? Und wo ich gerade bei dem Thema bin: Wieso soll ich für einen Christmas Pudding mit einer Orange in der Mitte mehr bezahlen, wenn ich zu dieser Jahreszeit zwei ganze Netze kernloser Navelinas für nur drei Pfund bekomme?

In den Supermärkten herrscht zu dieser Zeit nicht unbedingt weihnachtliche Stimmung. Es ist voll, man muss lange an der Kasse warten und gibt viel Geld aus. Ich war inzwischen zur Abteilungsleiterin befördert worden und verbrachte die meiste Zeit am Informationsschalter, wo ich mich mit allen möglichen Beschwerden und puddingverrückten Kunden herumschlagen musste.

»Miss Costello zu Gang 4, bitte.«

Neben der Bäckertheke stritten sich zwei Männer um die letzte Schachtel Christmas Pudding.

»Warum senden Sie die ganze Reklame, wenn es ohnehin keinen mehr gibt?«, brüllte der Verlierer, puterrot im Gesicht.

Ist der blöde Pudding den hohen Blutdruck überhaupt wert?, wollte ich ihn fragen. Sie werden einen Herzinfarkt bekommen, noch bevor Sie mit dem Flambieren angefangen haben.

»Darf ich Ihnen einen kostenlosen Stollen anbieten, als Entschädigung für Ihre Enttäuschung?«, fragte ich ihn stattdessen.

»Kriege ich auch einen?«, wollte sein Gegner wissen.

»Wenn Sie bereit wären, dem Herrn Ihren Pudding auszuhändigen …«

Ich hätte mir nie träumen lassen, diesen Satz einmal zu sagen.

Inzwischen hatte ich herausgefunden, dass die beste Art der Problemlösung darin bestand, vor den Kunden im Staub zu kriechen und ihnen eine Entschädigung anzubieten.

»Das deeskaliert die Situation«, erklärte ich dem stellvertretenden Filialleiter, der eher geneigt war, mit Worten zu schlichten, als kostenlose Ware zu verteilen. »Auf diese Art gehen die Kunden mit einem kostenlosen Kuchen nach Hause und erzählen ihren Freunden, wie nett wir zu ihnen waren. Das heißt, sie kommen wieder, anstatt künftig zur Konkurrenz zu rennen.«

»Du solltest wirklich ins Marketing gehen.«

Ich sträubte mich gegen jede Weiterbildungsmaßnahme, die mir angeboten wurde, weil ich Angst hatte, man könnte herausfinden, dass ich, abgesehen von meinem gesunden Menschenverstand, keinerlei »soziale Kompetenz« oder »Führungsqualitäten« besaß. Ich sah meine Zukunft nicht im Supermarkt, obwohl ich mich manchmal fragte, worauf ich eigentlich wartete, denn jünger wurde ich schließlich auch nicht. Meinen Traum, vom Schreiben leben zu können, hatte ich aufgegeben, nachdem ich für meine Geschichte über eine Supermarktkassiererin, die sich anhand der gekauften Waren alles Mögliche über ihre Kunden zusammenfantasiert, von einer Zeitschrift nicht einmal eine Eingangsbestätigung bekommen hatte. Vielleicht musste ich mir einfach eingestehen, dass ich es zu mehr nicht bringen würde. »Manchmal liegen die besten Dinge direkt vor deiner Nase«, hatte Doll immer gesagt.

Und sie hatte mit diesem Motto Erfolg gehabt. Die Lokalnachrichten hatten sogar einen Reporter geschickt, als sie die Ehre hatte, die Weihnachtsbeleuchtung der Stadt offiziell einzuschalten.

»Maria Newbury, die Unternehmerin des Jahres aus North Kent!«, sagte der Reporter und hielt ihr ein Mikrofon unter die Nase.

»Vielen Dank«, erwiderte Doll mit einem sexy Augenaufschlag.

»Es heißt, Frauen in Wirtschaftsunternehmen werden oft von der gläsernen Decke am Aufstieg gehindert. Wie haben Sie es geschafft, da durchzustoßen?«

»Na ja, in meinem Unternehmen gibt es keine gläserne Decke«, erwiderte sie. »Denn ich sitze ja schon auf dem Dach!«

Das fand der Reporter ganz toll. Er blickte in die Kamera. »Maria Newbury, Gründerin von *The Dolls House*. Wo nach oben keine Grenzen gesetzt sind!«

Als ich Hope fragte, was sie sich zu Weihnachten wünschte, sagte sie, ein Klavier, weil Martin eins in der Wohnung über dem Laden hatte.

Sie und Martin – eigentlich Martin junior, denn sein Vater, der Besitzer von *Martin's Music*, hatte Parkinson bekommen und war in ein Pflegeheim gezogen – hatten eine besondere Beziehung zueinander entwickelt. Es war ein bisschen wie früher, als sie mit Dave befreundet gewesen war. Vielleicht weil Martin auch so musikverrückt war wie Dave. Ich war jedenfalls froh darüber, weil ich davon ausging, dass Hope Dave vermisste.

»Ich mag Doll nicht«, hatte Hope gesagt, als sie das Hochzeitsfoto in der Zeitung gesehen hatte.

Mit einundzwanzig war Martin eigentlich noch zu jung, um das Geschäft seines Vaters alleine weiterzuführen, denn es ging nicht nur um den Laden, sondern auch um die Werkstatt, wo Klarinetten repariert und Gitarren neu bespannt wurden. Als ich mit Hope zu ihm gegangen war, um ihr ein Keyboard-Lehrbuch zu kaufen, hatte ich zuerst den Verdacht, Martin fühle sich durch unsere Anwesenheit gestört, aber seine etwas raue Art war wohl weniger Unhöflichkeit als vielmehr das Ergebnis seiner sozialen Isolation. Seine Mum war mit einem Saxofonspieler durchgebrannt, als er noch sehr klein gewesen war, was vermutlich so einiges erklärte. Als wir dann immer wieder in seinen Laden kamen, um anspruchsvollere Lehrbücher zu kaufen, war Martin so beeindruckt von Hopes Talent, dass er ihr manchmal eine kostenlose Unterrichtsstunde gab.

Weihnachten verbrachten Hope und ich alleine, weil Dad und Anne über die Feiertage nach Portugal in Annes Ferienwohnung gefahren waren und ich Heiligabend noch hatte arbeiten müssen. Den Vormittag über lungerten wir in unseren Schlafanzügen herum und aßen Schokolade. Hope schien Gefallen an ihrem Geschenk zu finden, einem richtigen Keyboard, das ich für sie gekauft und unter Dads Bett versteckt hatte. Sie wollte sofort mit den neuen klassischen Stücken anfangen, zu denen Martin mir geraten hatte. Das Keyboard klang viel besser als das von der Schule, fast wie ein richtiges Klavier oder eine Orgel oder auch ein Cembalo, je nachdem, wie Hope es programmierte. Neugierig suchte sie sich Stücke wie »Für Elise« oder »Die Mondscheinsonate« aus – Melodien, die man schon tausendmal in der Werbung gehört hat, ohne ihre Namen zu kennen.

Ich genoss die entspannten Tage mit Hope, nicht zuletzt, weil ich uns dieses Jahr Fertigmenüs gekauft hatte, die gerade einmal vier Minuten in der Mikrowelle brauchen würden: Truthahn, Gemüsebeilage, Würstchen, Soße – es war alles dabei.

»Warum haben wir drei Portionen?«, wollte Hope wissen, als sie die Päckchen im Kühlschrank entdeckte.

Hope aß nun mal gern, und außerdem war Weihnachten, also hatte ich ihr vorsichtshalber ein zweites Menü gekauft, aber das wollte ich ihr nicht schon vor dem Essen verraten.

»Sie waren im Angebot, drei zum Preis von zweien«, log ich.

»Können wir Martin einladen?«

Es war schon fast vier Uhr und bereits dunkel.

»Ich nehme mal an, Martin hat schon etwas anderes vor«, antwortete ich.

»Er besucht seinen Dad. Danach macht er nichts.«

»Wenn du ihn einladen möchtest, musst du ihn anrufen«, sagte ich. Sie ging gleich zum Telefon, was erstaunlich war, da sie nicht gern telefonierte. Wahrscheinlich fand sie es unheimlich, mit jemandem zu sprechen, den sie nicht sehen konnte.

Eigentlich war ich nicht sehr erfreut darüber, mich ordentlich anziehen und das Geschenkpapier wegräumen zu müssen, freute mich aber sehr für Hope. Endlich konnte auch sie einmal einen Freund zu sich nach Hause einladen, auch wenn sie vermutlich eher an die Asymmetrie der drei Portionen gedacht hatte als daran, dass Martin an Weihnachten alleine zu Hause sitzen würde.

Eine halbe Stunde später stand er vor der Tür, mit einem Geschenk für sie: einem Musikbuch, *Songs from the Musicals,* nicht eingepackt. Vermutlich hatte er es einfach aus einem der Ständer im Laden genommen.

Ich saß auf dem Sofa und sah zu, wie er spielte und sie dazu sang. Der geschmückte Baum stand hinter ihnen, sodass es ein bisschen wie in einem viktorianischen Roman wirkte, wo die Familie sich um den Baum versammelte und Hausmusik machte.

Als Hope *»Defying Gravity«* sang, bemerkte Martin: »Sie sollte Gesangsstunden nehmen. Sie ist ein Koloratursopran!«

Ich wusste nicht genau, was das war, erwähnte es aber Dad gegenüber, als er anrief, um uns frohe Weihnachten zu wünschen.

»Gesangsstunden?«, brüllte er über den Lärm in der Bar hinweg. »Sie kann doch schon singen!«

Ich hatte eine Schachtel von den teuersten Knallbonbons gekauft, weil wir die jedes Jahr an Heiligabend kräftig reduzierten, und so saßen wir zu dritt am Küchentisch, unsere Papierkronen auf dem Kopf, und aßen Himbeer-Baiserkuchen zum Nachtisch. Er war noch ein bisschen hart, weil ich ihn zu spät aus der Tiefkühltruhe genommen hatte. Mir fiel auf, dass Martin mit derselben Ernsthaftigkeit aß wie Hope – als wäre das Essen kein Mittel zum Zweck, sondern ein Zweck an sich. Hope bat ausnahmsweise nicht um einen Nachschlag, sondern sprang gleich wieder auf und setzte sich an ihr Keyboard.

Während ich den Abwasch erledigte, hörte ich den beiden beim Musizieren zu. Dabei fiel mir endlich die Lösung zu einem Problem ein, das mich schon länger quälte: Alle Schüler an Hopes Schule mussten in der zehnten Klasse ein zweiwöchiges Praktikum machen. Die meisten Schülerinnen in Hopes Klasse wollten im Altersheim helfen, aber das war nichts für Hope. Andere Schülerinnen, die darüber nachdachten, Lehrerin zu werden, gingen in eine Grundschule.

Hope bekam nur noch selten einen schlimmen Anfall, aber man wusste nie, was ein Auslöser dafür sein konnte. Selbst wenn eine Schule sie nehmen würde, bräuchte sie jemanden, der sich um sie kümmerte, und das war wohl nicht der Sinn der Sache. Lange hatte es danach ausgesehen, als würde Hope die zwei Wochen einfach zu Hause verbringen, aber was konnte schon passieren, wenn sie bei Martin arbeitete? Nach nur einem Vormittag würde sie wissen, wo jedes einzelne Notenheft und jedes einzelne Buch hingehörte, und Martin konnte sich dann ganz den Instrumenten in der Werkstatt widmen.

»Muss ich sie bezahlen?«, fragte Martin, als ich ihm beim Abschied die Idee so beiläufig wie möglich nahebrachte.

»Nein.«

»Okay.«

Nachdem Hope ins Bett gegangen war, saß ich noch im Wohnzimmer und betrachtete die Lichter am Weihnachtsbaum. Mum wäre so glücklich, wenn sie sehen könnte, dass Hope einen Freund hatte. Plötzlich fiel mir auf, dass es schon unser zehntes Weihnachten ohne sie war. Zehn Jahre, das war doppelt so lang, wie Hope Mum gekannt hatte. In dieser Zeit hatte sie sich von einem kleinen Mädchen zu einer jungen Frau entwickelt. Alles andere jedoch hatte sich nicht verändert, auch nicht der mit Lametta geschmückte Weihnachtsbaum.

Ich war mit Hope nie zu Mums Grab gegangen, weil ich wusste, dass die Vorstellung von Mum in der Kiste dort unter der Erde ihr Angst machen würde. Das hätte Mum nicht gewollt. Am zweiten Weihnachtsfeiertag beschloss ich jedoch, dass es an der Zeit war. Auf dem Weg zum Friedhof kauften wir bei der Tankstelle einen Strauß mit Glitzerspray verzierter Nelken.

»Geliebte Ehefrau von James und treu sorgende Mutter von Kevin, Brendan, Teresa und Hope«, las Hope von Mums Grabstein ab. »Wer ist James?«

»Das ist Dads Vorname.«

»Ist Dad immer noch mit Mum verheiratet?«

»Ja, schon …«

»Mum wird uns immer lieben, Tree.«

»Ja.«

»Ich erinnere mich nicht an Mum, Tree.«

»Psst«, flüsterte ich. »Sag das nicht hier.«

Auch wenn ich nicht wirklich glaubte, dass Mum uns hören konnte.

Als ich ging, stand Hope hinter der Theke, und Martin arbeitete in seiner Werkstatt. Aus den Lautsprechern klang Mozart. Ich öffnete die Tür und drehte mich noch einmal um, aber Hope scheuchte mich mit einer Handbewegung weg, fast so, als wollte sie sagen: Geh, ich brauche dich nicht mehr!

Es war einer dieser Januartage mit strahlendem Sonnenschein und beißendem Wind. Die Kälte war sicherlich auch der Grund dafür, dass mir die Augen brannten, als ich Richtung Strand ging. Ich hatte doch gar keinen Grund zum Weinen. Tatsächlich war ich sogar erleichtert, weil es so aussah, als würde Hope vielleicht doch irgendwann alleine zurechtkommen. War es nicht wunderbar, dass sie eine Nische für sich im Leben gefunden hatte? Ich wünschte ihr nichts sehnlicher, als sich irgendwann selbst versorgen zu können.

Manchmal weint man ja auch vor lauter Glück. Wie damals, als Mum gleichzeitig weinte und lächelte und winkte, als wir Kevin in Heathrow verabschiedeten.

Hatte ich mich nicht zehn Jahre lang bemüht, Hope auf den Weg in die Unabhängigkeit zu führen?

Doch ich konnte mich nicht dagegen wehren, mich zu fragen: Was sollte jetzt aus mir werden?

Die ersten Wochen des neuen Jahres sind normalerweise eine Zeit voller Optimismus. Die Tage werden länger, und in den Geschäften gibt es schon Karten zum Valentinstag und herzförmige Pralinen und Prosecco mit rosafarbenen Etiketten, aber nichts davon konnte meine Laune verbessern. Diese zehn Jahre trieben mich irgendwie um. Es war idiotisch, weil sich die neun Jahre vorher doch auch nicht anders angefühlt hatten.

Ich war so deprimiert, dass ich den ersten Kursabend im neuen Jahr ausfallen ließ. Am Montag darauf tauchte Leo dann plötzlich im Supermarkt auf. Ich bemerkte zuerst den Inhalt seines Einkaufswagens. Das Hundefutter war im Angebot, aber manchmal waren die Angebote noch nicht in die Kasse eingegeben.

»Kann ich Ihnen helfen, Sir?«

»Das hoffe ich doch sehr!«

Die Stimme, das Gesicht – glatt rasiert, meine Theorie hatte sich also bestätigt.

»Ich wusste gar nicht, dass du einen Hund hast.«

»Ich bewahre mir gern ein paar kleine Geheimnisse«, flirtete er flüsternd.

»Manchmal spinnt die Software«, sagte ich und konzentrierte mich auf die Bedienung der Kasse. Hoffentlich sah er nicht, dass ich rot geworden war. »Wenn du mir deine Quittung gibst, erstatte ich dir die Differenz.«

»Das ist nicht das Problem«, sagte er. »Hör zu, wann hast du heute Feierabend? Ich würde dich gern um einen Gefallen bitten.«

In den verbleibenden fünfzehn Minuten meiner Arbeitszeit malte ich mir alle möglichen Hypothesen aus, um welchen Gefallen es sich wohl handeln könnte, aber keine stimmte auch nur annähernd.

Im Caffè Nero bezahlte Leo seinen Espresso und meinen Latte und brachte die Getränke an unseren Tisch.

»Ich habe ein kleines Problem, weil ich Karten für *Viel Lärm um nichts* im National Theatre am Freitag habe. Eigentlich sollte meine Frau mitkommen, aber sie hat vergessen, dass sie an dem Abend ein Fakultätsessen hat ...«

Ich nickte.

»Da sagte sie: Warum fragst du nicht dieses Mädchen aus deinem Schreibkurs, von dem du immer erzählst?«

Es dauerte einen Moment, bis der Groschen fiel. Er tat so, als würde er mich um einen Gefallen bitten, dabei war das seine Art, mir etwas Gutes zu tun.

»Meinst du mich?«, fragte ich.

Und wieder schenkte er mir dieses amüsierte Lächeln.

Als ich zu Hause war, legte ich alle meine guten Kleider aufs Bett und probierte verschiedene Outfits an. »Sportlich-elegant«, hätte Doll den Dresscode für den Anlass wohl genannt. Schließlich entschied ich mich für eine grünblaue Strickjacke aus den Fünfzigern, die ich im Secondhandladen gekauft, aber noch nie getragen hatte. Sie hatte aufgestickte Blumen in Pastelltönen und war mit Seide gefüttert. Zusammen mit den Skinny-Jeans ergab dieses Outfit genau die richtige Balance zwischen glamourös und alltagstauglich. Ich zeigte meinem Spiegelbild einen Schmollmund und hielt mir selbst einen Vortrag. Das hier war kein Date; Leo war einfach nur ein wunderbarer Lehrer, der Anteil am Leben seiner Schüler nahm. Außerdem war er verheiratet. Wenn ich eine Anziehung zwischen uns zu spüren glaubte, so spielte diese sich ausschließlich in meinem Kopf ab. Ich durfte mich nicht lächerlich machen. Trotzdem gelang es mir nicht, meine Aufregung abzuschütteln.

Normalerweise ist es im Süden von England wärmer als im restlichen Land, aber wenn Schnee fällt, dann erstaunlicherweise meistens bei uns in Kent. Ich richtete mich darauf ein, dass Hopes Bus Verspätung haben würde, schrie sie aber trotzdem an, als sie endlich nach Hause kam. Das war unfair, weil sie ja nichts dafür konnte, aber ich hatte Angst, zu spät zu meiner Verabredung zu kommen.

»Hör bitte auf damit«, sagte Hope zu mir und wiederholte damit genau das, was ich immer zu ihr sagte, wenn sie einen ihrer Anfälle hatte – was mir noch zusätzlich ein schlechtes Gewissen machte.

»Ich musste noch auf Hope warten«, keuchte ich. Fast hätten wir den Zug verpasst.

»Hope?«

»Meine Schwester.«

Ich hatte Hope noch nie im Kurs erwähnt. Jetzt fühlte ich mich deswegen irgendwie illoyal, auch wenn ich sie eigentlich nur deshalb verschwiegen hatte, weil ich wenigstens eine Nische in meinem Leben brauchte, die nicht von ihr dominiert wurde.

»Sie hat das Asperger-Syndrom.«

»Ist das nicht das, was in diesem Buch vorkommt?«

»*Supergute Tage oder Die sonderbare Welt des Christopher Boone?* Ja.«

Immer mehr Menschen wussten inzwischen mit dem Begriff »Asperger« etwas anzufangen, eben wegen dieses Buches.

»Hast du schon mal daran gedacht, aus Hopes Perspektive zu schreiben?«, fragte Leo.

Ich lachte. »Ich habe mein ganzes Leben lang versucht, die Welt durch Hopes Augen zu sehen, bin aber nicht mal entfernt an ein klares Bild herangekommen«, erklärte ich. »Ich weiß genauso wenig, was in Hope vorgeht, wie ich eine Ahnung davon habe, was in dir vorgeht.«

»Wäre vielleicht interessant, es mal auszuprobieren …«

»Vielleicht mache ich das irgendwann. Im Moment bin

ich eher damit beschäftigt herauszufinden, was in mir selbst vorgeht!«

Als wir in der Stadt ankamen, schneite es heftig. Die Schneeflocken tanzten im orangefarbenen Licht der Laternen.

»Das ist ja wie in diesem Monet-Gemälde vom Parlament!«, sagte ich, um ein bisschen mit meinem kulturellen Wissen zu punkten. »Nur dass wir jetzt Schnee haben statt Nebel.«

Leo sah mich wieder mit diesem amüsierten Blick an.

»Wusstest du, dass Monet eine Zeit lang hier in London im Exil war? Damals während des Deutsch-Französischen Krieges?«

»Nein, wusste ich nicht«, entgegnete Leo.

»Man lernt viel, wenn man die Webseiten der Museen studiert.«

»Ach ja?«

»Ist es nicht erstaunlich, dass anfangs niemand die Impressionisten mochte?«, fragte ich.

»Ein wahrer Künstler schert sich nicht um die Meinung der anderen«, sagte Leo, und ich hielt endlich den Mund.

Wir waren so früh im National Theatre, dass wir vor der Vorstellung noch Zeit hatten, uns mit einem Gin Tonic ins Foyer zu setzen und der Jazzband zuzuhören. Ich fühlte mich wohl in meinem Outfit. Einige der Frauen trugen Kleider und hohe Schuhe, andere bloß Jeans. Der Schneesturm draußen sorgte dafür, dass alle ein bisschen zerzaust wirkten und rot glühende Gesichter vom scharfen Wind hatten, egal, wie viel Zeit und Geld sie zuvor in ihr Make-up investiert hatten.

Ich hatte den Film *Romeo und Julia* gesehen, und in der Schule hatten wir *Othello* gelesen, aber eine richtige Shakespeare-Theateraufführung hatte ich noch nie erlebt. Als das Licht ausging, spürte ich, wie sich mein Pulsschlag beschleunigte. Ich bin mir nicht ganz sicher, ob ich meinetwegen oder der Schauspieler wegen nervös war, aber um sie hätte ich mir keine Sorgen zu machen brauchen. Sie sahen aus, als hätten sie großen Spaß auf der Bühne. Ich hatte mit einer sehr steifen Vorstellung gerechnet, aber sie war wirklich lustig. Nicht nur ein bisschen komisch, sodass man sich an manchen Stellen gegenseitig zulächelte, sondern so witzig, dass man laut lachen musste.

In der Pause ging Leo auf die Toilette, und ich lehnte mich mit meinem zweiten Gin Tonic an die Wand im Foyer und belauschte möglichst unauffällig ein paar Gespräche. Mir fiel auf, dass das Londoner Theaterpublikum viel lauter redete als die Leute, die bei uns zu Hause aus dem Multiplex-Kino kamen, beinahe so, als wollten die feinen Herrschaften, dass alle anderen ihre Ansichten hörten.

Neben mir unterhielten sich zwei Männer und eine Frau mittleren Alters mit einer jüngeren Frau, die im Mittelpunkt des Gesprächs stand. Sie machte kluge Bemerkungen über die Vorstellung – war sie vielleicht selbst Schauspielerin? Schön genug war sie jedenfalls. Sie hatte langes, dunkles Haar und wirkte wie jemand, der mit einer langen Zigarettenspitze auf eine Cocktailparty gehörte – dabei trug sie nur eine einfache schwarze Hose und eine schwarze Strickjacke, vermutlich aus Kaschmir. Einer der beiden Männer war sehr attraktiv. Er hatte einen ausländischen Akzent und sprach über eine Inszenierung, die er vor Kurzem gesehen hatte.

»Sie waren noch nie bei den Salzburger Festspielen?«, fragte er überrascht. »Eine Kombination aus Bergen und Oper, etwas ganz Besonderes.«

»Klingt wunderbar«, sagte die Frau und funkelte ihn mit ihren grünen Augen an.

Vielleicht war es ein Blind Date, arrangiert von den beiden anderen? Aber er schien mir ein bisschen zu alt für sie zu sein. Alt, aber reich. Man trug kein schwarzes Polohemd unter einer hellbraunen Tweedjacke, wenn man nicht reich war.

»Wollen wir wieder hineingehen?«, fragte der andere Mann, als der Gong läutete.

»Ein Jammer, dass mein Mann das alles nicht sehen kann …«, seufzte die schöne Frau.

»Ein Glück für mich«, flüsterte ihr Bewunderer. Seine Hand schwebte nur Zentimeter über ihrem Rücken, bevor er einen Schritt zurück trat, um ihr den Vortritt zu lassen.

»Fertig?«, fragte Leo, der plötzlich wieder neben mir stand.

»Ja«, sagte ich und begab mich wieder zurück in meine eigene Geschichte. Langsam folgte ich ihm in den Zuschauerraum.

Draußen hatte sich der Schneefall in einen ausgewachsenen Blizzard verwandelt. Wir wagten uns hinaus in den Sturm und arbeiteten uns am Fluss entlang vor bis über die Fußgängerbrücke bei Charing Cross, mussten am Bahnhof aber feststellen, dass alle Züge nach Kent gestrichen worden waren.

Ich machte mir Sorgen, dass Hope die Nacht alleine verbringen müsste, aber als ich bei Anne anrief, war sie schon bei uns gewesen und hatte sie abgeholt.

»Was machst du denn jetzt?«, fragte sie.

In meinem Kopf lief ein Film ab: Eine junge Frau und ihr Professor sitzen eine magische Nacht lang in der glitzernden

Stadt fest, rezitieren Passagen aus *Viel Lärm um Nichts* auf den Stufen der National Gallery und zaubern Schnee-Engel in das jungfräuliche Weiß des Parks.

»Sollen wir es im Premier Inn versuchen?«, fragte Leo jetzt.

Es waren weder Einzelzimmer noch ein Doppelzimmer mit zwei Einzelbetten frei. Wir bekamen das letzte Doppelzimmer. An der Rezeption erbettelte ich mir eine Klappzahnbürste und eine winzige Tube Zahnpasta, und als ich aus dem Badezimmer kam, war Leo schon im Bett. Meine Jeans waren vom Schnee durchnässt, und die Strickjacke war zu empfindlich, um darin zu schlafen, darum setzte ich mich aufs Bett und zog mich bis auf die Unterwäsche aus. Ohne ihn auch nur flüchtig anzusehen, schlüpfte ich unter die Bettdecke und löschte das Licht auf meiner Bettseite.

»Soll ich ein Kissen zwischen uns legen?« Leos Atem roch nach Gin Tonic.

»Nicht nötig«, kicherte ich. »Ich werde mich nicht auf dich stürzen!«

Ich hatte es als Witz gemeint, weil ich betonen wollte, dass ich nicht einmal daran dachte, aber als ich es sagte, klang es irgendwie nach einer Einladung.

»Nicht einmal, wenn ich das hier mache?« Er küsste mich sanft auf den Nacken, und mir lief ein Schauer über den Rücken, der dann meinen ganzen Körper ergriff.

Ich wagte es nicht, mich umzudrehen. Vielleicht scherzte er ja nur und würde mir gleich ins Gesicht lachen?

»Oder das?«, fragte er, fuhr mit der Hand unter meinen Arm und legte sie behutsam um meine Brust.

Jetzt drehte ich mich um. Er sah mich mit ernster Miene

an. Wir küssten uns, zuerst ganz vorsichtig, dann voller Leidenschaft. Seine Bartstoppeln kratzten stärker, als ich mir es ausgemalt hatte.

Leo erklärte, ich besäße die aufrichtige Unschuld einer Audrey Hepburn im Körper einer Claudia Cardinale, ein Kompliment, das mir noch mehr bedeutete, nachdem ich die beiden gegoogelt hatte. Mit einem Mal war ich mir meines Körpers unter der Kleidung ungewohnt bewusst. Selbst bei der Arbeit hatte ich das Gefühl, als reagierten die Nerven in meiner Haut überempfindlich auf jede Berührung mit dem Polyesterstoff meiner Uniform. Ich stand am Infoschalter, starrte den Tiefkühlgang hinunter und hörte im Kopf nur seine Stimme, die immer wieder das Wort »Wollust« rezitierte. Das Handy trug ich von nun an in der Brusttasche, sodass es an meinem Herzen vibrierte, wenn er mir eine SMS schickte.

Nach der Arbeit fuhr Leo oft mit mir in ein Pub auf dem Land, wo niemand uns kannte. Dort redeten wir über Gedichte, und hinterher liebten wir uns im Auto.

»Du bist wie eine frische Brise«, sagte er. »Und von deinem Körper bekomme ich einfach nicht genug.«

Ich hörte mir seine Komplimente an, still und passiv, unfähig, die richtigen Worte für das überwältigende Gefühl zu finden, dass er es war, auf den ich mein Leben lang gewartet hatte.

Von unserer Affäre erzählte ich niemandem. Auf Shauns Einschätzung legte ich keinen Wert. Ich dachte auch nicht darüber nach, was Mum wohl dazu gesagt hätte. Wenn ich an ihr Gesicht dachte, verschmolz es vor meinem inneren Auge mit den Zügen der Marienstatue, vor der ich als kleines Kind mit ihr gebetet hatte. Helle Haut, die Lippen zu einem süßen kleinen Lächeln gespitzt, die Augen entrückt in die Ferne blickend. Sie war nicht da, also war es für mich nicht wichtig, was sie dachte.

Unsere Heimlichtuerei verstärkte die wunderschöne Illusion, dass Leo nur mir allein gehörte.

Wahrscheinlich redete ich mir ein, seine Frau würde unser Verhältnis stillschweigend billigen und sogar gutheißen. Er erwähnte sie so gut wie nie, aber ich ging davon aus, dass sie mit Erreichen der Menopause keine Lust mehr auf Sex hatte. Jeden Krümel an Information über sie saugte ich begierig auf.

Die beiden hatten sich als Studenten in Oxford kennengelernt, während der Proben der studentischen Theatergruppe zu *Blick zurück im Zorn*.

Ich bestellte mir das Buch bei Amazon und fand Jimmy Porters Tiraden ziemlich erschütternd.

»Warst du auch ein *Angry Young Man?*«, fragte ich Leo.

»Ich war ein Arbeiterkind aus Wales und stieß durch die feindlichen Linien hindurch in die Mittelschicht vor«, sagte er. »Ich konnte ihm die existenzielle Verzweiflung nachfühlen.«

»Aber jetzt gehörst du zur Mittelschicht …«

»Du siehst das als Verbesserung, was?« Er sah mich mit zusammengezogenen Brauen an. Plötzlich lachte er, und seine Verärgerung verwandelte sich in Hingabe.

Seine Unberechenbarkeit war aufregend. Ich hatte immer das Gefühl, auf einem Drahtseil zu balancieren, ständig in Gefahr, seinen Unmut zu erregen und von ihm fallen gelassen zu werden. Aber ich wusste ja, dass die wahre Liebe immer mit Angst und Risiken verbunden war. Handelten denn nicht alle großen Liebesgeschichten, von *Doktor Schiwago* bis zum *Englischen Patienten*, von qualvoller Ekstase? Steckte denn nicht das Wort »Leiden« in jeder Leidenschaft?

Wäre Leo ein romantischer Held aus der Literatur gewesen, dann wohl am ehesten Mr. Rochester. Nicht nur, weil es vom Alter her passte und er verheiratet war, sondern auch wegen seiner dunklen, grüblerischen Seite. (Wobei seine Frau natürlich weder verrückt noch von ihm weggesperrt worden war.) Die Kompromisse, die er eingehen musste, um Arbeit und familiäre Verpflichtungen unter einen Hut zu bekommen, raubten ihm die Kreativität. Ich fühlte mich, als wären wir Seelenverwandte. So wie seine Liebe mich zu einem kompletten Menschen machte, komplettierte meine Liebe ihn. Bekanntlich hatte schon Jane Eyre festgestellt, wie faszinierend es ist, eine gepeinigte Seele aufzurichten, und dass ein flüchtiges Lächeln des Richtigen mehr wert ist als hundert glückliche Stunden eines weniger geschätzten Verehrers.

Eines Nachmittags – ich hatte gerade die Frühschicht beendet – fuhr Leo mit mir nach Whitstable. Wir spazierten den asphaltierten Weg am Strand entlang. Die Sonne ging unter, und die silberne Oberfläche des Meeres verdüsterte sich zu einem dunklen Schieferton. Der Wind kam eiskalt vom Wasser herübergeweht.

»Schließ die Augen«, sagte er plötzlich.

Als sich seine Schritte von mir entfernten, hatte ich mit einem Mal Angst, er würde mich einfach stehen lassen.

»Nicht gucken!«

Ich hörte, wie Metall gegen Metall schrappte, dann das Klicken eines Vorhängeschlosses, und endlich kamen die Schritte wieder näher. Eine warme Hand schob sich in meine und führte mich. Ich hielt die Augen weiterhin geschlossen.

»Die Stufen hinunter. Vorsicht, nicht mit dem Kopf anstoßen.«

Hinter uns schloss sich eine Tür. Es roch nach Hummerfangkörben und Teeröl und alten, feuchten Handtüchern.

»Jetzt darfst du sie wieder öffnen!«

Wir befanden uns in einer kleinen Hütte, umgeben von Kisten und Sperrmüllmöbeln. In einer Ecke sah ich zwei Stühle und einen Tisch, auf dem eine Kerze, zwei Weingläser, eine Flasche Rioja und eine kleine Schale mit Mandeln standen.

»Das Häuschen habe ich damals mit meinem ersten Vorschuss gekauft«, sagte Leo. »Um ungestört schreiben zu können. Ich bin nie dazu gekommen, es herzurichten. Angeblich sind diese Hütten jetzt ein Vermögen wert …«

»Und, schreibst du hier?«, fragte ich.

»Nein, viel zu kalt. Aber vielleicht jetzt, wo du da bist …«

Ich war überglücklich, seine Muse sein zu dürfen. Der Wein war weich und wärmend, so wie Brombeeren im Sommer, die Mandeln süß und salzig zugleich. Leo nahm meine Hand, und wir erklommen eine raue Holzleiter, die unters Dach führte, wo er mich vorsichtig auszog. Ich legte mich auf die kalte, leicht feuchte Matratze, und er betrachtete meine blasse Haut im flackernden Kerzenschein.

»Du bist meine Odaliske«, flüsterte er. »Und jetzt werde ich dich so hart ficken, dass du mich noch tagelang in dir spüren wirst.«

Er stieg auf mich, drang sofort in mich ein und ritt mich, bis unsere Körper schweißverklebt gegeneinanderrieben und ich in seinem Verlangen aufging. Erschöpft und befriedigt lösten wir uns voneinander und rollten uns schwer atmend auf den Rücken. Schweigend betrachteten wir die blanken Holzbretter unter der Dachschräge. Dann legte er einen Arm um mich und zog mich an seine Brust. Zärtlich strich er mir über das Gesicht.

Nachdem die Kerze ausgegangen war, tasteten wir uns über die Leiter wieder hinunter, schlossen die Tür hinter uns ab und stapften durch die Dunkelheit zurück zu seinem Auto. Meine Haut brannte in der eiskalten Luft.

21 Gus

2008

Im Radio war Schnee vorhergesagt.

Bereits beim Aufwachen beschlich mich eine ungute Vorahnung. In der Nacht war ich mehrmals aufgestanden, weil Bella eine Erkältung hatte, keinen einfachen Schnupfen, sondern eine tief sitzende Infektion der Atemwege, die mich jedes Mal mit Sorge erfüllte, wenn sie hustete.

Ich hing über meinem Müsli. Charlotte war bereits zur Arbeit aufgebrochen und hatte mit einem Stück Toast zwischen den Zähnen die Tür hinter sich geschlossen. Meine Mutter plauderte am Küchentisch mit Flora. Ich ging nach oben, um erneut bei Bella die Temperatur zu messen. Fast hoffte ich, sie hätte hohes Fieber, was mir einen Grund gegeben hätte, nicht zur Arbeit zu gehen, doch die Temperatur war nur leicht erhöht.

»Gib ihr genug zu trinken«, trug ich meiner Mutter auf, als ich meinen dicken Wintermantel über den Anzug zog.

»Ich habe zwei eigene Kinder großgezogen, falls du das vergessen haben solltest.« Einen kurzen Augenblick lang starrte sie ins Leere, dann fasste sie sich und kehrte in die Gegenwart zurück.

»Ruf mich an, wenn es ihr schlechter geht, ja?«, bat ich,

als ich in die trostlose Wandsworth Street hinaustrat. Der Himmel wirkte unheilvoll grau und verhangen. »Vielleicht sollte Floss heute nicht in die Kita gehen, damit du nicht mit Bell da raus musst?«

»Das wird sie problemlos überstehen«, sagte meine Mutter. »Wir wollen doch nicht die Kita verpassen, oder, Flora?«

Vermutlich lag es an der Schneevorhersage, dass weniger Verkehr herrschte als üblich, sodass ich früh bei der Arbeit eintraf und sich der Morgen schrecklich in die Länge zog. Eine scheinbar nicht enden wollende Prozession kleiner Kinder mit bösem Husten, ähnlich wie der meiner Tochter, zog durch mein Behandlungszimmer. Ich gab auch den Eltern den Rat, sie ausreichend mit Flüssigkeit zu versorgen, verschrieb ihnen Calpol gegen die erhöhte Temperatur und wiederholte unablässig, dass Viren nicht auf Antibiotika reagierten, womit ich ebenso mich selbst wie die Mütter beruhigte.

Um die Mittagszeit kam der Schnee. Er fiel in dicken weichen Flocken und tauchte den kleinen Garten vor meinem Praxisfenster in weißes Licht. Wie in Trance blickte ich hinaus und erinnerte mich, wie ich als Kind immer über den herabfallenden Schnee gestaunt hatte, zu einer Zeit, als er nur Spaß verkündet hatte. Ich stellte mir vor, wie Flora sich freute, wenn sie ihn zum ersten Mal sah. Am Wochenende würden wir zusammen einen Schneemann bauen. Vielleicht sollte ich auf dem Heimweg bei *Toys R Us* reinspringen und einen Schlitten kaufen? Ich stellte mir Flora und ihre kleinen Freunde vor, die aufgeregt ihre Gesichter gegen die Scheiben der Kita drückten und darauf warteten, auf den weichen weißen Teppich hinausgelassen zu werden, der unter den Sohlen ihrer Gummistiefel knirschte. Als mein Telefon klingelte und die Kita am Apparat war, fühlte es sich fast an, als hätte ich den Anruf heraufbeschworen.

»Wir wollten fragen, ob jemand Flora abholen kommt ...«, sagte die Erzieherin.

»Wie bitte?«

»Sie wartet schon seit zwanzig Minuten.«

»Wahrscheinlich steckt meine Mutter im Schnee fest.«

Meine Gedanken überschlugen sich. Ich stellte mir vor, wie meine Mutter auf dem eisigen Pflaster ausrutschte und mit dem Kopf aufschlug. In dem Schneegestöber vor meinem Fenster tauchte Ross' Gesicht auf, seine weißen Zähne, die Augen hinter der Skibrille verborgen.

»Hier schneit es nicht«, erklärte die Erzieherin.

»Haben Sie meine Mutter angerufen?«

»Auf dem Handy und auf dem Festnetz. Zweimal.«

Ich sah meine Mutter vor mir, die mit einem Herzstillstand auf dem Küchenfußboden zusammengebrochen war.

Oder vielleicht hatte sich Bellas Zustand verschlechtert? Jetzt stellte ich mir vor, wie sie ängstlich im Wartezimmer eines Arztes saßen.

Ich wusste, ich hätte nicht zur Arbeit gehen sollen.

»Könnten Sie Flora vielleicht noch dortbehalten?«, fragte ich und versuchte die wilden Hypothesen zu verdrängen und einen Plan zu fassen. »Ich komme, sobald ich kann.«

»Flora kann zur Nachmittagsbetreuung hier bleiben, wenn Sie möchten. Wir können ihr etwas zum Mittagessen geben.«

Ich hatte ganz vergessen, dass es auch eine Nachmittagsbetreuung gab.

»Ja, gute Idee. Vielen Dank. Ich hole sie dann dort ab.«

Ich legte auf und betätigte mit zittrigen Fingern die Kurzwahltaste für zu Hause. Keine Antwort.

Meine Seniorpartnerin saß an ihrem Schreibtisch und aß ein Sandwich, während ich ihr die Situation erklärte. Ich kam mir vor wie ein Kind, das vor der Direktorin stand, weil es die Schule geschwänzt hat.

»Natürlich können Sie gehen, Angus«, sagte sie gelangweilt. »Aber wahrscheinlich ist alles in Ordnung. So ist es ja meistens.«

Die berufliche Aufgabe meiner Kollegen, kühl und emotionslos zu begutachten, was vor ihnen saß, schien auf ihre Persönlichkeit abzufärben. Vielleicht aber waren Menschen, die Allgemeinmediziner werden wollten, auch von Natur aus so, und ich eignete mich einfach nicht dazu.

Als ich zu Hause eintraf, stand das Auto meiner Mutter noch vor dem Haus. Das Wetter konnte sich nicht entscheiden, ob es schneite oder regnete. Als ich die Tür öffnete, plärrte der Fernseher derart laut, dass ich mich fragte, ob sie das Telefon schlichtweg nicht gehört hatte. Wurde sie schwerhörig? Vielleicht sollte ich ihr einen Hörtest vorschlagen?

Ich fand sie im Wohnzimmer, wo sie tief und fest schlief; auf der Sessellehne stand wacklig ein Glas Wasser. Ich schaltete den Fernseher aus. Oben fand ich Bella, ebenfalls schlafend, in ihrem Kinderbettchen. Ihre Stirn fühlte sich heiß an, doch obwohl ich noch ein leises Rasseln in ihrer Brust hörte, atmete sie weniger flach als heute Morgen. Niemand war gestorben. Während ich zurück nach unten in die Küche ging, beruhigte sich mein Herzschlag wieder ein wenig.

Ich füllte den Wasserkocher und stellte dabei alarmiert fest, dass auf dem Abtropfbrett eine fast leere Flasche Wodka von *Tesco's* stand.

Charlotte kaufte immer *Grey Goose*.

In meinem Kopf erschien ein Bild von Charlotte, wie sie sich vor ein paar Tagen einen Wodka Tonic eingeschenkt hatte.

»Willst du mir sagen, ich hätte ein Alkoholproblem oder so etwas?«, hatte sie mich gefragt.

»Wie bitte?«

»Hast du meinen Wodka mit Wasser verlängert?«

»Natürlich nicht!«

Sie hatte an dem Glas gerochen.

»Ich bin mir sicher, dass er nicht so stark ist wie sonst!«

»Dann hast du vielleicht tatsächlich ein Problem!«, hatte ich entgegnet.

Wir hatten gelacht.

Ich starrte auf die Wodkaflasche, dann fiel mir das Glas auf dem Sessel meiner Mutter ein. Ihr Alkoholkonsum hatte mich in letzter Zeit schon häufiger ein wenig beunruhigt. Drei Gläser Champagner vor dem Weihnachtsessen, gefolgt von Wein während des Essens und diversen Gläsern Brandy als »Absacker«. Aber ich hatte nichts gesagt. Schließlich war Weihnachten.

Sie trank doch sicher nicht täglich? Nicht tagsüber? Nicht, wenn sie sich um die Kinder kümmerte? Doch ganz bestimmt nicht, wenn sie Auto fuhr?

Ich nahm die Flasche und ging durch den Flur zurück ins Wohnzimmer.

Meine Mutter öffnete langsam die Augen, und ihr Blick fiel auf die Flasche in meiner Hand.

»Nur ein kleiner Tropfen«, stammelte sie, setzte sich hastig auf und warf dabei das Glas um. Ich hob es auf und roch daran.

»Ich glaube, es war etwas mehr als das«, stellte ich fest.

»Hilffft ihr beim Schlafen«, erwiderte sie leicht lallend.

Etwas verzögert realisierte ich, dass sie von Bella sprach.

Ich lief zurück in die Küche, roch an der halb leeren Babyflasche, die auf dem Tisch stand, schraubte den Sauger ab und probierte etwas von der Flüssigkeit. Muttermilchersatz mit Alkohol versetzt. Ein Baby-White-Russian. Kein Wunder, dass sie so gut schlief!

Meine Mutter stand jetzt hinter mir und stammelte irgendwelche Entschuldigungen: »Sie wird ja ganz heiß und quält sich mit der Schreierei!«

»Sie ist ein Baby!«

»Du wars' genauso. Starke Koliken.«

»Hast du mich etwa auch betäubt?«, fragte ich und erwartete, dass sie es selbstverständlich verneinen würde.

»Nur hinn und wiedder ein bisschen Gas, als wir noch über der Praxis gewohnt habben.«

»Zum Teufel! Kein Wunder, dass ich immer so ›abgehoben‹ war!«, rief ich und zitierte dabei den Begriff, den meine Mutter immer so gern für mich verwendet hatte.

Meine Mutter schien verwirrt, als ob sie sich plötzlich fragte, warum ich überhaupt zu Hause war.

»Kannst du mir sagen, wie viel du heute getrunken hast?«, fragte ich und versuchte, neutral und wie ein Arzt zu klingen.

»Nur ein Glas. Nich' mehr als ein oder zwei Schlucke.«

Wenn man Patienten fragt, wie viel Alkohol sie gewöhnlich trinken, kennen die mit einem Problem immer die empfohlenen Mengen und geben an, knapp darunter zu liegen, ganz locker, als hätten sie noch nie wirklich darüber nachgedacht.

»Das mach' ich sons' nich'«, behauptete meine Mutter. »Nur heute …«

Sie starrte aus dem Fenster, wo jetzt Schneeflocken an den orange leuchtenden Straßenlaternen vorbeifielen.

»Wegen des Schnees?«, fragte ich.

Sie strahlte mich dankbar an, als hätte ich sie endlich verstanden, und wirkte dabei ein bisschen wirr.

»Also, wie viele von denen schaffst du in einer Woche?« Ich nahm die Flasche und bemühte mich, sachlich zu klingen.

»Höchstens eine«, erwiderte sie.

Ihr Blick wanderte zur Decke.

»Ich geh nur eben hoch und seh nach Bella, ja?«, sagte sie, doch ehe sie überhaupt die erste Stufe erreicht hatte, war ich bereits auf der Treppe.

Sie hatte vergessen, die Tür zu ihrem Schlafzimmer abzuschließen. In ihrem Koffer fand ich zwei leere Wodkaflaschen. Sonntagabend war sie zurückgekommen. Demzufolge trank sie eine halbe Flasche Wodka am Tag, zusätzlich zum Wein beim Abendessen, und wir hatten nichts bemerkt.

Bella begann zu husten. Ich hob sie hoch. Ihre Nase war mit gelbem Schleim verklebt, und ihre Windel war voll, doch es schien ihr nicht schlechter zu gehen als am Morgen.

»Da ist sie ja, unser kleiner Liebling!«, gurrte meine Mutter, als ich sie nach unten brachte, als hätte sie unser Wettrennen zur Treppe schon vergessen. »Ich hol eben Flora, ja?«

»Nein!«

»Ich kann fahren.«

»Nein, auf gar keinen Fall!«

Ich zog Bella einen Schneeanzug an und nahm sie mit ins Auto.

Flora war aufgeregt, weil sie einen ganzen Tag lang in der Kita gewesen war, wie die älteren Kinder, und plapperte von dem Schneemann, den sie auf dem Spielplatz gebaut hatten.

Weil sie so brav gewesen war, kaufte ich ihr in einem Drive-in ein Happy Meal und saß in dem geparkten Wagen, während der Schnee jetzt in dicken Flocken um uns herumwirbelte. Was, um alles in der Welt, sollten wir nur tun?

Charlotte rief schlecht gelaunt an, weil ich nicht auf ihre SMS geantwortet hatte, um abzusprechen, wo wir uns vor der Vorstellung treffen wollten. Ihr Chefarzt hatte uns ins National Theatre eingeladen.

»Es ist etwas passiert, ich kann nicht kommen«, sagte ich.

»Du weißt schon, wie wichtig das für mich ist, oder? Ist mit den Mädchen alles okay?«

»Ja.«

»Und?«

»Ich kann dir das jetzt nicht erklären. Uns geht es allen gut.«

»Ist Caroline da? Warum um alles in der Welt ...?«

»Entschuldige mich bitte bei ihm. Sag ihm, ich sei erkältet oder hätte irgendwas Ansteckendes, wenn es das besser macht. Meinst du, du schaffst es heute Abend nach Hause?«

»Herrgott!«, schimpfte Charlotte.

Sie kam erst nach Mitternacht und ärgerte mich, indem sie mir mit roten Wangen von dem wundervollen Stück vorschwärmte. Sie hatte ganz problemlos auf der Waterloo Bridge ein Taxi gefunden.

»Ich weiß nicht, was mit diesem verdammten Land los ist«, sagte sie und schlüpfte neben mir ins Bett. »Ein bisschen Schnee, und nichts geht mehr. Ich meine, es ist doch nicht so, als würde es hier nie schneien. London liegt auf demselben Breitengrad wie Moskau, Herrgott. In der Schweiz rücken die Schneepflüge aus, und alles geht seinen üblichen Gang. Tut mir leid, habe ich dich geweckt?«

»Nein, ich war noch wach. Ich wollte es dir erklären.«

Erklären war wahrscheinlich das falsche Wort gewesen, denn jetzt klang es, als wollte ich mich entschuldigen.

»Ja, was ist denn nun das große Geheimnis?«

»Du weißt doch noch, dass Bella plötzlich so gut geschlafen hat, seit meine Mutter da ist. Na ja, heute habe ich den Grund dafür entdeckt: Sie kippt Wodka in ihre Fläschchen.«

Ich hatte zumindest ein »O mein Gott!« erwartet.

»Meine Großmutter hat auch erzählt, dass sie das manchmal gemacht haben«, überlegte Charlotte. »Offensichtlich funktioniert es.«

»Du willst doch nicht etwa sagen, dass das okay ist?«

»Ach, entspann dich, Angus, meine Güte! Ihr geht es doch wunderbar, oder nicht? Ich glaube nicht, dass es ihr groß geschadet hat.«

»Ich verstehe wirklich nicht, wie eine Ärztin es gutheißen kann, dass man einem Baby Alkohol verabreicht.«

»Schon gut, schon gut. Ich stimme dir zu, wenn dich das irgendwie glücklicher macht.« Charlotte gähnte und drehte sich um, als wäre das Thema damit für sie erledigt.

»Meine Mutter ist Alkoholikerin.«

Es fiel mir schwer, das Wort auszusprechen. Ob man sich so fühlte, wenn man zum ersten Mal bei einem Treffen der Anonymen Alkoholiker saß?

»Mach dich doch nicht lächerlich«, murmelte Charlotte.

»Weißt du noch, als du dir Sorgen gemacht hast, du würdest zu viel trinken? Na ja, es hat sich herausgestellt, dass nicht du zu viel trinkst, sondern sie. Da ist der Wodka hin verschwunden, und sie hat auch noch heimlich ihren eigenen mitgebracht. Ich habe zwei leere Flaschen in ihrem Koffer gefunden, Charlotte! Die Kita hat mich heute angerufen, weil sie Flora nicht abgeholt hat, und als ich hergekommen bin, hat sie tief und fest geschlafen. Sie war vollkommen betrunken, meinte aber, sie könnte noch fahren, als ich sie geweckt habe.«

Plötzlich setzte Charlotte sich auf und schaltete die Nachttischlampe ein.

»Bist du dir sicher?«

»Sie stellt eine Gefahr für die Kinder und für sich selbst dar.«

»Na, dann müssen wir ihr Hilfe besorgen.«

»Ja, aber in der Zwischenzeit ...«

»Was?«, fragte Charlotte.

»Müssen wir Ersatz für sie finden. Oder ich muss mich um die Kinder kümmern ...«

»Das ist nicht dein Ernst!«, schrie Charlotte. »Nächste Woche unterschreiben wir die Verträge für das Haus.«

»Das geht nicht.«

»Denk doch mal nach, Angus. Unser Verkauf platzt, Carolines Verkauf platzt. Wenn wir das Haus verlieren, werden wir nie umziehen. Die Preise steigen buchstäblich jeden Tag!«

»Dann bleiben wir eben hier«, gab ich zurück.

Charlotte starrte mich an.

»Was ist dir wichtiger?«, beharrte ich. »Die Sicherheit der Mädchen oder ein schickes Haus?«

»Gott, du bist so schrecklich moralisch!«, schrie Charlotte, stand aus dem Bett auf, ging mit ihrer Bettdecke nach unten und knallte die Wohnzimmertür zu.

Als ich am nächsten Morgen aufwachte, saß sie an ihrem Frisiertisch und schminkte sich.

»Du gehst heute zur Arbeit?«, fragte ich überrascht.

Sie antwortete nicht auf meine Frage, sondern starrte mein Spiegelbild an und verkündete: »Ich schlafe nicht noch einmal auf dem Sofa.«

»Gut«, erwiderte ich verschlafen.

»Das kannst *du* von jetzt an tun. Oder vielleicht kannst du in das Kindermädchenzimmer ziehen, weil deine Mutter nämlich weg ist.«

»Weg?« Ich setzte mich auf.

»Sie meinte, sie sei hier offenbar nicht willkommen, und ist auf der vereisten Straße davongefahren. Hoffentlich bist du jetzt zufrieden!«

»Aber das ist doch verrückt. Es ist doch nicht meine Schuld. Ich will ihr helfen ...«

»Sie meinte, du hättest wie üblich alles total übertrieben.«

»Und? Glaubst du ihr das?«

»Ich bin nicht dafür gemacht, mein ganzes Leben in Wandsworth zu verbringen!«, kreischte Charlotte, und als wäre sie selbst überrascht von dem Lärm, den sie veranstaltete, nahm sie ihre Handtasche und ging.

Es war nicht so sehr der Sex, der hatte sich seit Bellas Geburt ohnehin schon deutlich reduziert. Zuerst hatte ich Angst gehabt, Charlotte wehzutun, weil sie genäht worden war, und dann schienen wir einfach immer zu müde zu sein. Doch ich vermisste ihre Gesellschaft im Bett, den vertrauten Rhythmus ihres Atems, sogar ihr wütendes Schnauben und wie sie sich die Decke über den Kopf zog, wenn ich aufstand, um mich um unsere Tochter zu kümmern.

Seltsamerweise brachte die Finanzkrise uns einen Hoffnungsschimmer. Ein paar Monate lang stürzten die Londoner Immobilienpreise in den Keller. Plötzlich war es ein Käufermarkt, und als wir ein niedriges Angebot für ein kleines Haus oben in der Portobello Road machten, erhielten wir den Zuschlag. Sogar Charlotte musste zugeben, dass es von der Größe her viel besser zu uns passte. Paradoxerweise war das alles nur möglich, weil meine Mutter nicht mehr da war.

Ich hatte mir ein paar Wochen unbezahlten Urlaub genommen, aus dem eine, wie die Hausarztpraxis in Croydon es nannte, »Trennung in beiderseitigem Einvernehmen« wurde. Ohne die Kosten für ein Kindermädchen und die Renovierung und dank der gesunkenen Zinsen hatten wir genügend Geld zur Verfügung, und ich konnte mich darauf konzentrieren, den besten Kreditvertrag zu finden und den Umzug zu organisieren. Die Mädchen blühten auf, und Charlotte war frei, die Dinge zu tun, die sie tun musste, um ihre glänzende Karriere voranzutreiben – lange zu arbeiten und zu Konferenzen an so herrliche Orte wie Monte Carlo oder Doha zu fliegen.

Als wir uns in unserem neuen Heim eingelebt hatten, luden wir meine Mutter zu einem Besuch ein, doch sie behauptete, sie sei noch immer zu wütend über meine Vorwürfe. Ich vermutete, das Problem bestand eher darin, dass sie sich nicht vorstellen konnte, ein ganzes Wochenende ohne Alkohol zu überstehen. Und schließlich bestätigte auch Charlotte, die alle paar Monate mit den Mädchen zu ihr fuhr und sie besuchte, dass das vermutlich zutraf. Wenn jemand nicht zugibt, dass er ein Problem hat, kann man ihm auch nicht helfen.

An den Wochenenden wälzen sich Touristenmassen durch die Portobello Road, aber unter der Woche, vor allem früh am Morgen, ist sie praktisch leer. An guten Tagen gingen Bella und ich, nachdem wir Flora zur Schule gebracht hatten, die Straße entlang, hielten in den Schaufenstern der Trödelläden Ausschau nach Paddington-Bären und versuchten herauszufinden, welcher wohl der von Mr. Gruber war. Wir hatten die Paddington-Bücher mittlerweile so oft gelesen, dass sich die Seiten bereits herauslösten. Ich war beinahe ein wenig enttäuscht, als Bella eines Tages aufgeregt auf einen lebensgroßen Spielzeugbären mit Dufflecoat, Südwester und Wellington-Stiefeln zeigte, der weit hinten in einem Laden auf einer Chaiselongue stand. Doch schon am darauffolgenden Tag war er verschwunden; vielleicht hatten die Kunden ihn attraktiver gefunden als die gebrauchten Möbel. Also setzten wir unsere Suche fort.

Wenn die Trödelläden schließlich seltener wurden und die Straße sich in einen Lebensmittel- und Kleidermarkt verwandelte, war Bella normalerweise eingeschlafen. Oft las ich vormittags in unserem Lieblingscafé gemütlich die Zeitung und aß zu meinem Kaffee ein köstliches kleines Puddingtörtchen mit einer braunen Karamellkruste. An einem Frühlingstag manövrierte ich gerade den Buggy durch die Tür, als jemand »Gus! Gus!« rief.

So hatte mich seit Jahren niemand mehr genannt, und es dauerte einen Moment, bis ich bemerkte, dass Nash mir von der anderen Straßenseite aus zuwinkte. Persönlich hatte ich sie nicht mehr getroffen, seit Flora ein Baby gewesen war, doch ich hatte sie hin und wieder im Fernsehen gesehen, weil die amerikanische Arztserie, in der sie mitspielte, auch in England ziemlich erfolgreich war. Mit ihren dunkelrot gefärbten Haaren sah sie deutlich eleganter und schicker aus als früher, und als wir zu einem Tisch im hinteren Teil des

Cafés gingen, an dem der Buggy Platz hatte, merkte ich, wie die anderen Gäste einander anstießen, weil sie ihr Gesicht erkannt hatten.

»Wie lange bleibst du?«, fragte ich.

»Für immer, fürchte ich. Ich hatte einen Motorradunfall«, informierte sie mich.

»Geht's dir gut?«

»Nein, ich bin gestorben«, erwiderte Nash. »Ach, warte, ihr seid hier ja erst in Staffel zwei, oder? So ist das mit den mutigen weiblichen Protagonistinnen. Entweder wir werden gezähmt, oder wir sterben …«

»Wie schade«, bedauerte ich und fügte schnell hinzu: »Alle fanden dich toll.«

»Wirklich?« Unter ihrem makellosen, gepflegten Äußeren blitzte kurz etwas von ihrer früheren liebenswerten Bedürftigkeit auf.

»Sogar Charlotte«, berichtete ich ihr. »Und die ist jetzt schließlich selbst Ärztin.«

»Wow!«, sagte Nash und warf ihren glänzenden Haarvorhang über ihre Schulter. »Und wie läuft's bei dir so?«

»Ich kümmere mich um die Kinder. Lange Geschichte. Das hier ist übrigens Bella.«

»Süß.« Nash blickte auf mein schlafendes Kind, dann betrachtete sie mich lange und ausgiebig. »Ich habe dich nie als Arzt gesehen …«

»Wieso?« Jetzt war ich der Bedürftige.

»Zu unsicher. Man braucht ein gewisses Vertrauen in die eigene Urteilsfähigkeit … Ich habe für meine Rolle eine Menge recherchiert …«

»Offensichtlich.«

»Und was willst du jetzt machen, Gus?«

Die übliche London-Frage. In einer florierenden Stadt definiert man sich über seine Arbeit.

»Darüber habe ich noch nicht nachgedacht«, antwortete ich, als Bella sich rührte. »Hör zu, warum kommst du nicht mit zu uns zum Mittagessen?«

Unsere Haustür führte direkt in einen großen Raum, der uns zugleich als Wohnzimmer, Esszimmer und Küche diente. An den Wänden hatte ich Filzpappe befestigt, um daran die künstlerischen Werke der Mädchen aufzuhängen sowie ein paar Zeichnungen, die ich selbst von ihnen angefertigt hatte.

Während ich ein einfaches Essen aus Nudeln mit Cherrytomaten und Basilikum zubereitete, betrachtete Nash die Zeichnungen. »Von wem sind die?«

»Von mir.«

»Die sind gut, Gus. Ich wusste immer, dass in dir ein Talent schlummert!«

»Vielleicht könnte ich ja so was machen – du weißt schon, wie diese Leute, die in Covent Garden die Touristen zeichnen.«

Nash starrte mich an. »Gott, Gus, so etwas fällt auch nur dir ein. Mit dreißig an eine Karriere als Straßenmaler zu denken!«

Ich stellte eine dampfende Schüssel Nudeln vor sie auf den Tisch.

»Wie wäre es, wenn du Kinder porträtierst?« Sie pustete auf ihre Gabel mit den heißen Nudeln. »Hier muss es doch ein paar stinkreiche Eltern geben.«

»Ich bin schon ein paarmal gefragt worden, wenn sie ihre Kinder vom Spielen abgeholt haben, aber ich habe nie daran gedacht, dafür Geld zu nehmen …«

»Gott, Gus, du hast dich echt nicht verändert!« Nash lachte.

»Warum sagst du das?«

»Du bist so – ich weiß nicht, wie ich das beschreiben soll – weltfremd? Versponnen. Verträumt.«

»Tut mir leid.«

»Das muss dir nicht leidtun. Die Eigenschaft, von der ich spreche, ist nicht unattraktiv.«

»Das findet Charlotte aber schon.«

Das hatte ich gesagt, ohne nachzudenken.

»Ach ja?«, fragte Nash neugierig.

Ich hoffte noch immer, dass es zwischen Charlotte und mir irgendwann wieder besser laufen würde. Im neuen Haus schliefen wir gewöhnlich in getrennten Zimmern. Doch es gab noch immer Anlässe – wie nach den Geburtstagen der Kinder, wenn unsere kleinen Gäste mit ihren Geschenktüten abgezogen waren und unsere Töchter mit ihren neuen Spielsachen im Arm im Bett lagen –, an denen wir eine Flasche Sekt öffneten, um auf einen weiteren Meilenstein unserer gemeinsamen Reise anzustoßen. Ein Gutenachtkuss verwandelte sich in etwas Intimeres, und unsere Körper waren so vertraut miteinander, dass sie die Führung übernahmen.

Ich war mir sicher, dass eine Zeit kommen würde, vielleicht in den Ferien, wenn alles auf magische Weise wieder wie früher werden würde, und tatsächlich mieteten wir uns für eine Woche ein Cottage an der Küste von Cornwall. Am Strand sahen wir aus wie eine Familie aus einem Boden-Katalog, lässig, aber schick gekleidet und durch und durch bürgerlich, lächelten wir in die Sonne. Vor den Kindern traten Charlotte und ich stets als Einheit auf. Was Tischmanieren und den Verzehr stark zuckerhaltiger Naschereien anging, waren wir uns ganz und gar einig. Wir hörten unseren Kindern zu und ermutigten sie, Felstümpel zu erforschen und Bilder aus Seegras zu basteln. Charlotte war nicht so wild aufs

Buddeln wie ich, dafür hatte sie Spaß an Wettkämpfen. Sie schlug ein Schlagballspiel vor oder einen Wettstreit, wer die beste Sandburg baute, und widmete sich dann voller Hingabe ihrer Aufgabe. Sogar an Regentagen hatten wir unseren Spaß, besuchten das Eden Project und die Tate St Ives und kauften große Netze mit Muscheln, aus denen wir auf dem Küchentisch mit Leim und Bastelpapier wahre Kunstwerke schufen.

Erst nachdem wir den Mädchen eine gute Nacht gewünscht und das Licht in ihrem Zimmer gelöscht hatten, ruhte auch unsere Beziehung. Charlotte las ein Buch; ich erledigte den Abwasch. Hin und wieder sprachen wir über etwas Lustiges, das die Kinder gesagt hatten, doch sonst herrschte unüberbrückbares Schweigen zwischen uns. Ich ging zuerst ins Bett und tat, als würde ich schon schlafen, wenn Charlotte sich neben mich legte. Und dann wartete ich still und angespannt darauf, dass der Schlaf die Traurigkeit vertrieb und ein neuer Morgen anbrach, der mit dem üblichen wundervollen Chaos begann – mit kleinen Kindern, die ins Bett kletterten und mir die Energie für einen weiteren Tag gaben.

»Warum habt du und Mami zu Hause kein großes Bett?«, fragte Flora einmal.

Ich blickte Hilfe suchend zu Charlotte. Sie war besser darin, Worte zu finden, die nichts aussagten.

»Daddy schnarcht so laut, dass Mami nicht schlafen kann, und Mami muss zur Arbeit«, erklärte sie.

Was ich bestätigte, indem ich die Augen schloss und einen lauten Schnarcher von mir gab, wozu das glockenhelle Lachen unserer Mädchen erklang.

22 TESS

2010

Anne war dafür, in ein schickes Restaurant zu gehen. Ich war der Meinung, Hope würde lieber etwas vom Pizza Express essen, aber dann war es Dad, der die beste Idee hatte: »Hope feiert ihren achtzehnten Geburtstag. Was macht man denn, wenn man achtzehn wird? Man geht ins Pub!«

Wir wollten schon protestieren, als er noch hinzufügte: »Donnerstags ist Karaoke-Abend!«

Also reservierten wir einen Tisch zur frühen Abendessenszeit, weil es dann ein Buffet gab. Und eine Salatbar, je nachdem, wie hungrig man war. Dann fragte Hope: »Kann Martin auch mitkommen?«

Hope arbeitete jetzt Vollzeit bei *Martin's Music*. Nach ihrem Praktikum hatte er ihr angeboten, zunächst samstags bei ihm zu jobben, wofür er ihr den Mindestlohn zahlte. Stolz sagte sie zu mir: »Ich bin zu etwas nutze, Tree.«

Da schien es ganz natürlich, dass sie nach dem mittleren Schulabschluss in Vollzeit bei ihm weiterarbeitete.

Es war ein gutes Arrangement für beide Seiten, denn im Umgang mit den Kunden war Hope nicht ganz so unhöflich wie Martin, und er hatte mehr Zeit, sich den lukrativeren Reparaturen zu widmen.

Als ich die schwere Innentür des Pubs aufdrückte, spürte ich einen leichten Zug, ganz so, als wäre hinter mir noch jemand hereingekommen. Ich drehte mich um.

Mum trug das dunkelblaue Kleid und die Jacke, die sie immer für Hochzeiten reserviert hatte.

»Ach du mein Gott! Du bist da! Ich wusste, dass es ein Albtraum ist!«, schrie ich.

»Das konnte ich mir doch nicht entgehen lassen, oder?«, entgegnete sie lächelnd.

Ich wachte auf, und das euphorische Kribbeln verflüchtigte sich in der kalten Morgenluft. Mit geschlossenen Augen lag ich da und versuchte, ihre Anwesenheit wieder heraufzubeschwören. »Mum, Hope ist schon achtzehn!«, sagte ich zu ihr. »Und es geht ihr prima. Du wärst so stolz auf sie!«

Ich wollte noch hinzufügen: Und auf mich auch, aber in diesem Punkt war ich mir nicht ganz sicher. Eine einzelne, kalte Träne kullerte mir die Wange herunter.

Wir bekamen einen rechteckigen Tisch für sechs Personen, sodass Dad und Anne Hope und Martin gegenübersaßen und ich auf einen leeren Stuhl blickte. Der war für Mum, dachte ich leicht verwirrt. Noch immer sah ich ihr Bild vor meinem inneren Auge.

Ich fühlte mich wie eine unverheiratete Tante, da ich am Kopfende des Tisches saß, aber wenigstens war ich außer Reichweite von Annes beringten Fingern, die sonst meinen Arm mitfühlend getätschelt hätten, und außer Riechweite ihres nach Zigaretten stinkenden Atems, wenn sie mir versichert hätte, es sei nie zu spät für die Liebe und »der Richtige« könne jeden Moment auftauchen.

Keiner der Geburtstagsgäste wusste, dass ich verliebt war.

Ich hatte mich selbst schon bei dem Gedanken erwischt, die Beziehung zu Leo könne möglicherweise vielmehr in meinem Kopf als in Wirklichkeit existieren. War die Bruchbude am Strand von Whitstable vielleicht nur eine Erwachsenenversion des Spielhauses, in dem wir als Kinder so getan hatten, als wären wir Mann und Frau? Statt einer Küche hatten wir einen Propangasbrenner, statt eines Schlafzimmers eine alte Matratze. Statt zusammen fernzusehen, lasen wir muffig riechende, vergilbte Penguin-Klassiker, und ich kochte Leo Tee und versuchte, mich nützlich zu machen, immer in der Hoffnung, ihn kreativ zu beflügeln. Ob das Paar in dem schick hergerichteten, verglasten Cottage nebenan uns unsere kleine Farce wohl abnahm? Oder ahnten Marcus und Keiko, die an den Wochenenden mit ihren halb englischen, halb japanischen Kindern aus London herkamen, dass ich Leos heimliche Geliebte war?

Ich war so sehr im Rausch unserer unmöglichen Liebe gefangen und fand die Stunden mit Leo so aufregend, dass ich mich nie gefragt hatte, warum unsere Beziehung so aussah, wie sie nun einmal aussah. Hope wurde erwachsen, und Leos Söhne waren von zu Hause ausgezogen. Der eine machte seinen Master in Stanford, der andere verdiente ein Vermögen als Versicherungsmathematiker in der City. Leo behauptete zwar immer, er verachte diesen Beruf, gab Marcus gegenüber mit seinem Sohn aber ziemlich an. Warum also sollten Leo und ich nicht über unsere Zukunft nachdenken – oder wenigstens mal etwas zusammen unternehmen, wie ein normales Paar?

Ich fühlte vorsichtig bei Leo vor, ob er vielleicht Lust hatte, mit mir zum Festival nach Glastonbury zu fahren.

Dort würden Bands aller Musikrichtungen auftreten …

»Da ist es zu matschig«, entgegnete er.

»Aber glaubst du denn nicht, es könnte aufregend sein, die Energie in dieser Menschenmenge zu spüren?«

»Meine liebe Tess, wie stellst du es nur an, immer dermaßen optimistisch zu sein?«

In letzter Zeit erwiesen sich seine Komplimente zunehmend als Kritik, wenn ich genauer über sie nachdachte.

Und doch schwebte immer das verlockende Versprechen im Raum, eines Tages würde alles anders werden.

Wie an jenem Tag nach dem Sex, als Leo mich fragte: »Sollen wir durchbrennen und in eine Finca in Spanien ziehen, Tess? Sollen wir im Schatten eines Olivenbaums picknicken und guten Wein und Orangen anbauen und vögeln, als gäbe es kein Morgen?«

»Vielleicht auch nach Italien?«, schlug ich vor, weil ich mir unter einer Finca nichts vorstellen konnte. »Dort wollte ich schon lange mal wieder hin.«

Er sah mich amüsiert an, und ich kam mir unendlich dumm vor, weil ich nicht kapiert hatte, dass er nur metaphorisch gesprochen hatte. Er hatte es nicht ernst gemeint.

Und doch musste seine Metapher auf irgendeiner Ebene bedeuten, dass er diesen Wunsch tatsächlich hegte. Das redete ich mir zumindest ein.

Plötzlich drangen Martins Worte zu mir durch.

»Hope möchte Gesangsstunden nehmen«, sagte er. »Sie ist jetzt achtzehn, da kann sie machen, was sie will.«

»Gute Idee«, erwiderte ich.

»Niemand kann mich stoppen!«, warf Hope ein. »Ich bin achtzehn!«

Alle am Tisch sahen mich an. Hatte ich so lange in meiner Leo-Traumwelt geschwelgt? Hatte ich irgendwas verpasst?

»Ich habe doch nie versucht, dich zu stoppen«, lachte ich.

»Du wolltest nicht erlauben, dass sie Musikunterricht nimmt«, sagte Martin.

»Moment mal«, protestierte ich. »Ich habe Hope niemals von irgendwas abgehalten!«

War ich nicht diejenige gewesen, die ihr das Keyboard gekauft hatte? War ich nicht diejenige, die sich jahrelang Hopes Lieder angehört hatte?

»Du hast behauptet, die Stunden sind zu teuer«, sagte Hope.

»Ja, aber da ging es um Klavierstunden, und außerdem ist das schon lange her. Von Gesangsstunden hat noch keiner etwas gesagt.«

»Doch, Martin.«

»Ja, aber ...« Ich hatte geglaubt, er hätte ihr bloß ein Kompliment gemacht.

Ich sah Dad und Anne an, auf der Suche nach Unterstützung.

»Du hättest das wirklich erwähnen sollen«, schaltete Anne sich ein. »Du hättest nur zu fragen brauchen.«

Gerade als ich dachte, Dad würde mich retten, warf Martin mir vor: »Und die Sache mit dem Kirchenchor? Hope meint, du hättest ihr verboten, dort hinzugehen ...«

»Da hat Hope recht, Tess«, sagte Dad. »Warst du nicht immer strikt dagegen, dass sie in die Kirche geht?«

Innerlich wollte ich nur noch schreien: Wie könnt ihr es wagen? Habe ich nicht schon genug für sie getan?

Ich dachte daran, wie ich Mum geraten hatte, sich stärker Gehör zu verschaffen. Und jetzt schwieg ich bloß, genau wie sie es immer getan hatte. Aber ich wusste einfach nicht, wie ich es erklären sollte, ohne dass es klang, als wäre Hope ein Klotz am Bein. Vermutlich war genau das auch der Grund dafür gewesen, wieso Mum nie etwas gesagt hatte.

Mein Blickfeld verschwamm, als ich auf meinen Teller mit dem grauen Lammfleisch und den gebackenen Kartoffeln in einer Pfütze aus Soße starrte. Mum hatte immer gesagt, wir sollten bei Geburtstagen nicht weinen, weil es Unglück brächte.

»Ich habe Kopfschmerzen«, sagte ich und schob meinen Stuhl vorsichtig zurück. »Ich glaube, ich lasse euch dann mal allein.«

Keiner sagte: Das geht doch nicht! oder: Bitte bleib!

Als ich mich an der Tür noch einmal umdrehte, griff Dad gerade nach der Speisekarte und fragte Hope: »Also, möchtest du lieber den Kirsch-Käsekuchen oder den Bananen-Toffeekuchen?«

Draußen vor dem Pub blieb ich noch ein paar Minuten stehen. War ich überempfindlich? Sollte ich einfach wieder reingehen? Ein bisschen hoffte ich wohl darauf, dass jemand käme und mich wieder hereinholte. Doch als mir klar wurde, dass das nicht passieren würde, stapfte ich in Richtung Strand davon, noch immer ein wenig benommen. Mir war nicht danach, in ein Haus zurückzukehren, das über und über mit Girlanden und Luftballons geschmückt war, und Leo konnte ich nicht anrufen, weil er mit seiner Frau gerade an einer Abschlussfeier teilnahm. Er wäre wohl nicht gerade erfreut gewesen, wenn sein Handy in der Kathedrale von Canterbury geklingelt hätte.

Am Strand angekommen, blickte ich die Küste entlang, die sich mit ihren dunklen Umrissen vor der aprikosenfarbenen

Dämmerung abhob. Die Meeresbrise ließ meine Tränen noch salziger schmecken.

Die ganze Zeit über hatte ich geglaubt, ich sei diejenige gewesen, die sämtliche Opfer hatte bringen müssen. Hatte ich Hope tatsächlich davon abgehalten, die Dinge zu tun, die sie tun wollte? Hatte ich ihr zu wenig zugetraut und sie daran gehindert, der Mensch zu werden, der sie sein wollte? Hopes Worte schockierten mich so sehr, dass ich nicht mehr wusste, ob Mum mich überhaupt hätte trösten können. Ich hatte mich seit ihrem Tod noch nie so verlassen gefühlt.

Es gab nur einen Menschen auf der Welt, der mir diese Frage beantworten konnte. Einen Menschen, der von Anfang an an meiner Seite gewesen war. Ich wählte eine Nummer, die ich lange Zeit aus dem Gedächtnis verbannt hatte.

Sie ging nach nur einem Klingeln dran. Ich hatte keine Zeit mehr, es mir anders zu überlegen.

»Hier ist Tess«, sagte ich. »Kann ich mit dir reden?«

»Wo bist du?«, fragte Doll als Erstes. Sie hörte die Verzweiflung in meiner Stimme. »Bleib, wo du bist! Geh nicht weg. Ich schicke dir ein Taxi!«

Das Tor öffnete sich automatisch, als das Taxi auf das Haus von Doll und Dave zufuhr, und ich fummelte nach meiner Geldbörse.

»Schon bezahlt«, sagte der Fahrer zu mir. »Mrs. Newbury hat ein Kundenkonto bei uns.«

Mrs. Newbury. Maria Newbury war ein Promi, der regelmäßig im Lokalfernsehen auftrat, um über rein weiblich besetzte Shortlists und die Bedeutung einer soliden Berufsausbildung zu reden. Mrs. Newbury hatte ein großes Haus und ein stetig wachsendes Unternehmen; ich dagegen hatte nichts vorzuweisen. Wir sprachen verschiedene Sprachen und hatten uns nicht mehr viel zu sagen. Warum hatte ich sie überhaupt angerufen?

Die Tür öffnete sich, bevor ich auf die Klingel drücken konnte.

»Deine neue Frisur steht dir gut«, sagte Doll.

Sie trat auf mich zu und umarmte mich so fest, als wollte sie all ihre Reue und ihre Entschuldigung auf direktem Weg in mich hineinpressen. Ich erwiderte ihre herzliche Umarmung, und wir blieben eine Weile so stehen, bis wir beide vor Lachen und Weinen zitterten.

Die eine Wand des Wohnzimmers bestand komplett aus Glas. Wir setzten uns auf je eins der weißen Ledersofas, und während es draußen allmählich dunkel wurde, verwandelte sich die Glaswand optisch in eine Art dunklen Riesenfernseher, in dem wir uns spiegelten.

Doll hörte mir zu, ohne mich ein einziges Mal zu unterbrechen. Erst als ich eine Pause machte, sagte sie: »Tess, ich bin so erleichtert. Ich dachte, du hättest Krebs. Weil deine Mum doch so jung Krebs gekriegt hat, weißt du? Tut mir leid. Das hilft dir jetzt natürlich nicht weiter. Diese Situation ist auch schlimm, aber auf andere Art ...«

»Findest du, Martin hat recht?«, wollte ich von ihr wissen. »Alle anderen haben zu ihm gehalten.«

»Zuerst mal: Ich will nicht gemein klingen, aber dein Dad war schon immer ein Bastard, der sich alles so hingedreht hat, wie es ihm am besten passte, und Anne ist eine blöde Kuh, die sich mit ihm zusammengetan hat.«

»Und was würdest du sagen, wenn du gemein klingen wolltest?«

»Und was Hope angeht: Sie sagt zwar Sachen, die nicht

nett sind, aber für sie haben sie nicht dieselbe Bedeutung wie für dich«, fuhr Doll fort.

»Subtext«, bemerkte ich. Das war eins von Leos Lieblingswörtern.

»Wie auch immer«, sagte Doll. »Weißt du, Hope ist nicht absichtlich unfreundlich. Sie weiß nicht, wie Freundlichsein funktioniert. Und dieser Martin scheint auch ein bisschen seltsam zu ticken. Sie passen wohl ganz gut zusammen.«

»Aber es ist nicht so eine Art von Beziehung!«, protestierte ich.

»Nicht?«

»Hope hat überhaupt keinen Sinn für Romantik.«

»Woher willst du das wissen?«

»Ich weiß es eben!«

»Du hattest doch auch keinen Durchblick, als du sie an manchen Sachen gehindert hast.«

Das war ein bisschen drastisch ausgedrückt. Aber dafür war ich ja gekommen.

»Meinst du wirklich ... Nein, das kann nicht sein.«

Ich hatte nie ernsthaft angenommen, dass Hope eine romantische Beziehung mit Martin hatte. Aber jetzt, da ich darüber nachdachte, fiel mir ein, dass er ihre Jacke genommen und für sie aufgehängt hatte, wie ein echter Gentleman. Konnte es vielleicht doch stimmen?

»Machen denn nicht alle Eltern von Teenagern diese Phase durch?«, fragte Doll. »Du musst lernen loszulassen.«

»Leicht gesagt, aber wer bringt die Sache wieder in Ordnung, wenn sie schiefgeht?«

»Da hast du auch wieder recht.«

»Vielleicht habe ich sie zu sehr behütet«, gab ich zu. »Vielleicht habe ich nicht immer alles richtig gemacht.«

»Niemand kann dir vorwerfen, du hättest nicht dein Bestes gegeben.«

»Habe ich das wirklich? Vielleicht hätte ich doch mit ihr in die Kirche gehen sollen.«

»Damit Father Michael sie mit seinen ständigen Warnungen verrückt macht? Du weißt schon, die …«

»… fleischlichen Versuchungen!«, ergänzten wir im Chor und imitierten dabei seinen unheilvollen Tonfall.

Nervös sah ich mich um, fast so, als erwartete ich, der alte Mann könnte irgendwo in einer Ecke des Zimmers lauern.

»Fred hat erzählt, die Fußballmannschaft hat sich immer so schnell wie nur möglich umgezogen, wenn Father Michael Schiedsrichter war«, sagte Doll.

»War Father Michael der Grund, dass ihr nicht kirchlich geheiratet habt?«, wollte ich wissen.

»Meine Mutter hat deswegen fast einen Anfall gekriegt. Sie meint, Dave und ich befinden uns auf direktem Weg in die Hölle!«

Als Daves Name einmal ausgesprochen war, blieb er im Raum schweben.

»Das mit Dave tut mir leid, Tess«, sagte Doll schließlich.

»Ach, das ist so lange her, ich habe schon vergessen, dass ich wütend auf euch war. Oder warum ich überhaupt wütend war.«

»Tess, ich war mir sicher, dass er der Richtige für dich war«, erklärte Doll. »Ehrlich. Aber als wir uns dann näherkamen, hatte ich das Gefühl, das Schicksal musste irgendwie einen Fehler gemacht haben, weil er eigentlich der Richtige für mich war.«

»Glaubst du wirklich an das Schicksal?«, fragte ich. »Geht es nicht eher darum, dass du gesehen hast, dass Dave zuverlässig und romantisch und praktisch veranlagt ist? So etwas hättest du nämlich nicht bemerkt, wenn du ihn in der Disco kennengelernt hättest.«

Doll sah mich an. »Ach, Tess, ich habe dich so vermisst! Du lässt mir aber auch nie was durchgehen!«

»Gleichfalls«, erwiderte ich.

Ich musste immer wieder an Hope denken.

»Du hast getan, was du getan hast«, sagt Doll. »Jede Mutter macht solche Phasen durch. Und niemand kann mehr geben als sein Bestes, oder?«

Die Art, wie sie »Mutter« sagte, klang beinahe so, als spräche sie von den Herausforderungen des Mutterseins allgemein. Das konnte nur eins bedeuten. »Bist du schwanger?«

Doll starrte mich mit weit aufgerissenen Augen an. »O Gott. Sieht man es schon?« Mit der Hand fuhr sie über den Bund ihrer weißen Jeans.

»Nein!«

»Woher hast du es dann gewusst?«

»Weil ich dich kenne«, erwiderte ich.

»Wir haben es so lange versucht, dass wir schon nicht mehr daran geglaubt haben. Aber jetzt sind es schon fast zwölf Wochen. Ich war heute beim Ultraschall, und als du angerufen hast, dachte ich eigentlich, es wäre Dave, der wissen wollte, wie es gelaufen ist. Er war auf einer Messe und sollte schon lange zurück sein, aber sein Flug hat sich verspätet. Ich bin jedenfalls froh, dass du es warst. Weil du jetzt die Erste bist, die davon erfährt. Tess, in den wichtigen Augenblicken habe ich dich am meisten vermisst.«

»Ich dich auch«, gab ich zurück.

Doll zeigte mit einer Fernbedienung auf das Fenster, und eine weiße Jalousie fuhr herunter.

»Und, wie läuft's mit dir und deinem Lover?«, fragte Doll und zog die Beine aufs Sofa. Sie erwartete wohl eine Runde Mädchenklatsch.

»Mit welchem Lover?«, fragte ich zurück.

»Ach, komm! Ich hab euch zusammen gesehen, vor ein paar Wochen erst.«

»Wo denn?«

»Ich habe im Oysterage in Whitstable zu Mittag gegessen. Manchmal gehe ich mit unseren Franchise-Nehmern dorthin. Ich sitze also auf der Terrasse und tue so, als würde ich den Verkaufszahlen und dem ganzen Kram zuhören, da sehe ich dich plötzlich in einem Liegestuhl ein Buch lesen, nur fünfzig Meter entfernt.«

»Wovon redest du?« Ich lachte und hoffte wohl noch immer, ich könnte damit durchkommen.

»Und dann kommt dieser Typ, zieht dich hoch und gibt dir einen leidenschaftlichen Kuss, und ihr zieht euch praktisch gegenseitig aus, während ihr zurück zu eurem Häuschen geht. Na ja, du hattest auch nicht besonders viel an, nur den neongelben Gucci-Bikini, den ich dir mal aus Dubai mitgebracht habe ... Weißt du noch, damals war ich mit Fred im Trainingslager.«

»Was hast du denn gedacht, als du uns gesehen hast?« Irgendwie war es eine Erleichterung, endlich mit jemandem darüber reden zu können.

»Er ist eher der reife Typ, oder?«

»Er ist Professor«, sagte ich.

»Hätte ich mir gleich denken können.«

»Wieso denn das?«

»Na, Jo und der alte Professor in *Little Women!*«

»Du wolltest immer Amy sein ...«, sagte ich.

»Weil sie hübsch war. Und weil sie Laurie abgekriegt hat. Den Netten.«

Natürlich hatte sie das.

Wir schwiegen beide eine Weile.

»Du musst zurück ins Pub, damit du da bist, wenn Hope singt«, sagte Doll. »Ich würde ja mitkommen, aber ich möchte Dave das erste Foto zeigen. Du weißt schon, das vom Ultraschall.« Sie begleitete mich nach vorn, und gerade als ich nach der Klinke greifen wollte, ging die Haustür auf. Da stand Dave, nur wenige Zentimeter von mir entfernt. Er trug einen gut geschnittenen grauen Anzug, und seine Haare waren ein bisschen gewachsen. Seine Haut war leicht gebräunt, und zwar überall, so wie es typisch ist für reiche Leute. Sein Lächeln jedoch war dasselbe, wenn auch vielleicht etwas weicher als früher.

»Alles klar, Tess?«, fragte er.

»Alles klar«, sagte ich.

»Toll!«

Ich trat einen Schritt zurück, um ihn mit seinem Koffer vorbeizulassen, und wir gaben uns einen schnellen, verlegenen Kuss auf die Wange.

»Wie läuft's mit dem Schreiben?«, fragte er.

»Mit dem Schreiben?«

»Letztes Mal hast du doch gesagt, du wolltest so einen Kurs machen ...«

Es überraschte mich, dass er sich das gemerkt hatte.

»Ich habe den Kurs angefangen. Und wieder damit aufgehört.«

Wir alle lachten, und die Spannung löste sich.

Mit Leo schien mein kreativer Freiraum ganz von unserer Beziehung aufgebraucht zu werden. Außerdem war das

Risiko gestiegen, denn wenn ich ihm etwas von mir zu lesen gegeben hätte und er hätte es in der Luft zerrissen, wäre ich am Boden zerstört gewesen. Ich war nie wieder in den Kurs gegangen, weil ich ahnte, dass Liz und Vi sofort gesehen hätten, was da zwischen uns lief. Manchmal fragte ich mich, ob sie im Kurs je über mich redeten, traute mich aber nicht, Leo darauf anzusprechen, weil ich fürchtete, er könnte mich deswegen auslachen.

»Ich arbeite jetzt in der Personalabteilung«, sagte ich. »Bei *Waitrose.*«

»Das ist eine gute Firma«, bemerkte Dave.

Das sagten alle. Außer Leo. Der konnte einfach nicht verstehen, warum ich in einem Geschäft arbeiten wollte. (Technisch gesehen arbeitete ich seit der Beförderung allerdings nicht mehr im Geschäft selbst, sondern eine Etage darüber.) Aber er war Akademiker und hatte keine Vorstellung davon, wie schwierig es war, mitten in der Rezession einen halbwegs ordentlichen Job – überhaupt einen Job – zu bekommen. Als wir eine Anzeige für jemanden geschaltet hatten, der dabei half, die Regale im Laden aufzufüllen, hatten wir siebzig Bewerbungen auf die eine Stelle bekommen. Wenn man bedachte, was für ein aufwendiges Bewerbungsverfahren die Kandidaten durchlaufen mussten, hätte man glauben können, wir suchten nach einem neuen Geschäftsführer. (Wir ließen sie eine Pyramide aus Spaghetti und Marshmallows bauen und fragten sie, mit welchem Lebensmittel sie sich am ehesten identifizieren konnten.)

»Ich bin Abteilungsleiterin«, sagte ich.

»Bald bist du Filialleiterin«, erwiderte Doll.

Plötzlich merkte ich, wie schön es war, wenn jemand einen für schlau hielt.

Beide lächelten mir zu.

»Hört mal, ich muss los. Hope singt gleich.«

»Grüß sie von mir«, bat Dave.

»Mach ich. Das wird sie freuen.«

»Und sag uns Bescheid, wenn sie mal wieder singt«, setzte Doll hinzu.

»Es ist bloß Karaoke.«

»Wir würden sie trotzdem gern beim Singen erleben, stimmt's, Dave?«

»Ja«, sagte er und ging rein, damit wir uns alleine voneinander verabschieden konnten. Vielleicht hatte er gemerkt, dass es seltsam klang, wenn sie ständig »wir« sagten.

Doll umarmte mich noch einmal ganz fest.

»Viel Glück!«, sagte sie. »Ich ruf dich morgen an. Um zu hören, wie es gelaufen ist.«

»Ja, wir reden morgen«, sagte ich. Wie früher.

Ich kam gerade rechtzeitig, um mitzuerleben, wie Hope von Dad auf die Bühne geleitet wurde. Er träumte wohl noch immer davon, so eine Art Louis Walsh zu sein, und hatte offensichtlich nach wie vor nicht gemerkt, dass der vermutlich schwul war.

»Hört alle her«, sagte Dad und tippte ans Mikro. »Dieses Mädchen hier hat eine Superstimme. Sie heißt Hope Costello, und hier habt ihr sie zuerst gehört!«

Hope stand auf der Bühne. Anne hatte ihr ein schwarzes Kleid mit Dreiviertelärmeln geliehen, das Hope mit einem dunkelroten Hoodie von *The Gap* und Turnschuhen kombiniert hatte. Sie hielt das Mikro in der Hand und starrte einfach nur geradeaus, dorthin, wo ich zufällig stand, aber wahrscheinlich nahm sie mich gar nicht wahr, weil sie so nervös war.

Das Intro von »*Crazy*« erklang. Hope verpasste ihren ersten Einsatz, und alle im Publikum schienen mitfühlend und peinlich berührt zu seufzen. Ich ballte meine Hände zu Fäusten, und das Herz schlug mir bis zum Hals. Im Kopf hörte ich mich sagen: Los, Hope, du schaffst es!

Hope schloss die Augen, wie um das Publikum auszublenden, und bekam den zweiten Einsatz genau richtig hin.

Hätte man Hope nicht auf der Bühne stehen sehen, so hätte man geglaubt, Patsy Cline persönlich würde das Lied singen. Wahrscheinlich hatte Martin es ausgesucht. Country kam Klassik in seinen Augen wohl am nächsten, jedenfalls beim Karaoke. Er wusste offenbar genau, was zu ihrer Stimme passte.

Als Hope die letzte Zeile gesungen hatte und die letzten Töne des Songs verklungen waren, schlug ihr verdutzte Stille entgegen. Dann brach lauter Jubel los.

Einen Monat später verkündete Hope, sie werde zu Martin ziehen, in seine Wohnung über dem Laden. Ich glaube, weder sie noch er hatten einen Gedanken daran verschwendet, was ich dazu sagen würde. Traurig, einsam oder verloren – das waren Zustände, die Hope noch nie erlebt hatte.

Ich wusste nicht, wie ich mit ihr über ihre Beziehung zu Martin sprechen sollte. Keiner von beiden schien besonders an Körperkontakt interessiert zu sein, aber wer wusste schon, was hinter verschlossenen Türen so passierte? Hope hatte »Knutschen« noch nie gemocht. Wenn man sie umarmte, wurde sie steif wie ein Brett, bis man wieder von ihr abließ. Während der letzten Jahre hatte ich manchmal versucht, ein Gespräch über Fortpflanzung und Verhütung anzufangen, aber Hope hatte mich ganz sachlich darüber informiert, dass sie das in der Schule bereits abgehandelt hätten.

Das unvermeidliche Gespräch über den Gentest hatte ich bislang vermieden. Vielleicht hatte ich geglaubt, das Thema ansprechen zu können, wenn ich mich für die Operation entschied, denn Hope konnte nicht gut mit hypothetischen Fragestellungen umgehen.

Da ich mir aber nicht schon wieder vorwerfen lassen wollte, nicht in ihrem Interesse gehandelt zu haben, ging ich mit ihr zu meiner netten Hausärztin und blieb im Wartezimmer sitzen, während die beiden im Sprechzimmer über die Pille redeten. Ich war erleichtert, als Hope mit einem Rezept in der Hand wieder herauskam.

»Nimmst du diese Pillen, Tree?«

»Ja.«

»Die sind praktisch, wenn man noch nicht so weit ist, sich um ein Baby zu kümmern«, sagte Hope.

»Ja.«

Näher an ein echtes Gespräch von Frau zu Frau kamen wir nie.

Was mir an Martin wirklich gefiel, war seine Art, Hope wie jeden anderen Menschen zu betrachten. Wie Doll bemerkt hatte, tickte er vermutlich selbst ein bisschen seltsam. Vielleicht tun wir das ja alle, mehr oder weniger. Es heißt ja nicht umsonst »autistisches Spektrum«.

Keiner von beiden dachte daran, dass wir ja noch Miete für unser Sozialhäuschen bezahlen mussten. Nachdem Dad nicht mehr dort wohnte, war er natürlich auch nicht bereit, etwas dazuzugeben. Warum auch? Ich war eine erwachsene Frau und verdiente mein eigenes Geld. Vielleicht war es also an der Zeit, dass ich einmal über meine eigene Wohnsituation nachdachte. Ich zögerte den Umzug so lange wie möglich hinaus, damit sich für Hope nicht zu viel auf einmal änderte, auch wenn sie mir jedes Mal, wenn wir uns auf einen Milchshake an der Strandpromenade trafen, versicherte, mit ihrer neuen Wohnung habe sie es »viel näher zur Arbeit«.

Martins Wohnung nahm die gesamte obere Etage über dem Laden ein und besaß sogar ein Musikzimmer mit einem großen Fenster, das aufs Meer hinausging. Wenn man abends die High Street entlangspazierte, konnte man die beiden manchmal musizieren hören. Hope sang, und Martin begleitete sie am Klavier. Hin und wieder hörte man auch Lachen, wenn Martin einen falschen Ton getroffen oder Hope ihren Text vergessen hatte, und dann begann das Lied von vorne.

Es klang, als wären sie glücklich miteinander.

Nicht dass ich Hope hinterherschnüffelte. Aber es ist seltsam, sich plötzlich keine Sorgen mehr machen zu müssen, wenn man sich sein ganzes Leben lang welche gemacht hat. Vielleicht war jetzt ja ich diejenige, die sich mit Veränderungen schwertat?

Mit meinem Verdienst konnte ich mir eine Einzimmerwohnung mit einem kleinen Stückchen Garten mieten. Ich legte Wert auf ein bisschen Grün, weil Leo manchmal seinen Hund, einen alten schwarzen Labrador namens Ebony, mit in die Hütte brachte. Um ehrlich zu sein, hoffte ich auch darauf, dass wir uns in Zukunft mehr bei mir als in der Hütte aufhalten würden. Wobei ich nicht davon ausging, dass wir zusammenziehen würden. Oder vielleicht doch? Hatte ich ihn deshalb gebeten, mit mir zu IKEA zu fahren? Offiziell hatte ich behauptet, sein Auto zu benötigen, um die ganzen Sachen zu transportieren. Doch ich merkte gleich, dass er die

Idee nicht gut fand, und am Freitag vor unserer Verabredung rief er mich an und bat mich, ihn in Whitstable zu treffen. Ich spürte, dass etwas nicht in Ordnung war, aber als ich dann den Asphaltweg zum Strand hinunterging und sah, dass die Hüttentür offen stand, machte mein Herz einen Freudensprung, wie immer, wenn ich ihn sah.

Das Haar der Frau war lang, dunkel und mit grauen Strähnen durchsetzt. Sie trug eine Steppjacke aus indischem Stoff mit einem orange-rosa Muster – sportlich-elegant und unkonventionell. Da sie ihre orangefarbenen Birkenstocks abgeschüttelt hatte, sah ich, dass ihre Zehennägel im selben Rosaton lackiert waren wie die Jacke. War sie Kundin bei Doll? Irgendwas an ihrem Outfit jedenfalls sagte mir: Mittelschicht.

»Sie müssen Tess sein«, sagte die Frau und blickte mich an.

Fast hätte ich entgegnet: Teresa, aber ich kannte sie nicht, und im Moment lag sie in *meinem* Liegestuhl.

»Was wollen Sie von mir?«, fragte ich.

»Ach, ich glaube, das wissen Sie ganz gut. Alles geht einmal zu Ende, das haben Sie sicher von Ihrer Mutter gelernt.«

»Meine Mutter ist tot«, erwiderte ich. »Und so was hat sie nie gesagt.«

Jetzt fiel ihre hochmütige Maske.

»Oh, das tut mir leid«, sagte sie.

»Ist schon in Ordnung, das konnten Sie ja nicht wissen.«

Sie sah anders aus, als ich mir seine Frau immer vorgestellt hatte. In meiner Vorstellung hatte sie ein dunkles Kostüm mit einem Jerseytop in gedeckten Farben getragen. Der einzige Farbspritzer, den ich ihr zugestanden hatte, bestand in einem bunten Seidenschal, und an den Füßen hatte sie Schuhe mit hohen Absätzen getragen, die klackerten, wenn sie auf dem Weg zu ihrer nächsten Vorlesung den Korridor entlangeilte.

»Wissen Sie, Sie sind nicht die Erste«, sagte sie. »Ich nehme an, er hat Ihnen nicht verraten, dass er seinen Posten an der Uni räumen musste, nachdem seine letzte Eroberung ihn wegen sexueller Belästigung angezeigt hat.«

»Das hier ist keine sexuelle Belästigung!«

Sie lächelte ironisch. »Ich weiß einfach nicht, was sie alle an ihm finden.«

»Warum sind Sie dann noch mit ihm zusammen?«

Sie seufzte, auf genau dieselbe Art, wie Leo es immer tat, wenn ich etwas sagte, das meine Bildungslücken offenbarte.

»Leonard und ich sind seit fast vierzig Jahren zusammen«, sagte sie. »Wir sind so was wie alte Freunde. Wir schätzen uns.«

»Leonard?«, wiederholte ich.

»Oje, sagen Sie jetzt nicht, dass er wieder mit dieser Leo-Masche angefangen hat!« Sie kicherte. »Ich weiß wirklich nicht, warum er ›Leo‹ bevorzugt!«

Ich wusste es schon. Leo, das klang wie ein Schriftsteller. Es war auch der Name, der auf seinem Roman stand. Leo klang wie eine Kurzform von Leopold oder Leonardo. Nicht von Leonard. Leonard, das erinnerte mich an einen Kerl, der im Pub rumhockte, oder an einen, der in einer weißen Schiebermütze Boule spielte, jedenfalls an einen alten Mann.

Sprühregen setzte ein.

»Weiß er, dass Sie hier sind?«, fragte ich.

Sie starrte mich an.

»Sie sind wirklich süß. Ich hätte darauf bestehen sollen, dass er die schmutzige Arbeit selbst erledigt.«

»Ich bin nicht süß«, gab ich zurück.

Aber wie sollte ich ihr das klarmachen? Sollte ich ihr ihre Kaffeetasse um die Ohren hauen oder sie mit Kieselsteinen bewerfen? Also stand ich nur da, während einzelne Szenen unserer Affäre an meinem inneren Auge vorbeizogen.

»Sie haben doch gewollt, dass ich mit ihm ausgehe«, sagte ich.

»Wie bitte?«

»Na, die Eintrittskarte, für die Sie keine Verwendung hatten. *Viel Lärm um Nichts* im National Theatre ...«

Sie sah mich noch immer fragend an.

»Als wir in London in den Schneesturm gerieten«, erklärte ich.

»Was, so lange geht das schon?«

Jetzt war sie diejenige, die irritiert wirkte. Und ich fühlte mich schuldig, weil ich ihn als Lügner entlarvt hatte. Aber woher sollte ich auch wissen, welche Geschichte er ihr erzählt hatte?

»Wieso ausgerechnet jetzt?«, hörte ich mich fragen.

»Es ist ganz natürlich, dass eine Frau in Ihrem Alter sich Kinder wünscht ...«

»Ich nicht!«

Das wusste Leo doch, oder? Hatte die Entscheidung für oder gegen eine Operation nicht die ganze Zeit drohend über uns gehangen? Hatte sie nicht zu der bittersüßen Schmerzlichkeit beigetragen, die die Stille nach dem Sex durchzog? Befanden wir uns denn nicht in einem metaphorischen Korb, auf dem »Noch nicht erledigt« stand, bis einer von uns den Mut finden würde, dem Unvermeidlichen ins Auge zu sehen? Er konnte doch nicht unser allererstes persönliches Gespräch vergessen haben? Ich konnte doch nicht die Einzige sein, die meine Schicksalsfrage für das Band hielt, das uns auf einzigartige Weise aneinanderkettete?

Jetzt regnete es heftig, und mein Haar und meine Arbeitsbluse waren schon völlig durchnässt.

»Sie haben ihn gezwungen, eine Entscheidung zu treffen«, sagte Leos Frau. »Wie die meisten Männer ist er ziemlich faul. Er will nicht einmal darüber nachdenken, sein hübsches Haus aufzugeben. Vielleicht hält er sich selbst noch immer für einen zornigen jungen Mann, aber er hat sich zu sehr an das kuschelige Badezimmer und die Vier-Sterne-Hotels gewöhnt, die seine Frau ihm bezahlt. Mit einundsechzig wird er wohl kaum wieder in einem möblierten Zimmer oder auf dem Campingplatz übernachten, nicht wahr?«

»Einundsechzig?«

Ein winziges Lächeln umspielte ihre Lippen.

»Warum erzählen Sie mir das alles?« Noch immer hoffte ich, es könnte alles nur ein Albtraum sein. Vielleicht wusste er gar nicht, dass sie hier war? Vielleicht versuchte sie, einen Keil zwischen uns zu treiben, würde aber von ihm in die Schranken gewiesen werden, wenn er gleich auftauchte? Ich warf einen Blick über die Schulter. Keine Spur von ihm.

»Mach's gut, Tess«, hatte er am Telefon gesagt. So hatte er sich nie zuvor von mir verabschiedet.

»Zu Ihrer Information«, sagte ich so würdevoll wie nur möglich. »Ich habe ihn nie gezwungen, sich zu entscheiden. Das hat er erfunden.«

»Na ja, er ist Schriftsteller«, entgegnete sie.

Mit einem Schlag wurde mir meine Situation bewusst. Da stand ich, im strömenden Regen, vor ihr, und das Wasser rann mir das Gesicht herab. Es fühlte sich surreal und doch so vertraut an. In Leos Roman, *Eine rein akademische Frage,* gab es eine Szene, in der die Ehefrau des Protagonisten einer Studentin mitteilt, dass die Affäre vorbei ist. Nur spielte diese Szene nicht in einer Fischerhütte, sondern in einer Gartenlaube auf einer Fakultätsparty.

Schriftsteller betrachten alles, was um sie herum passiert, als Material.

»Was für ein elender Feigling!«, rief Doll.

»Ich bin genauso wütend auf mich selbst wie auf ihn«, sagte ich.

Wie konnte ich bloß so dumm gewesen sein? Er hatte mir erzählt, sein Lieblingsroman sei *Das Ende einer Affäre* von Graham Greene. Hätte ich ausgehend von diesem Buch und allen anderen, die ich je gelesen hatte, nicht wissen müssen, dass Affären für die Ehebrecherinnen niemals gut ausgingen?

»Jetzt sitze ich mit nichts da«, klagte ich.

»So könnte man es sehen«, sagte Doll. »Du könntest es aber auch als Gelegenheit nehmen, endlich das zu tun, was du dir schon immer gewünscht hast.«

23 GUS

2010

Nash stand immer auf irgendwelche Ernährungstrends, und da sie der Meinung war, ich sei der einzige Mensch auf der Welt, der Linsen schmackhaft zubereiten könne, war das gemeinsame Mittagessen in unserem Haus bald zu einer regelmäßigen Einrichtung geworden.

»Du solltest zu *MasterChef* gehen«, sagte sie, stets darum bemüht, sich neue Karriereideen für mich zu überlegen.

»Machen die Leute so was wirklich?«

»Das war ein Scherz!«

Nash hatte selbst Schwierigkeiten, Arbeit zu finden. In Amerika hatte sie so gut verdient, dass vergleichbar große Rollen für sie rar gesät waren. Vermutlich gestaltete sich die Zusammenarbeit mit ihr auch nicht gerade leicht, denn sie machte ständig reichlich unverschämte Bemerkungen über andere Schauspieler. Und sie genoss es, mit jemandem zu tratschen, der gar nichts mit ihrer Welt zu tun hatte und somit auch niemandem etwas weitererzählen konnte. Ich erfuhr mehr über ihre Begegnungen mit Männern, als mir lieb war oder sie mir hätte erzählen sollen. »Zu viel Information?«, lautete einer ihrer Lieblingssätze.

Hin und wieder, wenn ich Flora von der Schule abgeholt

hatte, begleitete Nash uns nach Kensington Gardens, wo wir auf einer Bank saßen und plauderten, während die Mädchen im Peter-Pan-Park spielten.

Eines Tages kam es auf dem Piratenschiff zwischen meinen Kindern zum Streit.

Flora war immer Wendy, während Bella die Rolle von Michael übernahm, auf den Wendy aufpassen musste. Normalerweise funktionierte das Arrangement gut. Doch diesmal hatte Bella beschlossen, Tinkerbell zu sein.

»Tja, tut mir leid, aber das geht nicht!«, erklärte Flora spitz und klang dabei beunruhigend nach Charlotte.

»Warum nicht?«, wollte Bella berechtigterweise wissen.

»Mädchen«, schaltete ich mich ein. »Warum macht ihr es nicht abwechselnd?«

Plötzlich stand Nash auf.

»Jetzt reicht's mir aber. Du bist eine verdammte Nervensäge, Flora! Zur Abwechslung bist du jetzt mal Peter Pan, und Bell ist Tinkerbell!«

Ich weiß nicht, ob das Fluchen meine ältere Tochter beeindruckt hatte, oder die Tatsache, dass überhaupt jemand mit ihr schimpfte, was ihr neu war. Jedenfalls zog sie sich brav zurück, und Bella durfte klingelnd durch die Gegend sausen, bis sie ganz aus der Puste war.

»Flora ist zu dominant«, stellte Nash fest.

Ich fühlte mich gemaßregelt.

»Und Bell muss lernen, für sich einzutreten«, fügte sie hinzu.

»Ja, da hast du recht.«

»Du willst doch nicht, dass sie schikaniert wird, wenn sie in die Kita kommt, oder?«

»Nein.«

Fing Schikane so an?, dachte ich. Mit der stillschweigenden Genehmigung der Eltern? Ich musste mehr darauf achten.

»Also, was willst du machen?«, fragte Nash.

»Ich weiß es nicht so genau«, gab ich zu.

»Gott, du bist ein hoffnungsloser Fall! Darf ich dir einen Vorschlag machen? Geh zur Kochschule.«

»Das kostet einen Haufen Geld.«

»Na, dann such dir mittags einen Job in einem Restaurant. Gleich um die Ecke bei dir gibt es ein Sterne-Restaurant. Warum sprichst du nicht mal mit dem Koch? Du könntest bestimmt etwas mit ihm vereinbaren, wovon ihr beide profitiert, so eine Art Ausbildung. Du hast doch als Kellner gearbeitet, oder?«

»Das könnte Charlotte nicht ertragen.«

»O Herrgott!«, schimpfte Nash verzweifelt. »Du hörst dich immer an, als wäre deine Frau von dir enttäuscht!«

Dessen war ich mir nicht bewusst gewesen. Tatsache war, dass ich es generell vermied, mit Nash über meine Ehe zu reden.

»Sie *ist* enttäuscht von mir«, entgegnete ich.

»Und was macht ihr zwei dann noch zusammen?«, fragte Nash. »Das verstehe ich nicht. Was habt ihr gemeinsam?«

»Für uns stehen die Interessen der Kinder an erster Stelle«, antwortete ich und klang wie immer ein wenig blasiert, wenn ich mich in die Ecke gedrängt fühlte. »Wenn du eigene Kinder hättest, würdest du das verstehen«, fügte ich hinzu und machte es damit nur noch schlimmer.

»Ach, hör doch auf mit dem Scheiß! Ich weiß sehr gut, wie es ist, als Kind Eltern zu haben, die sich hassen, vielen Dank.«

»Tut mir leid.«

»Entschuldige dich nicht ständig. Der Hundeblick schadet deiner Attraktivität.«

»Übrigens hassen Charlotte und ich uns nicht.«

Ironischerweise sagte ich das genau an jenem Tag, an dem Charlotte mir mitteilte, dass sie eine Affäre hatte.

Ich hatte schon so etwas geahnt, weil ihre Konferenzwochenenden verdächtig zugenommen hatten. Aus irgendeinem Grund hatte ich ihn mir jünger vorgestellt als sie, vielleicht sogar als Medizinstudenten, in Lederjacke, mit längeren Haaren und vor sexueller Energie nur so strotzend. Wie immer lag ich völlig falsch, denn er war deutlich älter als Charlotte, kahlköpfig und eine große Nummer in der Pharmaindustrie – Robert.

»Wo hast du ihn kennengelernt?«, fragte ich.

Charlotte saß unten im großen Zimmer auf dem gegenüberliegenden Sofa und vermied es sorgsam, mir in die Augen zu sehen.

»Im Theater. Er ist eingesprungen an dem Abend, als es geschneit hat und du mich versetzt hast«, sagte sie. »Natürlich hat es nicht gleich angefangen.« Endlich sah sie mich an.

Wie lange hatte es denn gedauert? Aber ich fand es irgendwie unhöflich, sie das zu fragen.

»Und warum erzählst du mir das jetzt?«

»Na ja«, erwiderte Charlotte so beiläufig, als erklärte sie mir, was sie für den Tag geplant habe. »Es ist so: Robert möchte, dass wir mit ihm in die Schweiz gehen.«

»Wir?« Einen Augenblick dachte ich verrückterweise, dass sie mich in dieses »Wir« mit einschloss.

»Die Mädchen mögen ihn. Er mag die Mädchen.«

»Moment. Die Mädchen kennen ihn doch gar nicht!«

»Doch.«

Charlotte starrte zu Boden.

»Die Woche auf Mallorca«, murmelte sie.

Unter dem Vorwand, zu wenig Zeit mit den Mädchen zu verbringen, war Charlotte mit ihnen allein zu ihrer Mutter nach Mallorca geflogen. Ich war zu Hause geblieben und hatte das Kinderbad renoviert, in dem Schimmel wuchs, was wegen Bellas Asthma nicht gut war. Als die Mädchen bei ihrer Rückkehr von den Unternehmungen mit Robert geschwärmt hatten, war ich davon ausgegangen, dass sie Charlottes Stiefvater Robbie meinten. Wie praktisch, dass die beiden ähnliche Namen hatten.

Hatte sie ihn auch zu den Besuchen bei meiner Mutter mitgenommen? Hatte Charlotte sie dazu angehalten, mich zu belügen?

»Das war das einzige Mal«, sagte Charlotte, als hätte sie meine Gedanken gelesen. »Es tut mir leid, dass ich gelogen habe, aber es war die einzige Möglichkeit, die mögliche Konstellation zu testen, ohne die Emotionen unnötig hochzutreiben.«

»Ganz recht. Lass bloß keine Gefühle aufkommen«, entgegnete ich.

»Sarkasmus steht dir nicht«, erwiderte Charlotte.

»Und deine Mutter hat diesen Robert also schon akzeptiert, ja?« Irgendwie empfand ich es als besonders demütigend, dass andere Leute eingeweiht gewesen waren.

»Ja. Nicht dass mir das sonderlich wichtig wäre.«

Was war ihr eigentlich wichtig? Was war ihr je wichtig gewesen? Ich starrte meine Frau an, als sähe ich sie zum ersten Mal: eine ausgesprochen attraktive Mittdreißigerin auf dem Höhepunkt ihrer Karriere. Ich verstand genauso wenig, was in ihrem Kopf vor sich ging, wie an dem Tag, als wir das erste Mal in ihrer Dachgeschosswohnung miteinander geschlafen hatten. War das alles nur Schein gewesen? Oder nur die letzten Jahre?

»Tja, es tut mir leid, deine sorgsam ausgetüftelten emotionsfreien Pläne zu durchkreuzen, aber dem werde ich nicht zustimmen«, erklärte ich. »Ich lasse nicht zu, dass du die Mädchen mitnimmst!«

»Ich glaube kaum, dass du eine Wahl hast«, widersprach Charlotte. »Wie willst du dich denn allein um sie kümmern?«

»Ich suche mir einen Job!«

»Und ein Au-pair, weil du jede freie Minute arbeiten musst, um die Kreditraten zu bedienen? Wenn dich mit deinem Lebenslauf überhaupt jemand nimmt.«

»Wir müssen uns eben verkleinern.«

»Ich weiß nicht, ob du es bemerkt hast, aber die Preise sind gestiegen.«

»Dann wohnen wir halt irgendwo außerhalb von London. Das geht ja schließlich auch.«

Ich hörte mich sprechen, als wäre es jemand anders, und fand, dass alles, was ich sagte, ziemlich lahm klang.

»Du willst den Mädchen diesen Abstieg vielleicht zumuten, ich nicht. Und ich bin ihre Mutter. Was denkst du, auf wessen Seite das Gericht sich stellen wird?«

»Du würdest ihnen tatsächlich einen Sorgerechtsstreit zumuten, nicht wahr?« Ich versuchte verzweifelt, die moralische Überlegenheit zurückzuerlangen.

»Wenn du dich mit mir anlegst, bist du derjenige, der damit anfängt«, entgegnete sie.

Mit ihrem kühlen, berechnenden Verstand hätte sie genauso gut Anwältin sein können. Dann dämmerte mir, dass sie schon längst mit einer gesprochen hatte. Vermutlich stand Robert eine ganze Rechtsabteilung zur Verfügung. Charlotte hatte jedes Argument durchgespielt, und ich war überhaupt nicht vorbereitet. Vielleicht sollte ich sie um eine Auszeit bitten, um eine Verteidigungsstrategie entwickeln zu können? Ich würde Marcus anrufen. In unserem unausgesprochenen Wettbewerb wäre ich jetzt als Erster der betrogene Ehemann, als Erster derjenige, der geschieden wurde, der einen Sorgerechtsstreit führen musste.

»Wenn wir eine normale Familie gewesen wären, hättest du sie unter der Woche doch auch nicht so viel gesehen, stimmt's?«, argumentierte Charlotte in weniger scharfem Ton.

Eine normale Familie. Ich hatte mir einmal gewünscht, dass wir genau das wären. Hatte ich alle enttäuscht?

»Wo in der Schweiz?«, fragte ich.

»Genf. Robert besitzt ein Haus mit Blick auf den See.«

Ich erinnerte mich, dass dort ungefähr vor sechs Monaten eine Konferenz stattgefunden hatte. Oder nicht? War es ein günstiger Zufall gewesen oder eine weitere Lüge?

»Hast du dort eine Stelle?«, wollte ich wissen.

»Ich hatte verschiedene Angebote, aber ich habe es nicht eilig. Die Mädchen haben oberste Priorität.«

»Das wird eine ziemliche Umstellung«, gab ich bitter zurück.

»Mir bleibt nicht wirklich eine Wahl, oder?«, fauchte sie.

»Ich sehe nicht, worin der Vorteil für die Mädchen liegt.« Wenn ich eine Chance haben wollte zu gewinnen, musste ich mit der Zukunft der Kinder argumentieren.

»Nur einen Block entfernt gibt es eine internationale Schule. Bella wird es gar nicht anders kennen, und Flora ist sehr anpassungsfähig, wie wir wissen.«

Ich verstand das als Anspielung darauf, dass Flora auf eine staatliche Schule ging statt auf eine Privatschule, was Charlotte lieber gewesen wäre, wenn wir es uns denn hätten leisten können.

»Es ist ein guter Zeitpunkt für sie umzuziehen«, fügte sie hinzu.

Dem konnte ich nicht widersprechen. Wenn sie umziehen mussten, dann besser jetzt, wo sie noch klein waren, als später, wenn sie bereits Beziehungen zu Freunden und Lehrern aufgebaut hatten.

»Genf ist eine fantastische Stadt, um dort aufzuwachsen. Sie werden verschiedene Sprachen sprechen, tolle Leute kennenlernen. Robert besitzt einen Grafentitel, benutzt ihn allerdings nicht.«

»Ich dachte, die Schweiz wäre eine Republik?«

Charlotte blieb unnachgiebig.

»Er hat auch ein Schloss in Österreich«, fuhr sie fort.

»Du willst sie doch nicht etwa Ski fahren lassen?«

»Du kannst sie nicht ein ganzes Leben lang davon abhalten, nur weil du dich schuldig fühlst«, erklärte Charlotte. Der Anflug eines Lächelns huschte über ihr Gesicht, als wäre sie sich ihres Sieges bereits gewiss.

»Es geht nicht um Schuld, es ist eine begründete Angst – Ski fahren ist gefährlich, schon vergessen?!«

Ich stellte mir vor, wie mein Bruder durch den weißen Schnee raste und über die Schulter blickte, um zu sehen, ob ich ihn einholte.

Es war Angst. Aber es war auch Schuld. Das war uns beiden klar, obwohl wir all die Jahre nie darüber gesprochen hatten. Dachte auch Charlotte, wie meine Mutter, dass ich für seinen Tod verantwortlich war? Hatte sie all die Zeit ein

Messer hinter ihrem Rücken versteckt und nur auf den passenden Moment gewartet, es mir in die Eingeweide zu stoßen?

Ist das deine Rache, Ross?

Wie hatte ich mir je einbilden können, mir ungestraft seine Freundin nehmen zu können? Wie hatte ich nur denken können, dass ich meine wunderhübschen Töchter verdiente?

»Niemand *muss* Ski fahren«, sagte ich, ziemlich schwachsinnig.

Und dann brach ich plötzlich in Tränen aus. Ich hatte seit meinem dreizehnten Lebensjahr nicht mehr geweint. Damals, in meinem ersten Jahr auf der Privatschule, hatte ich gelernt, mich zusammenzureißen, weil Heulen etwas für Weicheier war. Jetzt schluchzte ich, als würden all die Emotionen, die ich so lange unterdrückt hatte, in einer breiten Flutwelle aus Augen, Nase und Mund gleichzeitig strömen.

Irgendwann spürte ich, wie mir jemand vorsichtig auf den Rücken klopfte, und schrie derart heftig: »Hau ab!«, dass Charlottes Hand zurückzuckte, als hätte sie einen elektrischen Schlag erhalten.

Sie wartete, bis meine Schultern zu beben aufhörten, dann reichte sie mir ein Taschentuch.

»Du wirst sie weiterhin sehen«, sagte sie jetzt beruhigend, als hätte ich durch den Zusammenbruch meine Niederlage eingestanden. »Genf ist nur eineinhalb Flugstunden entfernt. Es wird nicht viel anders, nur dass jetzt du derjenige bist, der sie an den Wochenenden hat …«

»Mach dich doch nicht lächerlich!«, gab ich zurück und zog plötzlich eiskalt entschlossen die Nase hoch. »Sie sind noch viel zu klein, um jedes Wochenende nach London zu fliegen.«

»Na ja, dann ein Mal im Monat.«

Die Bedingungen verschlechterten sich bereits.

»Meinst du nicht, wir sollten sehen, wie die Mädchen das finden?«, fragte ich plötzlich.

Charlotte wirkte sichtlich getroffen, als hätte sie einen Baseball an den Kopf bekommen. Ich erkannte, dass sie mit diesem Szenario nicht gerechnet hatte, und konnte förmlich sehen, wie es in ihrem Kopf ratterte. Ihr war klar, dass es unvernünftig wäre, ihnen ein Mitspracherecht zu verweigern.

»Lass uns morgen mit ihnen reden«, drängte ich. »Dann haben sie das ganze Wochenende über Zeit, Fragen zu stellen.«

»Okay, aber wir müssen alle zusammen sein«, sagte Charlotte, begierig, die Spielregeln aufzustellen. »Und wir machen es einfach, keinen Druck ... Wir sagen so etwas wie ›Mami und Papi lieben sich nicht mehr, aber ...‹«

»Aber das stimmt nicht, nicht für mich ...«, unterbrach ich sie.

Charlotte sah mich ungeduldig an, als würde ich die Dinge unnötig verkomplizieren.

Ich verpasste die Gelegenheit, sie zu fragen, ob sie, da ihre Worte das implizierten, mich auch einmal geliebt hatte. Die ganze Nacht über quälte ich mich mit dieser und all den anderen Fragen, die Flora und Bella vermutlich stellen würden, bis ich im Morgengrauen endlich einschlief.

Ich erwachte von dem Duft von Toast. Charlotte und die Mädchen saßen bereits am Tisch, als ich verschlafen und zerzaust nach unten hastete.

»Guten Morgen, Schlafmütze«, begrüßte mich Charlotte, und die Mädchen kicherten.

»Wollen wir Pancakes machen?«, fragte ich in dem Bemühen, verlorenen Boden wiedergutzumachen, und als Charlotte mich vorwurfsvoll ansah, fügte ich hinzu: »Wir machen oft Pancakes, wenn du am Wochenende nicht da bist.«

Mit meinem vom Weinen noch wunden, hohlen Hirn dachte ich plötzlich, wie ungewöhnlich es war, dass wir vier hier zusammensaßen. Hatte Charlotte vielleicht doch recht mit ihrer Behauptung, dass es gar nicht so viel anders werden würde? Ich schenkte mir aus der Presskanne einen Becher Kaffee ein.

»Wir müssen euch etwas sagen«, verkündete Charlotte fröhlich, dann blickte sie zu mir.

Ich versuchte mich an den genauen Wortlaut zu erinnern, auf den wir uns geeinigt hatten.

»Mami zieht zu ihrem Freund Robert«, hob ich an.

»Einer der Gründe ist, dass ich mehr Zeit mit euch beiden verbringen möchte«, schaltete sich Charlotte ein, was für mich nach Druck klang.

»Wir haben euch beide so lieb, dass wir beide möchten, dass ihr bei uns lebt«, sagte ich. Wie schrecklich, mit welcher Geschwindigkeit das alles aus mir herausbrach. Ich blickte über den Tisch und rechnete mit Tränen, doch beide Kinder schienen nur mäßig interessiert, während sie weiter ihr Müsli löffelten.

»Lasst ihr euch scheiden?«, fragte Flora. Da diverse Eltern ihrer Freunde getrennt lebten, wusste sie, was das bedeutete.

Ich blickte zu Charlotte.

»Zu gegebener Zeit.«

Was sollten eine Sieben- und eine Dreijährige davon halten?

»Wenn ihr wollt, könnt ihr weiterhin hier mit mir wohnen«, sagte ich.

»Oder mit mir in Roberts Haus«, meldete sich Charlotte und starrte mich wütend an.

»Ich will bei Daddy bleiben!«, schrie Bella sofort, als ginge es um eine fröhliche Übernachtungsparty.

Mein Herz wollte vor Liebe zerspringen, und auf meinem Gesicht erschien ein Lächeln, als würde die Sonne aufgehen.

»Wie ist Roberts Haus?«, erkundigte sich Flora kühl.

»Na ja, es ist sehr groß, und es hat ein Schwimmbad«, antwortete Charlotte.

»Das ist nicht fair«, murmelte ich.

»Wäre es dir lieber, ich würde lügen?«, schoss Charlotte zurück.

»Hat es einen Garten?«, wollte Flora weiter wissen.

»Einen riesigen Garten.«

»Mit Schaukeln?«, stimmte Bella nun ein.

»Es ist nicht wie Kensington Gardens ...«, entgegnete ich verzweifelt.

»Warum können wir nicht abwechselnd bei euch sein?« Plötzlich strahlte Flora, als hätte sie die offensichtliche Lösung gefunden.

»Wir *werden* uns abwechseln«, bestätigte Charlotte. Ihr Gehirn war mehr auf Zack als meins, um uns aus der Sackgasse herauszuführen. »Wir müssen nur entscheiden, wo ihr zur Schule geht. Bella wird ja auch bald eingeschult, nicht wahr, meine Süße?«

»Bringst du mich zur Schule, Mami?«, fragte Bella.

»Na klar. Wäre das nicht schön?«

Marcus stellte den Kontakt zu einer Scheidungsanwältin her, die zwar kämpferisch war, mir jedoch wenig Hoffnung machte. Sie gab mir zu verstehen, dass es den Mädchen weniger schadete, wenn ich so tat, als wäre das Ganze eine gute Idee. Zu meiner Überraschung war Nash derselben Ansicht.

Sie sagte, das Schlimmste an einer Scheidung sei, dass man als Kind ständig so tun müsse, als wäre man mit jedem Elternteil glücklicher als mit dem anderen. Insgeheim hatte ich irgendwie gehofft, dass sie mich mehr zum Kämpfen animieren würde.

»Aber durch eine gerichtliche Auseinandersetzung erreichst du doch auch nicht, dass es wieder so wird wie früher, oder?«, wandte Nash ein und machte mir damit deutlich, dass ich etwas Unmögliches wollte.

Meine Entscheidung, nicht zu prozessieren, stellte zumindest sicher, dass ich die Mädchen jedes zweite Wochenende und in den Ferien sehen würde.

Als Treffpunkt, um Robert kennenzulernen, wählte ich Kew Gardens aus. Ich weiß nicht genau, warum, ich war noch nie in meinem Leben dort gewesen, aber ich dachte, dort könnten wir ungestört spazieren gehen, und er könnte schwierigen Fragen nicht ausweichen. Es ist wirklich ein wunderschöner Ort mit großartigen viktorianischen Gewächshäusern, aber ich bezweifle, dass ich in meinem Leben noch einmal dorthin gehen werde.

Als ich draußen vor den großen schmiedeeisernen Toren parkte, bemerkte ich ein paar Autos weiter einen Mann, der seinen Schlüssel auf einen kleinen grünen Elektrowagen richtete, und dachte mir, wie albern und spielzeugmäßig der Wagen bei einem so großen und vornehmen Mann wirkte. Da ich davon ausging, dass Charlottes Geliebter mindestens so etwas Schickes wie ein weißes Audi Cabrio fuhr, lief ich den ganzen Weg bis zur Cafeteria der Orangerie – unserem vereinbarten Treffpunkt – hinter ihm her.

Nachdem wir ein paar Minuten ungelenk neben der Besteckauslage gestanden hatten, kam Robert schließlich mit erhobenen Brauen auf mich zu, lächelte und drückte mir fest die Hand, als würden wir uns zu einem Geschäftsessen treffen.

»Angus?«

»Robert?«

Als Erstes empfand ich seltsamerweise Erleichterung. Er war so viel älter als ich, dass die Leute ihn für den Großvater meiner Kinder halten würden. Vielleicht lag es ebenfalls am Altersunterschied, dass ich irgendwie nicht richtig wütend auf ihn sein konnte. Letztlich hatte sich Charlotte entschieden, mich zu verlassen; Robert hätte sie nicht gegen ihren Willen dazu verleiten oder überreden können. Wenn sie sich nach Reichtum sehnte und weich gebettet sein wollte, konnte ich nicht mithalten. Robert war ganz offensichtlich ein wohlhabender und mächtiger Mann, saß im Vorstand einer Kunststiftung und einer Operngesellschaft, und obwohl er Jeans und ein korallenfarbenes Poloshirt von Ralph Lauren trug, konnte ich ihn mir gut in einem Abendanzug bei den Salzburger Festspielen vorstellen, neben sich Charlotte in einem unglaublich teuren Abendkleid …

Während wir über den Broad Walk zum See schlenderten, sprach er offen über seine Vergangenheit. Aus erster Ehe, die gütlich geschieden worden war, hatte er einen Sohn, der irgendeinen Posten in Brüssel bekleidete. Er hatte ganz sicher kein Verlangen, meinen Platz in Floras und Bellas Leben einzunehmen, bewies jedoch durch einfühlsame Bemerkungen, dass er durchaus sensibel für ihre Bedürfnisse war.

»Wenn Ihre Töchter bei uns leben würden, wäre es mir eine Ehre, wenn Sie uns in meinem Haus besuchen kämen«, versprach er.

Ich konnte mir nicht erklären, wie es kam, dass ich von uns

beiden als der Unzivilisierte erscheinen würde, wenn ich sein Angebot ausschlüge.

»Das sagt man so nicht«, hörte ich mich erwidern.

»Wie bitte?«

»Es heißt: ›Wenn Ihre Töchter bei uns leben‹, ohne ›würden‹«, erklärte ich ihm und empfand einen winzigen, albernen Anflug von Triumph, als kurzzeitig Verlegenheit seine so selbstsichere Eurokratenstirn krauste.

»Und ich werde Flora und Bella bitten, mein Englisch zu verbessern!« Er lachte und fand problemlos seine Haltung wieder.

Als wir uns ein paar Stunden später am Tor des Parks trennten und er mir freundlich zum Abschied zuwinkte, tat es mir fast leid, dass er nun die eisige Charlotte hatte. Allerdings war ich mir sicher, dass er genau wusste, wie er sie nehmen musste. Und wenn es mit Charlotte gut lief, erinnerte ich mich traurig, war sie alles andere als kühl.

Charlotte fuhr mit den Mädchen zur Großmutter, damit sie sich von ihr verabschieden konnten. Ich litt noch immer darunter, wie meine Mutter reagiert hatte, als ich ihr die Neuigkeit am Telefon mitgeteilt hatte: »Mich wundert, dass es überhaupt so lange gehalten hat.«

Mit sieben und drei Jahren konnten sich die Mädchen nicht wirklich vorstellen, wie anders ihr Leben künftig aussehen würde, und es kam ihnen nicht in den Sinn, traurig zu sein. Ich versuchte, mir mein eigenes Unglück nicht anmerken zu lassen, wobei ich aber auch nicht wollte, dass sie mich für gleichgültig hielten, wenn ihnen klar wurde, dass die Regelung nicht so gerecht war, wie man sie hatte glauben machen. Während unserer letzten gemeinsamen Tage unternahmen wir nur Dinge, die wir am liebsten taten, und sie waren überrascht, dass sie alle Süßigkeiten und jedes Eis bekamen, um das sie baten. Ich umarmte sie viel und sagte Dinge wie: »Ich werde euch sehr vermissen!« und »Denkt dran, ihr könnt mich jederzeit anrufen oder mit mir skypen. Mami und Robert wissen, wie das geht. Bittet sie, euch zu helfen!« und auch, etwas melodramatisch: »Ich liebe euch so sehr. Ohne euch wird mein Leben nicht mehr so sein wie vorher!«

Woraufhin Flora erwiderte: »Aber du wohnst doch noch in unserem Haus, oder, Daddy? Und unser Zimmer bleibt dasselbe? Und wir kommen an den Wochenenden und in den Ferien, genau wie Harry und Hermione und Ron aus Hogwarts?«

Am letzten Abend kochte ich ein Familienessen aus *insalata tricolore* und *spaghetti alla carbonara* mit Erdbeeren und Eis zum Nachtisch, ihr Lieblingsessen. Nachdem sie gegessen und mich auf der Wii im Tennis geschlagen hatten, gingen sie ins Bett und waren innerhalb von Sekunden eingeschlafen, während ich noch die letzte Seite von *Ein Bär namens Paddington* umschlug.

Einen Moment lang verharrte ich in der Dunkelheit, atmete den unbeschreiblich tröstlichen Duft frisch gebadeter Kinder ein und lauschte auf die friedliche Stille ihres Schlafs, während mir dicke Tränen über die Wangen rollten.

Als ich nach unten kam, saß Charlotte noch am Tisch.

»So viele Kohlehydrate habe ich in einem ganzen Jahr nicht gegessen«, sagte sie und streckte sich auf dem Sofa aus.

Automatisch begann ich, die Teller abzuräumen.

»Nicht«, sagte sie und deutete nach oben. »Du weckst sie auf.«

Ich setzte mich ihr gegenüber und wischte mir mit dem Handrücken die Nase, wie ein Kind, das vergessen hat, ein Taschentuch mit in die Schule zu nehmen.

»Es tut mir leid, dass es so schwer für dich ist, Angus.«

»Ach ja?«

Nachdem ich mich so vernünftig mit allem gezeigt hatte, wollte ich jetzt ganz bestimmt nicht zickig sein, doch alle Schutzmauern, die ich um mich herum errichtet hatte, waren im Begriff einzustürzen.

»Ich habe es versucht, Angus. Ich habe es wirklich versucht …«

Plötzlich merkte ich, dass sie ebenfalls weinte. Ich konnte mich nicht erinnern, sie jemals zuvor weinen gesehen zu haben. Nicht seit Ross' Beerdigung.

»Du gibst nie auch nur ein winziges Stück nach, du bist zu keinem Kompromiss bereit«, schluchzte sie.

Ich konnte nicht glauben, was ich da hörte. Ich? Was? Sie verdrehte alles. Wir hatten doch immer getan, was *sie* wollte, nicht, was *ich* wollte.

»… der Druck, die Alleinverdienende zu sein … mich um alle zu kümmern … das ist dir anscheinend nie in den Sinn gekommen … du hast es einfach nicht kapiert! Hast du je auch nur eine Minute darüber nachgedacht, ob ich vielleicht gern mehr Zeit mit meinen Kindern verbringen würde? Ich wollte keine Vollzeit-Gluckenmutter sein, nein, aber bei den meisten Leuten ist das Verhältnis etwas ausgeglichener!«

»Aber ich dachte …« Ich hatte immer angenommen, dass ihre Karriere das Wichtigste für sie sei. Sie schien froh darüber gewesen zu sein, dass ich sie von dem alltäglichen Haushaltsballast befreit hatte.

»Und hast du? Hast du je darüber nachgedacht?«

Eindeutig nicht so, wie ich es hätte tun sollen.

Charlotte atmete tief durch. »Ich weiß, dass du den Geist von Ross vertreiben wolltest, als wir zuerst …«

Es erschütterte mich, seinen Namen zu hören. Er war stets ein Tabuwort für uns gewesen.

»… aber hast du je daran gedacht, dass es mir genauso ging? Ich wollte ihn heiraten, Angus, mein ganzes Leben war aus den Fugen geraten. Ich musste lernen, mich um mich selbst zu kümmern. Ich wusste nicht, wie man mit Leuten spricht, ohne eine tragische Gestalt zu sein. Wenn ich mit Männern ausging, fürchtete ich jedes Mal den Moment, in dem sie fragten: ›Warum ist jemand so Hübsches wie du noch Single?‹ Bei dir musste ich nichts sagen.«

Ungläubig starrte ich meine künftige Exfrau an. Ich sah einer Zukunft ohne sie entgegen, und jetzt war es, als hätte auch die Vergangenheit ohne sie stattgefunden. Ich hatte sie immer als kühl und auf erotische Weise dominant gesehen, wie den Vampir auf dem Foto über dem Kamin. Wenn sie sich an jenem Tag als Engel mit einem weißen Kleid und Flügeln verkleidet hätte, hätte ich sie dann anders gesehen?

»Beim Sex mit dir konnte ich am ehesten vergessen«, sagte sie.

»Danke«, erwiderte ich.

»Nein, ich meine das positiv. Es war wie eine Droge. Und als ich schwanger wurde, schien es mir wie … Ich weiß nicht … Ich konnte das Kind doch nicht nicht bekommen – oder?«

»Nein!«

Eine Welt ohne Flora war unvorstellbar.

»Eine Weile haben wir uns irgendwie durchgewurschtelt«, sagte Charlotte. »Stimmt's?«

Ich hatte mich nicht um sie gekümmert. Sie brauchte niemanden, der sich um sie kümmert. Zweimal hatte sie diesen Ausdruck benutzt. Und ich hatte gedacht, ich wäre gut darin, mich um Menschen zu kümmern.

Mir schoss ein Bild von Charlotte durch den Kopf, wie sie an dem Abend, als sie mir sagte, dass sie schwanger war, in ihrer rosafarbenen *Agent-Provocateur*-Wäsche auf dem Bett gekniet hatte.

»Kannst du nicht ein bisschen glücklicher gucken?«, hatte sie gefragt, und dann mit einer leisen wehmütigen Stimme, die ich noch nie zuvor und seither nie wieder bei ihr gehört hatte: »Es könnte doch ganz schön sein … meinst du nicht?«

»Können wir das denn nicht immer noch?«, stammelte ich jetzt. »Gibt es nicht noch eine Chance? Für die Mädchen? Ich würde alles tun …«

»Ach, werd endlich erwachsen, Angus, Herrgott!«

Sie hatte jemanden gefunden, der sich um sie kümmerte, und uns war beiden klar, dass er das deutlich besser machen würde, als ich es je könnte.

Stille breitete sich aus, bis ich schließlich sagte: »Ich könnte einen Drink vertragen. Willst du auch einen?«

Sie belohnte mich mit einem schiefen Lächeln. »Ich dachte schon, du würdest nie fragen.«

Im Kühlschrank lag noch eine Flasche Sekt, die von einem fröhlicheren Ereignis übrig geblieben war. Wir stießen an.

»Frieden?«, schlug Charlotte als Toast vor.

»Frieden«, echote ich, obwohl ich typischerweise nicht genau wusste, wozu ich damit eigentlich mein Einverständnis gab.

»Ich habe immer gewusst, dass das Schicksal es nicht ernst gemeint hat«, sagte ich.

»Glaubst du immer noch an so was wie Schicksal?«, fragte Charlotte. »Wenn wir unser Leben auf dieser Basis führten, würden wir nie irgendeine Verantwortung übernehmen.«

»Ich liebe meine Kinder«, sagte ich.

»Sie gehören immer noch dir.«

»Wir müssen irgendwie einen Weg finden, dass es funktioniert. Für sie.« Ich versuchte, erwachsen und verantwortungsvoll zu klingen.

»Darauf trinke ich.« Charlotte stieß erneut auf freundschaftliche Art mit ihrem Glas gegen meins, dann zog sie sich in ihr Zimmer zurück.

Am nächsten Nachmittag, als ich in das stille, leere Haus zurückkehrte und ihr halb volles Glas bemerkte, das noch immer auf dem Esstisch stand, fragte ich mich, ob das alles bloß ihre Art gewesen war, zu verhindern, dass ich am Flughafen eine Szene machte.

TEIL 4

24 TESS

2012

Bäume mit Blüten wie Zuckerwatte, gelbe Narzissen, saftig grüne Wiesen, Häuser in allen Farben des Regenbogens – Blau, Rosa, Aquamarin –, Pyramiden aus orangefarbenen, roten und purpurnen Früchten. Mein Schlüssel im Türschloss, vor mir eine steile Holztreppe …

Ich erwachte jeden Morgen mit einem dumpfen Gefühl der Enttäuschung. Doch dann stieg ich aus dem Bett, spürte die nackten Holzbretter unter den Füßen, trat zum Fenster und zog den Vorhang ein kleines Stück zur Seite. Unten auf der Straße unterhielten sich die Marktleute mit lauten Stimmen von Stand zu Stand, während sie ihre Waren auslegten. Eisenstangen klirrten, ein Müllwagen setzte zurück, Jogger federten vorbei, eine geschmackvoll gekleidete Frau zog ein kleines, gähnendes Kind in Schuluniform den Bürgersteig entlang, der süße Duft von Croissants schwebte vom Café im Nebenhaus herauf – und all das bewies mir: Es war kein Traum.

Ich hatte mit dem Laufen angefangen, weil in London jeder irgendeinen Sport treibt, nicht wie zu Hause, wo man einen Zumba-Kurs beginnt und nach wenigen Wochen die ersten

Ausreden erfindet, etwa dass es regnet, man müde ist oder seine Lieblingssendung im Fernsehen nicht verpassen will. In London muss man eine Antwort parat haben, wenn die Leute einen fragen, wie man sich fit hält. Das galt besonders während der Olympischen Spiele, als alle vor gesunden Vorsätzen nur so strotzten. Die meisten unserer Kunden gingen ins Fitnessstudio, doch da ich den Großteil des Tages drinnen verbrachte, trainierte ich lieber im Freien. Am Anfang war ich morgens einfach eine Runde spazieren gegangen, aber da ich bis zum Park gut fünfzehn Minuten brauchte, kaufte ich mir kurzerhand Laufschuhe und einen Sport-BH und steigerte nach und nach das Tempo, bis ich fast zehn Kilometer in einer Stunde schaffte. Ich war noch nie gejoggt, aber nachdem meine Beine einmal kapiert hatten, was von ihnen erwartet wurde, entwickelte es sich fast zu einer Art Sucht.

Viele Menschen sagen, dass sie New York mögen, weil es genauso sei wie im Film. Ich liebe London, gerade weil es das genaue Gegenteil ist. Ich kenne keinen Film, der die Vielfalt dieser Stadt treffend wiedergeben würde: die unaufdringliche Eleganz stuckverzierter Häuserfronten, die leuchtend rote Ziegeltorte der Royal Albert Hall, die in der Sonne glänzende Goldstatue Prinz Alberts, galoppierende Pferde im Hyde Park, verrückte Schwimmer, die sich in den Serpentine Lake stürzen, und, in der Nähe der Hyde Park Corner, wo ich stets umkehrte und nach Hause zurücklief, Gärten mit üppigen Blumenrabatten und Rosengängen, nur zu dem Zweck angelegt, dem Leben der Menschen ein bisschen Farbe einzuhauchen.

Manchmal ertappte ich mich dabei, wie ich mir im Geiste die Namen der Blumen vorsagte, so wie Hope und ich es manchmal auf dem Schulweg getan hatten. *Fackellilie, Lavendel, Bartnelke, Akanthus,* wiederholte ich im Stillen, bis die Namen sich zu einem Rhythmus fügten, den ich im Kopf behielt, während ich Kilometer um Kilometer weiterlief. Erst als ich wieder in die quirlige Geschäftigkeit der Bayswater Road eintauchte, wurde mir bewusst, welche Strecke ich zurückgelegt hatte.

Auf Höhe der Portobello Road verlangsamte ich meinen Schritt immer zu einem Schlendern, betrachtete die Reihe bunt gestrichener Häuser und fragte mich, ob die Leute, die dort wohnten, wohl die gleiche übersprudelnde Freude empfanden, die ich jeden Morgen in meiner Wohnung am anderen Ende der Straße fühlte.

Ich sage »in meiner Wohnung«, aber eigentlich gehörte die Wohnung Doll. Sie behauptete, es sei eine rein geschäftliche Entscheidung gewesen, aber es war schon ein ganz schöner Zufall, dass sie ihr erstes Londoner Studio ausgerechnet dort eröffnet hatte, wo ich schon immer wohnen wollte.

Nach Leo schien es eine Weile, als hätte ich an allem das Interesse verloren. Keine Ahnung, was ich getan hätte, wäre Doll nicht jede Woche mit etwas zu essen und einer DVD vorbeigekommen, so wie früher.

Als sie sagte, ich solle meine neue Freiheit als Chance begreifen, dachte ich, sie spräche von der Uni, doch nachdem die Studiengebühren erhöht worden waren, war das völlig utopisch. Man argumentierte damit, dass Akademiker später mehr verdienten und so problemlos ihre Studienkredite würden zurückzahlen können, aber Hochschulabsolventen fanden damals ebenso wenig Arbeit wie alle anderen. Und in Bezug auf Professoren machte ich mir ohnehin keine Illusionen mehr. Ich hatte zwar an Leos Lippen gehangen, doch ich war mir nicht sicher, ob ich jährlich neuntausend Pfund dafür ausgeben wollte, ihm im Hörsaal zu lauschen. Außerdem musste ich schließlich auch noch von irgendwas leben.

»Ich rede nicht von der Uni«, sagte Doll. »Ich rede von einem Leben in London, wie wir es immer wollten.«

»London ist teuer, Doll. Von den Jobs, die für mich infrage kämen, könnte ich mir nicht mal die Miete leisten.«

»Und da komme ich ins Spiel.«

»Ich nehme kein Geld von dir«, sagte ich prompt.

Doll war großzügig, aber sie neigte zur Übertreibung. Das Bettelarmband, das sie Hope zum achtzehnten Geburtstag geschenkt hatte, war aus echtem Gold gewesen und hatte sicher ein Vermögen gekostet. Und es war umgehend in irgendeiner Schublade gelandet, genau wie jenes, das wir ihr vor Jahren auf dem Ponte Vecchio gekauft hatten. Hope hatte seitdem garantiert keinen Blick mehr darauf geworfen.

»Ich will dir auch gar kein Geld geben – es geht ums Geschäft«, entgegnete Doll. »Ich hab eine Immobilie in West London gekauft, einen kleinen Laden mit Wohnung oben drüber. Das läuft gerade richtig gut. Wegen der Eurokrise pumpen die Leute vom Kontinent ihr ganzes Geld in die Stadt, weil es hier noch als sicher gilt. Und dazu all die Oligarchen – wenn ich da jetzt keinen Fuß in die Tür kriege, schaff ich's nie.«

Es war unglaublich, was Doll sich selbst über Wirtschaft und Geschäfte beigebracht hatte, wenn man bedachte, mit was für Noten sie die Schule abgeschlossen hatte.

»Ich kann mich unmöglich auch noch darum kümmern, jetzt wo das Kind kommt.«

»Aber ich verstehe doch gar nichts von Nägeln«, unterbrach ich sie. Man sollte nie für seine Freunde arbeiten. Das sagten alle, und ich würde Dolls Freundschaft nicht noch einmal aufs Spiel setzen.

»Aber du bringst doch alles mit für den Job«, fuhr Doll unbeeindruckt fort. »Du kennst dich aus mit Einstellungsverfahren, Arbeitsschutz, Dienstplänen und dem ganzen Personalkram. Und du hast was auf dem Kasten. Die Bestellvorgänge und Gesundheitsvorschriften hast du in einem Nachmittag drauf.«

Ich öffnete den Mund, um ihr zu widersprechen, doch dann begriff ich, dass sie mich mit den gleichen aufmunternden Worten fütterte, die ich selbst bei all den Frauen mittleren Alters anwendete, die nach der Babypause in den Job zurückkehren wollten, ihr Selbstvertrauen aber komplett verloren hatten und sich nicht vorstellen konnten, dass irgendjemand sie noch einstellen wollte.

»Ich brauche jemanden, dem ich vertrauen kann. Für mich hängt einiges von dieser Sache ab, und ich weiß, dass du es nicht versaust.«

»So wie ich alles andere in meinem Leben nicht versaut habe?«, entgegnete ich niedergeschlagen.

Jetzt wurde Doll langsam ungeduldig. Ich fühlte mich wie eine Spielshow-Kandidatin, die gleich vor laufender Kamera zusammengefaltet werden würde. Maria Newbury duldete kein Gejammer, und wenn ich diese Gelegenheit nutzen wollte, musste ich mich zusammenreißen und zupacken, beste Freundin hin oder her.

»Wo liegt das Studio?«, fragte ich.

»Tja, das wird dir gefallen«, sagte Doll. »Es ist auf der Portobello Road.«

Ich befürchtete, dass Doll sich damit ein wenig übernahm, aber sie erklärte es mir so: Sich die Nägel machen zu lassen war, wie einen Karamell-Latte zu kaufen. Wenn die Leute weniger Geld hatten, sparten sie zwar an Wellness-Wochenenden und teuren Restaurantbesuchen, aber ein bisschen was wollten sie sich immer noch gönnen.

Mum hatte immer gesagt: »Wenn man etwas mit frohem Herzen tut, wird es einem Freude bringen.« Und wer wäre nicht froh, jeden Morgen hinaus auf die Portobello Road zu treten und sich im portugiesischen Café nebenan einen Cappuccino und ein Mandelcroissant zu holen? Bevor ich Geschäftsführerin von *The Dolls House*, Portobello, wurde, hatte ich mir nie die Nägel lackiert oder gar von jemand anderem lackieren lassen. Doch es war wie beim Laufen; man wundert sich, wie schnell man sich an gewisse Dinge gewöhnt. Hätte man mir früher prophezeit, dass ich je ein Verlangen nach türkisfarbenen Zehennägeln verspüren würde, um meinen neuen Badeanzug farblich zu ergänzen, hätte ich mein Leben dagegen verwettet. Nun sah ich potenzielle neue Nageldesigns, wo ich ging und stand: Die rosaroten bauschigen Kirschblüten vor azurblauem Himmel waren der Renner bei unseren japanischen Kundinnen, silber-schwarze Art-déco-Muster erinnerten an das Interieur des schicken Londoner Cafés Wolseley, in dem viele Geschäftsfrauen aus unserem Kundenkreis ihre morgendlichen Meetings abhielten, und ein einzelner kleiner Goldstern auf nachtblauem Grund war um die Weihnachtszeit sehr beliebt gewesen. Unser Nagelstudio war auch das erste, das eine Version des Londoner Olympia-Logos angeboten hatte, bis wir aus urheberrechtlichen Gründen dafür abgemahnt wurden.

Irgendwann fiel mir auf, dass die einzigen anderen Läden, die in der Wirtschaftskrise florierten, Tattoostudios waren.

Ich hätte mir nie eins stechen lassen und nahm an, dass auch andere Leute so dachten, also trieb ich eine Auswahl sehr schöner Klebetattoos aus biologischen Pflanzenfarben auf, die cool aussahen, nicht wehtaten und nach ein paar Duschen wieder verschwanden. Doll war begeistert, dass ich zur »Wertschöpfung« des Unternehmens beitrug.

Außerdem hatte ich mich für einen Schreibkurs am City Literary Institute angemeldet. Keine Fiktion. Von Fiktion hatte ich nach Leo die Nase voll. Der Kurs nannte sich »Life Writing« und schien Sonderlinge wie mich anzuziehen, die sich an einem Wendepunkt in ihrem Leben befanden.

Sarah war mit einem steinreichen Kerl verheiratet gewesen, der sie irgendwann gegen ein jüngeres Modell ausgetauscht hatte. Das konnte man wörtlich nehmen, denn sie war selbst Model gewesen, hatte noch immer eine Superfigur und setzte bei jedem Schritt die Füße über Kreuz, als wäre sie auf dem Laufsteg, doch ihr einst makelloses Gesicht war von sorgenvollen Fältchen gezeichnet.

Lorcan war Motorradkurier und versuchte, sein Gedächtnis zurückzugewinnen, nachdem er bei einem Unfall eine schwere Kopfverletzung erlitten hatte. Wir waren alle sehr unterschiedlich, aber wir fühlten uns einander schon bald recht nahe, da wir so viel Persönliches miteinander teilten.

Und dann tauchte noch eine australische Bühnenbildnerin namens Gayle auf. Sie las eine lustige Anekdote über ihre Faszination für den Dreitagebart ihres Exlovers vor, und ich wusste sofort, dass wir Freundinnen werden würden. Sie hatte eine sechsjährige Affäre mit ihrem ehemaligen Boss in Melbourne hinter sich. Offensichtlich hatte er wie Leo unter »existenzieller Verzweiflung« gelitten. Gayle nannte es Midlife-Crisis.

Gayle und ich gingen nach dem Kurs oft noch was trinken oder ins Kino, und im Sommer besuchten wir sonntags die Proms oder öffentliche Konzerte im Hyde Park. Es war schön, eine Freundin im gleichen Alter zu haben, mit der ich etwas unternehmen konnte. Als Lehrassistentin und bei *Waitrose* hatte ich immer nur Frauen kennengelernt, die viel älter gewesen waren als ich, und Doll hatte sich nie für Kultur interessiert.

»Endlich wird deine Kreativität entfesselt«, sagte Shaun, als er und Kev mich in London besuchen kamen.

Sie wohnten in einem Boutique-Hotel in Fitzrovia, und wir trafen uns fast jeden Abend. Ich kam mir ziemlich kultiviert vor, weil ich wusste, welche Restaurants gerade in waren und welches Stück man unbedingt gesehen haben musste, aber wir zogen auch das Touri-Programm durch, tranken Tee bei *Fortnum & Mason* und schlürften unsere Cocktails in der American Bar des *Savoy*, obwohl die Preise schwindelerregend waren, wenn man sich überlegte, wie viele Mojitos man aus einer Flasche Havana Club, einem Netz Limetten und einem Bund frischer Minze von *Waitrose* zubereiten konnte.

»Aber sag mal, wie geht's dir denn so?«, fragte Shaun, als Kev für den Tag zu Dad und Hope gefahren war und wir also allein waren.

Wir standen in der Royal Academy, in der David-Hockney-Ausstellung, die mir so gut gefiel, dass ich danach noch fünf Mal reinging. Die meisten Gemälde zeigten Bäume, und obwohl ich in meinem Leben schon viele Bäume gesehen hatte, betrachtete ich sie von nun an mit anderen Augen. Manchmal sind Hockneys Farben so strahlend, dass sie fast vulgär und künstlich wirken, doch wenn man ganz junge Blätter in der Frühlingssonne betrachtet oder rote Zweige in einer winterlichen Hecke, erkennt man, dass sie auch in Wirklichkeit so lebendig sind. Für mich hat diese Ausstellung das Leben buchstäblich bunter gemacht.

Wir standen in einem Raum mit vier riesigen Leinwänden, die dasselbe Gehölz zu den verschiedenen Jahreszeiten zeigten.

»Es geht mir gut«, erwiderte ich. »Und ich habe mich entschieden, die Operation machen zu lassen. Man muss sich darauf vorbereiten und an einer Beratung teilnehmen, damit sie feststellen können, ob man psychisch bereit dazu ist. Dann bespricht man sich mit dem Chirurgen, es kann also ein Jahr oder länger dauern …«

Shaun nickte. Ich war mir nicht sicher, ob er es für eine gute Idee hielt.

»Selbst wenn man den Termin hat, steht er nicht hundertprozentig fest, weil sie ihn noch verschieben können, falls jemand anderes die Operation dringender braucht«, erklärte ich weiter. »Aber ich habe die Entscheidung jetzt getroffen, und ich fühle mich gut damit.«

Wir gingen weiter in einen Raum mit Bildern von hellen Weißdornblüten.

»Früher dachte ich immer, man würde das Leben aufgeben, wenn man alles entfernen lässt, aber jetzt fühle ich mich, als würde ich das Leben erst richtig annehmen.« Ich schwieg eine Weile. »Und du wirst es nicht glauben, aber ich habe mich auch für eine Rekonstruktion entschieden. Erst dachte ich, das passt überhaupt nicht zu mir, aber dann habe ich mich gefragt: Warum eigentlich nicht? Man bekommt es umsonst. Und es ist nicht wie Silikonimplantate, sondern sie nehmen Gewebe aus deinen Schenkeln oder vom Bauch, sodass es mit dem Körper altert …«

»Sieht nicht so aus, als gäbe es da viel zu holen«, bemerkte Shaun und betrachtete meine neuerdings gut trainierten Beine.

Ich grinste ein wenig. »Ich wollte schon immer kleinere Brüste haben.«

Er lächelte mich an. Er findet es gut, dachte ich. Und selbst wenn nicht, konnte es mir egal sein, weil es sich für mich richtig anfühlte.

Nach der Ausstellung gingen wir im Green Park spazieren. Die Sonne fiel durch das Laub der großen, Schatten spendenden Bäume und warf hier und da helle Flecken aus weißem Licht auf den Asphalt, die im Rhythmus der wogenden Zweige hin und her flirrten.

»Du scheinst deinen Platz im Leben gefunden zu haben«, sagte Shaun.

Seinen Platz im Leben finden – diese Formulierung benutzte auch Doll häufig.

Ja!, wollte ich dann immer ausrufen. Ich bin in London!

»Und? Gibt's einen neuen Mann in deinem Leben?«, fragte Shaun.

»Nein«, erwiderte ich.

Alle anderen schienen zu wissen, wie man Beziehungen führte – Doll, Dad, sogar Hope! –, nur ich nicht.

Gayle absolvierte reihenweise Dates mit Typen aus dem Internet. Sie war Mitglied bei Match.com und eHarmony und zig anderen Dating-Plattformen und drängte mich ständig, es auch einmal zu probieren. Aber um ehrlich zu sein, schreckten mich ihre vielen kuriosen Geschichten über diese Treffen eher ab. Manchmal verdächtigte ich sie sogar, nur auf all diese Dates zu gehen, um hinterher darüber schreiben zu können.

Eines Abends, als wir mit einer Flasche Sauvignon Blanc in Covent Garden draußen vor dem Opernhaus saßen und auf den Beginn von *L'elisir d'amore* warteten, das live auf den Platz übertragen werden sollte, forderte sie mich auf, ihr Fragen zu stellen, weil sie für ein Speeddating üben wollte. Ich fragte sie einige der Sachen, die wir in der Personalabteilung bei Vorstellungsgesprächen eingesetzt hatten, zum Beispiel: »Wie würden Ihre Freunde Sie mit drei Worten beschreiben?« oder »Wenn Sie ein Gemüse wären, was wären Sie dann?«

»Eine Zwiebel?«, sagte Gayle.

»Warum?«

»Weil sie mehrere Schichten hat ...«

»Aber ihr Geruch haftet den ganzen Tag an den Fingern, und sie bringt einen zum Heulen«, erwiderte ich.

»Okay, dann eine Tomate.«

»Streng genommen ist das gar kein Gemüse.«

»Beim Speeddating wärst du eine Niete«, bemerkte Gayle.

»Ich weiß«, sagte ich.

»Wie willst du je jemanden kennenlernen?«, fragte sie.

»Ich finde, so was muss irgendwie spontaner sein«, antwortete ich.

Was mich an all den neuen Verfahren störte, war der Umstand, dass man sich quasi mit einem Schild in der Hand hinstellte, auf dem groß »Ich suche einen Partner« stand. Ich stellte mir die Sache mehr wie in einer guten Liebeskomödie vor: Ein Fremder stößt auf dem Gehweg mit mir zusammen, ich verschütte meinen Kaffee, wir sehen uns in die Augen, und alles ist klar.

»Es gibt eine neue App«, sagte Gayle. »Die solltest du unbedingt mal ausprobieren: *Tinder*. Sie zeigt dir Bilder von Leuten in deiner Nähe, die die App auch nutzen. Wenn du jemanden vom Aussehen her sympathisch findest, wischst du ihn nach rechts, das heißt ›Ja‹, und wenn dich diese Person auch nach rechts wischt, ist es ein Match, und ihr könnt euch schreiben. Das ist ein bisschen so, als würdest du merken, wie dich jemand heimlich in der U-Bahn beobachtet, verstehst du? Aber du kannst sofort handeln.«

Sie zog ihr iPhone hervor und zeigte es mir. In unserer Nähe gab es sieben Männer, die die App nutzten. War einer von ihnen wohl hier auf diesem Platz?, fragte ich mich. Oder gar im Opernhaus? Ich fand es irgendwie unheimlich. Gayle wischte zwei von ihnen auf Ja. Einer war ein Match. *Was geht bei dir?,* schrieb er. *Seh mir ne Oper an,* schrieb sie zurück. Er antwortete nicht mehr.

»Spart einem viel Zeit«, bemerkte Gayle.

»Hast du darüber schon mal jemanden getroffen?«, fragte ich.

»Drei Typen. Zwei waren Loser. Der dritte war eine Kanone im Bett. Du solltest das echt mal probieren.«

»Du hattest Sex mit einem Fremden?«, fragte ich in dem Ton, den Doll immer meine »Nonnenstimme« nannte, gerade als alle um uns herum verstummten, weil die Ouvertüre einsetzte.

»Was hast du zu verlieren?«, fragte Doll bei einem unserer Geschäftstreffen, die wir alle zwei Wochen abhielten.

»Meine Würde?«, entgegnete ich.

»Also nichts Weltbewegendes.«

Wir lachten beide so sehr, dass Krümel über den Tisch flogen.

Meistens trafen wir uns zum Mittagessen in dem Sternerestaurant ein Stück die Straße runter, aber manchmal brachte Doll meine Patentochter Elsie mit, und dann aßen wir Baguettes in meiner Wohnung, während Elsie ein hölzernes Menü in der Puppenküche zubereitete, die ich eigens für diese Besuche angeschafft hatte.

»Na komm schon«, sagte Doll. »Wir melden dich an, bevor du's dir wieder anders überlegen kannst.«

Ich war etwas besorgt über den Enthusiasmus, den sie an meiner Stelle für das Projekt an den Tag legte, und erinnerte mich daran, wie sie mich gedrängt hatte, Daves Heiratsantrag anzunehmen, obwohl sie ihn unterbewusst eigentlich selbst hatte heiraten wollen.

Wir hatten gerade ein Foto aus meinem Facebook-Account ausgewählt, als Doll plötzlich sagte: »Nein, so was wischt doch kein Mensch auf Ja.«

»Danke.«

»Nur weil du kein gutes Bild darauf abgibst«, erklärte sie. »Wenn du sexy wirken willst, siehst du genervt aus, und auf ungestellten Fotos guckst du oft ein bisschen irre, obwohl du das in echt nie tust, Ehrenwort. Was wir brauchen, ist ein professionelles Porträt. Das kannst du von der Steuer absetzen.«

Also verbrachte ich einen Nachmittag beim Fotografen, mit einem Stylisten für Haare und Make-up, und am Ende hielt ich ein paar erotisch angehauchte Fotos in der Hand, die mir überhaupt nicht ähnlich sahen. Was im Grunde ganz gut war, dachte ich, denn wenn mich niemand auf Ja wischte, musste ich es wenigstens nicht persönlich nehmen.

Gayle kaufte mir eine Packung Kondome, denn das Einzige, was gar nicht ging, war ungeschützter Sex mit einem Fremden. Außerdem brachte sie noch eine Gurke vom Gemüsestand mit, falls ich üben wollte, wie man ein Kondom richtig überzieht.

»Herrgott!«, rief ich aus, als sie eine große Schlangengurke auspackte.

»Wenn Sie ein Gemüse wären …« Gayles Augen blitzten. »Was für eins war denn Leo?«

»Eher eine Essiggurke«, sagte ich boshaft und malte mir aus, wie sehr ihn diese Aussage geärgert hätte.

Egal wie oft man sich einredet, dass alles nur Spaß ist und man das Ganze total locker nimmt, unerwidertes Wischen fühlt sich einfach blöd an. Ich hielt nur durch, weil Gayle und Doll mir dauernd SMS schickten und mich über die neusten Entwicklungen ausfragten.

Am Sonntagmorgen, als ich gerade im Café nebenan hinter meinem *Observer* saß, schreckte mich das vibrierende Handy mit einem Match auf. Carl. Wir hatten beide Lorcan als Facebook-Freund, was mich irgendwie beruhigte.

Thomas Hardy oder David Nicholls?, schrieb er, was ich ziemlich clever fand, weil Ersterer den Roman *Tess von den d'Urbervilles* geschrieben hatte und der andere *Zwei an einem Tag,* dem ein Zitat aus Tess vorangestellt ist.

Beide, schrieb ich zurück.

Kaffee?

Trinke gerade einen.

Wo?

Carl brauchte weniger als die zehn Minuten, die er angekündigt hatte, darum hatte ich keine Chance, noch einen Rückzieher zu machen. Er war normal groß, hatte breite Schultern, verstrubbeltes blondes Haar und war etwa einundzwanzig. Es gab einen wirklich schrecklichen Moment, als er sich im Café umblickte und einfach durch mich hindurchsah, doch dann lächelte er, hob die Augenbrauen, und ich lächelte zurück.

»Tess?«

Ich war mir nicht sicher, ob ich aufstehen, sitzen bleiben, ihn mit Küsschen begrüßen oder sonst was tun sollte, also sagte ich einfach: »Setz dich«, als sei er zum Vorstellungsgespräch gekommen.

Er trug Jeans und ein enges graues T-Shirt, sodass sich seine Brustmuskeln deutlich darunter abzeichneten, und er hatte diesen warmen, leicht animalischen Geruch, der typisch für Männer kurz nach dem Aufwachen ist. Ich stellte mir vor, wie er quer in einem großen Doppelbett lag, das Handy neben sich auf dem Kissen, und verschlafen ein Auge öffnete, um mein Foto anzusehen, ohne zu bemerken, dass ich mindestens zehn Jahre älter war als er.

»Kann ich dir was bestellen?«, fragte ich.

»Ich könnte ein Bacon-Sandwich vertragen«, erwiderte er.

Ich nahm noch einen Latte und ein Croissant.

Er erzählte, dass er englische Literaturwissenschaft und Isländisch studierte, weil seine Mutter Isländerin war. Aus irgendeinem Grund sagte ich, dass ich ebenfalls Anglistik studiert hätte. Wir sprachen über die Bücher, die wir in letzter Zeit gelesen hatten, und als er fragte, was ich beruflich mache, behauptete ich, ich sei Schriftstellerin.

»Wow!«, sagte er und starrte auf meinen Mund.

»Was?«, fragte ich.

»Du hast da einen Krümel … Nee, andere Seite.«

Die Unterhaltung schien an ihr natürliches Ende gekommen zu sein. Vielleicht nahm er mir nicht ab, dass ich Schriftstellerin war, oder es interessierte ihn einfach nicht, so jung und schön wie er war.

»Also, was machen wir jetzt?«, fragte er und sah mir in die Augen.

»Wir könnten eine Runde spazieren gehen«, schlug ich vor. »Es ist tolles Wetter draußen. Aber ich muss mir erst andere Schuhe anziehen.« Ich trug Flipflops. »Ich wohne gleich nebenan.«

»Alles klar«, sagte er und stand mit mir zusammen auf.

So hatte ich das nicht gemeint. Ich wusste gar nicht, ob ich es wirklich wollte. Was, wenn er irgendwie pervers war? Aber jetzt hätte es unhöflich gewirkt zu sagen: »Nein, bleib du mal hier und warte auf mich.« Bis ich zurückkam, wäre er sicher verschwunden.

»Ich meinte eigentlich nicht ... Du weißt schon«, stammelte ich.

Ein Lächeln stahl sich auf sein Gesicht. »Aber wär das so schrecklich?«

Zehn Jahre jünger, aber wesentlich reifer.

Das war Neuland für mich. Gelegenheitssex mit einem Lustknaben, den ich nie wiedersehen würde. Er konnte ein Mörder sein, aber wahrscheinlich war er einfach mit Morgenlatte aufgewacht.

»Okay«, sagte ich.

Meine Wohnung ist eigentlich nur ein großes Zimmer mit einer Küchenzeile und einem Tisch an der rückwärtigen Wand und einem Doppelbett im vorderen Teil, nahe dem Schiebefenster, das zur Straße hinausgeht. Ich ging sofort zur Spüle und füllte den Wasserkessel, doch als ich mich umdrehte und »Kaffee?« sagte, hatte er bereits sein Shirt ausgezogen. Sein Oberkörper war wie aus Stein gemeißelt.

»Gehst du zum Waxing?«, fragte ich rein aus beruflichem Interesse.

»Brauch ich nicht«, erwiderte er.

So jung, dass er noch nicht mal Brusthaar hatte.

»Ich mache so was normalerweise nicht«, sagte ich. »Ich habe keine Ahnung, wie so was abläuft.«

Er lachte sanft.

»Entspann dich einfach.« Er kam auf mich zu, nahm mir den Kessel aus der Hand und stellte ihn auf den Tisch.

Ich hob bereitwillig die Arme, als er mir mein lockeres Seidenshirt über den Kopf streifte, den BH auszog und meine Brüste umfasste, als würde er sie wiegen. Dann küsste er eine nach der anderen. Er knöpfte meine Jeans auf, und ich stieg hinaus. Dann nahm er meine Hand und zog mich zum Bett, legte sich neben mich und fand mit seinen Fingern Orte, die kein anderer Mann zuvor gefunden hatte. Ich verlor mich in Schauern der Lust, die so unerwartet kamen, dass ich zu lachen anfing.

»Was ist los?« Er zog sich zurück.

»Nein, nicht aufhören. Es ist wunderschön.«

»Soll ich ein Kondom überziehen?«, fragte er.

»Natürlich«, sagte ich.

Carl nahm mir das Kondom aus der Hand und rollte es vorsichtig über – was eine Erleichterung war, denn selbst nach den Übungen mit der Gurke fühlte ich mich nicht besonders sicher –, dann lächelte er mich wieder sanft an.

Es war ein wenig seltsam, die Anweisungen eines Fremden zu befolgen, doch mir gab es Selbstvertrauen, auf sein schönes Gesicht hinabzublicken, das sich zunehmend entspannte, je mehr ich ein Gefühl für die Sache bekam.

»So ist es gut. Jetzt mach das … Ja … Genau so … O ja!«

Ich hatte Leo geliebt, aber beim Sex hatten wir nie gesprochen. Diesen Mann hier kannte ich gar nicht, und doch schien er unserem Liebesspiel so viel mehr Aufmerksamkeit zu widmen.

Hinterher lag ich auf ihm, seine ausgeprägten Muskeln an meinen Brüsten, unser Atem im Einklang. Schließlich zog er sich behutsam zurück und wickelte das Kondom in ein Papiertaschentuch.

»Viele Frauen in deinem Alter wollen ein Baby«, sagte er.

Nach dem, was wir gerade miteinander getan hatten, fand ich es ein wenig taktlos von ihm, mein Alter anzusprechen.

»Und so was machst du?«, fragte ich leicht empört. »Hast du keine Angst, dass irgendwann zig Kinder von dir durch die Welt laufen?«

»Wäre das denn so schlimm?«

Himmel!

Er zog sich an. Ich blieb im Bett, unter der Decke, und fand es plötzlich ein wenig peinlich, in seiner Gegenwart nackt zu sein.

Carl.

Völlig grundlos erinnerte ich mich an einen Werbeslogan, der vor Jahren allgegenwärtig gewesen war. Ich musste lachen. Er sah mich verwirrt an.

»Carling erfrischt selbst Orte, an die andere Biere nie gelangen!«

(»Kannst du dir vorstellen, dass er zu jung ist, um diese Werbung zu kennen?«, fragte ich Doll kurz darauf am Telefon, nachdem Carl gegangen war.

»War die nicht von Heineken?«, fragte sie.)

»Also, was sagt man nach so einer Begegnung zum Abschied?«, fragte ich, als er sich die Schuhe zuband.

»Ich fand's schön«, sagte er, lehnte sich über mich und gab mir einen Abschiedskuss.

»Ich auch«, quietschte ich und zog die Bettdecke bis zum Kinn hoch.

Er öffnete die Wohnungstür und warf mir einen letzten Blick zu. Ich winkte ihm leicht über den Rand der Bettdecke zu, dann fiel die Tür ins Schloss, und er war weg. Die Wohnung wurde sehr still. Einen Moment lang glaubte ich, weinen zu müssen, doch mein Geist war vollkommen klar und glücklich. Mein ganzer Körper prickelte, als sei er aus einem tiefen Schlaf erwacht. Fleischliche Versuchungen, dachte ich übermütig und berührte mich mit einer Hand erneut dort unten, wo es noch immer warm war und förmlich vibrierte. Mit der anderen Hand fuhr ich sanft über meine Brüste und spürte, wie sich die Brustwarzen unter meinen Fingerspitzen aufstellten. Ich hielt inne, zog die Hand weg, fühlte erneut und drückte ein wenig fester.

Der Knoten lag gleich hinter der Brustwarze, nicht außen an der Brust, wo ich ihn immer erwartet hatte.

(»Oh, Scheiße«, sagte Doll.)

Das Leben richtig annehmen – schön und gut, nur läuft man dabei immer Gefahr, die schlimmsten Risiken auszublenden. Mein letztes MRT war erst sechs Monate her, und in der Zwischenzeit hatte mich ein Facharzt zur Vorbereitung auf die OP untersucht, und ich hatte mich auch selbst kontrolliert, aber offensichtlich nicht genau genug, denn der Knoten war bereits haselnussgroß.

Wenn Sie eine Nuss wären, welche wären Sie?

Der Vertretungsarzt erklärte, es sei vermutlich nur eine Zyste, denn in meinem Alter sei Brustkrebs sehr unwahrscheinlich.

»Sehen Sie sich mal meine Akte an«, erwiderte ich.

Sein Gesichtsausdruck veränderte sich, und da wusste ich es.

Die Leute beschweren sich oft über die langen Wartelisten in unserem Gesundheitssystem, aber wenn man Krebs hat, geht alles ganz schnell. Man lebt so vor sich hin, hat unkomplizierten Sex mit einem Skandinavisten, und zwei Wochen später liegt man in einem dieser OP-Hemdchen im Krankenhaus, wartet auf die Operation und denkt sich: Was, wenn ich Carl nie getroffen hätte? Liefe ich dann jetzt wie üblich durch den Hyde Park? Wie groß hätte der Knoten noch werden müssen? Wie lange hätte ich mich noch normal gefühlt?

Dad und Anne kamen mit Hope zu Besuch.

»Erst meine Frau und jetzt meine Tochter!«, setzte Dad an, bevor Anne ihn an die frische Luft schickte.

»Du bist stark, Tess«, sagte sie und ergriff meine Hand, sodass sich ihre dicken Goldringe in die Unterseite meiner Finger bohrten. »Du hast das Zeug dazu, dieses Ding zu besiegen.«

Aber ich wusste, dass es nicht so einfach war. Meine Mutter war eine starke Frau gewesen. Ruhig, aber stark. Niemand gibt sich einfach so auf, oder?

»Hast du einen rosafarbenen Diamanten?«, fragte Hope.

»Einen rosafarbenen Diamanten?«, wiederholte ich.

»Doll hat einen gegen Brustkrebs bekommen«, sagte Hope.

Die Krankenschwester fragte, ob ich bereit sei für das Beruhigungsmittel, das sie einem vor der OP geben.

Anne gab mir einen Kuss und ließ mich dann mit Hope allein. Kurz dachte ich, meine Schwester würde es ihr gleichtun und mich ebenfalls küssen, doch das tat sie nicht. Sie stand einfach nur da. Plötzlich hatte ich das unbändige Verlangen, Hopes plumpes, empfindungsloses Gewicht an meiner Brust zu spüren und den vertrauten Duft nach *L'Oréal*-Erdbeer-Kindershampoo zu riechen, mit dem ich ihr früher so oft die Haare gewaschen hatte und das sie immer noch benutzte, weil es ihr niemals in den Sinn gekommen wäre, etwas anderes auszuprobieren.

Ich hatte Hope immer bedingungslos geliebt, aber dieses eine Mal wünschte ich mir *so* sehr, zurückgeliebt zu werden.

Ich spürte, wie die Narkosemittel meine Sinne benebelten, und streckte die Hand nach ihr aus, doch sie stand knapp außerhalb meiner Reichweite.

»Du wirst nicht sterben, Tree«, sagte sie plötzlich.

In meinem benommenen Zustand konnte ich mir die Unterhaltung vorstellen, die stattgefunden haben musste, nachdem Hope bei dem Wort »Krebs« gefragt hatte: »Muss Tree jetzt sterben?«

Anne und mein Vater hatten einander wahrscheinlich betreten angeschaut und nicht gewusst, was sie erwidern sollten, bis schließlich, gerade als das Schweigen zu lang zu werden drohte, einer von beiden – vermutlich Anne – geantwortet hatte: »Nein. Sie wird nicht sterben.«

Denn wir alle hatten mit der Zeit gelernt, dass Begriffe wie »wahrscheinlich« und »noch nicht« Hope nichts sagten. Sie brauchte klare Antworten auf ihre Fragen.

So wie wir alle, wenn man ehrlich war.

Eine Welle seliger Erleichterung durchflutete mich, weil ich nun wusste, dass ich ihr etwas bedeutete. Vielleicht waren es aber auch nur die Medikamente.

»Schläfst du?«, fragte Hope.

»Fast«, flüsterte ich.

»Soll ich dir was vorsingen?«

»Ja, bitte.«

Und so dämmerte ich zum Klang ihrer perfekt intonierten Cover-Version von ABBAs »*I Have a Dream*« in die Narkose.

25 GUS

2013

Ich stand in einer baumgesäumten Straße, nur fünf Gehminuten von dem Krankenhaus entfernt, in dem ich arbeitete, und blickte die Straße auf und ab. Als wäre mein Termin irgendwie geheim oder peinlich, überzeugte ich mich zunächst davon, dass mich niemand sah, bevor ich an der Tür klingelte.

Es gab keine Chaiselongue, auf die ich mich hätte legen können, nur zwei bequeme Sessel. Dorothy war etwas hausbacken und weniger intellektuell, als ich sie mir vorgestellt hatte. Nachdem wir meine Lebensgeschichte durchgesprochen hatten, bat sie mich, ihr von dem Unfall zu erzählen.

»Es ist wie eine Filmschleife, die endlos in meinem Kopf abläuft«, sagte ich.

»Was sehen Sie in dem Film?«

Ross' Gesicht, das sich durch den dicht fallenden Schnee nach mir umblickt. Seine Zähne sind weiß, seine Augen hinter einer verspiegelten Skibrille verborgen. Die Flocken fallen auf sein dunkles, zurückgekämmtes Haar.

»Er ist vor mir«, sagte ich. »Er fährt schnell und blickt sich um, ob ich hinter ihm bin, und dann ist da ein Baum, und ihm fehlt der Bruchteil einer Sekunde, um ihm auszuweichen …«

»Aber Sie waren nicht dabei?«

»Nein, aber wir hatten uns Hunderte Male solche Rennen geliefert. So ist es gewesen.«

»Okay, nehmen wir also an, so *wäre* es abgelaufen, auch wenn Sie es nicht wissen. Wenn Sie dabei gewesen wären, was wäre dann anders gewesen?«

Ich hatte nie weiter als bis zu dem Blick, dem Baum, dem Zusammenstoß und der alles beherrschenden Panik gedacht.

Ich hatte keine Antwort auf ihre Frage.

Eine gefühlte Ewigkeit lang schwiegen wir.

»Die Verletzungen, die Ross erlitten hat«, fragte Dorothy schließlich. »Hätten Sie ihn retten können, wenn Sie da gewesen wären?«

»Nein.«

»Auch nicht, wenn Sie Notarzt gewesen wären?«

Ich lächelte. War ich deshalb vielleicht in der Notaufnahme gelandet?

»Nein. Das Gehirn war zu stark geschädigt.«

»Und dennoch glauben Sie, auf irgendeine Weise seinen Tod verursacht zu haben?«

»Ich hätte bei ihm sein müssen!«

»Warum? Sie wussten, dass es gefährlich ist. Sie haben versucht, ihn aufzuhalten.«

Ich hörte mich sagen: »Vielleicht habe ich mich nicht genug bemüht …«

Genau das hatte ich mir vorgenommen, niemandem zu verraten. Nicht meinen Eltern, nicht den Sanitätern und nicht der Polizei. Ich hätte mich stärker bemühen müssen. Aber ich war einfach weggegangen.

Meine Augen füllten sich mit Tränen. Dorothy ließ es geschehen.

»Wie hat es sich angefühlt, wegzugehen?«, fragte sie sanft.

»Es hat sich gut angefühlt«, schniefte ich. »Als wäre es mir nicht mehr wichtig, ob er mich mochte.«

»Sie haben ihn also machtlos zurückgelassen?«

»Ja.« Erneut schluchzte ich.

»Und darum ist es passiert?«

Laut ausgesprochen klang es so lächerlich.

»Waren Sie erleichtert, als Ihr Bruder gestorben ist?«, fragte sie. »Haben Sie gedacht, dass er Sie endlich nicht mehr schikaniert?«

»Ich habe gar nichts gefühlt. Ich war wie betäubt, unterbrochen von kurzen Panikattacken. Erleichterung habe ich gar nicht empfunden«, antwortete ich.

»Weil die Schikane nicht wirklich aufgehört hat, richtig?«, fragte sie sanft. »Sie waren so daran gewöhnt, schikaniert zu werden, dass sie auch ohne ihn weiterging.«

Seltsam, wie ein einziger Satz fünfzehn Jahren Sinn einhauchen kann.

Nash hatte mich überzeugt, mit jemandem zu sprechen, nachdem ich ihr endlich erzählt hatte, was mit Ross passiert war.

»In Staffel drei hatte ich einen Patienten mit ähnlichen Symptomen«, hatte sie gesagt. »Ich bin mir ziemlich sicher, dass du an einer posttraumatischen Belastungsstörung leidest.«

Ich fragte mich, warum ich in all den Jahren, die ich Medizin studiert hatte, nie selbst auf die Idee gekommen war.

»Vielleicht, weil du nie mit jemandem darüber gesprochen hast?«, fragte Nash.

Wir saßen in ihrem Klub, nicht in dem, wo Charlotte und

ich an jenem schicksalhaften Tag 2001 gewesen waren, aber in einem ähnlich exklusiven privaten Laden auf der Shaftesbury Avenue, der nur Mitgliedern vorbehalten war.

»Ich lasse meinen linken Parteiausweis an der Garderobe«, bemerkte Nash fröhlich, um einer möglichen sarkastischen Bemerkung meinerseits zuvorzukommen, als sie uns anmeldete.

Der Klub grenzte an einen jener versteckten Gärten, die man in London an den unwahrscheinlichsten Stellen findet. Nash war eine sture Raucherin. Ich gab noch immer vor, nicht zu rauchen, obwohl ich mir gelegentlich eine Zehnerpackung kaufte, mir eine anzündete, ein paar Züge nahm und sie dann mit dem Absatz wieder austrat. So saßen wir auf der Terrasse und schwiegen gemeinschaftlich, fast so, als hätten wir keine Lust, ein neues Thema anzuschneiden.

Schließlich sagte Nash: »Ich habe dich immer gemocht.«

»Und ich dich«, erwiderte ich.

»Du hast nicht zufällig Interesse, ein Opfer meines ebenso heißen wie katastrophalen Liebeslebens zu werden?«, fragte sie.

Die Panik bildete sich in meinem Bauch, kroch meinen Hals hinauf und erreichte schließlich mein Gehirn. Seit die Mädchen weg waren, war Nash mein Fels in der Brandung gewesen. Sie hatte mir Geld geliehen, damit ich meine Ausbildung beenden konnte, die nur noch wenige Monate dauerte, und sie hatte mich in den ersten anstrengenden Wochen unterstützt, als ich wieder angefangen hatte zu arbeiten. Aufgrund ihrer Fernseherfahrung mit Notfällen verstand sie, wie schwierig es war, eine tief sitzende Venenthrombose zu diagnostizieren, und wie schrecklich, das Opfer eines Säureangriffs zu behandeln.

Nash kannte meine dunkelsten Seiten und ich ihre, aber ich empfand nicht mehr für sie als wahre Freundschaft, und mit ihr ging nur alles oder nichts.

Am liebsten hätte ich gesagt: Bitte, bleib meine Freundin!

Aber sie hatte diese Frage mutig gestellt, und ich musste den Mut aufbringen, ihr ehrlich darauf zu antworten.

»Nein«, sagte ich. »Tut mir leid.«

Bei Nash konnte ich mich nicht damit herausreden, dass ich noch nicht so weit sei. Und ich war mir sicher, sie wäre sauer, wenn ich ihr mit der »Du bist ein toller Mensch, aber …«-Masche käme.

Es folgte eine lange Pause, dann leerte sie ihr Glas und stellte es vorsichtig auf dem Tisch ab. Ich war überzeugt, sie würde jetzt aufstehen und aus meinem Leben verschwinden. Doch stattdessen zündete sie sich eine weitere Zigarette an.

»Nun, damit wäre die Sache geklärt«, sagte sie und blies eine verführerische Rauchwolke über den Tisch.

Ich war entschlossen, das Haus zu behalten, damit die Mädchen zurückkehren konnten, sollten sie des neuen Lebens mit Charlotte überdrüssig werden. Vermutlich glaubte sie nicht, dass ich es schaffen würde, die Kreditraten zu bedienen, doch es gelang mir, und wie immer empfand ich die Arbeit in der hektischen Welt einer Notaufnahme, in der man ganz in der Gegenwart lebt, als irgendwie tröstlich. Wie ich befürchtet hatte, vergrößerten sich die Abstände zwischen den Wochenenden mit den Mädchen, doch ich wollte nicht auf der Sorgerechtsregelung bestehen und ihr neues Leben durcheinanderbringen, in dem sie sich gerade einrichteten.

Ich begann wieder zu laufen. Der kürzeste Weg zum Park führte durch das Nadelöhr Notting Hill Gate und über die

Bayswater Road zum ersten Eingang. An Sommerabenden war das Pflaster heiß, die Luft von Lärm erfüllt und von dem Gestank nach billigem Bratfett; an Wintermorgen, nach einer Nachtschicht, wenn meine Schritte über das Pflaster trommelten und die Dunkelheit kaum merklich dem kühlen grauen Licht wich, hatte ich manchmal das Gefühl, der einzig wache Mensch in der Stadt zu sein.

Da ich nicht zu einer festen Uhrzeit lief, bildete ich keine lockeren Bekanntschaften mit anderen Läufern wie früher im Regent's Park, wo ich die Leute an ihrer Statur oder der Farbe ihres Joggingdresses erkannt und ihnen zugenickt oder einen guten Morgen gewünscht hatte. Die Einsamkeit des Langstreckenläufers, dachte ich manchmal. Ob mein Vater feinfühliger war, als ich ihm zugetraut hatte, und sich freuen würde, wenn ich mich bei ihm meldete? Mir fehlte allerdings die Energie, den Gedanken in die Tat umzusetzen.

An meinen freien Tagen duschte ich nach dem Laufen und ging die Portobello Road hinunter zu unserem Lieblingscafé, wobei ich mich nach wie vor jedes Mal auf die Kruste aus karamellisiertem Zucker über der köstlichen Creme der Puddingtörtchen freute. Der portugiesische Cafébesitzer und ich wechselten ein paar Worte über das Wetter, dann setzte ich mich mit der Zeitung auf einen Platz am Fenster und beobachtete die Welt dort draußen. Hin und wieder entdeckte ich eine der Mütter, die früher mit mir vor Floras Schule auf die Kinder gewartet hatten, und wir winkten uns zu, doch außer den Kindern hatte uns nichts verbunden, und wir waren nicht an einer Freundschaft interessiert. Ohne die Mädchen war ich kein alleinstehender Vater mehr, ich war nur noch alleinstehend.

Als ein Onkologe in der Notaufnahme erschien, um einen

Patienten mit einem großen Knoten im Oberschenkel zu untersuchen, erkannte ich in ihm meinen schachspielenden Studienkollegen Jonathan. Er hatte erst kürzlich eine Theaterproduzentin geheiratet, war noch kinderlos und hatte mehr Zeit, etwas mit mir trinken zu gehen, als Marcus, der inzwischen Vater eines Jungen und eines Mädchens war.

In dem offenkundigen Bemühen, uns miteinander zu verkuppeln, luden Jonathan und Miriam mich zusammen mit Gayle zum Abendessen ein, einer von Miriams Kolleginnen, die uns mit ihren Abenteuern aus der Welt des Internet-Datings unterhielt. Sie war deutlich attraktiver, als ich mir die Kandidatinnen auf solchen Portalen vorgestellt hatte. Auf dem Weg zur U-Bahn schlug ich ihr unverbindlich vor, mal was zusammen trinken zu gehen, doch sie antwortete, für ihren Geschmack schleppe ich zu viel Ballast mit mir herum, und sie habe gelernt, dass sie viel Zeit sparte, wenn sie von vornherein ehrlich war.

Mehr aus Neugier als aus dringendem Verlangen meldete ich mich für einen kostenlosen Probemonat auf einem Datingportal an und entdeckte, dass sich Lucys Schwester Pippa ebenfalls auf der Suche nach Liebe befand. Nachdem ich die Peinlichkeit gegen die Freude über ein Wiedersehen abgewogen hatte, schickte ich ihr eine Nachricht. Es folgte eine Flut an E-Mails, aus denen ich erfuhr, dass Lucy Toby geheiratet und mit ihm drei Kinder in die Welt gesetzt hatte. Ein viertes war unterwegs. Pippa hingegen war geschieden, kinderlos und wohnte in Strawberry Hill. Wir verabredeten uns an einem Samstagnachmittag vor dem Members Room im fünften Stock der Tate Modern, von wo aus man einen der besten Ausblicke auf London hat.

Pippa wirkte noch genauso dünn und zerbrechlich wie am

Tag ihrer Hochzeit, als ich mir Sorgen gemacht hatte, der kanadische Riese könnte sie mit seinem massigen Körper und seiner Gutmütigkeit erdrücken.

»Was habe ich mir nur dabei gedacht?«, sagte sie und schob einen Brownie mit der Gabel auf ihrem Teller hin und her. »Herrgott, er war halt anständig und nett und normal! Versager sind irgendwie lustiger, findest du nicht?«

Mir war klar, dass sie kein Interesse daran hatte, sich die Paul-Klee-Ausstellung anzusehen, obwohl sie erklärte, wenn ich unbedingt wollte, würde sie gern mitkommen. Wir schlenderten am Flussufer Richtung Osten und tranken in einer Tapas-Bar am Borough Market zu viel Rioja. Als wir auf dem Rückweg dem Sonnenuntergang entgegengingen, stieß Pip torkelnd gegen mich, und wir endeten Arm in Arm, während wir versuchten, den Text von dem Song der Kinks, *»Waterloo Sunset«,* zusammenzubekommen.

An der U-Bahn-Station führte meine vorsichtige Annäherung an ihre Wange zu einem ausgiebigen Knutschen, das voller Reue und Verheißung war. Ihr Körper fühlte sich sinnlich und geschmeidig an unter ihrem dünnen Sommerkleid.

»Sind wir verrückt genug?«, flüsterte sie mit himbeerroten Lippen vom Küssen.

Das Gelände, das wir betraten, fühlte sich gefährlich, sinnlich und sexy an.

»Was willst du?«, fragte ich.

»Ich will einen Mann fürs Leben.«

Ich dachte an Nickys Gesicht. *Ach wirklich, Gus?*

»Ich glaube, der bin ich nicht«, sagte ich.

»Nein. Vermutlich nicht.«

»Sehen wir uns wieder?«

»Na klar!«

Wir küssten uns keusch auf die Wangen, ich winkte ihr auf dem Bahnsteig hinterher und wusste, dass ich sie nie wiedersehen würde.

»Ich finde immer noch, dass du Koch werden solltest«, sagte Nash an einem Tag im Juli, kurz bevor die Mädchen kamen, um mit mir ihre Sommerferien zu verbringen.

Wir hatten im Gate einen Film gesehen, und sie war zum Abendessen mit zu mir gekommen. Da sie gerade die Dukan-Diät machte, um für ein großes Vorsprechen abzunehmen, bereitete ich uns einen scharfen Thai-Salat mit Tofu auf Rettich, Gurken und Frühlingszwiebeln zu.

»Das ist ungefähr so realistisch, wie von einem Lottogewinn zu träumen.« In einem Marmeladenglas mischte ich ein Dressing aus Zitronensaft, klein geschnittenem Ingwer und Chili.

»Spielst du Lotto?«, fragte Nash.

»Nein. Das meine ich ja.«

Sie aß eine Gabel von ihrem Salat.

»Eigentlich braucht man für so etwas heutzutage gar nicht viel Geld. Du lädst die Leute einfach zu dir nach Hause ein, nennst es Supper Club, die Sache spricht sich in den sozialen Medien rum, es wird das coolste Ding überhaupt, und du verlangst, was du willst!«

»Aber dazu muss man Leute kennen«, wandte ich ein.

»Echt, Gus, du bist EIN TOTALER ALBTRAUM!«, schrie Nash plötzlich. »Kein Wunder, dass Charlotte weg ist! Du hast für alles eine Ausrede. Warum kannst du nicht einfach mal was machen?«

»Das sind keine Ausreden!«, widersprach ich. »Ich kenne einfach nicht viele Leute!«

»Aber ich, oder? Ich habe fünfzigtausend Follower auf Twitter. Du besitzt ein hübsches Haus in der coolsten Gegend der Stadt mit einem wunderbar großen Küchentisch, der sich ideal für Abendessen eignet, und du bist ein super Koch!«

»Und ich habe einen Ganztagsjob und verfüge nur über ein sehr begrenztes Repertoire an Gerichten.«

»Okay.« Nash schob ihren Stuhl zurück. »Ich gebe auf. Ehrlich. Ich werde das Thema nie wieder erwähnen, denn sonst bringe ich dich womöglich um.«

»Gehst du?«, fragte ich.

»Ja. Ich habe die Nase voll von dir, Gus.«

»Aber du kommst doch, wenn die Mädchen da sind, oder?«

Plötzlich hatte ich Sorge, dass sie sich langweilen könnten. Nash ging immer mit ihnen zu Primark, was jetzt anscheinend zu den größten Attraktionen in London gehörte.

»Mal sehen«, antwortete Nash. »Im Moment möchte ich dich nur erwürgen.«

Der Londoner Immobilienboom machte Charlotte nervös.

»Dauernd lese ich in der Zeitung von einer Blase«, sagte sie, als sie die Mädchen vom Flughafen zu mir brachte. »Und Blasen platzen!«

In London herrschte eine Hitzewelle, darum hatte ich das Planschbecken im Garten aufgestellt. Früher hätte Flora sich ausgezogen und sofort hineingeworfen, doch mit neun war sie befangener. In den drei Monaten, seit ich sie das letzte Mal gesehen hatte, war ihr Gesicht länglicher geworden; ganz allmählich verwandelte sich ihr hübsches Kindergesicht in das der schönen Frau, die sie einmal sein würde. Bella hatte ebenfalls einen Schuss gemacht, war jedoch noch immer ein sommersprossiger Kobold mit roten Locken. Ich gab ihnen Saft zu trinken, und sie gingen nach oben, um ihre alten Badeanzüge zu suchen. Ich war überrascht, dass Charlotte meine Einladung zum Kaffee annahm, die ich eigentlich nur aus Höflichkeit ausgesprochen hatte. Sie saß auf der Sofakante und nippte an ihrem Eiswasser, während ich die Espressomaschine anstellte.

Offensichtlich wollten Robert und sie mir ein Geschäft vorschlagen. Wenn ich das Haus verkaufte, boten sie mir nach Ablösung des Kredites die Hälfte des Gewinns an, der sich bei den derzeitigen Preisen vermutlich auf über eine halbe Million Pfund belaufen würde und beträchtlich höher war als das, was ich investiert hatte.

Ihr Gesichtsausdruck verriet, dass sie für ihr großzügiges Angebot Dankbarkeit erwartete.

»Das würde mir wahrscheinlich ohnehin zustehen«, erklärte ich kühl. »Angesichts der Zeit, die wir verheiratet waren, und da ich mich um die Mädchen gekümmert habe.«

Überrascht schoss eine von Charlottes Brauen in die Höhe.

»Egal, ich verkaufe nicht«, erklärte ich.

Charlottes Brauen senkten sich, und sie legte die Stirn in Falten.

»Findest du nicht, drei Jahre als gekränkter Ehemann sind genug?«, fragte sie müde.

»Hast du ihnen nicht schon genug Veränderung zugemutet?«, gab ich zurück.

Ich hätte wissen müssen, dass ich für den kurzen Triumph, den ich bei diesem kleinen Austausch empfand, würde bezahlen müssen. Es wäre deutlich klüger gewesen, ihr zu sagen, dass ich darüber nachdenken würde, und ihr dann meine Entscheidung erst am letzten Ferientag mitzuteilen.

Allerdings hatte ich nicht damit gerechnet, dass sie die

Mädchen manipulieren würde, obwohl ich nicht beweisen konnte, dass sie ihnen die Worte in den Mund gelegt hatte.

»So ein großes Haus für dich allein, Daddy«, seufzte Flora, kaum dass wir ihrer Mutter vor der Haustür zum Abschied gewinkt hatten.

»Fühlst du dich einsam hier ganz allein?«, fragte Bella.

Früher hatten sie in ihrem alten Zimmer gespielt und Freudenschreie ausgestoßen, wenn sie etwas wiederentdeckt hatten; jetzt war ihre Reaktion gedämpft.

»Zu Hause haben wir unsere eigenen Zimmer«, ließ Flora mich wissen.

»Ich habe eine *Hello-Kitty*-Tapete«, berichtete Bella.

Sie wurden größer, und ich war froh, dass sie sich in ihrem neuen Leben wohlfühlten. Gibt es da nicht so ein Sprichwort, dass man nur so glücklich ist wie sein unglücklichstes Kind?

Ich reichte beiden ein Glas mit rosafarbener Limonade, die ich zubereitet hatte.

»Sarf!«, sagte Bella.

Ich freute mich, dass sie noch immer das Familienwort benutzte, mit dem wir ausdrückten, dass etwas nicht ganz unserem Geschmack entsprach.

»Wenn ihr wollt, können wir euer Zimmer renovieren, solange ihr hier seid«, schlug ich vor. »Ihr könnt die Farben aussuchen, die Vorhänge und alles.«

Als darauf keine Reaktion erfolgte, legte ich nach.

»Wenn ihr wollt, könnt ihr jede ein Zimmer haben. Wir machen aus Mamis altem Zimmer ein Zimmer für Bella …«

»Lohnt sich das denn, wenn wir nur eine Woche hier sind?«, fragte Flora.

»Eine Woche?«

»Ich bin mir sicher, dass ich dir das gesagt habe«, behauptete Charlotte, als ich sie auf ihrem Handy anrief, um zu protestieren. »Die Mädchen waren so wild darauf, mit ihren Freundinnen ins Sommerlager zu fahren. Ich habe keine Minute gedacht, dass du sie daran hindern würdest.«

Ob ich meine drei Wochen wohl bekommen hätte, wenn ich Charlottes Geschäft zugestimmt hätte? Doch jetzt war es zu spät, die Regeln festzulegen.

Zumindest bestand keine Gefahr, dass wir uns miteinander langweilen würden, auch wenn ich nicht mehr so leicht einen Zugang zu ihnen fand wie früher. Wir sprachen zwar regelmäßig über Skype miteinander, aber es war schwer, sich die Namen und Nationalitäten ihrer besten Freundinnen zu merken, die ich nie kennenlernen würde, zumal sie in ihrem Alter häufig wechselten.

Flora interessierte sich jetzt mehr für die Tattoos im Schaufenster des Ladens neben dem Café als für die Puddingtörtchen.

»Du bist noch viel zu jung für ein Tattoo«, sagte ich.

»Aber die kann man doch abwaschen, Daddy!«

Die Vorstellung von Charlottes entsetztem Gesicht, wenn sie ihre tätowierten Töchter sah, schien mir einfach unwiderstehlich.

Flora bekam einen Delfin auf die Schulter und Bella einen Stern auf ihr winziges Handgelenk.

»Wir sind mit einem Boot bis nach Greenwich gefahren und mit der Seilbahn über den Fluss. Und wir waren im Christchurch College in Oxford, um zu sehen, wo Harry Potter gefilmt worden ist«, berichtete ich Nash am Telefon. »Aber meistens wollen sie sich nur mit ihren Freunden auf WhatsApp schreiben.«

»Hör auf, sie wie Touristen zu behandeln«, riet Nash. »Wahrscheinlich wollen sie einfach ein bisschen ganz normale Zeit mit dir verbringen. Es ist schönes Wetter. Fahr einen Tag mit ihnen nach Brighton und bring sie dazu, die Smartphones zu Hause zu lassen. Sag ihnen, Telefone und Sand passen nicht gut zusammen.«

»In Brighton gibt es nur einen Kiesstrand, oder?«

»Ach, Herrgott, dann fahrt halt woandershin!«

Ich kannte einen Ort mit weichem, goldenem Sand. Da ich kein Auto mehr besaß, fuhren wir mit dem Zug nach Lymington und stiegen in Brockenhurst um.

»Wohin fahren wir?«, fragte Flora.

»Übers Meer!«

In Yarmouth aßen wir Sandwiches im Garten einer Gaststätte, die auf die Meerenge Solent blickte. Die kleinen Jachten und riesigen Kreuzfahrtschiffe wirkten nebeneinander wie Kinderspielzeuge in einer Wanne mit blauem Wasser.

Vielleicht liegt es daran, dass die Isle of Wight eine Insel ist, aber man kommt sich dort ein wenig vor, als wäre man in der Zeit zurückgefahren. Die Läden verkaufen noch immer Eimer, Schaufeln und kleine Papierfahnen, die man in seine Sandburg stecken kann, außerdem Kokosnusseis und Karamellbonbons in Schachteln mit Landschaftsbildern, und Ninety-nine-Softeis, dessen Waffel immer ein bisschen alt schmeckt. Seit meiner eigenen Kindheit hatte sich hier kaum etwas verändert.

Da ich nicht daran gedacht hatte, Handtücher mitzunehmen, und man an die guten Strände nur mit dem Bus gelangte, kauften wir Schnüre und ein Paket durchwachsenen Speck und kauerten den Nachmittag über auf dem kleinen Steg neben dem Pub, wo wir ahnungslose Krebse aus dem Wasser zogen, bis unser Eimer zur Hälfte gefüllt war.

»Was machen wir jetzt mit denen?«, wollte Flora wissen.

»Wir veranstalten ein Wettrennen zurück ins Meer«, erwiderte ich.

»Woher wissen wir, welcher deiner ist?«

»Jeder achtet auf seinen eigenen Krebs. Nicht schummeln!«

Das darf man nur als Vater. Jedes Mal, wenn Flora vorne lag, sorgte ich dafür, dass mein gewinnender Krebs Bellas wurde. Der Endstand lautete: Je sechs Siege für Flora und Bella, drei für mich.

»Mit wem hast du das gespielt, als du klein warst, Daddy?«, fragte Bella.

Sie war ein nachdenkliches Kind. Manchmal fragte ich mich, ob sie aufgrund ihrer frühen gesundheitlichen Schwierigkeiten empathischer war als ihre Schwester.

»Mit meinem großen Bruder Ross.«

»Mit dem Onkel Ross, der gestorben ist?«, fragte Flora.

»Wer hat euch von Onkel Ross erzählt?« Ich versuchte locker und neutral zu klingen.

»Oma. Er sollte Mami heiraten, doch dann ist er gestorben, und da hat Mami stattdessen dich geheiratet. Darum sind wir eigentlich auch seine Töchter«, erklärte Flora.

Wie üblich kam mir die Galle hoch.

Es ist ein wunderschöner Tag, und du bist mit deinen Kindern zusammen, sagte ich mir. Lass es gut sein.

»Wie alt war Onkel Ross, als er gestorben ist?«, wollte Bella wissen.

»Zweiundzwanzig«, antwortete ich.

Sie runzelte die kleine Stirn.

»Wie alt sind Menschen normalerweise, wenn sie sterben?«, fragte sie weiter.

»Ross war sehr jung. Menschen sterben in unterschiedlichem Alter, aber meist, wenn sie sehr alt sind.«

»Wie alt bist du, Daddy?«

»Ich bin vierunddreißig.«

»Das ist nicht sehr alt für einen Erwachsenen, oder?«

»Nein, Süße, das ist nicht sehr alt«, versicherte ich ihr.

»Ich bin traurig wegen Onkel Ross«, erklärte Bella.

»Du kannst nicht dein ganzes Leben lang traurig sein«, sagte Flora, und ich hörte Charlottes kurz angebundenen Ton.

»Warum?«, fragte ich.

»Weil es andere Menschen traurig macht.«

»Wann bist du denn traurig?«, fragte ich sie sanft.

»Manchmal, wenn wir auf Skype gesprochen haben«, gab Flora zu.

»Dann bin ich meistens auch ein bisschen traurig«, sagte ich.

»Es ist okay, traurig zu sein«, erklärte Flora. »Solange man meistens glücklich ist.«

»Das stimmt«, bestätigte ich.

Die hoch stehende Sonne ließ die Wasseroberfläche weiß schimmern; die Luft war mild.

»Die Isle of Wight gefällt mir«, stellte Bella fest. »Können wir immer in den Ferien herkommen?«

Auf der Rückfahrt ergatterten wir im Zug einen Platz mit Tisch, und eine Weile amüsierten sich die Mädchen mit Rätselheften, die wir am Bahnhof gekauft hatten, während ich eine zurückgelassene Zeitung las. Als es leiser wurde, blickte ich über den Tisch und sah, dass Bella an Flora gelehnt eingeschlafen war. Flora las und hatte schützend den Arm um die Schulter ihrer Schwester gelegt. Als sie meinen Blick bemerkte, legte sie einen Finger auf die Lippen; sie nahm ihre Pflicht als ältere Schwester äußerst ernst.

Ich schrieb Nash eine Nachricht. *Im Zug zurück vom Meer. Superidee. Kommst du morgen mit zum Shoppen?*

Sofort kam eine Nachricht zurück. *Okay, aber früh. Habe um zwei große Sitzung beim Friseur. Bin in der Endrunde in L.A.!*

Glückwunsch!, antwortete ich.

Mache mir keine großen Hoffnungen.

Die Rolle, für die sie vorsprach, war die von Prinzessin Margaret in einem Film mit dem Titel *Die Wahl*, der die Liebesgeschichte zwischen ihr und Oberst Peter Townsend erzählte. Die Rolle passte perfekt zu ihr. Nicht nur, dass sie die etwas schludrige Sinnlichkeit der Prinzessin besaß, sondern auch ein Talent, die verletzliche Seite arroganter oder schwieriger Menschen darzustellen. Es war eine jener Rollen – Königshof, Biografie, historische Kostüme –, die oft einen Oscar gewannen. Das sagte ich ihr allerdings nicht. Bei Nash musste man immer sorgsam darauf achten, dass man nicht das Schicksal herausforderte, indem man ihr ein Kompliment machte.

»Wann fährst du?«, fragte ich, als wir uns am nächsten Morgen vor Primark am Marble Arch trafen.

»Heute Abend. Ich verpasse die Stones«, sagte sie.

»Trotzdem, wie aufregend!« Ich versuchte, mehr Begeisterung in meine Stimme zu legen, als ich in dem Moment empfand.

Ich hatte mir drei Wochen Urlaub genommen. Und jetzt fuhren schon nach einer Woche nicht nur meine Mädchen zurück, auch meine beste Freundin würde nicht da sein, um etwas mit mir zu unternehmen.

Wir verließen den Laden mit großen braunen Papiertüten, vollgestopft mit derart vielen Kleidern, Tops, Leggings, Taschen, Döschen mit Glitzerkram und Haarspangen, dass ich ein wenig Angst hatte, Charlotte würde auf dem Rückflug für Übergepäck bezahlen müssen. Der Bürgersteig war voller Menschen und Nash schon spät dran für ihren Friseurtermin, sodass wir uns nur flüchtig verabschieden konnten. Ich umarmte sie und wünschte ihr Glück, dann lief sie los, hatte jedoch offensichtlich etwas vergessen, denn sie grub in ihrer Tasche, raste zu uns zurück und reichte mir einen Umschlag.

»Viel Spaß!«, rief sie, dann war sie wieder weg.

»Ist Nash deine Freundin, Daddy?«, fragte Bella.

»Nicht meine Freundin. Sie ist eine gute Freundin.«

»Ist sie deine beste Freundin?«, fragte Flora.

»Ja, ich glaube schon«, antwortete ich und blickte liebevoll der sich entfernenden Gestalt hinterher, die mit ihren Absätzen über das unebene Londoner Pflaster tippelte.

»Ich habe Hunger!«, verkündete Bella.

Auf der Suche nach einer Inspiration blickte ich mich um und betrachtete die vertrauten Säulen von Selfridges.

»Ich weiß, wo wir mittagessen können«, sagte ich.

Das *Brass Rail* hatte sich kaum verändert, seit mein Vater uns dort auf ein deftiges Sandwich eingeladen hatte, wenn wir in der Weihnachtszeit hergekommen waren, um die Lichter zu bewundern. Für fette Rinderbrust zwischen dicken Scheiben Roggenbrots war es jedoch viel zu heiß. Stattdessen setzten wir uns im *Yo Sushi* auf die hohen Stühle und nahmen uns vom Laufband, das an der Theke vorbeifuhr, die Gerichte, die uns lecker erschienen. Anschließend durften sich die Mädchen jede einen Cupcake zum Nachtisch aussuchen und – da sie darauf bestanden (und da ich wusste, dass es kaum etwas gab, das Charlotte weniger mochte) – einen besonders grellen in Rosa und Violett mit einer hohen Verzierung aus rosa und lila Guss für ihre Mami.

In der kühlen, klimatisierten Parfümerieabteilung ermunterte ich die beiden, verschiedene Lackfarben auf ihren Nägeln zu testen und sich großzügig mit Parfüm einzusprühen, sodass ich sie ihrer Mutter überzuckert und in einer Wolke aus Katy Perrys *Purr* übergab.

Charlotte hatte Karten für *Matilda* besorgt, allerdings nicht für mich, da sie annahm, dass ich meiner Mutter nicht würde begegnen wollen. Flora und Bella verbrachten die letzte Nacht im Hotel, weil sie am nächsten Morgen bereits sehr früh wieder zurückfliegen würden und Charlotte sich nicht dem Stress aussetzen wollte, dass ich die Kinder zum Flughafen brachte. Bei ihrem letzten Besuch hatte die Bahn, ohne dass ich etwas dafür konnte, Verspätung gehabt, und ich hatte die Mädchen gerade noch rechtzeitig in Terminal 2 abgeliefert, wo Charlotte förmlich Feuer spie, weil sie mich in der U-Bahn, wo es kein Handynetz gab, nicht hatte erreichen können.

Als die Mädchen realisierten, dass ich den Abend nicht mit ihnen verbringen würde, veranstalteten sie einen erfreulichen Aufruhr.

Ich beugte mich hinab, um jede von ihnen zu umarmen.

»Danke für all die Sachen«, sagte Flora.

»Ich will nicht fahren, Daddy.« Bella fing an zu schluchzen.

Ich zog ihre zarte kleine Gestalt an meine Brust und drückte ihr feuchtes Gesicht an meine Wange.

»Wir sehen uns morgen am Flughafen«, versprach ich.

»Wenn die U-Bahn fährt«, bemerkte Charlotte.

»Warum musst du so zickig sein?«, flüsterte ich ihr ins

Ohr, als wir uns den Kindern zuliebe steif auf die Wangen küssten.

Ihre Miene wechselte schlagartig von wütend zu friedlich. Charlotte kann gut austeilen, aber sie kann auch einstecken. Ich weiß nicht, warum ich das immer vergaß und versuchte, zum Ziel zu kommen, indem ich nett zu ihr war.

Im Hyde Park wimmelte es bereits von Rolling-Stones-Fans. Auf dem Heimweg versuchte ich, den Song zu identifizieren, der gerade gespielt wurde, und kam zu dem Schluss, dass es sich noch um die Vorband handeln musste. Der Bereich der Kartenbesitzer war mit hohen Zäunen abgetrennt, doch die Menge drängte sich an die schmalen Lücken, um den Auftritt umsonst mitzuerleben. Die Sonne hatte den ganzen Tag geschienen, und die stickige heiße Luft schien vor Erwartung zu beben.

»Ich bin nie ein Stones-Fan gewesen«, hatte ich Nash erklärt, als sie mit der Idee gekommen war, Karten zu besorgen. »Mein Vater ist einer. Sind da nicht nur über Sechzigjährige, die einen auf Mick Jagger machen?«

»Gehört ein Stones-Konzert nicht zu den Dingen, die man einmal im Leben mitgemacht haben sollte?«, fragte sie zurück.

In der Zeitung hatte gestanden, dass das Konzert innerhalb von drei Minuten ausverkauft gewesen war.

Die Atmosphäre war aufgeladen, und fast bereute ich es, abgesagt zu haben.

Ich bog in eine Seitenstraße ab und war innerhalb von hundert Metern allein. Ich liebe es, wie sich in London total überlaufene Straßen mit friedlichen abwechseln. Das kenne ich aus keiner anderen Großstadt. In London kann auch eine dicht besiedelte Straße so verschlafen wirken wie auf dem Land.

Wieder zu Hause, ging ich ins Bad, um eine erfrischende Dusche zu nehmen.

Als ich aus meinen Shorts stieg, fiel Nashs Umschlag aus der Tasche.

Darin fand ich zum einen eine Karte für das Stones-Konzert. Nachdem ich mich so wenig begeistert gezeigt hatte, hatte Nash es allein besuchen wollen.

Und als Zweites ein Ticket für einen Urlaub, den sie an jenem Morgen auf meinen Namen gebucht hatte – einen zweiwöchigen Kochkurs in der Toskana, der am kommenden Montag begann.

Auf den Ausdruck der Buchung hatte sie gekritzelt: »Selbst du kannst online einchecken?«

Ich rief sie sofort an, doch ihr Handy war ausgeschaltet, vermutlich war sie schon in der Luft. In gewisser Weise war ich froh darüber, weil es schwierig ist, die richtigen Worte zu finden, wenn man überwältigt ist, und ich wollte nicht wieder wie ein Trottel klingen.

Als ich auf dem Konzert ankam, ging allmählich die Sonne unter, und die Stones hatten bereits zu spielen begonnen. Die Bühne war weit entfernt, doch Mick Jagger stolzierte über einen Laufsteg und sah dabei aus, als würde er auf der Menge surfen. Riesige Leinwände zeigten zur Musik passende Kunstvideos, die von Nahaufnahmen der Bandmitglieder mit ihren zerfurchten Gesichtern unterbrochen wurden.

Auf der Hälfte von *»Honky Tonk Woman«* merkte ich, dass ich mitsang und mein Mund die Worte so automatisch formte, als wäre es ein Kinderlied. Das Gefühl, Teil einer Gemeinschaft zu sein, war befreiend, als wäre man Teil eines Ganzen, das deutlich größer war als man selbst. Ich war nie in Glastonbury oder auf einem anderen Festival gewesen, aber an einem heißen Sommerabend, mit hundertfünfzigtausend anderen Menschen, verstand ich plötzlich, was die Leute daran fanden. Einen Song lang konnte man alles vergessen, was vorher gewesen war, und alles, was danach kommen würde, und ganz in der herrlichen sonnigen Gegenwart leben. Wenn ein Song zu Ende war, jubelten alle und schrien und lächelten einander an, Fremde waren für einen Moment vereint.

Ohne dass ich es wirklich merkte, legte sich die Dunkelheit über den Park, und als die Band *»Miss You«* spielte, erschienen riesige weiße Schmetterlinge auf den schillernden LED-Bildschirmen. Es wirkte, als würden sie über die Menge flattern, wobei sie kurz einzelne Gesichter anstrahlten.

Ein Stück vor mir bemerkte ich eine große Frau, die dem flüchtigen silberweißen Bild, das über ihren Kopf hinwegglitt, mit dem Blick folgte und dabei aussah wie ein unschuldiges Kind, das mit großen Augen einen Zirkusartisten bewundert, wobei ihre Lippen den Text des Lieds mitsangen. Als hätte sie gespürt, dass ich sie beobachtete, begegneten sich unsere Blicke; ihr Mund hörte auf, sich zu bewegen, und die Zeit stand still. Dann flog der Schmetterling davon, und ihr Gesicht verschwand wieder in der Dunkelheit.

Ich hatte das Gefühl eines Déjà-vu, doch der Moment des Wiedererkennens war so verwirrend kurz gewesen, dass ich nicht wusste, ob ich ihr tatsächlich schon einmal begegnet oder ob sie vielleicht berühmt war. Geblendet von dem Feuerwerk, das jetzt auf der Bühne veranstaltet wurde, suchte ich sie in der Menge vergeblich.

Die Zugabe von »*Satisfaction*« dauerte so lange, dass man das Gefühl hatte, der Refrain würde unendlich weitergehen, doch dann war es plötzlich vorbei. Der Applaus erreichte seinen Höhepunkt, ging optimistisch weiter und erstarb schließlich, als klar wurde, dass die Band den Park bereits heimlich verlassen hatte. Erschöpft und gedämpft, wie Kinder nach einer Geburtstagsparty, begaben sich die Leute zu den Ausgängen.

Der Menschenfluss lief einigermaßen geordnet, bis jemand ein Stück vor mir zusammenbrach und die Sicherheitsleute eingreifen mussten, um die Flut sich bewegender Körper aufzuhalten.

Zwischen fieberhaftem Flüstern vernahm ich einen lauten Ruf, den ich bislang nur aus Filmen kannte.

»Ist hier irgendwo ein Arzt?«

»Ich bin Arzt!«

Die Menge teilte sich, um mich durchzulassen.

Diverse Leute knieten um eine bewusstlose Frau herum und debattierten über das korrekte Vorgehen.

»Sollte man nicht ihren Kopf zwischen ihre Knie drücken?«

»Sie in die stabile Seitenlage legen?«

Ein Sicherheitsmann versuchte, die Menge zurückzuhalten, ein anderer wedelte der Patientin mit seiner Mütze Luft zu. Ihre Walkie-Talkies zischten und spuckten hin und wieder unverständliche Nachrichten in das ängstliche Gemurmel.

Eine Kopfverletzung war nicht zu erkennen; sie schien keinen Anfall zu haben; sie hatte nicht ihre Zunge verschluckt. Sie trug ein ärmelloses Top, abgeschnittene Jeans und Flipflops, sodass man auch keine Kleidung lockern konnte. Ich kniete mich neben sie, bat einen Sicherheitsmann, sich mit dem Rücken zu ihr zu setzen, und legte ihre langen Beine über seine Schultern, damit das Blut zurück in den Kopf floss. Sie atmete, doch ihr Puls schlug langsam und unregelmäßig.

Um mich herum vernahm ich leise Laiendiagnosen.

»Vermutlich hat sie ein bisschen zu viel getrunken.«

»Wahrscheinlich ist es bloß die Hitze.«

»Haben Sie einen Krankenwagen gerufen?«, fragte ich den Sicherheitsmann.

Wie als Antwort auf meine Frage heulte in der Ferne eine Sirene auf.

»Kommt sie wieder in Ordnung, Doktor?«, fragte er.

Ihr Gesicht war bleich.

»Na komm schon, wach auf«, hörte ich mich drängen. »Wach schon auf!«

Plötzlich schlug sie beide Augen auf und sah mich an.

Die Schmetterlingsfrau!

»Kenne ich Sie?«, fragte sie.

»Ich bin Gus«, sagte ich.

Ich hörte, wie die Sanitäter sich durch die Menge drängten. »Bitte gehen Sie zur Seite. Wenn Sie nichts dagegen haben, übernehmen wir das jetzt hier. Macht mal Platz, Leute!«

Jetzt richtete sich die Frau auf. Die Menge setzte sich erneut in Bewegung und wirkte ein klein wenig enttäuscht, dass das Drama vorbei war.

»Wir bringen Sie in die Notaufnahme«, erklärte der Sanitäter.

»Mir geht's gut. Ehrlich«, sagte sie. »Ich komme klar.«

»Wie heißen Sie?«

»Tess. Hören Sie, Sie müssen mich wirklich nicht ...«

»Wir wollen Sie untersuchen lassen, Tess«, beharrte der

Sanitäter. »Sollen wir eine Trage holen, oder meinen Sie, Sie können gehen?«

»Ich kann gehen«, antwortete sie, rappelte sich auf die Beine und schwankte.

Ich trat einen Schritt nach vorne, um sie zu stützen, doch ein Sanitäter kam mir zuvor.

»Wir bringen Sie jetzt in den Wagen«, erklärte er.

Plötzlich legte sich ein trauriger Ausdruck über ihr strahlendes Gesicht. Als sich erneut unsere Blicke trafen, flehte sie mich stumm um Hilfe an, doch dann setzte sie sich brav auf die Trage, als würde sie ihre Niederlage hinnehmen.

Als sich die Türen des Krankenwagens schlossen, winkte sie mir zaghaft zu.

Der Fahrer ging um den Wagen herum nach vorn. Ich lief hinter ihm her. »Darf ich sie begleiten?«

»Sind Sie ihr Partner?«

»Nein!«

»Ein Verwandter?«

»Nein«, gab ich zu. »Aber ich bin Arzt.«

Er bedachte mich mit einem derart abweisenden Blick, wie ich es seit meiner Zeit als unreifer Medizinstudent nicht mehr erlebt hatte, dann schlug er die Fahrertür zu und legte seinen kräftigen behaarten Arm in den offenen Fensterrahmen.

Der Rettungswagen fuhr an. Ich stand wie erstarrt da, doch als er langsam beschleunigte, begannen meine Beine plötzlich zu rennen.

»Wohin bringen Sie sie?«, rief ich.

Wenn die Ampel nicht auf Rot umgesprungen wäre, hätte ich sie nicht eingeholt. Der Fahrer starrte mich herausfordernd an, doch dann, als die Ampel gerade auf Grün umsprang, hatte er Erbarmen.

»Ins St. Thomas, Kumpel.«

Er schaltete die Sirene ein und gab Gas. Ich musste zurückspringen, damit die Hinterreifen nicht über meine Füße rollten.

Der Großteil der Menge bewegte sich Richtung Piccadilly. Ich nahm die Straße, die an den Mauern des Buckingham Palastes vorbeiführte, und lief an der Südseite des St. James' Parks nach Westminster. Der Parliament Square war praktisch leer, die Scheinwerfer ließen die Westminster Abbey seltsam zweidimensional erscheinen, wie ein riesiges Teil einer Theaterkulisse. Auf der Brücke, nur noch ein paar Hundert Yards vom St.-Thomas-Krankenhaus entfernt, blieb ich stehen. Schweiß lief mir den Rücken hinunter.

Eine faszinierende Frau namens Tess war vor mir in Ohnmacht gefallen. Jetzt befand sie sich in guten Händen. Mein kleiner Auftritt in ihrem Leben war vorbei, mein innerer Zwang, sie wiederzusehen, irrational. Es sähe mehr als nur eigenartig aus, wenn ich im Krankenhaus auftauchte.

Ich lehnte mich über die Brücke und blickte nach unten. Im Schein der Lichter wirkte das Wasser zäh und schwarz wie Öl.

Da hörte ich Nashs Stimme. »Warum kannst du nicht einfach mal was machen?«

Ich setzte mich wieder in Bewegung und rannte, so schnell ich konnte.

An einem Samstagabend inmitten einer Hitzewelle war die Notaufnahme vollgepackt mit rotgesichtigen Menschen, die unter einem Sonnenstich litten. Keine Spur von einer auffallend schlanken Frau mit knabenhaftem Haarschnitt und strahlendem Lächeln.

»Ich suche eine Frau, die hier etwa vor einer halben Stunde

mit einem Rettungswagen eingeliefert worden ist«, erklärte ich der Frau am Empfang.

»Name?«

»Tess. Sie ist nach dem Stones-Konzert ohnmächtig geworden. Ich wollte mich nur überzeugen, dass es ihr gut geht. Ich bin Arzt.«

»Nachname?«

»Den kenne ich nicht«, gab ich zu.

»Wenn Sie Arzt sind, wissen Sie ja, dass ich Ihnen keine Information über Patienten geben darf.«

»Natürlich. Tut mir leid!«

Ich wandte mich zum Gehen, hielt jedoch inne.

»Darf ich Sie nur fragen, ob sie hier ist?«

»Ich darf Ihnen keine Informationen geben.«

»Und wenn ich eine Nachricht hinterlasse, könnten Sie ihr die geben?«

Die Frau zögerte.

»Ich bin wirklich Arzt …«

»Einem Arzt wie Ihnen bin ich noch nie begegnet.«

»Bitte …«

Nicht gerade ein Wort, das Ärzte jüngeren Angestellten gegenüber häufig benutzten.

»Wenn Sie eine Nachricht hinterlassen, versuche ich, sie weiterzuleiten«, stimmte sie schließlich zu.

»Sie haben nicht zufällig ein Blatt Papier für mich?«

Sie schüttelte ungläubig den Kopf, dann reichte sie mir einen Notizblock mit der Werbung für ein Antidepressivum.

»Ich nehme an, Sie brauchen auch noch einen Stift?« Sie schob einen Kugelschreiber über den Tisch.

»Nein, das nicht. Danke.«

Es war eine verrückte Idee. Vielleicht hatte ich auch zu viel Sonne abbekommen.

Jetzt wirkte die Frau fast enttäuscht. Sie seufzte und nahm ihren Stift zurück.

»Tut mir leid«, sagte ich und senkte den Blick, weil ich etwas spät hoffte, dass sie mich nicht erkennen würde, sollte ich je in diesem Krankenhaus arbeiten.

Die Luft draußen war noch immer drückend heiß und mein Mund trocken. Mir fiel ein, dass die Lebensmittelgeschäfte an der Waterloo Station lange geöffnet hatten, und ich überquerte die Straße. Als ich mit einer Flasche kaltem Mineralwasser in der Kassenschlange stand, betrachtete ich die Eimer mit frischen Blumen neben dem Ausgang.

Warum kannst du nicht einfach mal was machen?

War es nicht verrückt, einer Fremden Blumen zu schenken?

»Bitte gehen Sie zu Kasse neun«, wies mich eine geisterhafte Stimme an.

Als ich zögerte, merkte ich, dass die Person hinter mir verärgert schnaubte. »Entschuldigen Sie. Haben Sie etwas dagegen, wenn ich noch schnell etwas hole?«

Als ich mit einem Strauß aus lila Levkojen und rosa Rosen an den Empfangstresen zurückkehrte, saß dort eine andere Frau.

»Sind die für mich?«, fragte sie augenzwinkernd. »Die riechen ja wundervoll.«

Sie war freundlicher als die erste, kein Feuer speiender Drache am Tor zum Schloss, in dem man die Prinzessin gefangen hielt.

»Dürfte ich die wohl für eine Patientin hinterlassen?«

»Name?«

»Tess.«

»Ach, warten Sie. Sind Sie etwa derjenige, der ...?«

Ich nickte.

»Wie romantisch!« Sie lächelte mich an.

»Darf ich warten?« Ich blickte mich in dem vollen Wartezimmer nach einem freien Platz um.

»Ich glaube, wir behalten sie zur Beobachtung über Nacht hier.«

»Dann komme ich gleich morgen früh zurück, darf ich?«

»Ich kann nichts versprechen!«

Mir fiel ein, dass ich mich um acht Uhr am Flughafen von den Mädchen verabschieden wollte.

»Oh, ich kann nicht«, sagte ich. »Ich muss zu meinen Kindern.«

Der freundliche Ausdruck erstarb. Ich wollte sagen: Es ist nicht, wie Sie denken – doch das wäre alles zu kompliziert.

»Würden Sie mir einfach den Gefallen tun und ihr die Blumen geben?« Ich schob ihr den Strauß zu.

»Und Sie sind Dr. ...?«

»Gus. Einfach Gus«, sagte ich und floh.

Ich war auf dem Stones-Konzert, nur dass es nicht das Stones-Konzert war, sondern Pippas Hochzeit. Der Organist spielte *»You Can't Always Get What You Want«*, ich war den ganzen Weg bis zur Kirche gerannt, und das schweißnasse Hemd klebte an meinem Rücken ... In der ersten Reihe saß eine große Frau mit kurz gelockten Haaren, und ich musste zu ihr, also tappte ich auf Zehenspitzen durch den Gang und hoffte, dass mich niemand bemerkte, doch als sie sich umdrehte, war es Lucys Mutter Nicky ... Ich tanzte im Zelt, die Stones spielten *»Miss You«*, und die Discokugel warf kurze Lichtblitze auf die Gesichter – und ich wollte, dass sie anhielt, damit ich die Gesichter richtig sehen konnte, doch sie entglitten mir wieder und wieder. Ich lief hinaus in den Garten und legte mich auf die Hollywoodschaukel. Die Tür zum Zelt wurde geöffnet, und ein Lichtdreieck fiel auf den Rasen. Dann trat eine große schlanke Frau heraus, und das Dreieck schloss sich wieder. Ich war mir nicht sicher, ob ich in der Dunkelheit ihre Umrisse erkennen konnte, und …

Ich schreckte aus dem Schlaf auf und fühlte mich so erschöpft, als hätte ich gar nicht geschlafen. Gerade noch rechtzeitig erreichte ich den Flughafen, nur um festzustellen, dass der Flug Verspätung hatte. Flughäfen sind eigenartig seelenlose Orte; es fühlte sich nicht so an, als würde ich Zeit mit meinen Mädchen verbringen, sondern eher wie ein nicht endender frustrierender Schwebezustand. Es gab nur eine begrenzte Anzahl an Geschäften, in denen sich Charlotte herumdrücken und so tun konnte, als würde sie nicht sehen, wie wir bei *Costa* Muffins mit weißer Schokolade und Himbeeren aßen. Als sie zum Gate mussten, hatten wir uns nichts mehr zu sagen. Flora whatsappte, und Bella spielte *Fruit Ninja*.

Keine von ihnen drehte sich noch einmal nach mir um, während ich auf Zehenspitzen auf meiner Seite der Abfertigung stand, um in der Sicherheitsschleuse einen letzten Blick auf meine beiden Mädchen zu erhaschen. Als ich mich schließlich ebenfalls zum Gehen wandte, traten mir Tränen in die Augen, allerdings war das nichts verglichen mit der Sintflut, die mich bei den ersten Besuchen der Mädchen auf die Aussichtsplattform getrieben hatte, wo ich irgendwelchen startenden Flugzeugen hinterhergewinkt hatte, bevor ich dann traurig zur U-Bahn zurückgetrottet war.

Wir gewöhnten uns an die Trennung. Ich wusste nicht, ob das gut oder schlecht war.

Anstatt die Piccadilly Line in South Kensington zu verlassen und durch den Park nach Hause zu gehen, blieb ich sitzen und wechselte am Green Park in die Jubilee Line.

Diesmal traf ich am Empfang der Notaufnahme wieder auf eine andere Frau. Ich wollte gerade etwas sagen, da bemerkte ich durch eine offene Tür hinter ihr den Blumenstrauß aus lila Levkojen und rosa Rosen, der dort noch immer in Folie verpackt in einem Krankenhauswasserkrug auf einem Schreibtisch stand.

»Wie kann ich Ihnen helfen?«

»Die Blumen.« Ich zeigte auf den Strauß. »Die habe ich gestern Abend für jemanden hiergelassen.«

»*Sie* sind das?«, fragte sie.

Ich war ganz offensichtlich Gegenstand des derzeitigen Getratsches. Wahrscheinlich machte man sich über mich lustig.

»Wir haben versucht, ihn ihr zu geben, aber sie sagte, dass sie den Strauß lieber hierlassen würde, damit er andere Menschen erfreut.«

»Dann hat man sie nicht aufgenommen?«

»Die Ärzte wollten sie hierbehalten, aber Ihre Freundin hielt nichts davon.«

Ich wusste, ich würde nicht weiterkommen, wenn ich sie fragte, ob sie eine Adresse hinterlassen hatte.

»Trotzdem war das sehr nett von Ihnen«, lobte die Frau mit freundlicher, mütterlicher Stimme, als versuchte sie, mich aufzumuntern. »Der Duft ist eine angenehme Abwechslung zu, na ja, Sie wissen schon, was ich meine. Irgendjemand sagte, Sie seien Arzt.«

»Hat sie gefragt, von wem sie sind?«

»Wir haben ihr gesagt, von Gus.«

Ich hörte der Frau an, dass Tess nicht reagiert hatte …

»Kenne ich Sie?«

»Ich bin Gus.«

Sie war gerade erst wieder zu Bewusstsein gekommen.

Mein Name hatte ihr nichts gesagt. Das wusste die Empfangsdame, und ich wusste es auch. Wir blickten einander an.

Dann drehte ich mich um und ging.

TEIL 5

26 TESS

Juli 2013

Wenn Doll etwas wirklich toll findet, sagt sie, sie sei gestorben und in den Himmel gekommen. Genauso fühle ich mich, während ich in meinem Zimmer liege und an die Decke schaue. Putten schmücken einen blass türkisfarbenen Himmel mit Girlanden, und die Kristalltropfen des Kronleuchters werfen winzige Regenbögen an die Wände. Das Bett ist so groß, dass ich Arme und Beine von mir strecken kann, ohne irgendwo anzustoßen, und die Laken sind aus reinweißer Baumwolle und liegen beruhigend schwer auf meiner Haut. Für eine richtige Decke ist es zu warm, aber durch die Klimaanlage wird es nachts ziemlich kühl.

Als ich zum Fenster gehe und die Fensterläden aufstoße, spüre ich die kalten Bodenfliesen unter den nackten Füßen. Ich blicke auf eine sanfte Hügellandschaft, gesprenkelt von graugrünen Olivenhainen, und auf dunkle Zypressen, die in den blauen Himmel ragen. In der Ferne sieht man gerade noch die Terrakottadächer einer kleinen Stadt, die wohl Vinci sein muss, der Geburtsort Leonardos.

Doll gefiel vor allem der Infinity-Pool, der auf der Website erwähnt wurde. Als ich in den kalten Spiegel unbewegten Wassers eintauche und mit ruhigen Zügen durch das Becken gleite, wohl wissend, dass die anderen Gäste ganz in meiner Nähe noch in ihren Betten liegen, kommt es mir vor, als könnte ich geradewegs in den Himmel hineinschwimmen. Libellen schießen über die quecksilbrige Wasseroberfläche, und die Luft ist schwer von Jasminduft und dem ersten Hauch frischen Kaffees aus der Küche.

Die einzige Regel in der Villa Vinciana lautet, dass die Gäste, die hier ihren jeweiligen künstlerischen Beschäftigungen nachgehen, die Mahlzeiten gemeinsam einnehmen. So soll ein Gemeinschaftsgefühl entstehen, auch wenn man sich als Neuankömmling am ersten Tag noch nicht recht einfügt, da die Bewohner, die schon länger hier sind, sich bereits in kleinen Grüppchen zusammengefunden haben. Neben dem Speisebereich ist auf aufgebockten Tischen ein Frühstücksbuffet angerichtet: Platten mit *prosciutto* und Käse, aufgefächerte Melonenscheiben und Körbe voll kleiner Teilchen, gefüllt mit Marmelade, Pudding oder Marzipan – man weiß es erst, wenn man hineinbeißt –, alle gleichermaßen köstlich.

Es sind nicht nur Singles da. Manche Gäste sind mit ihren Partnern angereist, doch diese Pärchen sind am stillsten, weil sie auch im Alltag miteinander frühstücken. Diejenigen, die erst gestern Abend mit dem Kleinbus vom Flughafen Pisa eingetroffen sind, stellen einander vorsichtige Fragen über ihre Gründe für die Reise, sehr darauf bedacht, zu diesem frühen Zeitpunkt nicht zu aufdringlich zu wirken oder zu viel zu offenbaren. Neben Schreibkursen bietet die Villa Vinciana auch Seminare zu italienischer Küche, Kunst und Kultur, Yoga und Steinbildhauerei an – diese wegen des Lärms allerdings einige Kilometer außerhalb in einer umgebauten Ölmühle.

Nach dem Frühstück erläutert Lucrezia, die Leiterin des

Hauses, den Tagesablauf und die Ausflüge. Man versteht ihr Englisch, aber sie benutzt nicht immer die richtigen Ausdrücke. Am Vormittag haben die künstlerisch orientierten Teilnehmer Zeit, »einsam« zu arbeiten, wenn die Kreativität »ganz groß« und die Sonne noch nicht »zu sehr heiß ist«. Anschließend gibt es ein »langes« Mittagessen, dann »eine Freizeit« und um sechs Uhr ein Gruppenseminar. Zum Abendessen wird ein »Buffet leicht« serviert und man bekommt Pizza »frisch aus dem Feuer«.

Als ich in meinem Zimmer an dem kleinen Holzschreibtisch am offenen Fenster sitze, bin ich ein wenig aufgeregt, an diesem magischen Ort zu sein. Ich möchte Doll am liebsten gleich eine E-Mail schreiben und ihr erzählen, dass das Zimmer mit Aussicht den Preisaufschlag absolut wert war, aber ich habe das WLAN-Passwort nicht und fürchte mich ein wenig vor Lucrezia. Sie scheint recht streng zu sein. Wahrscheinlich muss man das sein, wenn man sich um rund vierzig Leute und all ihre verschiedenen Bedürfnisse kümmert. Und überhaupt, Doll wäre vielleicht sauer, wenn sie glaubte, ich würde meine Zeit hier mit E-Mails an sie verplempern, statt, wie geplant, an meinem Buch zu schreiben.

Nach einer Stunde starre ich noch immer den leeren Bildschirm an. In einem toskanischen Palazzo will sich die Erinnerung an das Leben im Sozialbauviertel eines heruntergekommenen englischen Küstenstädtchens nicht recht einstellen.

Ich möchte mein Buch fertig schreiben, aber würde das irgendeinen Unterschied machen? Manchmal glaube ich, dass ich Angst habe, es zu Ende zu bringen, denn was passiert dann? Ob jeder Schriftsteller sich das manchmal fragt?

Ich entschließe mich zu einer kleinen Erkundungstour. Falls ich Lucrezia über den Weg laufe, kann ich behaupten, ich würde Sätze im Kopf vorformulieren oder so etwas. Ich schiebe meinen Stuhl zurück und stehe auf, langsam, denn ich will nicht wieder in Ohnmacht fallen, nicht auf diese harten Tonfliesen. Ich creme mir Arme und Beine mit Schutzfaktor 20 ein und setze den großen Strohhut auf.

Das Anwesen umfasst die beachtliche Villa, in der sich mein Zimmer befindet, ein weiteres großes Bauwerk, das wie eine Kirche aussieht, aber kein Kreuz auf dem Dach hat, und einige einstöckige Wirtschaftsgebäude, die früher vermutlich Stallungen waren, bevor der gesamte Komplex in einen Rückzugsort für Kunstsinnige und ein Kulturzentrum umgewandelt wurde. Die Gebäude stehen auf einem ziemlich steilen Hügel, der den Infinity-Pool überhaupt erst ermöglicht, denn das Becken ist in eine Terrasse hineingebaut. Gleich unterhalb der hohen Steinmauer, die die Poolterrasse trägt, befindet sich eine Art Holzdeck mit einem Baldachin als Sonnenschutz, unter dem die Yoga-Truppe ihre Übungen absolviert. Ein steiler, steinerner Pfad führt hinab zu einer weiteren Terrasse, auf der rankende Pflanzen mit kleinen orangefarbenen, grünen und roten Früchten wachsen, in denen ich mit einem Mal diese winzigen, sündhaft teuren Tomaten erkenne, die es auch bei *Waitrose* gibt. Rispentomaten. Ich habe noch nie eine Tomate am Strauch gesehen. Als ich die Hand ausstrecke, um eine zu pflücken, lässt sich ein weißer Schmetterling für einen kurzen Moment auf dem Blatt direkt neben meiner Hand nieder. Ich schaue ihm nach, wie er aufflattert und hier und da entlang des Spaliers Rast macht, bis ich plötzlich einen Mann in kakifarbenem Shirt und abgeschnittener Jeans bemerke, der einen Korb am Arm trägt und mich anschaut.

»Buongiorno!«

Ich verliere den Halt und rutsche auf dem Po den staubigen Abhang zur nächsten Terrasse hinunter, bis ich mich mit den Handflächen abfangen kann.

»Alles okay?«, ruft die Stimme von oben.

»Ja, danke …« Ich schäme mich zu sehr, um mich noch einmal umzusehen.

In Wirklichkeit sind meine Hände aufgeschürft und brennen, aber die Verletzungen sind nur oberflächlich. Ich stehe rasch auf und gehe möglichst würdevoll weiter, so gut es mein angekratzter Stolz und meine Flipflops erlauben.

GUS

Wegen des großen Hutes kann ich ihr Gesicht nicht richtig erkennen, dann rutscht sie weg.

Ich stelle mich auf die Zehenspitzen, blicke über die Tomatenstauden hinweg und sehe sie eine Etage tiefer auf dem staubigen Weg sitzen. Schnell springt sie auf, wobei sie nur aus Beinen und Ellbogen zu bestehen scheint, und geht weiter, ohne zu bemerken, dass ihre weißen Shorts von hinten mit rötlichbrauner Erde beschmutzt sind.

Die hoch stehende Sonne blendet. Es ist fast Mittag, und ich sollte wahrscheinlich ebenfalls einen Hut tragen, denn die Hitze scheint mir zu Kopf zu steigen.

Mit den *ciliegini,* den Kirschtomaten, kehre ich in die Küche zurück und wasche sie gerade an dem großen blitzsauberen Stahlbecken am Fenster, als der Hut vorbeigeht. Sie hält sich das Handgelenk und richtet dabei die Handfläche nach oben, wie ein Kind, das auf dem Spielplatz gefallen ist.

»Goos!«, ruft der Koch.

»Si?«

»Facciamo la pasta?«

Machst du die Nudeln?

»Certo!«

Heute Morgen am Flughafen habe ich einen Sprachkurs mit einer CD erstanden, die ich auf der Fahrt zur Villa Vinciana in meinem Mietwagen gehört habe. Es war ein Fehler, nach nur wenigen Stunden Sprachunterricht das Navi auf Italienisch umzustellen, doch schließlich habe ich es gefunden.

Wir sind nur zu dritt im Kochkurs und helfen den beiden Köchen, das Mittagessen vorzubereiten. Einer meiner Mitschüler ist ein deutscher Bär, dessen Bauch sich über seine Schürze wölbt, und die dritte im Kurs ist eine geschiedene Amerikanerin Mitte vierzig. Kurt schwitzt über dem *ossobuco,* Nancy bereitet mit ein paar letzten Handgriffen das vegetarische Gericht vor: *melanzane farcite.* Da ich zu spät gekommen bin, hat man mir die *spaghetti al pomodoro* übertragen, deren simple Zutaten vorbereitet und dann unmittelbar vor dem Servieren hinzugefügt werden, sodass ich kurz etwas Leerlauf habe, bis der Koch auf das frische Obst deutet und mir zeigt, wie ich es schneiden soll.

Beim Servieren von vierzig Portionen Spaghetti wird einem heißer, als ich gedacht habe, vor allem in einer weißen Kochjacke; aber es ist auch befriedigend, und als ich die letzten Portionen austeile, höre ich von den Tischen vereinzelte Kommentare.

»So frisch!«

»Die Spaghetti sind auf den Punkt gekocht!«

»Meint ihr, man kann das Olivenöl hier kaufen? Davon muss ich mir unbedingt was mit nach Hause nehmen!«

»Was ist das kleine Grüne?«, fragt eine Stimme, die wie ein Echo durch meinen Kopf hallt.

Ich blicke auf. Sie ist es. Sie *ist* es! Die Schmetterlingsfrau!

Sie hat ihren Hut abgenommen, und die feuchten Haare liegen so eng an ihrem Kopf an, dass die feinen Löckchen wie der Flaum eines Babys nach dem Baden wirken. Misstrauisch blickt sie auf die letzte Portion Spaghetti.

»Basilikum«, höre ich mich durch die Nervosität hindurch sagen, die mein Hirn vernebelt.

»Schmeckt das wie Spinat?« Die Stimme klingt leicht nasal, nicht nach Essex, aber irgendwo dort aus der Gegend.

»Nicht wirklich.«

»Dann hätte ich gerne ein wenig davon.«

Als ich die Portion auf den Teller fülle, den sie mir hinhält, zittern meine Hände derart stark, dass ich ihr versehentlich Tomaten-Olivenöl-Soße auf den Daumen spritze.

»Tut mir furchtbar leid!« Ich greife nach dem Geschirrtuch, das über meiner Schulter hängt, doch sie hat den Daumen schon zum Mund geführt, um ihn abzulecken, wobei sie etwas Soße auf ihr T-Shirt kleckert.

»Mist«, sagt sie. »Das ist schon das zweite Mal heute.« Sie dreht ihre Hand um, auf der ein großes Pflaster klebt. »Es heißt, ein Unglück kommt selten allein. Wobei an einem Ort wie diesem nichts wirklich schlimm ist, oder?«

Auf ihrem Gesicht erscheint ein Lächeln, das mir auf seltsame Weise vertraut erscheint. Es gibt mir das Gefühl, als würden wir einander bereits seit einer Ewigkeit kennen, und beschleunigt meinen Pulsschlag.

»Goos!«, ruft der Koch.

»Si, chef, vengo!«

Ich komme. Ist das richtig? Oder ist der Satz auf Italienisch genauso doppeldeutig wie auf Englisch?

»*Das Obst!*«, mahnt er ärgerlich. Die Erdbeeren müssen noch geputzt und mit Orangensaft beträufelt werden, und die Orangen muss ich erst noch auspressen. Und dann muss auch noch aufgeräumt werden.

Als ich wieder aus der Küche komme, haben die meisten Gäste den Essensbereich bereits verlassen, um ihren Kaffee in der kleinen schattigen Bar am anderen Ende der Anlage einzunehmen. Doch dann sehe ich, dass der Hut noch allein am Tisch sitzt und in ein Notizbuch schreibt, und mein Herz tut einen Sprung.

Warum kannst du nicht einfach mal was machen?

Weil es seltsam wirken würde, oder? Ganz offensichtlich erkennt sie mich nicht, und auch wenn das Ganze purer Zufall ist, würde sie mir das niemals glauben, vor allem nicht nach den Blumen. Wahrscheinlich denkt sie, ich würde sie stalken.

Sie steht auf und kommt auf mich zu, wobei ihre Flipflops auf den Boden klatschen.

»Sehr gut«, sagt sie und reicht mir ihren Teller. »Um ganz ehrlich zu sein, hätte es mir ohne Basilikum allerdings noch besser geschmeckt.«

»Das werde ich mir merken.«

»Hast du die gemacht?«

»Ich mache hier den Kochkurs. Ich habe auch das Obst zubereitet.«

»Das Obst war hervorragend«, lobt sie, »vor allem die Wassermelone. Normalerweise ist die voller Kerne.«

»Man muss sie auf eine bestimmte Weise aufschneiden.«

»Das musst du mir zeigen. Obwohl ich mir in England

wohl kaum eine ganze Wassermelone kaufen würde, oder? Nach ein paar Tagen hätte man genug davon, meinst du nicht? Schmeckt in England sowieso nicht genauso, nicht wahr? Eher wie Gurke. Ich kann überhaupt nicht kochen. Ich kann noch nicht mal grillen, ohne alles anbrennen zu lassen!«

»Beim Grillen lässt doch jeder was anbrennen.«

»Ehrlich?«

Ich nicke und werde dafür mit einem Lächeln belohnt.

»Und du machst hier …?«

»Ich schreibe«, antwortet sie. »Jedenfalls ist das der Plan. Sollte mich dem jetzt wohl auch wieder zuwenden, sonst bekomme ich Ärger.«

Mir fällt nichts ein, womit ich sie aufhalten könnte.

»Bis später vielleicht?«, frage ich.

»Ich glaube, das lässt sich kaum vermeiden?«

TESS

Ich wünschte, ich würde nicht immer so plappern, wenn ich nervös bin. Er war sehr höflich, aber es gibt Grenzen, oder? Er hat so ein Gesicht, das sich je nach Situation vollkommen verändert. Wenn er zuhört, ist es ernst und aufmerksam, aber wenn man ihn zum Lachen bringt, wirkt er wie ein kleiner Junge, der nichts zu verbergen hat. Es gibt so einen leicht sommersprossigen Typ, wie der Schauspieler, der den Marius in Les Misérables spielt, jungenhaft, aber auch sehr sexy. Ein bisschen so sieht er aus. Nur größer. Er ist ziemlich groß.

Ist er in Begleitung hier? Oder allein? Auf der Flucht vor

einer traumatischen Erfahrung? Seine Augen sind blau, aber irgendwie auch golden, und flackern zwischen Vergnügen und Furcht.

Natürlich spielt er in einer ganz anderen Liga, mit seiner gewählten Ausdrucksweise und alldem. Na ja. Deshalb bin ich ja auch nicht hier.

> Die Fertigstellung Ihres ersten Entwurfs.
> Anfänger auf dem Feld der Schriftstellerei haben oft Schwierigkeiten, ihren ersten Entwurf zu Ende zu bringen …

Die Beschreibung über dem Kursplan ist die gleiche wie auf der Website, die Doll entdeckt hat. Es war ihre Idee mit der Toskana gewesen, weil ich immer gesagt hatte, ich wolle noch einmal dort hinfahren, und sie befürchtete, dass ich mich allein etwas einsam fühlen könnte. Dieses Mal konnte sie nämlich nicht mitfahren, wegen Elsie, und weil sie wieder im siebten Monat schwanger ist.

> … Wir helfen Ihnen dabei. Die Villa Vinciana liegt eingebettet in die sanften Hügel der Toskana oberhalb des Ortes Vinci, wo eines der größten kreativen Genies aller Zeiten das Licht der Welt erblickte, und ist ein Paradies der Ruhe für Ihre künstlerische Arbeit. Alle klimatisierten Zimmer mit eigenem Bad sind mit einem Schreibtisch ausgestattet, an dem Sie tagsüber Ihren Projekten nachgehen können. Am Abend finden Gruppenseminare statt, die von unseren fachkundigen Tutoren geleitet werden. Sie bieten Ihnen Raum zur Diskussion literarischer Techniken, professionelle Kritik und hilfreiches Feedback.

1. Tag
Die Teilnehmer stellen sich und ihre Arbeit der Gruppe vor.

Meine Gruppe trifft sich im schattigen Bereich unterhalb des Pools, wo ich am Morgen den Yoga-Kurs gesehen habe. Wir sind nur zu fünft, die Kursleiterin Geraldine eingeschlossen. Yoga scheint mit Abstand am beliebtesten zu sein, denn den Kurs haben mindestens zwanzig Personen belegt, und bevor wir überhaupt angefangen haben, frage ich mich bereits, ob ich lieber noch schnell wechseln sollte, obwohl mich Yoga bisher nie interessiert hat.

Von zwei der anderen Kursteilnehmer habe ich schon vor Kursbeginn einen nicht allzu guten ersten Eindruck gewonnen: Es ist ein Ehepaar mittleren Alters, das auf dem Hinflug mit mir im Flieger saß. Der Flugbegleiter konnte nichts dafür, dass die Tortillachips leer waren, und außerdem sollte man nicht mit einem üppigen Snackbuffet rechnen, wenn man *Ryanair* fliegt. Als sie ihn zum dritten Mal zu sich riefen, hätte ich mich am liebsten umgedreht und gesagt: Sie hätten eben schon am Flughafen was essen sollen.

Zum Glück habe ich mir das aber verkniffen, denn im voll besetzten Kleinbus zur Villa saß ich dann direkt neben ihnen.

Unter den Kursteilnehmern gibt es sofort eine Art Wettbewerb, nach dem Motto: Wie lang ist Ihr Entwurf denn schon? Die beiden Teile der Ehe-Combo heißen Graeme und Sue und sind Erdkundelehrer. Er schreibt an einem Actionthriller, der auf einer Schulexkursion spielt, sie an einer romantischen Komödie zwischen zwei Lehrern. Sie will, dass wir anhand ihrer Zusammenfassung den Titel erraten. Es ist offensichtlich, dass wir anderen nicht besonders scharf darauf sind.

»Warum verraten Sie ihn uns nicht einfach?«, fragt Geraldine freundlich.

»*Liebelei im Lehrerzimmer!*«, antwortet Sue triumphierend.

»Das ist ja echt cool!«, sagt Erica, eine dicke Amerikanerin.

Sie schreibt einen Vampirroman für Teenager, der, wie sie uns versichert, ganz anders ist als *Twilight*. Ich fände es besser, wenn ihr Roman genauso wäre wie *Twilight*, denn mir hat die Reihe gut gefallen.

Jetzt schauen alle mich an. Es ist schwer, Ericas Alter zu schätzen, aber ich bin ziemlich sicher die Jüngste in der Runde.

»Ich schreibe nicht an einem Roman«, setze ich an.

»Wie interessant«, sagt Erica.

Sue und Graeme werfen sich vielsagende Blicke zu, als sei ich eine begriffsstutzige Schülerin, die die Aufgabenstellung nicht richtig gelesen hat.

Geraldine, die sicher sehr nett ist, mich aber mit ihrem langen, grau melierten Haar und ihren kaftanartigen Kleidern an Leos Ehefrau erinnert, lächelt mir aufmunternd zu.

»Es heißt *Hoffnung – mein Leben mit Hope* und handelt im Grunde von meiner Mutter und meiner Schwester, die das Asperger-Syndrom hat.«

»Also eine Autobiografie«, bemerkt Sue ein wenig besserwisserisch.

»Eher so eine Art Memoiren«, sage ich.

Graeme hält sich die Hand vor den Mund und unterdrückt ein Lachen, als sei ich blöd. Bedeuten die Begriffe etwa ein und dasselbe? Klingt Memoiren nur besser?

»Diese Art Bücher haben doch noch einen anderen Namen, nicht?«, fragt Erica und blinzelt mit ihren Schweineäuglein, während sie sich das Hirn zermartert.

Geraldine unterbricht uns: »Wir wollen nicht alles sofort in eine Schublade stecken.«

»Meine Schwester heißt Hope, wissen Sie ...«, fahre ich fort.

»Das ist ja echt cool!«, sagt Erica.

Geraldine erläutert einige Grundregeln für den Kurs, nämlich dass wir uns gegenseitig respektieren und versuchen sollen, konstruktive Kritik zu üben, alles Dinge, die ich schon aus meinem Londoner Kurs kenne. Dann fordert sie uns auf, uns still hinzusetzen und unsere Umgebung bewusst wahrzunehmen, auf die Geräusche zu achten und eine, wie sie es nennt, Eingangsszene zu schreiben, die das Setting etabliert, um auf dieser Grundlage zur Beschreibung der handelnden Personen vorzudringen.

Der friedliche Augenblick allgemeiner Kontemplation wird bald von Graeme gestört: »›Die Sonne senkte sich über die toskanischen Hügel, und die Grillen zirpten ...‹ – meinen Sie so was in der Art?«

»Sie haben es erfasst«, erwidert Geraldine.

»Okay, dann hab ich's schon«, sagt Graeme, als gäbe es einen Preis dafür, als Erster fertig zu werden.

Eine sanfte Brise lässt den Baldachin über unseren Köpfen rascheln und trägt den rauchigen Duft nach Holzkohle und Pizza herüber.

Ich kann kaum glauben, dass ich schon wieder Hunger habe.

»Beenden Sie die Aufgabe in aller Ruhe in Ihrem eigenen Tempo. Wir sehen uns dann morgen wieder und besprechen die Ergebnisse. In diesem Rahmen können wir auch an Ihrer

Fähigkeit arbeiten, Kritik zu üben«, sagt Geraldine und schließt die Sitzung.

»Misery Memoir!«, ruft Erica plötzlich schrill.

Alle starren sie an.

Sie zeigt auf mich. »Ein Jammerbuch. So was schreiben Sie!«

»Nein, tu ich nicht«, sage ich.

»Doch, so nennt man das«, beharrt sie.

Ich bin drauf und dran zu sagen, dass meine Erinnerungen keineswegs nur von Kummer und Elend geprägt sind, doch dann geht mir auf, dass ich gar nicht will, dass sie oder irgendwer sonst aus der Gruppe mehr darüber erfahren. Diese Leute sind ganz anders als meine Schreibgruppe in London, und ich will nicht, dass sie meinen Text zerpflücken, egal wie »konstruktiv« sie es machen. Tatsächlich habe ich überhaupt keine Lust, meine Erinnerungen mit ihnen zu teilen.

Zurück in meinem Zimmer fühle ich mich schuldig, weil Doll so viel Geld für diese Reise ausgegeben hat. Das war wirklich nett von ihr, und ich will sie keinesfalls enttäuschen.

Ich werde es trotzdem genießen, versichere ich ihr am Telefon, denn der Ort ist einfach wundervoll, und der Infinity-Pool ist klasse, und es gibt jeden Tag Busausflüge. Vielleicht wechsle ich in die Kulturgruppe, oder vielleicht unternehme ich allein ein paar Kulturtrips.

Doll meint: »Tu, was immer dir Spaß macht. Das soll schließlich Urlaub sein!«

Das ist schon mal eine Erleichterung.

»Ein paar scharfe Typen in Sicht?«

»Ich bin noch nicht mal einen ganzen Tag hier!«

»Verstehe …«, sagt sie.

Er kümmert sich um den mit Holz befeuerten Pizzaofen und teilt die riesigen gebackenen Kreise mit einem Pizzaschneider.

Es gibt eine sehr leckere Pizza mit Tomatensoße, zerlaufenen Mozzarellascheiben und einem bestimmten Gewürz, laut seiner Aussage Oregano, das dem Ganzen diesen typisch italienischen Geschmack verleiht. In England bekommt man es auf Pizzen nur getrocknet, aber hier kommt es frisch aus dem Kräutergarten der Villa. Auf Wunsch gibt es auch Anchovis oder kleine Stücke *salsiccia,* das ist eine italienische Wurst. Sie lassen den rohen belegten Teig auf großen flachen Schiebern in den Ofen gleiten und nur ganz kurz backen, weil die Steine so heiß sind.

Sein Gesicht ist knallrot, weil er direkt neben dem Ofen steht. Vielleicht hat er aber auch zu viel Sonne abbekommen; Rothaarige bekommen ja schnell einen Sonnenbrand. Er ist freundlich, aber wir können uns nicht ewig unterhalten, weil hinter mir eine Schlange hungriger Menschen wartet.

Am Tisch meide ich die Schreibgruppe, aber alle anderen scheinen sich mit Leuten aus ihren eigenen Kursen zusammengetan zu haben, und niemand sieht so aus, als wolle er mir Platz machen, damit ich mich dazusetzen kann. Die Steinbildhauer sind gerade erst zurückgekommen und sehen, mit weißem Steinstaub bepudert, ein wenig gespensterhaft aus. Die Yoga-Leute starren entsetzt die Wurst auf meiner Pizza an, denn sie sind alle Vegetarier, also setze ich mich allein ans Kopfende eines Tisches und beobachte ihn beim Servieren. Ich glaube nicht, dass er mit jemandem hier ist, denn er schaut immer wieder zu mir herüber, und ich muss jedes Mal schnell so tun, als würde ich einfach vor mich hin starren und mir Szenen für mein Buch überlegen oder so.

Nachdem jeder eine köstliche Pizza gegessen hat, können wir uns noch einmal anstellen und eine zweite mit frischem Obst und Zucker bekommen. Ich wusste gar nicht, dass es auch süße Pizzen gibt.

»Das schmeckt wie Puddingplunder mit Aprikose!«, rufe ich aus. Aber sofort fühle ich mich idiotisch und ergänze schnell: »Nur ohne Aprikosen.«

»Und italienischer?«, fragt er.

Aber auf eine nette Art. Nicht wie Sue oder Graeme es gesagt hätten.

»Hast du Lust auf einen Kaffee, wenn ich hier fertig bin?«, fragt er.

»Ich kann abends keinen Kaffee trinken. Aber eine Limo vielleicht«, füge ich rasch hinzu.

»Also dann, ein Rendezvous in der Bar, nachdem ich mit den anderen die Küche in Ordnung gebracht habe?«

Rendezvous!

Erst als ich den Kleiderschrank öffne, erhasche ich im Spiegel gegenüber einen Blick auf den Hosenboden meiner Shorts. Nachdem ich mich umgezogen, mir das Gesicht gewaschen, mich gegen Make-up entschieden, aber dafür mit *Chanel No. 5* aus dem Duty-free-Shop eingesprüht habe, ist die Bar bereits geschlossen, und die Villa liegt in einer vollkommenen Dunkelheit und Stille da, wie es sie nur auf dem Land gibt.

GUS

Ich verstehe ja, dass Restaurantküchen makellos sauber sein müssen, aber das sind meine Ferien, für die Nash Geld bezahlt hat. Es scheint an Betrug zu grenzen, dass die Villa nur zwei Köche und einen Küchenjungen beschäftigt und die Teilnehmer des Kochkurses den Großteil der Vorbereitungen, des Kochens und des Saubermachens übernehmen. Als ich fertig bin, ist das Café verlassen, und die Schmetterlingsfrau hat aufgegeben und ist ins Bett gegangen.

In meinem Zimmer neben dem Pool liege ich wach und lausche auf die Zikaden und einen Hahn, der zu dieser Unzeit hin und wieder auf einem entfernten Bauernhof kräht. Bei dem Gedanken, dass sie irgendwo in der Nähe schläft, lächele ich vor mich hin.

Am nächsten Morgen erwache ich von Besteckgeklapper und dem buttersüßen Duft warmer Croissants aus einem traumlosen Schlaf.

Während ich zum Frühstück auf die Terrasse schlendere, bemerke ich, dass ein Minibus auf dem Kies vor dem Haupteingang wartet. Als er losfährt, blickt sie mich durch die Heckscheibe an. Sie winkt, genau wie sie es im Notarztwagen getan hat, dann runzelt sie plötzlich die Stirn, als erinnerte sie sich gerade an etwas.

»Wo fährt der Minibus hin?«, frage ich die Kursleiterin Lucrezia.

»Ein Kulturausflug nach Florenz.«

»Aber sie kommen zurück …?«

»Heute Abend, ja.«

TESS

Vor dem Bahnhof, wo uns der Bus absetzt, wartet eine Stadtführerin mit rotem Schirm, um die Kulturgruppe herumzuführen. Ich behaupte, ich wolle shoppen gehen, weil ich nicht unhöflich sein und sagen will, dass ich mir die Stadt allein ansehen möchte.

In meiner Erinnerung haben sich die anderen Stationen unserer Interrail-Reise in Postkartenmotive verwandelt: das angestrahlte Amphitheater in Verona vor tintenschwarzem Himmel, die tiefblaue Bucht von Neapel, der Blick über die Lagune von Venedig nach San Giorgio. Doch an den letzten unbeschwerten Tag, den ich mit Doll in Florenz verbrachte, den Tag, bevor mein Leben sich dramatisch veränderte, kann ich mich noch genau erinnern, an jede Stunde, beinahe an jeden einzelnen Schritt, und aus nostalgischen Gründen möchte ich ihn noch einmal nachempfinden.

Ich nehme den Bus nach Fiesole, stelle mich ans offene Fenster und spüre den Fahrtwind im Gesicht. Nachdem der Bus mich an der Endhaltestelle abgesetzt und beim Wenden eine Dieselwolke in die Luft gepustet hat, um anschließend zurück in die Stadt zu fahren, liegt der Platz mit einem Mal friedlich da, und ein sanfter Hauch frischer Gebirgsluft kühlt meine nackten Arme. Im römischen Theater setze ich mich auf eine der warmen Steinstufen, und meine Erinnerung ist so lebendig, dass ich mein jüngeres Ich beinahe von der Bühne rufen höre: Morgen, und morgen, und dann wieder morgen!

Ich mache ein Foto und schicke es Doll mit der Nachricht: *Du fehlst mir!*

Im Café sitze ich unter einer schattigen Kletterranke und trinke sprudelndes Mineralwasser. Ich bestelle *spaghetti al pomodoro* ohne Basilikum und schaue beim Essen auf Florenz, eine Miniaturstadt in der Ferne, die von hier aussieht wie der Hintergrund eines Gemäldes von Leonardo.

GUS

Der Koch zeigt mir, wie man *vitello tonnato* zubereitet, ein Gericht, an dem ich mich nie versucht habe, weil ich immer dachte, es müsse eigenartig schmecken. Ich bin nicht gerade verrückt auf Kalb oder Thunfisch, und dann auch noch beides zusammen? Wie soll das funktionieren? Der Koch versichert mir, dass es *buono* sein wird, wenn ich sorgfältig seinem Rezept folge.

Zunächst muss ich vorsichtig das Kalbfleisch anbraten und darauf achten, dass es gar wird, aber nicht trocken. Und dann muss es ruhen und abkühlen, weil das Gericht kalt serviert wird. Als Nächstes bereite ich eine Mayonnaise aus Eigelb, Zitronensaft und Olivenöl zu und würze sie mit fein geschnittenen Kapern sowie mit etwas Kerbel und Schnittlauch aus dem Garten. Dazu gebe ich ein paar zerstoßene, salzige Sardellen und zerdrückten Thunfisch aus der Dose. Dann schneide ich das kalte Kalbfleisch mit der Maschine in Scheiben und gebe die würzige Mayonnaise darüber. Es sieht nicht sehr ansprechend aus, aber es schmeckt göttlich.

»*Perfetto!*«, lobt der Koch und nickt anerkennend.

Kurt, der sich heute um Pasta und Nachtisch gekümmert

hat, räumt die Küche schneller und effizienter auf als ich, und so habe ich ab drei Uhr einen freien Nachmittag.

Am Pool ist es ziemlich voll, und da sich meine Haut nicht zum Sonnenbaden eignet, erkunde ich mit meinem Mietwagen die Gegend.

Das erste Straßenschild zeigt an, dass Florenz nur fünfzig Kilometer entfernt ist, darum fahre ich auf die Autobahn, die Florenz mit Pisa und Livorno verbindet, und erreiche nach weniger als vierzig Minuten den wenig ansprechenden Stadtrand von Florenz. Schilder lotsen mich zum Parkplatz am Piazzale Michelangelo. Als der Fiat Panda auf der geschwungenen Straße den Berg erklimmt, erkenne ich, wo ich bin.

Die Hitze schlägt mir entgegen wie aus einem Backofen, als ich aus dem klimatisierten Auto auf einen Parkplatz trete, der wohl zu den schönsten der Welt gehört. Vor dem leuchtend blauen Himmel wirkt der Dom irgendwie unwirklich, wie auf einer Postkarte. Ich gehe zu einem der Andenkenstände, die mit Fußballshirts und Plastiknachbildungen von Michelangelos *David* überfüllt sind, und kaufe eine Flasche Sonnenmilch mit Lichtschutzfaktor 50 sowie einen Stadtplan, den ich eigentlich nicht brauche, weil ich die Straße wiedererkenne, die ich bei meinem letzten Besuch auf dem Weg aus der Stadt hinaus und durch die ländliche Landschaft hier hinaufgelaufen bin.

Erst ein Stück an der schattigen Hauptstraße entlang, und dann meine ich mich zu erinnern, dass Stufen zu einer wunderschönen Kirche hinaufführen, die ich vor all den Jahren vom Pool auf der Dachterrasse unseres Hotels aus entdeckt habe.

TESS

Es muss einen Bus nach San Miniato al Monte geben, aber jeder, den ich frage, nennt mir eine andere Haltestelle, oder ich verstehe die Wegbeschreibung nicht, also tue ich einfach, was Doll an meiner Stelle getan hätte, und nehme ein Taxi. Der Wagen rauscht durch Vororte, die aussehen wie in jeder anderen Stadt, und dann geht es einen bewaldeten Hang hinauf, der mit eleganten Villen bebaut ist; unnahbar erheben sie sich über das Gewirr mittelalterlicher Gassen im *centro storico*. Das Taxi setzt mich am Fuß der Steinstufen ab, die zur Kirche hinaufführen. Kein anderer Mensch ist so dumm, in der brütenden Hitze steile Treppen zu steigen. Ich muss zwei Mal stehen bleiben, um wieder zu Atem zu kommen, aber ich drehe mich kein einziges Mal um, bis ich den höchsten Punkt erreicht habe.

Der Blick ist so unglaublich schön, dass mir die Tränen kommen, wie schon vor Jahren. Ich kann mir gar nicht mehr vorstellen, was ich damals für Sorgen gehabt haben könnte, als mir das ganze Leben offenzustehen schien und ich keine Vorstellung davon hatte, was noch kommen würde. Ich erinnere mich, dass ich damals dachte, diese Kirche sei sicher ein großartiger Ort zum Heiraten, was ein wenig komisch war, denn ich hatte nie zu den Mädchen gehört, die von einer Hochzeit in Weiß träumten.

In der Kirche ist es nach dem grellen Sonnenlicht so dunkel, dass ich für einen kurzen Moment nichts erkennen kann. Selbst als ich den Hut absetze und mir die Sonnenbrille ins Haar schiebe, müssen sich meine Augen erst an das Zwielicht gewöhnen. Ich gehe die Stufen zum erhöhten Altarraum hinauf und bin mir des respektlosen Flappens meiner Sandalen nur allzu bewusst. Als ich einen Euro in den Münzautomaten werfe, wird die Apsis von goldenem Licht durchflutet.

Ich blicke hinauf in das riesenhafte, strenge Gesicht Jesu Christi und habe plötzlich das Verlangen, mich bei Ihm zu entschuldigen.

»Es ist nicht so, dass ich nicht an Dich glaube«, erkläre ich Ihm in Gedanken. »Nur die Kirche mag ich nicht, und um ehrlich zu sein, Du würdest sie sicher auch nicht mögen, wenn Du heute hier wärst.«

Mit einem abrupten Klicken geht das Licht aus und straft mich für diesen ketzerischen Gedanken.

Doch gleich darauf springt es wieder an, und ich wirbele herum.

Der große Mann aus der Villa Vinciana steht neben dem Automaten. Im goldenen Licht schimmern seine Haare bernsteinfarben.

Wir starren einander einige Sekunden an, und dann rufen wir beide zugleich: »Du bist es!«

»Ich *wusste,* dass ich dich von irgendwoher kenne!«, sage ich aufgeregt. »Du warst an dem Tag hier, als ich meine Abschlussnoten erfahren habe!«

»Du warst hier. Und dann hast du mich auf dem Ponte Vecchio angesprochen!«, sagt er.

»Du hast dieses Foto von Doll und mir gemacht. Wir haben es uns erst letztens wieder angesehen!«

»Und du hast mir von der Gelateria auf der Via dei Neri erzählt«, sagt er.

»Wirklich?«

Plötzlich taucht eine tief vergrabene Erinnerung vor meinem geistigen Auge auf: Wir waren gerade auf dem Weg zum Bahnhof, um den Nachtzug nach Paris zu nehmen, als ich ihn in der Schlange dieser Abzockereisdiele neben der Brücke stehen sah. Ich weiß nicht, was mich damals geritten hat.

Als wir weitergingen, sagte Doll: »Was ist denn mit dir los?«, weil normalerweise sie diejenige war, die mit den Jungs flirtete.

»Bist du hingegangen?«, frage ich ihn.

Eine seltsame Unterhaltung für eine Kirche.

»Zweimal.«

Das Licht geht wieder aus. Er wirft noch einen Euro ein.

Wir stehen Seite an Seite und sehen ehrfürchtig in das ernste Gesicht Jesu auf, und dann sagt er: »Meinst du, sie existiert noch?«

»Was?«

»Die Gelateria.«

GUS

Nach der Dunkelheit in der Kirche wirkt die Marmorterrasse strahlend weiß.

Meine Begleiterin schlendert zur Brüstung vor, lehnt sich dagegen und blickt in die Ferne. Ein Hauch von Wehmut umgibt sie.

»An dem Tag, an dem ich damals hier war«, sagt sie, »habe ich mir geschworen wiederzukommen, so wie man es halt macht, wenn man achtzehn ist.«

»Das habe ich mir damals auch geschworen. Ich dachte, an einem Ort, an dem es so viel Schönes gibt, kann man unmöglich unglücklich sein.«

Sie dreht sich um und schenkt mir ein so bezauberndes

Lächeln, dass ich alle Vorsicht über Bord werfen und ihr sagen möchte, wie schön sie ist. Das einzige Wort, das ich herausbringe, ist jedoch: »Bereit?«

Der Marmor ist glatt und rutschig. Als wir gemeinsam die Treppe hinuntergehen, reiche ich ihr meine Hand und achte sorgsam darauf, nicht zu fest auf das große Pflaster in ihrem Handteller zu drücken.

»Ich bin gestern gestürzt«, bemerkt sie. Ihre Flipflops klatschen laut gegen jede Stufe.

»Das habe ich gesehen.«

»Dann warst du das, der sich in den Tomaten versteckt hat?«

»Ja. Im Übrigen habe ich mich nicht versteckt.«

Am Fuß der Treppe werfen wir beide einen Blick zurück auf die Basilika, dann lässt sie mich los, da sie meine stützende Hand nicht mehr braucht. Wir schlendern die Straße hinunter, auf der jetzt der spätnachmittägliche Verkehr herrscht. Als wir am Eingang zum Campingplatz vorbeikommen, sagt sie: »Da haben wir gezeltet. Wo hast du gewohnt?«

»In einem Hotel an der Piazza Santa Maria Novella. Ich war mit meinen Eltern hier. Aber ich hätte lieber in einem Haus mit Blick auf die Hügellandschaft gewohnt.«

»Wie in der Villa Vinciana?«

»Vielleicht, ja!«

Erneut lächelt sie ihr überwältigendes Lächeln. Es ist, als würde die Sonne hinter einer Wolke hervorkommen, und ich kann mich nicht länger beherrschen.

»Du bist Tess, stimmt's?«

»Ja, das stimmt«, bestätigt sie. »Woher weißt du, wie ich heiße?«

»Rate mal …«

Sie denkt konzentriert nach und kraust dabei die Nase.

»Du hast es in Lucrezias Unterlagen gesehen?«, schlägt sie vor, als wir die flachen Stufen hinuntergehen, die uns in die Stadt führen.

»Falsch.«

»Wie viele Versuche habe ich?«

Ich nenne spontan eine Zahl. »Fünf.«

»Du hast gehört, wie ich mich beim Frühstück jemandem vorgestellt habe?«

»Ich war nicht beim Frühstück. Noch drei.«

»Du hast es auf meinem Notizbuch gelesen?«

Sie bleibt stehen, holt ein Schreibheft aus ihrer Schultertasche und deutet auf das Schild, auf dem in runden Buchstaben steht: »Teresa Mary Costello. Wenn Sie dieses Buch finden, rufen Sie …«, dann steckt sie es zurück, ehe ich die Chance habe, mir ihre Handynummer zu merken.

»Nein. Noch zwei.«

Ich wünschte, ich hätte ihr mehr Versuche gewährt. Ich hätte zehn oder zwanzig sagen sollen oder so viele, wie Stufen in die Stadt hinunterführen. Ich will nicht, dass sie aufhört.

»Warte, woher weiß ich, dass du die Wahrheit sagst?«, will sie plötzlich wissen.

»Vertrau mir, ich bin Arzt.«

Als hätte das Wort eine verblasste Erinnerung in ihr geweckt, sieht sie mich aufmerksam und neugierig an.

»Wie heißt du denn?«, fragt sie.

Ich zögere.

»Ich bin Gus.«

Wir treten in den Schatten eines Baumes.

»Gus?«, wiederholt sie.

»Hör zu, es ist ein bisschen seltsam, aber ich war am Samstag auf dem Stones-Konzert. Du bist ohnmächtig geworden, und ich bin tatsächlich Arzt.«

»Du bist der Gus, der gekommen ist, um sich davon zu überzeugen, dass es mir gut geht, und der mir Blumen gebracht hat?«, fragt sie ungläubig.

Ich nicke.

»Es tut mir so leid, aber ich musste sie im Krankenhaus lassen, weil ich meinen Flug hierher kriegen musste. In vierunddreißig Jahren hat mir noch nie jemand einen Blumenstrauß geschenkt. Und das einzige Mal, dass ich einen bekomme, kann ich ihn noch nicht einmal ... Halt – aber das waren weiße Rosen ...« Sie hält inne und sieht mir ernst in die Augen. »Danke, Gus. Sie haben wundervoll geduftet.«

Sie glaubt, es sei Zufall, dass wir beide hier sind. Was ja auch stimmt.

Ich erwidere ihr Lächeln, und dann wenden wir beide rasch und verlegen den Blick ab wie zwei Menschen, die sich gerade erst kennengelernt haben. Die Luft zwischen uns vibriert vor unausgesprochenen Fragen.

»Dann bist du also ein Stones-Fan?«, fragt sie schließlich, als wir weitergehen.

»Eigentlich nicht.«

Ich erinnere mich an Nashs Satz.

»Aber es gehört zu den Dingen, die man einmal im Leben mitgemacht haben sollte, oder?«

»Du stirbst doch nicht etwa demnächst?«

»Hoffentlich nicht!«, erwidere ich. »Und du?«

Erneut runzelt sie die Stirn.

»Ich wollte wissen, wie es ist, in einer großen Menge zu stehen und mitzusingen«, sagt sie schließlich.

»Es war eine fantastische Atmosphäre, nicht?«

»Ja, das war es«, stimmt sie mir zu.

Die Sonne ist jetzt etwas gnädiger, die Straße, die in die Stadt hinunterführt, liegt halb im Schatten.

»Warum warst du unglücklich?«, fragt sie. »Das letzte Mal, als du hier warst?«

»Woher weißt du, dass ich das war?«

»Da oben« – sie deutet den Hügel hinauf – »hast du gesagt, du wolltest hier leben, weil es unmöglich sei, hier unglücklich zu sein. Ich dachte …«

Wir gehen ein paar Schritte.

»Mein Bruder war ein paar Monate zuvor gestorben. Ein Skiunfall.«

»Oh, das tut mir leid.« Sie berührt nur eine Sekunde meinen Arm, doch das zärtliche Gefühl ihrer Geste bleibt auf meiner Haut zurück.

»Bei uns allen war der Schmerz noch frisch, aber auf unsere sehr englische Art haben wir versucht, uns nicht den Urlaub verderben zu lassen. Lächerlich.«

Mein ganzes Leben lang habe ich mit kaum einem Menschen darüber gesprochen, doch jetzt, bei einer Fremden, fließen die Worte aus mir heraus. »Der Tod ist ein großes Tabu, nicht wahr?«

Tolle Anmache! Ich höre Nash geradezu aufschreien.

»Wusstest du, dass die Familien in Italien an Weihnachten die Gräber ihrer Verwandten besuchen?«, fragt Tess. »Für die Blumengeschäfte vor den Friedhöfen ist es das Geschäft des Jahres.«

»Was für eine schöne Idee. Mir gefällt die italienische Art zu leben.«

»Mir auch«, stimmt Tess zu.

Die Gelateria an der Via dei Neri existiert nicht mehr. Mehrfach laufen wir den Straßenabschnitt, an dem sie früher gelegen hat, auf und ab. Mir tut es nicht so sehr leid um das Eis als vielmehr darum, dass etwas, das uns beide verband, verschwunden ist. Doch als wir in Richtung Santa Croce gehen, sehen wir beide im selben Moment die Menschenschlange. Die Gelateria ist umgezogen und hat sich vergrößert.

Tess entscheidet sich für ein Hörnchen mit drei Sorten: Himbeere, Melone und Mango. Nach einigem Überlegen wähle ich Blaubeere, Mandarine und Passionsfrucht. Wie kein anderes Sorbet, das ich je gegessen habe, fängt dieses die herben ebenso wie die süßen Noten der Früchte ein. Wir kennen einander nicht gut genug, um uns gegenseitig probieren zu lassen, und nachdem wir eine Weile genüsslich schleckend Richtung Hauptplatz geschlendert sind, bleibt Tess plötzlich stehen. »Wir haben die Zwei-Sorten-Regel vergessen!«

»Was ist die Zwei-Sorten-Regel?«

»Wenn man drei Sorten kauft, schmeckt man aus irgendeinem Grund am Ende immer nur zwei. Darum haben Doll und ich herausgefunden, dass es besser ist, dreimal am Tag zwei Sorten zu essen als zweimal am Tag drei.«

Sie hat recht. Meine erste Sorte, *mirtillo,* schmeckte wie reine Blaubeere, aber den Unterschied zwischen Mandarine und Passionsfrucht kann ich jetzt nicht mehr wirklich herausschmecken.

»Lass uns das hier aufessen«, schlage ich vor. »Dann trinken wir ein Glas Wasser, um unsere Geschmacksnerven zu erfrischen, und gehen zurück.«

»Du gefällst mir!«

Sie lacht.

Meinst du das ernst? Fühlst du, was ich fühle? Immer wieder überkommen mich Freudenschauder, Adrenalinschübe durchströmen meinen Körper, und mir schwindelt vor Glück und Aufregung zugleich.

»Ich habe nie die Uffizien besucht«, sagt Tess, als wir am Eingang zum Museum vorbeikommen. »Die Besucherschlange war so lang, und meine Freundin konnte nur ein gewisses Maß an Kunst pro Tag ertragen.«

Ich blicke auf meine Armbanduhr.

»Uns bleibt Zeit für ein Gemälde.«

»Botticellis *Primavera?*«

Ich deute auf den Eingang. »Keine Schlange.«

Das Kartenbüro schließt bereits. Ich schiebe der verblüfften Aufseherin zwei Zwanzigeuroscheine hin, und wir rennen die Treppe hinauf zu dem Raum, in dem meiner Erinnerung nach der Botticelli hängt.

»O mein Gott! Die Decken!«, ruft Tess, als wir den Flur hinuntereilen. »Keiner erzählt einem was von den Decken!«

Schließlich finden wir den Raum, in dem zwei der berühmtesten Gemälde der Welt hängen, und stoßen auf einen verzweifelten Aufseher, der dachte, er hätte Feierabend.

»Auf dem Bild passiert so viel. Man könnte es den ganzen Tag ansehen und würde immer noch neue Dinge entdecken«, stellt Tess fest und tritt so nah sie kann vor das Gemälde.

»Es sind fünfhundert unterschiedliche Pflanzenarten und mehr als hundert verschiedene Blumen«, erinnere ich mich.

»Hast du sie gezählt?«

Ich lache. »Nein, das habe ich gelesen!«

»Es ist so riesig! Ich hatte keine Ahnung, dass es so groß ist. Ich habe ein Poster davon, aber das ist nur ungefähr einen Meter breit. Die Farben sind nicht wie bei anderen Bildern, findest du nicht auch? Dieses viele Grün. Es wirkt religiös und heidnisch zugleich, nicht? Wenn Venus unsere Muttergottes wäre, sind diese Götter wie Heilige … Man könnte es sich einen ganzen Monat lang ansehen, findest du nicht? Hey, was ist das?«

Sie geht weiter zur *Geburt der Venus* an der nächsten Wand und untersucht fasziniert das kleine Basrelief vor dem Bild. »Das muss für Blinde sein, damit sie das Gemälde ebenfalls sehen können«, sagt sie. »Wie ein Braille-Bild. Ist das nicht toll?«

Wir schließen abwechselnd die Augen und tasten.

»Wenn Blinde sich das Gemälde auf diese Weise vorstellen, denkst du, dass ihr Gehirn dann ein Bild erschafft? So wie unsere Gehirne, wenn wir schlafen, obwohl wir die Augen geschlossen haben?«, fragt Tess.

Ihre Bemerkungen geben mir das Gefühl, alles zum ersten Mal zu sehen.

»Meinst du, dass wir je wissen werden, wie es ist, jemand anders zu sein?« Sie stellt Fragen, die sich die meisten Leute in unserem Alter nicht mehr stellen, weil sie zu abgeklärt dafür sind.

Der Aufseher räuspert sich zum wiederholten Mal.

»Ich glaube, er will nach Hause«, flüstere ich.

Wir verlassen den Raum und gehen durch die menschenleere Galerie zu den Fenstern hinüber, die auf den Fluss hinausblicken.

»Wahrscheinlich machen das Schriftsteller«, greift Tess ihr Thema wieder auf. »Sich in jemand anderen hineinversetzen …«

»Und Porträtmaler«, ergänze ich.

»Wusstest du, dass es oben auf dem Ponte Vecchio einen

Gang voller *Künstlerporträts* gibt?« Tess zeigt auf die Brücke. »Er heißt der Vasarikorridor. Das habe ich auf einer Webseite gelesen.«

Sie deutet auf eine Reihe quadratischer Fenster *über den* Geschäften, die mir zuvor nicht aufgefallen sind.

»Er führt von hier zum Palazzo Pitti, vermutlich, damit die Florentiner Herrschaften sich nicht mit dem gemeinen Volk mischen mussten.«

»Kann man ihn besichtigen?«

»Ich glaube, man muss Monate im Voraus buchen«, erwidert sie.

»Das würde ich gern mal machen.«

»Ich auch!«

Denkt sie wie ich, dass zwischen uns etwas Großes vor sich geht, das weit größer ist als das Hier, Jetzt und Heute?

Draußen unter den Kolonnaden fertigen Straßenkünstler Zeichnungen von Touristen an.

»Hat dich das je gereizt?«, frage ich Tess, als wir einen Augenblick stehen bleiben und zusehen.

»Überhaupt nicht. Wenn ich mich im Spiegel betrachte, finde ich mich okay, aber auf Fotos sehe ich immer schrecklich aus, und die Kamera lügt nicht, stimmt's? Das hier wäre noch schlimmer!«

»Ich würde dich gern zeichnen.«

»Du kannst zeichnen?« Sie wirft mir einen skeptischen Blick zu.

»Ein bisschen.«

»Ein Mann mit vielen Begabungen«, stellt sie fest. »Kochen, Zeichnen ... Gus, du könntest hier ein Vermögen verdienen! Du solltest nach Italien ziehen, ein Restaurant eröffnen und

Leute zeichnen, wie van Gogh. In der Royal Academy gab es eine Ausstellung mit seinen Briefen. Hast du die gesehen? Ich meine, ich glaube nicht, dass van Gogh gekocht hat, aber er hat die Menschen in der Bar gemalt. Das wäre doch eine fabelhafte Fernsehserie, findest du nicht? Du könntest sie *Die Kunst der italienischen Küche* nennen, oder gibt es das schon?«

Auf dem Ponte Vecchio spielt ein Straßenmusiker Jazzklarinette, und die kopfsteingepflasterten Straßen sind voller Touristen.

»Komm, wir machen ein Selfie«, schlägt Tess vor. »Und schicken es Doll. Mal sehen, ob sie errät, wer du bist!«

Sie legt einen Arm um mich und hält ihr Gesicht dicht neben meins, dann streckt sie ihr Telefon so weit weg, wie sie kann.

»Sag *cheese!*«

»*Formaggio!*«

Auf dem Foto sind unsere Augen vor Lachen geschlossen; wir müssen noch eins machen, und als wir es ansehen, lässt sie ihren Arm um meinen Rücken gelegt, und als wir von dem Bildschirm aufblicken, treffen sich unsere Blicke, und ich würde sie zu gern küssen.

»Meinst du, jetzt ist genug Zeit verstrichen?«, fragt sie.

»Zeit?«

»Bis zu unserem nächsten Eis?«

Ich liebe es, wie sie »nächsten« sagt, als würden wir den ganzen Abend Eis essen.

Ich erstarre.

»Was ist?«, fragt sie.

»Ich muss das Abendessen zubereiten!«

Tess blickt auf ihre Uhr. »Ich habe bloß den Minibus verpasst.«

»Okay«, sage ich. »Wir haben die Wahl: a) Wir nehmen uns ein Taxi zum Piazzale Michelangelo und rasen wie die Italiener zurück, um zu spät zum Abendessen zu kommen, oder b) Wir verbringen einen entspannten Abend und schlendern durch die Stadt …«

Überall um uns herum klicken Smartphones und Kameras. Dieser Augenblick wird im Hintergrund von Tausenden von Instagram-Posts auftauchen.

»Ich glaube, wir sollten ihnen Bescheid sagen, wo wir sind«, sagt Tess.

Meine kurzzeitige Enttäuschung, dass sie nicht b) gesagt hat, weicht überschwänglicher Freude, als ich begreife, dass sie genau das gesagt hat.

Ich kämpfe mich durch ein schwieriges Gespräch mit Lucrezia, in dem ich vorgebe, weniger von ihrem gebrochenen Englisch zu verstehen, als es eigentlich der Fall ist. Als ich auflege, sieht Tess mich beunruhigt an.

»Der Koch ist ziemlich sauer«, berichte ich. »Die Kulturgruppe fand es nicht sehr lustig, eine Stunde in einem heißen Bus zu warten. Alle haben sich Sorgen um uns gemacht – aber wir zahlen ja Geld …«

»Also dürfen wir tun, was wir wollen«, stellt Tess fest. »Wir haben ja schließlich Ferien, stimmt's?«

Anscheinend würde Doll gern hören, dass wir unseren Aperol Spritz an der Piazza della Signoria trinken.

»Sie meint, es würde besser schmecken, wenn man mehr dafür bezahlt«, sagt Tess.

Wir schicken Doll ein weiteres Selfie von unserem Tisch im Café. Ich versuche, mir die Frau vorzustellen, die so wichtig für Tess ist, aber ich kann mich kein bisschen an sie erinnern. Hoffentlich gefalle ich ihr, wenn sie die Bilder in ihrem Posteingang findet.

»Weißt du«, sage ich und probiere einen Schluck. »Ich glaube, Doll hat recht.«

Es ist so leicht, Tess zum Lächeln zu bringen, und dennoch ist es jedes Mal wie ein unerwartetes Geschenk.

Ich möchte immer noch gern so etwas sagen wie: Weißt du eigentlich, wie bezaubernd du bist?, und muss mich ständig ermahnen, dass ich vierunddreißig Jahre alt und kein Teenager mehr bin.

»Hast du einen Stift?«, frage ich sie.

Sie gräbt in ihrer Tasche und kramt einen Bleistiftstummel hervor.

Ich nehme eine Serviette aus dem Halter auf dem Tisch und beginne zu zeichnen.

Sie streicht sich mit den Fingern durch ihre feinen Locken und versucht, eine ernste Miene zu machen.

Es ist mir unmöglich, ihren Ausdruck einzufangen. Ich denke daran, wie ich Lucy gezeichnet habe, die mir wie eine Puppe vorkam, weil ihre Miene sich nie veränderte. Tess' Schönheit entsteht aus ihrer Lebendigkeit. Darum hat sie keine guten Fotos von sich. Doch die Kamera lügt.

»Halt still!«, ermahne ich sie.

Vielleicht liegt es an meinem väterlichen Ton, dass sie mich plötzlich fragt: »Bist du verheiratet?«

»Nein«, antworte ich, und da ich sie nicht mit einer Halbwahrheit täuschen will, füge ich hinzu: »Ich bin geschieden. Meine Exfrau lebt mit meinen beiden Töchtern in Genf. Lange Geschichte.«

»Oh, das tut mir leid.« Tess nimmt ihren neonorangefarbenen Drink und saugt an ihrem Strohhalm.

»Und du?«

»Ich? Nein. Bei mir ist es eine kurze Geschichte.« Sie beugt sich über den Tisch und versucht die Zeichnung zu erkennen.

»Sehe ich wirklich so aus?«

»Nicht ganz.«

»Ich hab's dir ja gesagt! Darf ich sie behalten?«

»Natürlich.«

»Ich lege sie in mein Notizbuch«, sagt sie. »Wie ich mich kenne, fische ich sonst in meiner Tasche nach einem Taschentuch und putze mir damit die Nase oder so was.«

Vorsichtig legt sie die Serviette zwischen die mittleren Seiten.

»Was schreibst du?«, frage ich.

»Eine Art Lebensbericht. Aber irgendwie hänge ich gerade fest.«

»Hast du einen Abgabetermin?«

»Nein, nicht wirklich«, antwortet sie, dann entschuldigt sie sich, um zur Toilette zu gehen.

Ich beobachte, wie sie sich durch die Tische in Richtung Café schlängelt und ihren Kopf unter die gelben Sonnenschirme duckt.

Ich rufe den Kellner heran und bitte ihn, mir ein gutes Restaurant zu empfehlen; auf kumpelhafte Art deute ich an, dass ich sie beeindrucken möchte, klinge dabei aber eher wie ein zwielichtiger Charakter aus *Der Pate*.

Una persona molto importante, capisce?

Als ich einen Zwanzigeuroschein hervorhole, fällt ihm plötzlich das beste Restaurant von ganz Florenz ein, und er ruft persönlich dort an, um einen Tisch zu reservieren.

Als Tess zurückkommt, sagt er: »*Bellissima, la signorina!*«, und zwinkert mir zu.

»Um ehrlich zu sein, wäre ich nach dem ganzen Eis froh, einfach nur mit einem Stück Pizza auf der Hand durch die Straßen zu schlendern«, meint Tess. »Es ist doch zu schade, in einem Restaurant zu sitzen, wenn man an einem solchen Ort ist, oder?«

Mein Vorhaben, sie mit einer guten Flasche Chianti und einem blutigen Florentiner Steak zu beeindrucken, löst sich sogleich in Luft auf. Schon weiß ich nicht mehr, wie ich überhaupt auf die Idee gekommen bin, sie an einen Tisch zu klemmen, mit Kerzenlicht und einem Kellner, der missbilligend eine Leinenserviette über ihre langen, nackten Beine breitet.

Wir schlendern durch die kopfsteingepflasterten Gassen auf der anderen, weniger touristischen Seite des Arnos, wo alte, schwarz gekleidete Frauen auf Küchenstühlen vor ihren Türen sitzen und mit den Nachbarn plaudern. Es duftet nach gebratenem Knoblauch, und man hört das Geschirrgeklapper unsichtbarer Mütter, die das Abendessen für die Familie zubereiten.

»Hier sind wir damals gar nicht gewesen«, stellt Tess fest, als wir einen Platz mit einem kleinen Park in der Mitte betreten. Mit demselben staunenden Blick, den ich am Wochenende auf dem Stones-Konzert, heute Nachmittag in San Miniato al Monte und vor einem halben Leben hier in Florenz bei ihr bemerkt habe, blickt sie nun an der Fassade einer angestrahlten Kirche hinauf.

»Ich glaube, das ist das Studentenviertel«, erkläre ich.

Unter den Platanen steht ein winziges Kinderkarussell, und junge Paare mit Kinderwagen sowie ältere Damen, die einander unterhaken, schlendern langsam vorbei auf ihrer abendlichen *passeggiata*. Die Luft ist weich, die Stimmung heiter.

Wir setzen uns an einen Tisch vor einer kleinen Pizzeria. Der Kellner zündet eine Kerze für uns an, bringt einen Becher mit *grissini* und einen kleinen Teller Oliven und nimmt unsere Bestellung entgegen.

»Als ich das letzte Mal hier war, wollte ich studieren«, erzählt Tess und bricht einen Brotstick in zwei Hälften, während sie eine Gruppe junger Leute beobachtet, die sich auf den Kirchenstufen um einen Gitarristen versammeln. »Ich hatte ein Zimmer im Studentenwohnheim und wollte dort das Poster von Botticellis *Primavera* an die Wand hängen.«

»Was ist passiert?«, frage ich, als der Kellner uns ein Viertel Rotwein und zwei Pizzen bringt, die doppelt so groß sind wie die Holzbretter, auf denen sie serviert werden.

»Als ich nach Hause kam, war alles anders.«

Wir rühren das Essen kaum an, während sie mir erzählt, dass ihre Mutter gestorben ist und sie sich um ihre kleine Schwester kümmern musste. Nachdem sie die Beerdigung ihrer Mutter auf ihre ganz eigene lustige und zugleich traurige Weise geschildert hat, hält sie inne und sagt: »Dein Bruder ist jung gestorben. Du weißt, wie das ist. Man kommt nie darüber hinweg, egal, was die Leute sagen, oder? Man gewöhnt sich daran, aber die Sehnsucht hört nie auf.«

Ich starre auf die flackernde Kerze. Soll ich genauso ehrlich sein wie sie? Ich muss ihr die Wahrheit sagen, denn diese Anziehungskraft, diese Verbindung, was immer es ist, das mich zu ihr hinzieht, verbietet mir zu heucheln.

»Ehrlich gesagt mochte ich meinen Bruder nicht besonders. Natürlich wollte ich nicht, dass er stirbt, aber ich habe hauptsächlich Schuld empfunden.«

Tess schweigt so lange, dass ich überzeugt bin, alles verdorben zu haben.

»Wahrscheinlich ist es für dich sogar noch schlimmer gewesen, Gus«, sagt sie schließlich. »Nicht dass es hier um einen Wettbewerb geht oder so. Ich wünschte, meine Mum wäre nicht gestorben, aber ich wusste immer, dass sie mich geliebt hat, und sie wusste, dass ich sie geliebt habe. Du dagegen bist mit dem Gedanken zurückgeblieben, dass du ihn gehasst hast und er dich, weil Brüder nun einmal so sind – ich habe selbst zwei. Und ihr werdet nie mehr die Chance bekommen, gemeinsam zu Männern zu reifen und herauszufinden, ob ihr Freunde sein könntet.«

Wären Ross und ich je Freunde geworden? Der Gedanke ist mir nie gekommen.

»Jeder, der zurückbleibt, hat Schuldgefühle«, fährt Tess fort. »Ich habe meine Mutter über alles geliebt, aber ich quäle mich noch immer mit all den Dingen, die ich hätte anders machen sollen. Hätte ich doch nur die Zeichen erkannt, wäre ich doch nur nicht weggefahren, wäre ich doch nur nicht so scharf darauf gewesen, auf die verdammte Uni zu gehen, als wäre es das Wichtigste auf der Welt gewesen. Aber man kann nicht leben, wenn man ständig denkt, *hätte ich doch nur,* oder? Leichter gesagt als getan.«

Ich starre auf den Tisch, und Tess beugt sich vor und legt den Kopf schief, als versuchte sie, sich in mein Sichtfeld zu schieben, damit ich aufblicke, wie bei einem schmollenden Kind, das man zum Lächeln bringen will.

»Drei Worte?«, sagt sie.

»Noch ein *gelato?*«

TESS

Im einen Augenblick reden wir einfach drauflos, als würden wir uns schon unser ganzes Leben lang kennen, und im nächsten sind wir befangen, als wären wir uns eben zum ersten Mal begegnet. Wahrscheinlich stimmt beides. Während wir den gleichen Weg zurücklaufen, ist mir seine körperliche Nähe sehr bewusst. Unsere Hände berühren sich beinahe, aber nicht ganz.

»Wo hast du Medizin studiert?«, frage ich.

»Am University College.«

»Da wollte ich auch hin!«, rufe ich aus, als hätte er mir etwas weggenommen. »Wo hast du gewohnt?«, frage ich dann etwas höflicher.

Er erzählt, wie er mit seinen Eltern im Studentenwohnheim ankam, mit dem festen Vorsatz, eine neue Identität für sich zu schaffen, und wie er seine Freundin Nash kennenlernte, die aufgrund einer kurzfristigen Absage das Zimmer neben ihm bekommen hatte.

»Meinst du, das war mein Zimmer?«, frage ich, als wir wieder auf den Ponte Vecchio treten.

»Das wäre ganz schön schräg, oder?«

Die Geschäfte haben inzwischen geschlossen, und die Straßenmusiker sind nach Hause gegangen. Wir lehnen uns an eine Mauer unterhalb der Bögen, die den Vasarikorridor stützen, wo mächtige Bürger früher unbemerkt über den Köpfen des gemeinen Volkes spazierten.

»Meinst du, wir hätten uns damals gut verstanden?« Gus schaut hinab auf den Arno.

Abends sieht er schöner aus, romantischer. Tagsüber ist sein Wasser braun und trübe, aber jetzt ist er glänzend schwarz, und die schimmernden Lichter der Straßenlaternen entlang des Ufers tanzen auf den Wellen.

Wenn ich ehrlich bin, würde ich vom Gefühl her Nein sagen. Er war ein Junge mit guter Schulbildung und Eltern aus der Mittelschicht. Er hätte in mir eine Proletin gesehen, und ich hätte mich entsprechend verhalten, weil ich mich seiner ohnehin nicht würdig gefühlt hätte, was vielleicht sogar stimmte. Das Einzige, was uns damals verband, war eine Vorliebe für Kunst und Speiseeis. Hätte das ausgereicht?

»Meine Mum hat immer gesagt, man kann nicht zweimal in denselben Fluss steigen«, erzähle ich. »Und ich wusste nie genau, was sie damit meinte, aber vielleicht bedeutet es, dass wir jetzt nicht zusammen hier wären, wenn wir uns damals getroffen hätten. Ohne Nash wärst du ja nicht einmal ›Gus‹ geworden.«

»Wie in der Chaostheorie.« Er sieht mich an. »Der Flügelschlag eines Schmetterlings kann eine Kettenreaktion auslösen, die am anderen Ende des Planeten ein Unwetter verursacht …«

»Oder einen Regenbogen«, sage ich, denn es muss ja nicht unbedingt etwas Schlechtes sein.

Einen Moment lang sind wir still, dann richten wir uns auf, unsere Körper zittrig und so dicht beieinander, dass es sich anfühlt, als würde Elektrizität zwischen uns hin und her zischen. Er schaut mir in die Augen, und dann umfasst er mein Gesicht mit den Händen, als sei es eine wertvolle und zerbrechliche Vase, und seine Lippen berühren meine für den Bruchteil einer Sekunde, bevor er sich wieder löst. Er betrachtet mich erneut, und es fühlt sich an wie eine Ewigkeit, und dann küsst er mich leidenschaftlich, mit geschlossenen Augen, als würde er sich mir wie im Gebet hingeben, und seine Lippen sind so sanft und zärtlich, dass mein Körper sich wie warmes Kerzenwachs an ihn schmiegt.

Er nimmt meine Hand, als wir von der Brücke gehen, beide mit einem breiten Grinsen im Gesicht.

Die Straßen sind erstaunlich leer, und die Restaurants haben geschlossen. Wir erreichen die Gelateria an der Via dei Neri, gerade als der Inhaber die Rollläden herunterlassen will. Gus nimmt *nocciola* und Zitrone und ich *fior di latte* und Birne. Wir folgen dem gewundenen Weg zurück zum Platz am Dom. Angestrahlt wirkt die Fassade des Doms zweidimensional, wie ein gigantisches Bühnenbild ohne etwas dahinter. Wir sind ganz allein, und es fühlt sich an, als sei die Beleuchtung nur für uns da, so als würde uns eine Privatvorführung zuteil.

Als ich das sage, küsst Gus mich erneut. Ich lasse die Augen offen, weil ich mir sein Gesicht vor den pastellfarbenen Streifen des Campanile für immer einprägen will.

Ein paar Teenager auf Skateboards tauchen aus dem Nichts auf, umkreisen uns und johlen etwas auf Italienisch, das vermutlich so was wie »Nehmt euch ein Zimmer!« heißt. Dann sind sie wieder verschwunden.

»Das Hotel, in dem wir damals gewohnt haben.« Gus deutet in eine Richtung. »Es ist gleich dahinten.«

»Wie schön.«

Ich weiß, in diesem Moment denken wir beide das Gleiche.

»Wir sollten wohl zurück nach Vinci fahren?«, sagt er, und es klingt wie eine Frage.

»Das sollten wir wohl«, erwidere ich.

Wieder fahre ich mit dem Taxi Richtung Piazzale Michelangelo, genau wie sechs Stunden zuvor auf meinem Weg nach

San Miniato al Monte, doch mein Leben hat sich seither um 180 Grad gedreht. Meine ruhige Hingabe an die Nostalgie ist einem wahren Crescendo an aufgeregter Erwartung gewichen, was mich zugleich erregt und ängstigt. Setze ich am Ende alles aufs Spiel, wenn ich mich zu sehr darauf einlasse?

Während wir auf dem Parkplatz stehen und den angestrahlten Dom unter uns betrachten, der vor dem schwarzen Himmel nun sehr fern wirkt, erzittere ich plötzlich bei der Vorahnung, dass ich mir jede Einzelheit genau einprägen sollte, weil ich diesen Anblick vielleicht niemals wiedersehen werde.

»Ich will nicht gehen!« Meine Stimme zittert.

Gus legt beschützend den Arm um mich und zieht mich an sich. Ich liebe es, wie mein Kopf an seiner Schulter liegt, weil er so groß ist.

»Wir können immer hierher zurückkommen«, sagt er.

»Wirklich?«

»Jeden Tag, wenn du willst. Oder wir sehen uns was anderes an. Wir haben ja das Auto. Die Villa Vinciana kann unser Stützpunkt sein.«

»Ein bisschen wie beim Camping«, sage ich. »Nur ohne all die Steine, die sich einem in den Rücken bohren, und ohne den Weg zu den Waschräumen natürlich …«

Ich kann Doll beinahe rufen hören: »Was ist denn mit dir los?«

»Ich würde gern mehr über Hope wissen«, sagt Gus, als er den Motor startet.

Also erzähle ich ihm, was für ein lustiges, dickköpfiges kleines Mädchen sie war und wie ich mich immer gefragt habe, ob ich ihr gerecht wurde, und wie das Leben mit ihr mir vor Augen führte, wie viele Lügen die Menschen sich andauernd auftischen, nur damit die Welt sich weiterdreht, und wie schwierig sie sein konnte, und wie musikalisch sie ist, und das bringt mich zu Dave.

Daraufhin erzählt Gus mir von Lucy und dem Gefühl von Sicherheit, das sie ihm vermittelte und das ihn sein Studium durchstehen ließ, und dass er ihr nichts von seinem Bruder erzählt hat, und das bringt ihn zu Charlotte.

Gus blickt konzentriert auf die Autobahn, die lediglich zweispurig ist und statt durch einen Mittelstreifen durch eine Betonmauer geteilt wird. Manchmal ist es einfacher, etwas zu erzählen, wenn man seinem Gegenüber nicht direkt ins Gesicht sieht. Er nimmt die Ausfahrt bei Empoli Est, und wir umrunden einige Male ein verlassen wirkendes Städtchen, bevor er zugibt, dass er wohl falsch abgebogen ist und wir uns verfahren haben. Er hält in einer Nebenstraße, schaltet das Navi ein und schafft es, die Ansage von Italienisch auf eine andere Sprache zu stellen, die wir am ehesten für Russisch halten, doch statt das alles lustig zu finden, schaut er verwirrt drein, ergreift schließlich meine Hand und schaut mich so eindringlich an, dass ich fast ein bisschen Angst bekomme.

»Hasst du mich jetzt?«, fragt er.

»Wieso sollte ich dich denn hassen?«

»Weil du so ein ehrlicher Mensch bist und ich damals so einen Mist gebaut habe.«

»Ich hasse dich nicht«, sage ich, und dann: »Ich bin auch nicht immer ehrlich.«

Ich erzähle ihm von Leo, während wir immer wieder durch das Labyrinth aus Einbahnstraßen kurven, bis Gus irgendwann doch noch das Schild nach Vinci entdeckt und wir aus dem Ort hinaus und hinauf in die Hügel fahren, durch finstere, steile, uneinsehbare Kurven.

Als die Scheinwerfer den selbst gemalten Wegweiser zur Villa Vinciana erfassen, bin ich zwar erleichtert, dass wir zurückgefunden haben, noch mehr aber wünsche ich mir, er würde einfach weiterfahren, denn im Innern des Wagens ist es wie in einem Beichtstuhl, wo wir einander alles sagen und uns nicht vor der Wahrheit verstecken können, und wir sind noch nicht ganz am Ende unserer Geschichten angelangt.

Der Wagen holpert den ungeteerten Weg zur Villa hinunter, und Kies springt von den Reifen, als wir auf den Parkplatz einbiegen. Gus zieht die Handbremse und schaltet den Motor aus, sodass wir in völliger Stille und Dunkelheit dasitzen. Die Stille scheint von all den Fragen erfüllt, die wir beim Fahren vielleicht gestellt hätten, die jetzt aber zu persönlich wirken.

»Du bist also Schriftstellerin geworden?«, fragt er.

»Das ist nur ein Hobby. Alle haben immer gesagt: ›Wenn Hope mal auszieht …‹, aber niemand hat wirklich daran geglaubt, und als es dann doch passierte, fühlte ich mich, als hätte ich nichts mit meinem Leben angefangen, und da begann ich, dieses Buch zu schreiben. Um meinem Leben eine Art Sinn zu geben. Und ich glaube, ein Teil von mir denkt, dass es mal nett für Hope sein wird, wenn sie ihre Geschichte nachlesen kann, falls sie je etwas über ihre Vergangenheit erfahren will. Obwohl das, ehrlich gesagt, wohl eher unwahrscheinlich ist …«

Es entsteht eine lange Pause, und ich frage mich, ob er die unterschwellige Bedeutung dieser Aussage erfasst hat.

»Und du bist am Ende also doch Arzt geworden?«, frage ich.

»Ja. Ich muss die Raten für das Haus weiterzahlen, damit es für die Mädchen ein Zuhause bleiben kann, solange sie es so wollen. Obwohl, bei ihrem letzten Besuch war ich schon nicht mehr so sicher, ob ihnen das noch wichtig ist. Was wahrscheinlich ein gutes Zeichen ist. Wie du schon sagst: Man muss es irgendwie schaffen, die Menschen, die man liebt, ihr eigenes Leben führen zu lassen.« Er lacht mit einem gewissen Bedauern. »Ich wünschte nur, es wäre nicht so schnell gegangen.«

»Wo liegt dein Haus?«, frage ich.

»In der Portobello Road.«

»In der Portobello Road?«

»Am oberen Ende, in der Nähe vom Sun in Splendour.«

»Eins von den kleinen Häusern, die alle unterschiedlich angestrichen sind?«

»Ja!«, sagt er. »Kennst du die Straße?«

GUS

Meine Mädchen haben sich in dem Laden, den sie leitet, die Tattoos machen lassen; sie verlangsamt jedes Mal ihren Schritt, wenn sie an meinem Haus vorbeikommt; seit zwei Jahren trinken wir fast jeden Morgen im selben Café unseren Kaffee, trotzdem ist sie mir irgendwie nie über den Weg gelaufen, hat mich nie versehentlich angerempelt und ihren Latte verschüttet.

»Herrgott, ich musste erst ohnmächtig werden, damit du mich bemerkst!«

In London gibt es so viel Licht, dass man nie die Sterne

sieht, doch hier ist es so dunkel, dass der Himmel wie eine Kuppel aus schwarzem Samt wirkt, an der Myriaden von Diamanten funkeln.

»Meinst du«, fragt Tess, als wir nebeneinanderstehen und hinaufblicken, »wenn wir alle eine Art Peilsender hätten, ein winziges Licht, das man vom Weltraum aus sieht, dass dann alle Wege derart miteinander verschlungen wären wie unsere?«

»Nein. Ich glaube, das ist …«

Ich wollte sagen, dass es Schicksal ist, dass so etwas vorherbestimmt sein muss, aber ich höre Charlottes herablassende Stimme: »Glaubst du immer noch an so was wie Schicksal?«, und die hat hier nichts zu suchen.

»Das ist was?«

»Magisch?«, biete ich stattdessen.

»Das ist schön«, sagt Tess.

Als wir uns küssen, zittern wir beide, weil jetzt, nachdem wir alles über die Hoffnungen und Verfehlungen des anderen wissen, viel mehr auf dem Spiel steht.

Tess schmeckt nach Birnen und Schlagsahne, und als ich die Augen schließe, sehe ich weiter ihr Lächeln vor mir, wie wenn ein Regenbogen verblasst, man aber denkt, er sei noch da.

Nicht weit entfernt heult eine Eule.

»Darf ich deine Hand halten?«, fragt Tess, als wir uns über den unebenen Boden tasten.

»Diese verdammten Flipflops!«

»Ich habe vergessen, Schuhe einzupacken, was mir gar nicht ähnlich sieht, aber ich musste mich furchtbar beeilen, um mein Flugzeug nicht zu verpassen.«

Wenn sie es verpasst hätte, wären wir dann jetzt hier?

Hätte sie den nächsten Flug genommen? Wären wir im selben Moment in San Miniato al Monte angekommen? Die Verbindung zwischen uns fühlt sich unausweichlich und doch zerbrechlich an.

Auf der Steintreppe, die zu ihrem Zimmer hinaufführt, küssen wir uns erneut, und als wir uns voneinander lösen, um zu Atem zu kommen, und ich sie mit mir die Treppe hinaufziehe, verliert sie einen Flipflop. Wir beobachten, wie er die Stufen hinunterhüpft, doch dann hören wir jemanden kommen. Wir eilen über den Flur, lassen Tess' Schlüssel fallen, heben ihn wieder auf und stecken ihn dann geräuschvoll und ungeschickt in das alte Eisenschloss, bevor wir endlich hineinstürzen und gerade noch rechtzeitig die Tür schließen, bevor man uns entdeckt. Mit den Rücken an die Tür gelehnt, halten wir die Luft an wie Gefangene auf der Flucht, bis die Schritte nicht mehr zu hören sind.

In der Dunkelheit suchen meine Hände Tess' Hände, mein Mund ihren Mund, meine Haut ihre Haut. Unsere Lust fühlt sich derart überwältigend an, als versuchten wir beide in den Körper des anderen hineinzukriechen, als lieferten wir uns dem anderen gänzlich aus, als wäre es das Letzte, was wir auf Erden tun.

Als ich aufwache, ist das Zimmer schwach von ein paar Sonnenstreifen erhellt, die durch die Ritzen der Schlagläden fallen. Tess schläft neben mir, ihre dunklen Locken kringeln sich auf dem weißen Kopfkissen. Es ist seltsam, ihre Gesichtszüge so ruhig und friedlich zu sehen; beinahe kommt es mir intimer vor, sie beim Schlafen zu beobachten, als sie in wachem Zustand zu küssen.

Vorsichtig gleite ich unter dem Laken hervor, ziehe meine

Shorts an, schleiche auf Zehenspitzen zur Tür und schlüpfe geräuschlos hinaus.

Die Terrasse ist noch ruhig und verlassen, doch das Frühstücksbuffet ist bereits aufgebaut. Ich fülle meine Taschen mit Gebäck und Früchten. Der Koch erwischt mich an der Kaffeemaschine.

»Mi dispiace«, entschuldige ich mich. *»No posso lavorare … una cosa molto importante …«*

Es tut mir leid, ich kann nicht arbeiten … etwas sehr Wichtiges.

Wahrscheinlich hätte ich das besser auf Englisch gesagt.

Der Koch blickt auf die zwei kleinen Tassen, die ich mit Kaffee fülle, dann zwinkert er mir zu. *»Amore!«*

Er ist Italiener. Er kennt sich mit wichtigen Dingen aus.

Auf dem Rückweg zum Zimmer hebe ich Tess' Flipflop vom Fuß der Treppe auf. Ich hätte den Schlüssel mitnehmen sollen, jetzt muss ich sie wecken.

Leise klopfe ich an die Tür.

»Wer ist da?«

Sie klingt ängstlich. Sie hat doch wohl nicht gedacht, dass ich mich davonschleiche und sie allein zurücklasse?

»Ich bin's!«

»Passwort!«, fordert sie mit nervösem Kichern in der Stimme.

»Frühstück.«

Sie öffnet die alte Holztür, dann rennt sie zurück ins Bett und zieht das Laken hoch, um ihren nackten Körper zu bedecken.

Ich balanciere die Espressotassen auf der Sohle des Flipflops wie auf einem kleinen Frühstückstablett und stelle sie auf beiden Seiten des Bettes ab, dann füttere ich Tess mit einer

Erdbeere und beuge mich hinunter, um ihren erdbeernassen Mund zu küssen. Und als sie lächelnd zu mir aufblickt, perlen plötzlich die Worte über meine Lippen, die in meinem Körper wie Champagner geprickelt haben, seit ich neben ihr in der Sonne vor San Miniato al Monte gestanden habe.

»Ich glaube, ich liebe dich!«

Ihre Reaktion ist wundervoll, sie wirkt unschuldig und ungläubig wie ein Kind am Weihnachtsmorgen.

»Nicht, ich *glaube,* dass ich dich liebe! Ich liebe dich! Ich liebe dich!« Es macht mich irrsinnig glücklich, das zu sagen. »Du hast den wundervollsten Verstand, den hinreißendsten Körper …«

»Nein!« Plötzlich hebt sie die Hand, wendet sich ab und starrt auf den Fensterladen, als würde sie in die Ferne blicken.

»Tess?«

»Meine Brüste sind nicht echt!«

»Ich weiß.«

Sie fährt zu mir herum.

»Du *wusstest,* dass ich Brustkrebs hatte?«

Du schreibst mit vierunddreißig deine Memoiren!

»Ich habe letzte Nacht – die Narbe gefühlt.« Ich zögere. »… und bei deiner Familiengeschichte …«

Das himmlische Zimmer hat sich in das Behandlungszimmer eines Arztes verwandelt. Ich versuche, ihre Hand zu nehmen, aber sie schlägt sie weg, dann fixiert sie mich mit ihrem Blick und lässt das Laken fallen.

In den schmalen Sonnenstreifen, die auf ihre Brüste fallen, wirken die Narben der Schnitte ein wenig rosiger und glänzender als ihre natürliche Haut. Wenn man in diesem Moment überhaupt etwas Richtiges sagen könnte, weiß ich jedenfalls nicht, was. Ich möchte ihr gern versichern, dass es keinen Unterschied macht, aber ich vermute, dass das vielleicht nicht so klingt, wie es soll, also wende ich einfach nicht den Blick ab.

»Sie sehen echt aus, oder?«, fragt sie schließlich. »Unter einem T-Shirt?«

»Ja.«

»Sie sind viel kleiner als meine ursprünglichen Brüste. Um ehrlich zu sein, hatte ich obenherum immer ein bisschen zu viel. Eine Schwimmerfigur, weißt du?«

Ich nicke.

»Ist es jetzt okay, wenn ich dich liebe?«, frage ich.

Sie denkt einen Augenblick nach.

»Muss wohl.« Lächelnd sinkt sie zurück auf die Kissen, ihre Augen funkeln einladend.

Ich lege mich neben sie aufs Bett und stütze mich auf dem Ellbogen ab.

»Ich liebe dich, Tess.« Ich streichele ihr Gesicht. »Ich habe das noch nie zu jemandem gesagt und wirklich gewusst, was es bedeutet.«

»Ich liebe dich, Gus. Und ich habe das zwei Menschen gesagt und es auch so gemeint, aber das war vor gestern – bevor ich dir begegnet bin.«

Ich küsse sie flüchtig.

»Das ist seltsam, oder?«, sagt sie. »Wir haben Wörterbücher mit den tollsten Wörtern, und doch besteht der einzige Satz, den Menschen erfunden haben, um ihre einzigartige und unendliche Liebe auszudrücken, nur aus vier Silben.«

Einzigartige und unendliche Liebe sind zwölf Silben, denke ich.

Sie streckt die Arme nach mir aus, und wir küssen uns lange. Es fühlt sich an, als würden sich unsere Seelen vereinen und einander feierliche Versprechen geben. Ich halte sie ganz fest und versuche, ihr Innerstes in mich aufzunehmen. Geräuschlos lieben wir uns erneut – wir hören die anderen Gäste, die auf dem Weg zum Frühstück an unserer Tür vorbeikommen –, sprechen ohne Worte, blicken einander tief in die Augen, berühren uns mit stiller, kaum erträglicher Zärtlichkeit. Ich liebe jeden Millimeter ihres langen, schlanken Körpers, wenn sie ihn an meinen presst. Es ist wundervoll, wie sie kurz vor dem Höhepunkt plötzlich aus purer Freude auflacht. Es ist herrlich, dass wir, abgesehen von der sinnlichen Lust, pures, ekstatisches Glück erleben.

Als wir das energische, regelmäßige Klacken von Absätzen näher kommen hören, erstarren wir plötzlich.

Es klopft an der Tür.

Miteinander verschmolzen halten wir den Atem an.

»Signorina Costello?«, Lucrezias strenge Stimme.

»Ja?«, erwidert Tess schuldbewusst.

»Wissen Sie, wo Mister Gus ist? Sein Auto blockiert den Minibus.«

Keiner von uns antwortet, weil wir uns beide das Laken in den Mund stopfen, um unser Lachen zu ersticken.

TESS

Wenn es einen Ort gibt, den man unbedingt besuchen sollte, wenn man frisch verliebt ist, dann ist es Pisa.

Wir nähern uns dem Zentrum durch ein Viertel voller Souvenirgeschäfte, das aussieht wie tausend andere Touristenorte. Eine große befestigte Mauer versperrt uns den Blick, bis wir durch den Torbogen treten, und dann ist es wie eine Offenbarung aus strahlend weißem Marmor auf grünen Wiesen vor dem perfekten Blau des Himmels. Ich hatte immer gedacht, es gäbe nur den Schiefen Turm, denn auf all den Fotos sieht man nur ihn, aber es gibt auch noch einen Dom, ein Baptisterium und Kreuzgänge – einen ganzen Platz voll unglaublicher Schönheit. Die Farben leuchten so hell, dass es wie retuschiert wirkt, und man denkt unwillkürlich an die Menschen, die all das hier vor Hunderten von Jahren erbaut haben, als es noch keine Elektrizität, keine Kräne oder andere moderne Hilfsmittel gab. Deshalb wird dieser Ort wahrscheinlich auch Campo dei Miracoli genannt, Platz der Wunder.

Der Schiefe Turm scheint um die eine Seite des Doms zu lugen. Auf einer Infotafel steht, dass er nach seiner Fertigstellung als eine solche architektonische Blamage galt, dass niemand als Erbauer genannt werden wollte. Deshalb kennen wir heute nicht einmal den Namen der Person, die diese berühmte Sehenswürdigkeit geschaffen hat, von der jährlich Millionen Besucher angelockt werden.

Touristen stehen Schlange, um ihre Freunde in den unterschiedlichsten Posen zu fotografieren, damit es aussieht, als stützten sie den Turm.

»Lass uns auch eins machen!«

Ich stehe mit der Hand in der Luft da, und Gus sucht den richtigen Bildausschnitt. Ich will das Foto gerade an Doll schicken, als er vorschlägt: »Warum machen wir nicht eins von all diesen Leuten von hinten, ohne Turm, und lassen sie raten, wo wir sind?«

Ich finde das eine tolle Idee, und Doll antwortet auch nicht, also kommt sie wahrscheinlich nicht drauf.

Wir sitzen im Gras wie Hunderte andere, obwohl die Hinweistafeln es verbieten.

Ein weißer Schmetterling tanzt scheinbar ziellos von einem Grashalm zum nächsten. Ich versuche ihn zu fotografieren, weiß vor grüner Wiese, weiß vor blauem Himmel, doch er bleibt nie lange genug sitzen.

Ein Backpackerpärchen kommt auf uns zu; sie halten uns ihre Kamera hin und bitten uns, ein Bild von ihnen vor dem Dom zu machen. Der Marmor ist so weiß und filigran wie ein mit Spitzen besetztes Hochzeitskleid, und die aufragenden Ebenen sehen aus wie eine aufwendig mit Zuckerguss verzierte Torte. Ganz oben auf dem Dach thront eine goldene Statue der Jungfrau Maria mit dem kleinen Jesus im Arm.

Ich gebe die Kamera zurück, und das Paar lächelt mich zum Dank an.

»Meinst du, man kann hier heiraten?«, frage ich Gus, als ich ihn auf die Füße ziehe, um ein Selfie von uns vor dem Dom zu machen.

Ich sage das wirklich ganz ohne Hintergedanken.

»Sollen wir?«, fragt er.

Wir schauen uns das Selfie an. Der Dom ist perfekt eingerahmt, und ich habe auch die Statue ganz draufgekriegt, aber dafür nur die obere Hälfte unserer Köpfe.

Also machen wir noch eins, und ich will es gerade an Doll schicken, als Gus fragt: »Tess, hast du gehört, was ich eben gesagt habe?«

Ich tue so, als würde ich mich auf das Verfassen der Nachricht konzentrieren, doch er entwindet mir sanft das Telefon.

»Willst du mich heiraten?«, fragt er.

»Das kann ich nicht!«

»Soll ich vor dir auf die Knie fallen?«

»Nein, bloß nicht! Ich mag es, dass du so groß bist.«

Und ich kann die Vorstellung nicht ertragen, dass dieser Moment im Hintergrund der Fotos wildfremder Leute erscheinen würde.

»Wir kennen uns erst seit zwei Tagen …«

»Nein, Tess«, erwidert er sehr ernst. »Wir haben uns getroffen, als wir achtzehn waren, aber dann gab es diese kleine Krümmung in unserer Schicksalsbahn, und wir haben uns immer wieder verpasst. Ich weiß, das klingt kitschig, aber ich habe keine Ahnung, wie ich es sonst ausdrücken soll. Ich weiß nur, dass die letzten vierundzwanzig Stunden sich wie ein ganzes Leben angefühlt haben. Ein Leben, so wie es sein sollte. Ich war mir bisher bei keiner Sache wirklich sicher, Tess, aber diesmal bin ich es.«

Ich versuche, mich auf das reine Weiß vor dem klaren Blau zu konzentrieren, um die Tränen zurückzuhalten, die mir die Sicht verschleiern. Doch als ich spreche, ist meine Stimme fest, denn ich werde ihn nicht anlügen, und ich werde auch kein Mitleid mit mir selbst haben, denn das hier ist ganz einfach der beste Tag meines Lebens.

»Es ist so«, fange ich an. »Also, es ist so: Sie haben den Brustkrebs entfernt, aber ich hatte in letzter Zeit mehrere Schwindelanfälle, deshalb wollen sie einen Hirnscan machen, um zu sehen, ob der Tumor gestreut hat, und deshalb bin ich jetzt auch hier in Italien, denn wenn ich zurückkomme, wird sich das bestätigen, und glaub mir, du willst nicht dabei sein, wenn sie mit der Chemo anfangen, und höchstwahrscheinlich werde ich irgendwann verrückt und schließlich sterben.«

»Nein«, sagt er bestimmt. »Du kannst aus allen möglichen Gründen ohnmächtig geworden sein. Es war heiß an dem Tag vom Konzert. Du bist immer noch sehr mager und schwach nach der OP. Hör zu, ein Freund von mir ist ein hervorragender Onkologe, der untersucht dich, sobald wir zurück sind. Er wird sicherstellen, dass du die beste Behandlung bekommst. Und ich werde mich um dich kümmern. Egal was passiert. Ich verspreche dir, dass ich mich um dich kümmern werde.«

Ich drücke seine Hand ganz fest und versuche, ihm den wahrhaftigen Ernst der Lage bewusst zu machen.

»Mum ist daran gestorben. Sie wurde jedes Jahr untersucht, aber sie ist trotzdem gestorben.«

»Aber du stirbst vielleicht nicht«, sagt er.

Ich weiß nicht genau, ob er über Wahrscheinlichkeiten spricht, oder ob es nur Wunschdenken ist, aber es tut mir so gut, dass er mir nicht erzählt, ich könnte das alles durchstehen, wenn ich nur entschlossen genug kämpfte.

»Das hier ist unser Anfang, Tess«, sagt er.

»Ich habe auch gar nicht aufgegeben«, versichere ich ihm. »Aber es ist doch so: Den Krebs interessiert das herzlich wenig …«

Er lächelt mich an, und seine blau-goldenen Augen leuchten voll Mitgefühl.

»Heirate mich!«, sagt er. »Oder, wenn du nicht heiraten willst, sei einfach mit mir zusammen. ›Komm, leb mit mir und liebe mich!‹ Wir ziehen nach Italien! Was hält uns auf? Ich stelle das Haus zum Verkauf. Das ist in einem Tag weg. Die Mädchen können uns auch so besuchen. Und Hope auch, wenn sie möchte. Ich werde gut und gesund kochen. Vielleicht gründe ich sogar einen Supper Club.«

»Oder wir bleiben in der Portobello Road wohnen?«, frage ich.

»Oder wir bleiben in der Portobello Road wohnen«, stimmt er mir zu.

»Ich will nicht, dass es sich anfühlt, als würden wir davonlaufen …«

»Wir werden nicht davonlaufen.«

»Aber vielleicht bleibt uns nicht viel Zeit«, sage ich.

»Keiner weiß doch, wie viel Zeit ihm noch bleibt, oder?«, sagt er.

Ich blicke auf zu der goldenen Statue der Heiligen Jungfrau, und plötzlich kommt mir zu Bewusstsein, wie Mum sich nach ihrem ersten Krebsbefund gefühlt haben muss, als Hope noch ein ganz kleines Baby war. Und obwohl ich meinem Buch den Titel *Hoffnung – Leben mit Hope* gegeben habe, habe ich bis zu diesem Augenblick nie wirklich begriffen, warum Mum meiner Schwester diesen Namen gegeben hat. Ich hatte immer angenommen, sie habe ihn ausgesucht, weil Hope ein wenig anders schien als andere und Mum sich um sie sorgte, doch jetzt geht mir auf, dass sie das damals noch gar nicht gewusst haben konnte, nicht so kurz nach Hopes Geburt. Mit einem Mal steht mir blendend klar vor Augen, dass der Name »Hope«, Hoffnung, den Krebs daran hindern sollte, seinen Schatten über unser Leben zu werfen.

Ich stehe im herrlichsten Sonnenschein auf dem Platz der Wunder und habe das übermächtige Gefühl, dass meine Mutter mir nah ist und dass sie lächelt, weil ich es endlich verstanden habe.

»Ich habe einen guten Mann für mich gefunden, Mum, einen Mann, der mich ganz und gar versteht«, versichere ich ihr im Stillen, während ein weißer Schmetterling um uns herumflattert, wie in der Luft tanzendes Konfetti.

»Oh, Sie kennen mich«, antwortete ich. »Ich höre alles mögliche.«

Wenn Amanda ein paar Manuskriptseiten verschusselte oder vergaß, mich zurückzurufen, schimpfte ich: »He, ich bin hier die Verrückte, nicht du.« Als sie irgendeinen wichtigen Menschen beeindrucken mußte, bot ich ihr Hilfe an: »Ich werde die Stimmen bitten, dir ein Empfehlungsschreiben zu verfassen.«

Jahrelang hatte ich über die Stimmen geschwiegen, weil ich annahm, sie würden die Leute verängstigen. Wie ich kürzlich festgestellt habe, ist das nicht immer der Fall.

Der junge Postbote, der für unser Appartementhaus zuständig ist, interessierte sich dafür. Ich zeigte ihm einen Artikel über mich und meine Geschichte. Ich beobachtete ihn sorgfältig, während er den Artikel las. Schließlich blickte er auf.

»Sie hören Stimmen?« fragte er ungläubig.

»Ja, manchmal«, erwiderte ich und wartete auf den schockierten Blick, der gleich auf seinem Gesicht erscheinen mußte. Statt dessen drückte seine Mimik reine Bewunderung aus.

»Coooool!« sagte er mit überwältigendem Enthusiasmus.

Ich hätte ihn am liebsten umarmt.

Es war schmerzhaft und aufregend zugleich, dieses Buch zu schreiben. Es tat weh, daß ich mich dazu zwingen mußte, mich an Dinge zu erinnern, die ich lieber vergessen würde. Aber es war aufregend zu sehen, wie weit ich gekommen bin.

Dr. Doller hatte im Krankenhaus einmal gesagt, ich könne nie mehr zurück, ich würde nie wieder das Mädchen sein, das ich vor jener dunklen Nacht im Sommerlager gewesen bin. Wenn ich mir heute mein Leben anschaue, weiß ich, daß ich gar nicht mehr zurückgehen will. Ich will weitergehen. Ich freue mich auf eine Zukunft, die mit dem, was ich erreichen werde, mit Lernen und mit der Liebe meiner Familie erfüllt ist.

Viele Leute haben mir geholfen, dorthin zu kommen, wo ich jetzt stehe. Jetzt bin ich an der Reihe. Es war schmerzvoll, aber ich habe dieses Buch geschrieben, um anderen Menschen so zu helfen, wie mir geholfen wurde. Wenn der Bericht über mein Leben und meine Erfahrungen andere dabei unterstützt, ihren Weg aus der Dunkelheit zu finden, dann weiß ich, daß ich das große Geschenk nicht verschwendet habe, das ich erhalten habe – die Chance, mein Leben noch einmal zu beginnen.